Richard van Dülmen

Poesie des Lebens

Richard van Dülmen

Poesie des Lebens

Eine Kulturgeschichte
der deutschen Romantik
1795–1820

Band 1
Lebenswelten

2002
BÖHLAU VERLAG KÖLN WEIMAR WIEN

Die Deutsche Bibliothek – CIP-Einheitsaufnahme

Dülmen, Richard van:
Poesie des Lebens: eine Kulturgeschichte der deutschen Romantik
1795–1820 / Richard van Dülmen. – Köln ; Weimar ; Wien : Böhlau
Bd. 1. Lebenswelten – 2002
ISBN 3-412-07302-4

Umschlagabbildung: C. D. Friedrich, Auf dem Segler, 1818/1819
(Eremitage, St. Petersburg)

Ursulaplatz 1, D-50668 Köln
Tel. (0221) 91 39 00, Fax (0221) 91 39 011
vertrieb@boehlau.de

Umschlaggestaltung: Kerstin Koller, Köln
Satz und Litho: Satzpunkt Bayreuth GmbH
Druck und Bindung: Westermann Druck Zwickau GmbH
Gedruckt auf chlor- und säurefreiem Papier
Printed in Germany
ISBN 3-412-07302-4

Inhalt

Einleitung

Die deutsche Romantik zählt zu den bemerkenswertesten Kulturen der Neuzeit, ihre unglaubliche Phantasie, mächtige Ausdrucksgewalt und philosophische Breite faszinieren nach wie vor. Ihre Romane werden noch gelesen, ihre Musik gehört und ihre Kunstwerke bewundert. Zahlreiche Darstellungen ihrer Protagonisten wie Novalis, E.T.A. Hoffmann, Bettina von Arnim, Heinrich von Kleist, Carl Maria von Weber und Caspar David Friedrich finden ihre Leser bzw. Bewunderer jenseits aller Auseinandersetzung derer, die Schwierigkeiten haben mit der Uneindeutigkeit der Bewegung. Die Romantik auf einen Begriff festzulegen, als rückwärtsgewandt, antiaufkärerisch und konservativ zu bestimmen, bereitet bei einer unvoreingenommenen Betrachtung in der Tat äußerste Schwierigkeiten und verdeckt die unendliche Vielschichtigkeit dieser intellektuellen Bewegung zwischen Französischer Revolution und Restauration. Als eine Bewegung, die den „ganzen" Menschen betraf oder zumindest betreffen wollte, gab es für sie kaum einen kulturellen Bereich der Zeit, der nicht thematisiert wurde: Natur und Kunst, Wissenschaft und Geschichte, Musik und Politik, Gefühl und Unbewußtes. Eine Dimension isoliert zu betrachten, verschließt den Einblick und das Verständnis des ganzen Lebenszusammenhangs, in dem hochbegabte Männer und Frauen sich ein neues Leben und Denken erträumten und erdichteten, ja in dem sie das Leben zu einem Kunstwerk zu gestalten versuchten.

Die deutsche Romantik war politisch lange in Verruf und wurde zunächst nur in Einzelaspekten daraus befreit. Einmal hatte sie die restaurativen Tendenzen der deutschen Politik zu Anfang des 19. Jahrhunderts wirksam verstärkt, dann hatte sie der Entpolitisierung der deutschen Gesellschaft durch einen Kult der Innerlichkeit und des Gefühls Vorschub geleistet, und dann hatte sie entgegen der rationalistischen wissenschaftlichen Entwicklung irrationalistische – ja fundamentalistische Bewegungen gefördert. Schließlich wurde ihr auch noch angelastet, daß sich andere später unter völlig anderen Gesichtspunkten auf sie beriefen.

Sicherlich haben manche Romantiker von der Wiederherstellung eines christlichen Europas geträumt und einen Ständestaat propagiert, aber die deutsche Romantik ist zu vielfältig, als daß man sie auf eine konservative Richtung reduzieren könnte. Zum anderen hat sie zwar ein eindeutiges Bekenntnis zum Volkstum abgegeben und eine Aufarbeitung der deutschen Geschichte gefördert, in der auch das einfache Volk zur Sprache kam, aber völkisches Gedankengut ist bei aller Hervorhebung deutscher Tradition nicht zu finden. Schließlich haben die Romantiker im Zusammenhang der antinapoleonischen Befreiungsbewegungen nationale Gesinnungen unterstützt und sich zum „Deutschtum“ bekannt, aber der aufklärerische Kosmopolitismus wurde ebensowenig aufgegeben, wie ein Plädoyer für eine Gewaltherrschaft zu verzeichnen war.

Gleichzeitig ist die Blütezeit der romantischen Kultur zu kurz, als daß sie eine Massenwirkung hätte entfalten können; sie blieb eine Sache bürgerlicher Eliten. Natürlich waren die Romantiker allesamt keine Vorkämpfer einer demokratischen Grundordnung, doch wer war dies zu Beginn des 19. Jahrhunderts in Europa überhaupt, unabhängig davon, daß die Frage demokratischen Zusammenlebens kein unmittelbares Problem der Romantiker war? Ohne die Wirkung einer Kulturepoche außer Acht zu lassen, geht es nicht darum, Vergangenheit an modernen Lebens- und Weltvorstellungen zu messen, sondern ihre Werte und Maßstäbe zunächst aus dem Kontext der Zeit und ihren zeitgenössischen Artikulationsmöglichkeiten zu gewichten.

Es gilt, eine Kulturepoche in ihrer Vielfältigkeit, Disparatheit, schöpferischen Breite und sozialen Dimension zu rekonstruieren, wobei wir uns auf den kurzen Zeitraum zwischen 1795–1820 konzentrieren. Dabei geht es nicht nur darum, die eigentliche literarisch-philosophische Schöpfung zu würdigen, sondern gleicherweise auch das wissenschaftliche Werk der Romantiker zu berücksichtigen. Bekanntlich waren sie nicht nur Lyriker und Romanciers, sondern ebenso Literaturkritiker und Schriftsteller mit naturwissenschaftlichen und staatswissenschaftlichen Interessen. Darüber hinaus gilt es auch, das künstlerische und musikalische Werk in seiner vollen Breite mit einzubeziehen. Kunst nämlich beschränkt sich nicht nur auf Literatur, sondern umfaßt gleicherweise Philosophie, Musik und Malerei, also die ganzen Ausdrucksmöglichkeiten künstlerischer Gestaltung, wie die Zeit dies verstand. Da das einzelne Werk gerade in dieser Zeit auch des starken subjektiven Bezugs wegen nicht vom Autor/Künstler getrennt bewertet werden kann, da in besonderer Weise Lebensgefühle hineinflossen, bemüht sich die vorliegende Darstellung um die Rekonstruktion der Lebenswelt der Romantiker mit all ihren materiellen, emotionalen und intellektuellen Interessen. Die große Hinterlassenschaft an Korrespondenzen und persönlichen Notizen erlaubt, eine Vielzahl von Personen selbst psychologisch zu erkunden, geht es in diesen Äußerungen doch stets um Selbstdeutungen und Artikulation von Lebenswünschen, Lebensvorstellungen und Lebensproblemen. Im Mittelpunkt des Interesses der meisten Schriftsteller und Künstler steht der Wunsch nach einem autonomen, freien Leben der Kunst und Phantasie. Weniger geht es ihnen darum, „ewige Werke“ zu schaffen, eine soziale Karriere zu machen oder Welt und Gesellschaft unmittelbar zu verändern ihr Leben und Werk wird als Ausdruck einer besonderen Lebenskultur (der Zeit) verstanden und ausgewertet. Deshalb steht auch weniger ihre Wirkung zur Diskussion als das Lebensprofil einer mehr oder weniger ‚geschlossenen‘ Generation selbst – sowohl in intellektueller wie emotionaler Hinsicht –, die sich zwischen der Französischen Revolution, der Napoleonischen Herrschaft und den Befreiungskriegen intellektuell emanzipiert, künstlerisch wie politisch selbst behauptet und die Zeit mitzugestalten versucht.

Leben und Werk verstehen sich damit nicht aus sich selbst, die gesellschaftlichen und auch politischen Bezüge sind nicht nur durch die umfassenden sozialpolitischen wie intellektuellen Brüche und Umwälzungen geprägt, sondern Leben und Werk reflektieren den Untergang einer ständisch strukturierten Welt, verarbeiten ihn, ohne daß dabei jedoch die Zukunft bereits klare Konturen gewinnt. Was nach Napoleon kam, wußte und erahnte niemand. Aber ein starker Wille, die Zukunft zu prägen und zu gestalten, ergriff eine ganze Generation. Politisch mögen viele passiv geblieben sein, intellektuell und emotional geschah unendlich viel. Bei allem Blick auf die Vergangenheit, bei allem Versuch, sie wieder zu verlebendigen, ging es um eine selbstbestimmte Zukunft ohne Zwänge und Bevormundungen – so unspezifisch diese Ziele auch waren. Die Lebensutopie der um 1800 mündigen jungen Intellektuellen reflektierte zwar auch den sozialen und politischen Kontext, aber vorrangig ging es um eine künstlerische und wissenschaftliche Perzeption der Zukunft, die ein Leben in Harmonie, Phantasie und künstlerischen Aktivitäten verwirklichen wollte. Es ging nicht um nationale Interessen, um eine nationale Neuordnung, sondern um die Idee der Selbstverwirklichung einer bzw. zweier Generationen, die die Zwänge der alten Ordnung allesamt ablehnten, ja sie überwinden wollten. Sicherlich suchte jeder auch in früheren Zeiten seinen Weg entlang seiner Grenzen und Erfahrungen, aber die Zeit zwischen 1795 und 1820 gab für viele erstmals eine einmalige Chance, literarisch, wissenschaftlich, künstlerisch und emotional neue Wege zu gehen und dabei das eigene Leben unter neue Prämissen zu stellen. Auch wenn manche Lebensträume scheiterten, so blieb das neue Liebes- und Geselligkeitsideal nicht nur Fiktion, sondern wurde erstmals zur zentralen Lebensmaxime weiterer Generationen.

Die Einbindung der künstlerischen und wissenschaftlichen Werke in die Lebenswelt einer Generation verlangt einerseits den Verzicht auf scharfe Begriffe und Vorstellungen, andererseits die Zurückstellung der Frage nach der politischen Bedeutung und Wirkung der Romantiker. Andernfalls würden zentrale Sachverhalte verzerrt oder bestimmte Problemkonstellationen ausgegrenzt.

Es gibt viele Einzeldarstellungen v.a. über die einzelnen Künstler und Wissenschaftler der Romantik, deren zunehmende Zahl auf ein zunehmendes Interesse der Zeit schließen läßt, aber seltsamerweise keine Gesamtdarstellung für ein breiteres Publikum seit der „Romantik. Blütezeit, Ausbreitung und Verfall" von Ricarda Huch aus den Jahren 1899/1902 (sieht man von den literaturwissenschaftlichen Handbüchern und Sammelbänden ab). Beim vorliegenden Buch handelt es sich nicht um einen neuen literaturwissenschaftlichen Deutungsversuch, es geht vorrangig um eine Kulturgeschichte der deutschen Romantik, besser noch: der Romantiker, eine Kulturgeschichte, die vom Menschen, d.h. vom Künstler und seinem Werk ausgeht, von seinem Wissen, seinen Erfahrungen und Wünschen.

Die Basis bilden rund 80 Lebensgeschichten, allesamt von Männern und Frauen, die in der Zeit von 1795 bis 1820 künstlerisch – im umfassenden Sinne – tätig waren, die sich aktiv, d.h. schriftlich äußerten und sich zugleich mehr oder weniger, zumindest zeitweilig, diesem romantischen Kreis zugehörig fühlten. Im Vordergrund stehen natürlich die zentralen Figuren der deutschen Romantik, einerseits die Schriftsteller Schlegel, Tieck, Novalis, Brentano, Hoffmann, Eichendorff, andererseits die Maler und Musiker Friedrich, Runge, Carus und von Weber, nicht nur weil sie bekannt sind und Leitfiguren der Bewegung waren, sondern auch, weil sie ausführliche Lebenszeugnisse und Briefwechsel hinterlassen haben, die eine detaillierte Rekonstruktion ihrer Lebensläufe möglich machen. Ihr paradigmatisches Leben mitsamt ihren Schöpfungen, Erfahrungen, Freuden und Leiden, Erfolgen und Mißerfolgen ist Ausgangspunkt der Darstellung und Analyse. Zugleich aber wird die Umwelt einbezogen, d.h. Freunde und Förderer, die die Bewegung mitgetragen haben.

Die 80 Männer und Frauen allesamt als Romantiker und Romantikerinnen zu bezeichnen, ist sicherlich kühn. Je mehr man sich einer Person oder einem Problem der Zeit annähert, umso mehr verflüchtigen sich die allgemeinen Begriffe als feste Größen, mit denen man menschliche Handlungen und Denkweisen beschreiben kann. Den ‚romantischen' Menschen gibt es natürlich nicht, und die Bandbreite der ganzen romantischen Bewegung ist von beträchtlicher Größe. Dennoch geht die Darstellung von einem weiten Verständnis aus, das den Lebensstil und das Werk umfaßt, wie ihn die frühen Romantiker selbst verstanden.

Schon früh tauchte der Begriff ‚romantisch' für eine gemeinsame Grundstimmung und Selbstbeschreibung auf. Er war zwar nicht neu, erhielt aber insbesondere durch Friedrich Schlegel und Novalis eine Bedeutung, auf die sich viele bezog. Geläufiger wurde die Bezeichnung „Romantik" durch die älter werdenden Romantiker selbst, die in ihren späten Werken bereits selbstverständlich – wenngleich auf ihre Weise – damit umgingen. Hinzu kommt, daß die romantische Bewegung zahlreiche Kritiker und Gegner fand, die ihre Vertreter beschrieben und öffentlich diffamierten und damit auch die spätere Rezeption bestimmten. International wurden die Romantiker mit den Darstellungen von Madame de Staël und Heinrich Heine zur deutschen Literatur und Philosophie (1814 bzw. 1835) bekannt. Diese Bemühungen um eine Gesamtwürdigung der Romantik sind zwar beachtlich, haben aber auch einseitigen Bewertungen Vorschub geleistet. Rasch handelte es sich bei der „Romantik" nicht mehr um einen gattungsspezifischen Begriff der Literaturwissenschaft, sondern um einen Begriff, der über den literarischen Stil hinaus auch die Wissenschaft, die Kunst und letztlich das ganze Leben einbezog.

Die vorliegende Kulturgeschichte verfolgt insgesamt drei Ziele: 1. die Lebenswelt der Romantiker aus dem soziokulturellen Kontext der Zeit zu beschreiben und zu analysieren, 2. den Zusammenhang von Wissenschaft, Kunst und Religion aus den Lebensinteressen der Romantiker zu begreifen und zu bewerten und schließlich 3. jenseits des Romantik-Mythos das „Gesamtkunstwerk" nicht primär als eine politische Botschaft zu interpretieren, sondern als schöpferischen Ausdruck einer „Poetisierung des Lebens", bei der die Selbstverwirklichung durch Dichtung und Wissenschaft im Vordergrund steht. Gemessen an ihren Wünschen, Sehnsüchten und Erfolgen sind die Romantiker gescheitert; aber was sie als künstlerisches Werk hinterlassen haben, hat einen Mythos geschaffen, der bis heute nachwirkt.

Behutsam wird die intellektuelle Lebenswelt der Romantiker vor allem auf der Grundlage ihrer zahlreichen Lebenszeugnisse im Kontext der Zeit um 1800 beschrieben und interpretiert. Dies ist sicherlich ohne Kenntnis der reichen Forschungsliteratur (v.a. Ernst Behler, Wolfgang Frühwald, Barbara Hahn, Eckart Kleßmann, Lothar Pikulik, Gerhard Schulz, Hartwig Schultz) kaum möglich. Dennoch wird hier auf eine gesonderte Auseinandersetzung mit anderen literaturwissenschaftlichen und kunstwissenschaftlichen Interpretationen bewußt verzichtet. Im Vordergrund steht das Bemühen, unserer Zeit eine Welt und Kultur zu vermitteln, die zwar mittlerweile Vergangenheit ist, mit der sich auseinanderzusetzen, deren Lebenswerke sich zu vergegenwärtigen, sich aber lohnt.

Die Kulturgeschichte der deutschen Romantik wird in zwei Teilen geschrieben. Während der erste Band sich der Lebenswelt der Romantiker im engeren Sinne widmet, konzentriert sich der zweite auf den Zusammenhang von Wissenschaft, Geschichte, Psychologie und Kunst der Romantik. Zur besseren Einordnung beginnen die Untersuchungen mit einer Analyse der soziokulturellen Situation in Deutschland vor 1800.

Was ist Romantik?

Drei Geschichten, ein Lied und ein Bild

Im Sommer 1799 schrieb Ludwig Tieck in Jena in kürzester Zeit die bekannte phantastische, in seinen Augen beste Geschichte: „Der getreue Eckart und der Tannenhäuser In zwei Abschnitten"[1]:

Obwohl der getreue Eckart in einer Schlacht dem Herzog von Burgund Leben und Reich gerettet und dabei seinen ältesten Sohn verloren hatte, verstößt ihn der von Eifersucht und Mißtrauen erfüllte Herrscher und trachtet ihm nach dem Leben. Er tötet seine beiden anderen Söhne, woraufhin Eckart voll Wut und Schmerz ins Schloß stürmt, aber im letzten Augenblick zögert, Rache zu nehmen und verzweifelt in die Einsamkeit geht, um dort zu sterben. Der Auftritt Eckarts

Abb. 1: Tannhäuser im Venusberg (um 1861, Eugène Delacroix zugewiesen).

im Schloß verfehlt jedoch nicht seine Wirkung: der Herzog beginnt, sich vor seiner Rache zu fürchten und macht sich selbst mit seinen Knappen in die Wälder auf, um Eckart zu töten. In einer wilden Sturmnacht verliert er seine Begleiter, irrt umher und stürzt. Auch Eckart irrt durch diese Wildnis, halb wahnsinnig in seinem Jammer um die Kinder. Als er die Hilferufe des Herzogs vernimmt, scheint die Stunde der Rache gekommen, doch wieder siegt seine Treue: Er führt und trägt den Geschwächten auf den rechten Weg, ohne von diesem erkannt zu werden. Der Knappe Wolfram war zu ihnen gestoßen, als sie endlich eine Hütte erreichen. Als der Burgunder seinen Retter erkennt, ist er überwältigt von dessen Herzensgröße und bekennt seine Schuld. Wolfram, der sich von nun an Tannenhäuser nennt, wird mit zwei Schlössern belohnt, den getreuen Eckart aber bestimmt der sterbende Herzog zum Vormund seiner Söhne und zum Regenten. Schon früher war von einem Spielmann die Rede gegangen, der aus dem Venusberg komme und mit seinen zauberischen Tönen die Menschen dorthin locke. Nun geht er erneut im Land um, seine Melodien betören die Söhne des Herzogs, ein ungeahntes Sehnen und ein „seltsam böser Geist" bemächtigt sich ihrer. Auch Eckart spürt die Verlockung, doch wieder ist es seine Treue zum Burgunderherzog, die ihn widerstehen läßt. Er wirft sich mit dem Schwert gegen das wüste Heer der grauenerregenden Zwerge und befreit die Prinzen, fällt aber in der Schlacht gegen die unheilvollen Geister. An dem Felsentor zum Venusberg hält er von nun an Wache, um die Gefährdeten zu schützen.

Der zweite Teil der Geschichte spielt 400 Jahre später. Der schöne und beliebte Tannenhäuser verschwindet plötzlich vom Hof, niemand weiß wohin. Doch es geht das Gerücht, er sei zum Venusberg geritten und auf immer verloren. Sein Freund Friedrich von Wolfsberg trauert lange um ihn. Er war längst verheiratet und hatte mehrere Kinder, als eines Abends ein „wunderlich" anmutender Pilger in fremder Tracht und mit unheimlich brennenden Augen bei ihm auftaucht. Es ist niemand anderes als der verschwundene Tannenhäuser. Zögernd gibt er seine Geschichte preis: Er erzählt von dem bösen Geist seiner Jugend, von seinen wilden Herzenswünschen und Sehnsüchten, die um die Sage vom Venusberg kreisen. Tagsüber spricht ihm jede Blume, jede Wolke, jeder Windhauch von dieser süßen Sehnsucht, nachts ängstigen ihn dunkle Traumbilder und versperren ihm den Weg zu allem Leben. Doch dann findet er Befreiung: In einem wunderbaren Garten begegnet er Emma, seiner großen Liebe. Auf sie richtet sich jetzt sein ganzes Sinnen und Trachten. Doch dann taucht ein junger Ritter auf, dem sich Emma zuwendet. Die Musik der Liebe weicht wilden Gedanken, Tod und Haß. Tannenhäuser erschlägt den Rivalen. Totenglocken künden ihm von dem Tod der geliebten Emma, die aus Gram gestorben sei. Als er auch noch den erschütternden Tod seiner Eltern miterlebt, erfaßt ihn „wehmütiger" Wahnsinn, sein Leben ist nichts als Unrast und wüstes Treiben. Die alte, böse Sehnsucht nach dem Venusberg nimmt wieder von ihm Besitz. Schließlich weist ihm der Teufel selbst den Weg dorthin – und auch die Riesengestalt des getreuen Eckart kann ihn nicht zurückhalten: Der Tannenhäuser dringt in das unterirdische Bergwerk zu den „frohen heidnischen Göttern" vor, zu Frau Venus. „Alle Freuden ... genoß und schmeckte ich hier in ihrer vollsten Blüte, unersättlich war mein Busen und unendlich der Genuß ... hier gab es keine Zeit und keine Unterschiede, in den Blumen brannte der Mädchen und der Lüste Reiz, in den Körpern der Weiber blühte der Zauber der Blumen, die Farben führten hier eine andere Sprache, die Töne sagten neue Worte, die ganze Sinnenwelt war hier wie in Einer Blüte fest gebunden, und die Geister drinnen feierten ewig einen brünstigen Triumph".

Doch irgendwann erfaßt den Tannenhäuser ein der frühen unheilvollen Sehnsucht gleich starker Wunsch zurück „zur alten unschuldigen Erde" und ihrem alltäglichen Menschenleben. Durch die Gnade Gottes gelingt ihm tatsächlich die Rückkehr in die Heimat. Nun will er nach Rom wallfahrten und dort Vergebung suchen.

Mit höchstem Erstaunen hört Friedrich der Erzählung seines Freundes, er kann sie nur für reine Einbildung halten. Denn er selbst ist mit Emma verheiratet, Eifersucht und Rivalität hatte es zwischen den Freunden nie gegeben. Doch der Tannenhäuser ist nicht imstande, die Wirklichkeit zu erkennen, er hält sie für ein Blendwerk der Hölle.

Beim Papst in Rom kann er die ersehnte Vergebung seines Sündenlebens nicht erhalten: Nach Monaten taucht er verwahrlost und abgezehrt nochmals bei Friedrich auf. Er küßt den Freund auf den Mund und stürzt davon – da findet man Emma ermordet in ihrem Zimmer. Friedrich aber wird von Wahnsinn überfallen, der Kuß des Freundes brennt auf seinen Lippen. Er verschwindet für immer auf der Suche nach dem Tannenhäuser und dem wundersamen Venusberg.

Von Heinrich von Kleist stammt die zweite Geschichte, die bekannte und als skandalös verschrieene Erzählung „Die Marquise von O ..." aus dem Jahre 1808.[2] Es geht um eine Schwangerschaft durch Vergewaltigung und die Reaktion der

Betroffenen. Der Schauplatz ist Norditalien zur Zeit des zweiten Koalitionskrieges, als russische Truppen 1799 Modena besetzt hatten.

Die Marquise von O stand im besten Ruf als Tochter eines Kommandanten und Witwe, die sich ausschließlich auf die Erziehung ihrer Kinder konzentriert hatte und nie mehr heiraten wollte. Während der turbulenten Belagerung der Zitadelle und eines Anschlags auf die Marquise wurde sie vom russischen Grafen gerettet, aber auch während einer kurzzeitigen Ohnmacht vergewaltigt. Die Familie ehrte ihn als Retter und wollte sich bei ihm bedanken, hörte aber bald, daß er in einem Gefecht den Tod gefunden habe. Nach mehreren Wochen tauchte der Graf F. geheilt wieder auf und besuchte die Kommandantenfamilie in ihrem Stadthaus. Überraschenderweise hielt er mit größter Dringlichkeit um die Hand der Marquise an, aber weder diese noch ihre Familie wollte so überstürzt in eine Ehe einwilligen. Sie kannten den Grafen kaum und wollten sich erst über ihn und seine Familie erkundigen. Er sollte nach einer dienstlichen Reise nach Neapel wieder vorsprechen. Während die Marquise sich mit dem Gedanken vertraut machte, ihn zu heiraten, entdeckte sie „eine unbegreifliche Veränderung ihrer Gestalt". Zunächst fürchtete sie eine Krankheit, dann aber ahnte sie, daß sie schwanger war. Nur konnte sie dies durchaus nicht begreifen, denn sie wußte von keiner Begegnung mit einem Mann. „Eher", glaubte sie, „daß die Gräber befruchtet werden, und sich im Schoß der Leichen eine Geburt entwickeln wird". Als ein Arzt die Schwangerschaft bestätigt, hält sie dies zunächst für eine grobe Beleidigung, offenbart sich dann aber ihrer Mutter. Nun wird noch eine Hebamme hinzugezogen. An der Schwangerschaft gibt es keinen Zweifel mehr. Die Mutter beschwört die Marquise, ihren Fehltritt zu gestehen und den Vater zu nennen. Die anfängliche Großmut der Eltern weicht erbittertem Abscheu, als die Marquise auf ihrer Unschuld beharrt. Vor allem der Vater verstößt sie erbarmungslos, weist sie aus seinem Hause und verbietet ihr, die Kinder mitzunehmen. Doch in dieser tiefsten Krise wachsen der Marquise plötzlich Kräfte zu. Im Bewußtsein ihrer Unschuld, im steigenden Gefühl ihrer „Selbständigkeit", zieht sie mit ihren Kindern gegen den Willen des Vaters auf ihr Landgut. „Durch diese schöne Anstrengung mit sich selbst bekannt gemacht, hob sie sich plötzlich, wie aus ihrer eigenen Hand, aus der ganzen Tiefe, in welche das Schicksal sie herabgestürzt hatte, empor". Um ihrem Kinde die Schande einer unehelichen Geburt zu ersparen, entschließt sie sich zu einem außergewöhnlichen Schritt. Sie gibt eine Anzeige auf: ohne ihr Wissen sei sie in andere Umstände gekommen und bitte nun den Vater des Kindes, sich zu melden, um des Kindes willen sei sie zu einer Verheiratung entschlossen. Mittlerweile hatte sich der Graf F. zum zweiten Mal der Marquise genähert. Aber auch diesmal wies sie ihn ab. „Sie fühlte sich seiner nicht würdig". Die Eltern aber begannen aufgrund der Anzeige zu erkennen, daß ihre Tochter tatsächlich unschuldig war, und überzeugten sich schließlich durch eine Lügengeschichte endgültig von der Wahrheit ihrer Behauptung. Es kam zu tränenreichen Versöhnungsorgien, zunächst mit der Mutter, dann mit dem Vater, die in einer geradezu inzestuösen Szene endet. Die Marquise kehrt mit ihren Kindern ins Elternhaus zurück. Tatsächlich kündigt als Antwort auf die Anzeige ein Unbekannter sein Kommen zu einer bestimmten Stunde an. Mutter und Tochter erwarten ihn: Es erscheint der Graf F.. Der Retter war auch der Vergewaltiger. Während er seine Liebe aufs neue beteuert, wendet sich die Marquise voll Abscheu von ihm ab: „Auf einen Lasterhaften war ich gefaßt, aber auf keinen Teufel". Nur mühsam gelingt es ihrem Vater, sie mit einem Ehevertrag, der dem Grafen keinerlei Rechte zubilligt, zur Hochzeit zu überreden. Die Reue, die Großzügigkeit und Zurückhaltung des Grafen bahnen seinem neuen Werben um die Ehefrau den Weg, so daß die Hochzeit ein Jahr später im großen Rahmen wiederholt wird. Nun erklärt die Marquise, „er würde ihr nie wie ein Teufel erschienen sein, wenn er ihr bei seiner ersten Erscheinung nicht wie ein Engel vorgekommen wäre".

Die dritte romantische Geschichte, „Der Sandmann", stammt von E. T. A. Hoffmann, er hatte sie in seinen „Nachtstücken" 1815 veröffentlicht.[3]

Nathanael schrieb seinem Freund Lothar, daß er etwas Entsetzliches erlebt habe: Ein Wetterglashändler, der ihm Waren zu verkaufen versuchte, erinnerte ihn an eine traumatische Geschichte in seiner Kindheit. Jeden Abend hatte sich seine Familie im Arbeitszimmer seines Vaters getroffen, wo noch Geschichten erzählt wurden. Kurz vor 9 Uhr wurden die Kinder ins Bett geschickt mit der Drohung, daß sonst der Sandmann komme, und tatsächlich polterten oft kurz darauf schwere Schritte die Treppe herauf: ein später Besucher seines Vaters. Trotz des gräßlichen Bildes vom Sandmann, das ihm die alte Kinderfrau malte, wuchs mit den Jahren die Neugier auf den Mann, der die Abende mit dem Vater verbrachte. „Der Sandmann hatte mich auf die Bahn des Wunderbaren, Abenteuerlichen gebracht". Einmal versteckte sich Natanael im Arbeitszimmer. Seine Fantasie war aufs äußerste angespannt, mit Entsetzen erkannte er in dem Besucher den von den Kindern, aber auch der Mutter verabscheuten Advokaten Coppelius, der hin und wieder zum Mittagessen kam. Der „Popanz" des Ammenmärchens hatte eine

Abb. 2: Zeichnung von E.T.A. Hoffmann zum Sandmann (1815/16).

andere, aber nicht weniger fürchterliche Gestalt angenommen. Als sich der Vater und sein Besucher allein wähnten, zogen sie schwarze Kittel an und begannen, an einem Herd mit glutvollen Zangen und hellblinkenden Massen zu experimentieren. Doch schließlich entdeckte Coppelius den versteckten Nathanael und schlug ihn voll Wut. Wochenlang lag das Kind krank darnieder, Coppelius und der Sandmann flossen in seinen Fieberträumen in eins. Der abendliche Gast aber ließ sich lange nicht mehr sehen. Doch eines abends polterten seine „eisenschweren" Schritte wieder die Treppe herauf – zu einem letzten Experiment mit dem Vater. Die schreckliche Vorahnung der Familie bewahrheitete sich: Um Mitternacht tötete eine Explosion den Vater. Dies lag Jahre zurück, doch nun hatte Nathanael in dem Wetterglashändler Coppola den Mörder seines Vaters wiedererkannt. Auch sein Name Giuseppe Coppola war ihm deutlicher Hinweis.

Anstelle seines Freundes Lothar antwortete dessen Schwester, Nathanaels Geliebte Clara. Sie zeigte sich durchaus bewegt, meinte jedoch nüchtern, daß alles Entsetzliche und Schreckliche sich nur in seinem Innern abspielte, die Vorgänge der Außenwelt diese beängstigenden Fantasien auslösten. Beim nächtlichen „unheimlichen" Treiben handele es sich um übliche alchemistische Versuche, und der Tod des Vaters sei wohl durch Unvorsichtigkeit verursacht worden. Es gäbe keine dunklen Mächte, die von außen den Menschen beeinflussten. „Es ist das Phantom unseres eigenen Ichs, dessen irrige Verwandtschaft und dessen tiefe Einwirkung auf unser Gemüt uns in die Hölle ruft oder in den Himmel verrückt."

In seiner Antwort an Lothar setzt Nathanael seine Geschichte fort. An der Universität lernt er den Naturforscher Spalanzani kennen, der ihm glaubhaft versichert, daß der Wetterglashändler Giuseppe Coppola unmöglich mit dem alten Advokaten identisch sein könne. Zugleich weckt er Nathanaels Aufmerksamkeit, weil er seine schöne Tochter Olimpia von der Außenwelt vollkommen abschirmt. Durch Zufall bekommt Nathanael sie einmal kurz zu Gesicht. Dieses „hohe, sehr schlank im reinsten Ebenmaß gewachsene, herrlich gekleidete Frauenzimmer" fasziniert ihn. Hier endet der Briefwechsel, und der Autor erzählt nun selbst die Geschichte weiter. Bei seinem Besuch bei den Geschwistern Lothar und Clara zeigt sich Nathanael stark verändert: Er fühlt sich als Spielball dunkler Mächte. Er sieht in Coppelius das böse Prinzip, den widerwärtigen „Dämon", der sein Liebesglück zerstören werde. Lothar und Clara suchen vergeblich, ihn von dieser Einbildung zu befreien. „Nur dein Glaube ist seine Macht". Nathanaels Wahnvorstellungen fließen in düstere Geschichten, die er schreibt und vorliest. Doch Clara will diese düsteren Erzählungen nicht mehr hören und fordert ihn auf, sie ins Feuer zu werfen. Entrüstet beschimpft er die Geliebte. Nur mühsam läßt sich die Freundschaft noch einmal retten. Nathanael kehrt in seine Universitätsstadt zurück, zieht in eine Wohnung gegenüber Spalanzani ein und beobachtet die einsame Olimpia. Ausgerechnet von Coppola kauft er ein Taschenperspektiv, um die geheimnisvolle junge Frau schärfer beobachten zu können. Wie verzaubert schaut er zu ihrem Fenster, ihr schönes Gesicht läßt ihn nicht mehr los. Claras Bild verblaßt immer mehr. Da gibt Spalanzani überraschend für seine Tochter ein Konzert und einen Ball. Olimpia spielt mit größter Fertigkeit Klavier und singt eine Arie mit „heller, beinahe schneidender glasgenauer Stimme". Nathanael widmet sich ausschließlich ihr, hält ihre merkwürdig eiskalte Hand und tanzt mit ihr die ganze Nacht, obwohl sie kaum mehr als „Ach, Ach" spricht. Während sie den anderen Gästen in ihrer Künstlichkeit zusehends unheimlich wird, verliebt sich Nathanael immer mehr und besucht sie, um ihr aus seinen Werken vorzulesen. Ihren stummen freundlichen Blick nimmt er als Bewunderung und Anerkennung, Nathanael fantasiert von psychischer Wahlverwandtschaft. Nicht abrupter und schrecklicher hätte er aus diesen Liebesträumen gerissen werden können: Er kommt zufällig dazu, wie Spalanzani und Coppola in heftigem Streit beide an einer weiblichen Puppe – Olimpia – zerren, sie auseinanderreißen, weil jeder sich für den eigentlichen Schöpfer dieses Automaten hält. Der blanke Wahnsinn überfällt Nathanael, er will Spalanzani erwürgen, wird aber überwältigt und in ein Tollhaus eingewiesen. Dank der Pflege seiner Mutter, seines Freundes Lothar und der geliebten Clara scheint er bald geistig völlig zu gesunden. Er ist milder und kindlicher geworden und liebt seine himmlische Clara mehr denn je. Doch dann klettern die beiden Liebenden auf den Ratsturm, um in das ferne Gebirge zu sehen; als er dazu das Perspektiv von Coppola aus seiner Tasche nimmt und zufällig auf Clara richtet, befällt ihn erneut der Wahnsinn: mit dem Schrei „Holzpüppchen dreh dich – Holzpüppchen dreh dich" will er Clara über das Geländer schleudern und springt schließlich selbst hinab. In der Menge, die auf dieses grausige Schauspiel starrt, steht der Advokat Coppelius, verschwindet dann aber rasch. Die Geschichte endet mit dem Hinweis, daß Clara später einen ‚freundlichen' Mann geheiratet und ihr häusliches Glück gefunden habe, das ihr „der im Innern zerrissene Nathanael niemals hätte gewähren können". Die Olimpia-Geschichte zählt zu den bekanntesten romantischen Geschichten, die nicht zuletzt durch J. Offenbachs Oper und verschiedene Verfilmungen bis heute weltweites Interesse findet.

Zwar erschöpft sich die künstlerische Produktion der Romantik nicht in diesen drei Geschichten. Sie sind aber repräsentativ für die literarische romantische Fantasie und Kunstwelt. Ludwig Tieck, Heinrich von Kleist und E.T.A. Hoffmann sind als romantische Literaten bis heute bekannt geblieben und ihre Erzählungen zeitigten eine beträchtliche Wirkung.

Sie beschwören nicht die Vergangenheit, sondern thematisieren aktuelle Probleme der Zeit. Es geht um die Wiederentdeckung des ganzen Menschen, den nicht nur Vernunft und rationales Verhalten ausmachen, sondern zu dem gleicherweise die Nachtseiten menschlicher Psyche, eine Welt der Träume, selbst des Wahnsinns gehören. Der Mensch, in besonderer Weise der Künstler, lebt im Unterschied zum aufgeklärten Bürger in einer Welt des Zwiespalts, hier die vernünftige, rational erfaßbare Welt mit klaren Regeln, dort die Welt der dunklen, aber auch höheren „Mächte", die die Kreativität des Menschen bedingen und ihm über das alltägliche Leben hinaus Sinnfragen stellen und neue Ordnungen schaffen lassen. Bei allen Erzählungen handelt es sich um kunstvolle, höchst komplexe Geschichten, in die verschiedenste Traditionen und Gegenwartsprobleme eingingen. Letztlich sind sie für ein recht elitäres Publikum geschrieben.

Aus „Des Knaben Wunderhorn“ (1808)

Robert Schumann, Marienwürmchen

Abb. 3

182
schrei'n so seh_re. Die bö_se Spin_ne spinnt sie ein, Ma_ri_en_würmchen,
flieg' hin_ein, dei_ne Kin_der schreien seh_re.
Ma_ri_enwürm_chen, flie_ge hin zu Nachbars Kind', zu Nachbars Kind', sie tun dir nichts zu
Lei_de, nichts, nichts zu Lei_de. Es soll dir da kein Leid gescheh'n, sie
wollen deine bun_ten Flü_gel seh'n, und grüß' sie al_le bei_de.
Edition Peters
9307

Abb. 4: Philipp Otto Runge,
Der große Morgen (1809/10).

Spätaufklärung und bürgerliche Emanzipation in Deutschland

Abb. 5: Kant mit Tischgenossen (um 1786),
Ausschnitt aus einem Gemälde von E. Doerstling.

Deutschland

Wenn zu Ende des 18. Jahrhunderts, zur Zeit der Französischen Revolution, von Deutschland gesprochen wurde, so war verfassungspolitisch wie kulturell nicht klar, was genau gemeint war. Es gab zwar ein deutsches Reich, aber keine deutsche Nation, es gab viele deutsche Länder, aber keinen deutschen Staat mit eindeutigen Grenzen und politischer Struktur. Es gab verschiedene deutsche Wirklichkeiten und Zugehörigkeiten, die nicht mit modernen Vorstellungen identisch sind. Unabhängig davon, daß sich jeder politisch, sozial und kulturell auf irgend eine Art und Weise zuordnete, gab es weder eine deutsche Identität noch ein deutsches Bewußtsein. Für den Adel und die Kirchen bedeutete Deutschland etwas anderes als für Bürger und Bauern. Man besaß keine Staatsbürgerschaft, sondern war Herrschaftsträger oder – wie zumeist – Untertan einer Herrschaft. Das, was sich als deutsche Nation oder deutscher Staat im Laufe des 19. Jahrhunderts herausbildete, formierte sich erst im Zusammenhang der Französischen Revolution und der Auflösung des Heiligen Römischen Reiches Deutscher Nation. Es wurde zwar schon länger von „deutscher Nation“ gesprochen, doch bildete sie eine fast ausschließlich kulturelle Größe.[1]

Politisch verstand man unter Deutschland zunächst und vor allem das Heilige römische Reich deutscher Nation, wie das Alte Reich seit dem Ende des Mittelalters genannt wurde, wie es seit dem Westfälischen Frieden von 1648 festgeschrieben war. Dieses Reich hörte 1806 mit der Niederlegung der Kaiserkrone durch Kaiser Franz I. auf zu existieren. Doch bereits zu Ende des 18. Jahrhunderts war es mehr eine repräsentative als eine politische Größe, zwar mit eigenen Reichsbehörden, mit einem immerwährenden Reichstag und Reichsgericht, aber der Zusammenhalt wurde durch das Kaisertum nur schwach gesichert, das kaum noch reichische Interessen wahrnahm, sondern habsburgische. Stärkste Klammer bildete immer noch die Reichsaristokratie und die Reichskirche sowie Traditionen und Absprachen zwischen den verschiedenen deutschen Staaten.

Gleichzeitig gab es keine klaren geographischen wie politischen Grenzen. Einmal reichte die Reichsgrenze im Süden weit nach Italien hinein, dann regierten in Hannover und Vorpommern die englischen bzw. schwedischen Könige, ohne daß die Territorien vom Reich abgetrennt wurden. Nicht zum Reich zählten Ostpreußen, obwohl es den brandenburgischen Herzog zum König werden ließ, wie auch Ungarn, das aufs engste mit der Habsburger Monarchie verbunden war. Die Reichsgewalt wurde mehr und mehr zurückgedrängt durch den Machtwillen der sich immer unabhängiger bewegenden Reichsfürsten und deutschen Landesherren, die zusehends selbst ihr Land repräsentierten. Es gab zwar bis zum Ende des 18. Jahrhunderts immer wieder Bestrebungen, die Macht des Reiches zu stärken, doch wurde die politische Wirklichkeit von einer Pattsituation beherrscht, die es erlaubte, in einem Reichsverbund eigene politische Machtansprüche zu artikulieren. Als das Reich durch die Französische Revolution und Napoleons europäische Expansion schließlich zusammenbrach, kam es zu keinem großen Protest oder Aufschrei. Selbst die vom Untergang des Alten Reichs am härtesten betroffene Reichskirche fügte sich den Gegebenheiten. Das Ende des Alten Reichs wurde vor allem von den „neuen" Bürgern und ihren literarischen Sprechern sang- und klanglos hingenommen. Damit war aber die Frage der deutschen Einheit nicht erledigt: Mitten in den Napoleonischen Kriegen erwuchs ein neuer Traum, in den rasch wieder alte Reichsvorstellungen einflossen.

Im Alltagsleben und der sozialen Wirklichkeit war Deutschland gleichbedeutend mit der Vielzahl von Ländern, die zwar in den Reichsverbund integriert bzw. durch ihn auch geschützt waren, doch eigene politische Gebilde darstellten, die ebenso durch alte Tradition begründet waren und die Politik und das soziale Leben des Einzelnen mehr bestimmten als das Reich selbst. Jeder Deutsche war in erster Linie Untertan eines der vielen deutschen Länder. Zu Ende des 18. Jahrhunderts gab es allein rund 300 größere Territorien, insgesamt fast 1790 Einzelstaaten, die mehr oder weniger unabhängig voneinander bestanden. Die größten und mächtigsten Staaten waren das Königreich Preußen und das Erbherzogtum Österreich, aber auch die Kurfürstentümer Bayern, Sachsen und Hannover waren bedeutend. Hinzu kam eine Vielzahl von kleinen und kleinsten Ländern wie die Grafschaft Oldenburg, die Markgrafschaft Baden und das Herzogtum Mecklenburg. Nicht weniger unabhängig bzw. als reichsunmittelbar verstanden sich die Reichs- und Hansestädte wie Lübeck, Hamburg, Frankfurt oder Augsburg. Schließlich gab es auch Reichsabteien und geistliche Herrschaften wie Fulda oder Berchtesgaden. Ihre Grenzen haben sich oft durch Erbfälle und Kriegshandlungen verändert.

Alle diese Herrschaften waren obrigkeitlich strukturiert, die Herrschaftsgewalt lag bei einem Kurfürsten, Herzog oder Grafen. Einige mußten sie sich mit Ständen teilen. Während Bayern streng absolutistisch regiert wurde, bildete Mecklenburg einen patriarchalischen Ständestaat. Nur die reichsunmittelbaren Städte besaßen oligarchische Regimente. Politische Gewalt und Macht hatte nur der Adel inne. Zwar partizipierten an der sozialen und politischen Macht hier und da auch Bürgerliche und Kleriker, aber das konkrete Regierungsgeschäft übergaben alle einem Beamtenstand, dessen Wohl und Wehe von Fürsten abhängig blieb. Die Fürsten und der Adel lebten in Residenzen, die sie zu bedeutenden kulturellen und politischen Zentren ausbauten. Alle Länder achteten auf ihre Eigenstaatlichkeit und modernisierten sie durch einen Ausbau des Gerichts- und Steuerwesens, des Verwaltungs- und des Schulwesens. Im Mittelpunkt der Landespolitik standen die Hebung des Allgemeinwohls und die Besserung der Infrastruktur, allerdings mehr durch Bevormundung der Untertanen als durch ihre Aktivierung. An der Konstruktion des Untertanenstaates änderten auch die aufklärerischen Impulse der neuen Bürokratie nichts. Es gab dabei zwar bedeutende politisch-kulturelle Leistungen, zugleich aber kam es zu absolutistisch-militärischen Ausprägungen der Gesellschaft. Neben Weimar mit Karl August stand ein Preußen unter Friedrich II. Aufgrund der Landesstruktur gab es in Deutschland keinen politischen und gesellschaftlichen Mittelpunkt. Wien galt zwar noch als Reichshauptstadt, spielte aber keine große, mit Paris oder London vergleichbare Rolle im gesamtpolitischen Leben. Dafür gab es jedoch eine Vielzahl kleiner Residenzstädte, die miteinander um Ansehen und Macht konkurrierten, so Berlin-Potsdam, Dresden, München, Karlsruhe, Stuttgart etc., alle im Vergleich mit anderen europäischen Städten klein, aber für die Karrierelaufbahn von Adeligen und Bürgerlichen von entscheidender Bedeutung. Die einzelnen Länder waren für ihre eigene Politik zuständig, so stark sie voneinander abhingen, sie förderten nach eigenem Ermessen Handel, Gewerbe und Verkehr, länderübergreifende Initiativen vor allem in Zoll- und Steuerpolitik gab es nicht. Bei aller Homogenität der deutschen Länder variierten Geldwährung, Steuerbelastung und politische Bedeutung beträchtlich.

An sich waren die deutschen Länder konfessionell gesehen noch geschlossene Staaten, die von Kirche und Obrigkeit kontrolliert wurden. Doch schwanden zu Ende des 18. Jahrhunderts zusehends die fixierten konfessionellen Grenzen. Die protestantische Minderheit nahm im katholischen Raum zu wie umgekehrt die katholische im protestantischen. Dies förderte im Zusammenhang der Aufklärung Toleranz und Durchlässigkeit. Jedes Land legte zunehmend Wert auf eigene Beamte und Geistlichkeit, deswegen wurden allenthalben Schulen und Universitäten reformiert, zugleich strebten einige Universitäten danach, sich zu modernisieren, damit sie für Auswärtige attraktiv wurden.

Durch das dichte Netz von mehr oder weniger eigenständigen adeligen und kirchlichen Herrschaften griff die staatliche Obrigkeit stark in die Alltagswirklichkeit ein, die die bestehende Untertanengesellschaft in ihrer Struktur eher verstärkte als abschwächte. Ein großes Protestpotential konnte sich dabei freilich kaum entwickeln, ebenso wie jeder Akkumulation von Handel und Gewerbe Grenzen gesetzt waren. Es gab zwar trotz absolutistischen Zugriffs viele Freiräume, aber alle Entfaltungsmöglichkeiten blieben klein, da kirchliches und ständisches Denken stets in sie hineinwirkten.

Während das Reich sich unter dem Druck der Französischen Revolution als politischer Verbund aller deutschen Länder aufzulösen begann, verschärfte sich die Kritik an der Vielzahl von Staaten mit ihrer Eigenwilligkeit und ihrem obrigkeitlichen Anspruch, das Leben zu reglementieren. Die meisten Intellektuellen hatten sich um 1800 vom Reich verabschiedet, ihre Lebenswirklichkeit war ausschließlich mit der deutschen Obrigkeit der verschiedenen Länder verknüpft. Bei aller Treue zum eigenen Fürstenhaus artikulierte sich ein lebhafter Wunsch, dieses Deutschland neu zu schaffen, das freilich vor Napoleon, aber auch später nur als deutsche Kulturnation verstanden wurde.

Es gab nämlich im 18. Jahrhundert noch ein drittes Deutschland, dessen Bedeutung im Laufe des Jahrhunderts zunahm, wenn es auch mehr einem utopischen Traum entsprach als der politischen Wirklichkeit. Aber es besaß für das gebildete Bürgertum und den Adel höchste Relevanz, insofern sie daraus ihre natürliche und intellektuelle Identität bezogen. Dieses Deutschland war weniger ein politischer als ein kultureller Begriff. Es war zwar nicht identisch mit dem, was wir deutschsprachigen Raum nennen, wurde aber vor allem durch die deutsche Sprache und Kultur vermittelt, die im 18. Jahrhundert zusehends eine eigene Größe erlangten. Ihr Raum und ihre Bedeutung waren nicht identisch mit dem Römischen Reich deutscher Nation, aber auch nicht mit der Summe deutscher Länder, so sehr es überall Überschneidungen gab. Diese Deutschlandvorstellung, die ein Konstrukt war und blieb, knüpfte an alte reichische und humanistische Traditionen an, erfuhr durch die protestantische Reformation mit ihrer religiösen Botschaft eine besondere kulturelle Überhöhung und manifestierte sich als ein eigenständiger Raum und eine besondere Größe gegen die in Europa vorherrschende Hochkultur Frankreichs. Ethnische Komponenten der besonderen deutschen Kultur und Sprache kamen zu Ende des 18. Jahrhunderts hinzu, die über die regionale Eingebundenheit hinaus wiesen. Dieses „Deutschland“ war keine statische, sondern eine dynamische Vorstellung, die im 18. Jahrhundert von steigender kultureller Relevanz war, aber nie geographisch oder politisch festgelegt wurde. Es war jedoch die Ebene, über die sich Intellektuelle zusehends definierten.

Dieses neu zu schaffende Deutschland nahm zwar viele reichische Traditionen, aber auch die Kultur der verschiedenen deutschen Länder auf und gründete wesentlich auf einem Sendungsbewußtsein, das durch die deutsche Sprache, Literatur und Philosophie gegeben wurde, die über den literarischen Markt mitsamt seinem Verlagssystem und die Aufklärungsgesellschaften vermittelt wurden. Es stellte eine Lese- und Diskussionsgesellschaft dar, die zwar noch überwiegend protestantisch und von Gelehrten und Intellektuellen geprägt war, in die aber nacheinander auch Katholiken und Juden einbezogen wurden und ebenso Adlige wie gebildete Bürger hineinwuchsen. Es war nicht die Diskussion über ein politisches Deutschland, das über die zersplitterten Länder hinauswies, die das Gesicht Deutschlands prägte, sondern die Diskussion über Literatur, Philosophie, Kunst und Moral. Von politischer Bedeutung war sie nur in ihrem Bekenntnis zu religiöser Toleranz, Meinungsfreiheit, Annäherung von adeliger und bürgerlicher Gesellschaft. Zu differenzierten Aussagen kam es erst im Zusammenhang der Auseinandersetzung mit der Französischen Revolution.

Diese Kulturnation verstand sich als eine kosmopolitische Größe, wie sie beispielsweise auch Klopstock oder Schiller sahen. Schiller, der dem württembergischen ‚Despotismus' entflohen war, um in Weimar seine intellektuelle literarische Heimat zu finden, bekannte sich zur „deutschen Würde" und wurde zugleich Ehrenbürger der Französischen Nation. Und Goethe, reichsstädtischer Bürger und loyaler Untertan des Herzogtums Weimar, verstand sich als Sprecher der deutschen Kulturnation, war aber zugleich ein Weltbürger mit universalem Selbstverständnis.

Das Deutschland der Intellektuellen war natürlich mehr als nur ein Reflex auf die politische Machtlosigkeit des Alten Reichs, die Zersplitterung Deutschlands in eine Vielzahl kleiner Staaten, das kleinbürgerliche Verhalten seiner Untertanen, die Ausgrenzung der Bürgerlichen aus der politischen Welt des Adels sowie die Vielzahl von Fürstentümern. Es war vielmehr Ausdruck eines politischen und kulturellen Selbstbewußtseins, das sich der Aufklärung, Bildung und Selbstbestimmung verschrieb, was auch immer bei den Einzelnen darunter verstanden wurde. Mit Macht und Weltherrschaft hatte es nichts zu tun. Außerdem gab es nicht nur negative Erfahrungen mit der Kleinräumigkeit eines Obrigkeitsstaates. Denn gerade diese Kleinräumigkeit hatte etwa den Aufstieg von Leibniz und Bach zu großen Figuren möglich gemacht, von derselben Struktur profitierten auch Lessing, Wieland und Goethe.

Bürger – Adel

Alle politische Macht besaß in Deutschland wie überall sonst auch im 18. Jahrhundert noch der Adel, der sich auf Tradition und Familienehre berief, über große Güter verfügte und zumeist auch entsprechend seines Ranges weitreichende Positionen im Reich wie in den einzelnen Territorien einnahm. Er war eine streng hierarchisierte soziale Klasse von kleinen Landadeligen bis zum Reichsfürsten, die sich alle ihrer gehobenen Herkunft bewußt waren und sich klar absetzten von allem Bürgerliche in ihren Herrenhäusern, Schlössern und Residenzen sogar sichtbar von den Untertanen getrennt lebten und handelten. Ihre sozialen Vorrechte leiteten sich entweder aus der Familientradition ab oder aus einem Privileg, das Kaiser oder Fürsten verliehen. Als Herrschaftsträger waren sie zwar keinesfalls alle Anhänger des fürstlichen Absolutismus, arrangierten sich jedoch mit ihm, weil er ihre Vorrechte im gesellschaftlichen Leben weiterhin absicherte, vor allem am Hof, in der Verwaltung, im Militär. Der Adel des 18. Jahrhunderts war

Abb. 6: Schloß Pillnitz bei Dresden (um 1825).

unterschiedlich engagiert in der Verwaltung seiner Güter und der Wohlfahrt seines Landes. Es gab Adelige, die ihre Grundherrschaft sowie ihre öffentlichen Ämter nur dazu nutzten, um ein Herrenleben der Feste oder der Jagd zu führen, aber es gab nicht wenige, selbst auf der Ebene der Fürsten, die sich ihrer Herrschaftsverpflichtung als Grundherr und Landesherr bewußt waren und alles taten, im Maße ihrer Mittel die Wohlfahrt ihres Landes mit Reformen in Verwaltung, Infrastruktur, Handel und Gewerbe sowie vor allem im Schulwesen zu heben. Von einer einheitlichen Adelsschicht, die nur ihre Vorrechte im Auge hatte, kann zu Ende des 18. Jahrhunderts nicht die Rede sein. Wie die Fürsten öffneten sich auch viele Adelige der Aufklärung und modernen Kultur. Viele hatten bereits eine vorzügliche Erziehung und Ausbildung erhalten, manche sogar studiert und wandelten ihre Residenzen in Musenhöfe um oder förderten aufklärerische Programme, sowohl in der Landwirtschaft als auch im Manufaktur- und Bildungswesen. Neben reaktionären gab es durchaus reformerische, ja aufklärerisch gesonnene Adelige und Fürsten, die selbst Anerkennung in Bürgerkreisen fanden. Sie öffneten sich nicht nur bürgerlichen Interessen, sondern zogen auch viele Bürgerliche an den Hof. So wie die Nobilitierung von Bürgerlichen als Anerkennung ihrer Leistungen verstanden wurde, wurden Adelige aktiv als aufklärerische Schriftsteller. Adolf von Knigge und Achim von Arnim kamen aus dem Adelsstand, ebenso Wilhelm von Humboldt und Friedrich von Hardenberg. Die politisch und sozial engagierten Adeligen waren zumeist Anhänger und Vertreter eines aufgeklärten Absolutismus, Aufklärung und Bildung sollten durch die adelig-staatliche Macht verbreitet und institutionalisiert werden, aber nur im Rahmen adeliger und fürstlicher Herrschaft. Sosehr sie sich bürgerlicher Kräfte bedienten, mit Bürgerlichen zusammenarbeiteten, ja sich mit ihnen befreundet hatten, wurden im öffentlichen Raum stets auch weit über die Zeit der Französischen Revolution hinaus klare Grenzen eingehalten. Die Idee des gleichen Rechts für alle war und blieb dem Adel fremd.[2]

Wenn im 18. Jahrhundert vom Bürgertum gesprochen wird, so müssen wir das Stadtbürgertum vom bürgerlichen Stand der Beamten, Kaufleute, Literaten, die sich von ständisch-absolutistischer Vorherrschaft befreien wollten und als Hauptträger der Aufklärung und Literatur auftraten, strikt unterscheiden. Das alte städtische Bürgertum wird zwar einerseits mit der sozialen Lebensart der Stadt verbunden, andererseits in den größeren Städten mit der Oberschicht identifiziert, die adelsgleiche Rechte beanspruchte. Dennoch wurden die großen Städte Vorhut der entstehenden bürgerlichen Gesellschaft. Andererseits verstand sich das Bürgertum als eine soziale Gruppe, die auf Leistung und Nutzen in der Gesellschaft bestand. Seinen sozialen Status legitimierte es nicht nur durch Besitz oder Familienprivileg – sosehr im Konkreten Besitz, Privileg oder Familienherkunft auch hier eine Rolle spielten –, sondern durch Bildung und Leistung. Deswegen setzte das „neue“ Bürgertum auch auf gute Erziehung und beste Ausbildung seiner Kinder. Diese Vorstellung vertrat das ganze gebildete Bürgertum, das durch Kultur oder Bildung Vorbild wurde für die Gesellschaft und sozial aufstieg bis in die Führungspositionen der fürstlichen Staaten. Zum neuen Bürgertum zählten in Deutschland vor allem Beamte, aber auch Ärzte, Schriftsteller sowie Lehrer. Insofern ist die obrigkeitlich-staatliche Orientierung des deutschen Bürgertums signifikativ. Ohne Loyalität den Fürsten gegenüber konnte man kaum eine Karriere starten, was aber nicht unbedingt den Verzicht auf eigenständiges Denken und Handeln bedeutete, denn ohne das zum Teil patriotische Engagement ihrer Beamten hätte keine fürstliche Herrschaft bestehen können. Zwar war das Bürgertum von der eigentlichen Machtsphäre ausgeschlossen, dies wußte es und verstand auch, damit umzugehen. Aber alle entscheidende Verwaltungsarbeit lag in der Hand der bürgerlichen Beamten, wodurch sie viele ihrer Vorstellungen verwirklichen konnten. In die Vorstellung vom aufgeklärten Absolutismus gingen viele Ideen des Bürgertums ein.

Hatte das Bürgertum im politisch-sozialen Bereich zweifellos keine Mitsprache, so eröffnete sich im Raum der Kultur und Bildung vor allem außerhalb der staatlichen Sphäre die eigentliche Entfaltungsmöglichkeit seines Selbstverständnisses und seiner kulturellen Einflußnahme. Zwar gab es offiziell eine staatliche Zensur sowie eine öffentliche Bevormundung durch die Kirche; diese wurde jedoch mit dem Anwachsen der Staatsmacht reduziert. Im Bereich des Bücher- und Zeitschriftenmarktes äußerte sich das Bürgertum unmittelbar, ebenso im Hochschulwesen, dessen Profil zusehends von „selbst denkenden“ Gelehrten geprägt wurde. Universitätsstädte traten kulturell in Konkurrenz zu den Residenzstädten.

Das neue Bürgertum entwickelte eigene Lebensvorstellungen, die über die alten Standesschranken hinauswiesen und den absolutistischen Obrigkeitsstaat überwinden wollten. Vorrangig ging es ihm darum, jede Form von Willkürherrschaft zu ächten, eine staatliche Rechtssicherheit herzustellen und Leistungen nicht durch fürstliche Übergriffe zu gefährden. Dann ging es darum, eine Gleichrangigkeit mit dem Adel im normalen gesellschaftlichen Verkehr zu erreichen. Zwar erträumte man sich die Gleichheit, wie sie die Aufklärungsgesellschaften im privaten Raum propagierten und herstellten, auch im öffentlichen Raum, aber nicht in dem Sinne, wie sie die Aufklärung postulierte, sondern im Sinne von Achtung und Gleichwertigkeit, die jede Herabsetzung, wie sie alltäglich an den fürstlichen Höfen geschah, ausschlossen. Gegen den vielfach noch korrupten und verschwenderischen Hof setzten Bürgerliche ihre Bildung, ihre Sparsamkeit und ihr Familienleben, das der Tugend und Vernunft unterworfen war. Vor allem bestand das Bürgertum auf Meinungs- und Denkfreiheit, d.h. auf Freiheit von der Bevormundung durch Staat und Kirche, ohne die es seine Schreib- und Diskussionsfähigkeit eingeschränkt sah. Von der Welt des Adels wollte es sich absetzen, wenngleich dessen soziale Stellung nicht allenthalben abgelehnt wurde.

Es muß jedoch betont werden, daß keineswegs das ganze Bürgertum aufklärerisch gesonnen war. Wie sich manche Adelige weiterhin standesbewußt verhielten, so waren vielfach auch die Bürgerlichen in traditionelles Standesbewußtsein verwoben. Die Angst vor revolutionären Bewegungen teilte das Bürgertum mit dem Adel, nicht zuletzt weil beide zusammen zwar alles für das Volk tun, aber dem gemeinen Volk keine Rechte einräumen wollten. Dies widersprach auch bürgerlichen Ordnungsvorstellungen.

Religiöse Kultur – Entkirchlichung des Alltagslebens

Von maßgeblichem Einfluß waren und blieben die Kirchen, die katholische wie die protestantische, trotz aller Aufklärung bis zum Ende des 18. Jahrhunderts und darüber hinaus. Die katholische Kirche war Bestandteil der Reichsverfassung, ihre Vertreter – vom Fürstbischof bis zum kleinsten Pfarrer auf dem Lande – kontrollierten das geistlich-kulturelle Leben und bildeten für die meisten noch eine zentrale sinnvermittelnde Instanz, die von den Obrigkeiten nicht nur toleriert, sondern aktiv unterstützt wurde. Es gab noch keine Trennung von Staat und Kirche. Der Staat hatte kirchlich religiöse Aufgaben, nicht zuletzt die Kirche zu schützen, und die Kirche war nicht selten selbst Obrigkeit, versehen mit allen herrschaftlichen Rechten. Das galt auch für die protestantische Kirche, nur besaß sie weniger exemten Wirkungsraum – es gab keine spezifisch protestantische Herrschaft, wie es Klosterherrschaften gab. Umso mehr war sie aber auch abhängig von der weltlichen Macht, die protestantischen Landesfürsten waren zu-

Abb. 7: Bonn um 1800.

meist auch Herren und ‚Bischöfe' ihrer Kirche. Der Einfluß der Kirchen war in den verschiedenen Territorien unterschiedlich, doch überall beherrschten noch strikte Dogmen die Lehre und eine strenge Disziplin das religiöse Leben, die Moral und die Sitten. Durch ein dichtes Netz von Kirchen, Pfarrhäusern und Klöstern war die Kirche überall gegenwärtig und fand weitgehend Akzeptanz.3

Was das praktische religiöse Leben betraf, so erhielt noch zu Ende des 18. Jahrhunderts jeder eine religiöse Unterweisung. Der sonntägliche Kirchgang mit Predigt war üblich. Auch hielten sich alle an die christlichen Riten, die das soziale Leben betrafen: So wurde jeder getauft, auch wenn die Tauffeierlichkeiten unterschiedlich waren, und alle mußten sich kirchlich trauen lassen. Ein obrigkeitliches Standesamt gab es nicht, die nötige Öffentlichkeit stellte die Kirche her. Sie entschied letztlich auch über Legitimität und Illegitimität der Geburt. Schließlich wurde jeder christlich beerdigt, mit allen Zeremonien, es gab sowohl die pompöse Beerdigung wie auch die anonyme Bestattung. Wenn auch manche Schulen keine kirchlichen Einrichtungen mehr waren, so wurden doch alle Schulen von der Elementarschule bis zur Universität kirchlich kontrolliert. Das Bildungsmonopol war weitgehend noch in Händen der Geistlichkeit. Die angesehenen Gymnasien: das Graue Kloster in Berlin, Schulpforta in Sachsen und das Tübinger Stift waren kirchliche Institutionen. Solange es noch Jesuiten gab, lag die qualifizierte Ausbildung in katholischen Territorien in ihren Händen. Sie alle überprüften die Rechtgläubigkeit und sorgten für eine christlich-konfessionelle Erziehung. Das 18. Jahrhundert war noch ein ganz und gar christliches Jahrhundert – trotz aller Aufklärung. Dennoch wurden nicht alle Räume gleicherweise kontrolliert. Den größten Freiraum boten größere Residenzen und größere Städte, allerdings abhängig von der religiösen Einstellung des jeweiligen Fürsten bzw. des Patriziats. Hamburg galt als freigeistiger als Nürnberg, Brandenburg-Preußen vor allem unter Friedrich II. als freigeistiger als Bayern und Österreich. Nicht zuletzt hatte die Kirche einen großen Einfluß auf die Mentalität ihrer Gläubigen, weil sie auch ein wichtiger Arbeitgeber war. Es gab keine Nachwuchsprobleme. Im Protestantismus war das Pfarramt besonders begehrt, weil es sich mit literarischen und wissenschaftlichen Interessen verbinden ließ. Das protestantische Pfarrhaus ist aus der religiösen Kultur und der Bildungsgeschichte nicht wegzudenken.

Das religiöse Leben war natürlich keinesfalls starr und unflexibel, sondern erfuhr eine beträchtliche Änderung im 18. Jahrhundert. Mittlerweile gab es zwar kaum noch konfessionelle Kämpfe, nicht einmal in Städten, in denen beide Konfessionen gleich vertreten waren, auch stand die Frage der Häresie nicht mehr im Vordergrund, was innerkonfessionelle Streitigkeiten nicht ausschloß. Umso härter aber bildeten sich Fronten zwischen der sich radikalisierenden Aufklärung und den christlichen Kirchen, die unter beträchtlichen Druck gerieten, weil sie im aufklärerischen Meinungsbild als Institutionen der Intoleranz, Dummheit und des Aberglaubens galten. Der deutsche Katholizismus litt unter diesen Angriffen mehr als die protestantische Kirche. Aber auch im Protestantismus war die Parteiung kompliziert. Einmal gab es die strenge Orthodoxie, die jede Herausforderung ablehnte und im alten Luthertum verhaftet blieb. Eine andere Richtung öffnete sich so stark der Aufklärung, daß manche zweifelten, ob hier überhaupt noch ein biblisch begründetes Christentum gepredigt würde. In Auseinandersetzung mit der alten Orthodoxie, aber auch der Aufklärung mit ihren rationalistischen Anforderungen entwickelte sich – drittens – der Pietismus in seinen verschiedensten Ausprägungen, unter denen die Zinzendorfer Richtung (Herrenhut) besondere Anziehungskraft ausübte. Gegen die Betonung der Vernunft propagierte sie das Gefühl, die innere Gesinnung, gegen ein starkes weltliches Engagement stellte sie das Bekenntnis zur christlichen Praxis und religiösen Exklusivität. Wie stark der Geist des Pietismus das deutsche Geistesleben bestimmte, ist bekannt.

Während es im Protestantismus unter dem Druck der Aufklärung zu unterschiedlich geformten Lebensgemeinschaften kam, gestaltete sich die Lage im katholischen Deutschland völlig anders. Materiell und politisch abgesichert durch die Reichsverfassung und gegründet auf eine reiche Klosterlandschaft hatte die Kirche sich lange von allen Wandlungen und Herausforderungen ferngehalten. Die ideologische Machtposition war abgesichert, nicht zuletzt durch die Jesuiten, allerdings auch durch das katholische Brauchtum, als hätte es nie eine Reformation gegeben. Der üppige Kirchenbau gerade des 18. Jahrhunderts zeugt von keinem Zweifel am Besitz der Wahrheit und der alleinigen Heilsvermittlung. Die kulturelle Stagnation der katholischen Kirche führte in der Aufklärung zu einer Kritik am Katholizismus; als Bollwerk des Aberglaubens, der Unterjochung und der Unvernunft habe er die Gläubigen bewußt unmündig und dumm gelassen und von jeder geistigen Zivilisation ferngehalten. Im Mittelpunkt der Kritik standen das Wallfahrtswesen und der Heiligenkult. In der Tat kannte der Katholizismus eine das ganze Alltagsleben bestimmende religiöse Kultur. Aber auch hier gab es vielfältige Reaktionen auf die aufklärerische Herausforderung. Ein Teil der katholischen Kirche blieb weiterhin der alten Tradition verhaftet, verteidigte sogar gegen die Aufklärung ihr Kulturgut als spezifisch katholisch. Andere Teile aber nützten die Situation zur Selbstreinigung und erhielten Unterstützung durch den Staat, der selbst politisch wie ökonomisch von der Reformbewegung profitierte. Es kam zu grundlegenden Schulreformen, wobei der Einfluß der Klöster vor allem beschnitten wurde, dann auch zur Reglementierung des religiösen Brauchtums durch Abschaffung von Feiertagen, Reduzierung des Wallfahrtswesens und Zurückdrängung abergläubischer Praktiken. Das Verbot des Jesuitenordens wurde nicht nur als Sieg der Aufklärung, sondern als Verdienst des Reformkatholizismus gefeiert. Die Reformen unter Josef II. in Österreich, aber auch in Mainz oder Bayern standen unter dem Zeichen einer aufklärerischen Selbstreinigung, ohne daß es jedoch zu neuen spirituellen Glaubensäußerungen kam. Dieser Prozeß mündete schließlich in die Säkularisierung der Kirchen, vor allem des Klosterbesitzes bereits vor der Französischen Revolution ein.

Die religiös-kirchliche Situation zu Ende des 18. Jahrhunderts war auf keinen Fall einheitlich. Eine aus Sicht der Aufklärung erfolgte Beschreibung der religiösen Kultur unterschlägt einmal, daß die Aufklärung nur Teilbereiche des religiösen Lebens tangierte, zum anderen, daß es im späten 18. Jahrhundert unterschiedlichste religiöse Kulturen gab. Denn auch hier gab es noch Stätten uneingeschränkter Orthodoxie, die keine Neuerungen zuließen, die alle Lehren reglementierten und ihre Gläubigen streng kontrollierten. Zugleich gab es eine zunehmende Zahl von religiös-kirchlichen Gruppen, die die Kanzel bzw. den Gottesdienst als moralische Institution verstanden, um praktische Aufklärung zu verbreiten. Schließlich gab es aber auch zahlreiche kirchliche Vertreter und Gemeinden, die gegen die lautstarke Orthodoxie wie gegen die pragmatischen Aufklärer für die religiöse Erbauung ohne abergläubische Attitüden plädierten und sich der neuen „deutschen“ Kultur öffneten.

All dies darf nicht darüber hinwegtäuschen, daß am Ende des 18. Jahrhunderts bereits eine erste Entkirchlichung der Gesellschaft, bei den Protestanten früher und entschiedener als bei den Katholiken, einsetzte. Die Kirche bildete für viele nicht mehr die allein Sinn vermittelnde Instanz. Zwar unterwarfen sich die meisten noch den kirchlichen Ritualen, auch akzeptierte man die christliche Dogmenwelt zumindest formal und achtete die Moral. Aber für viele wurde der konfessionelle Gegensatz unwichtig, ebenso das Glaubensbekenntnis. Der geregelte Kirchgang erschien unnötig, ja nicht mehr wünschenswert. Die Einhaltung der Kirchengebote wurde recht locker gehandhabt, ohne daß man dies schon für unchristlich hielt. Sicherlich gab es in allen sozialen Schichten unterschiedlich engagierte Protestanten und Katholiken. Aber insgesamt wurde der kirchenfreie Lebensraum größer. Es gab ihn bereits seit längerem im höfischen Bereich, ohne daß dies öffentlich zugegeben worden wäre, was den oft großen Einfluß von Hofpredigern oder Beichtvätern nicht ausschloß. Weiter ging aber das gebildete Bürgertum der großen Städte, das sich dem kirchlichen Zugriff am stärksten entzog. Zwar gab es nach wie vor ein dichtes Kirchensystem, eine religiös kirchliche Unterweisung für Jugendliche und moralische Kontrollen, sie wurden aber zusehends als Äußerlichkeit bewertet. Auf jeden Fall stieg die Zahl derer, die sich zwar als Christen bezeichneten, sich aber keiner kirchlich-religiösen Praxis mehr unterwarfen.

Das Besondere im späten 18. Jahrhundert war dabei nicht primär, daß sich ein unreglementierter Raum entwickelte, in dem eine Religionsfreiheit existierte, sondern daß die Kirchen selbst auf den unumschränkten Einfluß verzichteten und sich aus dem häuslich-familiären wie öffentlich-staatlichen Raum zurückzogen. Ein Grund lag sicherlich darin, daß Staat und Obrigkeit ihrerseits den kirchlichen Einfluß beträchtlich reduziert hatten – auch wenn die Verbindung von Staat und Kirche offiziell bestehen blieb –, außerdem darin, daß die neue Geistlichkeit, die aufklärerisch ausgebildet wurde und weniger auf Rechtgläubigkeit bestand als auf Toleranz gegenüber Andersdenkenden, auf jeden Fall Probleme hatte, staatliche Mittel zur Durchsetzung von Kirchlichkeit und Moral einzusetzen. Schließlich rügte auch die Öffentlichkeit zusehends kirchliche Zugriffe, vor allem Eingriffe in private Belange, die nicht unmittelbar religiös-kirchlicher Art waren. Mit der Bevormundung bei der Aneignung von Kultur und Bildung ging es zu Ende. Ebenso wenig wie die Fürsten und Obrigkeiten ein eindeutig antiobrigkeitliches Verhalten hinnehmen konnten und daher revolutionäres Gedankengut so gut wie möglich zu unterdrücken versuchten, konnten die Kirchen Gegner des Christentums, geschweige denn Atheisten tolerieren. Aber was als Massenphänomen greifbar wird, ist ein allgemeiner ‚Unglaube', ein kirchliches Desinteresse, der fehlende Kirchgang selbst bei der Trauung oder bei der Beerdigung – und die Weigerung, sich einer kirchlichen Zensur zu unterwerfen. Dies betraf weitgehend das gebildete Bürgertum, vor allem seine Intellektuellen, was wiederum nicht ausschloß, daß sie persönlich sogar sehr religiös waren. Ihre Schriften und autobiographischen Dokumente geben jedenfalls nur wenig Auskunft über ihre religiöse Sozialisation, über ihre kirchliche Praxis oder ein kirchliches Engagement.

Aufklärung

Die die deutsche Gesellschaft zu Ende des 18. Jahrhunderts prägende geistig-kulturelle Kraft war die Aufklärung in ihren verschiedensten Ausformungen, Interessen und Wirkungen. Sie läßt sich nicht auf die Verbreitung philosophischer Systeme oder Weltanschauungen von Wolff über Lessing zu Kant verkürzen, sondern muß auch in ihrer sozial-politischen Dimension betrachtet werden. Bemerkt werden muß zusätzlich, daß die Aufklärung, wenn sie auch eine starke protestantische Wurzel hatte, sich in protestantischen und katholischen Ländern gleicherweise verbreitete.[4]

Die Aufklärung entfaltete sich einmal mit der Ausweitung und dem zunehmenden Selbstbewußtsein der sich als bürgerlich verstehenden Welt der Städter und „Staatsbürger", als deren Vehikel sie auch bald fungierte. Es ging um die selbstverantwortliche Aneignung von Wissen, die Verbreitung von Informationen und Kenntnissen, um Besserung der Moral wie um eine Neubegründung familiär-bürgerlicher Lebenswelt jenseits ständischer Einbindungen, zugleich um

Abb. 8: Lesecafé (1832).

Begründung einer Existenz als Bürger. Bürgerlichkeit definierte sich als eine Kultur, die sich zu einer neuen Moral- und Vernunftordnung entwickelte und deutlich abhob von der höfischen Lebenswelt.

Aufklärung war aber nicht nur eine Privatangelegenheit des Bürgertums, sondern unter seinem Druck auch Angelegenheit der Obrigkeit, der Herrschaft und des Staates selbst. Im Zusammenhang des Ausbaus einer rationalen Staatlichkeit sollte ein aufgeklärtes Rechtswesen helfen, das alle unter ein gleiches Gesetz stellte, sollten eine moderne Landwirtschaft und Gewerbe aufgebaut werden, die den aufgeklärten Ansprüchen der Bürger entsprachen, vor allem sollte das Schulwesen reformiert, d.h. in den Dienst der Aufklärung gestellt werden. Diesem Ausbau einer absolutistisch-rationalen Staatsverwaltung lag ein Gestaltungswille zugrunde, der sich mit der Aufkärung verbunden hatte, ohne daß die Grundlage dieser Herrschaftsordnung dabei gefährdet wäre. Der aufgeklärte Absolutismus, dem die meisten Fürsten wie Beamten und auch die Bürger huldigten, plädierte für einen Staat, der die Rechte der Untertanen respektierte, ohne ihnen aber bürgerliche Freiheiten zu gewähren. Die Vernunftordnung des aufgeklärten Absolutismus kannte keine Mitsprache des Volkes, auch nicht des Bürgers. Souverän war und blieb nur der Fürst. Im Konzept einer aufgeklärten Gesellschaft verschmolzen beide, d.h. die privaten wie die öffentlichen Interessen zur Besserung der Bildung, der Wohlfahrt und des öffentlichen Engagements.

Zwar erfuhr jeder aufgeklärte Beamte und auch jeder „Staatsbürger“ die Grenzen der staatlichen Aufklärung, konnte sich aber letztlich keine andere Alternative vorstellen, als durch Erziehung des Fürsten und seiner Beamten das große Ziel zu erreichen. Daß durch den sozialdisziplinierenden Zugriff des Staates gerade jene Kräfte passiv blieben, die als mündige Untertanen aktiv werden sollten, wurde erst spät erkannt. Die liberale Forderung einer Mäßigung und Reduzierung der Staatsgewalt war erst ein Produkt des 19. Jahrhunderts. Vorerst galt ausschließlich die Regel, daß die Aufklärung von oben verordnet werden mußte, ohne dabei die Masse zu mobilisieren. Die deutsche Aufklärung kennzeichnen sowohl auf privater wie auf staatlicher Ebene zwei Aspekte, die beide aufeinander bezogen als die neuen Leitgedanken des gesellschaftlichen Lebens galten. Es ging einmal um Aufbau und Absicherung einer Vernunftordnung in allen Lebensbereichen von der Familie über die Schule bis zur Verwaltung auf der Basis einer Vermehrung von weltlichem Wissen und praktischem Handeln. Dies implizierte die sukzessive Befreiung von der alten Tradition der Ständeordnung wie der kirchlichen Bevormundung, was rasch zur Kollision mit den Kirchen, aber auch mit der absolutistisch-höfischen Politik führte. Der andere gleichgewichtige Begriff war der der Moral; die neue Ordnung sollte nicht nur vernünftig, sondern auch moralisch sein als Grundlage für das weltliche Handeln, für Familie, Berufsleben und öffentlichen Verkehr. Diese neue aufgeklärte Moral war nicht identisch mit der der Kirchen oder Stände, sondern leitete sich von der Vernunft ab und war auf die Verbreitung von Wohlfahrt und Nutzen orientiert. Die unnützen kirchlichen und höfischen repräsentativen Praktiken und der Luxus wurden einer massiven Kritik unterworfen. Die Diskussion um die aufgeklärte Vernunft und Moral beherrschte zu Ende des 18. Jahrhunderts die gelehrte und bürgerliche Öffentlichkeit.

Die Aufklärung besaß aber nicht nur die stark theoretische Komponente, alle Menschen nach und nach auf Vernunft und Moral einzuschwören, durch Kritik an der alten bzw. bestehenden Ordnung den Menschen zu einer neuen Selbstbestimmung zu führen, sondern gleicherweise eine nicht zu verkennende praktische Seite. Sie betraf zentrale Probleme der spätabsolutistischen Gesellschaft. Es ging um die Abschaffung der geistlichen Strafgerichtsordnung und fürstlichen Willkürherrschaft, um die viel gestritten wurde, um die Besserung der Landwirtschaft, um das Handwerk und den technischen Fortschritt durch Eingrenzung dörflicher Autonomie und der Zunftgerechtigkeit, um die Verbesserung der Gesundheit durch hygienische Kontrolle und Aufbau eines Gesundheits- bzw. Medizinalwesens. Im Mittelpunkt der bürgerlichen Interessen stand natürlich die Reform des Schul- und Bildungswesens von der Elementarschule bis zur Universität, indem praktische Fächer auf Kosten religiös-theologischer Studien gefördert wurden. Ein Ergebnis des starken pädagogischen Willens der Aufklärung war die Reform bzw. Neuschaffung von Volks- und Realschulen, um nicht nur die höhere Bildung zu fördern, sondern auch die des Volkes. Bürgerliche wie staatliche Interessen deckten sich hier.

Die allgemeine Diskussion über die Aufklärung und ihre praktische Umsetzung war begleitet von einem zunehmenden Willen des Bürgertums, sich außerhalb staatlicher und kirchlicher Institutionen zu organisieren, und zwar in der Form von Aufklärungsgesellschaften, die sich zum Ziel setzten, aufklärerische Forderungen durchzusetzen und die Moral der Bürger zu verbessern. Die im letzten Drittel des 18. Jahrhunderts vorherrschenden Formen waren die Lesegesellschaften und die Freimaurer, die zumindest zeitweilig das ganze Bürgertum sowie auch Teile des Adels aktivierten. Lesegesellschaften, die sich über das ganze Reich ungewöhnlich rasch ausbreiteten, im protestantischen Raum jedoch intensiver als im katholischen, waren Vereinigungen von bürgerlich Gesonnenen, die zur gemeinsamen Lektüre aufklärerischer Schriften, vor allem von Zeitschriften, zusammentrafen und eine gemeinsame Bibliothek errichteten. Mitglieder waren durchweg städtische Bürger, Beamte, Ärzte, Pfarrer, aber aufgrund der beschränkten Alphabetisierung keine Bauern und Handwerker, also Gruppen, für die das Lesen ein neuer Mittelpunkt der Lebensgestaltung wurde. Die zweite große Gruppenbildung betraf die Freimaurerei, an sich eine ‚internationale' Institution, die aber im Unterschied zu den Lesegesellschaften streng hierarchisch aufgebaut war. Hier traf sich dieselbe bürgerliche Schicht, wobei jedoch auch der Adel vertreten war, um sich im Schutz des Geheimnisses auf die Aufklärung einzuschwören, sich als Weltbürger zu erziehen und ein tugendhaftes Leben zu führen. Die Widersprüche der Gesellschaft wurden an dieser Stelle offenkundig. Obwohl Themen von Politik und Religion in den Versammlungen ausgeschlossen waren, wurde die Freimaurerei aufgrund ihrer Geheimhaltung und ihrer Radikalisierung durch die Illuminaten so verdächtig, daß sie kurzzeitig verboten wurde.

Als besondere Institution begriff sich auch das Zeitungs- und Zeitschriftenwesen, das sich im letzten Drittel des Jahrhunderts geradezu explosionsartig entwickelte. Wenngleich es offiziell eine Zensur gab, entfaltete sich die öffentliche Diskussion, die die verschiedensten Verlage auslösten, uneingeschränkt. Zeitschriften wurden von Verlegern herausgegeben, aber nicht wenige Literaten und Schriftsteller versuchten, mit Zeitschriftengründungen ihre Position auf dem literarischen und philosophischen Markt zu behaupten. Die jeweiligen Auflagen waren nicht besonders hoch, aber die Vielzahl der Zeitschriften war beachtlich, es gab kaum einen größeren Ort im Reich, an dem nicht zumindest eine Zeitschrift erschien. Man kann davon ausgehen, daß das ganze gebildete Bürgertum eine Zeitschrift abonniert hatte. Hier erschienen Aufsätze zu den verschiedensten öffentlichen Themen, vor allem zur Literatur und zur Philosophie, die eine breite Diskussion sicherstellten. Mit der Französischen Revolution vollzog sich eine Politisierung, ohne daß die Herausgeber so deutlich Position bezogen, daß sie damit ein Verbot provoziert hätten. Staat und Kirche wachten zweifellos nach dem Illuminatenverbot von 1785, verstärkt aber seit der Französischen Revolution auf antiobrigkeitliche wie antikirchliche Töne. Wenn man den Büchermarkt hinzunimmt, entstand auf jeden Fall in kurzer Zeit eine aufgeklärte Öffentlichkeit, die eine von Staat und Kirche unabhängige Plattform zur Verbreitung der Aufklärung schuf. Schließlich entstanden auch im staatlich-öffentlichen Rahmen wichtige Institutionen der Aufklärung besonderer Art, in denen zahlreiche Schriftsteller und

Aufklärer tätig waren. Hier ist vor allem das Schulwesen zu nennen, wenngleich nicht alle Gymnasien und Universitäten des späten 18. Jahrhunderts Wirkstätten der Aufklärung waren.

Sicherlich war nicht das ganze Bürgertum des späten 18. Jahrhunderts von der Aufklärung affiziert; zum Hauptträger der gemäßigten wie der radikalen Aufklärung wurde vielmehr nur das gebildete Bürgertum, das sich lange nicht scheute, seine Position zu behaupten. Erst von der Französischen Revolution rückte es z. T. wieder ab. Der aufklärerische Diskurs war auf jeden Fall dominant eine männliche Diskussion. Obwohl die Alphabetisierung der Frauen im gebildeten Bürgertum kräftig zunahm, traten Frauen als selbständige Literatinnen und Aufklärerinnen sehr spät auf. In allen privaten und öffentlichen Institutionen waren sie gar nicht vertreten. Lesegesellschaften und Freimaurerei kannten keine Mitgliedschaft für Frauen. Mädchen besuchten zwar die Elementarschule, erhielten auch Privatunterricht, aber die Gymnasien wie die Universitäten waren den Frauen verschlossen. Auch konnten sie dort nicht als Lehrerinnen wirken. Der Lehrberuf war wie das Predigtamt den Männern vorbehalten.

Die Aufklärung erweiterte permanent das Spektrum ihrer Themen. Neben gelehrten und philosophischen wurden zusehends auch praktische Probleme aufgegriffen; alle Themen intendierten ein reformerisches Bewußtsein, eine Abkehr von kirchlich-dogmatischen wie absolutistisch-fürstlichen Lebenspositionen, aber eine eigentliche Politisierung der Aufklärung fand nur beschränkt statt. Zwar forderte man Gleichheit der Menschen vor dem Recht, Bildung für alle Menschen und freie Entfaltungsmöglichkeit des Individuums, aber alles hielt sich in den Grenzen des Programms des aufgeklärten Absolutismus, das politische Mitsprache wie bürgerliche Freiheitsrechte ausschloß. Dies änderte sich mit der Französischen Revolution, die insgesamt als Sieg der Vernunft und Moral recht positiv begrüßt wurde. Doch nach der Hinrichtung des Königs und mit dem Beginn der Terrorherrschaft in Frankreich spaltete sich die öffentliche Meinung in Deutschland, wie überhaupt im Zuge der Durchsetzung der Revolution die Kritik an der radikalen Aufklärung lauter wurde.

Bürgerliche Emanzipation

Abb. 9: Illustration aus einem Modejournal (um 1800).

Das sich emanzipierende Bürgertum nahm in Deutschland zu Ende des 18. Jahrhunderts eine zwiespältige kulturelle Stellung ein. Einmal rekrutierte es sich zwar auch aus selbständigen Kaufleuten, dem Verleger- und Fabrikantenstand, die ökonomisch unabhängig waren, vor allem in den großen Städten wie Hamburg, Leipzig, Frankfurt oder Nürnberg, vorrangig aber bildete es sich aus städtischen oder staatlichen Beamten-, Lehrer- oder Pfarrerfamilien, die allesamt durch eine gewisse Staatsnähe gekennzeichnet waren. Es bezog kleine Gehälter, hatte oft etwas Vermögen, mußte aber aufgrund der großen Familien sehr sparsam leben. Seine Städte besaßen zwar ein kulturelles Umfeld – kleiner Hof, Kirche, Schule –, aber keine großen Höfe mit einem weltläufigen Leben und keine starke städtische Kultur. Einen großzügigen Lebensstil konnte sich kaum einer leisten. Zum anderen hatten sich die meisten als qualifizierte Beamte und Lehrer hochgearbeitet, die ihre Arbeit zur Zufriedenheit der Fürsten und Staatsverwaltung durchführten und ohne deren Einsatz der große öffentliche Strukturwandel kaum leistbar geworden wäre. Hier entwickelten sie auch ein starkes Selbstbewußtsein und erkämpften sich Freiräume als Reformer, galten aber offiziell als Untertanen und Fürstendiener, als welche sie sich auch verstanden. Weil die ‚berufliche' Arbeit nicht streng geregelt war, diese Beamten, Lehrer, Pfarrer letztlich ausreichend ‚Freizeit' hatten, entfalteten sie ein Privatleben mit aufklärerischen Beschäftigungen, in die staatliche und kirchliche Kräfte kaum hineinwirkten und die von ständischen Lebensvorschriften frei bleiben konnten, zumal diese zunehmend bürgerlichen Gruppen auch sozial nicht klar verortbar waren. Sie gehörten nicht zum Hof und nicht zur städtischen Ehrbarkeit. In diesem privaten Raum gingen sie ihrem ‚eigentlichen' Leben nach, das sich auf wissenschaftliche Tätigkeit, auf Lektüre der modernen Literatur und Philosophie, auf Hausmusik und Erziehung der eigenen Kinder konzentrierte, und versuchten, ihr Leben nach eigenen Vorstellungen zu regeln und zu gestalten. Das Lesen und

Schreiben zählte zu den zentralen Tätigkeiten des neuen Bürgertums. Anstelle regionaler ständischer Einbindung und höfischer Integration dieses neuen Bürgertums trat ein überregionales Kontaktnetz von Gleichgesinnten, das rasch zu Freundschaftsverbindungen führte und neue Familienverknüpfungen begründete. Im Unterschied zum Adel und zur städtischen Kaufmannschaft, die an den Stammbesitz gebunden waren, war das gebildete Beamtentum höchst mobil, selten erwarb jemand eine Stellung an seinem Geburtsort.[5]

Seine Identität bezog der aufgeklärte Bürger aus seiner Bildung und seinem Können im allgemeinen, konkret spaltete sich seine Welt aber in eine der öffentlichen Tätigkeit am Hof, in der Stadt oder in der Kirche, die er als Untertan auszuführen hatte und für die er besoldet wurde, und in eine Privatwelt, in der er sein eigener Herr war und seinen aufgeklärten Interessen nachgehen konnte. Der Widerspruch zwischen diesen beiden Lebenskreisen war kaum zu lösen: er empfand sich und war zugleich Fürstendiener und freier Denker, Beamter und mündiger Bürger. Es waren dabei weniger die alltäglichen Konflikte mit Staat und Kirche, die ihn seine Grenzen erfahren ließen, als vielmehr die permanente ständische wie höfische Ausgrenzung bei steigendem Selbstbewußtsein. Vor allem kränkte die Absonderung der Bürger von den privilegierten Adeligen, mit denen er ja oft zusammenarbeiten mußte, als sie den Wert der Bildung entdeckten.

Die bürgerliche Welt erhielt ohne Zweifel ein besonderes Gepräge durch die Auseinandersetzung mit der Adelswelt und der untergeordneten Stellung am Hof, durch Abwehr und Kritik an der höfischen Kultur. Seine eigentliche Energie aber konzentrierte das Bürgertum auf den Ausbau seiner aufgeklärten Welt, von der es überzeugt war, daß sie die Gesellschaft bestimmen werde. Literatur, Philosophie und Wissenschaft erhielten eine eigene Dimension, innerhalb derer der Bürger sich verständigte und seine Position bezog. Sicher bildete er sich für seinen Beruf aus, Eltern scheuten oft keine Kosten beim Gymnasial- und Universitätsbesuch ihrer Kinder, und auch wenn der Sohn unfreiwillig auf den bestimmten Wunsch der Eltern hin eine Beamtenstelle einnahm, füllte er sie kreativ aus und leistete dabei beträchtliche Reformarbeit. Aber letztes Ziel der Bildung war die Bildung des Selbst, als Mensch und Bürger. Als solcher kaufte oder bezog der Bürger Bücher und Zeitschriften, um die neueste Literatur und Philosophie zu lesen, als gebildeter Mensch versuchte er, sich am öffentlichen Diskurs zu beteiligen, nicht selten zusammen mit Bekannten und Freunden, viele versuchten sich als Schriftsteller. Der Bürger begann sich nicht nur über sich selbst und seine Umwelt Gedanken zu machen, sondern sich auch für die Außenwelt zu engagieren. Dabei stand freilich das Bildungswesen im Vordergrund, hinzu kam aber das Interesse an der Struktur der öffentlichen Gemeinde, am Zustand von Handel und Gewerbe. Schließlich thematisierte der Bürger selbst soziale Fragen des Familienlebens, der Kindererziehung und der Armut und brachte all dies, wenn auch beschränkt, in seine berufliche Tätigkeit ein. Entscheidend ist, daß das Interesse an der Selbstbildung Motor seiner ‚Politisierung' wurde, die dann auch nicht lange auf sich warten ließ. Die Geschichte des aufgeklärten Bürgertums ist die Geschichte gebildeter Bürger zumeist in öffentlich-staatlicher Funktion, die selbstbewußt und ohne Untertänigkeit den Fürsten oder der Stadtobrigkeit zwar gehorchten, gleichzeitig aber als Aufklärer die Welt mitgestalten wollten. Es gab viele, die mit diesem Zwiespalt nicht zurechtkamen, es gab aber auch etliche, die sich geschickt eine optimale Gestaltungsfreiheit sicherten. Mit der Französischen Revolution sah man auch in Deutschland eine Chance für neue Standesgleichheit, Liberalität, Rechtsstaatlichkeit und Aufklärung, die eben seit 1792 sukzessive vermindert wurde, was nicht heißt, daß alle deutschen Länder zu rein ständestaatlichen bzw. absolutistischen Zuständen zurückkehrten. Das Bürgertum war eine zentrale Säule des Staates geworden, so diffus und unterschiedlich dessen Interessen auch waren, so brachte es sich doch in die Öffentlichkeit mehr ein als in den 70er Jahren.

Das Interesse für Bildung, Literatur, Philosophie und Wissenschaft, das seit den 70er Jahren ein prägendes Element des Bürgertums wurde, war kein Ausdruck einer politischen Machtlosigkeit und stellte keine Flucht vor der Wirklichkeit dar. Es war die Art und Weise, wie sich das neue Bürgertum soziokulturell formierte und die Öffentlichkeit bestimmte, unter deren Druck sich die neue politische Kultur und staatliche Macht neu definieren mußten. Es verlangte Rechtsstaatlichkeit, Denkfreiheit und Gleichbehandlung mit dem Adel. Dabei hatte es entscheidende intellektuelle Positionen besetzt und einen Kompromiß mit der Fürstenherrschaft gefunden, als die Französische Revolution eine grundsätzliche neue politische Dimension eröffnete, auf die jeder reagieren mußte, so wenig zunächst die deutsche Wirklichkeit tangiert wurde. In Frankreich ging im Namen der Aufklärung eine ganze Nation für Freiheit, Gleichheit und Brüderlichkeit auf die Straße und verwarf jede alte Ordnung. Was die Revolution in der Konsequenz bedeutete, ahnten bei aller Sympathieerklärung nur die wenigsten. Dafür waren die Informationen, die aus Paris drangen, zu diffus und erreichten auch jeden in verschiedensten Situationen. Im nachhinein konnte es jeder besser wissen.

Die Französische Revolution wurde zum Paradigma revolutionären Umbruchs. Nicht weniger als die Revolution selbst erschütterte das Alte Reich der Aufstieg Napoleons und die Eroberung halb Europas, spätestens mit der Expansion der Französischen Macht wußte jeder, daß ein neues Zeitalter angebrochen war. Es brachte nicht nur das Ende des Alten Reichs, sondern eine Okkupation großer Teile Deutschlands, wie sie bisher nie dagewesen war; vor allem aber setzte Napoleon ein neues säkulares Zeichen: eine im Namen der Menschenrechte kämpfende Nation, die Vorbild und Feind des ganzen Ancien Regimes wurde. Die Dynamik, mit der die Französische Revolution über Europa hereinbrach, erschütterte jedenfalls das obrigkeitsorientierte Bürgertum in seinem Bewußtsein beträchtlich, offenbarte ihm aber auch Wege, wie das aufklärerische Zeitalter verwirklicht werden konnte. Die meisten deutschen Intellektuellen bekannten sich zum Programm der Französischen Revolution, lehnten aber alle despotische und revolutionäre Gewalt ab und setzten dafür auf die Macht der Erziehung, Bildung und Kultur, für die sie die bestehenden Staaten zu gewinnen hofften. Es war jedoch eine völlige Verkennung der konkreten Machtverhältnisse in Deutschland zu meinen, Fürsten und der Adel würden ‚freiwillig' auf ihre soziale Vorherrschaft verzichten. Im Gegenteil, sie ergriffen nach der Niederlage Napoleons sofort die erste Gelegenheit, alle bisherigen Herrschaftskompromisse aufzukündigen und jede revolutionäre Entwicklung rückgängig zu machen. Doch mit der ‚Restauration' ließen sich die Verhältnisse von vor 1789 nicht wieder herstellen, die bürgerliche Kultur konnte nicht mehr abgedrängt werden, sondern wurde in wesentlichen Teilen sogar vom Adel adoptiert, wobei jedoch jede freiheitlich-demokratische Stimme verstummte.

Die Kultur der Aufklärung behielt in Deutschland zu Ende des 18. Jahrhunderts bei aller Differenziertheit und aller Wandlungsfähigkeit im Vergleich vor allem zum Ausland und trotz der Verlagerung der Orientierung von Frankreich nach England einige zentrale Grundcharakteristika bei, die für die Kulturlandschaft um 1800 bestimmend blieben. Einmal blieb der grundlegende wissenschaftlich-akademische Grundzug selbst bei Schriftstellern und Literaten. Dies gründet in der starken Position der Universität wie auch in der Karriere von Gelehrten, die höchstmögliche Freiheiten genossen. Dann gab es nach wie vor eine besondere Nähe der Aufklärung zur Obrigkeit, zum fürstlichen Hof, zu regierungsamtlichen Handlungen. Viele deutsche Aufklärer und Intellektuelle kamen aus beamtenähnlichen Verhältnissen und erreichten ihren sozialen Aufstieg wieder als Beamte des aufgeklärten Staates. Freiberuflichkeit gab es nur beschränkt. Weiterhin kennzeichnet die Aufklärung ein stark religiöser Bezug bei aller Distanz zur Institution der Kirchen. Nicht wenige Aufklärer und Intellektuelle kamen aus einem Pfarrhaus, waren streng religiös, wenn nicht pietistisch sozialisiert und fanden in ihrem intellektuellen Werdegang Unterstützung aus religiösen Kreisen. Die Kirchenspaltungen und die religiösen Reformbewegungen aktualisierten religiöse Themen. Schließlich haftete den meisten deutschen Aufklärern und Schriftstellern bei aller kosmopolitischen Orientierung etwas Kleinbürgerliches an. Viele entstammten kleinbürgerlichen Verhältnissen und führten ökonomisch ein bescheidenes Leben. Ein großstädtischer Lebensstil fehlte weitgehend ebenso wie die Möglichkeit zur Weltläufigkeit. Wenngleich viele Aufklärer mit wegweisenden Publikationen an die Öffentlichkeit traten und eine ungewöhnliche Resonanz in der Gelehrtenwelt erfuhren, blieben sie in der breiten Öffentlichkeit doch unbekannt.

Wenn dennoch in Deutschland eine große intellektuelle Kultur erwuchs, die unter den Bezeichnungen ‚deutsche Klassik', ‚deutsche Romantik', ‚deutscher Idealismus' weltweit Aufmerksamkeit auf sich zog und dies in einer Zeit extremen politisch-sozialen Wandels, dann lag dies an einem sehr befruchtenden intellektuellen Klima, das bedingt war einmal durch die ebenso strenge wie freie Erziehung im Bürgertum, die große Liberalität an den Universitäten und Residenzen sowie am Sendungsbewußtsein von zwei Generationen, die jenseits ständischer und absolutistischer Schranken an einer neuen Zeit arbeiteten, in der sie ihre Ideale verwirklichen wollten. Daß dieser kulturelle Aufbruch für manche mit Brüchen, mit Scheitern und Tragödien des eigenen Lebens verknüpft war, bildet die eine Seite der Kulturgeschichte, seine Bedeutung für die intellektuelle Kultur des 19. Jahrhunderts aber ist unübersehbar.

Lebenswelten der Romantiker

Abb. 10: Caspar David Friedrich, Auf dem Segler (1818/19).

1. Die Eltern – Herkunft und Erziehung

Abb. 11: Die Geschwister Ludwig und Sophie Tieck,
Marmorrelief von Friedrich Tieck (1796).

Am 9. Februar 1793 schrieb der einundzwanzigjährige Novalis einen langen Brief an seinen Vater in Weissenfels.[1] Vorausgegangen war eine harte Auseinandersetzung wegen Vernachlässigung des Studiums in Leipzig, vor allem aber wegen einer Liebesaffäre mit einer Bürgerlichen. Bar jeder üblichen Unterwürfigkeit rechtfertigte sich Novalis mit starkem Selbstbewußtsein und warb zugleich um Vertrauen, indem er nicht nur an die väterlichen Gefühle appellierte, sondern zugleich an die Freundschaft, die der Vater dem Sohn zeitlebens versprochen hatte. Er teilte ihm unvermittelt mit, daß er die Zeit seiner „fieberhaften Unruhe" beenden wolle mit einem Wechsel vom Studium zum Soldatenstand. Nach reiflicher Überlegung habe er sich dazu überwunden und glaube, „daß nichts mehr der Ausführung meines Vorhabens entgegensteht" und hoffe nun, seinen strengen Vater, der sich der Verantwortung gegenüber seinem Sohn bewußt war, zu überzeugen, ihn selbst gerade in einer Situation, in der „mein ohnedem schon verwirrtes Herz durch eine Härte und Kälte, durch einen Mangel an freyem Zutraun und herzlicher Theilnahme, der euch sonst so fremd war, nicht noch mehr nieder(zu)drücken". Novalis nimmt kein Blatt vor den Mund und beklagt sich bitterlich, daß „Dein feuriger Charakter Dich zu einer Theilnahme treibt, die zwar Ehrfurcht, aber nicht freyes, unbefangnes Zutraun gebietet". Nicht die väterliche „Hitze" fürchtet er sondern „jene tiefe erschütternde

Empfindung, die Dich ergreift, wenn Du auch in einer anscheinenden Ruhe und Kälte bist.

In der Überzeugung, doch wieder Herz und Verständnis (des Vaters) zu gewinnen, geht er auf die Ursachen seines Lebensentschlusses zu Anfang 1793 näher ein. Er hatte sich unsterblich in ein bürgerliches Mädchen verliebt, „die erste Leidenschaft meines Lebens", was seinem Vater doch nicht unverständlich sein sollte. „Vielleicht ist Dir dies nicht so fremd und analoger als ich glaube, da Du doch ein äußerst empfindliches und heftiges Temperament hast". Während der Vater von frühan wohl seine Leidenschaften der „Idee der Pflicht" unterworfen habe, sei seine „Fantasie ... vielleicht viel ungebändigter, als die Deinige war ...". So offen hatte wohl kaum einer aus seiner Generation an die Gefühle und Erfahrungen des Vaters appelliert, der sich seiner hausherrlichen Stellung durchaus bewußt war. Leider haben wir kein Antwortschreiben des Vaters. Mitten in seiner Krise sah und erkannte Novalis den Vater als Vorbild sittlicher Strenge und Verantwortung, dem er weder entsprechen konnte noch wollte. Nachdem nun sein „Seelenfieber" sich legte und seine Leidenschaft erloschen war, entschloß er sich, Soldat zu werden und sich einem Beruf zuzuwenden, in dem Gehorsam alles, Fantasie dagegen nicht gefragt war. „Als Soldat bin ich gezwungen durch strenge Disziplin, meine Pflichten gewissenhaft zu thun, und überdem sind es größesten theils mechanische Pflichten, die meinem Kopf und Herzen alle mögliche Freyheit verstatten, hingegen als Zivilist, Gott im Himmel, wie würde das mit meinen Geschäfften aussehen, wenn solche Pausen von gänzlicher Kopfabwesenheit kämen". Novalis versteht seinen Soldatenwunsch nicht als Flucht, sondern als Erziehungsmittel. „Ich muß noch erzogen werden, vielleicht muß ich mich bis an mein Ende erziehn. Im Zivilstande werde ich verweichlicht". Aber nicht nur dies: „Das thätige Leben, in das ich nun trete, wird meinem brausenden Kopfe und meinem unruhigen Herzen höchst willkommen seyn ... Die Erfahrung wird ihre Hand an meine Bildung legen und in ihrem hellen Lichte wird manche romantische Jugendidee verschwinden und nur der stillen, zarten Wahrheit, dem einleuchtenden Sinn des Sittlichguten, Schönen und Bleibenden den Platz überlassen ... Der Romantische Schwung wird in dem alltäglichen, sehr unromantischen Gang meines Lebens viel an seinem schädlichen Einfluß auf meine Handlungen verlieren und nichts wird mir übrigbleiben, als ein dauerhafter, schlichter bonsens, der für unsre modernen Zeiten den angemessensten, natürlichsten Gesichtspunkt darbietet". Zum Schluß bittet er den Vater nochmals um sein „ganzes Vertraun". „Laß mich in Dir ganz den Vater und den Freund finden und verbanne jeden aufsteigenden Unwillen gegen mich sogleich aus Deiner Brust."

Novalis gibt sein Leiden unter der Strenge seines Vaters zu, ohne sich jedoch von ihm zu befreien, weil er nicht nur ökonomisch von ihm abhängig bleibt, sondern in ihm einen Freund sucht. Aber nicht der Vater hatte zur „Disziplinierung“ den Soldatenstand empfohlen, sondern Novalis, der allein durch treue Pflichterfüllung seine Fantasie zu zähmen und dabei notwendige Erfahrungen sucht. Novalis wurde schließlich doch nicht Soldat, sondern setzte sein Studium fort, das Verhältnis zu seinem Vater wird vertraulicher, aber sein Pflichtbewußtsein wirkte noch in der raschen Übernahme seines juristischen Postens nach, der nur wenig Raum für sein literarisches Schaffen gewährte.

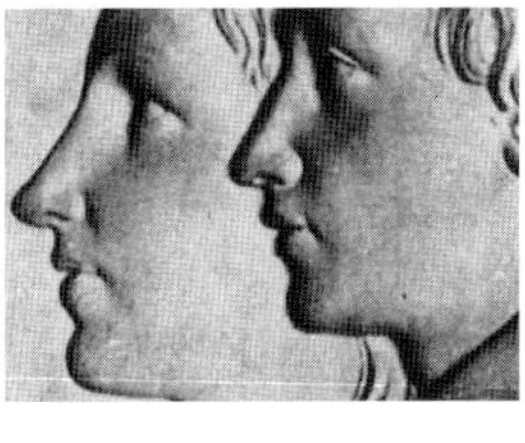

Die Romantiker und Romantikerinnen kamen weitgehend aus bürgerlichen Haushalten, wobei die gebildete Beamtenfamilie vorherrschte, aber viele stammten auch aus anderen sozialen Schichten, so aus dem Pfarrhaus, aus einer Kaufmannsfamilie, aus dem Militärstand, sogar aus dem Handwerk.[2] Relativ stark ist der Adel vertreten, erinnert sei an Achim von Arnim, Joseph von Eichendorff, Friedrich Baron de la Motte-Fouqué, Heinrich von Kleist und Friedrich von Hardenberg (Novalis), die sogar alle eine intellektuell herausgehobene Rolle spielten. Vertreter der Unterschichten waren dagegen so wenig präsent wie die bäuerliche Familie. Der einzige, der im Kreis der Romantiker aus einer unterschichtischen Familie stammte, war Johann Gottlieb Fichte. Weitaus die meisten waren Protestanten. Daneben gab es auch einige Katholiken, so Clemens Brentano, Franz von Baader und Joseph von Eichendorff, wenn man von den späteren Konvertiten absieht. Relativ hoch war der Anteil von Juden, die weitgehend aus Berlin kamen; zum Teil konvertierten sie später, zumeist zum Protestantismus. Recht schwierig sind die Vermögensverhältnisse zu ermitteln, zumal die unterschiedlich große Kinderzahl einer Familie darauf Einfluß hatte. Die meisten kamen aus kinderreichen Familien (so vor allem Friedrich und August Wilhelm Schlegel, Novalis), wuchsen damit in ökonomisch bescheidenen Verhältnissen auf, die aber immerhin für alle eine qualifizierte Ausbildung möglich machten. Unbeschwert konnten letztlich nur die Brentanos, Eichendorffs und Rahel Levin/Varnhagen leben. Es gab auch etliche wie Jean Paul und Fichte, die sich durchs Studium hungern mußten.[3]

Die Romantiker wuchsen durchweg – soweit wir wissen – in autoritären und hierarchischen Familienverhältnissen auf. Der Vater war die bestimmende Figur, der durch seine Berufstätigkeit den Rahmen des familiären Lebens absteckte.[4] Kleist, Arnim und E.T.A. Hoffmann waren jedoch früh Waisen. Meistens hatte der Vater eine angesehene soziale Position erreicht und suchte, seinen Kindern eine gute Ausbildung zu sichern bzw. auch seinen Töchtern eine gute Ehepartie zu ermöglichen. Nicht selten kümmerten sich die viel beschäftigten Väter selbst um die Erziehung, gaben zumindest genaue Anweisungen. Mit geringen Ausnahmen traten die Mütter im Bewußtsein der Söhne weniger hervor. Von Brentano und Novalis kennen wir jedoch eine starke Verehrung ihrer Mütter. Sie hatten zumeist viele Kinder zu versorgen und einen großen Haushalt zu führen, oft ohne entsprechendes Dienstpersonal. Ganz ohne Dienstpersonal lebte wohl niemand aus dem Bürgertum. Während das Verhältnis zu den Eltern relativ kühl blieb – die Anrede mit Sie war noch vorherrschend –, entwickelten sich unter den patriarchalischen Verhältnissen z.T. sehr enge geschwisterliche Beziehungen, die oft das ganze Leben anhielten. Bekannt sind die guten Beziehungen in den Familien Schlegels, Schleiermachers und Brentanos. Die Altersdifferenz konnte allerdings beträchtlich sein. Oft erhielten die jüngsten gerade ersten Schulunterricht, als die älteren Geschwister schon wieder auszogen.[5] Außerdem waren viele Romantiker früh Halbwaisen.

Die meisten Väter, aber auch die Mütter waren gebildet. Sie hatten zwar nicht alle studiert, aber doch eine qualifizierte Schulausbildung genossen und bekannten sich zur Kultur der Aufklärung, z.T. auch des Pietismus, die eine gründliche Ausbildung und Erziehung der Kinder verlangten. Die Lektüre der zeitgenössischen Literatur zählte zu den frühen Lebenseindrücken aller Romantiker, der Jungen wie der Mädchen. Hinzu kam oft Unterricht in Musik und Kunst. Alle kannten ein ausgeprägtes Familienleben, das jedoch nicht frei von Konflikten und oft von Krankheit überschattet war, so bei Caspar David Friedrich und Novalis. So familienbezogen alle lebten, so wenig war doch das Familienleben nach außen hin abgeschottet. Die Familien besaßen viele Verwandte und Freunde, die für die spätere Karriere der einzelnen Romantiker bedeutsam werden konnten, weil damit eine gewisse Weltläufigkeit gegeben wurde. Selbstverständlich erhielten alle eine bewußt religiöse Erziehung – immerhin waren die Schlegels, Friedrich Schleiermacher und Friedrich Wilhelm Joseph Schelling Pfarrerssöhne –, aber damit bestimmten die orthodoxen Kirchen doch wenig das Familienleben, das galt für Protestanten wie Katholiken.[6] Das religiös-kirchliche Interesse war nicht besonders stark ausgeprägt, variierte aber beträchtlich je nach der Nähe zur Aufklärung oder zum Pietismus. Der religiös-kirchliche Hintergrund wirkte bei den Schlegels, bei Hardenberg und Schleiermacher bedeutend nach. Am stärksten emanzipierten sich die Juden und Jüdinnen. Zwar existierten die religiös-kirchlichen Kulturen allgemein noch stark voneinander abgeschottet, aber in Berlin war die Toleranz zwischen Protestanten, Katholiken und Juden beachtlich. Früh kam es in dortigen Familien zu Bekanntschaften mit Andersgläubigen.

Die meisten Romantiker und Romantikerinnen kamen aus dem nord- und mitteldeutschen Raum, also dem Raum protestantischer Prägung, der sich der aufklärerischen Bewegung gegenüber aufgeschlossener zeigte als Süddeutschland. Es waren zugleich die Gegenden mit den dichtesten und modernsten Schulsystemen, in denen sich auch das Zeitschriften- und Verlagswesen am raschesten ausweitete. Hamburg, Berlin, Frankfurt, Nürnberg, Leipzig sind hier besonders zu nennen. Von Haus aus wuchsen die Vertreter der Romantik fast allesamt in die literarische Kultur der Aufklärung hinein. Nicht weniger signifikant war, daß die meisten im städtischen Umfeld aufwuchsen, in dem die Väter ihre soziale Karriere aufgebaut hatten.[7] Ludwig Tieck, Clemens Brentano und die Schlegels waren ausgesprochene Stadtkinder. Dennoch spielten in ihren späteren Werken Natur und Landschaft eine größere Rolle als beispielsweise die sozialpolitischen Verhältnisse der Städte. Häufig wurde von ihnen erstmals die Großstadt Berlin als Wohnort angestrebt, allerdings weniger als Residenz- denn als Kulturmetropole mit ihren intellektuellen Freiräumen. Weimar glänzte nicht primär als Residenzstadt als vielmehr als Wirkstätte von Goethe, Schiller, Herder und Wieland, also der Klassik.

Das Herkunftsmilieu der Romantiker läßt sich detailliert an den frühen Hauptfiguren der romantischen Bewegung verfolgen, deren literarischer Nachlaß auch eine Fülle von privaten Informationen enthält. Damit wird zwar nicht die ganze Breite sozialer Lebensmöglichkeiten erfaßt, aber ihre dominanten Erfahrungen sind durchaus repräsentativ. Im Mittelpunkt stehen die Familien der Schlegelbrüder und ihrer Ehefrauen Caroline Michaelis/Böhmer und Dorothea Mendelssohn/Veit, dann die Familien von Novalis, von Tieck und Brentano. Es waren zugleich Familien, in denen gleich mehrere Kinder an der romantischen Kultur partizipierten.

Die Schlegels – Friedrich wurde 1772 und August Wilhelm 1767 geboren –, stammten aus einer weitverzweigten Familie von Pastoren, Juristen, Beamten und Schriftstellern.[8] Der Urgroßvater hatte sogar den Adelstitel erworben, den aber die Familie im 18. Jahrhundert nicht mehr führte. Während des Wiener Kongresses nahmen die beiden Brüder ihn wieder an. Zwei ihrer Onkel waren als Schriftsteller bekannt, so Joh. Elias Schlegel (†1749) und Joh. Heinrich Schle-

Abb. 12: Friedrich Schlegel, Zeichnung von Caroline Rehberg (um 1790).

gel (†1780). Während Elias ein großer Literaturkritiker wurde, machte Joh. Heinrich Karriere als dänischer Historiograph. Der Vater der Romantiker, Joh. Adolf Schlegel (1721–93), ebenfalls literarisch begabt – er gab mit anderen u.a. die „Bremischen Beiträge zum Vergnügen des Verstandes und des Witzes" heraus –, wurde in Schulpforta und in Kopenhagen als Theologe ausgebildet, hatte in Zerbst eine angesehene Professur inne und wurde schließlich Generalsuperintendent in Hannover, also höchster Repräsentant einer protestantischen Landeskirche. Seine erhaltenen Predigten weisen ihn als einen aufgeklärten, rednerisch begabten Theologen aus. Er hatte von seiner Frau, der Tochter eines Mathematikprofessors, insgesamt sieben Kinder: die zwei ältesten Söhne wurden wiederum Pfarrer, einer von ihnen lebte als Konsistorialrat in Hannover, der dritte ging als Ingenieur in englischen Diensten nach Indien. Von ihm sprechen Friedrich und August Wilhelm nie.

Bei den zwei jüngsten Kindern handelt es sich um die beiden Romantiker August Wilhelm und Friedrich. Während August Wilhelm wohl aufgrund seiner hohen Begabung und Anpassungsfähigkeit Liebling der Eltern war, machte Friedrich, der begabteste von allen Kindern, nur Schwierigkeiten.[9] Er galt als schwer erziehbar, lebte zurückgezogen und war auch gesundheitlich labil, weswegen er zur Erziehung zu einem Onkel auf das Land gegeben wurde. Von den beiden Töchtern spielte Charlotte, später verheiratet mit einem Dresdner Hofbeamten, eine große Rolle im Leben Friedrichs. Sie unterstützte ihn, wo immer sie konnte. Über die eigentliche Jugendzeit sind nur wenige Details bekannt. Aufgrund des großen Leistungsdrucks vor allem durch den Vaters, der mit seiner Ordnungsliebe und Genauigkeit seinen Sohn Friedrich kaum verstehen konnte, kam es zu keiner engen emotionalen Beziehung, auch nicht zur Mutter, als der Vater starb. Für literarische Interessen zeigten die Eltern nur Verständnis, wenn sie einer Karriere nützlich waren. Während August Wihelm in Göttingen Theologie studieren sollte, was er aber rasch aufgab, wurde Friedrich zur Kaufmannslehre nach Leipzig geschickt. Seinem Drängen, ihn wieder nach Hause zu holen, gaben die Eltern schließlich nach.[10] Mit ungewöhnlicher Arbeitswut stürzte er sich in Hannover auf das Studium des Altertums und der griechischen Sprache. Zusammen mit seinem Bruder begann er dann in Göttingen Jura zu studieren. Die ohnehin kühle Beziehung beider Söhne zu ihren Eltern schwächte sich noch ab, als sie ihrer eigenen Wege gingen, die mit den religiösen und moralischen Vorstellungen der Familie nicht übereinstimmten. „Es ist gut, daß ich gegen meinen Vater Religion und gegen meine Familie Achtung (heuchle), die ich nicht habe“, schrieb Friedrich Schlegel 1792 an seinen Bruder August Wilhelm.[11] Bei aller intellektuellen Anregung, die das Haus vermittelte, waren die Schlegels in Hannover ausschließlich rationalistisch-aufklärerisch gesonnen. Beide Söhne berichten auch später in ihren zahlreichen Briefen kaum vom Elternhaus. Aber zu einem Bruch kam es selbst dann nicht, als die Mutter erfuhr, daß ihr Sohn Friedrich mit einer Jüdin in „wilder“ Ehe lebte. Umso stärker verbanden sich die Brüder, wobei der ältere den jüngeren in seinem Wunsch, Schriftsteller zu werden, stets auch finanziell unterstützte, ja sie schlossen einen regelrechten Freundschaftsbund, der zumindest bis zur Konversion Friedrichs so intensiv bestand, daß daraus das Projekt des romantischen Athenäum erwachsen konnte.

Caroline Böhmer (geb. 1763), zunächst August Wilhelm Schlegels, später Schellings Frau, war die Tochter des berühmten Professors für orientalische Sprachen Johann David Michaelis (1717–1791) in Göttingen, einer kleinen Stadt, die aber durch ihre Universität großes Ansehen genoß.[12] Caroline war die älteste Tochter aus zweiter Ehe, der noch acht weitere Kinder folgten, von denen aber die meisten früh starben. Der Vater galt als überheblich und taktlos, aber im Hause herrschte ein freier ungenierter Ton, obwohl die Mutter, Tochter des Oberpostmeisters in Göttingen, als eine unfrohe und humorlose

Abb. 13: Caroline Schlegel-Schelling (geb. Michaelis) nach einem Gemälde von Johann Friedrich August Tischbein aus dem Jahre 1798.

Frau beschrieben wird. Caroline genoß eine vorzügliche Ausbildung, lebte über zwei Jahre in einem Gothaer Internat, über das sie allerdings wenig berichtet. Ansonsten sind wir über sie durch ihre erhaltenen Jugendbriefe an ihre lebenslange Freundin Luise Stieler gut unterrichtet. Sie lernte Englisch und Französisch und las alles, was sie an Literatur erhalten konnte. Sie wuchs in einem großen Hause auf, in dem der Vater als Gelehrter eine besondere Rolle spielte. Wegen seines Namens erschienen viele Gäste, so u.a. Carl Eugen von Württemberg, die Fürstin Gallitzin, der Amerikaner Benjamin Franklin, Joh. Wolfgang Goethe und Alexander von Humboldt, die Caroline alle persönlich kennenlernte. Darüber hinaus wurde das Professorenmilieu in Göttingen für sie bedeutsam. Die Familien lebten dicht zusammen, und mehrere der Töchter erregten später Aufsehen. Dorothea Schlözer, Tochter des Historikers August Ludwig Schlözer, hatte als erste Frau bei ihrem Vater promoviert, Therese Heyne, die Tochter des Altphilologen Christian Gottlob Heyne, heiratete den Weltumsegler Georg Forster, von dem sie sich unrühmlich trennte, dann aber eine Karriere als Schriftstellerin machte; und Philippine Gatterer, die Tochter des Historikers Joh. Christoph Gatterer, rühmte der Dichter Bürger als ein großes poetisches Talent.[13] Die intellektuelle Männerwelt, in der nur wissenschaftlicher Ruhm zählte, weckte in Caroline früh das Gefühl einer Minderwertigkeit als Frau: „Man schätzt ein Frauenzimmer nur nach dem, was sie als Frauenzimmer ist", zugleich aber auch ihren Anspruch auf intellektuelle Auseinandersetzung und Anerkennung.[14] Sie galt zwar als „ein wenig wild", doch zugleich als nüchtern und hochbegabt. Sie litt darunter, daß sie ihre Lebenswelt nur bedingt selbst bestimmen konnte. Zwanzigjährig heiratete sie den zehn Jahre älteren Arzt Franz Wilhelm Böhmer, der mit ihr nach Clausthal-Zellerfeld zog. Die Heirat hatten ihre Eltern angebahnt. Vorher hatte sie ihrer Freundin geschrieben: „Ich würde, wenn ich ganz mein eigener Herr wäre und außerdem in einer anständigen und angenehmen Lage leben könnte, weit lieber gar nicht heiraten, und auf andere Art der Welt zu nutzen suchen."[15] Weil sie später gesellschaftlich geächtet wurde, löste sich die Beziehung zur Familie. Engeren Kontakt hielt sie nur mit ihrem Bruder, dem Arzt Fritz Michaelis in Kassel bzw. Marburg.

Brendel Veit (geb. 1764), die spätere Frau Friedrich Schlegels, entstammte einer vollkommen anderen Welt, die aber nicht weniger bekannt und gelehrt war als die der Michaelis.[16] Sie war die Tochter des bekannten jüdischen Aufklärers Moses Mendelssohn, der als weltoffener und moderner Denker sowie gesetzestreuer Jude das deutsche Judentum maßgeblich prägte. Er lebte ganz für die jüdische

Abb. 14: Dorothea Veit-Schlegel
(geb. Mendelssohn) (1798).

Abb. 15: Moses Mendelssohn, Gemälde von
Anton Graff (1736–1813).

Abb. 16: Fromet Gugenheim nach einer
Miniatur aus dem Jahre 1767.

Aufkärung, verdiente aber als Prokurist einer Berliner Seidenweberei den Lebensunterhalt für seine Familie mit zehn Kindern, von denen sechs überlebten. Ihre aus Hamburg stammende Mutter Fromet geb. Gugenheim galt als eine stille Frau, von der der Aufkärer Boie als einer „feinen und echten Seele" sprach. Das Mendelssohnsche Haus war ein weltoffenes tolerantes Haus inmitten der Großstadt Berlin, in dem so bekannte Aufkärer wie Friedrich Nicolai, Gottfried Ephraim Lessing, Karl Philipp Moritz u.a. ein- und ausgingen, Christen wie Juden.[17] Brendel bewunderte ihren Vater, wie viel sie jedoch von den Gesprächen im Hause mitbekam, wissen wir nicht, denn die „Sitzungen" waren reine Männersache, im Judentum noch mehr als bei Christen, wohingegen sich die Mutter auf den großen Haushalt und die Erziehung der Kinder konzentrieren mußte. Brendel lebte inmitten verschiedener Welten, der jüdischen und der aufklärerischen. Als „höhere" Tochter erhielt sie eine sehr gute Ausbildung. Sie lernte Klavierspielen, Rechnen und Französisch. Ihre große Leidenschaft aber galt der Literatur – es war die Zeit, als der „Werther" erschien –, wenngleich dies die Eltern nicht begrüßten. „Keine von uns, die nicht damals für irgendeinen Helden oder eine Heldin aus dem Roman der Zeit schwärmte", berichtete später ihre Jugendfreundin Henriette Herz, „und obenan stand darin die geistreiche, mit feuriger Einbildungskraft begabte Tochter Mendelssohns".[18] Wie alle anderen jüdischen Mädchen war Brendel früh verlobt und heiratete als Neunzehnjährige 1783 den älteren Kaufmann Simon Veit, den sie zwar schätzte, aber nie liebte. Nach einer 16jährigen Ehe ließ sie sich scheiden, um endlich frei zu leben. Sie nannte sich fortan Dorothea. Dieses Freiheitsbedürfnis, das sie ebenso stark entwickelt hatte wie Caroline Michaelis in ihrer Ehe mit Böhmer, gründete in der komplexen Familienstruktur: Sie schwärmte für die aufgeklärte Welt des Vaters, sollte sich aber dem jüdischen Bild der Frau fügen, die sich jeder gelehrten Tätigkeit zu entziehen hatte. Ihr ‚Bildungswille' war es, der die traditionelle Eheverbindung sprengte. Obwohl auch sie eigenwillige Wege ging – sie wurde katholisch –, verlor sie im Unterschied zu Caroline den Kontakt zu ihrer Familie nicht. Enge Beziehungen hielt sie zu ihrer unverheiratet gebliebenen Schwester Henriette Mendelssohn.

Aus einer gänzlich andersartigen Familie stammte Ludwig Tieck (geb. 1773).[19] Als Seilermeister hatte sein Vater Joh. Ludwig nach vielen Reisen in Berlin eine anerkannte soziale Position erworben – er wurde Zunftmeister und Gildesprecher –, wovon auch sein großes Haus zeugte. Das Besondere jedoch war sein Bekenntnis zur Aufkärung. Er war ein begeisterter Leser und förderte die intellektuelle Bildung seiner Kinder, wo immer er konnte. Bei aller Aufgeschlossenheit – immerhin empfahl er seinen Kindern die Lektüre der schönen Literatur, u.a. des „Werther“, was ungewöhnlich war – galt er zugleich als sehr autoritär, mehr Respekt als Zuneigung einflößend. Die Mutter war unehelich geboren und streng pietistisch erzogen worden. Beide hatten drei Kinder: Ludwig, der Älteste, wurde der bekannte Schriftsteller. Sophie, die später den Lehrer Ludwigs heiratete, trat ebenfalls als Schriftstellerin auf; mehr bekannt wurde sie aber durch ihre Skandale, sie starb als Baronin von Knorring. Schließlich ist noch Christian Friedrich zu nennen, der sich einen nicht allzu bedeutenden Namen als Bildhauer machte. Die künstlerischen Interessen der begabten Kinder wurden durch den Vater gefördert, der ihnen das Bildungswissen der Aufklärung und des „Sturm und Drang“ vermittelte, von dem sie sich jedoch nach und nach lösten. Besonders bedeutsam für die intellektuelle Entwicklung ist zum anderen – wohl in Abwehr der strengen Erziehungsmaximen des Vaters – die enge emotionale Beziehung zwischen den Geschwistern, die sich in ihren künstlerischen Interessen gegenseitig bestärkten und sich vor allem auch finanziell halfen. Ludwig Tieck blieb, ähnlich wie Friedrich Schlegel, aufgrund seines Lebensstils stets auf Unterstützung angewiesen. Eine Berufstätigkeit strebte er nicht an. Prägend für sie war drittens die schulische Ausbildung. Am stärksten wurde Ludwig aufgrund seiner Begabung gefördert, am wenigsten Sophie, die aber so stark am Leben und Treiben ihrer Brüder partizipierte, daß sie nicht minder selbstbewußt auftrat. Sie litt aber stark unter der fehlenden Anerkennung in intellektuellen Kreisen. Nach dem Besuch einer ABC-Schule und der Französisch-Schule ging Ludwig auf das berühmte humanistische Friedrichswerdersche Gymnasium in Berlin, das er 1792 mit einem Reifezeugnis abschloß. Besondere Beziehungen gab es zu seinen Lehrern August Ferd. Bernhardi und Friedrich Eberhard Rembach, die ihn in seinen ersten literarischen Versuchen tatkräftig unterstützten. Schließlich und viertens spielten die vielen Bekanntschaften und Freundschaften während Ludwigs Berliner Schulzeit eine besondere Rolle. Er lernte nicht nur Wilhelm Heinrich Wackenroder, Sohn eines preußischen Beamten, kennen, aus dessen Freundschaft das wichtige frühromantische Unternehmen der „Herzensergießungen eines kunstliebenden Klosterbruders“ erwuchs, sondern auch den Hofkapellmeister Joh.Friedrich Reichardt, einen bekannten Anhänger der Französischen Revolution, sowie Karl Ph. Moritz, Professor für Altertumskunde an der Berliner Kunstakademie und Autor des autobiographischen Romans „Anton Reiser“. Kulturelle Bildung, künstlerische Interessen und bohemehafter Lebensstil verbanden sich bei den Geschwistern mit der neuen Freiheitsbegeisterung für die Französische Revolution. Im Hause von Reichardt lernte

Ludwig nicht nur die bekannten Berliner Intellektuellen und Künstler kennen, sondern auch seine spätere Frau Amalie Alberti (geb. 1769), Tochter eines Hamburger Theologen, zugleich Schwägerin von Reichardt und von Henrik Steffens.[20]

Ludwig Tieck und Friedrich Schlegel waren gleichen Jahrgangs und lernten sich 1797 im Salon von Dorothea Veit in Berlin kennen. In Jena dann stieß auf den romantischen Zirkel als dritter Friedrich von Hardenberg, der 1772 auf dem Gut Oberwiederstedt bei Hettstadt geboren war.[21] Seit 1798 nannte er sich Novalis, „der Neuland Bestellende". Obwohl von adliger Herkunft, führte der Vater Heinrich Ulrich E. Frhr. von Hardenberg ein zurückgezogenes „bürgerliches" Leben; nach dem Jurastudium stieg er sukzessive auf, bis er 1784 Direktor des kurfürstlich-sächsischen Salinenwesens in Weißenfels am Südharz wurde. Die Familie war ursprünglich durchaus vermögend, verlor aber 1780 vier Güter, so daß der Vater ihr Wohlergehen gefährdet sah. Nach dem Tode seiner ersten Frau wurde er ein exzentrischer Anhänger des Herrnhutschen Pietismus, der seine selbstquälerische

Abb. 17: Novalis (Friedrich von Hardenberg) (um 1800), Gemälde von Franz Gareis.

Abb. 18: Heinrich Ulrich Erasmus Freiherr von Hardenberg (1772) (Vater von Novalis), Gemälde von Anton Graff.

aufbrausende Art aber nicht mäßigen konnte und zu einem herrschenden Hausvater wurde. Auch seine zweite, wesentlich jüngere Frau Auguste Bernardine von Bölzig stammte aus dem Adel, sie war kränklich und depressiv. Auch in diesem Hause finden wir wie in den anderen Familien starke Gegensätze in der Mentalität der Eltern. Sie litt bei aller Liebe nicht nur unter ihrem Mann, sondern mußte erleben, daß von ihren elf Kindern nur eines sie selbst überlebte. Allesamt starben sie wie Novalis in jungen Jahren. Während Novalis zum Vater ein distanziertes Verhältnis hatte und es immer wieder zu Konflikten kam, liebte er seine Mutter in besonderem Maße. Sie sorgte sich um die Kinder, war nachgiebig und ausgeglichen. 1791 schrieb ihr Sohn: „Du trugst beynah alles zur Entwicklung meiner Kräfte bey, und alles was ich einst Gutes wage und thue, ist Dein Werk und der schönste Dank, den ich Dir bringen kann".[22] Diesen Dank spricht er auch seinen vielen Geschwistern aus, mit denen er aufs engste verbunden war – unter ihnen spielt Erasmus, der 1797 starb, eine besondere Rolle – und die sein Lebensgefühl maßgeblich bestimmten. An Erasmus schrieb er einmal 1795: „Mein Schicksal ist das Eurige. Unsere Begebenheiten sind in ein schönes Ganzes geflochten. Der Familiengeist verbindet dieses Mannigfaltige in eine Einheit".[23] Im Kreise seiner Geschwister und in der Natur, besonders im Park des Familiengutes, seit 1784 in Weißenfels, einer Kleinstadt in der Nähe von Leipzig, fand er Zufriedenheit und Glück. Berührungen mit fremden Personen gab es erst, als der Elfjährige zu seinem Onkel, dem Landkomtur des Deutschritterordens, übersiedeln mußte, weil seine Mutter erkrankte. Während der Vater ihn darin bestärkte, seinem Herzen zu folgen, „ohne Rücksicht auf die Meinung der Welt zu nehmen", ermutigte ihn der Onkel, „eine Rolle in der Welt zu spielen".[24] Die erste Ausbildung genoß Novalis im Elternhaus unter Aufsicht eines Hofmeisters, 1790 schickte ihn sein Vater auf das Luthergymnasium in Eisleben. Der Hofmeister bezeichnete ihn aufgrund seiner frühen dichterischen Begabung und seines Erzähltalents als einen „empfänglichen, selbstthätigen, originellen und Phantasiereichen Knaben".[25] 1790 begannen seine Studentenjahre in Jena, wobei er jedoch keinen Abschied von seiner Familie nahm: Obwohl er früh mit den Frühromantikern in Jena in Kontakt trat, blieb seine familiäre Einbindung vorherrschend, auch nach dem Wechsel nach Leipzig und Wittenberg, wo er 1793 sein juristisches Examen ablegte.

Aus einer reichen Kaufmannsfamilie stammten schließlich Clemens Brentano (geb. 1778) und seine Schwester Bettina (geb. 1785), später verheiratete von Arnim.[26] Beide waren erheblich jünger als Schlegel und Tieck, die sie besonders verehrten. Ihre Familiengeschichte zu rekonstruieren ist schwierig; dies liegt nicht

Abb. 19: Clemens Brentano, Zeichnung von Wilhelm Hensel (1819).

Abb. 20: Bettina von Arnim, Radierung von Ludwig Emil Grimm (1809).

Abb. 21a: Peter Anton Brentano, Vater von Clemens und Bettina Brentano (um 1775).

Abb. 21b: Maxe Brentano, geb. La Roche, Mutter von Clemens und Bettina Brentano (um 1775).

nur daran, daß die Familie Brentano kinderreich war und es nicht leicht ist, die Familienbeziehungen auseinanderzuhalten, sondern alle Kinder, vor allem Clemens und Bettina, sich diesem Familienclan zeitlebens verbunden und verpflichtet fühlten. Außerdem reflektiert Clemens' literarisches Lebenswerk selbst auf vielfältige Weise die Welt seiner Eltern und Geschwister. Die italienische Familie Brentano besaß schon seit dem Ende des 17. Jahrhunderts ein Handelshaus in Frankfurt; aber erst Peter Anton Brentano (1735–1797) siedelte nach Frankfurt um. Das Ex- und Importgeschäft florierte so rasch, daß er nicht nur ein stattliches Haus „zum Goldenen Kopf" für seine immer größer werdende Familie erwerben konnte, sondern als Bürger und kurfürstlich-trierischer Resident in Frankfurt trotz seines strengen Katholizismus großes soziales Ansehen genoß. Er war dreimal verheiratet, zuerst mit einer italienischen Cousine, die nach der Geburt von sechs Kindern im Alter von 26 Jahren starb, dann mit der achtzehnjährigen Maximiliane, Tochter der berühmten Schriftstellerin und „Sternheim"-Autorin Sophie von la Roche und des kurtrierischen Kanzlers von la Roche, die zwölf Kinder gebar, sowie schließlich mit der Adeligen von Rottenhof, deren zwei Kinder jedoch bald starben. Clemens und Bettina, Kinder von Maximiliane, wuchsen mit zwölf Geschwistern auf.[27] Das 18. Jahrhundert kannte durchaus hohe Kinderzahlen, aber die Zahl der Brentanos war dennoch ungewöhnlich. Besonders eng war das Verhältnis von Clemens und Bettina zur früh verstorbenen Sophie und zu Gundel, die später den bekannten Juristen von Savigny heiratete.

Der erfolgreiche Kaufmann war ein strenger, autoritärer und gläubiger Vater, den die Kinder nur wenig zu sehen bekamen. „Mit seinen Kindern gab er sich wenig ab, sondern hielt sie nach der Sitte vornehmer Italiener in einer Ehrfurcht gebietenden Entfernung. Erschienen wir vor ihm, so küßten wir seine Hände, und war er dann freundlich, so küßte er unsere Stirn."[28] Während Bettina ihren Vater letztlich in guter Erinnerung behielt – sie war erst zwölf Jahre alt, als sie Vollwaise wurde –, konnte Clemens dem aufstiegsorientierten, arbeitsamen Lebensstil seines Vaters nichts abgewinnen. Er sah in ihm nur den alles beherrschenden Kaufmann, unter dem die Mutter litt. Immerhin hatte der Vater ein so großes Vermögen hinterlassen, daß Clemens zeitlebens von dieser Erbschaft leben konnte. Umso mehr liebte er seine schöne Mutter Maximiliane die in Goethe verliebt war, dann aber als Achtzehnjährige Brentano heiraten mußte. Als sie nach der Geburt von zwölf Kindern 37jährig starb, brach für den erst 16jährigen Clemens eine Welt zusammen. Das Bild der Mutter prägte seine Phantasie so stark, daß alle seine Frauenbilder nach ihr geformt wurden. „Meine Mutter starb, ich habe keine Beziehung für mein Zurückbleiben, denn meine ganze äußere Welt sank mit ihr. Lange war es mir, als sei ich auch gestorben, alle Tätigkeit verließ mich".[29] Kurz vor ihrem Tod hatte sie ihm noch geschrieben: „Sieh ich habe dich immer so sehr geliebt ... Gott wird dich segnen und dich belohnen, wenn du gut wirst, schreibe mir, waß du lernest, und wie deine Stunden eingeteilt sind – lebe wohl. Gott erhalte dich und stärke dich zum Guten – deine treue Mutter Brentano".[30] Die erste Erziehung hatten Clemens und Bettina im Elternhaus, wohlumsorgt von der Haushälterin und einer großen Dienerschaft, erhalten, dann Clemens zusammen mit seiner geliebten Schwester Sophie bei einer Tante in Koblenz-Ehrenbreitstein. Drei Jahre verbrachte Clemens im dortigen Jesuitengymnasium und weitere Jahre, bis 1793, im „kurpfälzisch öffentlichen Erziehungsinstitut für Zöglinge männlichen Geschlechts aller drei christlichen Religionsparteien". Nach dem Tod seiner Mutter wußte er zunächst nicht, was er tun sollte. Nach einem gescheiterten Studienversuch in Bonn arbeitete er widerwillig im Kontor des Vaters, der ihn aber 1796 nach Langensalza in die kaufmännische Lehre gab. Wegen Respektlosigkeit wurde er zurückgeschickt, versuchte erneut ein Studium, kehrte aber nach dem Tod des Vaters nach Frankfurt zurück.

Seine acht Jahre jüngere Schwester Bettina wurde nach dem Tod der Mutter zusammen mit ihren Schwestern Gundel und Maline in ein katholisches Mädcheninternat in Fritzlar geschickt, wo sie sich sichtlich wohl fühlte, wenngleich sie später schrieb: „Was hab ich alles erfahren in jenen Kinderjahren – Wurzeln und Kräuter, eine Blumendolde, aus der bei leisem Druck der Same aufsprang – die waren mir Unterpfand und Beteurung vom Gegenteil allen Aberglaubens, sie sagen mir immer dasselbe: Frei sein, und jeder Glaubensbefehl leugnet mir das ...".[31] Frei sein wollte auch sie, und darin wurde sie in ihrer weiteren Erziehung im Hause ihrer Großmutter Sophie von la Roche in Offenbach bestärkt, wohin sie nach dem Tod des Vaters 1797 geschickt wurde. Deswegen klagte ihr Vormund, der ältere Bruder Franz Brentano: „Bettina kann gut werden, wenn sie einfach und natürlich bleibt und nicht eigene Länder entdecken will, wo keine weibliche Glückseligkeit zu entdecken ist ... so bald's sein kann, nimmt sie Toni zu sich und teilt ihre Zeit in Besorgung des Hauswesens und weibliche Arbeit, dieses ist einiger Balsam für Bettina".[32]

So lernte sie zwar alles, was eine künftige Mutter und Hausfrau können mußte, außerdem Sprachen, Klavierspielen und Zeichnen, viel aufregender aber war für sie das gesellige Leben ihrer Großmutter, die alle bekannten Literaten der Zeit bei sich sah. Sie besaß eine große Bibliothek und ließ Bettina in ihren literarischen Ambitionen gewähren, die in die Briefe an ihren Bruder Clemens, an Karoline von Günderode und nicht zuletzt an Achim von Arnim, ihren späteren Mann, eingingen. Bettina galt als kaum erziehbar, „leichtfertig bis ins Unbegreifliche“, was selbst ihr Lieblingsbruder Clemens eingestehen mußte, der sie nach seinem Ideal erziehen wollte.[33] Über ihn lernte sie auch Achim von Arnim, seinen engen Freund, kennen.

Beide Geschwister lebten in einer wohlversorgten, geistig regsamen Umwelt, die jedoch bei beiden unterschiedlich stark durch den Tod der Eltern, durch Schmerz und Liebe bestimmt wurde. Ihre literarisch-künstlerischen Interessen wurden umfassend gefördert und waren für sie selbst Ausdurck eines starken Freiheitsbewußtseins, das sich keinen familiären oder konfessionell-ideologischen Zwängen fügen wollte. Ihre Planlosigkeit war sicherlich dadurch bedingt, daß sie frei von ökonomischen Problemen waren, sie war aber vor allem Ausdruck einer Phantasie, einer spontanen Lebensweise, die beide Kinder von früh an kennzeichnete. Sie setzten sich über alle Konventionen hinweg, das einzige, was für sie zählte, waren Freundschaft und Liebe. Und wenn sie darin scheiterten, fanden sie stets Zuflucht bei einem der vielen Geschwister, auch wenn das Verhältnis zu ihnen nie konfliktfrei blieb.

So wenig diese bekannten Vertreter und Vertreterinnen der Romantik vergleichbare Lebensläufe aufweisen, gibt es doch einige bemerkenswerte Übereinstimmungen, die auch für viele andere der Generationen zwischen 1785 und 1820 bzw. zwischen 1795 und 1820 galten. Zumindest alle Wortführer kamen aus einer mehr oder weniger eindeutig bürgerlichen Schicht, dem Verhalten nach zählten auch die Familien Tieck und von Hardenberg dazu, die einen festen, klar umrissenen Familienhintergrund besaß, von dem die Söhne und Töchter sich zwar allesamt emanzipierten, der ihnen jedoch zugleich so wichtig war, daß keiner mit der Familie völlig brach. Das betrifft als erstes das Verhältnis zu den Vätern, die zumeist starke und autoritäre Persönlichkeiten waren und pragmatisch-aufklärerische Positionen bezogen. Alle waren in ihrem Beruf ziemlich, wenn nicht sogar sehr erfolgreich. So wenig sie sich konkret mit ihren Kindern befaßten, legten sie doch größten Wert auf eine bewußte Erziehung, die sie sich auch etwas kosten ließen. Eine besondere Korrespondenz mit den Vätern, mit Ausnahme von Novalis und Schleiermacher, läßt sich nicht nachweisen, wobei allerdings nicht vergessen werden darf, daß manche Romantiker früh Halbwaisen waren. Die Mütter nahmen weitgehend eine untergeordnete Position ein, was nicht heißt, daß sie ohne Bedeutung blieben. Sie waren selbst gebildet, hielten sich nur, oft bedingt durch die große Kinderzahl, öffentlich zurück. Sie standen zumeist auf seiten der eigenwilligen Kinder, die es ihnen mit ihren neuen Ansichten nicht immer leicht machten. Dabei hatten die Mütter selbst selten aus Zuneigung geheiratet, ohne daß es deshalb zu ausgesprochen zerrütteten Verhältnissen kam. Der Freiheitsdrang der Söhne und Töchter war jeweils anders motiviert. Wie die Söhne auf ‚freier' Berufswahl bestanden, wünschten die Töchter einen Partner, dem sie wirklich Zuneigung schenkten. Die meisten Söhne studierten nicht das, was die Väter wünschten, Novalis und Schleiermacher machten eine Ausnahme.[34]

Generell äußerten die Romantiker ein beträchtliches Maß an Freiheitswünschen, die nicht primär darin bestanden, sich von den Eltern bzw. der Familie finanziell unabhängig zu machen; dann hätten sie allesamt früher und direkter einen Beruf ergreifen müssen. Allein Novalis galt als zielstrebig. Aber sie wollten in ihren Wünschen und ihrem Lebensstil akzeptiert werden. Sie setzten auf Toleranz und Verständnis. Mit ihrem Freiheitsbedürfnis wurden sie alle – wenn auch in unterschiedlichem Maße – Anhänger der Ideen der Französischen Revolution. Die Wortführer der Romantik waren 1789/90 in der Regel zwischen 18 und 22 Jahren.

Während das Verhältnis zu den Eltern oft gespannt war und blieb, waren die Kontakte zwischen den Geschwistern dafür umso intensiver. Unter der Vielzahl von Kindern hatte jeder natürlich zumeist einen Lieblingsbruder oder eine Lieblingsschwester, die seine Interessen teilten. In Problemlagen konnten die Geschwister auch finanziell aufeinander zählen, was für viele dringend notwendig war – das gilt vor allem für die Schlegels und Tieck. Ein beträchtlicher Teil der erhaltenen Korrespondenz der Romantiker besteht aus Briefwechseln mit Geschwistern. Es kam sogar zu regelrechten Freundschaftsbünden unter Geschwistern. Dabei schloß die Konzentration auf die eigene Familie und Verwandtschaft Freundschaften mit anderen keineswegs aus. Selbst der in der eigenen Familie ganz und gar aufgehende Novalis schloß sich leicht anderen an. Der Zusammenschluß war freilich auch durch die gemeinsame kritische Stellung zu den Eltern bedingt, vor allem aber waren es doch die neuen literarisch-künstlerischen Interessen, die die gemeinsame Gesinnung begründeten und viele gleichberechtigte künstlerische Ambitionen nebeneinander bestehen ließen. Keiner lebte trotz seines eigenwilligen Lebensstils allein, sondern suchte von früh an seine eigenen Ansprechpartner zunächst in der Familie. Hauslehrer dagegen, Nachbarskinder oder

Mitschüler spielten eine auffallend geringe Rolle. Von befreundeten Mitschülern spricht nur Tieck, umso stärker treten später jedoch Mitstudierende in den Vordergrund. Es herrschte in den meisten Häusern – verständigt vor allem über die neue Literatur – ein offenes Klima, das besonders für die Mädchen anregend wirkte; das gilt für alle Konfessionen. Hinzu kam ein größerer geselliger Familienkreis. Sie machten die Erfahrung der Bedeutung und Nähe der Familie, die Unterstützung und Anregung vermittelte, gerade in einer Zeit, in der das soziale Umfeld der Familien vor allem in den Städten sich grundlegend änderte. Daher wundert es nicht, daß Freundschaft und Liebe zu zentralen sozialen Kategorien wurden. Aus diesem Grunde wurden die jungen Romantiker auch Gegner der absolutistischen Herrschaftsform, auch der aufgeklärten, mitsamt ihrem rationalen Verwaltungssystem, sosehr die meisten gerade von ihm profitierten, wenn sie in den staatlichen Dienst gehen wollten. Hier in der Familie, vor allem im Umgang mit den Brüdern, erfuhren nicht zuletzt auch die Frauen, daß Unterordnung und Schweigen nicht mehr die ihnen anstehende Lebensform war.

2. Ausbildung: Schule und Universität

Abb. 22: Anatomievorlesung, Stich von Wilhelm Lindenschmidt (um 1826).

Joseph von Eichendorff schrieb aus der Erinnerung an seine Studienzeit 1857:

„Das vorige Jahrhundert wird mit Recht als das Zeitalter der Geisterrevolution bezeichnet. Allein damals wurden nur erst Parole und Feldgeschrei ausgeteilt, es war nur der erste Ausbruch des großen Kampfes, der sich unter wechselnden Evolutionen an das neunzehnte Jahrhundert vererbt hat, und noch bis heute nicht ausgefochten ist. Die deutschen Universitäten aber sind die Werbeplätze und Übungslager dieses von Generation zu Generation sich erneuernden Kriegsheeres. Von Wittenberg ging einst die Reformation aus, von Halle die Wolffsche Lehre, von Königsberg die Kantsche, von Jena die Fichtesche und Schellingsche Philosophie; lauter unsichtbare Gedankenkatastrophen, die einen wesentlichen und entscheidenderen Einfluß auf das Gesamtleben ausgeübt haben, als sich die Staatskünstler träumen ließen.

Bekanntlich ist unser Jahrhundert unter dem Gestirn der Aufklärung geboren. Kant hatte soeben die philosophische Arbeit seiner Vorgänger streng geordnet und, da er dieselbe in seiner großartigen Wahrheitsliebe für das Ganze als unzureichend erkannte, die Welt lieber sogleich in zwei Provinzen geteilt: in die durch menschliche Erfahrung wahrnehmbare, die er sich glorreich erobert, und in die terra incognita des Unsichtbaren, die er mit der nur dem Genie eigenen heiligen Scheu auf sich beruhen ließ. Seine Schüler aber wollten klüger sein als der Meister und alles aufklären; eine Art chinesischer Schönmalerei ohne allen Schatten, der doch das Bild erst wahrhaft lebendig macht. Sie setzten daher nun ihren lichtseligen Verstand ganz allgemein als alleinigen Weltbeherrscher ein; es sollte fortan nur noch einen Vernunftstaat, nur Vernunftreligion, Vernunftpoesie usw. geben. Da jedoch jene zweite dunkle Provinz höchst unvernünftig mit ihrer Phantasie, mit ihrem Glauben, ihren Volksgefühlen und Traditionen gegen dieses unerhörte Regiment zu rebellieren unternahm, so machten sie sichs bequem, indem sie das Geheimnisvolle und Unerforschliche, das sich durch das ganze menschliche Dasein hindurchzieht, ohne weiteres als störend und überflüssig negierten. Kein Wunder demnach, daß das deutsche Leben und das deutsche Reich, das grade auf diesen unsichtbaren Fundamenten vorzugsweise geruht, sich nun nach allen Seiten hin bedenklich senkte und zuletzt so lebensgefährliche Risse bekam, daß es von Polizei wegen abgetragen werden mußte. Und so war denn in der Tat der ganze alte Bau schon im Anfange unseres Jahrhunderts in sich zusammengebrochen; der Sturm der Französischen Revolution und der nachfolgenden Fremdherrschaft hat nur den unnützen Schutt auseinandergefegt.

Allein auf freiem Felde können dauernd nur Wilde wohnen, über die man sich bei aller Naturvergötterung doch so unendlich erhaben fühlte. Das begriffen alle, und so entstand damals sofort ein unerhörtes Treiben, Klopfen, Hämmern und Richten, als wäre alle Welt plötzlich Freimaurer geworden. Aber der Neubau förderte nicht, weil sie über Fundament, Grund- und Aufriß fortwährend untereinander zankten. Am geschäftigsten und vergnügtesten nämlich zeigten sich zunächst die alten zähen Enzyklopädisten, die jetzt auf dem völlig kahlgefegten Bauplatze endlich ganz freie Hand hatten. Diese wußten wirklich nicht, daß seit Erschaffung der Erde schon mancherlei Bemerkenswertes darauf sich zugetragen; sie wollten daher schlechterdings die Welt ganz von neuem anfangen und abstrakt konstruieren. Als Material hierzu trockneten sie vorerst alle Seelenkräfte auf, um sie in ihren philosophischen Herbarien gehörig zu klassifizieren, und daraus gingen damals die zahllosen neuen Gesetzbücher mit ihren Urrechten und Menschenveredelungen hervor. Sie waren, was sie freilich am wenigsten sein wollten, eigentlich gutmütige Phantasten, wie ja jederzeit grade bei den Nüchternsten das bißchen defekte Phantasie am häufigsten überschnappt, welches der gesunden nicht leicht begegnet. Es ist hiernach auch sehr begreiflich, daß in dieser alles verwischenden Gleichmacherei ohne Nationalität und Geschichte ein kühner Geist, wie Napoleon, den Gedanken einer ganz gleichförmigen europäischen Universalmonarchie fassen konnte.

Aber diesen Transzendentalen gegenüber oder vielmehr direkt entgegen arbeiteten gleichzeitig ganz andere Bauleute: die Freischar der Romantiker, die in Religion, Haus und Staat auf die Vergangenheit wieder zurückgingen; also eigentlich die historische Schule. Das deutsche Leben sollte aus seinen verschütteten geheimnisvollen Wurzeln wieder frisch ausschlagen, das ewig Alte und Neue wieder zu Bewußtsein und Ehren kommen. – Da jedoch beide Parteien einander keineswegs hinreichend gewachsen waren, so nahm bei solchem Stoß und Gegenstoß späterhin die ganze Sache eine diagonale Richtung. Es entstand die aus beiden widerstrebenden Elementen wunderlich komponierte moderne Vaterländerei; ein imaginäres Deutschland, das weder recht vernünftig, noch recht historisch war."[1]

Es gibt kaum eine Literatengruppe oder literarische Bewegung in Deutschland, die so eng mit der gelehrten Bildung und dem universitären Leben verknüpft war wie die der Romantik. Ihre Vertreter wirkten auch später nicht selten im Umkreis dieser gelehrten Stätten, die als Zentren intellektueller Kultur im späten 18. Jahrhundert an Attraktivität zugenommen hatten und zusehends in Konkurrenz zum adeligen bzw. fürstlichen Hof traten.[2] Selbst Goethe lebte gerne in der Universitätsstadt Jena, wohin er häufig aus Weimar floh. Manche Romantiker wurden sogar Professoren oder versuchten sich auf jeden Fall als Hochschullehrer. Und die Gründung der Universität in Berlin 1811 war mit ein Werk der Romantiker.[3] Alle hatten nicht nur ein Hochschulstudium als Voraussetzung für eine spätere Karriere absolviert, zum größten Teil sogar an den berühmten Universitäten des 18. Jahrhunderts wie Göttingen, Jena, Halle, Heidelberg etc., sondern hatten auch z.T. zuvor eine vorzügliche gymnasiale Ausbildung erhalten, im Unterschied zu der Generation der Väter, die unmittelbar nach dem Unterricht durch Hauslehrer an die Universität gingen. Gymnasien gab es schon seit der Renaissancezeit, studieren konnte man aber noch lange ohne schulische Voraussetzungen.[4]

Eine gymnasiale Ausbildung und ein Universitätsstudium gab es allerdings nur für die männliche Jugend, deren vorrangiges Berufsziel ein staatliches oder kirchliches Amt war, wenn sie auf Wunsch der Eltern Beamte, Lehrer oder Geistliche werden sollte. Frauen waren vom Universitätsstudium, aber auch schon vom

Gymnasiumsbesuch generell ausgeschlossen, die in Romantikerkreisen bekannten Frauen erhielten nur eine häusliche Ausbildung. Juden, die in diesen Kreisen eine zunehmende Rolle spielten, konnten zu Ende des 18. Jahrhunderts bereits studieren, aber wir finden sie nicht in der Matrikel eines Gymnasiums, da diese zumeist strikt konfessionell ausgerichtet waren.[5] Die vielen gelehrten Musiker und Maler absolvierten kein Universitätsstudium, sie besuchten dafür Kunst- und Musikakademien, die es zahlreich und überall gab. Die führenden Romantiker hatten also alle eine gründliche akademische Ausbildung und lebten in einem akademisch-gelehrten Umfeld, das eine ungewöhnliche Bildung, eine intellektuelle Reflexibilität und eine fachlich breite Beschäftigung auch mit den Naturwissenschaften begünstigte.

Zu Ende des 18. Jahrhunderts gab es noch kein Einheitsgymnasium, das erst der Neuhumanismus für das 19. Jahrhundert geschaffen hat.[6] Unter der Bezeichnung Gymnasium verbirgt sich also zu der von uns betrachteten Zeit ein höheres Schulsystem von unterschiedlichem Typ. In der Regel handelte es sich um Lateinschulen, die entweder mit einer Vorschule oder mit einem Lyzeum verbunden waren, das einer ersten universitären Bildungsstätte gleichkam. Manche dieser Gymnasien waren fürstlich-staatliche Einrichtungen wie die berühmte in Schulpforta bei Naumburg, viele unterlagen allerdings auch der städtischen Verwaltung wie z.B. das Akademische Gymnasium in Hamburg. Daneben gab es die kirchlichen Gymnasien katholischer oder protestantischer Konfession, deren Einfluß insgesamt groß war. Die berühmten Jesuitengymnasien waren jedoch schon 1773 aufgehoben. Jede nennenswerte Stadt besaß eine Lateinschule, die jedoch selten überregional bekannt wurde, es gab aber auch eine Anzahl berühmter Gymnasien, die über die Landesgrenzen hinweg Schüler an sich zogen. Zwar verpflichtete jeder Staat, jede Landeskirche und jede Stadt diejenigen, die hier einmal eine Position übernehmen wollten, auf die heimatliche Schule, aber dieses Prinzip wurde nicht selten durchbrochen, besonders wenn die eigenen Schulen keinen guten Namen hatten.

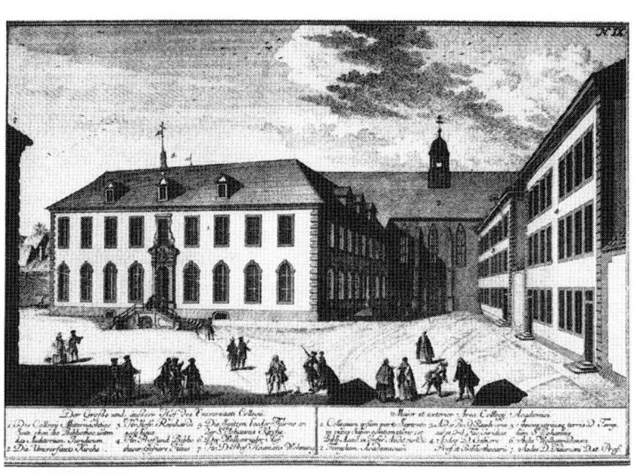
Abb. 23: Die Universität Göttingen.

Das angebotene Fachspektrum war nicht überall gleich.[7] Im Vordergrund standen natürlich die lateinische Sprache und antike Kultur, oft verbunden mit Griechisch, Philosophie, Geographie, Geschichte und christlicher Glaubenslehre. Diskutiert wurde gerade zu Ende des 18. Jahrhunderts die Erweiterung des Lehrplans um Naturkunde, moderne Sprachen und den Deutschunterricht. Wenngleich die Gymnasien Prestigeobjekte der Länder und Städte waren, weil hier nicht nur der eigene akademische Nachwuchs herangebildet wurde, sondern man gegen Schulgeld auch fremde Schüler aufnehmen wollte, waren sie noch keineswegs alle Stätten der Aufklärung und modernen Wissenschaft bzw. Bildung. Nicht zuletzt gab es keine einheitlichen Regelungen für die Aufnahme und Schulabschlüsse. Schon das Eintrittsalter war unterschiedlich. Auch das Klassensystem wurde, wenn es auch bereits existierte, nicht konsequent durchgeführt, weil nicht selten die unterschiedlichsten Altersgruppen zusammen lernten. Das Abitur als Abschlußprüfung setzte sich (in Preußen) erst in den 90er Jahren des 18. Jahrhunderts durch. Schließlich gab es auch noch keine professionell ausgebildeten Gymnasiallehrer. Im Unterschied zu den Elementar- und Volksschullehrern besaßen sie aber beträchtliches Ansehen, vor allem wenn sie etwas publiziert hatten.[8] Sie mußten bereits alle eine akademische Ausbildung nachweisen – es gab auch Anfänge einer Seminarausbildung –, tatsächlich aber hing der schulische Erfolg ausschließlich von der Qualität und Persönlichkeit des Lehrers ab. Sein Gestaltungsspielraum war an sich groß, fand aber seine Grenzen durch die Allmacht des Direktors. Bekannt sind zahlreiche vorzügliche Lehrer, die in Gelehrsamkeit und Bekanntheit mit manchen Universitätsprofessoren konkurrieren konnten, besonders in den Großstädten, die keine Universität besaßen wie Berlin, Hamburg, Nürnberg, München.[9] Diese Lehrer nannten sich nicht selten Professoren und besaßen einen entsprechenden sozialen Rang.

Für die jungen Romantiker bedeutete der Übergang in ein Gymnasium nicht den großen Einschnitt im Leben, wie man vermuten konnte, weil die meisten aus sehr gebildeten Haushalten kamen. Aber in dreifacher Hinsicht prägte die gymnasiale Ausbildung ihre Zöglinge nachhaltig. Einmal erhielten alle eine überaus gründliche Kenntnis der lateinischen Sprache und Kultur. So unbekümmert manche Romantiker mit der antiken Klassik umgingen, so genau kannten sie sie. Zum anderen kamen sie alle mit der aufklärerischen Literatur und Popularphilosophie in den verschiedensten Varianten in Berührung, sei es in Gegnerschaft oder vorsichtiger Bevorzugung. Die Kenntnis der Aufklärung war extrem von der Einstellung der Lehrer abhängig, denn der Lehrplan sah die Lektüre aufklärerischer Texte nicht vor. Schließlich wurden die Romantiker alle in der orthodox-christlichen Lehre unterwiesen, die sie gründlich kennenlernten, auf katholischer wie auf protestantischer Seite. Die Juden besaßen ihren eigenen Unterricht. Zwar berichten die wenigsten Romantiker über ihre religiös-kirchliche Sozialisation, aber über die Grundlagen des Christentums waren sie alle bei mehr oder weniger großem eigenen Engagement recht gut informiert. Bibelkenntnis war damit allerdings nicht immer verbunden. In der Erinnerung blieben den Romantikern meist auch später noch die Namen ihrer Lehrer, die oft starken Einfluß auf ihren Werdegang ausübten. Nicht selten kam es zu freundschaftlichem Umgang über den schulischen Rahmen hinaus. Bei allem distanzierten und strengen Verhalten, das den Lehrern abverlangt wurde, setzten sie doch auf ein gutes Vertrauensverhältnis, denn viele verstanden sich bereits als Pädagogen.[10]

Abb. 24: Ludwig Tieck, Zeichnung von Wilhelm Hensel (1822).

Gehen wir näher auf die unterschiedlichen Schulerlebnisse des Schriftstellers Ludwig Tieck, des Philosophen Johann Gottlieb Fichte und des Theologen Friedrich Schleiermacher ein. Tieck stammte aus einer sehr gebildeten Handwerkerfamilie in Berlin, die ihren Kindern jede Ausbildungsmöglichkeit zukommen ließ.[11] Ludwig Tieck kam 1782 als Neunjähriger auf das berühmte Friedrichswerder Gymnasium in Berlin, das neben dem Joachimsthaler Gymnasium und dem Französischen Gymnasium die begabteste Jugend der Stadt an sich zog. Zu seinen Mitschülern zählte der Jugendfreund und ebenfalls romantische Schriftsteller Wilhelm Heinrich Wackenroder und der spätere Mäzen Tiecks, Wilhelm von Burgsdorff, Sohn eines märkischen Junkers. Das Friedrichswerder Gymnasium wurde durch sein modernes aufklärerisches Lehrprogramm bekannt, aber auch durch seine berühmten Lehrer, die in der Berliner Aufklärung eine besondere Rolle spielten. Vor allem sind dies der Direktor Friedrich Gedike, der dem jungen Tieck jedoch zu würdevoll und ernsthaft erschien, und der bekannte Autor des „Anton Reiser“, Karl Philipp Moritz, zu dem er sich besonders hingezogen fühlte.[12] Er hat die Schule mit großem Erfolg absolviert, in seinem Abiturzeugnis (wenn man es so bezeichnen will) von 1792 heißt es: „Johann Ludwig Tieck, aus Berlin, 19 Jahre alt, neun Jahre Gymnasiast und seit vier Jahren ein Mitglied der ersten Klasse. Er hat gute Fähigkeiten, und er hat sich durch seinen bei aller Einseitigkeit unverkennbaren Fleiß in mancher Rücksicht sehr gute Kenntnisse erworben, besonders hat er seinen Geschmack gut ausgebildet. Sein Betragen war lobenswert. Er wird in Halle Theologie studieren".[13]

Es ist schwer zu eruieren, was Tieck diese Schulzeit bedeutete, da keine Briefe erhalten sind, denn er wohnte in seinem Heimatort. Doch drei Bereiche müssen insgesamt angesprochen werden. Zunächst lernte er in dieser Zeit im Umgang mit seinen Lehrern die Berliner Aufklärung kennen, zu deren zentralen Figuren der jüdische Philosoph Moses Mendelssohn und der Verleger Friedrich Nicolai zählten, für den er seine ersten Texte schrieb. Sie trafen sich allesamt in der berühmten „Mittwochsgesellschaft".[14] Diskutiert wurde über praktische Probleme der Aufklärung, im Unterschied zu den späteren Salons. Sosehr Tieck rasch das ‚Philisterhafte' der Aufkärung anprangerte, weil sie jede literarische Tätigkeit auf den Nutzen hin festlegte, spürte er doch zugleich den Geist, der von Kants kritischer Philosophie ausging. Kant hatte in der „Berliner Monatsschrift" 1784 seine berühmte Schrift „Beantwortung der Frage: Was ist Aufklärung" veröffentlicht. Dann fiel in Tiecks Schulzeit die Französische Revolution, die ja bekanntlich in ihrer ersten Phase auch in Deutschland größtes Interesse fand. Freiheit und Gleichheit waren nicht nur Probleme der französischen Gesellschaft. Tieck schrieb 1792, zu Beginn seines Studiums in Halle: „Ich begrüße den Genius Griechenlands mit Entzüken, den ich über Gallien schweben sah; Frankreich ist jetzt mein Gedanke Tag und Nacht".[15] Und drittens entstanden in dieser Zeit die entscheidenden Freundschaften mit W.H. Wackenroder und W. von Burgsdorff, deren gemeinsame Interessen die neue Literatur und das Theater waren. Aus diesen Begegnungen erwuchsen die ersten romantischen Literaturerzeugnisse, in sie flossen neue Freundschaftsgefühle sowie ein Bekenntnis zur „alten" Vergangenheit ein, die durch die Aufklärung ganz verdeckt worden war. Bis zum Ende der Schulzeit hatte Tieck bereits an die 25 literarische Werke geschrieben.

Ganz andere Schulerfahrungen machte der Philosoph Joh. Gottlieb Fichte (geb. 1762 in Rammenau), der zwar als Sohn eines armen und kinderreichen Bandmachers geboren wurde, aber aufgrund seiner großen Begabung früh geistliche und adelige Förderer fand.[16] Er kam als Zwölfjähriger 1774 auf die sächsische Fürstenschule Pforta bei Naumburg. Schulpforta war eines der berühmtesten Gymnasien Deutschlands, auf dem u.a. auch Lessing und Nietzsche ausgebildet wur-

Abb. 25: Johann Gottlieb Fichte am Katheder, Zeichnung von Wilhelm Hensel (1823).

den. Es war eine klosterähnliche Anstalt, in der zu Fichtes Zeit die lutherische Orthodoxie herrschte, die der Aufklärung wenig zugänglich war. Und nicht nur dies: sie verbot sogar die Lektüre moderner Schriftsteller. Bemerkenswert ist der strikte Ablauf des Tages, der für viele Internate dieser Zeit durchaus repräsentativ war. „Früh um 5 Uhr wurden die Knaben geweckt. Nach ihrem Morgengebet machten sie ihre Betten, kehrten ihre Kammern und putzten die Schuhe, um halb sechs folgte ein Gottesdienst. Von 6–9 Uhr gab es die ersten Lektionen und um 9.00 Uhr das Mittagessen. Bis 11.00 hatte jeder Schüler frei. Von 11–12 sangen sie gemeinsam. Von 1–2 erhielten sie die nächsten Lektionen. Um 2.00 wurde Vesper gehalten mit Gesang und Kollekte in der Kirche, dann folgte das Vesperbrot. Zwischen 3–4 waren die letzten Lektionen eingeplant. Um 4.00 stand das

Abendessen auf dem Programm. Zwischen 6 und 8.00 abends konnte jeder studieren. Der Tag endete um 8.oo Uhr mit einem Abendgebet, mit Gesang und der Lesung eines Kapitels aus der Bibel. Zu Bett schließlich betete der Einzelne noch seinen Abendsegen und ein Vaterunser. Das Vaterunser wurde auch vor jeder Lektion vom Primus der Klasse lateinisch oder griechisch gesprochen. Sonntags und mittwochs mußten die Schüler zur Predigt, die nachher abgefragt wurde. Ferien und freie Tage gab es fast nicht.«[17]

Kein Wunder, daß Fichte keine gute Erinnerung an seine Schulzeit besaß, auch wenn er diesen Tageslauf für sein weiteres Leben beibehielt. Neben dem Verbot moderner Schriftsteller stieß er sich an der hierarchischen Struktur der Schülerschaft. Aber dennoch hinterließ die gymnasiale Ausbildung deutliche Spuren. Fichte erhielt eine gründliche Ausbildung – auch er wollte Theologie studieren –, entwickelte ein starkes Karrierebewußtsein und einen unbändigen Freiheitswillen, der ihn 6 Jahre nach Abschluß der Schule neue eigenwillige Wege gehen ließ. Zunächst aber begann er sein Studium in Jena.

Friedrich Wilhelm Schleiermacher (geb. 1768 in Breslau) hatte eine grundsätzlich andere schulische Ausbildung erlebt.[18] Sie war vom herrnhutischen Pietismus geprägt, der vor allem in Adel und Handwerk seine Anhänger fand. Dieser Pietismus stellt eine besondere Form religiöser Bewegung dar, die gegenüber der lutherischen Orthodoxie auf Gefühl und religiöse Persönlichkeit Wert legte und ein Leben weitgehend in Brüdergemeinden anstrebte, also ein verinnerlichtes Christentum leben wollte. Schleiermachers fromme Eltern – sein Vater war Pfarrer – schickten ihn auf das Pädagogium in Nieby bei Görlitz, wo künftige Theologen der Brüdergemeinde ausgebildet wurden. Es handelt sich um eine Art Studienkloster, in dem er zwar die griechischen Klassiker und das hebräische Alte Testament kennenlernte, aber von allen neuen Bewegungen der Zeit abgeschlossen wurde. Dank des Briefwech-

Abb. 27: Friedrich Daniel Ernst Schleiermacher, Kupferstich von Heinrich Lips (um 1799).

sels mit seinen Eltern sind wir über seine geistige Entwicklung gut informiert.[19] 1785 wechselte er zum Seminar der Brüdergemeinde in Barby bei Halle, wo sich seine Erfahrungen wiederholten. Es gab eine konservative Grundausbildung, die seiner Neugier und seinen wissenschaftlichen Interessen nicht genügte. Deswegen las er im Rahmen eines engen Freundschaftskreises heimlich die neue Literatur, vor allem diejenige mit philosophischer Ausrichtung. Sosehr er von der Idee des religiösen Individualismus der Herrnhuter wie von ihrer Religion des Herzens angetan war, regten sich in ihm doch früh erhebliche Zweifel an deren christlicher Botschaft, wodurch es zu Schwierigkeiten mit seinem Elternhaus kam. 1787 schrieb er seinem strenggläubigen Vater: „Ich kann nicht glauben, daß es der ewige wahre Gott war, der sich selbst nur den Menschensohn nannte, ich kann nicht glauben, daß sein Tod eine stellvertretende Versöhnung war, weil er es selbst nie ausgedrückt gesagt hat, und weil ich nicht glauben kann, daß sie nötig gewesen; denn Gott kann die Menschen, die er offenbar nicht zur Vollkommenheit, sondern nur zum Streben nach derselben geschaffen hat, unmöglich darum ewig strafen wollen, weil sie nicht vollkommen geworden sind".[20] Trotz allem wird Schleiermacher als einziger Romantiker Theologe. Im Unterschied zu anderen, vielleicht vergleichbar mit Novalis, hatte er eine tiefe religiöse Sozialisation erfahren, die ihn lebenslang prägte.

Die meisten Romantiker wechselten ohne geregelten Abschluß der gymnasialen Ausbildung unmittelbar auf eine Universität, zumeist im Alter von 18–20 Jahren. Dies war in der Regel mit einem endgültigen Abschied vom Elternhaus verbunden, ohne daß allerdings die finanzielle Abhängigkeit aufhörte. Wie für den Schulbesuch mußten die Eltern auch für den Universitätsaufenthalt aufkommen, nur wenige erhielten Stipendien oder eine Unterstützung durch Verwandte. Viele von ihnen verdienten auch nebenher Geld durch Privatunterricht, denn die elterliche Unterstützung reichte selten aus. Beschäftigt man sich mit dem Studium der Romantiker, so erfährt man nicht nur, was und bei wem sie studierten, d.h. welche Anregungen sie erhielten, sondern auch, in welchem kulturellen Milieu dieses Studium ablief. Für viele war es der entscheidende intellektuelle Lebensabschnitt. Die uns bekannten Freundschaften wurden während des Studiums geschlossen, und die ersten selbständigen literarischen Arbeiten fielen in diese Zeit. Aus der Schulzeit sind uns nur wenige Zeugnisse erhalten – später verschriftlichte Erinnerungen an diese Frühzeit gibt es kaum –, aber umso reicher fließen die Quellen aus der Studienzeit, vor allem Briefe an Freunde und Familienmitglieder. Es handelt sich ja nicht nur um eine außerordentlich aufgeweckte Studentengeneration, die ungewöhnlich neugierig auf Neues aus war und wie besessen diskutierte, las und schrieb, sondern auch um Universitäten, ihre zeitweiligen Wirk- und Lebensstätten, die sich zu Ende des 18. Jahrhunderts intellektuell durch eine neue Generation von Lehrern beträchtlich öffneten. Weit mehr als die Gymnasien hatten sie sich vielfach von trockenen Gelehrten- und Schulinstitutionen zu lebendigen aufgeklärten Bildungsstätten gewandelt.[21]

Auch die allgemeine Lage der Universitäten zu Ende des 18. Jahrhunderts ist nicht leicht zu beschreiben. Sie unterschieden sich nach Größe, Aufgeschlossenheit und Berühmtheit bzw. Attraktivität. Hinzu kommt noch als Besonderheit, daß es sich um Landesuniversitäten handelte, d.h. die meisten der zahlreichen großen Reichsterritorien unterhielten eine Universität für ihren Nachwuchs, für ihre Beamtenschaft und ihre Theologen, die sich aber nicht in den großen Reichs-, Hanse- und Residenzstädten befand, sondern in kleinen, abgelegenen Orten. Das intellektuelle Leben spielte sich in Deutschland zu Ende des 18. Jahrhunderts in kleinbürgerlichen Räumen ab. Berlin, Dresden, Köln, Frankfurt, München etwa besaßen noch keine Universitäten.

So berühmt manche dieser Universitäten waren, bildeten sie doch keinen Bestandteil städtischen Lebens; sie führten ein unabhängiges Leben, während das ländliche Milieu den ganzen Ort beherrschte. Wenngleich die meisten Universitäten im Spätmittelalter oder der Frühen Neuzeit nach dem gleichen Muster des heute noch bekannten Fakultätenprinzips gegründet wurden, gab es doch beträchtliche Unterschiede in Bedeutung und Struktur zu heute. Die theologische Fakultät war noch bis zu Ende des 18. Jahrhunderts die wichtigste Fakultät, dann folgten die juristische und medizinische, die vierte, die philosophische oder artistische Fakultät spielte lange eine untergeordnete Rolle, sowohl was ihre Ausstattung als auch was ihr Prestige betrifft. Die naturwissenschaftlichen Fächer wurden zwar immer wahrgenommen, hatten aber einen besonders schwierigen Stand. Dies änderte sich im Laufe des 18. Jahrhunderts in der Weise, daß die philosophische Fakultät sukzessive an Bedeutung gewann und in ihr die Fächer Philologie, Geschichte und Physik stärker wurden. Es gab vor den großen Universitätsreformen zu Beginn des 19. Jahrhunderts schon beträchtliche Modernisierungen: Aus reinen Ausbildungsstätten für die Beamten des Territorialstaates wurden Stätten aufklärerischer Bildung, die sich sukzessive von der Vorherrschaft der Theologie befreiten. Schließlich kannte die alte Universität zwar offizielle Abschlüsse wie das Baccalaureat, den Magister oder den Doktorgrad, aber so wenig es eine genaue Aufnahmeregelung gab, machten die meisten Studenten einen regelrechten Abschluß. Prüfungen gab es kaum, im Mittelpunkt stand die Vorlesung mehr oder weniger bekannter Gelehrter, die zumindest weitgehend promoviert hatten, aber auch eine geregelte Habilitationsordnung gab es nicht. Wissenschaftliche Forschungsstätten waren die Universitäten nicht, die Forschung organisierte sich zumeist außerhalb in sogenannten Akademien, die aber auch oft überschätzt wurden.[22] Die großen Philosophen und Naturwissenschaftler der frühen Neuzeit waren selten Universitätsprofessoren, erinnert sei an Descartes, Kepler, Bacon oder Leibniz. Dies ändert sich in der zweiten Hälfte des 18. Jahrhunderts beträchtlich, als viele Intellektuelle an die Universitäten strebten. Zwar gab es immer noch Akademien, fürstliche Höfe und Reichsstädte, die sich bekannte Gelehrte hielten, aber die Universität wurde im Zeitalter der Aufklärung zur zentralen Bildungs- und Wissenschaftsstätte, so sehr sich manche auch der Aufklärung widersetzte.

Die begehrten Universitäten der Romantiker waren Halle, Göttingen und Jena sowie Leipzig. Erst danach rangierten Marburg, Königsberg, Tübingen, Heidelberg. Dies lag nicht nur an der Herkunft der Studierenden, die ja zumeist aus dem protestantischen nord- und mitteldeutschen Raum kamen, sondern vor allem daran, daß diese Universitäten als modern und aufklärerisch galten, über neue Einrichtungen und Bibliotheken verfügten und daß an ihnen eine namhafte Zahl von bekannten Professoren lehrte, die aus dem ganzen Reich und darüber hinaus die begabtesten Studenten an sich zog. Vor allem waren sie Stätten relativ großer Freiheit.[23] Lehrende wie die Studierenden blieben einem ständischen Leben verpflichtet. Leipzig war begehrt als ein alter Messe-, Druck- und Zeitungsort, an dem der Frühaufklärer Joh. Christoph Gottsched gelehrt hatte.[24] Es besaß vor allem ein städtisches Ambiente, das den anderen Universitäten fehlte. Hier hatten Fr. Schlegel, Fichte, Novalis, früher auch Goethe studiert. Halle galt als erste Stätte der Früh- und Hochaufklärung; es war eine junge Gründung des brandenburgischen Staates (1690) und bestand auf praxisnaher Ausbildung.[25] Durch die Aufklärer Christian Thomasius und Christian Wolff, die erstmals in Deutsch lehrten und ihre philosophischen Werke in ihrer Muttersprache verfaßten, wurde Halle weitbekannt. Auch die Medizin gewann dort Ansehen. Eine Besonderheit Halles war, daß es nicht nur ein Hort aufklärerischer Philosophie wurde, sondern daß auch der Pietist August Hermann Francke hier seine Wirkstätte religiöspraktischer Reform errichtet hatte.[26] An keiner Universität wurden die Konflikte zwischen weltlicher Gelehrsamkeit und Theologie so vehement ausgetragen wie in Halle. Tieck, Arnim, Brentano, Schleiermacher, Eichendorff hatten hier studiert. 1806 wurde die Universität mit dem Sieg Napoleons über Preußen geschlossen.

Göttingen war die jüngste und zugleich bekannteste Universität.[27] Sie wurde 1734/5 nach dem Vorbild Halles gegründet und war die Landesuniversität des mit dem Königreich England vereinten Kurfüstentums Hannover. Dreierlei kennzeichnet ihre Modernität. Einmal besaßen die juristische, medizinische und philosophische Fakultät den Vorrang vor der theologischen, dann wurde die Freiheit von Lehre und Presse garantiert, ein Novum in der deutschen Gesellschaft, in der noch allenthalben die gesamte Publizistik von Staat oder Kirche kontrolliert wurde. Schließlich kam es in Göttingen erstmals zur Gründung wissenschaftlicher Institute, die in Verbindung mit einer Akademie und einem ausgebreiteten Zeitungswesen eigenständige Forschungen möglich machten. Mit seinen 44 Professoren und 900 Studenten wurde Göttingen, das zu Ende des 18. Jahrhundert 9500 Einwohner hatte, zum attraktiven Studienort für viele auswärtige wie ausländische Studenten. Unter den Professoren ragten besonders der Philologe Chr. Gottlieb Heyne, der Historiker August Ludwig Schlözer, der Orientalist Joh. David Michaelis, der Historiker Joh. Christoph Gatterer, der Staatsrechtler Joh. Stephan Püttler und der heute noch bekannte Physiker Georg Christoph Lichtenberg hervor.[28] Von den Romantikern hatten hier von Arnim, Adam Müller, August Neander, die beiden Brüder Schlegel, Tieck und Wackenroder studiert.

Schließlich und vor allem ist Jena zu nennen, die Hochschule der vier sächsisch-ernestinischen Fürstenstädte.[29] Anfang des 18. Jahrhunderts zählte sie bereits zu den meistbesuchten Universitäten des Reiches, verfiel dann aber mit dem Aufstieg von Halle und Göttingen, bis sie von 1775 an, nicht zuletzt durch den Einsatz Goethes, so reformiert wurde, daß sie in den 90er Jahren zu den bekanntesten und begehrtesten Universitäten gehörte, die nicht nur über eine Vielzahl berühmter Kapazitäten wie Fr. Schiller, Chr.W. Hufeland, Joh.G. Fichte, Fr.I. Niethammer verfügte, sondern einen beträchtlichen Teil der jungen intellektuellen Elite an sich zog. Deren Studium in Jena begann, als sich hier bereits erste Zirkel romantischen Geistes konstituierten. Jena wurde aber nicht nur durch die Romantiker bekannt, sondern vor allem als Geburtsstätte des deutschen Idealismus. Das wichtigste literarisch-philosophische Schrifttum um 1800 trug den Stempel Jenas.[30]

Obwohl die meisten Romantiker durchaus reisefreudig und mobil waren, viele von ihnen zumindest zeitweise für die Französische Revolution schwärmten und begierig die neue englische Literatur des späten 18. Jahrhunderts aufgriffen, hat keiner im Ausland ein Studium begonnen oder auch nur den Wunsch geäußert, etwa in Frankreich oder England zu studieren. England-, Frankreich- und Italienreisen waren durchaus begehrt, auch von Arnim, L. Tieck, H. von Kleist und A.W. Schlegel finden wir auf Auslandsreisen, aber ausländische Universitäten spielten zu dieser Zeit für deutsche Intellektuelle keine Rolle.

Die meisten der Romantiker hatten sich in Jura eingeschrieben und planten offensichtlich eine Karriere im Staatsdienst, in der Verwaltung oder an der Hochschule; ein Großteil von ihnen verband dieses Pflichtstudium mit einem Studium anderer Fächer, vor allem der Philosophie. Die wenigsten jedoch traten später unmittelbar in staatliche Dienste, wie etwa die beiden Juristen E.T.A. Hoffmann und Novalis.[31] Dasselbe gilt für diejenigen, die sich für die Theologie entschieden hatten, wofür besonders der Wunsch der Eltern eine Rolle spielte, so nachweislich bei Joh. Gottlieb Fichte, Friedrich Wilhelm Joseph Schelling, aber auch bei August Wilhelm Schlegel und Ludwig Tieck; sie alle gaben dieses Fach rasch wieder auf und wandten sich der Philosophie und Philologie zu. Nur ein kleiner Teil wurde wirklich Pfarrer, so insbesondere Friedrich Schleiermacher und August Neander, ein zum Protestantismus konvertierter Jude.[32] Einige studierten auch Bergbau und Naturwissenschaften wie Achim von Arnim, Novalis und Franz von Baader.[33] Auch das Medizinstudium zog manche an. Praktische Ärzte bzw. Medizinprofessoren wurden nur Carl Gustav Carus, David Ferdinand Koreff und Gotthilf Heinrich Schubert.[34] Auf sie wird später ausführlich eingegangen.

Keiner der Romantiker hat sein gewünschtes Studienfach konsequent nach offizieller Vorgabe belegt, die es durchaus gab, um zielstrebig einen Beruf zu ergreifen. Jeder war für ein breites Spektrum des Studiums offen, was auch gemeinsame Diskussionen über die Disziplinengrenzen hinweg möglich machte. An oberster Stelle stand das literarisch-philosophische Interesse, und selbstverständlich wurden die Hochschullehrer gehört, die bekannt waren und etwas Neues brachten. Über die einzelnen Abschlüsse wissen wir erstaunlich wenig, nicht einmal von denen, die später selbst als Professoren Karriere gemacht haben. Manche brachen ihr Studium aus irgendwelchen Gründen ab, so vor allem die romantischen Protagonisten Friedrich Schlegel, Ludwig Tieck und Clemens Brentano. Es gab immer noch die Möglichkeit, akademische Ämter zu übernehmen, ohne je studiert zu haben – es reichte der Nachweis eines privaten Studiums wie bei Adalbert Chamisso, der Kustos am königlichen Herbarium in Berlin wurde, und Joseph Görres, der seit 1806 in Heidelberg als Privatdozent lehrte. Viele hatten kein klares Berufsziel vor Augen, sondern waren erst einmal neugierig auf das

Studium. Versessen auf neues Wissen, fühlten sie sich als die neue intellektuelle Elite, die ganz auf ihre geistigen und künstlerischen Leistungen setzte.

Subjektiv spielte das Fachstudium eine geringe Rolle. In Erinnerung blieben bei den meisten Romantikern vor allem Bekanntschaften und Begegnungen mit aufgeschlossenen Lehrern, Anregungen, die man in diesem universitären Milieu erfahren hatte, Freundschaften, die man schloß, die aus gemeinsamer Lektüre oder gemeinsamen Unternehmungen erwachsen waren sowie eigene erste literarisch-philosophische Arbeiten, die in diesem Umkreis entstanden. Exemplarisch ist der Studienweg der bekannten Romantiker, die zeitweise in Jena zusammenkamen und sich ersten romantischen Projekten hingaben.

Eine der zentralen Figuren und Mitinitiator der frühromantischen Bewegung, August Wilhelm Schlegel, hatte nach einem Gymnasiumsbesuch, den er glänzend abschloß, 1786 als 19jähriger auf Wunsch des Vaters Theologie in Göttingen zu studieren begonnen.[35] Doch wechselte er früh zu Philologie und Literatur über, die in Göttingen eine besondere Förderung erfuhren. Rasch stieg er in der Gunst seiner Lehrer. Bei dem Altphilologen Heyne schrieb er eine erste Arbeit über die Geographie Homers, die sogar 1788 publiziert wurde. Entscheidend wurde die Begegnung mit dem Dichter und Privatdozenten für Ästhetik G.A. Bürger, der schrieb: „Ich habe Schlegel jetzt förmlich zu meinen Jüngern auf- und angenommen und er ist so oft bei mir, daß ich fast der ganze Winter keinen anderen Umgang gehabt und auch verlangt habe.“[36] Sie übersetzten 1789 gemeinsam Shakespeares „Sommernachtstraum“, und in Bürgers Zeitschrift: „Akademie der schönen Redekünste“ erschienen erste Gedichte von Schlegel, vor allem aber sein erster Aufsatz über Dante, den damals fast vergessenen italienischen Dichter der „Göttlichen Komödie“. Als ein Zeichen neuen Geistes formulierte er: „Es ist das Siegel menschlicher Vortrefflichkeit, unabhängig zu sein vom Schicksal: Dante war's“.[37] Neben der Begegnung mit Bürger, der seine literarischen Versuche förderte, kam es in Göttingen zu einem ersten Kontakt zu der verwitweten Tochter des Altphilologen Michaelis Caroline Böhmer, seiner späteren Frau. Von Wichtigkeit war auch, daß Schlegels jüngerer Bruder Friedrich bald ebenfalls in Göttingen zu studieren begann und hier der ‚Freundschaftsbund‘ zwischen den Brüdern entstand, der für die Romantik zentral wurde. Weil er seine Eltern entlasten wollte, beendete August Wilhelm Schlegel offiziell sein Studium 1791 ohne einen formalen Abschluß, um in Amsterdam als Hauslehrer sein Geld zu verdienen, mit dem auch seinen Bruder unterstützte. Das Studium trat hinter seine literarischen Interessen zurück.

Ganz nach seinen Interessen konnte Friedrich von Hardenberg (Novalis) studieren, der zu den wenigen Romantikern gehörte, die von vornherein unter dem Druck seines Vaters einen bürgerlichen Beruf anstrebten und die Schriftstellerei als ‚Nebentätigkeit' begriffen, wenngleich Novalis in ihr früh seine eigentliche Berufung entdeckte.[38] Nach Abschluß der gymnasialen Ausbildung in Eisleben studierte er zunächst 1790/1 für ein knappes Jahr in Jena an der begehrten Universität seiner Generation, um den Philosophen Reinhold und den Historiker Schiller zu hören, mit dem er früh in Kontakt trat. Dann folgte ein längerer Aufenthalt in Leipzig (1791–93). „Ich werde in 3 Wochen nach Leipzig abgehn und nach einer gänzlich veränderten Lebensordnung zu leben dort anfangen. Jurisprudenz, Mathematik und Philosophie sollen die 3 Wissenschaften sein, denen ich diesen Winter mich mit Leib und Seele ergeben will und im strengsten Sinne ergeben. Ich muß mehr Festigkeit, mehr Bestimmtheit, mehr Plan, mehr Zweck mir zu erringen suchen, und dies kann ich am leichtesten durch ein strenges Studium dieser drei Wissenschaften erlangen."[39] Offensichtlich hatte der allseits geschätzte junge Novalis Schwierigkeiten, sich vom geselligen Leben der Studentenverbindungen sowie von der Begeisterung für die neue Literatur zurückzuhalten. Das änderte sich auch in Leipzig nicht, wo er Friedrich Schlegel, der ebenfalls in Leipzig sein Studium begann, kennenlernte. Dieser schilderte den jungen Studenten: „Ein noch sehr junger Mensch – von schlanker guter Bildung, sehr feinem Gesicht mit schwarzen Augen, von herrlichem Ausdruck, wenn er mit Feuer von etwas Schönem redet – unbeschreiblich viel Feuer – er redet dreimal mehr und dreimal schneller wie wir anderen – die schnellste Fassungskraft und Empfänglichkeit. Das Studium der Philosophie hat ihm üppige Leichtigkeit gegeben, schöne philosophische Gedanken zu bilden – ... mit wildem Feuer trug er mir einen der ersten Abende seine Meinung vor – es sei gar nichts Böses in der Welt – und alles nahe sich wieder dem goldenen Zeitalter."[40] Nach einer unglücklichen Liebe und Problemen mit seinem autoritären Vater, der jedoch letztlich seine Studien förderte, erwog er kurzfristig und resigniert, zur Kavallerie zu gehen, entschloß sich dann jedoch, sein Studium in Wittenberg mit dem juristischen Staatsexamen abzuschließen (1793–4). Im Unterschied zu Leipzig, wo es viele Ablenkungen gab, konnte er sich nun wirklich auf sein Studium konzentrieren. „Die Arbeit schmeckt mir", schrieb er seinem Vater, „ und was Französisch betrifft, so kann ich positiv genug auf Michaelis. Staatsrecht, Statistik, Völkerrecht und Referieren füllen außerdem meine Stunden völlig. Mich treibt eine Sehnsucht nach einer Anstellung, wo ich bald von Deinem Beutel unabhängig bin."[41] Nach seinem Examen, das er „mit der ersten Zensur“ bestand, kehrte er ins heimatliche Weißenfels zurück und trat den Dienst als Aktuarius beim Kreisamt in Tennstedt an. Um jedoch wie sein Vater sächsischer Salinenbeamter zu werden, qualifizierte er sich mit einem zweiten Studium 1797–99 an der Bergakademie in Freiberg.[42] Hier studierte er Geologie, Mineralogie, Bergbaukunde, Markscheidewesen und Bergrecht bei dem bekannten Geologen Abraham Gottlob Werner, dazu kamen praktische Tätigkeiten in der Grube. Kaum ein Romantiker war so gründlich auch in den modernen Naturwissenschaften ausgebildet worden wie Novalis, der zugleich so „nüchtern“ war, einen bürgerlichen Beruf anzustreben, der ihm materielle Sicherheit bot vor allem für eine Eheschließung. Das Dichten, das er deshalb keineswegs aufgab, blieb aber nur etwas für „Ne-benstunden“. Doch gewährten seine Krankheit, seine unglücklichen Lebensverhältnisse und sein exzessiver intellektueller Lebensstil ihm kein langes Leben. Zwei Jahre nach seinem Studienabschluß starb er als Supernumerar-Amtshauptmann im Thüringischen Kreis.

Den Zwiespalt zwischen offiziellem Studium und eigenen, früh erwachten philosophischen Interessen erfuhr der jüngste Vertreter der Frühromantik, der 1775 geborene Friedrich Wilhelm Joseph Schelling, besonders stark.[43] Aufgrund seiner Begabung konnte er nach dem Besuch einer Lateinschule bereits mit 15 Jahren auf das Tübinger Stift gehen, um dort mit einer Sondererlaubnis zunächst

Abb. 27: Friedrich Wilhelm Joseph Schelling (1801), Pastellbild von Friedrich Tieck.

für zwei Jahre Philosophie und drei Jahre Theologie zu studieren. Damit verfügte er über alle Voraussetzungen, um wie sein Vater in Württemberg als Theologe Karriere zu machen. Zwar galt die Tübinger Universität zu jener Zeit als Bollwerk gegen Aufklärung und Revolution, besaß dementsprechend auch keine anregenden und bekannten Lehrer, jedoch gab es hoch aktive Studentenkreise, die für Schelling mehr als Ersatz waren. Entsprechend berichtete er auch kaum von seinen offiziellen Studien, denen er zwischen 1790 und 1795 fleißig nachging und die er mit einer Promotion abschloß, dafür umso mehr von seinen philosophischen Interessen im Kreis seiner Freunde. Zu ihnen zählten vor allem Friedrich Hölderlin und Georg Wilhelm Friedrich Hegel. Hier las man nicht nur heimlich Kant, Rousseau und Spinoza, später auch Fichte, sondern begeisterte sich für die Französische Revolution, die sowohl Schellings Abkehr von der orthodoxen Theologie beschleunigte als auch seine Gegnerschaft zum absolutistischen System des Herzogs Carl Eugen begründete. Fasziniert von Fichte, der 1794 einen ersten Ruf nach Jena erhalten hatte, schrieb Schelling bereits vor seinem Studienabschluß zwei Abhandungen, die ihn rasch bekannt machten. Die erste Schrift lautet: „Über die Möglichkeit einer Form der Philosophie überhaupt" (1794), die zweite: „Vom Ich als Prinzip der Philosophie oder über das Unbedingte im menschlichen Wissen" (1795). An Hegel, der damals als Hofmeister in Bern lebte, schrieb er: „Ich lebe und webe gegenwärtig in der Philosophie. Die Philosophie ist noch nicht am Ende. Kant hat die Resultate gegeben: die Prämissen fehlen noch ... Fichte wird die Philosophie auf eine Höhe heben, vor der selbst die meisten der bisherigen Kantianer schwindeln werden ... Glücklich genug, wenn ich einer der ersten bin, die den neuen Helden, Fichte, im Lande der Wahrheit begrüßen! Segen sei dem großen Mann! Er wird das Werk vollenden."[44] Hegel antwortete nicht minder euphorisch: „Das Reich Gottes komme, und unsere Hände seien nicht müßig im Schoße! Vernunft und Freiheit bleiben unsere Lösung, und unser Vereinigungspunkt die unsichtbare Kirche."[45] Von der sichtbaren Kirche war Schelling mittlerweile „abgefallen", dennoch schloß er sein Theologiestudium ab, ohne aber in den verabscheuten kirchlichen Dienst zu treten. Zunächst lebte er als Hauslehrer in Stuttgart und Leipzig und erhielt dann mit 24 Jahren eine außerordentliche Professur in Jena, für die sich Goethe eingesetzt hatte.

Es gab zu Ende des 18. Jahrhunderts erstmals auch Studenten, die wie andere mit dem Theologiestudium anfingen, dann aber nicht zur Philosophie bzw. Literatur und Philologie wechselten, sondern zu den Naturwissenschaften, die in dieser Zeit eine gleich starke Anziehungskraft ausübten. Vor allem in der jüngeren Generation sind bedeutende Vertreter zu nennen. Der 1780 geborene Gotthilf Heinrich Schubert, dessen naturphilosopisches Werk später starke intellektuelle Spuren hinterließ und der als Entdecker der ‚Nachtseite' des menschlichen Lebens bekannt wurde, kam aus einem Pfarrhaus und hatte das Gymnasium in Weimar besucht.[46] Besonders gefördert von Herder, hatte er in Leipzig auf Wunsch seines Vaters 1799 zunächst das Theologiestudium begonnen, wechselte dann aber zur Medizin in Jena. „Die Medizin bekommt mir sehr wohl, ich glaube, ich fange doch jetzt an, ein wenig vernünftig zu werden, ich habe jetzt etwas Reales gefunden."[47] Er lebt mit zwei anderen Kommilitonen, unter ihnen der spätere Schriftsteller Wetzel, in einer Studentenwohnung, absentiert sich radikal vom üblichen Studentenleben, hört die prominenten Vertreter der Naturphilosophie der Zeit Schelling und Joh. Wilhelm Ritter und unterwirft sich einer strengen Tagesdisziplin. „Früh zwischen 3 u. 5 Uhr (gewöhnlich um 4) stehe ich auf, schaue eine Zeitlang die grünen Bäume vor meinen Fenstern (mehr kann ich hier nicht sehen) und einen Theil des blauen Himmels, dann arbeite ich schreibend oder lesend, gewöhnlich Physiologie. Ich sammle nämlich jetzt einzelne Aufsätze über Mitwirkung der Theile des tierischen Cörpers, die ich später zu einem Ganzen machen werde. Gegen 7 Uhr gehe ich in die Vorlesung der Botanik, um 8 u. 9 Uhr arbeite ich wieder für mich, von 10 bis 11 höre ich Knochenlehre. Dann esse ich einige Löffel Reiß in Milch gekocht (jetzt meine tägliche Speiße) lese ein wenig, gebe meinem Stubenpurschen englische Stunden, und gehe um 2 Uhr wieder in die chemischen Vorlesungen über die Metalle (bei Eschenbach). Um 3 Uhr höre ich Physik bey Hindenburg, dann wiederhole ich das gelernte, und treibe noch ein wenig Sprachen. Gegen 7 Uhr geht es ins Freye, dann schreibe oder lese ich noch ein wenig und um 10 Uhr geht es zu Bette. Mittwochs und sonnabends, wo ich vormittags keine Kollegia habe, mache ich gewöhnlich mit meinem Lehrer botanische Wanderungen. Das ist der große Umriß meiner jetzigen Lebensweise."[48] 1803 schließt er sein Medizinstudium mit einer Promotion ab und heiratet, für diese Zeit ungewöhnlich früh, im Alter von 23 Jahren mit Einverständnis seiner Eltern, um dann als praktischer Arzt in Altenberg zu wirken. Bevor er seinen Arztberuf aufgibt, studiert er noch einmal 1815 an der Freiberger Bergakademie, um den berühmten Naturforscher Werner über Geologie und Mineralogie zu hören. Anschließend schlägt er als Naturphilosoph eine akademische Laufbahn ein. In Dresden treffen wir ihn 1806 als Mitglied des romantischen Kreises um A. Müller und H. von Kleist wieder.

Einer der vielseitigsten Vertreter der (Spät)romantik war der Arzt und Physiologe, Schriftsteller, Ästhetiker, Philosoph und Landschaftsmaler Carl Gustav Carus, geboren im Jahr der Französischen Revolution 1789.[49] Als Sohn eines Färbereibesitzers sollte er nach dem Besuch der Thomasschule in Leipzig vor allem Chemie studieren, damit er einmal die Färberei seines Vaters auf wissenschaftlicher Grundlage fortführen könne, eine frühe Indienstnahme der Wissenschaft für die Industrialisierung. In der Tat begann Carus 1804 das Studium der Chemie, Physik und Botanik. Doch früh kam ihm der „Gedanke, ob es mir nicht gar schwer werden würde, aus den Vorhöfen der Wissenschaft später wieder zu einer Beschäftigung zurückzukehren, welche doch größtenteils mechanischer Art war und als eigentliches Fabrikwesen doch ganz andere Spekulationen als jene szientifischen, denen ich mich jetzt hinzugeben anfing, erforderte. Ich vermied indes diese Gedanken möglichst, ich fürchtete, meinem Vater wehe zu tun, wenn ich sie äußerte, ich glaubte auch mitunter, es möge sich ja wohl mit einem Geschäft, welches ganz auf chemischen Prinzipien ruht, vereinigen lassen, daß dabei fort und fort ein geistiges höheres Ziel angestrebt werde, kurz, ich ließ dies alles noch einstweilen auf sich beruhen und sammelte wie eine Biene im Frühjahr allen Honig des Wissens fleißig ein, den mir die Alma Mater eben darbieten konnte."[50] Er studierte mit beachtlicher Intensität, verzichtete auf alle Vergnügungen, wie er schrieb, „welche angehenden Studierenden besonders lockend zu erscheinen pflegen, das Besuchen öffentlicher Vergnügungsörter, der Tanz, das Kommersieren der Burschen- oder Landmannschaften", wechselte dann doch bald zum Studium der Anatomie und Medizin über, um Arzt zu werden. Dieser Stand erschien ihm deshalb wünschenswerter, „weil er die reichste Gelegenheit darbietet, mit allen Zweigen des Naturstudiums stets in innigster Berührung zu verbleiben."[51] Hier konzentrierte er sich jedoch nicht nur auf die theoretischen Grundlagen, wesentlich wurde die klinische Ausbildung in einem Hospital, eine Neuerung im Medizinstudium der Zeit. Nebenher besuchte er die Zeichenakademie auf der Pleißenburg, die von Tischbein und Schnorr, zwei bekannten Malern der Zeit, geleitete wurde, denn seine praktischen naturwissenschaftlichen Tätigkeiten waren mit künstlerischen Interessen verbunden. Mit 22 schloß Carus sein Studium mit einer Promotion sowohl in Philosophie wie in Medizin ab und erhielt die Erlaubnis, als Privatdozent zu lehren. Wie Schubert früh verheiratet, suchte er als praktischer Arzt selbständig Geld zu verdienen. Doch zwei Jahre später wurde der Fünfundzwanzigjährige als Professor für Geburtskunde (Gynäkologie) an die spätere Medizinisch-Chirurgischen Akademie in Dresden berufen.

Abb. 28: Die Universität Berlin.

Insgesamt hatten alle zwischen 1770 und 1790 geborenen Intellektuellen, die zum Kreis der Romantiker zählten, die Universität besucht, um dem Wunsch der Eltern zu entsprechen, einmal im staatlichen oder kirchlichen Dienst Versorgung zu finden und für die Allgemeinheit zu wirken. Doch die meisten haben ihr ursprüngliches Studienziel im Laufe der Studienzeit geändert. Im Vordergrund standen keine pragmatischen Gründe mehr, sondern das neue Interesse an Philologie, Philosophie und Medizin (Naturforschung), die sie zum Teil mit der größten Intensität und Interesse studierten. Dem intellektuellen Aufbruch konnte sich kaum einer entziehen. Da die wenigsten Universitäten als „moderne" Lehr- und Forschungsinstitute anzusehen waren, verstanden es die aufgeschlossenen Studenten, sich zu behelfen: Neben dem offiziellen Studium, das ja in öffentlichen Vorlesungen und der Teilnahme an Privatkollegs der Professoren bestand, entwickelten sich private Arbeitskreise, in denen das gelesen wurde, was alle bewegte, so vor allem die Philosophie Kants und Fichtes. Weil alle Gesprächsrunden mit und ohne Professoren klein waren, gab es intensive Auseinandersetzungen. Alle schlossen zwar ihr Studium in jungen Jahren ab, um beruflich als Hauslehrer, Gymnasiallehrer, Professor, Beamter oder Arzt selbständig zu werden, verstanden aber ihre Ausbildung und ihr Studium als Auftakt zu einer lebenslangen intellektuellen Tätigkeit. Der Wunsch, sich selbst auszubilden, schloß vor allem bei den Jüngeren nicht aus, zugleich einen ‚praktischen' Beruf auszuüben, der aber selten mit dem identisch war, den die Eltern wünschten. Schließlich brachen alle im Laufe des Studiums mit der rationalistischen Aufklärung und Theologie, so fromm einige blieben. Dies und die Auseinandersetzung mit der Französischen Revolution, deren Wirkungen in ihrem Studium offenkundig wurden, prägten den Denkstil aller. Man fühlte eine neue Zeit anbrechen, die mitzugestalten jeder ernsthaft vorhatte, am stärksten wird dies bei Fr. Schlegel und Novalis ausgesprochen.

3. Weibliche Lebenswelt

Abb. 29: Georg Friedrich Kersting, Dame in einem Biedermeierzimmer (1817).

Caroline Böhmer (spätere Schlegel/Schelling) schrieb am 28. Mai 1786 aus Clausthal, wohin ihr Mann versetzt worden war, über ihre Lage: „Diese Gegenden fangen an mir zu gefallen, da ich sie näher kennen lerne. Clausthal sieht von vielen Seiten äußerst hübsch aus – meine Sinnen freuen sich, auch diese Fluren, die mich sonst so schwarz dünkten, wie unsre Tannenwälder und der Schiefer, der unsre Häuser deckt im Regen – fangen an zu lächeln. Aber Sonnenschein wird dazu erfordert, und vom ersten Eindruck bleibt genug zurück, um dem Ganzen einen Anstrich von Schwermuth zu geben, den ich gern verwischen möchte. Was Meyer übrigens einst sagte, ist thöricht. Ich bin nicht unglücklich, wenigstens nicht durch meine Lage, ja was sag ich wenigstens? Bin ichs denn überall? Nennt ers ein Unglück eine Seele zu haben? So scheints mir beynah. Es war eine Zeit, wo Therese sich alle die unglücklich dachte, die sie liebte, daher schreibt sich das. Sie ist von dieser Grille zurückgekommen. Sie glaubt an Glückseeligkeit. Die meinige ist nicht überspannt, aber ich bin ihre Schöpferin, fiel mir auch in den ersten Zeiten wohl der Gedanke ein – warum must Du hier Deine Jugend verleben, warum Du hier vor so vielen andern; und vor manchen doch fähig eine größre Rolle zu spielen, zu höhern Hofnungen berechtigt? Das war aber Eitelkeit. Jezt sagt mir mein Stolz, was ich habe ist mir gegeben, diese Situation zu tragen, mich selbst zu tragen. Ich bin sehr zufrieden. Ich leugne es nicht, es im Anfang nicht gewesen zu seyn. Das klagte ich freylich Theresen. Viel kam mit daher, daß ich nicht gesund war, nie so sehr wie jezt, und das schwächt meinen Kopf, und Schwäche erzeugt bey mir immer glühende Phantasien. Die können nicht anders wie sich zur Traurigkeit neigen mit meinen sonstigen von entzückter Schwärmerey entfernten Gefühlen. Wie wenig Gegenstände giebts, wo die halbweg vernünftige Einbildungskraft sich an Freuden übt. Ich bin nicht mehr Mädchen, die Liebe giebt mir nichts zu thun als in leichten häuslichen Pflichten – ich erwarte nichts mehr von einer rosenfarbnen Zukunft – mein Loos ist geworfen. Auch bin ich keine mystische Religions Enthousiastin – das sind doch die beyden Sphären, in denen sich der Weiber Leidenschaften drehn. Da ich also nichts nahes fand, was mich beschäftigte, so blieb die weite Welt mir offen – und die – machte mich weinen. Da ist immer die Rede von schwachen Stunden. Weh mir, wenn in guten es mir an Freude mangelte. So eingeschränkt bin ich nicht. Durch Interreße an Dingen außer mir, durch Betrachtung, durch Mutterschaft, durch alles waß ich thu, genieß ich mein Daseyn.“[1]

Die Romantik war eine künstlerisch-literarische Bewegung, die erstmals nicht wie die Aufklärung nur von Männern getragen wurde, sondern ebenso von Frauen, und zwar von selbständigen Frauen, die zwar Ehefrau, Geliebte oder Freundin eines bekannten Mannes sein mochten, aber allesamt selbst literarisch oder künstlerisch tätig waren und sich einen eigenen Namen geschaffen hatten. Einige von ihnen, wie Sophie Mereau, Henriette Herz und Rahel von Varnhagen, wurden sogar bekannter als ihre Männer, sei es durch literarische Werke, sei es durch ihr intellektuell-künstlerisches Profil. Dies ist insofern als etwas Besonderes anzusehen, weil einerseits die Gesellschaft insgesamt noch fraglos die Unterordnung der Frau unter den Mann verlangte und jede Frau über ihren Mann definiert wurde, andererseits Frauen zwar eine Ausbildung erhielten, zumeist jedoch intellektuell nicht selbständig auftreten konnten oder wollten. Das Gespräch, das Schreiben und die wissenschaftliche Tätigkeit galten fast ausschließlich als eine Domäne der Männer, an der Frauen zwar teilnehmen konnten, aber keinen eigenständigen Part übernehmen durften. Umso beachtlicher ist die zunehmende Zahl von Frauen um 1800, allerdings nicht nur aus der Welt der Romantik, die nicht nur selbständig denken und schreiben wollten, sondern dementsprechend zu leben gedachten und damit aus der traditionellen Lebensweise ausbrachen. Wenngleich es sich nur um eine kleine Elite handelte, so nahmen diese ersten ‚emanzipierten' Frauen, die trotz ihrer geringen Zahl durch ihr literarisches Lebenswerk weite Ausstrahlung besaßen und eigene Lebensstile entwickelten, eine Vorreiter- und Vorbildrolle ein.[2]

Der Traditionsbruch dieser Frauen wird erst deutlich, wenn wir die ‚normale' weibliche Lebenswelt im späten 18. Jahrhundert rekonstruieren, aus der auch diese Frauen letztlich kamen, wenngleich sie meist bürgerlich geprägt waren.[3] Auf dem Lande, in der Stadt wie am Hofe waren sie gleicherweise traditionell eingebunden. Generell galt die Unterordnung unter einen Mann, was nicht heißt, daß die Frauen in ihrem „häuslichen" Bereich nicht eigenständig handeln konnten. Aber ihre Aufgabe und Lebenswelt waren vorrangig beschränkt auf den Erhalt des Hauses, die Kindererziehung und die häusliche Bildung. Zumeist waren sie aufgrund der hohen Zahl von Geburten lange mit Kindern beschäftigt, erlitten zahlreiche Todesfälle, die aber ebenso wie eigene Krankheiten die alltägliche Arbeit nicht behindern durften. In der Regel hatte ihre Familie die Wahl des Ehepartners bestimmt, mit dem die Frau sich vertragen sollte, den sie aber nicht unbedingt lieben mußte. Eine bewußte Liebesheirat war eher die Ausnahme, die selbst in aufklärerischen Kreisen nicht unbedingt begrüßt wurde. Scheidungsmöglichkeiten waren auch im Protestantismus begrenzt, sie wurden nur erwogen, wenn das Zusammenleben unerträglich war und dies von anderen, vor allem von der Verwandtschaft, bestätigt wurde. Weil im Fall einer Scheidung die Frau materiell kaum versorgt war, fügten sich die meisten Frauen auch im Aufklärungszeitalter noch in ihr Schicksal; das galt zwar auch für die Männer, aber diese konnten sich größere Freiheiten erlauben.[4] Einen gewissen selbstbestimmten Spielraum gab es nur in religiösen Belangen, die Frauen durften allein in die Kirche gehen, ihre religiöse Lektüre frei auswählen und auch allein mit dem Pfarrer sprechen. Hier lag die große Attraktivität des Pietismus begründet. Zwar nahmen bürgerliche Frauen am Leben und Wirken der Männer mehr teil, als man bislang annahm, meist legte der Mann Wert auf die Meinung seiner Frau auch in Bezug auf sein Berufsleben, aber was seine Arbeit selbst betraf, vor allem seine intellektuelle, entschied er autonom. Die Aufkärung blieb ausschließliche Männersache, begründete sogar den patriarchalischen Haushalt mit neuen rationalen Argumenten.[5]

Mit der Emanzipation des Bürgertums, der Intensivierung der Aufklärung sowie der Abnahme ständischer Lebensorientierungen (vor allem im Beamtentum), vermittelt durch den Ausbau des Bildungswesens und die Verbreitung moderner Kommunikationsmittel, insbesondere des Zeitschriftenwesens, änderte sich vor allem im Beamtenmilieu, aber auch in Kaufmannsfamilien die Lage der Frau insofern, als ihre soziale Position im Haushalt aufgewertet wurde, so daß sie nicht mehr nur als Dienerin des Mannes galt, sondern zunehmend zur Gesprächspartnerin und selbstbewußten Mutter avancierte. Mit der stärkeren Entlastung durch Dienstpersonal begann sie am literarisch-philosophischen Diskurs zu partizipieren, zwar nicht in der Öffentlichkeit, jedoch im häuslichen Rahmen.

Auch wenn die Frauen bis zum Ende des 18. Jahrhunderts nur begrenzt eine schulische Erziehung genossen, war ihr Bildungsstand, wenn im eigenen Haus überhaupt Wert auf Bildung gelegt wurde, doch recht hoch. Alle Frauen des neuen Bürgertums konnten schreiben und lesen, und dies oft sogar überdurchschnittlich gut.[6] Frauen wurden vor Ende des Jahrhunderts rasch die Hauptabnehmer der schöngeistigen Bücher und Zeitschriften. Neben das Lesen trat das Briefeschreiben, zunächst mit Freundinnen, dann mit den künftigen Ehepartnern, aber auch mit anderen Hausfreunden. Die Ausweitung des Korrespondentenkreises ist ein Indiz für die Selbständigkeit der Frauen. Ihre intellektuelle Neugier, ihr literarisches Wissen und ihre Gesprächsbereitschaft stiegen im bürgerlichen Haushalt bald so an, daß etliche Frauen sogar als Autorinnen auftraten, sich um die Publikation ihrer Werke kümmerten und über ihre Schriften mit anderen Personen diskutierten. Zwar gab es nicht wenige Männer, die dieser Entwicklung skeptisch gegenüberstanden, aber viele waren auch stolz auf ihre gebildete Frau. Im Maße der Ausweitung ihrer intellektuellen Interessen erkannten alle Frauen die Begrenztheit ihrer Lebenswelt. Es war im wesentlichen der Kontakt mit der literarischen Welt, der sie spüren ließ, daß sie nicht dieselben Möglichkeiten hatten wie die Männer. Eine eigenständige Berufstätigkeit stand noch außerhalb der Erwartungen und Möglichkeiten. Solange die Männer auf die neuen Wünsche der Frauen eingingen, konnten sie sich arrangieren. Sobald aber die Männer diese neuen Interessen verwarfen oder die Eltern bei der Verheiratung auf die Wünsche der Tochter keine Rücksicht nahmen, kam es zu beträchtlichen Frustrationen und Auseinandersetzungen.

Der springende Punkt war allerdings bald nicht mehr der Wunsch der Frauen, überhaupt an der intellektuellen Kultur teilzunehmen, sondern das Maß dieser

Partizipation. Aufgeklärte Männer begrüßten zwar weitgehend eine intellektuelle Tätigkeit der Frauen, trugen aber Bedenken, wenn dadurch klassische Hausfrauenpflichten vernachlässigt wurden und die Frauen die gleichen Ansprüche wie die Männer erhoben. Selbst ein so aufgeklärter Mann wie Adolf von Knigge schrieb noch 1788: „Ich muß gestehn, daß mich immer eine Art von Fieberfrost befällt, wenn man mich in Gesellschaft einer Dame gegenüber oder an die Seite setzt, die große Ansprüche auf Schöngeisterey, oder gar auf Gelehrsamkeit macht ... Es erregt wahrlich, wo nicht Ekel, doch Mitleiden, wenn man hört, wie solche arme Geschöpfe sich erkühnen, über die wichtigsten Gegenstände, ... wenn man hört, wie ein eitles Weib darüber am Thee- oder Nachttische in den entscheidendsten Ausdrücken, Machtsprüche wagt ... Ihre Phantasie lebt in unzüchtiger Gemeinschaft mit der gesunden Vernunft."[7] Noch deutlicher wird der bekannte Pädagoge Campe 1789, der sich jedoch gegen die höfische Welt abzusetzen bemühte, in der Frauen nur als „ränkelnde Puppen" verstanden wurden: „Was soll denn also das Weib, oder wozu ist sie denn nun eigentlich da? ... Ihr seyd wahrlich nicht dazu bestimmt, nur große Kinder, ränkelnde Puppen, Närrinnen oder gar Furien zu seyn: ihr syd vielmehr geschaffen ... o vernimm deinen ehrwürdigen Beruf mit dankbarer Freude über die große Würde desselben – nur beglückende Gattinnen, bildende Mütter und weise Vorsteherinnen des innern Hauswesens zu werden."[8]

Dieses bürgerliche Ideal wird in der Literatur mittlerweile als traditionell, ja konservativ kritisiert, im Vergleich zu den Leitvorstellungen der herrschenden traditionellen Gesellschaft stellt dieses Ideal jedoch eine neue bürgerliche Lebensvorstellung dar, die die meisten aufgeklärten Frauen herbeisehnten. Sie wollten wirklich beglückende Gattinnen und nicht nur Dienstmagd sein, ebenso bildende Mütter, die sich selbst auf die bewußte Erziehung ihrer Kinder konzentrierten. Aber die Realisierung dieser Wünsche hing entscheidend von den gesellschaftlichen Verhältnissen ab, ja zumeist von der freien Partnerwahl der Frauen. Gerade diese Rechte mußten sie sich gegenüber ihren Eltern oder ihrem Verlobten mühsam erkämpfen, weil sie ihnen zumeist vorenthalten wurden. Eine der starken Frauenpersönlichkeiten war Luise Mejer, die früh verwaiste Tochter eines Militärbeamten aus Hannover, die am 21.4.1783 an ihren künftigen Mann Heinrich Chr. Boie schrieb: „Jeder Ort, jede Familie, wo ich am mehrsten nützen kann, ist meine Welt. Ich folge meinem Lebensplan, den ich mir schon in früher Jugend entwarf und fühle innre Ruhe. Unabhängig ist ein Weib nie, in keiner Verfassung. Für mich ist es Unabhängigkeit, wenn niemand ein Recht auf mein Herz hat, dem ichs nicht geben könnte. ... Ich weiß nicht, warum, woher ich ein so wun-

Abb. 30: Sophie von La Roche (um 1774).

Abb. 31: Johanna Schopenhauer mit ihrer neunjährigen Tochter Adele (1806), Gemälde von Caroline Bardua.

derlich gestimmtes Geschöpf geworden bin, aber ich bins, Boie. Laß michs sein."[9] Derart ausgeprägte Autonomieansprüche kennen wir zumeist aus späterer Zeit.

Die Generation der in den 40er und 60er Jahren geborenen bürgerlich-adeligen Frauen, so Sophie von La Roche[10], Johanna Schopenhauer[11], Charlotte von Kalb[12], lebte in ehelichen und familiären Verhältnissen, die ihren intellektuell-literarischen Bedürfnissen halbwegs gerecht wurden und die sie deshalb nicht in Zweifel zogen, was aber Konflikte und sogar Scheidungen nicht ausschloß. Dennoch war ihre Position durch ihre Männer öffentlich definiert. Dies änderte sich bei den sog. „Romantikerinnen", den in den 70er und 80er Jahren geborenen literarisch-künstlerisch aktiven Frauen, beträchtlich. Bekannt ist der „Aufstand" der Göttinger Professorentöchter. Zwar gab es keine scharfe Zäsur zur älteren Generation. Doch wesentlich war einmal, daß diese Frauen die traditionelle Lebenswelt ihrer Eltern – besser ihrer Mütter – kräftig kritisierten und nicht mehr akzeptierten, daß sie jeden Heiratszwang ablehnten und auf den gleichen Lebensansprüchen bestanden, die den Männern zukamen. Ebenso wollten sie den engen häuslichen Lebensrahmen, wie er für Frauen gültig war, nicht mehr wahren. Sie klagten das Recht auf Lektüre und Reise ein, ohne daß sie von den Eltern oder Brüdern kontrolliert wurden. Zum andern bezogen sie die „Freiheitsrechte" der Französischen

Revolution direkt oder indirekt auf sich – sie begrüßten allesamt die Französische Revolution nicht weniger eigenständig als ihre Männer – verteidigten die Gleichheit der Geschlechter, über die Ende des 18. Jahrhunderts, ausgehend u.a. von Theodor von Hippels „Über die bürgerliche Verbesserung der Weiber" (1791), erstmals diskutiert wurde, und erkämpften sich neue Lebensräume, die sie zunächst vor allem in mehr oder weniger institutionalisierten Freundschaftskreisen fanden. Sie verständigten sich im Medium der neuen Literatur und Philosophie, orientierten sich lebensweltlich auf deren Werte und zogen aus ihren praktische Konsequenzen für das eigene Leben. Dem kam entgegen, daß zwischen 1791 und 1815 vor allem in Preußen eine große öffentliche Liberalität im Umgang zwischen den Geschlechtern existierte und Scheidungen zumindest im protestantischen und jüdischen Milieu leichter möglich wurden. Es bleibt jedoch ein kleiner elitärer Kreis von emanzipierten Frauen, deren Lebensstil und Lebensentwurf durch ihre öffentlichen Bekundungen Thema öffentlicher Diskussion wurden. Eine Besonderheit war der große Anteil von Jüdinnen, die nacheinander mit der Tradition brachen. Hier kamen weibliche und jüdische Emanzipation zusammen.

Unter den Frauen, die in dieser Aufbruchszeit eine besondere Rolle spielten, sind einmal Caroline Böhmer-Schlegel[13] und Bettina Brentano/von Arnim[14] zu nennen. Für Caroline spielten ihre von jedem Kulturleben abgeschnittene Clausthal-Zellerfelder Zeit als verheiratete Frau Böhmer, dann ihre Jahre als Witwe im jakobinischen Mainz eine große Rolle, während Bettina wohl behütet unter dem Einfluß der bekannten Schriftstellerin, ihrer Großmutter La Roche und ihres Bruders Clemens aufwuchs und sich zu einer eigensinnigen Frau heranbildete, die ihre Position in Unabhängigkeit von Männern zu verteidigen verstand. Hatten beide es schon schwer, sich zu behaupten, traf dies umso mehr auf die drei bekannten Jüdinnen Dorothea Veit-Schlegel[15], Henriette Herz[16] und Rahel Levin/Varnhagen zu. Sie wuchsen in einem Milieu auf, in dem Frauen sozial noch weniger galten als in christlichen Familien.

Die bedeutendste unter ihnen war Rahel Levin (1771–1833), die spätere Frau von Karl August Varnhagen.[17] Sie stammte aus einer sehr vermögenden jüdischen Familie in Berlin, die unter Friedrich II. besondere Privilegien erhalten hatte und durch Geld- und Juwelenhandel aufgestiegen war. Der Vater, Markus Levin, war ein weitgereister, weltläufiger Mann, der sich über die jüdische Tradition hinweggesetzt und zur neuen deutschen Kultur bekannt hatte. Er war dreimal verheiratet. Während die ersten beiden Ehen kinderlos blieben, weshalb sie geschieden wurden, schenkte ihm die dritte Frau zwei Töchter und drei Söh-

Abb. 32: Henriette Herz (1792), Gemälde von Anton Graff.

ne. Die älteste Tochter war Rahel, sie wurde 1771 in Berlin geboren. Die Mutter spielte eine untergeordnete, traditionelle Rolle, von der sich Rahel früh absetzte, unabhängig davon, daß sich beide auch später nicht verstanden[18]. Im Mittelpunkt der Familie stand der Vater, ein herrischer Mann, der seine ganze Familie tyrannisierte. Er öffnete sein Haus zwar Menschen freier Denkungsart, Künstlern und Adligen, auch war Rahel seine Lieblingstochter, doch insgesamt machte er ihr das Leben äußerst schwer. Sie nannte ihn einen „rauhen, strengen, heftigen, launenhaften, genialischen, fast tollen Vater", der das von Natur aus starke Herz seiner Tochter „übersah und es brach, brach. Mir jedes Talent zur That zerbrach, ohne solchen Karakter schwächen zu können. Nun arbeitet dieser ewig verkehrt, wie eine Pflanze, die nach der Erde hinein treibt: die schönsten Eigenschaften werden die gräßlichsten."[19] Rahel Levin war sehr begabt, erhielt wie ihre Geschwister eine vorzügliche Ausbildung mit Sprach-, Klavier- und

Abb. 33: Rahel Levin und vermutlich ihr Bruder Markus. Gemälde von Johann Christoph Frisch, um 1785.

Tanzunterricht und wuchs in die neue literarisch-philosophische Kultur Berlins hinein, in der sie dann später eine große Rolle spielte. Aber sie galt als wenig schön und für eine Frau zu verstandesmäßig, was nicht ausschloß, daß sie durch ihren „Witz" ungewöhnlich gut ankam. Doch sie stieß auch viele Leute vor den Kopf. Sie litt von früh an nicht nur unter ihrem herrischen Vater, sondern auch daran, daß sie als Jüdin und Frau rechtlich aus der ‚öffentlichen' Gesellschaft ausgeschlossen war und sich auf eine Hausfrauenrolle einstellen mußte. „Kann ein Frauenzimmer dafür, wenn es auch ein Mensch ist? ... Ein ohnmächtiges Wesen, dem es für nichts angerechnet wird, nur *so* zu Hause zu sitzen, und das Himmel und Erde, Menschen und Vieh wider sich hätte, wenn es weg wollte (und das Gedanken hat wie ein anderer Mensch) und richtig zu Haus bleiben muß, und das, wenns mouvements macht, die merklich sind, Vorwürfe aller Art verschlucken muß, die man ihm mit raison macht; weil es wirklich nicht *raison* ist zu schüttlen, denn fallen die Gläser, die Spinnrocken, die Flore, die Nähzeuge weg, so haut alles ein", schrieb sie 1793 an ihren Jugendfreund David Veit, der Medizin studierte.[20] Weil sie von den offiziellen Bildungsinstitutionen ausgeschlossen war – „Mir wurde nichts gelehrt; ich bin wie in einem Walde von Menschen erwachsen"[21] –, versuchte sie mit eisernem Willen, sich das selbst anzueignen, was die Bildung des männlichen Bürgertums ausmachte. Daß sie aus einem reichen Hause kam und nach dem Tode ihres Vaters, wenn auch in Abhängigkeit vom Bruder, dem Oberhaupt der Familie, so viel erbte, daß sie davon gut leben konnte, machte ihr ein emanzipiertes Leben möglich, ohne auf eine Heirat angewiesen zu sein. Weil sie keine Kinder zu versorgen hatte, konnte sie sich zeitlebens auf sich selbst konzentrieren – hier nimmt sie dasselbe Recht wie die Männer in Anspruch und wirkte zielstrebig an der „romantischen Welt" mit. „Aus der Welt hat mich Geburt gestoßen, Glück nicht eingelassen, ich halte mich ewig an meines Herzens Kraft und an was mein Geist mir zeigt. Dies ist der mir von der Natur angezeigte Kreis, und in dem bin ich mächtig und die Anderen nichtig."[22] Während ihre Freunde studierten, „gründete" sie 1793 ihren Berliner Salon und erlebte ihre erste unglückliche Liebesgeschichte mit dem Grafen Karl von Finckenstein (1796).[23]

Abb. 34: Rahel Levin Varnhagen von Ense im Alter von 29 Jahren, Pastellbild von P. Friedel (1800).

Ohne ihren Ehrgeiz und ihr intellektuelles Engagement hätte Rahel nicht die Bedeutung für die Romantik und das kulturelle Leben Berlins erlangen können, die sie in der Tat besaß. Es gab kaum eine Frau um 1800, die sich so ausschließlich über ihr Herz und ihren Verstand definierte wie sie; sie besaß viele Freunde, aber keinen Lehrer.

4. Französische Revolution 1789–99

Abb. 35: Freiheitsbaum, Aquarell von Johann Wolfgang Goethe (1792).

Nachdem der Nationalkonvent Frankreich zur Republik erklärt hatte, schrieb Ludwig Tieck am 7. Januar 1793 aus Göttingen, wo er Theologie studierte, an seinen Freund Wilhelm Heinrich Wackenroder: „Du sprichts ja gar nichts von den Franzosen? Ich will nicht hoffen, daß sie Dir gleichgültig geworden sind, daß Du wirklich Dich nicht dafür interessirst? O, wenn ich izt ein Franzose wäre! Dann wollt' ich nicht hier sitzen, dann --- Doch leider, bin ich in einer Monarchie geboren, die gegen die Freiheit kämpfte, unter Menschen, die noch Barbaren genug sind, die Franzosen zu verachten.

Ich habe mich sehr geändert, ich bin izt nicht glücklich, wenn ich keine Zeitungen haben kann. O, in Frankreich zu sein, es muß doch ein groß Gefühl sein, unter Dumourier zu fechten und Sklaven in die Flucht zu jagen, und auch zu fallen, – was ist ein Leben ohne Freiheit? Ich begrüsse den / Genius Griechenlands mit Entzükken, den ich über Gallien schweben sehe, Frankreich ist jezt mein Gedanke Tag und Nacht, – ist Frankreich unglücklich, so verachte ich die ganze Welt und verzweifle an ihrer Kraft, dann ist für unser Jahrhundert der Traum zu schön, dann sind wir entartet, fremde Wesen, mit keiner Ader denen verwandt, die einst bei Thermopylä fielen, dann ist Europa bestimmt, ein Kerker zu sein."[1]

Darauf antwortet nicht weniger enthusiastisch, aber doch zurückhaltender, Wakkenroder am 11. bzw. 14. Januar 1793 aus Berlin: „Ich habe mich schon lange gewundert, daß Du mich nicht gefragt hast, was ich von den Franzosen denke. Ich denke ganz mit Dir gleich von ihnen, u stimme von ganzem Herzen in Deinen Enthusiasmus ein, das versichere ich Dich. Aber ich kann mich nicht enthalten, Dir folgendes zu sagen. Ich spreche hier durchaus mit keinem Menschen v.d.Fr.; u zwar darum, weil jeder von ihnen spricht, ihre größten Thaten immer mit einem Lächeln erzählt, als wollt er sagen: Was die närrischen Leute nicht für Dinge thun! Und wer mit diesem Lächeln davon spricht, dem möcht ich gleich eine Ohrfeige geben. – Auch denk' ich sehr wenig über die Angelegenheiten nach: – ich weiß selbst nicht, wies kommt. – Auch lese ich die Zeitungen nicht, weil ich nicht Zeit habe, u alles von andern höre. – Endl. würd ich, wenn ich ein Fr. wäre, so stolz ich auf mein Vaterland u meine Nation seyn würde, / doch gewiß nicht Soldat werden, u den Säbel oder das Gewehr in die Hand nehmen, weil ich mein Leben u meine Gesundheit zu sehr liebe, u zu wenig körperl. Muth besitze. Ich weiß, daß Du Dich über meine Dreistigkeit, Dir meine krassesten Grundsätze so nackt darzustellen, wundern wirst; daß Du nicht wirst begreifen können, wie man in der That von dieser Sache begeistert seyn kann, ohne auch Muth genug in sich zu fühlen, dabey selbst mitzuwirken; ich weiß daß ich durch mein offenherziges Geständniß, wenigstens auf ein paar Stunden, Deinen Zorn auf mich lade. Allein bedenke nur: kannst Du von irgend einem Menschen Heldenmuth u Tapferkeit verlangen, die er nicht hat. Ich bin sehr davon zurückgekommen, diese körperl. Tugenden gering zu achten: aber, – ich habe sie nicht; u es ist unmögl. daß Du mir das zur Sünde machen kannst; ich thue Verzicht auf diese Größe."[2]

Das prägendste Ereignis für die jungen Romantiker war die Französische Revolution, eine der „größten Tendenzen" (Fr. Schlegel) des Zeitalters. Sie haben sich nicht nur bereits in der Schulzeit bzw. während des Studiums mit ihr beschäftigt, sondern sie wurde zur Signatur ihres Lebens, die aufs engste mit ihrem Werk verbunden war und blieb.[3]

Die politischen Einzelkontroversen waren dabei nicht von Bedeutung, konkrete Ereignisse wurden überhaupt kaum kommentiert. Man war zunächst neugierig auf alles, was aus Paris an Neuigkeiten kam. Durch die Presse wurde man überall ausreichend informiert – ohne daß der genaue Stand der Information ermittelt werden kann –, viele deutsche Intellektuelle reisten sogar unmittelbar nach Paris. Man darf nicht vergessen, daß die Auseinandersetzung mit dem Phänomen „Revolution" über einen Zeitraum von zehn Jahren ging. Die wichtigsten Stationen waren der Sturm auf die Bastille, die Errichtung des jakobinischen Terrorsystems und die militärische Expansion unter dem neuen Kaiser Napoleon. Deswegen muß man allgemein genau differenzieren. Während die Anfänge weitgehend begrüßt, wenn nicht sogar gefeiert wurden, begannen mit der Errichtung der Terrorherrschaft und der kriegerischen Expansion eine Ernüchterung und Abkehr von den Zielen der Französischen Revolution. Über die allgemeine Stimmung zu Beginn der Revolution berichtet der Naturphilosoph, Romantiker und spätere entschiedene Revolutionsgegner Heinrich Steffens in seinen späteren Erinnerungen (1840/44): „Es war eine wunderbare Zeit, es war nicht bloß eine französische, es war eine europäische Revolution, sie war da, sie faßte Wurzel in Millionen Gemütern, klar sehende Große erkannten die allgemeine Gewalt, ja verehrten sie; ein Strafgericht war über die vermodernde Zeit ergangen, ein Sieg über verkümmerte nichtige Verhältnisse war entschieden errungen. Die Revolution war in allen freien Gemütern von Europa schon da, auch wo sie nicht ausbrach. Der erste Moment der Begeisterung in der Geschichte, selbst wenn er unheilschwanger eine furchtbare Zukunft entwickelt, hat etwas Reines, ja Heiliges, was nie vergessen werden darf."[4]

Weil die Französische Revolution den Selbstfindungsprozeß der deutschen Intellektuellen entscheidend prägte und beeinflußte, muß kurz darauf eingegangen werden, was sie für die deutschen Schriftsteller, insbesondere für die Romantiker, bedeutete, die eine mit Frankreich vergleichbare öffentliche politische Kultur nicht kannten. Sie hatten wie viele andere die politische Verfassung der deutschen

Kleinstaaten wie des Kaisertums als unwandelbar und selbstverständlich betrachtet und sich an einer genuin politischen Diskussion nicht beteiligt, immerhin erhofften die meisten auch ihre berufliche Stellung in diesem feudal-absolutistischen Reich zu finden. Alle ihre Wünsche und ihr Denken konzentrierte sich in Fortsetzung der aufklärerischen Träume auf den Anbruch einer neuen Zeit des Friedens und der Bildung, wie sie der Humanismus von Kant und Goethe vorgezeichnet hatte. In dieser Aufbruchshaltung reflektierten die Romantiker die Französische Revolution als Teil eines sozial-politischen Umbruchs, der insgesamt weit mehr als nur den politischen Raum ändern sollte, so unspezifisch die Vorstellungen blieben.

Die universalhistorische Bedeutung mußte jeder erkennen, der sich in der europäischen Geschichte auskannte. Dies schlug sich allerdings weniger im alltäglichen Briefwechsel nieder als in einer Gesamthaltung und einem Problembewußtsein, die vor allem die Philosophie und Literatur betrafen. Daß mit der Revolution nicht nur für die Franzosen, sondern auch für die Deutschen ein neues Zeitalter begann, war allen bewußt; der Meinungsbildungsprozeß differenzierte sich jedoch in dem Maße, wie sich die französische Lage entwickelte und die Erwartung des deutschen Publikums wuchs oder auch enttäuscht wurde. Die neuen politischen Ideale von „Freiheit", „Gleichheit" und „Brüderlichkeit" wurden allenthalben als Ideale der Aufklärung hell begrüßt und der Ausbruch der Revolution sogar gefeiert, ebenso wurde die Errichtung einer konstitutionellen Monarchie mit der Stärkung des dritten Standes positiv bewertet sowie die Erklärung der Menschenrechte als Triumph der Aufkärung und Vernunft betrachtet. Was man jedoch unter Freiheit, Gleichheit und Brüderlichkeit verstand, blieb weitgehend verschwommen, jedenfalls wurden sie nicht als politische Kategorien eines Rechts- und Verfassungsstaates begriffen. Für Intellektuelle bedeutete „Freiheit" keinesfalls die Emanzipation des Staatsbürgers, sondern die Freiheit der Person in der Entfaltung ihrer seelischen und körperlichen Kräfte (vor allem als Meinungs- und Denkfreiheit), die man zu Ende des 18. Jahrhunderts auch in Deutschland weitgehend zu erreichen suchte. Die prinzipielle Infragestellung der bestehenden Verfassung stand nicht zur Diskussion, ebenso wenig verteidigten die Intellektuellen die gleichen politischen Rechte für das gemeine Volk.[5] Wie die Freiheit war auch die „Gleichheit" eine aufklärerische Forderung. Auch die Gleichheit beinhaltete für die Romantiker nie die Abschaffung des Adels, sondern nur eine weitreichende Angleichung von Bürgertum und Adel, die auch den Zugang der Bürgerlichen zu ehemals adeligen Machtpositionen ermöglichen sollten. Zwar waren die Romantiker für eine gewisse ‚Befreiung' des einfachen Volkes, doch räumten sie ihm keine gleichen Rechte ein, unabhängig davon, daß sie generell selten in politischen Kategorien dachten. Die Entdeckung und Aufwertung des Volkes, des Volkstümlichen, schloß für sie keine politische Emanzipation ein. Vor allem stieß die Forderung nach „Brüderlichkeit" als Staatsprinzip auf Sympathie bei den Romantikern, die durch sie die menschlichen Widersprüche des Absolutismus mit seinem rationalistischen Verwaltungssystem überwunden sahen. Trotz des Bekenntnisses zur Individualität sollten alle in ‚brüderlicher' Zusammenarbeit leben, die das Glück des Menschen zum Ziel hatte. Doch mit der Abschaffung des Königtums, d.h. der Hinrichtung des Königs, und der Errichtung der Jakobinerherrschaft änderten die meisten ihre Einstellung zur Französischen Revolution. Man blieb zwar auf dem Boden der aufklärerischen Grundideen von Freiheit, Gleichheit und Brüderlichkeit, dies darf nicht vergessen werden, erkannte aber in der republikanischen Verfassung, in Gewaltenteilung und Vernunftherrschaft aus späterer Sicht destruktive und gewalttätige Elemente des Zwiespaltes und Terrors, die die Emanzipation der Völker eher verhinderten als förderten. Revolution, Vernunft und Parteigeist erhielten eine negative Bestimmung, vor allem auf dem Hintergrund der beginnenden militärischen Expansion über die Grenzen Frankreichs hinaus, die nicht mehr der Befreiung der Völker diente, sondern sie einer neuen Fremdherrschaft unterwarf. Bedeutete für viele dieser Eroberungswille Verrat an den Idealen der Revolution, verherrlichten andere den Aufstieg Napoleons gerade als Triumph der Vernunft, der alle Bürger unter ein gleiches Recht stellte.

Zwar bestand kaum die „Gefahr", daß der Freiheitsgeist auf Deutschland übersprang, wie konservativ-reaktionäre Kräfte befürchteten.[6] Denn es fehlte der soziale Druck durch eine als despotisch und verschwenderisch empfundene Adelsherrschaft, auch die sozialen Verhältnisse in Deutschland waren mit denen Frankreichs nicht vergleichbar. Außerdem kannte das deutsche Reich keine Hauptstadt von der Größe von Paris, in der alle Konflikte kumulierten. Nicht zuletzt fehlte ein starkes Bürgertum, das unabhängig vom Fürsten Machtpositionen beziehen konnte. In Deutschland war im Gegenteil das Bürgertum geradezu abhängig von der Fürstenherrschaft, die es nur ‚vernünftig' gestalten wollte. Schließlich besaß Deutschland keine politische Kultur, die unabhängig vom fürstlichen Hof einen Machtfaktor darstellen bzw. eigenständige Antworten auf eine politische Krise artikulieren konnte. Aber daß das revolutionäre Ereignis Deutschland dennoch ändern werde, war allen relativ klar.

In der Zeit zwischen 1789 und 1799 gab es mehr oder weniger drei verschiedene Antworten von seiten der deutschen Intellektuellen auf die Französische Revolution, so schwer es auszumachen ist, welche Entwicklungsstufen jeweils reflektiert werden. Einmal kennen wir eine konservativ-reaktionäre Antwort, die durchaus das grundlegend Neue an der Revolution erkannte, sie aber politisch ablehnte und vehement bekämpfte.[7] Adelige Kräfte stimmten hierin mit bürgerlichen Gelehrten überein, die höchstens eine konstitutionelle Monarchie (nach englischem Vorbild) begrüßten. Stätte der intellektuellen Revolutionsgegner war Göttingen. Dann gab es die demokratische Antwort der sogenannten deutschen Jakobiner, die eine Demokratisierung anstrebten, sie jedoch, weil sie aus eigener Kraft nicht zu erreichen war, unter den Schutz französischer Herrschaft stellen wollten. Ein Beispiel hierfür stellt die Mainzer Republik dar.[8] Schließlich gab es die Anhänger des ‚Republikanismus' Frankreichs, die weniger politische Ziele verfolgten, als vielmehr die französischen Ideen als Ausdruck einer neuen Epoche begrüßten und an die Macht des Geistes glaubten, die auf gewaltfreie Weise auch die politischen Werte verbessern werde.[9] Die erste Gruppe vertraten August W. Rehberg in Hannover und Friedrich von Gentz in Berlin, die stärksten Sprecher der zweiten Gruppe waren Georg Forster in Mainz und Adolph von Knigge in Hannover, schließlich vertraten die dritte Position Joh. Gottlieb Fichte, Friedrich Schlegel, Dorothea Schlegel sowie Joseph Görres, auf die wir uns hier konzentrieren. Jena war zwischen 1795 und 1800 die Universitätsstadt, in der sich – unter dem Schutz Goethes – alle jungen Revolutionsfreunde tummelten.[10]

Der Philosoph Joh. Gottlieb Fichte zählte zwar nicht unmittelbar zu den Romantikern, doch gab es in der Frühzeit viele Gemeinsamkeiten im Konzept der universellen Subjektivität, auch lebte er lange im Kreis der Jenaer Romantiker, die sich alle zumindest zeitweise als seine Anhänger sahen. Fichte hatte sich als Kantianer früh einen Namen gemacht, aber berühmt wurde er durch seine zwei anonym erschienenen Schriften zur Französischen Revolution: „Zurückforderung der Denkfreiheit von den Fürsten Europens, die sie bisher unterdrückten. Eine Rede", sowie: „Beitrag zur Berücksichtigung der Urteile des Publikums über die französische Revolution" von 1793.[11] Mit diesen Schriften rechtfertigte er zwar nicht die Französische Revolution und ihren konkreten Verlauf, rief auch nicht zu einem Umsturz in Deutschland auf – dann wäre er in Jena kaum berufbar gewesen –, aber er erklärte Revolutionen unter besonderen Bedingungen für rechtmäßig, vor allem wenn die Fürsten der Aufklärung keinen Freiraum geben. „Hemmt man den Fortgang des menschlichen Geistes, so sind nur 2 Fälle möglich: der erstere unwahrscheinlichere – wir bleiben stehen – oder der zweite, weit wahrscheinlichere, der zurückgehaltene Gang der Natur bricht gewaltsam durch und vernichtet alles, was ihm im Wege steht, die Menschheit rächt sich auf das grausamste an ihren Unterdrückern, Revolutionen werden notwendig".[12] Dies war eine deutliche Warnung, die Botschaft der Revolution nicht zu verkennen. Mit Bedacht hatte man Fichte nach Jena berufen und sah sich durch seinen übermäßigen Erfolg bestätigt. „Das größte Auditorium in Jena war zu enge", schrieb Fichte selbst, „der ganze Hausflur, der Hof stand voll, auf Tischen und Bänken standen sie einander auf den Köpfen".[13] Dieser Erfolg gründete nicht nur in der Verkündigung einer neuen Philosophie, der „Wissenschaftslehre", sondern auch und vor allem in der Art und Weise, wie Fichte vortrug und mit welchem Pathos er sprach. Dies wurde als ausgesprochen ‚revolutionär' empfunden. „Was für eine Philosophie man wählt, hängt sonach davon ab, was man für ein Mensch ist: denn ein philosophisches System ist nicht ein toter Hausrat, den man ablegen oder annehmen könnte, wie es uns beliebte, sondern es beseelt durch die Seele den Menschen, der es hat".[14] Vor jeder Gesellschaftsreform steht die Bildung des Menschen.

Daß Fichte allenthalben die Geister aufbrachte, lag aber nicht nur an seinem Gelehrtenhabitus, sondern auch an seinem rechthaberischen intoleranten Auftreten, das ihm überall Feinde schuf. Gleich nach seiner ersten Vorlesung über die „Bestimmung des Gelehrten", drang das Gerücht nach Weimar, Fichte sei „ein schlimmer Jakobiner, der in einem Collegio gesagt habe, in 10 bis 20 Jahren werde es keinen König oder Fürsten mehr geben".[15] Konnte Fichte sich diesmal noch erfolgreich verteidigen, so provozierte er die Öffentlichkeit schon im zweiten Semester mit der Verlegung seiner Vorlesung auf den Sonntagvormittag unmittelbar vor dem akademischen Gottesdienst. Schon hieß es, daß Fichte, der „große deutsche Vernunft-Götzendiener", „es unternahm, an einem Orte, der sonst eine Pflanzschule des Christentums war, und gerade an dem Tage und in den Stunden, die der öffentlichen Verehrung Gottes gewidmet sind, eine Art von öffentlichem Vernunft-Gottesdienst anzurichten".[16] Sosehr ein Teil der Studenten Fichtes provozierende Art schätzte, begannen andere, ihm das Leben schwer zu machen. Fichte hatte sich für das Verbot eines Studentenordens (der Unilisten) eingesetzt, da sich dessen viele Ehrenhändel und der übermäßige Alkoholkonsum für ihn mit einem Studentenleben nicht vertrugen. Darauf hatten die Betroffenen Fichte den Umgang mit französischen Revolutionären vorgeworfen und die „Literari-

Abb. 36: Errichtung des Freiheitsbaum in Speyer (1798).

sche Gesellschaft der freien Männer“ in Jena, an der auch Fichte teilnahm, revolutionärer Umtriebe bezichtigt, was einer Anklage des Hochverrats gleichkam.[17] Fichte unterbrach seine Lehrtätigkeit und beschwerte sich in Weimar. Obwohl Goethe ihn persönlich nicht mochte, deckte er ihn so gut es ging. Er bevorzugte Schelling, einen Schüler Fichtes, der auch nach Jena kam. Zu einem dritten Eklat kam es 1798, als Fichte auch noch Atheismus vorgeworfen wurde, was schließlich zu seiner Entlassung führte. Er ging nach Berlin und begann dort seine zweite, noch wichtigere Karriere.

Fichte war zweifelsfrei kein Jakobiner (wie Forster), aber durch ihn wurde die Diskussion um die Bedeutung, Wirkung und Überwindung der Revolution Hauptthema in Jena. Hinzu kam sein ‚revolutionärer' Philosophie(r)stil, der die Studenten Partei ergreifen ließ. Schließlich ist noch sein Bekenntnis zu einer Philosophie der ‚Freiheit' zu nennen, die auf Aktivitäten gerichtet war, um die Gesellschaft ohne Gewalt, Krieg und Unterdrückung von unten durch Erziehung und Bildung zu ändern.

Einer der engsten Schüler und Freunde Fichtes wurde der junge Friedrich Schlegel, die zentrale Figur der Jenaer Frühromantik, der wie andere seiner Generation von einem ungebändigten Freiheitswillen beseelt war. In einem Brief an seinen Bruder fühlte er sich nach der Bekanntschaft mit Schiller und Novalis (1793) nicht nur von einem „Trieb nach Tätigkeit" besessen, von einer „Sehnsucht nach dem Unendlichen" erfüllt, sondern strebte vor allem danach, „zu leben, frey zu leben".[18] Deswegen wollte er auch sein Studium der Rechtswissenschaft nicht abschließen, sondern ‚freier' Schriftsteller werden. „Ich sehe die offenbare Unmöglichkeit ein, mich itzt in ein bürgerliches Joch zu schmiegen, um einen dürftigen Lohn meinem Geist, das bessere/ Theil meines Lebens unwiederbringlich hinzuopfern, ohne Ersatz, ja: ohne Linderung des harten Schicksals. Es scheint mir Pflicht, zu versuchen, ob es nicht wahr sey, was ich so lange gehofft hatte, was selbst einige Freunde zu bestätigen schienen. Sollte es nicht thunlich seyn, daß ich mir meinen Platz selbst aussuche und bildete".[19] Er brach mit den familiären Konventionen. Konsequenterweise heiratete er auch nicht, sondern lebte lange Jahre unverheiratet mit Dorothea Veit zusammen in einem Freundschaftsverbund von Literaten und Philosophen. Gemeinsam mit dem ebenfalls jungen Novalis war er der Überzeugung, daß eine neue Zeit anbrechen werde. „Mir deucht der Tag bricht an unter uns, und wenn es wird, wird es ein großer Tag werden".[20] Die Zeit des intellektuellen Aufbruchs in den 90er Jahren ist ohne den Impetus der Französischen Revolution kaum zu verstehen, der viele bewog, neue Wege zu gehen.

Wenngleich von Friedrich Schlegel keine ausführliche Auseinandersetzung mit der Französischen Revolution bekannt ist und sie ihn auch nicht als unmittelbar politisches Ereignis interessierte, so ist doch sein frühes Werk vom Geist der Revolution als Befreiungsprozeß des bürgerlichen Individuums von spätfeudalen Konventionen durchwirkt. Deutlich wird dies einmal in der frühen Schrift „Versuch über den Begriff des Republikanismus" von 1796, einer Auseinandersetzung mit den Schriften von Kant über den „Ewigen Frieden“ (1795), in der er gegen Kants Überzeugung, daß der Demokratismus notwendig despotisch sei, die gegenteilige Doktrin stellt: „Der Republikanismus ist also notwendig demokratisch“.[21] Wenig später folgte ein Essay über Georg Forster, den Mainzer Jakobiner, der allgemein geächtet wurde, weil er für den Anschluß von Mainz an das revolutionäre Frankreich plädiert hatte. Es war von Schlegel ein mutiger Schritt, Forster 1797 als deutschen Klassiker und Freiheitshelden zu feiern. Außerdem publizierte Schlegel seine frühen Beiträge in den revolutionsfreundlichen Zeitschriften „Deutschland“ und „Lyceum der schönen Künste“ des Komponisten und Musikschriftstellers Johann Fr. Reichardt, der wegen seiner jakobinischen Gesinnung den Hofkapellmeisterposten in Berlin verloren hatte und 1794 in Giebichenstein bei Halle als Salineninspektor tätig wurde.[22] Im übrigen war Reichardt Schwager von Ludwig Tieck und sein Haus zeitweiliger Treffpunkt von Achim von Arnim, Novalis, Clemens Brentano und Jean Paul, also ‚revolutionär‘ gesonnener Romantiker. Schließlich hatte Schlegel in seinen „Fragmenten“ in der von beiden Schlegels herausgegebenen Zeitschrift „Äthenäum“ von 1798 die berühmte und vielzitierte Sentenz veröffentlicht: „Die Französische Revolution, Fichtes Wissenschaftslehre und Goethes Meister sind die größten Tendenzen des Zeitalters. Wer an dieser Zusammenstellung Anstoß nimmt, wem keine Revolution wichtig scheinen kann, die nicht laut und materiell ist, der hat sich noch nicht auf den hohen weiten Standpunkt der Geschichte der Menschheit erhoben“.[23] Das Bemerkenswerte an dieser Sentenz ist nicht nur, daß Schlegel die Französische Revolution als ein epochales Ereignis hervorhebt, sondern sie in Verbindung mit einem philosophisch und literarisch-künstlerischen Werk bringt, dem gleich große Bedeutung zukomme.[24] Der revolutionäre Umbruch zu Ende des 18. Jahrhunderts habe verschiedene Facetten, jedenfalls nicht nur eine politische, sondern gleicherweise eine intellektuelle, die gerade in Deutschland hervorbreche. Als Schlegel später in das restaurative Lager Metternichs wechselte, wollte er von seinen revolutionären Anfängen kaum noch etwas wissen.

Die stärkste politische Kraft im Jenaer Romantikerkreis war wohl Caroline Böhmer verheiratete Schlegel, obwohl sie keine Schriften hinterlassen hat, dafür existiert aber ein umfänglicher Briefwechsel. Unter ihrem Einfluß wurde auch Friedrich Schlegel zum Republikaner. „Sonderbar ist es“, schrieb sie 1803 an die Freundin Julie Gotter, daß „einmal in die Stürme einer großen Revolution verwickelt mit meinen Privatbegebenheiten, ich es gleichsam jetzt zum zweitenmal werde, denn die Bewegung in der literarischen Welt ist so stark und gährend wie damals die politische".[25] Ungewöhnlich eng waren bei ihr die Ereignisse der Französischen Revolution in Deutschland mit dem Privatleben verknüpft. Auch sie träumte wie Schlegel bereits in der Jugendzeit von der großen Freiheit, die sie als Frau umso stärker erstrebte, als sie lange mit einem ungeliebten Mann verheiratet war. Schon früh wurde ihr ein „allzu schwärmerischer Begriff von Freiheit" vorgeworfen.[26] Nach dem Tode ihres Mannes zog Caroline mit ihren Kindern zunächst ins Elternhaus nach Göttingen, dann zu ihrem Bruder nach Marburg und schließlich 1792 zu ihrer Freundin Therese Forster nach Mainz, wo deren Mann Georg Forster als Bibliothekar eine Stellung gefunden hatte und sich als Mitglied des Mainzer Jakobinerkreises für die Ideale der Französischen Revolution einsetzte. Hier im Hause Forsters kam sie intensiv mit den Problemen des Jakobinerklubs in Berührung, wurde Anhängerin der Revolutionsideen, las das Revolutionsschrifttum und unterstützte Forster, als seine Frau ihn wegen eines anderen Mannes verließ. Als Caroline das durch preußische Truppen bedrohte französische Mainz 1793 verließ, während Forster in Paris den Anschluß von Mainz an Frankreich anstrebte, wurde sie als französische Parteigängerin verhaftet. Es hatten sich die verschiedensten Gerüchte gebildet: sie sei die Frau des Revolutionstransporteurs Dr. Böhmer, die Geliebte Georg Forsters, sogar die Maitresse des französischen Generals Custine. Jedenfalls wurde ihr daraufhin, nachdem ihr Schwager sie befreit hatte, das Aufenthaltsrecht in ihrer Heimatstadt Göttingen wie auch andernorts verweigert, so daß sie sich heimlich nach Lucka in der Nähe von Leipzig zurückziehen mußte, um dort ihr uneheliches Kind zur Welt zu bringen. Zu ihrem Unglück hatte sie sich in Mainz mit einem jungen französischen Offizier eingelassen, was sie nur einigen wenigen Freunden mitgeteilt hatte, denn als ledige Mutter hätte sie das Recht auf ihr eheliches Kind Auguste sowie ihre kleine Pension verloren. Während ihrer Schwangerschaft lernte sie den jungen Friedrich Schlegel kennen, der sich nicht nur um sie kümmerte, sondern in ihr eine Partnerin fand, die sein Freiheitsbewußtsein stärkte. Nach längerem Schwanken heiratete sie allerdings 1796 aus pragmatischen Gründen nicht ihn, sondern seinen älteren Bruder August Wilhelm Schlegel, den sie schon von Göttingen und Marburg her kannte und der für sie finanziell aufkam. Diese Heirat stellte zugleich ihre Ehre wieder her. Mit Schlegel zog sie nach Jena, wo beide einen Haushalt gründeten, der zum Mittelpunkt der Romantiker wurde. Aber das Zusammenleben mit Schlegel, das mehr einer Arbeits- als einer Ehegemeinschaft glich, dauerte nicht lange. Mit dem Ruf Schellings 1798 nach Jena wandte sich Caroline Schelling zu, bei dem sie zwar ihr privates Glück fand, mit diesem Schritt aber einen ungeheuren Skandal hervorrief. Es war jedoch nicht allein das skandalumwitterte Leben Carolines, das sie zur „Madame Lucifer" machte – als Anhängerin der Französischen Revolution und Ehebrecherin hatte sie selbst in Jena einen schweren Stand –, sondern auch, daß sie als Frau für Freiheit und Gleichheit eintrat und sich in politische Diskussionen einmischte, die nach wie vor als reine Männersache galten.[27] Selbst Friedrich Schlegel wandte sich später von ihr ab. Nur Goethe und August Wilhelm Schlegel bewahrten sich ihre Bewunderung für diese ‚emanzipierte' Frau.

Einer der vehementesten Anhänger und lange Verteidiger der französischen Revolution wurde der dem Heidelberger Romantikerkreis später angehörende Joseph Görres (1776–1848), um noch einen Vertreter der jüngsten Generation zu nennen.[28] Er hatte als Dreizehnjähriger die Anfänge der Revolution in Koblenz erlebt. Das Interesse daran wurde wohl durch das Gymnasium geweckt, aber auch durch das, was nach der Flucht des Kurfürsten und dem Einzug der vielen Emigranten auf der Straße gesprochen wurde. Bereits 1793 verließ er als Siebzehnjähriger das Gymnasium, das er zusammen mit Clemens Brentano besucht hatte, nahm Kontakt zu Mainzer Jakobinern auf und begann eine rege journalistische Tätigkeit. „In den ersten Tagen meiner Jugend", schrieb er ein paar Jahre später, „haben sich die Ideen von Republikanismus und Verbesserung der politischen Lage der Menschheit und ihrer gesellschaftlichen Verhältnisse mit meinem ganzen Wesen verschmolzen; ich habe ihnen angehangen mit Wärme und Selbstverleugnung, an sie meine erste und beste Lebenskraft verwendet, nur in ihnen gelebt und auf sie das Gleichgewicht meiner inneren Natur begründet."[29] 1797 tritt er dem Koblenzer Jakobinerklub bei, wird dessen Sekretär im engeren Ausschuß und reist 1799 als Mitglied einer Gesandtschaft nach Paris, um die endgültige Annexion der Rheinlande durch Frank-

Abb. 37: Joseph Görres, Zeichnung von F. Dietz (1838).

reich zu betreiben. Traten bei Görres schon wegen der Schreckensherrschaft Robespierres große Bedenken auf, so wurde er in Paris von der Realität der Revolution vollends enttäuscht: Statt Frieden gab es Krieg, statt Demokratie Despotie und statt Tugend Unehrlichkeit. Ohne die Ideen der Französischen Revolution selbst aufzugeben, wird Görres nach 1801 einer der ersten und entschiedensten Gegner der französischen Eroberungskriege Napoleons und seiner deutschen Anhänger. 1808 schreibt er an de Villers in Lübeck: „Wenn man sechzehn Jahre Revolutionszeit mitgemacht hat, dann hat man so ziemlich die Hörner sich abgelaufen und macht nicht ferner leicht Geniestreiche mehr."[30] Vorerst wirkte er aber noch als Lehrer in Koblenz, dann als Professor in Heidelberg, wo er mit dem romantischen Kreis in Verbindung trat. Welche Konsequenzen sein politisches Engagement auch für sein Privatleben hatte, zeigt seine Distanz zur Kirche. Er hatte früh geheiratet, aber nur zivilrechtlich, und seine Kinder erst fünf bzw. zwei Jahre nach der Geburt in aller Stille taufen lassen – für einen später aktiven Katholiken ein ungewöhnliches Verhalten, das sich nur aus dem „revolutionären" Geist der 90er Jahre erklären läßt.

Die meisten Romantiker, von denen es stets heißt, daß sie die konkreten politischen Realitäten nur wenig wahrnahmen, hatten sich zumindest zeitweise für die Ideale der Französischen Revolution engagiert.

Gerade ihr intellektueller Aufbruch zu Beginn der 90er Jahre ist von der Diskussion um die Ideale der Revolution nicht zu trennen, ohne daß in irgendeiner Weise jedoch eine Politisierung stattfand. Umso bemerkenswerter ist einmal, daß sie selbst persönliche Konsequenzen aus den Freiheitsforderungen zogen. Sie lösten sich bewußt von der Tradition des Elternhauses, der Kirche und der Schule. Zum anderen stellten sie ihren intellektuellen wie künstlerischen Aktivismus in den Dienst einer Revolutionierung des zeitgenössischen Denkens, das mit Kant begonnen wurde, sowie der Schaffung einer neuen Welt der Poesie, des Lebens und der Phantasie. Schließlich entwickelten die Romantiker unabhängig von der Bewertung der Französischen Revolution eine historisch begründete Revolutionstheorie, die so-

Abb. 38: Napoleon gewährt Goethe eine Audienz in Erfurt (1808).

wohl politische wie kulturelle Aspekte einbezog. Kaum einer spürte nicht, daß die alte Zeit vorbei war und eine neue begann, die auf poetisch-philosophische Weise mitzugestalten viele sich zumindest zeitweise anstrengten. Der utopische Anspruch zerstob jedoch vor der Wirklichkeit, als Napoleon ganz Europa unterwarf und die alten Mächte nach seiner Niederlage meinten, die traditionelle europäische Ordnung wiederherstellen zu können.

5. Lebensplanungen – Schriftstellerleben – Berufsziele

Abb. 39: Georg Friedrich Kersting, Kügelgen am Schreibtisch (1812), Ausschnitt.

Heinrich von Kleist entschloß sich, nach seinem kurzen Studium in Frankfurt an der Oder kein Amt zu übernehmen, wozu ihn seine Verlobte gedrängt hatte. Er schrieb ihr aus Berlin am 13.11.1800[1]: „Ich will kein Amt nehmen. Warum will ich es nicht? – O wie viele Antworten liegen mir auf der Seele! Ich kann nicht eingreifen in ein

Interesse, das ich mit meiner Vernunft nicht prüfen darf. Ich soll thun was der Staat von mir verlangt, u doch soll ich nicht untersuchen, ob das, was er von mir verlangt, gut ist. Zu seinen unbekannten Zwecken soll ich ein bloßes Werkzeug sein – ich kann es nicht. Ein eigner Zweck steht mir vor Augen, nach ihm würde ich handeln müssen u wenn der Staat es anders will, dem Staate nicht gehorchen dürfen. Meinen Stolz würde ich darin suchen, die Aussprüche meiner Vernunft geltend zu machen gegen den Willen meiner Obern – nein, Wilhelmine, es geht nicht, ich passe mich für kein Amt. Ich bin auch wirklich zu ungeschickt, um es zu führen. Ordnung, Genauigkeit, Geduld, Unverdrossenheit, das sind Eigenschaften die bei einem Amte unentbehrlich sind, u die mir doch ganz fehlen. Ich arbeite nur für meine Bildung gern u da bin ich unüberwindlich geduldig u unverdrossen. ... aber Liebe u Bildung sind zwei unerlaßliche Bedingungen meines künftigen Glückes -- u was könnte mir in einem Amte davon zu Theil werden, als höchstens ein karger, sparsamer Theil von beiden? Wollte ich an die Wissenschaften gehen, so brächte mir der Secretair einen Stoß voll Akten, u wollte ich einen großen Gedanken verfolgen, so meldete mir der Kammerdiener, daß das Vorzimmer voll Fremden stehe. Wollte ich den Abend bei meinem Weibe zubringen, so ließe mich der König zu sich rufen u um mir auch die Nächte zu rauben, müßte ich in die Provinzen reisen u die Fabriken zählen. O wie würde ich den Orden u die Reichthümer u den ganzen Bettel der großen Welt verwünschen, wie würde ich bitterlich weinen, meine Bestimmung so unwiderbringlich verfehlt zu haben, wie würde ich mir mit heißer Sehnsucht trocknes Brod wünschen u mit ihm Liebe, Bildung u Freiheit – Nein, Wilhelmine, ich darf kein Amt wählen, weil ich das ganze Glück, das es gewähren kann, verachte. ... Ich bilde mir ein, daß ich Fähigkeiten habe, seltnere Fähigkeiten, meine ich – Ich glaube es, weil mir keine Wissenschaft zu schwer wird; weil ich rasch darin vorrücke, weil ich manches schon aus eigener Erfindung hinzugethan habe – u am Ende glaube ich es auch darum, weil alle Leute es mir sagen. Also kurz, ich glaube es. Da stünde mir nun für die Zukunft das ganze schriftstellerische Fach offen. Darin fühle ich, daß ich sehr gern arbeiten würde. – O da ist die Aussicht auf Erwerb äußerst vielseitig. Ich könnte nach Paris gehen u die neueste Philosophie in dieses neugierige Land verpflanzen – doch das siehst Du Alles so vollständig nicht ein, als ich. Da müßtest Du schon meiner bloßen Versicherung glauben u ich versichere Dir hiermit, daß wen(n) Du mir nur ein Paar Jahre, höchstens sechse, Spielraum giebst, ich dann gewiß Gelegenheit finden werde, mir Gold zu erwerben."

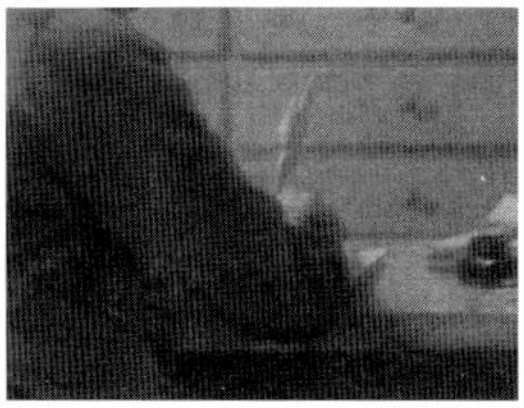

Die Herkunft der meisten „Romantiker“ aus gebildeten bürgerlichen Elternhäusern verpflichtete alle Kinder auf einen sozial angesehenen Beruf, womöglich den des Vaters, also des Beamten oder Geistlichen, ohne dies jedoch genau festzulegen. Ein unmittelbares Nachrücken in die Position des Vaters gab es nicht mehr, dagegen verwahrten sich auch die Fürsten und Kirchen.[2] Die Eltern ermöglichten den Söhnen eine gründliche Ausbildung zu Hause, auf einem angesehenen Gymnasium oder den Besuch einer Universität. Die gesamte Erziehung war darauf angelegt. Die Eltern gaben trotz ihrer oft großen Kinderzahl das, was finanziell möglich war, nicht nur für den ältesten Sohn, sondern vor allem für die Begabtesten. Aber nur ein Bruchteil der ‚begabten' Kinder erfüllte natürlich die Wünsche der Eltern. Sie wählten andere Berufe als die Väter oder brachen das Studium ab oder traten, wenn sie kaum schulisch disziplinierbar waren, in eine kaufmännische Lehre, so etwa Cl. Brentano, Fr. Schlegel und Ph.O. Runge.[3] Oft erlebten die Eltern bzw. der Vater allerdings den Studienabschluß überhaupt nicht mehr. Mit dem Tod des Vaters hörte zwar der Druck auf, das erstrebte Studium zu Ende zu führen, aber auch die finanzielle Unterstützung. Einen reibungslosen Übergang in die Berufswelt gab es kaum. Nicht selten wünschten viele rasch zu heiraten. Allerdings muß man genau differenzieren. Denn standardisierte Lebensläufe wie heute gab es zu jener Zeit ohnehin kaum, unabhängig davon, daß zwischen Studienabschluß und besoldeter Berufstätigkeit oft eine beträchtliche Zeit verstrich und man zunächst heterogenen Tätigkeiten nachging. Hauslehrer wollten die wenigsten noch werden, ebensowenig dem Vater als Hilfskraft dienen (wie im Handwerk).[4] Schelling und Fichte mußten wohl oder übel einer zeitweiligen Hauslehrertätigkeit nachgehen. Jeder versuchte, sich unabhängig zu machen.

Generell gilt, daß für Frauen des Bürgertums keine außerhäusliche Berufstätigkeit vorgesehen war, die akademischen Berufe waren den Frauen ohnehin verschlossen. Es gab die Möglichkeit, Gouvernante zu werden, einen Mittagstisch für Studenten zu eröffnen oder als Übersetzerin bzw. Schriftstellerin zu leben, allerdings nur für ganz wenige.[5] Die meisten blieben im Elternhaus oder bei Verwandten, bis sie mit einem Mann verheiratet wurden, der eine Familie ernähren konnte. War das Ziel der Männer dieser Generation die freie Berufswahl, so war es für die Frauen dieser Schicht die freie Wahl des Ehepartners, wobei emotionale Interessen von ihnen höher veranschlagt wurden als die vorrangig materielle Lebensabsicherung. Manche Frauen bedauerten bereits, daß sie nicht wie die Männer, vor allem die Brüder, studieren durften und einen Beruf ergreifen konnten. Die Unselbständigkeit beklagten Caroline Schlegel, Sophie Mereau und Rahel Varnhagen.[6] „Kann ein Frauenzimmer dafür, wenn es *auch* ein Mensch ist? Ein *ohnmächtiges* Wesen, dem für *nichts* gerechnet wird, um *so* zu Hause zu sitzen, und Himmel und Erde, Menschen und Vieh wider sich hätte, wenn es weg wollte“[7], schrieb Rahel Varnhagen 1793 verzweifelt an David Veit. Jedoch heirateten die meisten, wobei sie mit Ausdauer durchaus ihr Interesse an einem gebildeten Mann verfolgten und so ihren Ansprüchen genügen wollten. Sie verstanden sich nicht mehr nur als Ehefrau und Mutter, sondern wollten zumindest an der Bildung und Kultur der Zeit partizipieren. Einige brachten ein kleines Vermögen oder eine Pension mit in die Ehe ein wie Caroline Schlegel, Bettina von Arnim und etwas reichlicher Rahel Varnhagen. Aber die meisten lebten von den „Einnahmen“ der Männer, an denen sie allerdings oft als Orgnisatorinnen und Übersetzerinnen von deren Arbeiten beteiligt waren. Gerade bei den Romantikern gab es für die Frauen erstmals keine klare Trennung mehr zwischen beruflicher und privater Sphäre. Obwohl die meisten über ihre finanzielle Situation klagten, spielten doch Verdienst und Vermögen bei der Eheschließung nur eine geringe Rolle. Man heiratete nicht selten auf Zukunft hin, wenn der Mann noch keine gesicherte Position innehatte, in der Hoffnung, daß sich seine Schriftstellerei einmal trage.

So früh viele Romantiker zu heiraten bereit waren, so versuchten auch manche, sich den Familienplänen zu entziehen, vor allem wenn Enttäuschungen mit Frauen oder Männern zu verarbeiten waren. Nur um des Überlebens willen heiratete keine Frau mehr einen Mann, mit dem sie nicht leben wollte. Die hohen Scheidungsquoten zu Ende des 18. Jahrhunderts sprechen dafür.[8]

Generell gilt auch, daß von jedem Mann erwartet wurde, einen angesehenen Beruf mit hohem Sozialprestige anzustreben. Dies erwarteten nicht nur die Familie, sondern auch die Freunde. Ludwig Tieck, Clemens Brentano und Friedrich Schlegel hatten unter diesem Phänomen lange zu leiden.[9] Künstler oder Schriftsteller waren zwar angesehen, aber ihre Tätigkeit durfte nicht auf Kosten einer öffentlichen Position gehen. Besonders begehrt war von diesen öffentlichen Positionen das Pfarramt, denn so wenig ein Geistlicher anfangs verdiente, stand ihm doch eine große Laufbahn offen. Aber von all denjenigen, die auf Wunsch der Eltern mit dem Studium der Theologie anfingen, wurde nur Fr. Schleiermacher wirklich Theologe und Pfarrer, und das durchaus aufgrund eigener Interessen.[10] August W. Schlegel, Sohn eines Superintendenten, Ludwig Tieck, Sohn eines angesehenen Seilermeisters oder Joh. Gottlieb Fichte, Sohn eines Bandwirkers, wechselten früh ihr Studienfach, sie wollten sich jeder Bevormundung durch die Kirche entziehen.[11] Als zeittypische Alternative boten sich die begehrten wie angesehenen Fächer Philologie und Philosophie an.

Ebenso sicher und sozial anerkannt war die Beamtenlaufbahn in den verschiedenen städtischen wie staatlichen Ämtern und Behörden der vielen deutschen Territorialstaaten, auch wenn hier der Aufstieg viel Mühe und Geschick erforderte. Das Beamtendasein war erstrebenswert, weil es noch keine klare Wochenarbeitszeit gab und eigene literarische und philosophische Interessen durchaus mit dieser Tätigkeit verbunden werden konnten.[12] Schließlich war ja auch Goethe höherer Beamter, später auch Wilhelm von Humboldt. Viele studierten gerade deswegen auch Jura oder Kameralistik, die moderne Staatswissenschaft, doch eine klassische Beamtenlaufbahn strebten freiwillig nur Novalis und E.T.A. Hoffmann an, die früh erkannten, daß sie von der reinen Schriftstellerei nicht leben konnten und deswegen für eine klare Trennung von Berufs- und Kunstwelt waren.[13] Novalis wurde Supernumerar-Amtshauptmann im Thüringischen Kreise, Hoffmann war zunächst Regierungsrat in Warschau und dann Rat am Kammergericht in Berlin. Kurz vor seinem Tod wurde er noch Mitglied des Oberappellationssenats am Kammergericht. Allerdings starb Novalis bereits zu Beginn seiner Berufstätigkeit, und Hoffmann litt unter der politischen Bevormundung und wäre lieber zeitlebens Musikdirektor geblieben. Mehr oder weniger unfreiwillig wurde der jung verstorbene W. H. Wackenroder Auskultator am Stadtgericht in Berlin, obwohl er lieber Musiker geworden wäre, was aber sein Vater verhinderte.[14] Als Joseph Frh. von Eichendorff nach den Befreiungskriegen alle seine schlesischen Besitzungen verlor, trat er in den preußischen Staatsdienst und wurde 1824 Oberpräsidialrat und Mitglied der ostpreußischen Regierung in Königsberg.[15]

Abb. 40: Die Lindenstraße in Berlin mit dem Kammergericht (1825).

Diese gewisse Freizügigkeit gilt vielleicht nur für die Zeit zwischen 1790 und 1820, denn vorher und nachher unterlagen gerade Beamte einer strengen Zensur. Insgesamt wollte sich keiner dieser Generation mehr (wie ihre Eltern oder Lehrer) von den Kirchen gängeln lassen oder eine „philisterhafte" Beamtenlaufbahn führen.

Der am stärksten vertretene Stand oder Beruf, ob er nun bewußt angestrebt wurde oder sich aus der Situation ergab, war der des Hochschullehrers und Professors. Hier konnten sich literarische und philosophische, aber auch wissenschaftliche Interessen frei entfalten, sosehr es bei aller erklärten Lehrfreiheit zu ideologischen Konflikten kommen konnte. Zu nennen sind die Philosophen Joh. Gottlieb Fichte und Friedrich Wilhelm Joseph Schelling, die zumindest zeitweise zum Romantikerkreis zählten und ohne einen eigentlich akademischen Abschluß aufgrund einer ersten, stark diskutierten Publikation als Professoren berufen wurden.[16] Während Fichte erst 1794 mit 32 Jahren nach Jena berufen wurde, begann Schelling bereits im 24. Lebensjahr seine Karriere, die ihn über Jena, Würzburg und München nach Berlin führte. Als Juristen machten Friedrich Carl von Savigny und die Brüder Grimm eine Universitätskarriere, waren allerdings gleichzeitig auch mit öffentlichen Aufgaben betraut. Savigny, Schwager von Clemens und Bettina Brentano, begann seine Laufbahn in Marburg und Landshut, in Berlin schließlich wurde er zum Begründer der historischen Rechtsschule und zeitweiliger Staatsminister.[17] Unter den Romantikerfreunden hatte er die mächtigste und einflußreichste Position inne. Jacob Grimm, der Begründer der modernen Germanistik, wurde ohne Studienabschluß zunächst Bibliothekar in Kassel, dann 1829 Professor in Göttingen. Nach seiner Amtsentlassung erhielt er 1840 einen Ruf nach Berlin und ging 1848 als Abgeordneter der Paulskirche nach Frankfurt. Die Karriere seines Bruders Wilhelm Karl verlief nicht so spektakulär, auch er wurde Professor in Kassel und zog nach seiner Amtsenthebung nach Berlin.[18] Professor für Theologie wurde an der neugegründeten Universität in Berlin der Prediger Friedrich Schleiermacher, der Begründer der Elektrochemie Joh. Wilhelm Ritter erhielt einen Ruf nach Jena. Er war übrigens ebenfalls Sohn eines Pfarrers und starb relativ jung als ordentliches Mitglied der Bayerischen Akademie der Wissenschaften in München.

Ein regelrechter akademischer Abschluß war vor allem bei den Juristen und Medizinern zwar erwünscht und Voraussetzung zur Übernahme einer Professur, aber wenn ein Gelehrter auf sich aufmerksam gemacht hatte, verzichtete man auf formalisierte Abschlüsse. Als Fichte Professor in Jena wurde, mußte er einen Tag vor seinem Antritt noch promoviert werden, was die Universität ohne Umstände tat.[19] Görres wurde in Heidelberg sogar habilitiert, obwohl er kein Abschlußzeugnis eines Gymynasiums vorlegen konnte und überhaupt nicht regelmäßig studiert hatte.[20] Als Privatdozenten wie außerplanmäßige Professoren verdienten die jungen Gelehrten wenig, zumeist waren sie auf die Hörgelder angewiesen, vermieteten Zimmer an Studenten und versuchten, durch Publikationen dazuzuverdienen. Als ordentliche Professoren – von denen es allerdings nur wenige gab – führten sie ein standesgemäßes Leben, das zudem die Chance bot, zeitweise auch als Gutachter oder Berater zu wirken und Einfluß zu nehmen. All diejenigen, die sich als Wissenschaftler und Gelehrte ausweisen konnten und ihre Forschung und Lehre als Erfüllung ihrer Lebenswünsche betrachteten, schafften auch den Sprung auf eine Universitätsstelle in dieser Zeit der Neuorientierung der deutschen Universität, vor allem in Jena, Berlin, Heidelberg und später in Landshut/München.

Außerhalb des staatlichen und kirchlichen Raums gab es im 18. Jahrhundert noch die Möglichkeit, sich als Arzt ausbilden zu lassen, zumal um 1800 das Medizinstudium aufgrund der neuen Methoden und Auseinandersetzungen viele anlockte und hier mancher sogar zum Professor aufsteigen konnte. Bekannte Ärzte wurden David Ferdinand Koreff, der aus einer großbürgerlichen jüdischen Familie stammte[21], Carl Justin Carus, Sohn eines Färbereibesitzers[22], und Heinrich Schubert, ein Weimarer Pfarrerssohn, der rasch von der Theologie zur Medizin überwechselte und später als Entdecker der „Nachtseite“ des Lebens berühmt wurde[23]. Eine besondere Karriere machte der bayerische Wirtssohn Johann Nepomuk Ringseis; nach einiger Zeit als praktizierender Arzt wurde er Professor für Medizin und seit 1825 Reformer des bayerischen Gesundheitswesens.[24] Zusammen mit Baader, Görres und Schelling wurde er ein einflußreicher Fürsprecher der Restauration.

Abb. 41: Die Charité in Berlin (um 1770).

Schließlich gab es noch die Möglichkeit, als Theaterintendant aktiv zu werden. Hingegen ist auffällig, daß kein Romantiker sich bemühte, Verleger zu werden, obwohl die meisten zumindest zeitweise Zeitschriften herausgaben.

Abb. 42: Georg Friedrich Kersting, Caspar David Friedrich in seinem Atelier (1811).

Nur Julius Eduard Hitzig, der Freund E.T.A. Hoffmanns, versuchte es für kurze Zeit. Der aufklärerische Gegner Friedrich Nicolai in Berlin, der es zu beträchtlichem Vermögen und Einfluß gebracht hatte, hätte hier Vorbild sein können. Aber auch das Theaterleben lockte nicht so, wie zu vermuten wäre, weil die meisten Romantiker Dramen schrieben und nichts sehnlicher wünschten als deren Aufführung, überhaupt das Theaterleben zu modernisieren. Das bekannteste Beispiel ist E.T.A. Hoffmann, der nach seinen Theatererfahrungen in Warschau als Musikdirektor und Regisseur zunächst in Bamberg, dann in Dresden seine Existenz als Musiker zu sichern suchte, was ihm aber nur beschränkt glückte.[25] Bekannt ist auch, daß Freunde Ludwig Tiecks versuchten, ihm in Frankfurt und Wien eine Intendanz zu vermitteln. Aber dies gelang nicht, weil Tieck letzlich nicht bereit war, seine Unabhängigkeit aufzugeben.[26] Wirklich erfolgreich war allein Ernst August Klingemann, der Verfasser der anonym erschienenen „Nachtwachen des Bona-

Abb. 43: Das Schauspielhaus am Gendarmenmarkt in Berlin (1820).

ventura“, der 1829 Theaterdirektor in Braunschweig wurde. Im selben Jahr brachte er die erste öffentliche Aufführung von Goethes „Faust“ auf die Bühne.[27]

Was jedoch die Vertreter der künstlerisch-literarischen Avantgarde der Romantik betrifft, die alle studiert hatten und sich zeitweise im Umkreis von Universitäten bewegten, so hatten sie „höhere“ Lebensvorstellungen als nur einfach einen bürgerlichen Beruf zu ergreifen. Sie wollten, nachdem sie ihre Unabhängigkeit erkämpft hatten, ein selbstbestimmtes Leben führen, die meisten als Schriftsteller bzw. als Künstler. Einige von ihnen traten später notgedrungen in den staatlichen Dienst, aber vorrangiges Lebensziel blieb, sich in Ungebundenheit als Schriftsteller und Künstler zu behaupten und durch ihre literarische und künstlerische Produktion, durch Zeitschriftengründungen und Aufsätze so viel Geld zu verdienen, daß sie sich behaupten konnten. Die größten Ansprüche stellten die beiden Brüder Schlegel, die Freunde Achim von Arnim und Clemens Brentano, vor allem Ludwig Tieck und Heinrich von Kleist.

Friedrich Schlegel (1772) hatte sein Jurastudium in Leipzig abgebrochen, um ausschließlich seinen literarisch-philosophischen Ambitionen nachgehen zu können[28]; gestärkt durch die Begegnung mit Novalis und unterstützt von seinem Bruder August Wilhelm, schlug er eine Hofmeisterstelle aus und beschloß 1791 als Neunzehnjähriger ausdrücklich, kritischer Schriftsteller zu werden. Nur ungern hatte die Familie zugestimmt. Friedrich Schlegel studiert und schreibt als Privatgelehrter in Leipzig, Dresden, dann in Jena und Berlin ununterbrochen. Seine geistreichen wie provozierenden Artikel und Beiträge finden sogleich Anerkennung, er wird Mitarbeiter angesehener Zeitschriften vor allem des Komponisten und Schriftstellers Reichardt, wobei er ganz gut verdient, und gibt mit seinen Freunden das berühmte „Athenäum“ heraus. Da er aber schlecht mit Geld umgehen kann und stets auf finanzielle Unterstützung anderer, seiner Schwester und vor allem seines Bruders, angewiesen ist und bleibt, versucht er sich als Achtundzwanzigjähriger in Jena zu habilitieren. Aber er hat neben Schelling wenig Erfolg und gibt seine Lehrtätigkeit wieder auf. Auch seine ‚Lucinde‘ bringt nicht den materiellen Erfolg, den er sich erhofft hat. Er setzt sich selbst so unter Druck, daß er zeitweise kaum arbeiten kann. Viele seiner Pläne muß er wieder einstellen. Nach dem Zusammenbruch des Romantikerkreises zieht er mit seiner Lebensgefährtin Dorothea Veit nach Paris. Hier versucht er wieder, mit der neuen Zeitschriftengründung „Europa" und öffentlichen Vorlesungen zu überleben. Später sucht er in Köln eine Stelle in der Hoffnung, hier mehr Glück zu finden. Tatkräftige Unterstützung findet er bei den reichen Kaufmannssöhnen Sulpiz und Melchior Boisserie. Doch Erfolg hat er erst nach seiner Konversion. 1809 wurde er in Wien Hofsekretär an der Armeehofkommission, 1815 erhielt er auf ausdrücklichen Wunsch Metternichs hin die Stelle eines Legationsrats. Seine politische Einflußmöglichkeit hat Schlegel zeitlebens überschätzt. Auch seine finanziellen Probleme waren selbst in dieser Position und trotz aller Unterstützung durch Dorothea nicht gelöst; seine anspruchsvollen Wünsche erfüllten sich nicht, aber er hatte einen Ort gefunden, an dem er sich heimisch fühlte. Schlegel hat ein großes Werk hinterlassen, das allerdings nur zum Teil veröffentlicht wurde. Schon mit dem, was bekannt wurde, erwarb er sich einen bedeutenden Namen als Romantiker. Wohlbekannt als genialer Essayist in der intellektuellen Welt um 1800, hatte er doch als Schriftsteller letztlich keinen Erfolg.

Realistischer hatte sich August Wilhelm Schlegel, der ältere Bruder, eingeschätzt.[29] Er war auch beruflich erfolgreicher, wenngleich weniger sprühend und genial. Nach seinem Studium (1792) war er zunächst für vier Jahre Hauslehrer in Amsterdam, von wo aus er bereits seinen Bruder zu unterstützen begann, zog dann auf Wunsch Schillers nach Jena, heiratete Caroline Böhmer und gründete zusammen mit seinem Bruder den bekannten Romantikerkreis. Hier lebte er als Philologieprofessor (1798–1801) und schrieb für die verschiedensten Zeitschriften Artikel und Aufsätze. Nach einem längeren Aufenthalt in Berlin, wo er durch seine öffentlichen Vorlesungen über schöne Literatur und seine Shakespeare-Übersetzung (zusammen mit Ludwig Tieck) berühmt wurde, zog er für fast 14 Jahre auf Schloß Coppet in die Schweiz, wo er bei Mme. de Staël lebte und mit ihr verschiedene Reisen durch Italien, Frankreich, die Schweiz, Schweden und England unternahm. Nach ihrem Tod folgte er 1818 einem Ruf auf den Lehrstuhl für Literatur und Kunstgeschichte in Bonn.

Ebenso konsequent wie Friedrich Schlegel versuchte sich Ludwig Tieck als freier Autor ohne jede berufliche Bindung in der intellektuellen Welt des frühen 19. Jahrhunderts zu behaupten.[30] Sein Theologiestudium hatte er 1794 abgebrochen, um für den Verleger Friedrich Nicolai, den aufklärerischen Großunternehmer Berlins, zu schreiben und sich als Autor zu etablieren. Nach einer schweren

Auseinandersetzung mit dem Verleger, der seine Autorenrechte nicht respektierte, veröffentlichte Tieck nacheinander rasch zwei große Romane, die ihn bekannt machten – „Franz Sternbalds Wanderungen" (1798), die er als Sechsundzwanzigjähriger schrieb, wurde sogar ein Kultbuch der Jugend – und ihm zu ökonomischer Unabhängigkeit verhalfen. Tieck zählt zu den ersten deutschen Schriftstellern, die sich entschieden auf den literarischen Markt einstellten, sowohl mit dessen Geschmacksvorstellungen als auch mit dessen Gewinnmöglichkeiten. Er verhandelte geschickt mit den Verlegern, so daß er bald einen großzügigen Lebensstil mit Dienstpersonal und Badeaufenthalten pflegen konnte. Als er jedoch bereits als Siebenundzwanzigjähriger an Gicht zu leiden begann und aufgrund verschiedener persönlicher Schwierigkeiten in eine Schreibkrise geriet, wurde seine finanzielle Lage immer prekärer. Der Verlust von Novalis und seiner Eltern hatte ihn stark getroffen. Er begann wie Friedrich Schlegel, alle seine Freunde um Geld und Unterstützung zu bitten, wofür er sich mit geselligen Abenden, die Berühmtheit erlangten, bedankte. Nach langen ‚Wanderjahren' fand er eine Bleibe auf den Gütern seines adeligen Mäzens und Förderers Burgsdorff und des Grafen Finckenstein, mit dessen Tochter er ein enges Verhältnis hatte. Zwischendurch lebte er mit seiner Schwester in München und reiste mit Burgsdorff nach England. Als dieser jedoch 1819 starb, zog Tieck nach Dresden, wo er kurzfristig Dramaturg am Hoftheater wurde. Hier entfaltete er eine neue literarische Tätigkeit, die ihm Anerkennung und erstmals wieder ein Auskommen sicherte, bis er 1842 von König Friedrich Wilhelm IV. von Preußen mit einem Jahresgehalt in seine Heimatstadt Berlin zurückgeholt wurde. Wenngleich er in Heidelberg und Berlin zeitweilig eine Dauerstellung anstrebte, wollte er doch seine Unabhängigkeit bewahren, wohl wissend, wie stark er als Schriftsteller vom Geschmack der Zeit und von den Verlegern abhängig war.

Einen besonderen Weg ging Achim von Arnim (geb. 1781), obwohl auch er einen kometenhaften Aufstieg als junger Schriftsteller erlebte, unterstützt von Clemens und Bettina Brentano, die er später heiratete.[31] Nach Abschluß eines naturwissenschaftlichen Studiums in Göttingen begab er sich zunächst drei bis vier Jahre auf eine Bildungsreise durch England und Frankreich, was immer noch den Gepflogenheiten selbst des verarmten Adels entsprach. Danach ließ er sich in Heidelberg, später in Berlin nieder und spielte kurzfristig eine große Rolle in der dortigen Salongesellschaft. Doch weil er mit seiner Schriftstellerei, in der ihn Bettina immer unterstützte, seine Familie nicht ernähren konnte – von Bettinas Erbschaft wollte er nicht abhängig sein –, versuchte auch er, in den preußischen Staatsdienst zu kommen, was aber Hardenberg und Humboldt zu verhindern wußten, die sein Leben für „verrufen“ hielten.[32] 1814 zog er sich auf das Familiengut in Wiepersdorf zurück, über das er jedoch erst verfügen konnte, nachdem er geheiratet hatte und Kinder besaß. Nicht nur finanzielle Gründe, sondern auch seine Kritik an der Berliner Gesellschaft, ließen ihn diese Stadt meiden, wohingegen Bettina mit den Kindern zumeist in Berlin verblieb. Obwohl die Bewirtschaftung seines Gutes Arnims ganzes Engagement forderte, blieb er seiner Schriftstellerei treu, auch wenn sie ihm nicht mehr so wichtig war, wie seine Frau Bettina immer wieder bedauerte. Sein Bekenntnis zum Landleben in der Altmark war echt.

Allein sein Freund Clemens Brentano (geb. 1778) besaß die materiellen Voraussetzungen eines unabhängigen Literatenlebens.[33] Er stammte aus einer reichen Kaufmannsfamilie und hatte so viel geerbt, daß er das ganze Leben wenn auch nicht üppig, so doch ausreichend versorgt war. Aber dafür fehlte jeder Druck, ein großes Werk abzuschließen und zu publizieren. Dies entsprach auch seinem ureigensten Wunsch, keine Kompromisse mit der „bürgerlichen“ Welt einzugehen und sein Leben in den Dienst der Kunst zu stellen; aber ihm fehlte jeder Realitätssinn, um als Literat größeren Einfluß zu nehmen. Seit dem Tod seiner Frau Sophie Mereau und dem Scheitern seiner zweiten Ehe schwand die Hoffnung, berufliche Ziele zu verfolgen. Mit seinen vielen Gedichten, Erzählungen und Märchen hatte er nur geringen publizistischen Erfolg, aber das kümmerte ihn wenig. Er lebte in andauernder Wanderschaft zwischen den Häusern der Familienmitglieder und Freunde in Frankfurt, Heidelberg, München, Wien, Berlin und Dülmen. Wie Friedrich Schlegel suchte er Halt in der Liebe, in einer Familie und dem katholischen Glauben, zu dem sich beide später ausdrücklich bekannten. Brentano blieb bis zum Ende seines Lebens freier Schriftsteller.

Einen ganz eigenen Weg beschritt Adalbert von Chamisso (1781–1838).[34] Aus einer französischen Emigrantenfamilie stammend, wurde er in Berlin Page der Königin Luise. Nach dem Besuch des Französischen Gymnasiums trat er in die preußische Armee ein, die aber nach der Niederlage Preußens 1806 aufgelöst wurde. Er pendelte zeitweise zwischen Deutschland und Frankreich, versuchte zunächst in Paris unterzukommen, begann dann aber 1813 ein Studium der Botanik in Berlin. 1815 folgte seine berühmte Reise als Naturforscher einer russischen Weltumseglung. 1819 nach Berlin zurückgekehrt, wird Chamisso zunächst Ad-

Abb. 44: Adalbert von Chamisso nach einer Zeichnung von F. C. Weiß

junkt am Botanischen Garten, dann Kustos am königlichen Herbarium in Berlin sowie Mitglied der Berliner Akademie der Wissenschaften. Obwohl er ununterbrochen wissenschaftlich tätig ist, bleibt Chamisso aktives Mitglied des Berliner Literatenkreises um Varnhagen von Ense, Fouqué und Koreff.

Ebenfalls aus einer adligen und Offiziersfamilie stammte Heinrich von Kleist (geb. 1777), der nach einer Militärlaufbahn (Leutnant) und dem Studium der Naturwissenschaften und der Kameralistik versuchte, im preußischen Staatsdienst sein Auskommen zu finden.[35] Er wird Volontär im preußischen Wirtschaftsministerium in Berlin, gibt diesen Posten aber bald wieder auf. Unzufrieden mit sich und seinem Werk reist er rastlos zwischen Frankreich, der Schweiz und

Deutschland. 1804 tritt er wieder in den preußischen Staatsdienst, wird aber als Diätar der Domänenkammer nach Königsberg versetzt. Als Preußen vor den Truppen Napoleons zusammenbricht, gibt Kleist seine Beamtenlaufbahn erneut auf. Verarmt versucht er, zusammen mit Adam Müller vor allem in Dresden und Berlin durch Zeitschriftengründungen, besonders mit dem „Phöbus" und den „Berliner Abendblättern", Aufmerksamkeit und politischen Einfluß zu gewinnen. Nachdem er auch mit seinem eigentlichen literarischen Werk nur wenig Erfolg hat, begeht er 1821 im Alter von 34 Jahren Selbstmord.

Alle genannten Schriftsteller fanden zweifellos beachtliche Anerkennung mit ihren Gedichten, Erzählungen, Romanen, Dramen, Aufsätzen und Abhandlungen, nicht nur innerhalb ihrer Generation, doch nur ein Teil konnte sich auf dem neuen literarischen Markt behaupten. Nach wie vor war eine große Erbschaft ein Lebenstraum, aber außer Brentano hatte keiner vom Familienvermögen leben können, selbst die Adligen nicht. Obwohl sich alle sträubten, einen ‚bürgerlichen' Beruf zu übernehmen – die Angst vor einem Philisterleben war sprichwörtlich –, mußten sie im Laufe der Zeit Kompromisse eingehen. Die meisten traten in den staatlichen Dienst, andere Alternativen gab es kaum, nur wenige wurden Theaterdirektoren, keiner Verleger. Zwar versuchten viele, mit ihren Schriften auch öffentlich wirksam und einflußreich zu werden, aber nur wenige erstrebten eine politisch einflußreiche Position, die meisten betrachteten ihr öffentliches Amt primär als Einnahmequelle. Aus dem Romantikerkreis besetzten nur Savigny und Ringseis wichtige Posten. Friedrich Schlegel, Adam Müller und Varnhagen von Ense scheiterten dagegen letztlich als „Politiker". Alle diese Verdienstmöglichkeiten waren begrenzt; deswegen mußten viele oft von ihren Freunden und Familienmitgliedern finanziell unterstützt werden. Letzteres wurde zumeist auch hingenommen. Nur Friedrich Schlegel und Ludwig Tieck überschritten ihre Grenzen allzu häufig, obwohl Schlegel eine fast lebenslange Unterstützung durch seinen Bruder Wilhelm August fand und Tieck jahrelang auf Kosten der Familie Finckenstein lebte. Zwar können wir nur mühsam die Geldeinnahmen durch Publikationen überprüfen, insgesamt scheinen die meisten Vertreter der Romantik jedoch beachtliche Honorare erhalten zu haben, „zum Leben" reichten sie freilich nicht. Dies bedeutete ja meist auch, eine Familie durchzubringen, denn die meisten Romantiker waren verheiratet, wenngleich unter den bekannten nur Arnim, Chamisso und Eichendorff eine Vielzahl von Kindern zu versorgen hatten. Auch hatten die meisten noch Dienstpersonal, was vielen trotz aller Armut selbstverständlich schien. Schließlich hatten manche Frauen, so vor allem Bettina Brentano, aber auch Caroline Böhmer, selbst Dorothea Veit und Sophie Mereau Vermögen bzw. eine Pension in die Ehe eingebracht, vor allem hatten sie sich allesamt am literarischen Werk der Männer beteiligt und somit auch mitverdient. Doch ein eigenes Haus konnte sich keiner leisten, zudem wechselten sie auch ihren Wohnort häufig. Nicht nur unter dieser Rücksicht unterschied sich ihr Lebensstil grundlegend von dem der Weimarer Goethe, Schiller, Herder und Wieland, Staatsmann oder Generalkonsistorialrat wurde niemand. Allerdings sind viele der Romantiker und ihre Freunde relativ früh verstorben, bevor sie überhaupt eine abgesicherte ‚bürgerliche' Existenz hatten erreichen können.

6. Freundschaftsbünde

Abb. 45: Phillip Otto Runge, Wir Drei (1805).

Der Prediger der Charité Friedrich Schleiermacher hatte im Sommer 1797 Friedrich Schlegel in verschiedenen Berliner Gesellschaften sehr gut kennen und bewundern gelernt: „Er ist ein junger Mann von 25 Jahren, von so ausgebreiteten Kenntnißen, daß man nicht begreifen kann, wie es möglich ist bei solcher Jugend soviel zu wißen, von einem originellen Geist, der hier wo es doch viel Geist und Talente giebt alles sehr weit überragt, und in seinen Sitten von einer Natürlichkeit, Offenheit und kindlichen Jugendlichkeit, deren Vereinigung mit jenem allem vielleicht bei weitem das wunderbarste ist. Es ist überall wo er hinkommt wegen seines Wizes sowol als wegen seiner Unbefangenheit der angenehmste Gesellschafter."

Spontan beschlossen sie, so bald als möglich zusammenzuziehen. Am 31. Dezember 1797 schrieb Schleiermacher an seine stets neugierige Schwester Charlotte:

„Eine herrliche Veränderung in meiner Existenz macht Schlegels wohnen bei mir. Wie neu ist mir das, daß ich nur die Thüre zu öfnen brauche um mit einer vernünftigen

Seele zu reden, daß ich einen guten Morgen austheilen und empfangen kann sobald ich erwache, daß mir Jemand gegen über sizt bei Tische und daß ich die gute Laune, die ich Abends mitzubringen pflege noch früh Jemand mittheilen kann. Schlegel steht gewöhnlich eine Stunde früher auf als ich, weil ich meiner Augen wegen des Morgens kein Licht brennen darf und mich also so einrichte daß ich vor halb neun Uhr nicht ausgeschlafen habe. Er liegt aber auch im Bette und liest und ich erwache gewöhnlich durch das Klirren seiner Kaffetasse. Dann kann er von seinem Bett aus die Thüre, die meine Schlafkammer von seiner Stube trennt öfnen und so fangen wir unser Morgengespräch an. Wenn ich gefrühstükt habe arbeiten wir einige Stunden ohne daß einer vom andern weiß; gewöhnlich wird aber vor Tisch noch eine kleine Pause gemacht um einen Apfel zu eßen, wovon wir einen gemeinschaftlichen schönen Vorrath der auserlesensten Arten haben. Dabei sprechen wir gewöhnlich über die Gegenstände unserer Studien. Dann geht die 2te Arbeitsperiode an bis zu Tisch d.h. bis halb zwei. Ich bekomme mein Eßen wie Du weißt aus der Charité, Schlegel läßt sich seins aus einem Gasthause holen; welches nun zuerst kommt das wird gemeinschaftlich verzehrt dann das andere, dann ein paar Gläser Wein getrunken so daß wir beinahe ein Stündchen bei unserm Diner zubringen. Ueber den Nachmittag läßt sich nicht so bestimmt sprechen; leider aber muß ich gestehen, daß ich gewöhnlich der erste bin, der ausfliegt, und der lezte der nach Hause kommt. Doch ist nicht die ganze Hälfte des Tages bloß dem gesellschaftlichen Genuß gewidmet ich höre einigemal die Woche Collegia und lese einige Mal welche – versteht sich privatissime nur einem oder dem andern guten Freunde, und dann erst geh ich, wohin meine Lust mich treibt. Wenn ich Abends zwischen 10 und 11 nach Hause komme finde ich Schlegel noch auf, der aber nur darauf gewartet zu haben scheint mir gute Nacht zu geben, und dann bald zu Bet geht. Ich aber seze mich dann hin und arbeite gewöhnlich noch bis gegen 2 Uhr denn von da bis halb neun kann man noch vollkommen ausschlafen. Unsere Freunde haben sich das Vergnügen gemacht unser Zusammenleben eine Ehe (zu nennen) und stimmen allgemein darin überein, daß ich die Frau seyn müßte, und Scherz und Ernst wird darüber genug gemacht. Seit Schlegel hier ist, ist es doch schon ein Paarmal geschehen daß ich den ganzen Abend zu Hause geblieben bin und daß wir zusammen von 7–10 einen traulichen Thee getrunken und uns dabei recht ausgeplaudert haben."

Nach einer kurzen Beschreibung seines „Geistes" und seines Gemüts heißt es weiter:

„So wie er Bücher am liebsten mit großer Schrift mag, so auch an den Menschen große und starke Züge; das bloß sanfte und schöne fesselt ihn nicht sehr, weil er zu sehr nach der Analogie seines eignen Gemüths alles für schwach hält, was nicht feurig und stark erscheint. So wenig dieser eigenthümliche Mangel meine Liebe zu ihm mindert, so macht er es mir doch unmöglich ihm manche Seite meines Gemüths ganz zu enthüllen und verständlich zu machen. Er wird immer mehr seyn als ich, aber ich werde ihn vollständiger faßen und kennen lernen, als er mich. Sein Aeußeres ist mehr Aufmerksamkeit erregend als schön. Eine nicht eben zierlich und voll, aber doch stark / und gesund gebaute Figur, ein sehr charakteristischer Kopf, ein blaßes Gesicht, sehr dunkles rund um den Kopf ganz kurz geschnittnes ungepudertes und ungekräuseltes Haar und ein ziemlich uneleganter aber doch feiner und gentlemansmäßiger Anzug – das giebt die äußere Erscheinung meiner dermaligen Ehehälfte."[1]

Von besonderer Bedeutung für die persönliche Entwicklung der Romantiker und ihrer Frauen wurde die Freundschaft.[2] Ohne sie ist auch ihr künstlerisch-literarisches Werk nicht zu besprechen. Sie war kein zufälliges Phänomen, sondern ein bewußt erstrebter Lebenswunsch, an dem die meisten partizipierten. Die Freundschaft wurde nicht nur gepflegt, sondern zum stärksten Ausdruck des Lebens stilisiert. Viele der uns bekannten Freundschaften wurden bereits in der Jugend geschlossen und hielten nicht selten bis zum Lebensende an. Die Romantiker haben sie unmittelbar erlebt und durch die verschiedensten gemeinsamen Tätigkeiten vertieft, ein großer Briefwechsel bekundet dies noch heute; vor allem ist der Freundschaft eine vielfältige Literatur zu verdanken. Sie stellt etwas Besonderes dar. Ohne Freundschaft gibt es keine Romantik.

Freundschaftsbindungen hat es schon lange gegeben, auch im Zusammenhang literarischer Produktion, im Zeitalter des Humanismus, des Barock und der Aufklärung. Sie wurden auch beschworen, aber es fehlte ihnen das Individuelle, Emotionale und Spontane. Erste Formen emotionaler Freundschaftsbeziehungen bildeten sich in der Sturm- und Drang-Periode aus und erreichten in der Klassik einen ersten Höhepunkt. Der berühmte Briefwechsel Goethe-Schiller zählt in diesem Zusammenhang wenig, zumal hier keine individuellen Befindlichkeiten ausgetauscht wurden. Mit der Romantik erreichten die Freundschaftsbeziehungen eine neue Dimension, zu Recht kann man von einem Freundschaftskult sprechen, der fast sakrale Züge annahm: Er war zwar poetisch und philosophisch stilisiert, brachte aber dennoch echte Gefühle zum Ausdruck, die über die Subjektivität der Freunde viel aussagten. Die ihn bekundenden Briefe sind mehr als nur Kommentare zu Kunst und Literatur der Romantiker, sondern Ausdruck einer Poetisierung freundschaftlicher Beziehungen.[3]

Die Freundschaft der Romantiker gewinnt durch die soziokulturelle Lage um 1800 ein besonderes soziales wie individuelles Gewicht. Sie wird wichtiger als familiäre und sogar eheliche Beziehungen und schafft Wirklichkeiten, ohne die der Kreis der Romantiker nicht leben könnte. Nicht selten wurden familiäre und eheliche Beziehungen sogar dadurch überhöht, daß man sie als Freundschaftsbund bezeichnete, wenn sie mehr bedeuteten, als die Tradition es vorschrieb. Die Romantiker kamen allesamt aus gebildeten, aber autoritär-bürgerlichen Familien, die zwar viele Anregungen vermittelten, aber kaum emotionale Bindungen schufen, höchstens zu den Geschwistern. Dasselbe gilt für die Schulzeit wie auch zum großen Teil für die Zeit an der Universität. Auch hier erhielten alle eine gründliche Ausbildung und ein Wissen, das sie für den öffentlichen Dienst in Staat und Kirche qualifizierte. Zwar gab es hier und da besondere Beziehungen zu Lehrern, auch paßte man sich studentischen Gepflogenheiten an. Aber für Emotionen blieb nur wenig Raum. Auch die ständisch strukturierte Lebenswelt, aus der die Romantiker kamen, kannte keine emotionalen Freundschaften. Hier waren alle Freundschaften von pragmatischem Geist geprägt, und erst indem die Romantiker dem Druck der Eltern sowie von Schule und Universität auswichen und dementsprechend auch keine klaren Berufsziele herausbildeten, wurde die Freundschaft, der Freundschaftskreis das Medium, in dem sie ihre Individualität entwickelten, sich gegenseitig intellektuell und emotional in ihrem selbstbestimmten Leben unterstützten und sich in ihrer literarisch-künstlerischen Tätigkeit bestärkt sahen. Viele literarische Werke waren sogar Gemeinschaftsprodukte. In dem Maße, wie familiäre Bindungen und klare berufliche Tätigkeiten als Lebensorientierungen wegfielen sowie ein häufiger Wohnwechsel nicht nur während des Studiums, sondern auch später stattfand, wurde die Freundschaft, die Einbindung in einen selbstgewählten Freundschaftskreis, zu dem sozialen Bezugssystem in einer Welt großen Umbruchs, wie es das Zeitalter der Französischen Revolution war. Hier im Freundeskreis, im freundschaftlichen Erlebnis, entstand die romantische Kunst mit ihrem utopischen Gehalt und ihren Phantasien.

Die uns bekannten Freundschaften entstammen allesamt der Jugendzeit, dennoch waren sie nicht identisch mit Freundschaften aus der Nachbarschaft oder der Schulzeit, noch mit Freundschaften, die sich aus der Berufswelt ergaben. Diese bestanden oft nebenher. Das Bestimmende in den Freundschaftskreisen war 1., daß sie informell waren, trotz des Freundschaftsschwurs fehlte jede Regel oder jedes Ritual. Friedrich Schleiermacher gestand seiner Schwester 1799: „Ohne Freunde, ohne herzliches Gespräch, ohne Wechsel zwischen Arbeit und geselligem Genuß ist für mich kein Leben, und wenn ich ein Paar Jahre so existieren müßte, würde es mir schwer werden, mich selbst beisammenzuhalten.“[4] Ebenso ausschließlich lebte Rahel von Varnhagen aus der Freundschaft. „Unsere Freunde sind die Gleichgesinnten, die wir, wie uns selbst, müssen ehren können: Freunde sind Menschen, die voneinander überzeugt sind, aber bald muß der eine, bald der andere alles leisten, ohne Kalkül anzustellen, und je etwas dafür zu erhalten, und zu erwarten, noch in sich zu fordern.“[5] Die romantischen Freundschaften waren nicht vergleichbar mit den Freundschaften innerhalb der verschiedenen Aufklärungsgesellschaften wie der Freimaurerei oder der studentischen Landsmannschaften. Die Freundschaften waren 2. freie Verbindungen, in denen die Freiheit des einzelnen Individuums ‚heilig‘ war, ‚äußere‘ Bedingungen wurden nicht gestellt. Erst ein Vertrauensbruch konnte eine Freundschaft beenden. Clemens Brentano schrieb seinem Schwager Savigny 1803: „Es giebt etwas größeres als die Liebe, ich fühle es deutlich, es ist der Verein vortrefflicher Menschen in Freiheit, die bewußtlos zum Kunstwerke der Geselligkeit werden.“[6] Freundschaften bildeten sich 3. aufgrund von gleichen Interessen, die in unserem Fall auf literarischem, künstlerischem und wissenschaftlichem Feld lagen. Aus einer Freundschaft konnte eine Arbeitsgemeinschaft entstehen, die gemeinsame Projekte zum Ziel hatte. Wilhelm August Schlegel bestand gegenüber Tieck darauf, daß man sich nicht immerfort Komplimente machen dürfe. „Sollen sich Freunde über ihr Thun und Treiben nicht gegenseitig ihre Meinung offen sagen dürfen, so ist die Freundschaft überhaupt nur ein unbedeutender Name.“[7] Die Freundschaften gründeten auf gemeinsamem Vertrauen, auf einer emotionalen Beziehung, die auf Gegenseitigkeit ruhte. Man besprach nicht nur intellektuelle Interessen, sondern auch private Probleme, was eine große Toleranz voraussetzte. Liebes- und Eheprobleme konnten dies sein oder auch Schwierigkeiten mit Eltern und Verwandten.[8] Freundschaften konzentrierten sich 4. nicht nur auf gegenseitige Besuche und Gespräche, man unternahm auch sonst viel gemeinsam wie Theaterbesuche, Musikveranstaltungen und Wanderungen.[9] Nicht selten bildeten sich Wohngemeinschaften auch noch nach der Studentenzeit. Zeitweise wohnten Freunde zusammen, unternahmen Reisen und wechselten dann Briefe, wenn sie nicht mehr zusammen waren. Schließlich gab es die exklusiven Freundschaften zu zweit, die

Abb. 46: E.T.A. Hoffmann und Medizinalrat Adalbert Friedrich Marcus, Gouache von E. T. A. Hoffmann (1809–13).

sich nach außen abkapselten, aber nicht selten waren sie in einen größeren Freundschaftskreis eingebunden, der zahlenmäßig nicht festgelegt war. An der Anrede läßt sich der Grad der Intimität feststellen. Man duzte sich nur im engsten Kreis. Die Ehefrauen zweier Freunde duzten sich nicht selbstverständlich. Die meisten Romantiker standen in einem freundschaftlichen Verhältnis.

Damit war die „romantische“ Freundschaft einmal ein überständisches Phänomen. Sie vereinigte die bürgerliche mit der adeligen Welt, was früher undenkbar war, weil Adlige und Bürgerliche sich nur außerhalb der offiziellen Rahmen trafen. Sosehr sich Friedrich von Hardenberg (Novalis), Achim von Arnim und Friedrich Baron de la Motte -Fouqué nach wie vor ihrer adligen Herkunft bewußt waren, gab es von ihrer Seite keine Bedenken, sich mit Bürgerlichen zu befreunden und dies nach außen zu bekunden.[10] Das Gleiche gilt für Freundschaften von Vertretern unterschiedlicher Konfessionen. Selbst für die aufgeklärte Welt war es noch ungewöhnlich, wenn Katholiken und Protestanten freundschaftliche Beziehungen eingingen. Aber zwischen dem Katholiken Clemens Brentano und dem Protestanten Achim von Arnim beispielsweise gab es keine konfessionellen Probleme. Schwierig wurde es hingegen bei einer Konversion zum Katholizismus wie etwa im Fall Friedrich Schlegels. Als unvorstellbar galten lange freundschaftliche Beziehungen vor allem zwischen Christen und Juden. Die Freundschaft von Moses Mendelssohn und Lessing bzw. Nicolai war eine Ausnahme. Hier handelte es sich um Gelehrte. In der Romantik kam es vermehrt zu Freundschaftsverbindungen zwischen Juden und Christen, die enger waren als alle früheren, vor allem im Kreis von Henriette Herz und Rahel Varnhagen.[11] Insbesondere von christlicher Seite wurde dies jedoch mit Argwohn bedacht. Ebenso neuartig waren Freundschaften zwischen Männern und Frauen, obwohl die Aufklärung schon beträchtlich vorgearbeitet hatte. Hier geht es um Freundschaften unverheirateter Männer und Frauen bzw. um solche zwischen verheirateten und unverheirateten Männern und Frauen, wenngleich manche freundschaftliche Beziehung in eine Ehe einmünden konnte. Mit einer Frau befreundet zu sein, hieß, sie als Gesprächspartnerin in allen Problemen und als eigenständige Person Ernst zu nehmen, aber auch zur Zusammenarbeit bereit zu sein. Die Freundschaft Friedrich Schleiermachers mit der verheirateten Henriette Herz war schon etwas Besonderes, ebenso die Beziehung zwischen Rahel Varnhagen und dem märkischen Adligen A. von der Marwitz. Seiner Schwester gegenüber rechtfertigte sich Schleiermacher einmal: „Es liegt sehr tief in meiner Natur, liebe Lotte, daß ich mich immer genauer an Frauen anschließen werde als an Männer, denn es ist so vieles in meinem Gemüth, was diese selten verstehen. Ich muß also, wenn ich nicht auf wahre Freundschaft Verzicht thun will, was Du denn doch auch nicht fordern wirst, auf diesem sonst so gefährlichen Standpunkt stehenbleiben, der aber eben deswegen, weil ich so darauf stehe, nicht so gefährlich ist."[12] Man schrieb sich und traf sich unabhängig von den Ehepartnern. Daß es dabei auch zu Komplikationen kam, zeigt das Beispiel des Zusammenlebens verschiedener Paare in Jena, als Caroline Schlegel den Partner wechselte. Gerade der selbstverständliche Umgang von Christen und Juden sowie von Männern und Frauen hat die Romantiker früh in Verruf gebracht. Neu sind auch explizite Freundschaften zwischen Frauen, die sich nicht nur auf die häusliche Welt bezogen.[13] Nur im höheren Alter kam es nicht mehr zu neuen Freundschaften. Das mag ein Hauptgrund dafür sein, daß nach dem Tod vieler junger Freunde allgemein der Verlust von Freundschaften beklagt wurde. Der älter werdende Tieck klagte einmal dem Philosophen Solger gegenüber: „Der Schriftsteller lebt in unseren Tagen in einer Einsamkeit, wie noch nie, es ist nicht zu verwundern, wenn er störrisch, eigensinnig und gleichgültig wird."[14] Die Freundschaft war für alle der Raum, in dem sie ohne Zwänge leben konnten und in dem sie Schutz vor Vereinsamung fanden, eine Verbindung, die auch dann noch währte, als viele verheiratet waren und eigenständige Haushalte gründeten. Kein Wunder, daß auf diesem Boden und mit diesen Erfahrungen sich einerseits ein anderes Verhältnis zur Ehe entwickelte und andererseits ein anderes Gesellschaftsverständnis herausbildete, das auch politisch relevant wurde.

Aus der Fülle bekannter Freundschaften sei besonders auf die zwischen Ludwig Tieck und Wilhelm Heinrich Wackenroder, Friedrich Schlegel und Friedrich von Hardenberg sowie Clemens Brentano und Achim von Arnim hingewiesen. Sie spiegeln in ausnehmender Form die Emotionalität wider.

Ludwig Tieck und Wilhelm Heinrich Wackenroder hatten gemeinsam die romantische Bewegung mitbegründet.[15] Sie kannten sich als Gleichaltrige (geb. 1773) aus ihrer Schulzeit in Berlin. Beide waren ausgeprägte, aber sensible Städter, Tieck wie gesagt Sohn eines Seilers und Wackenroder Sohn eines angesehenen preußischen Beamten. Sie schwärmten von früh an gleicherweise für Kunst, Musik und Literatur und waren sich auch einig im Enthusiasmus für die Revolutionsideale der Freiheit, Gleichheit und Brüderlichkeit. Als Tieck 1792 sein Studium der Theologie in Halle begann, schrieb er an seinen Freund: „Ich habe es nie so lebhaft gefühlt als jetzt, wie sehr ich Deiner bedarf, um zu leben im eigentlichen Sinne ... Es ist mir hier alles so eng und einzwängend, alle meine Kräfte versiegt – die reizende Natur verliert ohne einen Freund, der mit uns empfindet ... (Er möge nach Halle kommen) ... und wenn Du dann in meiner Nähe wohntest und ich Dich dann wie in Berlin oder Du mich zu Spaziergängen abholtest – wir läsen wieder Shakespeare zusammen, Du spieltest mir auf dem Klavier etwas vor, wir besuchten Reichardt zusammen – welche göttlichen Aussichten!"[16] Doch statt nach Halle zu kommen, studierte Wackenroder in Erlangen, wohin dann Tieck nachzog. Hier kam es Ostern 1793 zu dem großen gemeinsamen Erlebnis, das für die romantische Bewegung zum Signal wurde. Auf einer langen Wanderung durch Franken, die später zur Legende wurde, erlebten die beiden Protestanten aus Berlin die Einheit von Kunst, Geschichte und Landschaft, an der sie sich geradezu berauschten. Sie lernten in Nürnberg die Welt Albrecht Dürers kennen – nicht die Welt des Mittelalters, sondern der Renaissance –, erlebten in Bamberg die katholische Glaubenswelt – sie nahmen an einem Hochamt teil – und genossen die bergige üppige Landschaft. Das gemeinsame Kultur- und Naturerlebnis stimulierte sie zu Werken, die das Lebensgefühl der Romantiker konstituierten. Wackenroder schrieb unter dem Titel: „Herzensergießungen eines kunstliebenden Klosterbruders" eine Sammlung von rhapsodischen Prosastücken, die Tieck zusammen mit eigenen Texten 1797 anonym herausgab. Er selbst veröffentlichte ein Jahr später seinen zweiten großen Roman: „Franz Sternbalds Wanderungen", gewisserweise als Fortsetzung der „Herzensergießungen", der erste große Künstlerroman, der maßgeblichen Einfluß auf die romantische Dichtergeneration ausübte. Während sich Tieck vom Zwang des Theologiestudiums befreite und nur noch ausschließlich seinen literarischen Interessen lebte, mußte Wackenroder auf Wunsch des Vaters sein Jurastudium abschließen und in den preußischen Staatsdienst treten. Dies hatte Folgen. Zwar unternahmen die Freunde noch einmal eine Reise nach Dresden, um in der Galerie eine Madonna Raffaels zu bewundern, auch versuchte Tieck Wackenroders Vater gnädig zu stimmen, seinem Sohn den Weg zur Kunst nicht zu verschließen, denn er konnte die Lebensspannung zwischen Beamtendasein und Kunstinteresse kaum aushalten. Aber der Vater ging auf Tiecks Versuche nicht ein, und Wackenroder ging an seinen inneren Konflikten zugrunde. Wie sich Tieck später noch erinnerte, starb der kaum Fünfundzwanzigjährige „endlich am Nervenfieber, eigentlicher fast in der Angst vor dem Examen, sosehr hatten ihn die Vorarbeiten dazu aufgeregt, weil er von den Rechten gar nichts verstand."[17]

Von besonderer Bedeutung war die Freundschaft zwischen Friedrich Schlegel und Friedrich von Hardenberg (Novalis), sie entfaltete sich ungefähr zeitgleich wie die zwischen Tieck und Wackenroder und währte neun Jahre.[18] Novalis starb neunundzwanzigjährig in Weißenfeld. Die Freundschaft führte nicht nur zur Herausbildung der Jenaer Frühromantik, sondern wurde die Grundlage eines ungewöhnlichen gemeinsamen schöpferischen Schaffens. Die Gleichaltrigen harmonierten in ihrer poetischen Unbedingtheit, in einer gleichsam religiösen Grundgesinnung und erlitten ähnliche Lebensschicksale, die sie immer stärker miteinander verbanden. Zur selben Zeit wie Schlegel in Berlin Dorothea Veit kennenlernte, hatte sich Novalis mit der jungen Sophie von Kühn verlobt, deren früher Tod alle erschütterte.

Novalis und Schlegel hatten sich während ihres Studiums 1792 in Leipzig kennengelernt[19]. Wenngleich sie Unterschiedliches studierten – Novalis wechselte außerdem bald nach Wittenberg und Freiberg, um Berginspektor zu werden, während Schlegel sein Studium abbrach, um sich als Privatgelehrter durchzuschlagen –, trafen sie sich häufig. Schlegel besuchte Novalis in Weißenfels, wo er auch dessen Eltern und Geschwister kennenlernte, auch Novalis traf Schlegel oft, vor allem in Jena, wo er aktiv am Gemeinschaftsleben der Romantiker teilnahm. Dazu kamen noch gemeinsame Treffen in Dresden, wobei ein Galeriebesuch nicht fehlte. Zwischen diesen häufigen persönlichen Begegnungen wurde ein höchst intensiver und umfänglicher Briefwechsel geführt. Von Novalis sind 26 und von Schlegel 36 Briefe erhalten, die allesamt ein wertvolles Dokument der romantischen Bewegung darstellen. Schlegel war von Anfang an sehr angetan von Novalis, gleiche Gesinnung und persönliche Faszination beflügelten ihn: „Ich hatte viel auf Dich gerechnet, ich habe mich entschlossen zu leben, aber um es zu können, brauche ich Freunde. Wenn ich Dir wirklich meine Freundschaft schenkte, so bitte, fordere ich nun die Deinige“, und später: „... Du bist ein Prophet – und werde nun auch immer mehr und mehr ein Mensch. Mein Leben will ich forthin gern mit Dir teilen: dringen doch Wenige, vielleicht niemand so tief in mich ein wie Du, und ich finde mich so gern in Dir wieder.“[20] In zwei Bereichen korrespondierten ihre Interessen in besonderer Weise: im Entwurf einer romantischen Poesie und in der Auseinandersetzung mit Fichte. Novalis' erste literarische Produkte „Blütenstaub“ und „Hymnen an die Nacht“ erschienen im Jenaer „Athenäum“. Die Veröffentlichung der berühmten Schrift: „Die Christenheit oder Europa“, die er 1799 verfaßte, scheiterte am Einspruch Goethes, der als Gutachter herangezogen wurde. Sie wurde erst nach seinem Tod von Friedrich Schlegel und Ludwig Tieck gemeinsam als späte Freundes- und Erinnerungsgabe herausgegeben. Schlegel und Novalis begriffen ihre Verbindung in gemeinsamer Arbeit als eine Art „Symphilosophie“[21], eine Wortschöpfung Schlegels, die das gemeinsame Interesse seiner Freunde in Jena kennzeichnen sollte. Es gab aber auch Differenzen. Während sich Novalis von der ‚Ironie‘ Schlegels distanzierte, lehnte Schlegel den Herrnhutschen Pietismus von Novalis ab. Als Novalis starb, weilte Friedrich Schlegel in Weißenfels.

Ein drittes Muster romantischer Freundschaft bietet die Freundschaft zwischen Clemens Brentano und Achim von Arnim, dem reichen Kaufmannssohn und dem armen preußischen Junker, die nicht nur durch ihre gemeinsamen literarischpoetischen Interessen begründet war, sondern von existenzieller Bedeutung für beide wurde.[22] Vor allem Clemens Brentano meinte in seiner Unstetigkeit und seinem fast vagabundenhaften Leben ohne Arnim nicht mehr leben zu können. Auch sie hatten sich während des Studiums 1801 in Göttingen kennengelernt, aber zu einer engen Freundschaft kam es erst während Arnims vierjähriger Kavaliersreise, die er 1802 für einen Besuch bei Brentano unterbrach. Die Trennung bzw. der Abschied nach einer gemeinsamen Rheinreise von Mainz über Rüdesheim und Bingen nach Koblenz wird geradezu zur „Ikone“ ihrer engen brüderlichen Freundschaft, auf die sie sich zeitlebens beziehen. Es war nicht primär ein gemeinsames Naturerlebnis wie bei Tieck und Wackenroder oder das philosophische Gespräch wie bei Schlegel und Novalis, sondern die persönliche Begegung, die zur Poesie stilisiert wurde. Nach der Abreise von Arnim schrieb Brentano einen ausführlichen Brief, der mit den Worten endet: „Schreib mir bald, gleich wieder, meine einzige lebende Sprache die ich kann, ist mit dem alten und meinem neuen Arnim. Denke Lieber wie ich deiner denke, mein Mädchen heist Arnim, denke, lieb Mädchen, wie ich deiner denke. Mein Freund heißt Arnim, denke Bettine, wie ich deiner denke Mein Mädchen und mein Freund heißt Arnim, denket alle wie ich eurer gedenke, ich heiße Clemens.“[23] In diesen Freundschaftsbund hatte Clemens Brentano sowohl seine Lieblingsschwester Bettina, die künftige Frau von Arnim, wie auch seine eigene Frau Sophie Mereau einbezogen, die sich beide jedoch distanziert verhielten. Im August 1803 schrieb Brentano näher, was er unter Freundschaft verstand: „Das Ewige in mir kennst du, denn es ist auch in dir, meine treue Freundschaft zu dir, ich würde weinen, wenn sie ein freies Werk, eine Handlung von uns wäre, nein, ich fühle es mit Freuden, sie ist ein Naturprodukt, ist heilig, wir dürfen vor ihm stehen, wie vor der Natur, vor den Jahrzeiten, vor der Liebe, die Liebe ist die Begattung, das Leben ist die

Abb. 47: Achim von Arnim (1804).

Gattung, die Freundschaft ist das Begattete, sieh ich kenne dich, ich ehre, liebe dich, und doch finde ich nur Trost in der Idee, daß unsere Freundschaft nicht unser Werk ist, und nicht der Menschen Werk, denn solche Werke schwanken, und gehen unter, aber ein Muß, ein Schicksal, eine Nothwendigkeit ist unsere Freundschaft, und so sei sie dann die höhere Macht in unserem Leben, so wären wir die glücklichsten Helden, in inniger Vermischung mit ihrem eignen Geschick, kann es uns nicht überleben, kann es uns nicht erschlagen, es fällt mit uns, und wir erdrücken es in unserem Untergang."[24]

Als Arnim 1804 von seiner Reise zurückkehrte, zog er zusammen mit Clemens nach Heidelberg. In „genialischer" Unordnung und produktiver Zusammenarbeit gaben sie in 3 Bänden „Des Knaben Wunderhorn" heraus, eine Sammlung von populären Liedern, die, obwohl unkritisch ediert, ein ungewöhnlich starkes Echo in der literarischen Welt erfuhren. Es wurde ein Kultbuch der Heidelberger Romantik. Während die Freunde mit dem „Wunderhorn" großen Erfolg hatten, blieb ihre Zeitschrift „Zeitung für Einsiedler" (1808) weitgehend unbemerkt. Aber nicht nur das gemeinsame Schaffen begründete das Miteinanderleben, erst in Heidelberg, dann in Berlin, sondern auch das gemeinsame Durchstehen von Krisen und Lebensschicksalen. „So lange ich nichts Bestimmteres über deine wahrscheinliche Zukunft weiß, habe ich keinen Auffenthalt, keinen Wohnsitz, keinen Lebensplan, und irre umher, wie ein Vagabund; denn ich fühle es durchaus, daß ich in deiner Nähe leben muß, daß ich vereint mit dir arbeiten muß, weil sonst nie Etwas aus meinem Dichten werden wird, ich kann nicht unmittelbar der Welt gegenüberstehen, ich muß sie um deinetwillen lieben."[25] Ohne Arnim hätte Brentano kaum den Tod seiner Kinder und seiner ersten Frau Sophie Mereau überstanden, vor allem das Scheitern der zweiten Ehe mit Auguste Bußmann halbwegs meistern können. Aber nicht nur Arnim wurde in seine Liebes- und Ehegeschichten einbezogen, sondern umgekehrt auch er in die seines Freundes, nur gab es hier Widerstände. Bettina und Arnim kannten sich schon lange, auch wünschte sich Brentano für beide nichts Besseres als ihre Verheiratung, aber als es soweit war, fühlte er sich ausgeschlossen. Er wünschte sich nach dem Tode Mereaus und seiner Scheidung von Bußmann ein Leben mit seinem Freund und seiner Lieblingsschwester. „Gestern sehnte ich mich unendlich nach Dir und Bettinen, ich habe außer euch keine Sehnsucht mehr, ihr seid die Dualität, die mich konstruiert und kennt euch nicht", schrieb Brentano schon 1802 an Arnim.[26] Aber beide distanzierten sich von ihm. „Ja, Lieber", schrieb Arnim, „etwas opfert der Mensch allerdings auf beym Heiraten, aber es geschieht auch nichts Grosses und nichts

Schönes ohne Opfer, manche Umgangsberührung, in die du noch mit rechter Lustigkeit eingehst, ist mir verschlossen, aber vor allem ist ein gewisses nomadisches Zusammenleben, was im Junggesellenstand mich erfreute, unmöglich, darum gräme dich nicht, wenn wir jetzt nicht zusammenziehen, vielleicht läst es sich künftig einrichten, wo ich dennoch fürchte, du möchtest bald einen Überdruß an der Art Lebenseinförmigkeit empfinden, die mein Glück ausmacht ... Was sprichst du von heraustreiben aus unserer Nähe, du bist uns willkommen, so oft Du uns besuchst."[27] Diese Distanzierung führte zur ersten Krise der Freundschaft. Eine zweite folgte mit Brentanos Rückbesinnung auf den katholischen Glauben und seine Generalbeichte 1817 in Berlin. Wenngleich Arnim mit diesem neuen religiösen Fanatiker Brentano wenig anfangen konnte – seine Schwester und andere brachen vollends mit ihm –, blieb er seiner Freundschaft zu Brentano, der auch seinerseits weiter den Kontakt suchte, im Gegenteil ihn zu seinem Glauben bekehren wollte, „treu" bis ins Alter. Noch 1829 erinnert er sich lebhaft an die „Vergangenheit". Die gemeinsame, erst vor kurzem vollständig edierte Korrespondenz (mit 205 Briefen) ist ein starkes Zeugnis romantischen Lebensstils.

An diesen drei belegten Freundschaften wird paradigmatisch deutlich, um was es in der Romantik geht: Ein gemeinsames Leben zu führen in poetischem Gespräch über alle künstlerischen und Lebensprobleme, wobei Naturerlebnisse ebenso verbindend wirkten wie die gemeinsame Herausgabe literarisch-dichterischer Werke. Sosehr jeder sich seiner Individualität bewußt war, die sogar besonders herausgestellt wurde, konnte er sich seine Selbstverwirklichung nur in einer Freundschaft vorstellen. – Dabei kam es immer wieder zu Konflikten, aber gerade für die großen „vaterlandslosen" Romantiker Fr. Schlegel, Cl. Brentano, L. Tieck, ebenso für Rahel Varnhagen, war die Freundschaft das Medium ihrer Existenz.[28] Sie vergingen in Einsamkeit, wenn sie sich nicht mit Freunden umgeben konnten,

Abb. 48: Bettina von Arnim, Bleistiftzeichnung von Wilhelm Hensel (o. D.)

Abb. 49: Sophie Mereau.

Abb. 50: Friedrich Karl von Savigny (1805).

die für sie die Inspirationsquelle per se waren und in denen sie ihre Existenz bestätigt sahen. Friedrich Schlegel schrieb 1798 an seinen neuen Freund Friedrich Schleiermacher, den ersten Theoretiker des geselligen Verhaltens im 19. Jahrhundert: „Dein eigentlicher Beruf ist die Freundschaft, und was für uns andere Beruf ist, Amt oder litterarischer Cynism, ist für Dich nur Element, in dem Du Dich leicht bewegst. Wenn ich Dir noch durch etwas andres wohl gethan habe, als durch meine Existenz und mein unersättliches Bedürfniß Deiner Freundschaft, so war es vielleicht durch den Sinn für die Freundschaft und ihre Mysterien überhaupt, durch meine Philosophie der Freundschaft, die mich Deinen Werth nicht bloß fühlen, sondern auch verstehen lehrte."[29] Die Freundschaften blieben zumeist, bewußt geschlossen in der Jugendzeit und immer wieder beschworen, bis zum Lebensende erhalten. In späterer Erinnerung werden sie zu dem Wesentlichen im Leben stilisiert.

Bedeutsam für die romantische Bewegung war aber nicht nur die Einzelfreundschaft zweier Gleichgesinnter, sondern die vielen Freundschaften von unterschiedlichster Dauer und Intensität, so daß diese zu einem ganzen Netz verknüpft waren, das sich über große Räume erstreckte. Weil alle zudem recht mobil waren, gab es einen regen

Austausch der verschiedensten Freundschaftszirkel, in die man viel Zeit und Engagement investierte.

Der wichtigste Freundschaftskreis war der um die Brüder Schlegel und ihre Ehefrauen bzw. Freundinnen in Jena – hier bildeten sich bestimmte Gemeinsamkeiten über die Generationen hinweg aus, die für die Gesamtbewegung relevant wurden. Die prägendste Figur war der jüngste, Friedrich Schlegel, mit seinem neuen Literaturprogramm. Dieser lockere Kreis war kein üblicher Professorenklub einer Universitätsstadt, sondern eine freie literarische Vereinigung, zu der allerdings auch Universitätsangehörige Zugang hatten. Neben diesem Kreis, der unmittelbare Auswirkungen auf entsprechende Gruppen in anderen Städten hatte, sind vor allem die verschiedenen Zirkel, Klubs und Salons in Berlin insbesondere um die bekannten Jüdinnen Henriette Herz und Rahel Levin Varnhagen zu nennen. Die Kontakte zwischen Jena und Berlin waren intensiv. Hinzu kommen eigenständige Vereinigungen von E.T.A. Hoffmann und Heinrich von Kleist, nicht zuletzt solche Zirkel wie die „christlich-deutsche Tischgesellschaft". Nach Berlin ist auch Heidelberg zu nennen, wo sich um Cl. Brentano, A. von Arnim, S. Mereau, J. Görres und andere ein besonderer Kreis herausbildete, sowie nicht zuletzt Dresden, wo sich Künstler wie L. Tieck und C.D. Friedrich, H. von Kleist und Karl G. Carus trafen. So exklusiv diese Kreise waren, so gründeten sie doch weniger auf dem Freundschaftskult als auf neuen Geselligkeitsformen, die zwar ebenfalls frei und ungezwungen waren, aber einen formalisierteren Umgang verlangten, zumeist aber nur von kurzer Lebensdauer blieben.

7. Briefwechsel – Selbstbekenntnisse

Abb. 51: Königlich Preußischer Briefträger,
Zeichnung von Ludwig Burger (1835).

Als der Hofrat Friedrich von Gentz wieder einmal den Briefstil seiner Freundin Rahel Varnhagen bewunderte, antwortete sie am 26. Oktober 1830: „... Auch ich, teurer Schmeichelfähiger! habe Ihre Diktums nicht vergessen, und wiederhole sie wohl täglich – O! welch amüsanten Busen führ' ich in mir. Das Lebenstheater darin wird immer reicher; nichts vergeht, weil es lange her ist! – Mein Schreiben gliche öfters frischen aromatischen Erdbeeren, an denen aber noch Sand und Wurzlen hingen: sagten Sie einmal; dem bin ich eingeständig. Und nichtsdestoweniger halte ich mich für einen der ersten Kritiker Deutschlands. – Schauen Sie doch auch in meinen tiefsten Busen;

ich scheue mich nicht, die Eitelkeit zu zeigen, die ich hege; höchstens ist sie ein Irrtum; und dem kann widersprochen werden. – Eins muß ich doch noch von meiner Art zu schreiben aussprechen: über das allermeiste, was darin endlich ausgebildet sein sollte, kann ich – aus innren, und viel äußren Gründen – nicht Herr werden; über eines aber, was man gewiß auch dazu rechnet, mag ich nicht Herr werden. Nämlich, ich mag nie eine Rede schreiben, sondern will Gespräche schreiben, wie sie lebendig im Menschen vorgehn, und erst durch Willen, und Kunst – wenn Sie wollen – wie ein Herbarium, nach einer immer toten Ordnung hingelegt werden. Aber auch meine Gespräche sind nicht ohne Kunst; das heißt ohne Beurteilung meiner selbst, ohne Anordnung. Ist ein Schreiben, es sei Buch, mémoire oder Brief eines andern nur vollständig gehaltene Rede, so hat es für mich immer einen Beischmack von Mißfallen. Die Ausnahme, wo es Rede sein soll, gestatte ich, wie ein anderer. ... Unter Stil verstehe ich niemals den Inhalt, sondern nur die minder oder mehr gebildete, geschickte, angenehme Weise, wie der zu Tage gefördert wird. Schon nicht den Plan oder die Klarheit des zu Sagenden. Daher lobte ich das fein und schnell urteilende Ohr von Friedrich Schlegel und Heine. Odiöse, schlechte, falsche, grobe Dinge sagen sie beide. Teilen Sie gütigst diese Epithetons unter ihnen gebührend aus! Schön und gut schreiben ist ganz etwas anders. Das hängt vom Inhalt; vom Bewiesenen oder Ausgesprochenen ab. Von der Seele; was sie will, und hat; vom Geist, und Verstand; was der findet, und jener kann. Vom Urteil, und seiner Macht, dies alles zu einem Ganzen zu machen. Das ist Ihr Schreiben; welches ich wohl kenne; und oft nenne. Gentz, sagte ich vor langer Zeit, und wiederhole es genug, bedarf keines Bildes – welches wir alle – Jean Paul und ich an der Spitze – aus Mangel an Sprache gebrauchen; er arbeitet mit klarstem Verstand – Einsicht in seinen Vorwurf – mit größter Sprachmacht: denn, der Stoff, in dem er schreibt, ist nur Grammatik und Wörterbuch."[1]

Einen spezifischen Ausdruck fand der Freundschaftskult im Briefwechsel der Romantiker, der deshalb eine besondere Rolle spielt, weil er nicht nur über ihre literarischen und künstlerischen Aktivitäten informiert, sondern für viele das Medium der Freundschaft selbst darstellte.

Briefe wechselten Gelehrte und das gebildete Bürgertum schon lange. Die Renaissance, der Barock wie die Aufklärung kennen höchst umfängliche Gelehrtenkorrespondenzen, durch welche die verschiedensten Philosophen und Wissenschaftler in ganz Europa in Verbindung traten. Dafür stehen sowohl die Briefwechsel von Erasmus von Rotterdam wie diejenigen von Gottfried Wilhelm Leibniz. Daneben existierten Briefwechsel, mittels derer sich einer über die entscheidenden Ereignisse seiner Familie informierte; auch diese gab es schon früher, und letztlich währen sie bis heute. In der Aufklärung kam es zu einem besonderen Aufschwung der literarisch-philosophischen Korrespondenz, die weit über die gelehrte Mitteilung hinauswies. Sie thematisierte die intellektuelle und literarische Tätigkeit einer breiten bürgerlichen Schicht, aus der die meisten Aufklärer kamen. Sie korrespondierten oft, ohne einander persönlich zu kennen. Diese Ausweitung machte das dichte Postnetz im 18. Jahrhundert möglich, das auch erstmals nicht nur Gelehrte und Philosophen benutzen konnten. Von jedem uns bekannten aufklärerischen Schriftsteller gibt es eine beachtlich große Korrespondenz, so von Klopstock, Wieland, Schiller, Herder und Goethe.[2]

Das Besondere der Romantikerkorrespondenz liegt darin begründet, daß sie nicht nur wissenschaftliche Informationen, Familiennachrichten und sogar politische Kommentare übermittelt, sondern vorrangig das eigene Leben, die eigenen Probleme, die Individualität der Schreiber bzw. Empfänger thematisiert und ein besonders emotionales Verhältnis anspricht. Es begann zwar mit dem „Sturm und Drang", daß die einzelnen Schreiber über sich selbst schrieben, nicht nur von ihrer Arbeit und ihren intellektuellen Beurteilungen berichteten, sondern auch von ihren Gefühlen und Empfindungen und so gegenseitige Freundschaften besiegelten. Aber mit den Romantikern erreichten Korrespondenzen eine ganz neue Qualität, nicht nur dadurch, daß der Brief als subjektives Ausdrucksmittel an Stellenwert gewann, sondern daß sich Freunde über weite Räume emotional verständigten, ohne bestimmte Informationen übermitteln zu wollen. Das Briefschreiben begann zur alltäglichen Tätigkeit zu werden, mit der man den Abend beschloß. Es war zugleich ein Ausdruck künstlerisch-literarischer Produktivität, weswegen der Brief gleich neben der Poesie, dem Drama oder Roman stand. Die hohe Kunst des Briefschreibens gelang zwar nicht allen, aber die Zahl derjenigen, die mit starker Aussagekraft, mit viel Aufwand und Intensität Briefe schrieben, ist beachtlich. Die Briefe waren zwar nur bedingt für die spätere Drucklegung bestimmt, doch stets für eine Öffentlichkeit vorgesehen, sie konnten und sollten Freunden vorgelesen oder mitgeteilt werden.[3]

Jeder Brief ist Teil eines dichten Kommunikationsnetzes und besitzt einen eigenständigen Wert neben anderen Formen publizierter Werke. Seine romantische

Besonderheit gründet einmal darin, daß er an das Genre des Briefromans anknüpft, der literarischen Form zu Ende des 18. Jahrhunderts, in der am stärksten Empfindungen und Gefühle ausgesprochen werden konnten. Schon der „Werther“ war in Briefform geschrieben worden. Zum anderen bedienten sich nun auch viele der schriftlichen Mitteilung, die sonst kein schriftliches Werk hinterlassen haben und im Briefeschreiben ihr intellektuelles Betätigungsfeld fanden. Schließlich wurde der Brief die Kommunikationsmöglichkeit der Frauen, wenngleich es schon eine Tradition von Briefschreiberinnen gab. Mit dem Briefwechsel kamen ihre spezielle Lebens- und Sichtweisen in die Diskussion. Jedenfalls finden wir in der Romantik Korrespondenzen von Frauen, die von gleicher literarischer und intellektueller Bedeutung sind wie die der Männer, zu deren Alltagsgeschäft ja das Schreiben und sich Austauschen gehörte.[4]

Insgesamt handelte es sich bei der Korrespondenz um kein flüchtiges Schreiben, sondern um bewußt aufgesetzte Briefe, in denen der Schreiber wohlüberlegt seine Meinungen, Gefühle und Anschauungen mitteilte und eine Antwort erwartete; es ging also um eine besondere Gesprächsform. Nicht selten gab es ‚Diskussionen‘, die sich über eine Reihe von Briefen erstreckten und in die auch Dritte einbezogen wurden.

Sicherlich gab es eine große Breite der Adressaten verschiedenster Berufe, die jedoch aus derselben sozialen Schicht kamen und ein gleiches Bildungsniveau be-

Abb. 52: Königlich Preußische Schnellpost (1826).

Abb. 53: Amalia von Heeremann-Zuydtryck, Zeichnung von Ludwig Emil Grimm (1831).

Abb. 54: Hoffmann, einen Brief schreibend, Zeichnung von E. T. A. Hoffmann in einem Brief an Kunz (1814).

saßen. Aber der Hauptteil der Korrespondenzen bestand aus Briefwechseln mit Freunden, die man kannte, mit denen man Gemeinsames erlebt hatte und mit denen man verbunden bleiben wollte, auch wenn keine besonderen Ereignisse zu berichten waren. Die Korrespondenz trat hier oft an die Stelle eines geplanten oder zumindest erhofften Treffens, oder man griff die Probleme wieder auf, die man nicht ausdiskutiert hatte. Es waren Freundschaftsbriefe, in denen Freundschaften bewußt beschworen wurden, durch die man am Leben des anderen teilnehmen konnte, vor allem auch persönlichen wie sachlichen Rat einholen wollte. Die konkrete Freundschaft erhielt dadurch eine Überhöhung, zugleich aber gewann auch der Briefwechsel selbst darüber hinaus eine besondere Bedeutung.

Man sprach sich, wenn man nicht miteinander verwandt war, in der Regel mit Freund oder Freundin an, wenn aber die Freundschaft eine besondere Intensität erlangt hatte, sogar mit Bruder oder Schwester. Umgekehrt wurden besondere Geschwisterbeziehungen, von denen es viele gab, durch eine Freundschaft in ihrer Besonderheit besiegelt. Dann sprach man sich nicht gern mit dem selbstverständlichen Bruder oder Schwesten an, sondern mit Freund oder seltener mit Freundin. Das gilt auch für die ehelichen Beziehungen, anstelle von Frau und Mann treten die

Worte Geliebte oder Geliebter, als gleichwertig galten die Worte Freund oder Freundin. In der Regel duzte man sich nicht nur unter Verwandten, weitgehend auch schon mit den Eltern, sondern auch unter Freunden, aber es gab hier klare Grenzen. Schwager und Schwägerin waren nicht selbstverständlich in die Duzfreundschaft einbezogen. Brentano litt darunter, daß er sich mit seinem Schwager Carl von Savigny nicht duzen konnte.[5] Weder duzte Friedrich Schlegel Caroline Böhmer/Schlegel noch Dorethea Veit/Schlegel ihren Schwager August Wilhelm Schlegel, wenngleich sie zeitweise sogar zusammenwohnten. Vor allem zwischen Männern und Frauen blieb immer eine beträchtliche Distanz.

Der Briefwechsel gehört zum Bild der Romantiker. In der Tat haben fast alle von ihnen einen Briefwechsel hinterlassen, der für so bedeutend gehalten wurde, daß er oft in extenso gedruckt wurde. Allerdings gibt es beträchtliche Unterschiede zwischen Schriftstellern, die weniger auf ihre Stilistik Wert legten wie

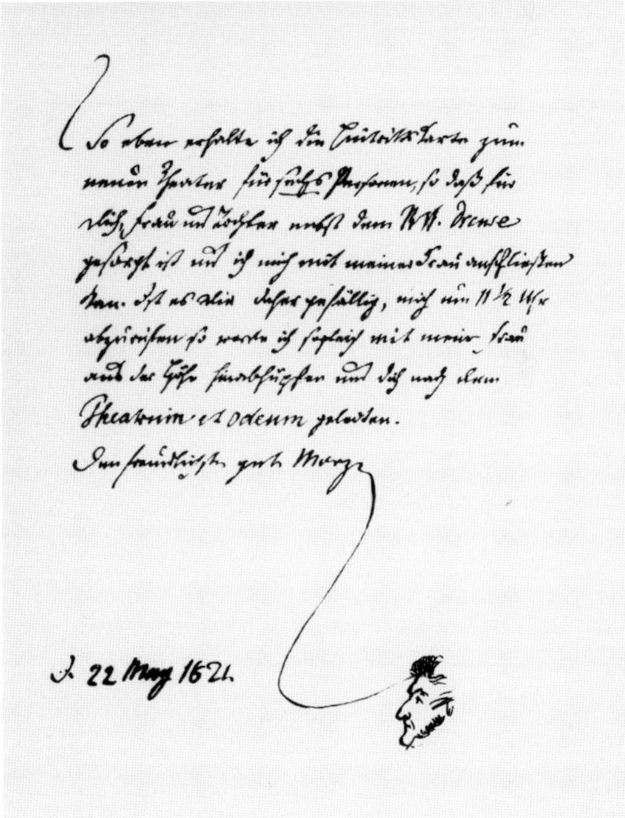
d. 22 May 1821.

Abb. 55: Letzte Seite eines Briefes mit Selbstporträt von E. T. A. Hoffmann an Hippel (1821).

E.T.A. Hoffmann[6], Ludwig Tieck[7], Joseph von Eichendorff[8] oder Carl von Savigny[9], und Literaten, die ihre Briefkunst perfektioniert haben und deren Briefnachlässe ein eigenständiges literarisches Werk darstellen. Als prototypischer romantischer Briefwechsel mit einem eigenen Stil sei der der Schlegelfamilie genannt, also die Briefe von Friedrich und August Wilhelm Schlegel, von Caroline Böhmer/Schlegel/Schelling und von Dorothea Veit/Schlegel.[10] Unverwechselbar sind ebenfalls die Korrespondenzen von Clemens Brentano und seiner Schwester Bettina sowie Achim von Arnims.[11] Zu den eindringlichsten Briefwechseln gehört auch der von Friedrich von Hardenberg (Novalis)[12] sowie der gesonderte der beiden Schriftstellerinnen Sophie Mereau/Brentano[13] und Karoline von Günderode[14]. Außerhalb dieser Korrespondenznetze steht einmal der Briefwechsel von Heinrich von Kleist[15] und zum anderen der von Rahel Varnhagen[16]. Während diese den Briefkult des 19. Jahrhunderts geradezu entwickelt und sich als Nichtschriftstellerin nur durch ihre Briefe einen Namen gemacht hat, stellt das Briefkorpus von Kleist eine intellektuelle Biographie besonderer Dichte dar.

Diese Briefwechsel wurden zum Teil schon unmittelbar nach dem Tod der Verfasser – auszugsweise – herausgegeben, wodurch das Bild der Romantiker entscheidend geprägt wurde. Bettina von Arnim begann mit der Herausgabe ihres überarbeiteten Briefwechsels mit ihrem Bruder Clemens sowie mit ihrer Freundin Günderode.[17] Nach dem Tod von Rahel Varnhagen folgte als zweites Projekt die Herausgabe ihrer Briefe durch ihren Mann.[18] Der ganze Umfang dieser Korrespondenz wurde aber erst durch die kritischen Editionen bekannt, die allesamt noch nicht abgeschlossen sind. Kurz eingegangen sei auf die großen Briefschreiber Friedrich Schlegel, Clemens Brentano, Heinrich von Kleist und Rahel Levin/Varnhagen, die alle nicht nur gelegentlich, sondern in großer Regelmäßigkeit Briefe schrieben. Diese sind ausgezeichnete Selbstdokumente und spiegeln gleichzeitig die spezifische Problemlage der Romantik wider.

Wenn wir heute auch noch nicht genau bemessen können, wie umfangreich der Briefwechsel Friedrich Schlegels ist, denn von der kritischen Ausgabe fehlen immer noch die entscheidenden Jahre zwischen 1800 und 1813, steht seine Bedeutung doch außer Frage.[19] Während Schlegel selbst mit empfangenen Briefen (außer denen seines Bruders August Wilhelm, von Novalis und Friedrich Schleiermacher) recht lässig umging – Dorothea Schlegel mußte die Briefe des älteren Bruders später auf dessen Wunsch fast vollständig vernichten –, bewahrten seine Adressaten, vor allem seine eigenen Freunde und sein Bruder, seine Briefe sorgfältigst auf. Deswegen sind viele seiner Briefe erhalten, nur wenige seiner Adressaten. Obwohl Schlegel im Laufe seines Lebens in Göttingen, Dresden, Jena, Berlin, Paris, Köln und Wien viele bekannte Persönlichkeiten kennengelernt hat, ist letztlich der Kreis seiner engeren Briefpartner doch recht klein geblieben. Zwar werden Schiller, Goethe, Fichte, Wieland und Tieck, auch die weniger bekannten Niethammer, Reichardt, Heyne, Fouqué, Boisserie und Rahel Varnhagen genannt sowie die Verleger Cotta, Hitzig, Perthes und Reimer, dafür enthält der gedruckte Briefwechsel aber kaum Korrespondenzen mit seiner weitverzweigten Verwandtschaft, auch nicht mit seiner für ihn wichtigen Schwester Charlotte, mehr schon mit seiner Schwägerin Henriette Mendelssohn. Seine Frau Dorothea hatte einen etwas anders geprägten Korrespondentenkreis, vor allem in den späteren Jahren, weil sie aber auch für ihren Mann die Kontakte aufrecht erhielt, deckten sich lange beide Kreise.[20]

Umso umfangreicher ist die Korrespondenz Schlegels mit seinem Bruder (227 Briefe von Friedrich), die bis zum Lebensende reichte; auch die Briefwechsel mit Novalis (36 Briefe) und mit Friedrich Schleiermacher (22 Briefe) spielten eine besondere Rolle. Während der Tod von Novalis der Freundschaft früh ein Ende setzte, hörte der Briefwechsel mit Schleiermacher auf, als das gemeinsame Projekt einer Plato-Übersetzung scheiterte; er betrifft also nur die Frühzeit ihrer literarischen Tätigkeit. Später tritt die Korrespondenz mit seiner Frau Dorothea (43 Briefe) besonders hervor, wenn einer von beiden auf Reisen war. Aus den Wiener Jahren fällt schließlich der umfängliche Briefwechsel mit Christine von Stransky (23 Briefe) auf. Die sorgfältig aufbewahrte Korrespondenz mit Novalis und Schleiermacher, von der jeweils die Briefe beider Partner erhalten sind, kreiste ganz um die Anfänge der romantischen Bewegung in Jena und Berlin, mit Schlegels philosophischen wie persönlichen Konnotationen.

Die Korrespondenz mit seinem älteren Bruder umfaßt dagegen alle Themen des gemeinsamen Lebens, das sie beide stets anstrebten und oft realisierten, unter dem sie aber auch litten.[21] Dieser Kontakt war für Friedrich Schlegel die schlechthin wichtigste Verbindung in seinem Leben. Obwohl die Briefe seines Bruders nicht erhalten sind, dürfte dies auch für jenen gelten; die Nähe begann mit dem Studium und endete erst mit dem Tod, wenngleich die Konversion Friedrichs zum Katholizismus einen starken Einschnitt bedeutete. Beide Brüder hatten früh ihre Beziehung zu einem Freundschaftsbund verdichtet, den sie immer wieder wirksam beschworen. Friedrich war zwar der schöpferischere, verwegenere Literat, konsequenter in seinen Lebensvorstellungen, aber auch der labilere und deswegen völlig abhängig von seinem Bruder August Wilhelm, mit dem er kaum einen Konflikt ertragen konnte. Hinzu kam die nie endende finanzielle Abhängigkeit, die August Wilhelm in seiner Distanziertheit und Ausgeglichenheit aber nie ausnützte. Die Zusammenarbeit mit dem Älteren weckte seine Phantasie, stärkte ihn in seinen literarischen Vorhaben und half ihm, Krisen zu überstehen. Der „gemeinschaftliche Kunstgenuß“ war beider gemeinsame Lebensgrundlage. Leider kennen wir die Briefe von August Wilhelm nicht, auch lassen sie sich nur begrenzt aus den Antworten Friedrichs erschließen, die sich vorwiegend auf dessen eigene Probleme bezogen. Von ihnen war er so durchdrungen, daß er etwa die Liebesgeschichte seines Bruders mit Sophie Tieck gar nicht wahrnahm.

Im Mittelpunkt der Korrespondenz, die stets Ausdruck gemeinsamer Arbeit und gemeinsamen Lebens war und blieb, stand der wissenschaftlich-philosophische Diskurs, der in die Jenaer Frühromantik mit ihren verschiedenen Projekten einging, von denen die von beiden gemeinsam herausgegebene Zeitschrift „Athenäum“ das wichtigste Unternehmen darstellt. Zur Diskussion standen auch die Werke vor allem der befreundeten Schriftsteller; stark auf den Zusammenhang ihrer Gruppe bedacht, grenzten sich beide ebenso stark von ihren Gegnern ab. Daneben kamen gleicherweise persönliche Probleme zur Sprache, wie die zahlreichen Bemühungen Friedrichs, „bürgerlich“ unterzukommen und seine Versuche, vermittelnd in die komplizierte Ehe August Wilhelms mit Caroline einzugreifen. Liebschaften und Auseinandersetzungen mit Freunden waren gleichfalls Themen des Briefwechsels. Alle Freunde waren ihre gemeinsamen Freunde, so unterschiedlich sie sie auch jeweils einschätzten. Eine ernste Erschütterung gab es durch den Übertritt Friedrichs zum Katholizismus, die öffentliche Verleugnung seiner früheren Schriften führte sogar zeitweise zum Bruch der Korrespondenz, was nicht ausschloß, daß beide immer wieder Wege der Verständigung suchten.

Beide Schlegel-Brüder lebten von der Bestätigung durch den anderen, beide offenbarten sich in ihren Freuden und Ängsten und konnten sich aufeinander verlassen. Frauen waren nicht eingeschlossen, die sich auch untereinander bald nicht mehr verstanden; aber sie akzeptierten die Freundschaft der Brüder. Aufgrund des großen Vertrauens, das sich aus langen Jahren der Zusammenarbeit ergab, blieb die Sprache von Friedrich in seiner poetisch-direkten Diktion frei von ironischen Ausfällen, für die sie ansonsten bekannt war. Sein umfangreicher Briefwechsel mit August Wilhelm liest sich wie die dialogisch geführte Konfession eines rastlos arbeitenden und suchenden, oft auch verzweifelten und sprunghaften Intellektuellen, der nie aufhörte, an seiner Philosophie zu arbeiten, die so zersplittert und fragmentarisch blieb wie sein Leben.[22] Obwohl er sein Jugendwerk einer sprühenden Universalpoesie nicht fortsetzte, sie später sogar verleugnete und erzkatholisch wurde, blieb er sich treu in seinem Traum eines symphilosophischen Lebens zumindest mit seinem Bruder.

Von gleicher Größe und Gewichtigkeit war der Briefwechsel von Clemens Brentano. Auch er liegt heute nicht vollständig vor, die kritische Edition reicht von 1792 bis 1812, dazu gibt es jedoch die vorzügliche und vollständige Ausgabe des Briefwechsels von Brentano mit Achim von Arnim.[23] Dennoch lassen sich schon allgemeine Schlüsse ziehen. Es gibt Entsprechungen zu der Korrespondenz von Friedrich Schlegel; beide waren freiberufliche Schriftsteller; beide wurden integrale Katholiken, beide definierten sich ausschließlich über ihre literarische Produktion, waren existenziell von Freundschaften abhängig und konnten letztlich nur in einem gemeinsamen Leben so produktiv sein, wie sie es wollten. Beide kannten sich auch, mieden sich aber später, selbst in ihrer katholischen Zeit gab es kein gemeinsames Ziel. Wie Friedrich Schlegels Korrespondenz als Austausch mit seinem Bruder und seiner Frau gesehen werden muß, so ist der Briefwechsel von Brentano untrennbar mit Bettina und Achim von Arnim verbunden.[24]

Auch Brentano knüpfte seit seiner Studienzeit in Halle viele Kontakte, er wechselte fast noch häufiger den Ort als Schlegel und schloß sich den jeweiligen geselligen Kreisen an. Aber Brentanos Bekanntenkreis deckt sich nicht mit dem der Korrespondenten. Er steht ebenso in intensivem Briefwechsel mit den bekannten Schriftstellern und Literaten der Zeit, mit Goethe, Wieland, Schinkel, Runge, Tieck und Joseph Görres, der sich dann nach seiner religiösen Wende um prominente Katholiken erweitert; aber der Großteil der Briefe richtete sich an die Verwandtschaft im engen und weiten Sinne. Zwar gab es unterschiedlich starke Beziehungen zu seinen vielen Geschwistern, aber mit Sophie Brentano (32 Briefe), mit Kunigunde (33 Briefe) und Bettina (56 Briefe) hatte er ein besonders enges Verhältnis. Weit stärker jedoch treten seine späteren Schwäger Achim von Arnim (87 Briefe) und Carl von Savigny (116 Briefe) hervor. Mit ihnen korrespondierte er am ausführlichsten und längsten; während sich das Verhältnis zu Achim von Arnim zu einem Freundschaftsbund intensivierte, blieb die Beziehung zu Savigny distanziert, aber vielleicht hatte sie gerade deshalb Bestand. Hinzu kommen schließlich briefliche Kontakte zu einer Zahl von Frauen, Freundinnen und Geliebten, zu Sophie Mereau[25], Auguste Bußmann[26], aber auch Johanna Kraus, Minna Reichenbach, Rahel Varnhagen, zur Schriftstellerin Luise Hensel[27] und zur Künstlerin Emilie Linder[28]. Obwohl Brentano durchaus gelehrte philosophische Interessen hatte, zeigt sein Briefwechsel wenig davon, da er vorrangig an

Frauen schrieb, mit denen ihn Liebe oder sonst ein besonders emotionales Verhältnis verband, was auch für seine Schwestern Sophie und Bettina zutrifft.

Brentanos Briefe zählen zu den poetischsten und dichtesten der Romantikerzeit, in ihnen offenbart ein Poet und Schriftsteller sein ganzes Leben, wenn auch nicht ohne ein hohes Maß an Selbststilisierung. Die Briefe waren zwar nicht für die Öffentlichkeit geschrieben, aber auch nicht nur für einen Adressaten allein gedacht. Sie wurden weitergereicht und vorgelesen, so intim sie sein mochten. Ihre Besonderheit gründet in der Einflechtung vieler Gedichte. Zumeist handelt es sich um seitenlange Briefe, an denen Brentano sicherlich (wie Schlegel) ganze Abende lang schrieb. In ihrer Geschlossenheit und Aussagekraft sind sie gleicherweise dichterische Werke wie seine Novellen, Märchen und Gedichte. In ihnen bringt er sich ganz zur Darstellung, zeigt sich als ein Liebender oder Hassender und offenbart seine intimsten Gefühle, Empfindungen und seinen Glauben. Sie vermitteln auch wissenschaftlich-philosophisch-literarische Probleme der Zeit, bieten Einblick in den konkreten Alltag des Schreibers, geben Auskunft über seine Freunde und Feinde – er verletzte wie Schlegel ebenso viele Personen mit seinem Sarkasmus, wie er Personen für sich begeistern konnte. Brentano berichtet von seinen Werken und Plänen, doch gleicherweise kommen seine Gefühle, seine vielen Freuden und Hochgefühle wie seine Leiden zur Sprache. Es geht um das Scheitern seiner poetischen Existenz, aber auch um seine Liebe zu Freundinnen und Freunden. Hier wird ebenso ausführlich über die Werbung um Sophie Mereau geschrieben wie über die Unmöglichkeit, ein poetisches Lebens mit ihr zu führen. Noch ausführlicher wird das Scheitern seiner zweiten Ehe thematisiert. Schließlich und vor allem geht es um den Sinn seiner Existenz, den er nur in Freundschaft und Liebe erfüllt sieht. „Ich sehne mich, mit einem liebevollen romantischen Weib einen poetischen Bund zu schließen, und mitten in dem wirklichen prosaischen Leben eine freie poetische phantastische Lebensart anzufangen“, schrieb der fünfundzwanzigjährige Brentano 1803.[29] Erst will er mit Savigny zusammenleben, dann mit Arnim – was auch eine Zeit lang gelingt –, dann mit Sophie Mereau und sogar mit dem Ehepaar Arnim-Bettina. Stets ist er der Alleingelassene, der nicht zu sich finden kann, bis er schließlich zurückkehrt zur katholischen Kirche, die ein großes Thema des Briefwechsels ist. Egozentrisch, ja narzistisch steht er selbst im Mittelpunkt, unfähig, auf seine Briefpartner so einzugehen, wie er es ihnen für sich abverlangt. Auch später noch wirbt er mit all seinen Briefen um Liebe und Freundschaft, sie sind Ausdruck der Utopie eines gemeinsamen Lebens und gemeinsamen Arbeitens. Brentano erschafft sich selbst und erleidet ein Scheitern,

Abb. 56: Heinrich von Kleist (1795).

weil er Absolutes will. Er fasziniert alle seine Freunde und Freundinnen, aber alle geben irgendwann den Kontakt mit ihm auf. Die Poetisierung des Lebens scheitert unter anderem an der Bereitschaft anderer, die Konsequenzen seines Liebesanspruchs zu ertragen.

Ein ganz anderer, sehr bedeutsamer Briefwechsel ist der von Heinrich von Kleist (1777–1811).[30] Auch wenn er nicht unmittelbar zu den Romantikern zählt, kannte er sie doch alle und sprach vergleichbare Ansprüche und Probleme an. Leider ist die Korrespondenz nur noch in Teilen erhalten, es fehlen weitgehend die Antwortschreiben, die auch nicht erschlossen werden können. Zwar blieb Kleist in den literarischen Kreisen in Berlin und Dresden zumeist im Hintergrund, er kannte aber die meisten Vertreter zumindest flüchtig. Unter dieser Rücksicht bietet seine Korrespondenz nur einen Ausschnitt aus seinem Gesprächskreis. Zwar korrespondierte er kurzzeitig mit Wieland, Goethe, Jean Paul, auch mit Achim von Arnim, Karl Varnhagen von Ense und Rahel Levin/Varnhagen sowie mit Fouqué; E.T.A. Hoffmann kannte er persönlich offensichtlich nicht, wohl aber Tieck, von dem jedoch keine Briefe erhalten sind, obwohl dieser nach Kleists Tod seine Schriften erstmals gesammelt herausgab und ihm damit ein bedeutendes Denkmal setzte. Wenn man von der Korrespondenz um seine berufliche Stellung in Preußen sowie dem Briefwechsel im Zusammenhang mit den Zeitschriftenprojekten des ‚Phöbus' und der ‚Berliner Abendzeitung' absieht, die rein geschäftsmäßig sind, so korrespondierte Kleist intensiv nur mit wenigen Freunden und Verwandten. Es gab keinen ausdrücklichen Freundschaftsbriefwechsel wie bei Schlegel oder Brentano, es fehlte überhaupt ein ebenbürtiger Gesprächspartner, auf den Kleist hätte reagieren und sich beziehen müssen. Auch fehlen eigentliche Liebesbriefe, obwohl seine bedeutsamsten Briefe an Frauen gerichtet waren. Die wichtigsten Partner für Kleist waren Verwandte aus seiner breit gestreuten prominenten Offiziersfamilie. Zu nennen ist einmal die unverheiratet gebliebene Halbschwester Ulrike von Kleist (45 Briefe), die zusammen mit ihm in Paris war, die er bewunderte, die ihn aber auch abschreckte. Dazu kommt seine zeitweilige Verlobte Wilhelmine von Zenge (37 Briefe), die später den Nachfolger Kants Wilhelm Traugott Krug heiratete. Schließlich korrespondierte er noch mit der Tochter eines Hugenottenpredigers, die mit einem Vetter von Kleist verheiratet war, von dem sie sich aber 1812 – nach Kleists Selbstmord – scheiden ließ. Die Briefe mit seinen Freunden August von Rühe und Ernst von Pfuel und Friedrich Kose fallen demgegenüber inhaltlich nicht ins Gewicht.

Nach seiner Verabschiedung von der militärischen Laufbahn ist ein Hauptproblem die Frage nach der wahren Lebensführung, als er versuchte, von seiner Familie unabhängig zu leben, die ihm ohnehin wenig geben konnte, zugleich doch immer wieder um Hilfe des preußischen Staates bat, weil seine schriftstellerische Arbeit nicht die gewünschte finanzielle Absicherung und Ehre brachte. Seine Familie hielt ihn für „ein ganz nichtsnützziges Glied der menschlichen Gesellschaft, das keiner Theilnahme mehr werth sey."[31] Bitten um finanzielle Unterstützung durchziehen auch seinen Briefwechsel. Ein zweites Thema stellt, damit in Verbindung stehend, seine fehlende „philosophische" Selbstsicherheit dar und das Unbehagen sowohl an dem staatlichen, literarischen und wissenschaftlichen Betrieb wie die Zunahme seiner durch den Mißerfolg bedingten Selbstzweifel. Er hatte alles, was er wünschte, studiert und war jahrelang auf Reisen. Ausführlich berichtet er von seinen Reisen nach Berlin, Würzburg, Dresden, Weimar, Paris, Bern, Mailand, Genf und immer wieder Berlin, wobei die Beschreibung, die Physiognomie der Städte mehr im Vordergrund steht als ihre

Kunstwerke. Kleist war hilflos, erfuhr ständig seine Ohnmacht, dachte immer in den Kategorien des Alles oder Nichts, des Entweder – Oder und war auf Hilfe angewiesen, hier war er mit Brentano vergleichbar. Er wollte frei sein von allen gesellschaftlichen Zwängen und geliebt werden; er warb um Zuneigung und Vertrauen, die ihm seine Familie, sein Beruf und sein Schaffen nicht vermitteln konnten. Der Briefwechsel ist ausschließlich von seinen Problemen geprägt, die Adressaten gewinnen als Freunde, Gesprächspartner und Helfer kein eigenes Profil. Insofern handelt es sich bei Kleists Korrespondenz nicht um einen üblichen Briefwechsel, sondern um eine Ansammlung zeitlich aufeinander folgender Selbstanalysen und Selbstzeugnisse, die auch ein Tagebuch hätte verzeichnen können. Die große Fähigkeit zur Selbstanalyse und seine prägnante Beschreibungskunst – er wollte stets mehr als Unterhaltung – machte ihn zum Vertreter einer dichterischen Botschaft, die im Selbstmord endete. Im Mittelpunkt seines Briefwechsels stehen nie gelehrte Angelegenheiten, auch keine philosophischen Dispute, selbst nicht die Darstellung einer Freundschaftsbeziehung, sondern das Ringen um eine Künstlerexistenz zwischen artistischer Unbedingtheit und sozialer Verpflichtung.

Die vielleicht leidenschaftlichste Briefschreiberin der Zeit war Rahel Levin, später Rahel Robert und seit ihrer Taufe und Verheiratung Friedrike Varnhagen von Ense.[32] Auch im Vergleich zu ihren bekannten männlichen Zeitgenossen hat sie die vielleicht größte Korrespondenz hinterlassen, über 6000 Briefe hat ihr Mann gesammelt, zumeist sind auch die Antwortbriefe erhalten. Sie repräsentiert mit diesem Briefkorpus in exzeptioneller Weise die Briefkultur des frühen 19. Jahrhunderts, was auch ihr Mann 1834 nach ihrem Tod mit der Herausgabe einer Auswahl unter dem Titel „Rahel. Ein Buch des Andenkens für ihre Freunde" in drei Bänden öffentlich bekundete. Es war ihre Weise zu existieren, in Gesellschaft zu leben und mit ihren Freunden zu korrespondieren. „Mein Leben soll zu Briefen werden."[33]

Sie korrespondierte vorrangig mit Freunden, wobei besonders hervorgehoben werden muß, daß es sich bei ihren Partnern nur zum Teil um bekannte Schriftsteller und Literaten handelte. Im Vordergrund stehen Männer und Frauen, die sich intellektuell oder emotional profiliert hatten, mit denen sie in ein Gespräch eintrat, unabhängig davon, ob sie Bekanntes geschrieben hatten. Viele von ihnen zählten zu ihren Salongästen in Berlin, manche kannte sie von ihren vielen Reisen her, andere waren verwandtschaftlich mit ihr verbunden. Zumeist entstammten

Abb. 57: Rahel Varnhagen von Ense,
Zeichnung von Wilhelm Hensel (1821).

Abb. 58: Karl August Varnhagen von Ense,
Zeichnung von Wilhelm Hensel (1821).

sie dem gebildeten Bürgertum, viele waren aber auch Adlige. Leider liegt von diesem Briefwechsel immer noch keine kritische und vollständige Edition vor.

In drei Gruppen läßt sich die erhaltene Korrespondenz aufteilen. Einmal ist der große Verwandtenbriefwechsel zu nennen; wie andere Zeitgenossen hatte Rahel viele Verwandte und Geschwister vor allem in Breslau. Beträchtlich ist aber auch die Anzahl der Intellektuellen der Zeit, eines Kreises, der sowohl die ältere wie die jüngere Generation fast vollzählig umfaßt: Bettina von Arnim, Franz von Baader, Ludwig Börne, Clemens Brentano, Adalbert von Chamisso, Friedrich de la Motte Fouqué und seine Frau, Regina Frohberg, Goethe, Heinrich Heine, Caroline von Humboldt, Jean Paul, Heinrich von Kleist, Leopold von Ranke, Friedrich Schlegel und Ludwig Tieck. Schließlich und vor allem sind die Briefwechsel mit ihren zeitweiligen Verlobten Karl Fr. Alexander Graf von Finckenstein und Don Raphael d'Urquijo bekannt, mit ihren engen Freunden und Verehrern Wilhelm Bokelmann, Friedrich von Gentz und Alexander von der Marwitz. Den größten Teil umfaßte der Briefwechsel mit ihrer Freundin, der früheren Mätresse des Prinzen von Preußen Pauline Wiesel und ihrem späteren Ehemann Karl Varnhagen von Ense.

Rahel Varnhagen war relativ vermögend und hatte keine Kinder; sie verfügte über Zeit und Muße, sich vor allem in Berlin ganz ihrer Gesellschaft zu widmen und eine Briefkultur zu entwickeln, die einem Kunstwerk glich und an die Stelle eines literarischen Oeuvres trat, an dem sie sich nicht versucht hat. Sie litt darunter, daß sie als Jüdin, als Frau und als nicht besonders schön auf die Welt gekommen war. Die Position, die sie schließlich in Berlin einnahm, mußte sie sich mühsam selbst erarbeiten. Ihre Intellektualität, literarische Bildung und ihr gepflegter geselliger Umgang wurden allenthalben bewundert. Ihre frühen Versuche eines sozialen Aufstiegs durch Heirat in die Adelswelt scheiterten, Sicherheit fand sie schließlich in der Ehe mit dem viel jüngeren Karl Varnhagen von Ense. Ihr Briefwechsel, Ausdruck ihres Künstlerlebens, zählt zu dem Brillantesten, das die Schreibkunst der Zeit bot. Dabei war sie alles andere als eine unkomplizierte Person; sie war extrem anspruchsvoll, parteiisch, direkt, selbstbezogen, ja exzentrisch, aber zugleich ungewöhnlich tolerant gegenüber den verschiedenen Positionen ihres großen Freundeskreises, ungewöhnlich offen gegenüber Problemen persönlicher, beruflicher, literarischer und philosophischer Art, ohne ihre Distanz aufzugeben. Ihre vielen Personenporträts sind treffend, haben aber auch manchen verletzt, wenn sie bekannt wurden, weswegen sie bei ihrer Publikation nicht selten geschönt wurden. In vielen Konflikt- und Liebesgeschichten spielte Rahel eine geheime, aber kluge Beraterin. Ihr Briefwechsel liest sich wie ein fortgesetztes Gespräch. „Reden“ mochte sie nicht, so daß alle Briefe eine Leichtigkeit und Ernsthaftigkeit bekunden, die oft in anderen Briefzeugnissen fehlen.

Rahel geht nicht nur auf die Probleme der Kultur der Zeit ein, auf die Gedanken und Gefühle ihrer Korrespondenten, sondern erzählt auch viel von sich, von ihren Überlegungen und Empfindungen. Im Medium ihrer Briefe entfaltet sie sich als eine Persönlichkeit, die sich immer wieder in Frage stellt, aber auch ein Selbstbewußtsein und eine Selbstsicherheit ausstrahlt, die in ihrer Zeit ihresgleichen kaum finden. Ihr permanenter Selbstreflexionsprozeß im Kontext des geselligen Umgangs mit ihren Freunden befreite sie sukzessive von ihrer Herkunft und Tradition und verankerte sie in einer autonomen bürgerlichen Kultur, die mitzugestalten sie als ihre Aufgabe empfand. Im Unterschied zu den bekannten Romantikern wie Schlegel, Brentano und Tieck, deren Idee der Poetisierung des Lebens sie mitgetragen hatte, bewahrte sie sich ihre Unabhängigkeit von allen neuen politischen und religiösen Herausforderungen.

Der ungewöhnlich dichte und umfängliche Briefwechsel der Romantiker schuf ein großes Netz von Intimität und Freundschaft. Er umfaßte aber nur einen engen Kreis und ging selten darüber hinaus – ein Zeichen seiner Exklusivität und Geschlossenheit. Sicherlich werden auch gelehrte und politische Nachrichten vermittelt und kommentiert, aber sie stehen nie im Vordergrund, es ist geradezu auffällig, wie unpolitisch sich die meisten in dieser Zeit des politischen Umbruchs verhalten. Der Brief war jedenfalls kein Mittel politischer Auseinandersetzungen. Im Zentrum steht einmal die Diskussion um literarische, künstlerische sowie philosophische Fragen der Zeit, zum anderen geht es vor allem um die eigenen emotionalen und intellektuellen Probleme in Form von umfassenden Selbstbestimmungen und Beschreibungen. Die Sorgfältigkeit der Briefkunst erhebt den Briefwechsel zur eigenständigen Literaturgattung neben dem Roman, der Novelle oder dem Gedicht. Der Briefwechsel der Romantiker, der leider nur in Bruchstücken, aber dennoch sehr umfänglich vorliegt, übermittelt viele Informationen über das Leben und Denken dieser Gruppe und ist damit nicht nur biographisches Zeugnis einzelner bekannter Schriftsteller. Neben den positiven Erlebnissen kommen auch Spannungen, ja selbst Feindschaften zur Sprache. Die Gruppe der Romantiker blieb nicht harmonisch und konstant. Oft wechselten die Positionen. Man war stets neugierig auf alle Nachrichten über andere und unterließ nicht, sie alle – auch das Geschwätz – zu kommentieren. Die parteiischen Briefschreiber waren zugleich jene, die die romantische Kultur am farbigsten beschrieben, so vor allem Friedrich Schlegel und seine Frau Dorothea, Clemens Brentano und seine Schwester Bettina sowie Rahel Varnhagen von Ense und ihr Mann Karl. So eigenwillig und selbstbestimmt jeder lebte, so waren sie doch allesamt aufeinander angewiesen. Alle klagten über Einsamkeit und beschworen immer wieder ein geselliges Beisammensein, aus dem sie ihre poetische Schaffenskraft bezogen. Da die Gruppe permanent unterwegs war, blieb allein der intensive und häufige Briefwechsel, der meist auch aufrechterhalten wurde, wenn jemand beruflich stark eingebunden war oder sich verehelicht hatte. Die Utopie eines gemeinsamen Lebens der Poesie und Kunst war die Grundlage des Briefwechsels.

8. Der Schlegelkreis in Jena

Abb. 59: Friedrich Schlegel.

Abb. 60: August Wilhelm Schlegel.

Als Ludwig Tiecks Roman „Franz Sternbalds Wanderungen“, mit dem die groß projektierten Romantikerromane begannen, 1798 erschien, wurde er sogleich im Oktober 1798 gelesen und lebhaft besprochen. Während Friedrich Schlegel die „fantastische Fülle und Leichtigkeit“ des Romans lobte – E.T.A. Hoffmann in ihm ein „wahres Künstlerbuch“ sah und Phil. Runge geradezu „im Innersten“ seiner Seele von ihm ergriffen war –, schrieb Caroline Schlegel am 14./15. Oktober 1798 aus Jena unmittelbar nach ihrer Lektüre an Friedrich Schlegel in Berlin:

„Tiek muß sich nun eben so wenig über Göthens Schweigen skandalisiren als Sie, denn er bittet auch ihn um Nachsicht. Und ich will Ihnen auch sein Urtheil über den 1sten Theil von Sternbald wiedergeben; Sie überantworten es Tiek. Man könnte es so eigentlich eher musikalische Wanderungen nennen, wegen der vielen musikalischen Empfindungen und Anregungen (die Worte sind übrigens von mir), es wäre alles darinn, außer der Mahler. Sollte es ein Künstlerroman sein, so müßte doch noch ganz viel anders von der Kunst darin stehn, er vermißte da den rechten Gehalt, und das Künstlerische käme als eine falsche Tendenz heraus. Gelesen hat er es aber, und zweymal, und lobt es dann auch wieder sehr. Es wären viel hübsche Sonnenaufgänge darinn, hat er gesagt (W. Schlegel: an denen man sähe, daß sich das Auge des Dichters wirklich recht eigentlich an den Farben gelabt, nur kämen sie zu oft wieder).

Wollen Sie nun mein Urtheil über den zweyten? Vom ersten nur so viel, ich bin immer noch zweifelhaft, ob die Kunstliebe nicht absichtlich als eine falsche Tendenz im Sternbald hat sollen dargestellt werden und schlecht ablaufen wie bei Wilhelm Meister, aber dann möchte offenbar ein andrer Mangel eintreten – es möchte dann vom Menschlichen zu wenig darinn seyn. Der zweyte Theil hat mir noch kein Licht gegeben. Wie ist es möglich, daß Sie ihn dem ersten vorziehn und überhaupt so vorzüglich behandeln? Es ist die nemliche Unbestimmtheit, es fehlt an durchgreifender Kraft – man hoft immer auf etwas entscheidendes, irgendwo den Franz beträchtlich vorrücken zu sehn. Thut er das? Viele liebliche Sonnenaufgänge und Frühlinge sind wieder da; Tag und Nacht wechseln fleißig, Sonne, Mond und Sterne ziehn auf, die Vöglein singen; es ist das alles sehr artig, aber doch leer, und ein kleinlicher Wechsel von Stimmungen und Gefühlen im Sternbald, kleinlich dargestellt. Der Verse sind nun fast zu viel, und fahren so lose in und aus einander, wie die angeknüpften Geschichten und Begebenheiten, in denen gar viel leise Spuren von mancherley Nachbildungen sind. Solt ich zu streng seyn, oder vielmehr Unrecht haben? Wilhelm will es mir jetzt vorlesen, ich will sehn, wie wir gemeinschaftlich urtheilen.

Fast habe ich so wenig Kunstsinn wie Tieks liebe Amalie, denn ich bin gestern bey der Lektüre eingeschlafen. Doch das will nichts sagen. Aber freylich wir kommen wachend in Obigen überein. Es reißt nicht fort, es hält nicht fest, so wohl manches Einzelne gefällt, wie die Art des Florestan bei dem Wettgesang dem Wilhelm gefallen hat. Bey den muntern Szenen hält man sich am liebsten auf, aber wer kann sich eben dabey enthalten zu denken, da ist der Wilhelm Meister und zu viel W.M. Sonst guckt der alte Trübsinn hervor. Eine Fantasie, die immer mit den Flügeln schlägt und flattert und keinen rechten Schwung nimt. Mir thut es recht leid, daß es mir nicht anders erscheinen will."[1]

„Jene schöne Zeit in Jena ist ... eine der glänzendsten und heitersten Perioden meines Lebens. Du und Dein Bruder Friedrich, Schelling mit uns, wir alle jung und aufstrebend, Novalis-Hardenberg, der oft zu uns herüber kam: diese Geister bildeten gleichsam ununterbrochen ein Fest von Witz, Laune und Philosophie", heißt es 1828 in der Widmung des „Phantasus" von Ludwig Tieck an August Wilhelm Schlegel in Erinnerung an die romantische Zeit in Jena.[2] Aber Jena wurde nicht nur in der Rückschau immer wieder als die Stätte klassisch-romantischen Geistes gerühmt und die Jahre zwischen 1795 und 1802 als die Geburtsstunde des intellektuellen Aufbruchs in Deutschland beschworen; bereits aus dieser Zeit selbst gibt es zahlreiche Zeugnisse, die das Besondere, ja Einmalige von Jena, das auch mehr als die Romantik umfaßte, hervorhoben. Hatten in dieser Zeit doch Schiller, Fichte, Humboldt, Hölderlin, Schelling, Novalis und Hegel in Jena gelebt oder gewirkt. 1795 schrieb Schiller, damals Professor für Geschichte und Philosophie in Jena: „Kein Ort in Deutschland würde mir das seyn, was Jena u. seine Nachbarschaft mir ist, denn ich bin überzeugt, daß man nirgends eine so wahre und vernünftige Freyheit genießt, und in einem so kleinen Umfang so viel vorzügliche Menschen findet".[3]

Jenas Berühmtheit lebte sicherlich auch von der unmittelbaren Nähe zu Weimar, wo Goethe, Herder und Wieland wirkten, vor allem aber von der Universität, an die in einer relativ kurzen Zeitspanne etliche berühmte Philosophen und Gelehrte berufen wurden, so vor allem Schiller und Fichte; nicht minder berühmt waren damals auch die Theologen Joh. Christoph Doederlein und Heinrich E.G. Paulus sowie der Mediziner Christoph Wilhelm Hufeland, der mit seiner öffentlichen Vorlesung „Makrobiotik oder Über die Kunst, das menschliche Leben zu verlängern" (veröff. 1790) mit einem Zulauf von 500 Studenten (bei nur 100 eingeschriebenen Medizinern) eine breite Wirkung erzielte. Dabei zahlte die Jenaer Universität ihren Dozenten ein deutlich geringeres Gehalt als andere. Dafür lockte sie junge Gelehrte mit größtmöglicher Toleranz und Freizügigkeit, die auch von den Weimarer Beamten geschützt und unterstützt wurden. „Die Professoren sind in Jena fast unabhängige Leute und dürfen sich um keine Fürstlichkeit bekümmern."[4] Dies bescheinigten vor allem Schiller, der bekannteste Lehrer der Universität, aber auch Fichte, derentwegen zahlreiche Studenten selbst aus dem Ausland nach Jena zogen. Auch die akademische Kultur und Geselligkeit der Stadt wurde gelobt. Es hieß zwar, daß für das „körperliche

Abb. 61: Ansicht von Jena (1791).

Wohlbehagen" nicht allzusehr gesorgt sei, dafür aber alles für den „Geist" getan werde.

Außer der Universitätsbibliothek mit ihren rund 50 000 Bänden standen viele Buchhandlungen und öffentliche Bibliotheken zur Verfügung. Das Voigtsche Akademische Lese-Institut am Markt führte ungefähr 100 Journale. Man konnte sich überall rasch informieren.[5] Dazu gab es bekannte Zeitschriften, die in Jena selbst herausgegeben wurden, so die „Allgemeine Literatur-Zeitung" und das „Intelligenzblatt". Berühmt wurden Schillers „Horen" und das „Philosophische Journal" von Friedrich Immanuel Niethammer, die zur intensiven Diskussion einluden und die neuen Ideen Jenas weit hinaustrugen. Weiterhin gab es zahlreiche Treffpunkte, nicht nur öffentliche Lesegesellschaften, sondern auch private Zirkel. Fast jeder bekannte Professor lud abends zur Diskussion ein, an der nicht nur die Kollegen teilnahmen, sondern auch Studenten. Dies war ein Grund, warum auch Goethe häufig aus Weimar nach Jena kam und hier lange Jahre am akademischen Leben teilnahm. Die jungen Literaten lernten ihn in verschiedenen Zirkeln auch persönlich kennen. Dabei hatte die alte Ackerbürgerstadt Jena nur 4300 Einwohner mit 791 Häusern, 1794 kamen 860 Studenten hinzu. Als Garlieb Merkel von Leipzig nach Jena übersiedelte, kam es ihm vor, „als träte ich aus einem Hotel des quatre nations in eine Dorfkneipe."[6]

Bevor die erste Generation der Romantiker zwischen 1796 und 1798 in Jena eintraf und hier ihr Programm verkündete, gab es bereits ein reges intellektuelles Leben mit Diskussionsmöglichkeiten über alle zeitrelevanten Themen und Probleme. Vier Komplexe sollen eigens hervorgehoben werden. Einmal trafen sich seit 1794/5 Goethe, Schiller und Humboldt zu zahlreichen Runden, aus deren Begegnung nicht nur die „Horen", die renommierte Zeitschrift Schillers, erwuchs. In diesem Milieu wurden auch die Briefe „Über die ästhetische Erziehung des Menschen" (1794/5) geschrieben, in denen Schiller über die Vervollkommnung des Menschen durch Bildung und Kunst reflektierte, sowie Goethes „Römische Elegien" (1794) verfaßt, die „die Sittlichkeit und in Theilen die Sittsamkeit" der Bürger verletzt haben sollen.[7] Ferner wurde in Jena im Zusammenhang mit einer starken Kantrezeption der deutsche Idealismus grundgelegt. Karl L. Reinhold, der Schwiegersohn Wielands, und sein Nachfolger Fichte hielten die ganze Studentenschaft in Bann. Nach Fichtes „Bestimmung des Menschen an sich" und „Bestimmung des Gelehrten" sollten die Philosophen nicht nur denken, sondern auch auf die Gesellschaft als „Lehrer des Menschengeschlechts" einwirken.[8] Drittens ging es in diesen Jahren auch um die Rechte der Frau. Humboldt veröffentlichte seinen Aufsatz: „Über den Geschlechtsunterschied und dessen Einfluß auf die organische Natur", der ebenso ambivalent diskutiert wurde wie Schillers Gedicht über die „Würde der Frauen". Eine besondere Aktualität erhielt das Thema der Gleichheit der Geschlechter durch die skandalösen Auftritte der vierundzwanzigjährigen Sophie Mereau, damals Frau des Universitätsbibliothekars, später von Brentano, die einerseits als selbständige, von Schiller geförderte Schriftstellerin auftrat, andererseits Kritik an der konventionellen Ehe übte, in der die Frauen sich eindeutig den Männern unterzuordnen hatten.[9] Ihre Liebschaft mit einem Studenten der Jurisprudenz führte zu einem öffentlichen Skandal. Schließlich wurde die ganze Professoren- und Studentenschaft von den Ideen der Französischen Revolution affiziert.[10] Schiller wurde ja bekanntlich Ehrenbürger der Französischen Republik, obwohl er sich nach 1791 offiziell von ihr wieder abgewandt hatte. Vor allem war es Fichte, der für die Ziele der Revolution stritt und als Freiheitsphilosoph für Verwirrung sorgte. Es gab also bereits ein reges intellektuelles Leben, als beide Schlegels nach Jena zogen. Sie knüpften dann mit ihrem romantischen Poetikprogramm an all die genannten Diskussionen an.

Der sogenannte Schlegelkreis, der sich seit 1796 in Jena herausbildete und 1799 die größte Intensität erreichte, war kein festgefügter Freundeskreis; vorrangig versammelte er sich um die beiden Brüder August Wilhelm und Friedrich Schle-

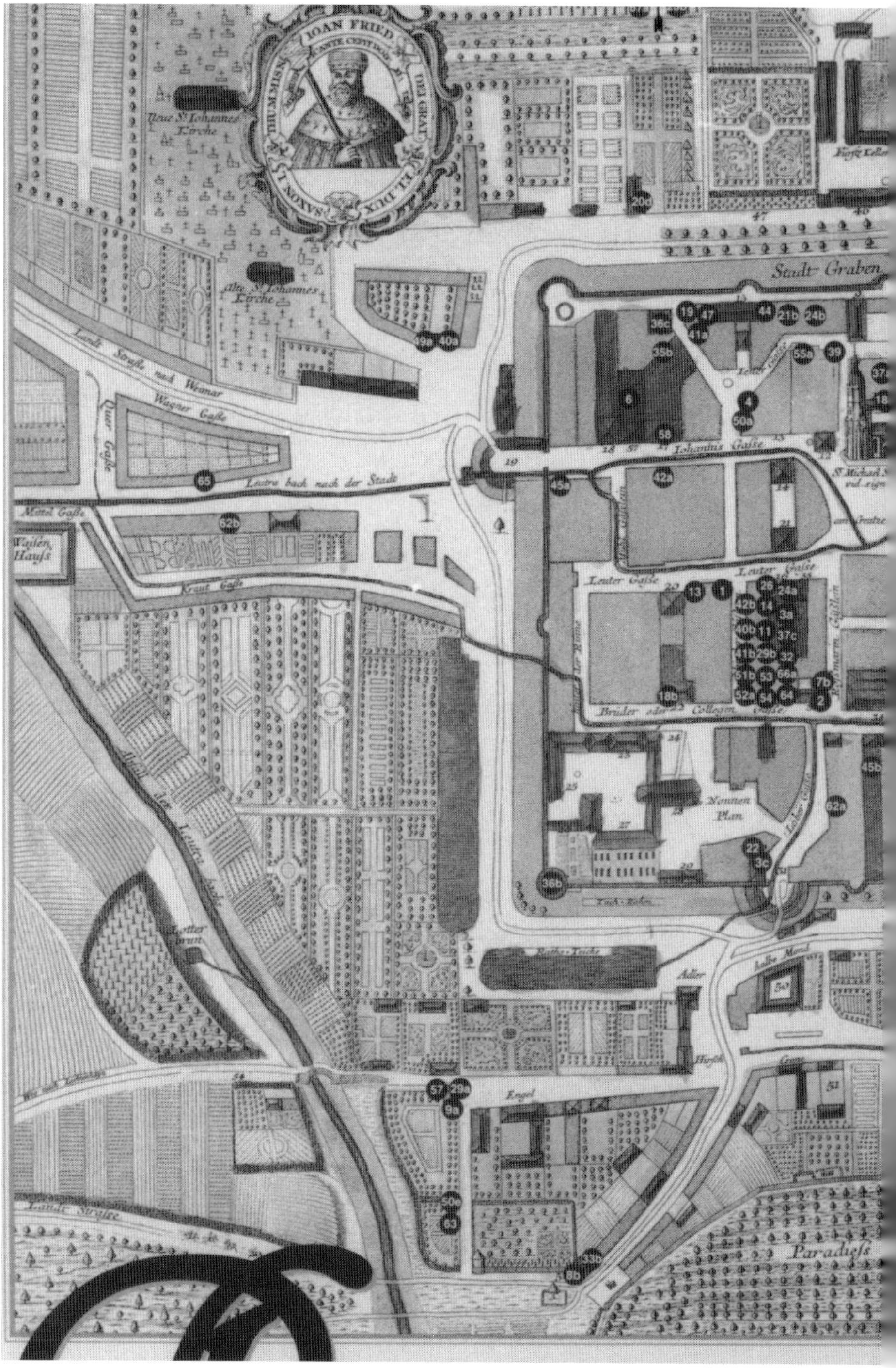

Abb. 62: Stadtplan von Jena mit Angabe der Wohnorte bedeutender Gelehrter und Schriftsteller (um

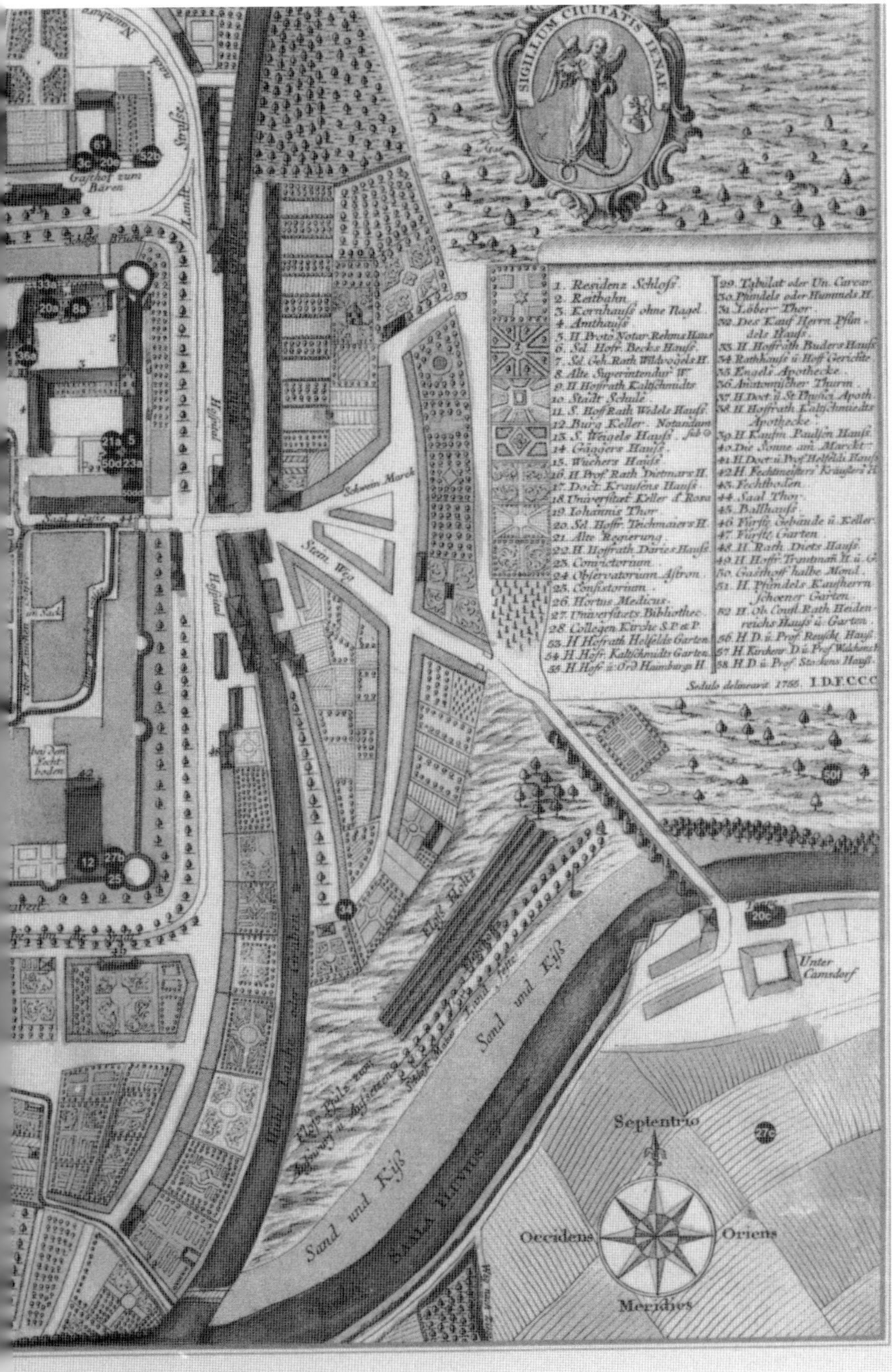
SIGILLUM CIUITATIS JENAE
1. Residenz Schloss
2. Reitbahn
3. Kornhauss ohne Nagel
4. Amthauss
5. H. Proto Notar. Rehms Hauss
6. Sel. Hofr. Becks Hauss
7. Sel. Geh. Rath Wildvogels H.
8. Alte Superintendur W.
9. H. Hofrath Kaltschmidts
10. Stadt Schule
11. S. Hof Rath Wedels Hauss
12. Burg Keller. Notandum
13. S. Weigels Hauss. sub ☉
14. Gäggers Hauss
15. Wuchers Hauss
16. H. Prof. Rath Dietmars H.
17. Doct. Krausens Hauss
18. Universitaet Keller z. Rosa
19. Iohannis Thor
20. Sel. Hofr. Teichmaiers H.
21. Alte Regierung
22. H. Hofrath Daries Hauss
23. Convictorium
24. Observatorium Astron.
25. Consistorium
26. Hortus Medicus
27. Universitaets Bibliothec
28. Collegen Kirche S.P. et P.
53. H. Hofrath Helfelds Garten
54. H. Hofr. Kaltschmidts Garten
55. H. Hofr. u. Ord. Hamburgs H.
29. Tabulat oder Un. Carcar
30. Pfündels oder Hummels H.
31. Löber-Thor
32. Des Kauf Herrn Pfün-
dels Hauss
33. H. Hofrath Buders Hauss
34. Rathhauss u. Hof Gerichte
35. Engels Apothecke
36. Anatomischer Thurm
37. H. Doct. u. St. Physici Apoth.
38. H. Hofrath Kaltschmiedts
Apothecke
39. H. Kaufm. Paulsen Hauss
40. Die Sonne am Marckt
41. H. Doct. u. Prof. Helfelds Hauss
42. H. Fechtmeisters Kräuslers H.
43. Fechtboden
44. Saal Thor
45. Ballhauss
46. Fürstl. Gebäude u. Keller
47. Fürstl. Garten
48. H. Rath Dietz Hauss
49. H. Hofr. Trautman H. u. G.
50. Gasthoff halbe Mond
51. H. Pfündels Kaufherrn
Schoener Garten
52. H. Ob. Cons. Rath Heiden-
reichs Hauss u. Garten
56. H. D. u. Prof. Reusch Hauss
57. H. Kirchenr. D. u. Prof. Walchens
58. H. D. u. Prof. Stockens Hauss
Sedulo delineavit 1758. I.D.F.CCC
Gasthof zum Bären
Unter Camsdorf
Sand und Kiss
SALA FLUVIUS
Septentrio
Occidens
Oriens
Meridies

Legende zu Abb. 62, S. 164, 165 (Fortsetzung)

Romantisches Jena

1. Ernst Moritz Arndt (1769–1860)
2. August Johann Georg Karl Batsch (1761–1802)
3. Casimir Ulrich Boehlendorff (1776–1825)
4. Clemens Brentano (1778–1842)
5. Georg Friedrich Creuzer (1771–1858)
6. Johann Traugott Leberecht Danz (1769–1851)
7. Carl Immanuel Diez (1766–1796)
8. Johann Wolfgang Döbereiner (1780–1849)
9. Karl Heinrich Abraham Eichstädt (1772–1848)
10. Carl Ludwig Fernow (1763–1808)
11. Paul Johann Anselm Feuerbach (1775–1833)
12. Johann Gottlieb Fichte (1762–1814)
13. Friedrich Karl Forberg (1770–1848)
14. Jakob Friedrich Fries (1773–1843)
15. Friedrich Wilhelm August Fröbel (1782–1851)
16. Carl Friedrich Ernst Frommann (1765–1837)
17. Friedrich Johann Frommann (1797–1886)
18. Johann Friedrich Fuchs (1771–1828)
19. Ludwig Friedrich von Froriep (1779–1847)
20. Johann Wolfgang von Goethe (1749–1832)
21. Johann Friedrich August Göttling (1753–1809)
22. Johann Diederich Gries (1775–1842)
23. Johann Jakob Griesbach (1745–1812)
24. Georg Johann Gottlieb Güldenapfel (1776–1826)
25. Georg Wilhelm Friedrich Hegel (1770–1831)
26. Johann Friedrich Herbart (1776–1841)
27. Friedrich Hölderlin (1770–1843)
28. Christoph Wilhelm Hufeland (1762–1836)
29. Gottlieb Hufeland (1760–1817)
30. Alexander von Humboldt (1769–1859)
31. Wilhelm von Humboldt (1767–1835)
32. August Friedrich Klingemann (1777–1831)
33. Carl Ludwig von Knebel (1744–1834)
34. Karl Christian Friedrich Krause (1781–1832)
35. Johann Georg Lenz (1745–1832)
36. Justus Christian von Loder (1753–1832)
37. Heinrich Luden (1778–1847)
38. Johann Karl August Musäus (1735–1787)
39. Sophie Mereau, spätere Brentano (1770–1806)
40. Friedrich Immanuel Niethammer (1766–1848)
41. Novalis, Friedrich von Hardenberg (1772–1801)
42. Lorenz Oken eigentlich Okenfuss (1779–1851)
43. Heinrich Eberhard Gottlob Paulus (1761–1851)
44. Andreas Georg Friedrich Rebmann (1768–1824)
45. Karl Leonard Reinhold (1758–1823)
46. Johann Wilhelm Ritter (1776–1810)
47. Friedrich Rückert (1788–1866)
48. Friedrich Carl von Savigny (1779–1861)
49. Friedrich Wilhelm Joseph von Schelling (1775–1854)
50. Friedrich Schiller (1759–1805)
51. August Wilhelm Schlegel (1767–1845)
52. Caroline Schlegel-Schelling (1763–1809)
53. Friedrich Schlegel (1772–1829)
54. Dorothea Veit-Schlegel, geborene Mendelssohn (1764–1839)
55. Carl Christian Erhard Schmid (1761–1812)
56. Johanna Schopenhauer (1766–1838)
57. Christian Gottfried Schütz (1747–1832)
58. Thomas Johann Seebeck (1770–1831)
59. Johann Smidt (1773–1857)
60. Johann Christian Starck d. Ä. (1753–1811)
61. Henrik Steffens (1773–1845)
62. Wilhelm Gottlieb Tennemann (1761–1819)
63. Anton Friedrich Justus Thibaut (1772–1840)
64. Ludwig Tieck (1773–1853)
65. Johann Heinrich Voss (1751–1826)
66. Karl Ludwig Woltmann (1770–1817)
67. Caroline von Wolzogen (1763–1847)

gel, wechselte aber konstant in seiner Zusammensetzung, blieb nach außen hin offen.[11] Er fügte sich weder in die akademische Gesellschaftskultur in Jena ein, wie sie in vielen Professorenhäusern gepflegt wurde, noch bildete er einen lokkeren zufälligen Treffpunkt von privaten Freunden. Er verband sich von Anfang an mit einem Programm und versammelte alle Frühromantiker zumindest zeitweilig, um in diesem Rahmen gemeinsam zu leben und zu arbeiten. Im Mittelpunkt stand das Haus von August Wilhelm Schlegel und seiner Frau Caroline, die er kurz zuvor in Dresden geheiratet hatte. Bald darauf zogen auch sein Bruder Friedrich und etwas später auch dessen Lebensgefährtin Dorothea Veit zusammen mit ihrem Sohn Philipp aus Berlin ins gleiche Haus ein. Anfangs schien ihnen Jena höchst anziehend: „Jena scheint mir ein grundgelehrtes, aber doch recht lustiges Wirtshaus zu seyn."[12]

Äußerer Anlaß, nach Jena zu ziehen, war die Einladung Schillers an August Wilhelm Schlegel, an der Zeitschrift „Die Horen" mitzuwirken, einen weiteren wichtigen Grund bildete die Attraktivität der Universität, deren geistiges Profil stark von Fichte und Schiller geprägt war. Hier dachte Schlegel zusammen mit seiner Frau Caroline und deren Tochter Auguste ein neues Leben beginnen zu können.[13] Schon 1794 pries sein Bruder ihm Jena als gemeinsamen Wohnort an. „Jena hätte für Dich sehr viel vortheilhaftes. Für alle Deine litterarischen Unternehmungen wärest Du am rechten Orte; selbst mit den Buchhändlern kann man von da aus sehr gut in Verbindung kommen. ... Du findest dort Humboldt. Du hast Weimar ganz in der Nähe, also Herder und Goethe."[14] „Es geht mir noch immer über alle Maßen wohl hier", schrieb Caroline Schlegel im September 1796 an ihre Freundin Luise Gotter, und „ich habe mich recht angesiedelt, mit dem Gefühl, als wenn meines Bleibens hier seyn könte. Meinem Vorsatz, wenig Bekanntschaften zu machen, bin ich treu geblieben. Von

Abb. 63: August Wilhelm Schlegel (um 1793). Gemälde von Johann Friedrich August Tischbein

Abb. 64: Friedrich Schlegel (1798), Gemälde von Franz Gareis

der studierenden Jugend werd ich nichts gewahr, und ich bin wenigstens gesichert, daß sie mir die Fenster nicht einwerfen kan, da wir künftig über einen Hof hinüber wohnen. Spaziergänge nehmen wir jeden Abend vor, und die heilige Dreyzahl unseres häuslichen Zirkels hat sich in eine partie quarrée seit der Ankunft meines Schwagers verwandelt, der uns mit seinem in- und auswendig krausen Kopf viel Vergnügen macht.“[15] Nacheinander integrierten sich die Schlegels in die Jenaer Gesellschaft, zu besonderem Kontakt kam es mit Fichte und Goethe, nach Novalis dem „Statthalter des poetischen Geistes auf Erden“, während das Verhältnis zu Schiller sich rasch wieder abkühlte, da es zu Konflikten kam, als sich der Schlegelkreis festigte und ein erstes Literaturprogramm deutlich wurde.

Der Kreis um die Schlegels umfaßte junge Schriftsteller, Philosophen, Naturforscher, Ärzte, Literatur- und Kunstkritiker, Maler und Bildhauer. Sie kamen von selbst oder wurden eigens eingeladen, an die 12 bis 15 Personen trafen sich zeitweise zu Mittag oder am Abend in Schlegels Haus.

Einer der jüngsten und begabtesten Freunde und Gäste war Friedrich W. Schelling, der die Schlegels in Leipzig bzw. Dresden kennengelernt hatte und den Goethe 1798 aufgrund seiner Schriften, vor allem „Von der Weltseele, eine Hypothese der höheren Physik zur Erklärung des allgemeinen Organismus“, nach Jena berufen hatte.[16] In den damals dreiundzwanzigjährigen Philosophen sollte sich Caroline leidenschaftlich verlieben. Zeitweiliger Hausgast war auch der Norweger Henrik Steffens (1773–1845), der in Jena studiert hatte und später als Professor für Naturphilosophie in Halle und Berlin Karriere machte. In seinen Erinnerungen „Was ich erlebte“ (1840/4) erzählt er ausführlich über Jena. Als besonders originell galt der Physiker Joh. Wilhelm Ritter (1776–1810), der dauernd experimentierte und als Einundzwanzigjähriger mit seinem Vortrag: „Über den Galvanismus; die Entdeckung eines in der ganzen lebenden und toten Natur sehr tätigen Prinzips“ (1798) bekannt wurde. Denn hier entwickelte er eine erste Theorie der Elektrizität.[17] Ein besonderer Gast war Novalis (Friedrich von Hardenberg), der, so oft es ihm sein Beruf erlaubte, in Jena war. Er, der „unbeschreiblich viel Feuer“ besaß[18], wurde ein Hauptmitarbeiter des Schlegelschen „Athenäums“. Der zweite bekannte Schriftsteller war Ludwig Tieck, der frisch verheiratet nach Jena zog und seinen Bruder, den Bildhauer Christian Friedrich Tieck, mitbrachte.[19] Eine Zeitlang kam auch seine Schwester Sophie Tieck/Bernardi dazu. Tieck hatte gerade seinen vieldiskutierten Roman „Franz Sternbalds Wanderungen“ veröffentlicht, er galt als ungewöhnlich guter Vorleser, weswegen er als Gast gern gesehen war. Zeitweiliger Gast war auch Clemens Brentano, der sich 1798 in Jena immatrikuliert hatte. Er schrieb gerade an seinem Roman „Godwi“. In Jena lernte er Sophie Mereau kennen, die er später heiratete.[20] Schließlich werden als Gäste Schlegels auch der Maler Friedrich August Tischbein (1750–1812) und seine Frau Sophie genannt. Wenn man zudem die Kontakte des Schlegelkreises zu Rahel Varnhagen sowie zu Friedrich Schleiermacher in Berlin mitberücksichtigt, der aber nie in Jena war, so umfaßte der Jenaer Romantikerkreis die zentralen Träger der frühen romantischen Bewegung. Alle waren jung, nur zwei von ihnen übten bereits einen Beruf aus: August Wilhelm Schlegel und Friedrich W. Schelling, sie waren Professoren an der Universität mit starkem Zulauf von interessierten Studenten. Für alle wurden die Jenaer Tage zu einem entscheidenden Erlebnis ihres Lebens.

„Wir sind fleißig und sehr glücklich", schrieb 1799 Caroline Schlegel einmal an Novalis.[21] Auch Dorothea Veit schwärmte: „Ja Schleiermacher, es geht mir wohl. Ich genieße einer schönen Ruhe, mit Geselligkeit verbunden; die Menschen begegnen mir mit Liebe und zuvorkommener Freundlichkeit, ich habe eine schöne Wohnung und kann jeden Augenblick in den schönsten Gegenden spazierengehen. ... Ich bin vom ersten Augenblick an wie zu Hause gewesen ..., daher fällt auch die Gêne ganz weg, die ich mir eingebildet habe, mit fremden Domestiquen fertig werden zu müssen, sie sind wie meine eigenen, mit Caroline weiß ich mit der besten Art von der Welt, das Gouvernement mit mir zu theilen."[22] Man traf sich mittags und abends zum Essen bzw. zu gemeinsamen Diskussionen und Gesprächen. Es wird von sehr spannenden und heiteren Sitzungen berichtet. Im Zentrum stand natürlich das gemeinsame Werk, seien es die Artikel im „Athenäum", Erzählungen von Tieck, philosophische Texte von Schelling oder Abhandlungen von Novalis. Unterbrochen wurde die Diskussion von ausgiebigen Spaziergängen in die Umgebung von Jena. Einblick in die Atmosphäre geben die Briefe von Caroline Schlegel. „Ich habe tausend Freuden daran gehabt", schrieb sie am 5.10.1799 an ihre Freundin Luise Gotter, „aber freilich seit einem vollen Vierteljahr keinen Augenblick Ruhe. ... Ja seit dem Empfang (deines Briefs) sind 8 Tage wieder hingegangen, wo das ganze Haus von oben bis unten umgekehrt wurde, eine große Wäsche gehalten, Vorhänge aufgesteckt bis zum lahm werden. ... Welche gesellige fröliche musikalische Tage haben wir erlebt! ... Zuerst kamen Tieck aus Berlin (ein sehr liebenswürdiger junger Mann) und Hardenberg, die waren 14 Tage bey uns, und dann fanden sich die Braunschweiger ein, Mutter, Schwester, Schwager, ein Kind und Mädchen ... Acht Tage nachher fand sich die Tischbein mit einem Knaben von ein paar Jahren und ebenfals einem Mädchen ein. ... Drey Wochen sinds nun, daß uns auch diese verlassen. Damals hatte ich jeden Mittag ein 15–18 Personen zu speisen. Meine Köchin ist gut, ich aufmerksam, und so ging alles aufs beste. Mein Schwager war auch unvermuthet von Berlin angekommen zu unserer großen Freude ... Nun hat es sich so gemacht, daß demohngeachtet keine Leere eintrat und der Besucher kein Ende wurden. So erwart ich übermorgen eine Schwägerin aus Göttingen, die Hoppenstedts. ... Wenn ich nicht irre, ist eine Tochter der Glockenbringk dabey. Unten in die Stube zieht eine Frau aus Berlin, eine Tochter von Mendelssohn, eine sehr wackre Frau, die ich täglich erwarte und die auch bey uns essen wird. Auch Tieck aus Berlin zieht

Abb. 34: Anton Graff, Henriette Herz (1792).

Abb. 53: Hoffmann und Medizinalrat Adalbert Friedrich Marcus,
Gouache von E. T. A. Hoffmann (1809–13).

Abb. 85: Rahel Varnhagen von Ense (um 1806).

Abb. 90: Heinrich von Kleist, Miniatur von Peter Friedel (1801).

Abb. 96: Achim von Arnim und Clemens Brentano, Des Knaben Wunderhorn, Titelblatt zum Zweiten Band von Adam

Abb. 112: Philipp Otto Runge, Der kleine Morgen (1808).

Abb. 125: Wilhelm von Schadow, Heilige Familie unter dem Portikus (1818).

Abb. 126: Caspar David Friedrich, Das Kreuz im Gebirge (Tetschener Altar) (1807/8).

mit seiner Frau auf den Winter nach Jena und sie wollen bey uns den Tisch haben. Ein Theil meiner bisherigen Gesellschaft hat sich heut unter gegenseitigen Wehklagen von uns getrennt, Paulus nehmlich. Da hast Du einen trocknen Abriß meines geschäftigen Lebens ... Wir lebten in schöner Geselligkeit.“[23]

Abb. 65: Dorothea Veit-Schlegel (1798).

Während zumeist vom frühen Morgen an gearbeitet wurde, verbrachte man den Abend gemeinsam und gesellig. Zwei Geschichten illustrieren diese abendliche Geselligkeit. Als 1796 Schillers Gedicht „Das Lied von der Glokke“ erschien und vorgelesen wurde (mit den berühmten Sätzen: „Der Mann muß hinaus Ins feindliche Leben/ Muß wirken und streben/ und pflanzen und schaffen, ... Und drinnen waltet die züchtige Hausfrau, die Mutter der Kinder/ Und herrschet weise/ In häuslichem Kreise ...“), sind wir gestern Mittag fast von den Stühlen gefallen vor Lachen, es ist à la Voss, à la Tieck, à la Teufel, wenigstens um des Teufels zu werden.“[24] Dies dürfte Schiller nicht verborgen geblieben sein, wie auch die Parodie von August Wilhelm Schlegel auf Schillers: „Würde der Frauen“: „Ehret die Frauen! Sie stricken die Strümpfe,/ Flicken zerrißene Pantalons aus;/ Kochen dem Manne die kräftigen Suppen/ ... Doch der Mann, der tölpelhafte/ Find't am Garten nicht Geschmack/ Zum gegohrnen Gerstensafte/ raucht er immerfort Taback ...“.[25] Ein paar Tage später schrieb Caroline Schlegel an ihre Tochter eine zweite Geschichte. Sie betrifft Angriffe, die Garlieb Merkel zu dieser Zeit zusammen mit August von Kotzebue gegen die frühen Romantiker unternahm. „Was die Menschen vor Zeugs aushecken, das glaubst Du nicht. Ich werde Dir ein Sonnet auf den Merkel schikken, der in Berlin geklatscht hat, der Herzog habe den Schlegels wegen des Athenäum Verweise geben lassen usw. Da haben sich Wilhelm und Tiek lezt Abends hingesetzt und ihn mit einem verrückten Sonnet beschenkt. Es war ein Fest mit anzusehen, wie beyder braune Augen gegeneinander Funken sprühten und mit welcher ausgelassenen Lustigkeit diese gerechte malice begangen wurde. Die Veit und ich lagen fast auf der Erde dabey. ... Merkel ist ein geliefertes Ungeheuer. Davon erholt er sich nicht. Ein Mordslerm wird übrigens von allen Seiten losgehn."[26] Wir wissen, wie verletzend der Spott der Schlegels war, dem sie sich in Jena unverhohlen hingaben. An derartigen „Teufeleien" hatten sie besonders Spaß.[27]

Was sich in Jena konstituierte, war ein lockerer Diskussions- und Freundschaftskreis im Hause der beiden Schlegels mitsamt ihren Lebensgefährtinnen, der allen weiteren Freunden zu jeder Zeit offen stand. Dieser Zusammenschluß war keine Zufälligkeit, er resultierte aus den verschiedenen Bedürfnissen. Einmal schuf er eine neue intellektuelle Heimat für eine von Herkunft und festem Standort gelöste Gruppe, die leidenschaftlich philosophierte, zum anderen entstand er aus dem Wunsch, zusammen zu denken und zusammen zu schreiben, weil keiner allein die ‚Wahrheit' erfassen und die ‚geistige' Revolution nur eine Gruppe leisten könne.[28] Die Idee der Symphilosophie, die das Synexistieren, ja Synfaulenzen einschloß, stammte von Friedrich Schlegel[29], besondere Unterstützung erfuhr sie von Novalis und Schleiermacher, mit denen Friedrich Schlegel auch am besten zusammenarbeiten konnte. Mit Schleiermacher hatte Schlegel einige Zeit zuvor in Berlin ebenfalls zusammengelebt, ja gewisserweise eine „geistige Ehe" geführt, aus der das ‚Athenäum' wichtige Impulse erfuhr. Den Wunsch einer Zusammenarbeit entwickelte Friedrich Schlegel erstmals 1793: „Ich finde es immer mehr die herrlichste Art über diesen Gegenstand, wo Vollendung im Untersuchen nicht so früh zu hoffen ist, zu den reichhaltigsten Aufschlüssen zu kommen, einer regt den anderen an, eine Ansicht gebiert viele andere, und so werden wir mit dem ganzen Umfang unseres Stoffes bekannt, und entgehen der drohenden Gefahr, die unendliche Natur in einen engen Begriff eindrücken zu wollen."[30] 1796 bzw. 1798 war es dann so weit, zuerst in Dresden und bald in Jena die romantische Utopie zu realisieren, ohne das Individuelle aufzugeben, die Mannigfaltigkeit zu verwischen, doch einem Geist verpflichtet zu bleiben. In einem Brief an Fichte schrieb Friedrich Schlegel im Mai 1799: „Jeder, der es fähig ist, muß an seinem Theil ein Zeugniß für die Wahrheit ablegen, und wenn auch Ein Geist alles beseelt, so hat doch jeder seine Ansicht und seinen Gesichtspunkt, und eine Wahrheit wie diese muß von allen Seiten ins Licht gesetzt werden."[31] Wenngleich mit unterschiedlichen Positionen zu rechnen war, ja sogar mit Gegensätzlichkeiten, hoffte er doch, daß alle „eine Bahn gehn"[32], war doch selbst seine Freundschaft und „Fraternität" mit seinem Bruder nie „etwas anderes als ein heilsamer und piccante dolce Antagonismus zu gemeinschaftlichen Zwecken und Werten“[33]. So formulierte Friedrich Schlegel es im Athenäums-Fragment 125 (1798): „Vielleicht würde eine ganz neue Epoche der Wissenschaften und Künste beginnen, wenn die Symphilosophie und Sympoesie so allgemein und so innig würde, daß es nichts Seltnes mehr wäre, wenn mehre sich gegenseitig ergänzende Naturen gemeinschaftliche Werke bildeten. Oft kann man sich des Gedankens nicht erwehren, zwei Geister möchten eigentlich zusammengehören, wie getrennte Hälften, und nur verbunden alles sein, was sie könnten.“[34]

Worum es in der Symphilosophie in Jena ging und wie diese Romantikergruppe ihren revolutionären Habitus umsetzen wollte, wird vor allem bei der Gründung der Zeitschrift „Athenäum“ deutlich, als deren Herausgeber die Brüder Schlegel fungierten. Sie war nicht das einzige, aber vielleicht das wichtigste Produkt dieses Kreises, von dem man sich viel erwartet hatte. Daß Literaten, Schriftsteller und Philosophen zu Ende des 18. Jahrhunderts Zeitschriften herausgaben, die programmatische Ziele verfolgten, ist nichts Ungewöhnliches, erinnert sei an Wielands „Deutschen Merkur“ und Schillers „Horen“, selbst Goethe bemühte sich um Zeitschriftengründungen. Aber während Zeitschriften mit einem offenen Programm allgemein durchaus Erfolg hatten, scheiterten fast alle literarischen Blätter mit dezidierten Ansprüchen nach kurzer Zeit. Dies lag einerseits am Publikum, das nur begrenzt für spezifische Literaturprogramme zugänglich war, andererseits an den Marktbedingungen, an die die Verleger gebunden waren. Resultat waren die ungewöhnlich vielen Querelen mit den Verlegern, die keine zu hohen Risiken auf sich nehmen konnten.[35] Das Besondere am „Athenäum“-Projekt war, daß hier einmal ausschließlich junge, weitgehend unbekannte Autoren mitwirkten, zum anderen alle zusammen ein Programm verwirklichen wollten, das der Verschiedenheit der Ansichten Rechnung tragen sollte, ohne die Einheitlichkeit aufzugeben. Schließlich war die Zeitschrift die stärkste Klammer der Jenaer Romantikergruppe, die dann auch mit dem Ende der Zeitschrift auseinanderfiel. Gerade an der Geschichte dieser Zeitschrift läßt sich die komplexe Situation dieser Gruppe aufzeigen.

Der Plan einer neuen Zeitschrift reicht bei den Schlegels weit zurück. Schon im Januar 1793 versuchte Friedrich, seinen Bruder August Wilhelm zu gewinnen: „Wie wäre es, wenn wir einmal versuchten, gemeinschaftlich unsere Gedanken über die Dichtkunst zu entwickeln, die wir vielleicht künftig einmal in der Form von Briefen oder Gesprächen bekannt machen könnten. Du müßtest dann die letzte Hand dran legen, um Einheit in das ganze zu bringen, auch ich sollte denken, daß wäre möglich, unsere Gedanken würden einstimmig genug sein, und doch auch hinlänglich voneinander abstechen."[36] Akut wurde die Gründung, als Friedrich Schlegel 1797 Schwierigkeiten mit Joh. Friedrich Reichardt bekam, dem Komponisten und Schriftsteller, der lange Zeit Anlaufstelle für viele Romantiker war und in dessen Zeitschriften „Deutschland" und „Lyceum der schönen Künste" er bis dahin publiziert hatte. Schlegel sagte sich von ihm los und legte 1797 seinem Bruder einen neuen Gründungsplan vor: „Denk Dir nur den unendlichen Vortheil, daß wir alles thun und lassen könnten, nach unserem Gutdüncken ... Ein anderer großer Vortheil dieses Unternehmens würde wohl seyn, daß wir uns eine große Autorität in der Kritik machen, hinreichend, um nach 5–10 Jahren kritische Dictatoren Deutschlands zu seyn, die Allgemeine Literatur-Zeitung zu Grunde zu richten, und eine kritische Zeitung zu geben, die keinen anderen Zweck hätte als Kritik."[37] Die Zeitschrift „Athenäum" kam rasch heraus, sie war kritisch, polemisch und provokant, aber doch sehr unterschiedlich in den Ansichten und Überzeugungen, was genau der Pluralität der Perspektive im romantischen Denken entsprach. Besonders deutlich wird dies in den „Fragmenten", einer literarischen Form, der sich Friedrich Schlegel zuwandte.

Ursprünglich sollte die Zeitschrift durch die gemeinsamen Interessen von Friedrich und August Wilhelm Schlegel zusammengehalten werden, zugleich aber eine Meinungsvielfalt wiedergeben. In der ‚Vorerinnerung' heißt es: „Wir theilen viele Meynungen miteinander; aber wir gehn nicht darauf aus, jeder die Meynung des andern zu der seinigen zu machen. Jeder steht daher für seine eigenen Behauptungen. Noch weniger soll das geringste von der Unabhängigkeit des Geistes, wodurch allein das Geschäft des denkenden Schriftstellers gedeihen kann, einer flachen Einstimmigkeit aufgeopfert werden; und es können folglich sehr oft abweichende Urtheile in dem Fortgange dieser Zeitschrift vorkommen."[38] Die Zeitschrift sollte formale Abhandlungen mit Briefen, Gesprächen, rhapsodischen Betrachtungen und aphoristischen Bruchstücken bringen wie inhaltlich „besondere Urtheile mit allgemeinen Untersuchungen, Theorie mit geschichtlicher Darstellung, Ansichten der vielseitigen Strebungen unseres Volks und Zeitalters mit Blikken auf das Ausland und die Vergangenheit, vorzüglich auf das klassische Alterthum". Kunst und Philosophie sollten im Mittelpunkt stehen.

Die beiden Schlegels waren die Herausgeber, zugleich aber auch Verfasser verschiedener Artikel. Weitere Mitarbeiter kamen aus dem engeren Kreis der Gruppe um Novalis, Schleiermacher, Dorothea Veit und Caroline Schlegel. Hinzu kam August Ludwig Hülsen (1765–1810), ein bemerkenswerter Schüler Fichtes und

Mitglied des Jenaer Freundeskreises der „Freien Männer“[39], Karl Gustav von Brinkmann, der schwedische Diplomat in Berlin und Freund Schleiermachers, der im „Tugendbund“ von Henriette Herz eine besondere Rolle spielte, August Ferdinand Bernhardi, der Lehrer und Schwager Tiecks, schließlich Sophie Bernhardi/Tieck, später zeitweise die Geliebte August Wilhelm Schlegels. Tieck und Schelling blieben ausgeschlossen, weil Friedrich Schlegel deren Beiträge offensichtlich nicht schätzte – wahrscheinlich lag auch Tieck das theoretische Programm wenig.[40] Obwohl die Zeitschrift lediglich zwei Jahre Bestand hatte und nur drei Bände herausgegeben wurden, erschienen die wichtigsten Schriften der frühen Romantiker in dieser Zeitschrift: von Friedrich Schlegel die genannten berühmten „Fragmente“, eine Wilhelm-Meister-Rezension sowie sein „Gespräch über die Poesie“, von Novalis die Sammlung „Blüthenstaub“ und die „Hymne an die Nacht“, während sein Aufsatz „Die Christenheit oder Europa“, den er im November 1799 im Kreis der Freunde in Jena vorgelesen hatte, nicht aufgenommen wurde. Alle Texte wurden im engsten Kreis diskutiert und ausgewählt, es waren dies keine leichten Entscheidungen, die allein der Sache dienen sollten. Caroline Schlegel, die die Hauptarbeit der Redaktion trug, verteidigte das Vorgehen des Kreises gegenüber außenstehenden Kritikern: „Denken Sie nicht, daß diese Männer sich umher einander schmeicheln, und etwas weis machen, sie kennen sich, sie sagen sich ihre Wahrheiten, aber sie haben ein Ziel – und das haben sie sehr fest in den Augen.“[41]

Abb. 66: Johann Gottlieb Fichte (1812), Gemälde von Ernst Gebauer

Alle drei Bände spiegeln den Geist der frühen Romantik: sie wechseln vom Abstrakt-Allgemeinen zum Historisch-Individuellen, von der Philosophie zur Poesie, von der Skepsis zum Glauben, von der Kritik zur Mystik. Der Hang zum Mystischen und Religiösen wird im dritten, 1801 erschienenen Band besonders spürbar. Die religiöse Wende war kein Ausdruck einer zunehmend konservativen

Haltung, sondern des Bewußtseins einer neuen Zeit. Wir wissen nicht, wie die Zeitschrift weiter geplant war, aber Schlegels Absicht war es, ein breites Spektrum nicht nur ästhetischer und philosophischer, sondern auch moralischer und gesellschaftlicher Ansichten zu übermitteln, die für das konkrete Leben Relevanz besitzen konnten. „Athenäum" erschien in einem Berliner Verlag, von dem sich Schlegel auch beträchtlichen finanziellen Gewinn erhoffte, den er bitter nötig hatte. Die Auflage wurde auf 1250 Exemplare festgesetzt, was selbst für heutige Verhältnisse sehr hoch war. Der Verkauf stagnierte allerdings rasch, die ganze Zeitschrift mußte bald ganz eingestellt werden. So hatten sich die Herausgeber und der Verlag verschätzt. Die Zeitschrift war avantgardistisch und extravagant und fand aber in breiteren Kreisen letztlich keinen Anklang. Außerdem provozierte sie zu sehr und gewann mehr Gegner als Freunde. Zwar verteidigte Goethe die Zeitschrift – war er ja als Ratgeber stets präsent –, aber Schiller konnte ihr ebensowenig etwas abgewinnen wie die Berliner Spätaufklärer um Fr. Nicolai, obschon sie so eigenwillige wie prominente Texte brachte, die eine „Schule" begründen sollten. Zwar hatte sich durch die Arbeit an der Zeitschrift der Jenaer Kreis für kurze Zeit gefestigt, umso stärker aber polarisierte die Zeitschrift selbst das literarische Feld selbst in Jena. Eine gewisse Fortsetzung fand das „Athenäum" in der 1803 von Schlegel herausgegebenen Zeitschrift „Europa".[42]

Wenngleich heute der Jenaer Kreis als frühromantisch gekennzeichnet wird und hier die Wurzeln des romantischen Geistes gesehen werden, haben sich die beiden Schlegels selbst nicht als Romantiker bezeichnet, geschweige denn als Begründer einer romantischen Schule gesehen. Nur als unscharfe Kennzeichnung ihrer Wünsche und Vorstellungen war der Begriff „romantisch" gegenwärtig. Als Epochenbegriff taucht „Romantik" erst in der Spätphase auf. Dabei war der Begriff „romantisch", auf den sich andere Romantiker wohl beziehen, im 18. Jahrhundert durchaus geläufig, beinhaltete jedoch höchst Unterschiedliches. Einmal wurde er identifiziert mit dem Wort „romanhaft" und bezeichnete alles, was wie in einem Roman als abenteuerlich, phantastisch und unglaubwürdig erschien. Dann wurde das Wort abgeleitet von „romantisch", als einer nicht „klassischen", d.h. nicht antiken literarischen Form. Besonders häufig wurde das Wort „romantisch" verwandt zur Beschreibung von Phänomenen des Wilden und Erhabenen. Die Alpen, der Rhein, auch der englische Landschaftsgarten wurden Inbegriff des Romantischen. Schließlich wurde der Begriff für Menschen und Dinge, Stimmungen und Gefühle verwandt. Bereits in der romantischen Zeit galt romantisch als Gegenbegriff zur alltäglichen Wirklichkeit.[43]

Unsere Romantiker knüpfen zwar durchaus an diese Begriffsvorstellung an, geben ihr aber einige bedeutsame neue Akzente. Am stärksten bezieht sich Novalis auf den Begriff und verbindet ihn mit einer Sinndeutung der Welt überhaupt: „Die Welt muß romantisiert werden. So findet man den ursprünglichen Sinn wieder... Diese Operation ist noch ganz unbekannt. Indem ich dem Gemeinen einen hohen Sinn, dem Gewöhnlichen ein geheimnisvolles Ansehen, dem Bekannten die Würde des Unbekannten, dem Endlichen einen unendlichen Schein gebe, so romantisiere ich es."[44] Das Romantische bleibt hier als Gegenbegriff zur alltäglichen Wirklichkeit gegenwärtig, erfährt aber eine deutlich aktivistische Wendung. Die „romantische ‚Operation'" bedeutet für Novalis nicht Weltflucht, sondern Weltänderung. Friedrich Schlegel teilt auch die universalistische Konzeption und legt das Romantische doch wesentlich auf die Poesie fest: „Die romantische Poesie ist eine progressive Universalpoesie. Ihre Bestimmung ist nicht bloß, alle getrennten Gattungen der Poesie wieder zu vereinigen und die Poesie mit der Philosophie und Rhetorik in Berührung zu setzen. Sie will und soll auch Poesie und Prosa, Genialität und Kritik, Kunstpoesie und Naturpoesie bald mischen, bald verschmelzen, die Poesie lebendig und gesellig, und das Leben und die Gesellschaft poetisch machen, den Witz poetisieren und die Formen der Kunst mit gediegenem Bildungsstoff jeder Art anfüllen, und sättigen, und durch die Schwingungen des Humors beseelen... Sie ist der höchsten und der allseitigsten Bildung fähig; nicht bloß von innen heraus, sondern auch von außen hinein, indem sie jedem, was ein Ganzes in ihren Produkten sein soll, alle Teile ähnlich organisiert, wodurch ihr die Aussicht auf eine grenzenlos wachsende Klassizität eröffnet wird. Die romantische Poesie ist unter den Künsten, was der Witz der Philosophie und die Gesellschaft, Umgang, Freundschaft und Liebe im Leben ist."[45]

Popularisiert wurden die Ausdrücke „Romantik" und „Romantiker" durch Jean Paul.[46] Sein Kriterium war jedoch das der ästhetischen Qualität. Als Epochen- und Programmbegriff wird „Romantik" erst durch die Kritiker der Romantik Joh. Heinrich Voß und Heinrich Heine geläufig.[47] Die proklamatorischen Äußerungen der romantischen Literatur in Jena 1798/1800 lassen kein geschlossenes Programm erkennen; wenn sie auch neue Akzente setzten, propagierten sie doch einen neuen Umgang mit Kunst und eine neue Philosophie, sie waren zugleich provokativ wie widersprüchlich.

Der Schlegelkreis hielt als eine diskutierende und handelnde Gruppe nur kurze Zeit zusammen, sosehr lockere Verbindungen, die vorher schon existierten, weiterbestanden, einzelne Mitglieder weiter miteinander korrespondierten und sich gegenseitig besuchten. Aber die alte Intensität der Jahre 1799/1800 wurde nicht wieder erreicht. Eine starke Klammer hatte die Zusammenarbeit an der Zeitschrift „Athenäum" gebildet, aber auch die Parteinahme für Fichte, als er 1799 aufgrund eines Atheismus-Vorwurfs entlassen wurde. Zwar war die Stellung Fichtes im Jenaer Romantikerkreis nicht unumstritten – Schlegel und Novalis begeisterten sich an dessen Wissenschaftslehre, während Caroline Schlegel und Ludwig Tieck bei Fichte den Mangel an „Witz und Fantasie" bedauerten. Doch alle Verfechter der „Freyheit im Denken" fühlten sich im Atheismus-Streit durch kirchliche Bevormundung bedroht.[48] Als Fichte nach Berlin ging, wohnte er vorübergehend bei Schleiermacher und Schlegel. Der rasche Verfall der Jenaer Gruppe nach 1800 hing zweifellos mit dem abrupten Ende der Zeitschrift zusammen, das als Ende des Jugendtraums der Symphilosophie gedeutet wurde. Das avantgardistische Programm fand keinen fruchtbaren Boden, womit sich die andauernden Finanzprobleme der Mehrzahl der Gruppenmitglieder verstärkten. Friedrich Schlegel hatte gehofft, sich gerade durch die Zeitschrift seiner finanziellen Sorgen zu entledigen, um mit Dorothea zusammenleben zu können. Sein Bruder August Wilhelm hatte zwar kurzzeitig eine Professur in Jena, mußte sich aber ebenfalls nach anderen Einnahmen umsehen, dasselbe gilt für Tieck. Nach dem Scheitern der Zeitschrift traten nun die inneren Differenzen zwischen Friedrich Schlegel und Tieck einerseits und zwischen ihm und seiner Schwägerin Caroline andererseits stärker hervor, die sich ihrerseits nicht mehr mit Dorothea Veit vertrug. Caroline, eine genaue und kluge Beobachterin der Differenzen, verstand zusehends nicht mehr, worum es in den einzelnen Auseinandersetzungen ging, sosehr sie die Kreativität der Männer bewunderte. „Sie glauben nicht", schrieb sie einmal an Novalis, „wie wenig ich von eurem Wesen begreife, wie wenig ich eigentlich verstehe, was Sie treiben ... Was ihr alles zusammen da schaffet, ist mir auch ein rechter Zauberkessel."[49]

In dem Maße, wie die Grenzen zwischen Kunst und Philosophie aufgehoben und das ‚poetische' Leben religiös überhöht wurde, andererseits die Kritik an Neuhumanismus und Aufklärung deutlich hervortrat und in ihrer Arroganz die Gegner verletzte, fehlte es nach dem Wegzug der Schlegels an einer starken Kraft, die die Gruppe noch zusammenhalten konnte. Steffens, der norwegische Naturforscher, schrieb 1814 an Tieck über die Jenaer Treffen: „So gewiß, wie es ist, daß diese Zeit, in welcher Goethe und Fichte und Schelling und Schlegel, Du, Novalis, Ritter und ich uns alle vereinigt träumten, reich an Keimen mancherlei

Art war, so lag doch etwas Ruchloses im Ganzen. Ein geistiger Babelsturm sollte errichtet werden, den alle Geister aus der Ferne erkennen sollten. Aber die Sprachverwirrung begrub dieses Werk des Hochmuts unter seine eigenen Trümmer. Bist Du der, dem ich mich vereinigt träumte, fragte einer den andern – Ich kenne deine Gesichtszüge nicht mehr, deine Worte sind mir unverständlich – und ein jeder trennte sich in den entgegengesetzten Weltgegenden."[50] Hinzu kam, daß sich im gemeinsamen Haushalt Caroline von ihrem Mann August Wilhelm Schlegel abwandte und sich in den jungen Schelling verliebte. Zwar hatte Caroline August Wilhelm Schlegel nicht aus Liebe geheiratet, und auch er lernte bald die Schwester Tiecks kennen und lieben, aber daß die ältere Caroline mit ihrer Vergangenheit ihrem Mann so offenkundig die Ehe aufkündigte, verstieß selbst für Friedrich Schlegel und Dorothea Veit gegen jede Moral. Friedrich seinerseits hatte gerade mit seiner in Berlin geschriebenen „Lucinde" seine eigene Liebesgeschichte veröffentlicht und durch sie Dorothea brüskiert. Wenngleich die „Lucinde" nicht der romantische Roman wurde – der 2. Teil erschien nie –, wie ihr Autor es hoffte, übte sein Bekenntnis zur romantischen Liebe beträchtlichen Einfluß auf die auch in Berlin und Jena geführte Geschlechterdiskussion aus. Sowohl Carolines Ehedrama wie Schlegels Liebesoffenbarung wurden zum Stadtgespräch, was den Zerfall der Gruppe beschleunigte. Als schließlich noch die allseits geliebte Tochter Carolines, die 15jährige Auguste, 1800 an der Ruhr starb, wurde dem jungen Schelling vorgeworfen, aufgrund einer falschen Kur an ihrem Tod schuld zu sein, weswegen Friedrich Schlegel und Dorothea Veit auch mit Schelling brachen.[51] Schlegel zog in der Folge zusammen mit Dorothea nach Paris, obwohl er noch 1800 die venia legendi in Jena erhalten und eine – allerdings nicht erfolgreiche – Vorlesung über Transzendentalphilosophie gehalten hatte. Sein Bruder August Wilhelm ließ sich in Berlin nieder, trennte sich von Caroline, ohne jedoch den Kontakt zu Schelling aufzukündigen. Er teilte die allgemeine öffentliche Diffamierung nicht. Tieck, der ohnehin nur kurzfristig in Jena war, lebte nach 1800 wieder in Berlin und Dresden. Allein Schelling blieb noch bis 1802 in Jena, dem Jahr der Heirat mit Caroline Schlegel. Dafür bekam er einen neuen Kollegen, den großen Philosophen Hegel, mit dem er zusammen im Tübinger Stift gewesen war.[52]

Der Zusammenbruch des Schlegelkreises tangierte das intellektuelle Leben in Jena, das nach wie vor von der Universität geprägt war, insgesamt erstaunlich wenig, stärker wirkte sich hier der Atheismus-Streit aus. Die große Zeit Jenas endete erst 1803 mit dem Weggang von Schelling, Hufeland, Niethammer und

Paulus sowie der Transferierung der berühmten „Allgemeinen Literatur-Zeitung“ nach Halle.[53] Goethe selbst, der viel Hoffnung auf die Gruppe gesetzt hatte, bedauerte den Zerfall, ohne zu verkennen, mit welchen Geist sie die Welt belebt hatte.

Abb. 67: Goethes Wohnhaus am Frauenplan in Weimar (1828).

9. Die Berliner Gesellschaften

Abb. 68: Das Brandenburger Tor in Berlin (um 1800).

Henriette Herz erinnerte sich 1828 an die Anfänge der Salonkultur in Berlin:

„Die christlichen Häuser Berlins boten (andererseits) nichts, welches dem, was jene jüdischen an geistiger Geselligkeit boten, gleichgekommen oder nur ähnlich gewesen wäre... Von einem christlichen bürgerlichen Mittelstande, welcher andere geistige Interessen gehabt hätte als diejenigen, welche der äußere Beruf etwa anregte, war damals hier noch nicht die Rede. Es gab da viele ehrenwerte Familientugenden, aber jedenfalls noch mehr geistige Beschränktheit und Unbildung. Der höhere christliche Kaufmannsstand zählte nur noch wenige Mitglieder, und es stand bei ihm in geistiger Beziehung nicht viel anders. In den Häusern desselben wurden wohl große prächtige Gastmähler und Feste gegeben, die Töchter des Hauses wurden in dem verweichlichendsten Luxus erzogen, aber von Bildung ward nur der äußerlichste Firnis angestrebt. Von dem Beamtenstande war der niedere bei geringen Einkünften mit Amtsgeschäften überhäuft, die Not in den Büros und die Not im Hause, letztere durch die oft zahlreiche Familie verursacht, drückte jede etwa erstrebte geistige Erhebung sofort nieder. – Die hohen Zivil- und Militärbeamten teilten das Geschick des Hofes, welchem der bei weitem größte Teil durch adelige Geburt angehörte und welchem eine geistreiche und anregende Geselligkeit gänzlich abging. ... Wenn Alexander von Humboldt in jenen Jahren einer gemeinschaftlichen Freundin von mir von dem seiner Familie gehörenden Schlosse Tegel aus schrieb, datierte er den Brief gewöhnlich von: Schloß Langeweile. Freilich tat er dies meist nur in solchen Briefen, welche er in hebräischen Schriftzügen schrieb, denn in dieser Schrift hatte ich ihm und seinem Bruder Wilhelm den ersten Unterricht erteilt, den später ein anderer auf sehr erfolgreiche Weise fortsetzte, und sie schrieben sie trefflich. In Briefen, deren Inhalt jedem zugänglich gewesen wäre, kundzugeben, man unterhalte sich besser in Gesellschaft jüdischer Frauenzimmer als auf dem Schlosse der Väter, war damals für einen jungen Edelmann nicht ganz unbedenklich! ... In diesen Kreis war nach und nach wie durch einen Zauber alles hineingezogen, was irgend Bedeutendes von Jünglingen und jungen Männern Berlin bewohnte oder auch nur besuchte. Denn Selbstbewußtsein und Lebensfrische duldete nicht, daß das einmal aufgesteckte Licht unter den Scheffel gestellt würde, und schon leuchtete es daher in weitere Fernen. Auch geistesverwandte weibliche Angehörige und Freundinnen jener Jünglinge fanden sich allgemach ein. Bald folgten auch die freisinnigen unter den reiferen Männern, nachdem die Kunde solcher Geselligkeit in ihre Kreise gedrungen war. Ich meine, pour comble kamen wir zuletzt in Mode, denn auch die fremden Diplomaten verschmähten uns nicht.

Und so glaube ich nicht zuviel zu behaupten, wenn ich sage, daß es damals in Berlin keinen Mann und keine Frau gab, die sich später irgendwie auszeichneten, welche nicht längere oder kürzere Zeit, je nachdem es ihre Lebensstellung erlaubte, diesen Kreisen angehört hätten. Ja die Grenze ist kaum bei dem Königlichen Hause zu ziehen, denn auch der, jedenfalls geniale, Prinz Louis Ferdinand bewegte sich später viel in denselben. Rahels Briefwechsel, soweit er erschienen ist, kann einigermaßen zum Belege meiner Behauptung dienen. Ich sage einigermaßen, denn waren gleich die Freunde und Freundinnen, an welche ihre Briefe gerichtet, und die, welche in denselben erwähnt sind, mehr oder minder auch die der Genossen dieser Gesellschaft, so würde doch die vollständige Veröffentlichung desselben gewiß noch mehr bedeutende ihr befreundete Persönlichkeiten vorführen; und überdies stand sie zu mehreren einer etwas früheren Zeit angehörenden nicht in Beziehung. Ja ebensowenig fürchte ich zu übertreiben, wenn ich ausspreche, daß der diesen Kreisen entsprossene Geist in die Gesellschaften selbst der höchsten Sphären Berlins eindrang, denn schon die äußere Stellung vieler, welche ihnen angehörten, macht dies erklärlich."[1]

Jena war der eine Geburtsort der Romantik, Berlin, die preußische Hauptstadt, der andere, beide auf vielfältige Weise von Anfang an miteinander verknüpft. Nur entwickelte sich die romantische Bewegung in Berlin unter völlig anderen Bedingungen und Lebenswelten, dementsprechend auch in völlig anderen Formen und Ausdrucksmöglichkeiten. Allein hier umspannte sie vor allem die ganze Epoche von der sogenannten Frühromantik bis zur Spätromantik.[2]

Berlin war zu Ende des 18. Jahrhunderts eine Großstadt mit rund 180 000 Einwohnern, nur Wien war im deutschen Reich größer (220 000). Die Stadt wurde vom königlichen Hof mitsamt einer internationalen Gesandtschaft geprägt, der allerdings nach dem Tod Friedrichs II. keinen intellektuellen Anziehungspunkt mehr darstellte. Hinzu kommt eine Adelsgesellschaft, die jedoch wie das Bürgertum stark vom Hof abhing. Es gab mehr Beamte als selbständige Kaufleute und Verleger. Im Unterschied zu anderen Städten kannte Berlin drei Besonderheiten: einmal eine relativ große Judenschaft (ca. 3500 Juden = 2% der Bevölkerung) mit einigen reichen Bankiers und Kaufleuten, die unter Friedrich II. privilegiert worden waren und um 1800 bereits große Freiheiten genossen. Zum anderen lebten zahlreiche Hugenotten in Berlin, die mittlerweile zwar zu patriotischen Preußen geworden waren, ihre Zugehörigkeit zur französischen Kultur und Sprache aber nicht aufgegeben hatten. Schließlich und nicht zuletzt gab es durch die gezielte Ansiedlung von Manufakturen und Fabriken zahlreiche Handwerker und Lohnarbeiter, die jedoch mehr an der Peripherie der Stadt wohnten. Die Stadtmitte war dem Adel und dem Bürgertum vorbehalten. Die Begegnung von jungen Intellektuellen mit Juden, Kaufleuten und Adligen war für Berlin im Unterschied zu Jena keine Besonderheit.

Der Größe der Stadt entsprechend besaß Berlin ein reges kulturelles Leben. Zwar gab es keine Universität – sie wurde erst 1810 gegründet –, die preußischen Landesuniversitäten waren in Halle, Frankfurt a.d.Oder und in Königsberg. Dafür gab es aber drei bzw. vier große und berühmte Gymnasien, nicht minder bekannt waren die Musik- und Kunstakademie sowie vor allem die Preußische Akademie der Wissenschaften mit der Einrichtung öffentlicher Lehrveranstaltungen. Hinzu kamen verschiedene Theater für Schauspiel und Oper, auch Galerien mit öffentlichem Publikumsverkehr und nicht zuletzt viele angesehene Gast- und Kaffeehäuser. Von großer Bedeutung waren schließlich die verschiedenen Verlagshäuser, zahlreiche Lesekabinette und insbesondere die vielen Ge-

Abb. 69: „Die Linden zu Berlin“, Zeichnung von E. T. A. Hoffmann (1799).

sellschaften und Salons, die zwar private Einrichtungen waren, aber zum besonderen Charakteristikum Berlins wurden. Vor allem hier bildeten sich außerhalb der ohnehin nicht starken höfischen Gesellschaft eine bürgerlich-adlige Kultur und Geselligkeit, die für die Elite große Attraktivität besaß und intellektuelle Maßstäbe setzte.[3]

Berlin war in besonderer Weise durch die von König Friedrich II. geförderte Aufklärung geprägt; sie blieb hier nicht nur eine höfisch-französische Angelegenheit, sondern war mit allen öffentlichen Institutionen verbunden. Ein Hort der Aufklärung besonderer Art war die Preuß. Akademie der Wissenschaften, die durch ihre öffentlichen Preisfragen das Interesse an der Aufklärung wach hielt. Wichtiger aber noch als die Akademie, von der man zu Ende des 18. Jahrhunderts zeitweise nur noch wenig hörte, wurde die sog. Mittwochsgesellschaft, eine Gesellschaft von Freunden der Aufklärung, die die bekannten Köpfe der Berliner Intelligenz versammelte und in der alle aktuellen Fragen diskutiert wurden.[4] Sie war allerdings nicht öffentlich. In diesen Kreisen wurden die Reformanliegen des preußischen Staates diskutiert, vor allem das Preußische Landrecht, und zwar unabhängig von staatlichem Einfluß. Eines ihrer bekannten Mitglieder war der Verleger Friedrich Nicolai, ein anderes der jüdische Philosoph Moses Mendelssohn. In ihrer „Berliner Monatsschrift“ erschien 1784 Kants berühmte Schrift: „Beantwortung der Frage: Was ist Aufklärung“. Madame de Staëhl, die 1804 Berlin besuchte, nannte Berlin die „wahre Hauptstadt des neuen, des aufgeklärten Deutschlands“. Berlin sei eine „ganz moderne Stadt“, neu bebaut „mit breiten geraden Straßen, schönen Häusern, und von regelmäßiger Bauart“. „Wissenschaft und Künste sind im Flor, und bei

Abb. 70: Der Gendarmenmarkt in Berlin (um 1817).

den Mittagstafeln, wozu bloß Männer geladen werden bei Ministern, Gesandten etc. findet die Abstufung des Ranges, die dem Verkehr in Deutschland so nachteilig ist, nicht statt. Männer von Talent aus allen Klassen treffen hier zusammen.«[5]

Es gab um 1795–1800 bzw. 1806, als sich mit der Niederlage Preußens das kulturelle Klima in Berlin grundlegend änderte, eine Fülle verschiedenster Gesellschaften, in denen sich die junge Generation der verschiedenen Stände, Geschlechter und Konfessionen traf und hier ihren unterschiedlichsten aufklärerisch-romantisch-literarischen Interessen nachging. Die Grenzen zwischen Aufklärung und Romantik waren ebensowenig streng gezogen, sosehr sich die junge Generation von den älteren Aufklärern abgrenzte, wie die zwischen den verschiedenen Gesellschaftstypen. Das gehobene Bürgertum bildete zwar eine relativ geschlossene Gruppe, organisierte sich aber in den diversen Gesellschaften und Klubs, von strengen Männerzirkeln bis zu lockeren Freundschaftsbünden, zu denen auch Frauen zugelassen waren.

Eine Besonderheit Berlins war die Vielzahl von sogenannten Salons, der den Romantikern am ehesten entsprechenden Geselligkeitsform.[6] Es ist nicht leicht, sie in der soziologischen Struktur klar zu beschreiben, zumal keiner der bekannten Salons den anderen glich. Sie entwickelten sich einerseits aus der häuslichen Geselligkeit heraus, insofern sich „Freunde“ und Gäste privat, d.h. in bürgerlichen Privathäusern, trafen und nicht in Gast- oder Wirtshäusern. Einladung erfolgte durch ein Familienmitglied, zumeist die Frau des Hauses, weswegen die Trennung von der häuslichen Atmosphäre unscharf ist. Andererseits ähnelte der Salon den zeittypischen Leseklubs, in denen die schöne Literatur gelesen und diskutiert wurde, die jedoch streng vom häuslichen Leben geschieden und zumeist von Männern beherrscht wurden. Schriftlich fixierte Regeln strukturierten nur hier das gesellige Leben.

Gelesen wurde zwar in bürgerlichen Kreisen schon länger, aber die Lektüre speziell der ‚modernen‘ Literatur wurde nun zur Freizeitbeschäftigung der ganzen jungen Generation. Nicht wenige sprechen geradezu von einer Lesewut, von der selbst nichtbürgerliche Gruppen, Mädchen und Frauen erfaßt wurden. Im Vordergrund stand dabei nicht mehr die französische, sondern die englische und deutsche Literatur des Sturm und Drang.[7]

Die Salons zu Ende des 18. Jahrhunderts bekannten sich allesamt zu einer freien, ungezwungenen Geselligkeit, in deren Mittelpunkt die Konversation über literarische, künstlerische sowie politische Themen stand. Sie wurden von Frauen, Ehefrauen oder Ledigen, organisiert, unter denen Außenseiterinnen, vor allem Jüdinnen, eine besondere Rolle spielten. Die Saloniere kamen aus dem gebildeten Bürgertum oder aus der adeligen Welt, die über entsprechenden privaten Raum verfügten und die Mittel besaßen, eine größere Zahl von Gästen abends zu Gebäck, Wein oder Tee einzuladen. Der Umgang war zwanglos, es gab keine Kleidervorschriften, keine festen Programme und keine strengen Gesellschaftsregeln. Zumeist gab es zwar festgesetzte Empfangstage, an denen man sich traf, aber regelrechte Einladungen sind eine späte Erscheinung. Es traf sich ein lockerer Kreis von Freunden, die z.T. auch Gäste mitbringen konnten. Aufgrund der Räumlichkeiten war die Zahl zumeist begrenzt, so daß auch eine gewisse Intimität sichergestellt blieb. Die Gäste kamen aus den verschiedenen sozialen Gruppen, bürgerliche Beamte, Adlige, Kaufleute, Gesandte, Schauspieler, Männer wie Frauen, Verheiratete wie Unverheiratete, zumeist aber junge aufstrebende Intellektuelle, die den Abend in gemeinsamer anregender Gesprächsrunde verbringen wollten, ohne eine klare zeitliche Beschränkung. Man legte zwar Wert auf zwanglosen Umgang, präsentierte sich aber nicht als ein Bohème-Klub. Inhaltlich kreisten die Treffen um Dichterlesungen, aber auch um Musikveranstaltungen oder philosophische Vorträge.[8]

Daß in Berlin Jüdinnen eine große Rolle in der Salonkultur zu Ende des 18./Anfang des 19. Jahrhunderts spielten, jedenfalls eine größere als die christlich-bürgerlichen Frauen, findet seine Erklärung nicht nur in der sich emanzipierenden Judenschaft Berlins.[9] Ein wesentlicher Grund lag auch im Anspruch, sich intellektuell unter Christen zu behaupten und sich von der eigenen traditionell-orthodoxen Welt zu befreien. Die jüdischen Frauen kamen allesamt aus orthodoxen, aber vermögenden Familie, die sich die Ausbildung ihrer Kinder, auch der Töchter, etwas kosten ließen. Sie schufen sich in ihren Salons einen sozialen Freiraum, der für jeden Gebildeten der Stadt offen war, nicht nur für Juden, sondern auch für Christen. Da es ansonsten wenige freie Räume gab, wurden die Salons auch für Adlige begehrte Treffpunkte. „Daß junge Gelehrte und Elegantz die hiesigen großen jüdischen Häuser fleißig besuchen ist sehr natürlich, denn es sind bei weitem die reichsten bürgerlichen Familien hier, fast die einzigen, die ein offnes Haus halten und bei denen man wegen ihrer ausgebreiteten Verbindungen in allen Ländern Freunde von allen Ständen antrifft. Wer also auf eine recht ungenirte Art gute Gesellschaft sehen will, läßt sich in solchen Häusern einführen, wo natürlich jeder Mensch von Talenten, wenn es auch nur gesellige Talente sind, gern gesehen wird und sich auch gewiß amüsirt, weil die jüdischen Frauen – die Männer werden zu früh in den Handel gestürzt – sehr gebildet sind, von allem zu sprechen wißen und gewöhnlich eine oder die andere schöne Kunst im hohen Grad besitzen.“[10] Daß sich in den Salons soziale Anerkennung finden ließ und diese sich zugleich auch als „Heiratsmarkt“ anboten, versteht sich von selbst. Durch die Salons lösten sich nicht wenige Jüdinnen von ihrer orthodoxen Herkunft, ließen sich scheiden und heirateten sogar in die Adelswelt hinein.

Ein frühes Vorbild bot die Geselligkeit im Hause Moses Mendelssohns, das sozial offener war als etwa das Haus Friedrich Nicolais. Hier trafen sich abends Gäste zu wissenschaftlichen, aber auch literarischen und künstlerischen Themen, Juden wie Christen. Fast alle späteren Salondamen der Zeit von 1800 hatten in diesem Hause verkehrt und waren in vielen Fällen mit Mendelssohns Töchtern Dorothea und Henriette befreundet gewesen: so vor allem Henriette Herz, Sara von Grotthuß, und ihre Schwestern Marianne von Eybenberg und Fanny von Arnstein. Die beiden letzten Frauen unterhielten später bekannte Salons in Wien.[11] „Selten berührte ein fremder Gelehrter Berlin, ohne sich bei ihm einführen zu lassen“, schrieb Henriette Herz über die Geselligkeit Moses Mendelssohns.

„Sein und der Seinigen Freunde kamen ungeladen, daher auch die geistreichen Freundinnen der Töchter des Hauses. Fehlten alte orthodoxe Juden ebenfalls nicht, gegen welche Mendelssohn sich stets als freundlich gesinnter Glaubensgenosse erwies, so waren es doch die intelligentesten der Stadt.“[12]

Es war die soziale Unvoreingenommenheit und Begeisterung für die neue Literatur, die viele jüdische Frauen aktiv werden und ihr Haus für einen geselligen literarischen Verkehr öffnen ließ, der sich bald nicht mehr auf jüdische Kreise beschränkte. Henriette Herz hatte diese Bewegung in Berlin genau beobachtet und die Öffnung des jüdischen Hauses begrüßt. Als Grund gab sie an: „Hier fehlte jede Vermittlung durch eine Tradition, durch eine von Geschlecht zu Geschlecht sich fortpflanzende, mit dem Geist und dem Wissen Schritt haltende Bildung; aber auch jedes aus einem solchen Bildungsgange erwachsende Vorurteil.“[13]

Der erste literarische Salon wurde in Berlin von Henriette Herz gegründet (1780/2–1806).[14] Sie war die Tochter eines aus Portugal stammenden Arztes, die sehr jung mit dem 17 Jahre älteren prominenten Arzt, Physiker und Philosophen Dr. Marcus Herz verheiratet wurde. Sie galt als sehr gebildet, besaß überdurchschnittliche Sprachkenntnisse und zog auch wegen ihrer Schönheit zahlreiche Gäste in ihr Haus. Die Ehe war kinderlos, deswegen hatte sie ausreichend Zeit, sich ihren literarischen und gesellschaftlichen Interessen zu widmen. Während der Mann Studenten und bekannte Kollegen zu seinen mehr wissenschaftlichen und philosophischen Kollegien nach Hause einlud, versammelte sich um die junge Henriette Herz im Nebenzimmer ein literarisch-schöngeistiger Zirkel, der rasch bekannter wurde als der ihres Mannes. Wenngleich beide sich in ihren Interessen ergänzten und Henriette zumindest seine Welt zu verstehen versuchte, hatte ihr Mann oft mehr Spott für ihre Tätigkeiten übrig. In keinem Berliner Haus wurde der Generationsbruch deutlicher als im Hause Herz. Während sich bei ihm gelehrte Männer versammelten, trafen sich bei ihr jüngere literarisch Interessierte, wobei die Abschottung allerdings keineswegs streng war.

Im Salon von Henriette Herz trafen sich neben den jungen Romantikern die wichtigsten Vertreter der Intelligenz und des gebildeten Bürgertums Berlins, Adlige und Bürgerliche, Beamte und Kaufleute, Schriftsteller und Gelehrte. Zu den Prominenten gehörten der Prinzenerzieher und spätere Minister Aucillon, der dänische Diplomat und spätere preußische Außenminister Graf Bernstorff, Wilhelm und Alexander von Humboldt, Carl von la Roche, der Sohn der Schriftstellerin Sophie von la Roche, und der Schriftsteller und Diplomat Christian Wilhelm von Dahm. Neben diesem mehr auf Lektüre orientierten Zirkel gab es im Hause Herz

Abb. 71: Henriette Herz als Hebe (1778), Gemälde von Anna Dorothea Therbusch

seit 1787 noch einen zweiten Kreis, der in erster Linie der Herzensbildung und sittlichen Vervollkommnung der Mitglieder dienen sollte und besonders bekannt wurde. Diese Vereinigung bestand ausschließlich aus jüngeren engen Freunden der Henriette Herz, von denen die meisten auch in ihrem Salon verkehrten, sowie aus mehr oder weniger „korrespondierenden“ Mitgliedern von außerhalb.[15] Genannt werden Dorothea Veit-Schlegel, die Tochter von Moses Mendelssohn, die im Salon Friedrich Schlegel kennengelernt hatte, ihre Schwester Henriette Mendelssohn, dann auch hier die Brüder Wilhelm und Alexander von Humboldt sowie zeitweise Schillers Schwägerin Caroline von Wolzogen, die Schriftstellerin Therese Forster-Huber, vor allem Caroline von Dacheröden, die spätere Frau Wilhelm von Humboldts. Sie hatten sich in diesem Kreis nicht nur kennengelernt, sondern verschworen sich auf gemeinsame Ideale. Der Bund gab sich ausnahmsweise sogar Statuten. „Der Zweck dieses Bundes, eine Art Tugendbund, war gegenseitige sittliche und geistige Heranbildung sowie Übung werktätiger Liebe.“[16] Die Mitglieder duzten sich allesamt, was neu war, schrieben sich lange Briefe und gelobten, keine Geheimnisse voreinander zu haben, sie berieten sich auch in ihren Herzensangelegenheiten. Bei der Scheidung Dorothea Veits spielte Henriette Herz eine große Rolle. Während dieser Bund nicht lange bestehen konnte – zu verschieden waren die Interessen –, erreichte der Salon selbst um 1800 seinen Höhepunkt und wurde zur ‚Sehenswürdigkeit‘ Berlins. Neben den genannten frühen Gästen kamen nacheinander rund 60 weitere Gäste hinzu, die abends im Hause Herz auftauchten. Bekannt sind der Theologe und Schriftsteller Ernst Moritz Arndt, der Dichter Ludwig Tieck mit seiner Schwester Sophie, spätere von Knoerring, der Dichter Adalbert von Chamisso, Alexander Graf zu Dohna-Schlobitten, der spätere preußische Innenminister, Dorothea Herzogin von Kurland, der Dichter Friedrich de la Motte-Fouqué, der Seidenfabrikant David Friedländer, der Publizist Friedrich Gentz, der Leibarzt David Ferdinand Koreff, der Schriftsteller Karl Philipp Moritz, die Schriftstellerin Elisa von der Recke, der Bildhauer Joh. Gottfried Schadow sowie die Brüder und Schriftsteller August Wilhelm Schlegel und Friedrich Schlegel. Ein besonders enges Verhältnis bestand mit Friedrich Schleiermacher, dem Theologen und Schriftsteller, sowie mit dem Grafen von Dohna, der Henriette nach dem Tode ihres Mannes heiraten wollte, wohingegen Ludwig Börne, der zeitweise als Hausgast bei den Herzens lebte und sich in Henriette verliebt hatte, nicht zum eigentlichen Salon zählte.[17]

Nach dem Tode von Marcus Herz 1803 mußte Henriette nicht zuletzt aus ökonomischen Gründen ihr Salonleben reduzieren, bis es sich 1806 mit dem preußischen Zusammenbruch überhaupt auflöste. Henriette Herz blieb zwar noch mit anderen Lesezirkeln in Kontakt, zog sich jedoch mehr und mehr zurück. Nach dem Tode ihrer orthodox eingestellten Mutter trat Henriette 1817 zum lutherischen Christentum über, der Einfluß Schleiermachers wird hier deutlich. Sie war sich zwar ihrer jüdischen Herkunft bewußt, aber der jüdische Glaube hatte nie eine spürbare Rolle gespielt. In den letzten Lebensjahren erhielt sie auf Anregung ihres früheren Verehrers Alexander von Humboldt eine Pension von König Friedrich Wilhelm IV. Es war ihre Bildung, Schönheit und Toleranz, die sie selbst in der preußischen Adelswelt begehrt machte. Aber im Unterschied zu anderen hatte sie jede Wiederverheiratung abgelehnt.

Abb. 72: Caroline von Humboldt, Gemälde von Gottlieb Schick (1776–1812)

Die Bedeutung dieses ersten Salons gründete darin, daß ein Haushalt alle an Bildung und Literatur Interessierten zu abendlichen Veranstaltungen einlud, wobei es keine sozialen Schranken gab. Für die frühen Romantiker bedeutete die Begegnung mit Henriette Herz einmal – und das war für viele vorrangig – die Bekanntschaft mit der sozialen Elite der Stadt, also auch mit den späteren Reformpolitikern, zum anderen die Abkehr von der gelehrten aufklärerischen Geselligkeit. Ein bestimmtes Thema herrschte allerdings nicht vor. Für die Schlegels, für Schleiermacher, für Tieck und seine Schwester sowie für Chamisso und de la Motte-Fouqué gab es in diesem Kreis viele Anregungen, ohne daß sie sie im Einzelnen spezifiziert hätten.

Eine der wichtigsten Figuren der Berliner Frühromantik war Friedrich Schleiermacher, der einzige Intellektuelle, der nicht durch Romane oder Gedichte bekannt wurde, sondern als engagierter Bekenner einer neuen Religion und dementsprechend als Prediger und Theologieprofessor beträchtlichen Einfluß ausübte.[18] Bevor er erstmals 1793, dann 1796 als Lehrer und Prediger nach Berlin kam, hatte er in Halle studiert, dann eine Hauslehrerstelle beim Grafen Dohna in Westpreußen inne und schließlich in Landsberg in Pommern als Hilfsprediger gewirkt. In Berlin schloß er sich sogleich Friedrich Schlegel an, mit dem er wie in einer „Ehe" zusammenwohnte. Er unterstützte den Aufbau der Zeitschrift „Athenäum", die zwar letztlich ein Produkt des Jenaer Kreises war, aber in Berlin gedruckt wurde. Gleich wichtig war für ihn die Begegnung mit Henriette Herz, mit der er sich fast täglich traf, so daß schon rasch alle möglichen Verdächtigungen laut wurden. Aus ihrer Freundschaft erwuchs Schleiermachers erste berühmte Schrift „Über die Religion. Reden an die Gebildeten unter ihren Verächtern" (1798), durch die die religiöse Dimension der Frühromantik gestärkt wurde. Religion stellte für Schleiermacher kein dogmatisches Lehrgebilde dar, sondern offenbarte „Sinn und Geschmack fürs Unendliche."[19] Daneben beschäftigte er sich als erster mit einer „Theorie des geselligen Betragens", die ebenfalls 1799 anonym erschien. Hier erweist er sich als genauer Beobachter des Berliner Salonlebens, d.h. auch des Verhältnisses von Individuum und Gesellschaft. Schleiermacher plädierte für eine freie Geselligkeit, in der jeder seine Individualität einbringt, ohne sich einer vorgefundenen Struktur zu unterwerfen: „Freie, durch keinen äußeren Zweck gebundene und bestimmte Geselligkeit wie es von allen gebildeten Menschen als eines ihrer ersten und edelsten Bedürfnisse laut gefordert wird."[20] Unter Bildung verstand Schleiermacher die Vervollkommnung des Menschen, die sich weder allein durch Lektüre noch in einer bestimmten Zwecken unterworfenen Gesellschaft vollzieht, sondern nur in einem freien Umgang mit gleichgesinnten Freunden. Ein dritter Beschäftigungsbereich Schleiermachers führte in diesen frühen Jahren zu dem Wunsch, zusammen mit Friedrich Schlegel Platons Werke zu übersetzen. Obwohl die Idee von Schlegel stammte, konnte dieser das Versprechen einer Zusammenarbeit selbst nicht einlösen. Für eine derart ausdauernde Arbeit war er kaum geschaffen, wodurch es dann auch zum Bruch mit Schleiermacher kam. Bevor der enge Kontakt aufhörte, hatte Schleiermacher sich noch für Schlegel stark gemacht, als dieser in seiner Lucinde sein freies Verhältnis mit Dorothea Veit öffentlich bekundete und die Ehe als eine bloße Konvention kritisierte.[21] Wie intensiv Schleiermacher von der Liebesvorstellung Schlegels affiziert war, zeigen ebenso seine „Ideen zu einem Katechismus der Vernunft für edle Frauen", die 1798 im Athenäum anonym erschienen. Der später sittenstrenge Schleiermacher hatte die freie Beziehung zwischen Friedrich Schlegel und Dorothea Veit sowie ihr öffentliches Bekenntnis zur freien Liebe gutgeheißen, weil er selbst in eine ähnliche Situation zu geraten schien. Aufgrund all der Umstände – des offenkundigen Umgangs mit der Jüdin Herz, der Freundschaft mit dem unmoralischen Schlegel und der Liebe zu der Frau eines Kollegen – konnte Schleiermacher seine Position in Berlin nicht halten, seine kirchlichen Vorsteher schickten ihn in die Provinz. Als er 1809 nach Berlin zurückkehrte, hatte sich das kulturelle Klima mittlerweile völlig geändert.

Den zweiten vielleicht berühmtesten Salon Berlins hatte Rahel Levin (1771–1833), die spätere Rahel Varnhagen von Ense gegründet, über deren Leben und Ansichten wir aufgrund ihres großen Briefwechsels sehr gut unterrichtet sind.[22] Während Henriette Herz den sozialen Aufstieg ihrem Mann verdankte, hatte Rahel, die Tochter des jüdischen Kaufmanns und Bankiers Levin Markus, der seinen Kindern ein für den Lebensunterhalt ausreichendes Vermögen hinterließ, ihre Salongeselligkeit als unverheiratete Frau aus eigener Kraft entfaltet. Es war nicht ihre äußere Erscheinung oder außergewöhnliche Bildung, die ihren Salon, dessen Urkern ein häuslicher Freundeskreis war, zum Haupttreffpunkt der jungen Berliner Romantiker werden ließ. Es waren ihre persönliche Aufrichtigkeit, ihr starkes Einfühlungsvermögen und ihre Originalität, die sie zur bedeutendsten Frau Berlins machten, von der sich die unterschiedlichsten Männer und Frauen, Adlige wie Bürgerliche, in außergewöhnlichem Maße angesprochen fühlten. Einer der ersten Stammgäste, der schwedische Diplomat Karl Gustav von Brinkmann, schrieb später: „Alles versteht sie, alles empfindet sie, und was sie sagt, ist so amüsant, Paradoxie oft so trefflich wahr und tief, daß man es sich noch nach Jahren wiederholt und darüber nachdenken und erstaunen muß."[23] Sie litt darunter, daß sie als Jüdin nicht die gleichen Rechte besaß wie eine Christin. Später konvertierte auch sie. Vor allem jedoch litt sie darunter, daß sie zweimal verlobt war, ohne daß es zur Heirat kam. Sie verheiratete sich erst spät mit dem jüngeren Karl August Varnhagen von Ense, der nach ihrem Tod zum „Chronisten" ihres Lebens wurde. Er sah in ihr die „dritte Lichtgeburt der jüdischen Nation, die erste und zweite seien Christus und Spinoza der Zeit nach."[24]

Abb. 73: Rahel Varnhagen von Ense (um 1806).

Abb. 74: Die Mauerstraße in Berlin, Stich nach einer Zeichnung von J. G. Rosenberg aus dem Jahre 1786.

Ihr Salon entwickelte sich aus einem häuslichen Freundeskreis, zu dem von Anfang an der schwedische Gesandte Karl Gustav von Brinckmann, Wilhelm von Burgsdorf und Peter Albert Gualtieri zählten. Wir müssen jedoch einen ersten von einem zweiten Salon unterscheiden. Der erste währte bis 1806 und stellte eine offene jugendliche Gesellschaft dar, die oft unaufgefordert zusammentraf, zu der aber auch Rahels Familienangehörige gehörten, während der zweite später zusammen mit ihrem Mann strenger organisiert war; mittlerweile waren die Gäste auch älter geworden, es gab erstmals ausdrückliche Einladungen. Die Gästeliste führt insgesamt 99 Personen auf, die, wie im Salon der Henriette Herz, die ganze adelig-bürgerliche Elite Berlins darstellten: hoher Adel, Beamte, Kaufleute, Schauspieler und Schriftsteller. Zu den frühen Gästen der 90er Jahre zählten die Brüder Humboldt, Jean Paul (Friedrich Richter), der spätere Diplomat Friedrich Gentz, Ludwig Tieck und Prinz Louis Ferdinand von Preußen; zum zweiten Salon gehörten Bettina von Arnim, Hermann Fürst von Pückler-Muskau, Leopold von Ranke, Heinrich Heine und Franz Grillparzer, um nur die bekanntesten und wichtigsten zu nennen, alles äußerst exzentrische Persönlichkeiten.[25]

Was Rahel Levin/Varnhagen zur Gründung ihres Salons bewegte, in den sie auch ihr ganzes Vermögen und ihre Zeit investierte, war ihr persönlicher Aufstiegswille in die Berliner Intellektuellenwelt – immerhin kam es dann zur Verlobung mit einem Adeligen aus der berühmten Familie der Finckensteins. Außerdem spielte, wie sie selbst sagt, der Wunsch eine Rolle, in einer selbstbestimmten Gesellschaft zu leben, mit Menschen, die sich gegenseitig achteten, zu sprechen und umzugehen, ohne bestimmte Zwecke zu verfolgen. Sie selbst schrieb 1813 an Clemens Brentano, in dem sie einen Gleichgesinnten sah, obwohl er sich ihr gegenüber sehr kritisch geäußert hatte: „Ich liebe unendlich Gesellschaft, und von je, und bin ganz überzeugt, daß ich dazu geboren, von der Natur bestimmt und ausgerüstet bin. Ich habe unendliche Gegenwart und Schnelligkeit des Geistes, um aufzufassen, zu antworten, zu behandeln. Großen Sinn für Naturen und alle Verhältnisse, verstehe Scherz und Ernst, und kein Gegenstand ist mir bis zur Ungeschicklichkeit fremd, der dort vorkommen kann. Ich bin bescheiden und gebe mich doch preis durch Sprechen und kann sehr lange schweigen und liebe alles Menschliche, dulde beynahe alle Menschen."[26] Schließlich spielte ihr Drang und Wunsch zur Selbstdarstellung als Freundin, Kennerin der Menschen und Seelentrösterin eine große Rolle. Bei aller Wahrhaftigkeit und Bescheidenheit, die bis zum Selbstzweifel führte, war sie sich ihrer Bedeutung doch bewußt. 1811 schrieb sie: „Nichts freut mein Herz so sehr, als wenn sich meine Freunde anerkennen; und ich kann triumphirend sitzen und denken, du bist die Erste, du hast den entdeckt; und nun müssen sie ihn lieben! Oft habe ich Heterogenscheinendes vereinigt, oft aber, wollten die besten Seiten an den Menschen nicht zueinander passen ... daher fühl ich mit lebendiger Freude, wenn es mir gelingt, meine Lieben in Liebe füreinander zu entzünden, und wenn sie meiner bestimmen und huldigen müssen."[27] Dies war eine ideale Begabung innerhalb der romantischen Bewegung.

Wenn auch die meisten der namentlich bekannten Berliner Frauensalons sich ähnelten, kommt dem Salon von Rahel Levin eine besondere Bedeutung zu. Es sind mehrere Punkte zu nennen: Während sich einmal die große Gesellschaft in der „Guten Stube" des Levinschen Hauses im Beisein der Familie traf, zog sich ein kleinerer Kreis oft in ihre Dachstube zu oft langen Gesprächen zurück. Besonders der Anteil von Adeligen und Schauspielern, vor allem Schauspielerinnen und Künstlerinnen war groß. Hier konnten sie sich ungezwungen verhalten und miteinander reden, was außerhalb des Hauses kaum möglich war. Noch 1817 gestand Rahel: „Ich liebe noch immer Gesellschaft – aber freie; wie unsere war – Musik, Theater, Luft, Grünes, Scherz, Witz, tiefes Denken, wahrhaftes Sein, Franzosen, französische Lektüre; ennuyiere mich leicht, amüsiere mich leicht."[28] Hauptthema waren das Theater und die Musik, ein Klavier stand mitten im Raum. Vor allem beschäftigte man sich mit der neuesten Literatur. Goethes Werk stand ganz im Vordergrund. Hier in Berlin, im jüdischen Salon, entfaltete sich der erste Goethekult. Nicht zuletzt ging es in den Gesprächen um Liebe und Freundschaft, da keiner sich scheute, über seine Gefühle und Empfindungen, Erfahrungen und Probleme zu sprechen. Das Thema Politik war hingegen tabu, damit sich die Frauen nicht ausgeschlossen fühlten, was nicht hinderte, daß auch in Salons wichtige politische Kontakte geknüpft wurden. Für Rahel Levin war ihr Salon – besser ihre Dachstube – das Sprechzimmer einer Seelenkundigen, ein Ort der Freundschaft und Liebe, zugleich aber auch eine Klause der Enttäuschten und Beleidigten.[29] Bei aller Bewunderung und Verehrung für Rahel selbst außerhalb ihres Hauses, gab es allerdings auch harsche Kritik, Vorurteile, ja Ablehnung. Denn ihr Salon war auch als Ort von Liebesaffären bekannt geworden, was nicht wunder nimmt, weil zumindest in der Friedenszeit vor 1806 alle empfänglich waren für Schönheit, Koketterie und Liebschaften. Hinweisen möchte ich auf die Affären von August Wilhelm Schlegel mit der Schauspielerin Friederike Kunzelmann, von Wilhelm von Burgsdorff mit der Frau Humboldts, später mit der Frau Tiecks, sowie von Alexander von Marwitz mit der Frau Schleiermachers.[30] Rahel wußte von alldem und spielte die große Vermittlerin. Besonders skandalträchtig waren die Affären der schönen Pauline Wiesel, der Frau eines Kriegsrats, die unbekümmert mit den gesellschaftlichen Konventionen brach und deswegen von Rahel Varnhagen geradezu bewundert wurde: „Und wir sind geschaffen, die Wahrheit in dieser Welt zu leben. Und auf verschiedenem Wege sind wir zu einem Punkt gelangt. Wir sind neben der menschlichen Gesellschaft. Für uns ist kein Platz, kein Amt, kein eitler Titel da!“[31]

Der erste Salon Rahel Levins endete 1806 mit der Besetzung Berlins durch die Franzosen, die für Rahels Familie auch eine beträchtliche finanzielle Belastung brachte. Nun verdichtete sich die Kritik ihrer Familie an ihrem freien Lebensstil und ihrem Umgang mit zwielichtigen Persönlichkeiten, so daß die Hausgemeinschaft aufgelöst wurde. Hinzu kamen verschiedene Krankheiten, von denen sie sich nie ganz erholte.

Als Rahel Levin, nun verheiratete und getaufte Friederike Varnhagen von Ense, Frau eines angesehenen Geheimen Legationsrats, 1821 nach Berlin zurückkehrte und ihren zweiten Salon eröffnete, hatte sich das geistig-kulturelle Klima in Berlin grundlegend geändert. Berlin wurde zwar zur ersten deutschen Theater- und Musikstadt, zugleich aber auch eine Metropole der politischen Restauration. Alle liberalen Politiker hatten nach den Karlsbader Beschlüssen nacheinander ihre Stellung verloren, auch waren die meisten Gleichstellungsgesetze für die Juden 1812 wieder aufgehoben worden.[32] Die „ganze Konstellation von Schönheit, Grazie, Liebschaft, Witz“ war in Berlin dahin, wie Rahel beklagte.[33] Dementsprechend hatten die neuen Salons auch kaum mehr Ähnlichkeit mit den alten, es wurde nun streng eingeladen und das Zusammensein einem festen Zeremoniell unterworfen. Dennoch kamen nicht nur die früheren, nunmehr älter gewordenen Gäste, sondern auch viele neue junge, die allerdings nicht nur von der berühmten Rahel angezogen waren, sondern gleicherweise von ihrem Mann, der sich durch seine publizistische Tätigkeit in freiheitlichen und demokratischen Kreisen einen Namen gemacht hatte. Unter den Jungen sind einmal der Historiker Ranke und der menschenscheue österreichische Schriftsteller Grillparzer zu nennen. Dieser bekannte später: „Ich habe nie in meinem Leben interessanter und besser reden gehört als in Rahels Salon.“[34] Zum anderen kam es zu bedeutenden Verbindungen mit den jungen jüdischen Intellektuellen, die allerdings allesamt Christen geworden waren, zugleich sich bald als entschiedene Gegner der Romantik bekannten, so etwa mit dem Schriftsteller Heinrich Heine, dem Rechtsphilosophen Eduard Gans und dem Journalist Ludwig Börne, Kinder reicher Eltern, deren politisches, liberales und demokratisches Engagement von Varnhagen unterstützt wurde.[35] Politische Themen verdrängten damit die frühere literarische Ausrichtung des Salons.

Abb. 75: Heinrich Heine, Zeichnung von Ludwig Emil Grimm (1827).

Abb. 76: Ludwig Börne, Gemälde von Moritz D. Oppenheim (1833).

Für die Kultur der Romantik machten die Salons nur einen Teil der Attraktivität Berlins aus, auch die großstädtische Öffentlichkeit mit Theatern, Musiksälen, Vorlesungsreihen und dem Zeitungsmarkt hatte ihre Bedeutung und nicht zuletzt der geistige Aufbruch Preußens, das mit der Niederlage 1806 einen neuen Impuls für bewußte Reformen erfahren hatte. Das bedeutendste Ereignis für die intellektuelle Welt war die Gründung der Universität 1810, an der auch Freunde der Romantiker wie Savigny, Fichte und Schleiermacher mitgewirkt hatten.

Die Berliner Romantik ist keine Fortsetzung der Jenaer Anfänge, obwohl die meisten ihrer Vertreter seit 1800 bzw. 1803 in Berlin auftauchten; es bildeten sich neue Gruppen mit eigenen Interessen, die sich aber nicht wie in Jena zu einem gemeinsamen Programm oder Projekt zusammenfanden. Die produktivsten und bedeutendsten Autoren der nächsten Generation waren 1806 gerade 30 Jahre alt oder sogar noch jünger. E.T.A. Hoffmann war 30, Friedrich de la Motte Fouqué und Heinrich von Kleist waren 29, Clemens Brentano 27, Achim von Arnim und Adalbert von Chamisso 25 und schließlich Joseph von Eichendorff 18. Ihre intellektuelle „Urerfahrung" bildeten nicht mehr die Französische Revolution, Fichtes Wissenschaftslehre und Goethes Meister, um mit Friedrich Schlegel zu reden, sondern der europäische Krieg Napoleons, die Befreiungskriege sowie die großen Jahrzehnte deutscher Kultur mit den sie bestimmenden Namen Immanuel Kant und Joh. Gottfried Fichte, Friedrich Schiller und Goethe, Novalis und Friedrich Hölderlin.[36] In diesem intellektuellen Umfeld eine eigene Position zu behaupten, war nicht leicht, viele resignierten, nur wenige gewannen an Größe in dem Maße, wie sie sich von der Romantik lösten.

Mit der Niederlage Preußens 1806 treten allgemein neue Themen in den Vordergrund der Beschäftigung, es sind dies vor allem die geistig-politische Erneuerung (Preußens), der patriotische Einsatz gegen Napoleon und das Bekenntnis zur deutschen Nation mit all ihren ambivalenten Seiten. Auch die Romantiker blieben davon nicht unberührt: das weltbürgerlich-emanzipatorische Interesse des einzelnen Individuums tritt zurück, während die ‚alten' Werte, Christentum, Familie und Monarchie wieder stärker in den Vordergrund rücken; damit ist noch keine Restauration gemeint. Denn die neuen Vorstellungen der christlichen Religion, des Familienlebens und der „Volksmonarchie" unterschieden sich wesentlich von den politischen Zielen der Restauration in Preußen und Österreich, auch wenn sie durchaus dafür instrumentalisiert werden konnten.[37]

Eine der frühesten Gruppen des neuen Jahrhunderts war der sogenannte „Nordsternbund“, zu dem sich 1803 in Berlin junge und hoffnungsvolle Autoren zusammenschlossen, darunter der französische Emigrant und Offizier Adalbert von Chamisso, der spätere Diplomat Carl August Varnhagen von Ense, der Kaufmann und Schriftsteller Friedrich Wilhelm Neumann, der Kriminalbeamte Julius Hitzig (vormals Itzig) und der Arzt David Ferdinand Koreff (die beiden letzten stammten aus berühmten jüdischen Familien).[38] Angeregt wurden sie durch ein Gleichnis in August W. Schlegels berühmten Berliner „Vorlesungen über schöne Litteratur und Kunst“ (1801/2), die sich bei der Erörterung des Verhältnisses von Wissenschaft, Kunst, Religion und Ethik des Bildes der Himmelsrichtungen bedienten und dabei die Wissenschaft dem durch den Polarstern bezeichneten Norden zuordneten, so daß der Magnet als „das schönste Symbol von der Unwandelbarkeit und Identität des Selbstbewußtseins“ erschien.[39] Der Nordsternbund löste sich bald wieder auf, immerhin aber gab die Gruppe zwischen 1804/6 drei Musenalmanache heraus. Zu den Autoren zählten außer den Herausgebern Varnhagen und Chamisso noch der Prediger Franz Theresin, Tiecks Schwager Bernhardi und das Ehepaar Friedrich und Caroline de la Motte-Fouqué. Später, d.h. 1808, veröffentlichten sie außerdem einen Kollektivroman: „Die Versuche und Hindernisse Karls“, der sich als Parodie des Bildungsromans „Wilhelm Meisters Lehrjahre“ verstand und bei Brentano und Friedrich Schlegel auf scharfe Kritik stieß.[40]

Bekannter wurde die 1811 von Achim von Arnim gegründete „Christlich-deutsche Tischgesellschaft“, eine Vereinigung adeliger und bürgerlicher Intellektueller und Künstler zur Pflege patriotischer Gesinnung.[41] Sie fiel in die Zeit von Arnims engster Zusammenarbeit mit Clemens Brentano, der sich seit 1809 in Berlin niedergelassen hatte und intensiv am dortigen Gesellschaftsleben teilnahm. Seine Briefe geben einen lebendigen Einblick in die Gesellschaftskultur nach 1806, die trotz aller patriotischen Ausrichtung keineswegs brach lag. Um Friedrich Karl von Savigny auch für Berlin und die geplante Universität zu gewinnen, schrieb ihm Brentano am 22. Dezember 1809: „Ich fühle mich in Berlin ganz, als sei es meine Vaterstadt, ... die Geselligkeit ist vielleicht nirgends größer, und leichter, da sehr Wenige Familien förmlich zu Nacht essen, sondern nur Thee, Butterbrod, etwas kalten Braten, einige ganz delikate Erdtoffeln, die beinahe wie Castanien schmecken, und ein Gläschen Liqueur gereicht wird, so ist überall offne Tafel und man ist unter einer Menge kluger, gebildeter und feiner Leute lustig, und oft bis zur tollen Freude kindisch und ausgelaßen, dies ist vielleicht die einzige Stadt, wo die so genannten genialen Menschen nicht für Narren gehalten werden."[42] Er lobt weiterhin die „äußere Ziemlichkeit des Lebens" und „eine feine Vermischung aller Stände". Wenig später wiederholt er seine Bitte an Savigny, nach Berlin zu kommen. „Es ist vielleicht nirgends so leicht, sich einen offenen Zirkel Abends täglich oder an bestimmten Tagen zu bilden, wo alles durcheinander ein und austritt und sich ernsthaft oder Scherzend unterhält, dazu gehört nichts, als daß der Diener Thee herumträgt, der im Vorzimmer gemacht wird. So ist zum Beispiel hier das Hauß des jungen Grafen von Voß und seiner Frau, wo ich Manchmal Abends nach Tisch hingehe, man geht um Acht oder Neun Uhr hin, die Frauen, geistreiche Hofdamen, und sonst Staatensmenscher sitzen um den Tisch auf Sophan und stricken und plaudern, allerlei Menschen, Offiziere, Prinzen, Docktoren, Minister, Nobels und Abgesandte auch Poeten unterhalten sie oder sich, manchmal ließt irgend ein großes Talent etwas vor, und der Bediente reicht einem ein Glaß Punsch und das dauert biß gegen 12 Uhr."[43]

Abb. 77: Heinrich von Kleist, Miniatur von Peter Friedel (1801).

Arnims „Tischgesellschaft“ vereinte bekannte Persönlichkeiten wie Fichte, Brentano, Savigny, Adam Müller, Kleist, Clausewitz, Julius von Voß, Zelter, Reichardt und den Verleger Reimer – insgesamt werden 82 Namen genannt –, vor allem wurde sie bekannt durch den erklärten Ausschluß von Frauen, Philistern, d.h. Spießbürgern, und Juden; auch getaufte Juden hatten – allerdings gegen den Willen Arnims – keinen Zutritt, was in Berlin zu dieser Zeit geradezu auffällt. „Die Gesellschaft versteht unter der Wohlanständigkeit, daß er ein Mann von Ehre und guten Sitten und in christlicher Religion geboren sey, unter dieser Angemessenheit, daß es kein lederner Philister sey, als welche auf ewige Zeiten daraus verbannt sind.“[44] Es handelte sich allerdings nicht um eine eigentlich literarische Gesellschaft, sondern um eine politische Gesinnungsgemeinschaft, die gegen bestimmte preußische Reformpläne polemisierte. Dabei differierten die Meinungen beträchtlich. Auch vereinte die Gesellschaft Personen, die keineswegs gegen Juden eingestellt waren, im Gegenteil die jüdischen Salons gerne aufsuchten. Ob sich die Mitglieder dieses Widerspruchs bewußt waren, ist zu bezweifeln. Umso unbegreiflicher ist der antisemitische Ton, wie er vor allem in der in der Gesellschaft vorgetragenen Satire „Der Philister vor, in und nach der Geschichte“ von Brentano deutlich wird, die großen Beifall fand.[45] Denn hier wird nicht nur der Philister angeprangert als ein „ausgeborner Feind aller Ideen, aller Begeisterung, aller Genies und aller freien Schöpfung“[46], was die meisten Zeitgenossen seit der Aufklärungszeit nicht anders ausgedrückt hätten, sondern der Philister wird mit den Juden gleichgesetzt: „Bei den Juden assoniert Edel auf Ekel, bei den Philistern auf Esel.“[47] Als Brentano seine Satire auch noch veröffentlichte, war das gerade gewonnene gute Verhältnis zwischen Christen und Juden ernstlich bedroht. Ob und wie die Berliner Juden darauf reagiert haben, wissen wir nicht. Der spätere Konflikt zwischen Brentano und Rahel Varnhagen jedenfalls geht nicht auf etwaige antisemitische Sprüche Brentanos zurück. Die sich alle vierzehn Tage mittags treffende Gesellschaft hat im übrigen keine große Wirkung und Aktivitäten entfaltet.[48]

Eine dritte Schriftstellervereinigung besonderer Art stellten die „Serapionsbrüder“ von 1818 um E.T.A. Hoffmann dar, der sich sonst vom öffentlichen Leben der Stadt zurückhielt und die Salongesellschaften mied.[49] Mitglieder waren Adalbert von Chamisso, Carl Wilhelm Salicett Contessa, Friedrich de la Motte-Fouqué, Julius Eduard Hitzig und Johann Friedrich Koreff. Alle kannten sich schon lange, begannen aber erst 1818, als die restaurativen Tendenzen in Preußen über

Abb. 78: Selbstporträt E. T. A. Hoffmanns mit eigenhändigen Erklärungen (1815).

deutlich wurden, sich regelmäßig zu treffen. Den Namen gab die Erzählungssammlung von Hoffmanns „Serapionsbrüder". Hier wurde noch einmal ein ästhetisches Programm entwickelt, aber die zentrale Gestalt war E.T.A. Hoffmann selbst, der Beitrag der anderen bleibt unbestimmt. Von all den vielen Schriftstellern und Künstlern, die in Berlin zu dieser Zeit wirkten, hat neben Heinrich von Kleist allein E.T.A. Hoffmann bis heute eine große Leserschaft behalten. Sein Lebenslauf unterscheidet sich wesentlich von dem der anderen Romantiker.

Ernst Theodor Amadeus Hoffmann (1776–1822) hatte seinen dritten Vornamen Wilhelm in Verehrung für Mozarts Musik in Amadeus geändert.[50] Sein großes Lebensziel war es, Musiker zu werden, nebenher malte und zeichnete er, seine große Begabung war das Schreiben, das ihn aber stets weniger interessierte. Obwohl er nur ungern und aus materieller Notwendigkeit Beamter wurde, erwies er sich als ein brillanter Richter. Wie kein anderer litt er an dem Konflikt zwischen künstlerischer Neigung und bürgerlichem Beruf, welcher auch Thema des großen unvollständigen Romans ist: „Lebensansichten des Katers Murr". In der Literatur galt er lange als Spezialist für das Phantastische, doch steht er für viel mehr: es ist die Spannung zwischen Normalem und Abnormem, Außergewöhnlichem und Gewöhnlichem, Lust und Leben. Hoffmann entstammte einer Beamten- und Pfarrersfamilie aus Königsberg, der ostpreußischen Provinzstadt, aus der Ende des 18. Jahrhunderts viele berühmte Philosophen und Schriftsteller kamen. Seine Eltern hatten sich früh geschieden, er wuchs bei seinem Onkel auf. Obwohl er zu den stärksten künstlerischen Talenten der Zeit zählte, studierte er Rechtswissenschaften, um rasch im preußischen Staatsdienst sein Auskommen zu finden. Unterstützung fand er bei Theodor Gottlieb Hippel, dem Neffen des großen Stadtpräsidenten Königsbergs und seinem Jugendfreund.

Nach seinem ersten juristischen Examen zog er mit seinem Patenonkel nach Glogau, das zweite Examen folgte in Berlin. Hier nimmt er um 1799/1800 intensiv am Kulturleben teil, erhält Kompositionsunterricht bei Joh. Friedrich Reichardt, dem Mäzen der Romantiker, und beginnt mit ersten Kompositionen und Dichtungen. Nach seinem dritten Examen erhält er eine Assessorstelle in Posen, das kurz zuvor preußisch geworden war. Weil er die Posener Gesellschaft öffentlich karikiert, wird er nach Ploch, ein abgelegenes Provinznest, strafversetzt. Er heiratet eine Polin und komponiert, abgeschnitten von allem kulturellen Leben, seine ersten Kirchenmusiken und Klavierstücke, durch die er vergeblich hofft, als Musiker bekannt zu werden. Im Vergleich zum Leben in Ploch war das in Warschau, wohin ihn die preußische Regierung als Regierungsrat schickte, geradezu aufregend. Hier findet er erstmals öffentliche Anerkennung und neue Freunde in Johannes Eduard Hitzig und Zacharias Werner, einem Schriftstellerkollegen aus Königsberg. Er wird für die Musikalische Gesellschaft tätig, malt deren Palais aus und eröffnet es mit seiner Es-Dur Symphonie, die er selbst dirigiert.

Mit dem Einmarsch der französischen Truppen 1806 verliert Hoffmann seine Stelle. Obwohl ihn sein Königsberger Freund Hippel und dann auch Hitzig unterstützen, gelingt es ihm nur dürftig, von seiner Kunst zu leben. Schließlich findet er 1808 eine neue Stellung als Musikdirektor am Theater in Bamberg. Hier begegnet ihm eine völlig andere Welt. Obwohl er als Direktionshilfe, Regisseur, Dramatiker, Bühnenbildner und Komponist wirkt, reicht sein Gehalt nicht aus. Als Musiklehrer verliebt er sich so unglücklich in eine Schülerin, daß er selbst befürchtet, darüber wahnsinnig zu werden. Gleichzeitig kommt es zur bedeutsamen Begegnung mit dem Arzt F.A. Marcus, der sein Interesse für Naturphilosophie und Magnetismus an Hoffmann weitergibt. Diese „Nachtseiten des Lebens“ sollten ihn Zeit seines Lebens prägen. Die Freundschaft mit einem Weinhändler, der später auch sein Verleger wurde, intensivierte sein Bedürfnis nach Gasthausgeselligkeit.

Nach dem Mißerfolg als Musikdirektor in Bamberg versuchte Hoffmann neuerlich sein Glück als Musiker in Leipzig und Dresden. Mittlerweile begann er jedoch auch wieder zu schreiben. Als Fouqué sein Opernlibretto „Undine“ veröffentlichte, versuchte Hoffmann sich an einer Opernkomposition. Gleichzeitig veröffentlichte er auch seine ersten Fantasiestücke, die allesamt ein großes interessiertes Publikum fanden. Doch sein Freund Hippel drängte ihn, in den preußischen Staatsdienst zurückzukehren, weshalb er sich nun 1814 endgültig in Berlin niederließ. Obwohl er als Musiker Karriere machen wollte und seine „Undine“ in Berlin erfolgreich aufgeführt wurde, fand er zu seiner eigentlichen Berufung als Schriftsteller. In den letzten 10 Jahren seines Lebens entstanden nacheinander die „Elixiere des Teufels“, die „Serapionsbrüder“ und die „Lebensansichten des Katers Murr“. Während er sich auf das großstädtische Leben mit all seinen dunklen und skurrilen Seiten einließ, mied er jedoch die feine Gesellschaft Berlins. Stattdessen sammelte sich um ihn ein kleiner, aber dauerhafter Freundeskreis, seine Serapionsbrüder. Zumeist traf man sich spät in einer Kneipe zum Weintrinken. Als nach seinem Tod die Witwe und sein Freund Hitzig die hohen Gasthausrechnungen bezahlen wollten, verzichtete der Besitzer auf das Geld mit der Begründung, durch Hoffmann sei seine Kneipe so bekannt geworden, daß dies zum Ausgleich reiche.

Bekannt wurde Hoffmann auch als Richter am Berliner Kammergericht, wo er unter anderem als Mitglied der sogenannten Immediat. Untersuchungskommission zur Ermittlung hochverräterischer Verbindungen und anderer gefährlicher Umtriebe wirkte, die von der Regierung im Zusammenhang mit der Demagogenverfolgung eingesetzt wurde. Hier versuchte er, die Rechtsstaatlichkeit zu sichern und verteidigte sogar den Turnvater Jahn, den er wegen seiner Deutschtümelei wenig schätzte. Er gehörte zu den wenigen Richtern, die sich gegen die Willkür der Regierung wandten. Als er zudem in seinem ersten Band des Murr-Kreisler Romans die Demagogenverfolgung (1819) kritisierte, strengte die preußische Regierung gegen ihn ein Verfahren an, das sicherlich zur Vernehmung und Verurteilung geführt hätte, wenn Hitzig ihn nicht geschützt hätte und Hoffmann bald darauf gestorben wäre. Wie die anderen Berliner Romantiker fühlte er die Kluft zwischen Kunst und Leben unter den neuen politischen Verhältnissen besonders deutlich, aber er floh nicht vor dieser Unvereinbarkeit.

Nicht weniger bekannt, heute aber fast vergessen, war Friedrich de la Motte-Fouqué (1777–1843), ein Jahr jünger als Hoffmann und ein Jahr älter als Brentano, der zu seiner Zeit vielleicht populärste und meistgelesene Romantiker, dessen literarische Qualitäten jedoch höchst unterschiedlich beurteilt wurden.[51] Während Hoffmann ihn als einen „unumschränkten Herrn im Reich des Wunderbaren“ schätzte und verehrte, kritisierte ihn Joseph von Eichendorff als „Partisan der Romantik, der als ihr erster und letzter Verfechter“ sie in „Mißachtung, ja Verachtung gebracht hat.“[52] In der Tat hat Fouqué dem klassischen Romantikklischee des 19. Jahrhunderts Vorschub geleistet, demzufolge die Romantik die christlich-mittelalterliche Tradition als Alternative zur unvollkommenen Gegen-

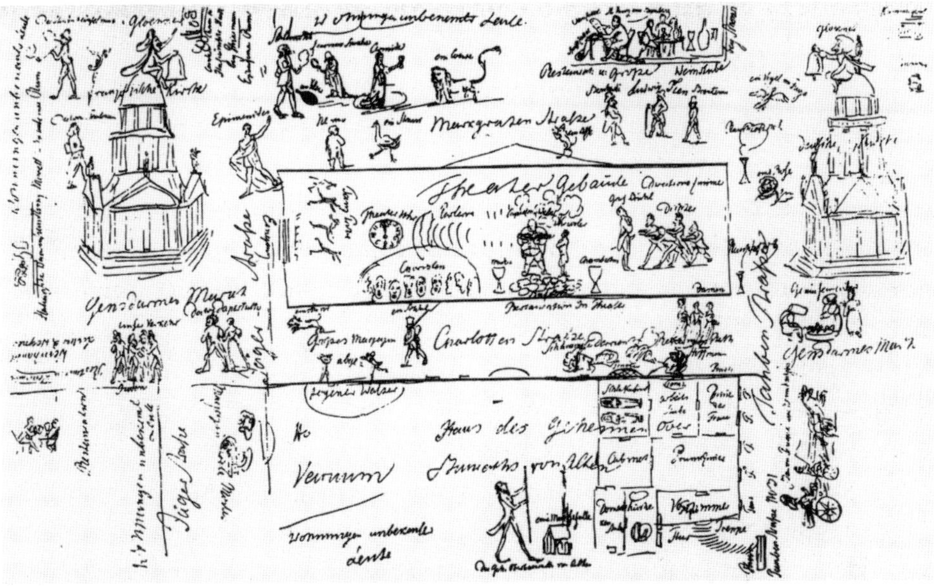

Abb. 79: Hoffmanns Blick aus seiner letzten Wohnung in der Taubenstraße 31 in Berlin, Zeichnung von E. T. A. Hoffmann (1815).

wart heraufbeschworen habe, aber kein anderer hat das, was die Gesellschaft an der Romantik mit ihrer Ritterherrlichkeit und ihrem christlichen Bekenntnis interessant fand, so deutlich repräsentiert wie Fouqué.

Im intellektuellen Leben Berlins um 1810 war er eine der zentralen Figuren; sosehr er sich vor allem zu Hoffmann und dessen Freunden hingezogen fühlte, hielt er doch auch Kontakt zu anderen Kreisen. Als großer Vermittler bündelte er immer wieder die verschiedenen Interessen. Dank seiner weiten Beziehungen half er allen. Fouqué kam aus einer alten preußischen Offiziersfamilie, war sich stets seiner französisch-hugenottischen Herkunft bewußt, wenngleich er im Befreiungskrieg wie andere gegen Napoleon kämpfte und sich als preußischer Patriot zeigte. Fouqué hatte früh die Offizierslaufbahn eingeschlagen, sich aber 1802 von der Armee verabschiedet, als er nach einer gescheiterten Ehe Caroline von Rachow geb. von Briest, eine ebenfalls schriftstellerisch tätige Frau, ehelichte und sich auf ihr Gut Neunhausen, das bald auch ein begehrter Treffpunkt der späten Romantiker wurde, zurückzog.[53] Angeregt durch August Wilhelm Schlegels Vorlesungen über die romantische Literatur in Berlin, begann er selbst zu schreiben. Er war ungemein fleißig, beteiligte sich an den verschiedensten

Gemeinschaftsprojekten, gab z.T. zusammen mit seiner Frau zahlreiche Almanache und Zeitschriften heraus, die er allen seinen Freunden öffnete. Zugleich verkehrte er in den verschiedensten Kreisen in Berlin, eine aktive Rolle spielte er jedoch nur bei Hoffmanns Serapionsbrüdern und der Mittwoch-Gesellschaft ihres gemeinsamen Freundes Julius Eduard Hitzig, des jüdischen Verlegers und Juristen. Fern jeder theoretischen Auseinandersetzung – ihn interessierten die romantischen Theorien der Frühromantiker kaum – versuchte er, die Anregungen Schlegels doch in die literarische Praxis umzusetzen. Unentwegt produzierte er Geschichten und Romane, wobei er an die moralische Literatur anknüpfte, für die mittelalterliche Ritterherrlichkeit schwärmte und das christliche Weltbild verherrlichte. Sicherlich verteidigte er die feudalen Adelsrechte, die zu seiner Zeit eingeschränkt werden sollten, aber er wurde – ebensowenig wie E.T.A. Hoffmann – kein deutschtümelnder Patriot wie andere, klammerte sich nicht an den Neuen Katholizismus, sondern blieb seiner konservativen Liberalität treu. Den größten Erfolg hatte Fouqué mit seiner Märchennovelle „Undine“ (1810), die sowohl sein Freund Hoffmann wie auch Albert Lortzing als Oper vertonten, sowie mit seinem Roman „Zauberring“ (1813), des vielleicht erfolgreichsten romantischen Romans, dessen Stärke in der Psychologisierung eines scheinbar historischen Geschehens lag. Hauptthema seiner Werke war die Selbstbehauptung des schwachen Mannes gegenüber einer starken Frau bzw. zwischen zwei Frauen, dessen Herausforderung im Leben eigentlich nicht im Kampf für das Vaterland oder für mittelalterliche Ideale besteht, sondern in dem Versuch, sich gegenüber dem Doppelwesen der Frau aus Reinheit und Verführung zu behaupten.

Im Unterschied zur Romantik in Jena fehlte der Berliner Romantik jedes Experimentell-Programmatische, dafür war sie entschieden weiter gespannt, wenn man von der Frühzeit absieht, als Schlegel, Schleiermacher und Tieck noch in Berlin lebten. Alle ihre Vertreter kannten sich zwar, gingen aber unterschiedlichen Interessen nach, was nicht selten mit ihrem Streben nach einer beruflichen Stellung zu tun hat. Aber neue Akzente kamen hinzu, die es vor 1800 bzw. 1806 nur am Rande gab. Die musikalischen Interessen wachsen in dem Maße, wie Berlin zur Musik- und Theaterstadt wird. Es kommt nicht nur zur Aufführung der ersten romantischen Opern, eben der „Undine“ von Hoffmann-Fouqué 1816 und des „Freischütz“ von Carl Maria von Weber von 1821, sondern auch zu besonderen musikalischen Salons, unter anderem dem Salon von Mendelssohn-Bartholdy, allerdings erst in den 20–30er Jahren.[54]

Schließlich ist noch eine vierte Gesellschaft zu nennen, in der sich Berliner Romantiker trafen. Es war eine von Hoffmanns Freund Julius Eduard Hitzig, dem Verleger und Juristen, 1824 gegründete literarische ‚Mittwochsgesellschaft', eine bewußte Wiederbelebung jenes Bundes, dem einstmals Friedrich Nicolai und Moses Mendelssohn angehört hatten.[55] Ziel der neuen Mittwochsgesellschaft war es, daß sich die Mitglieder „gegenseitig das neueste aus der poetischen Literatur" vorlesen sollten, aber immer nur „das neueste von anderen, als Mitglieder des Vereins", also keine eigenen Werke. Die Mitgliederliste nennt Josef von Eichendorff, den Ober-Präsidial-Rat, Friedrich Baron de la Motte-Fouqué, den Landgerichtsrat Karl Immermann, den Hofrat Wilhelm Müller, den Kustos Dr. Adalbert von Chamisso, dazu Gelehrte, Beamte, Schriftsteller, Architekten und Künstler wie unter anderen auch Wilhelm von Schadow, Karl Simrock, Friedrich August von Stägemann und Karl August Varnhagen von Ense. Von Sympoesie im romantischen Stil war hier keine Rede mehr. Mittlerweile waren aus den vielen literarisch tätigen Spätromantikern literarisch interessierte Beamte geworden.[56] Zwar blieb man sozial offen, d.h. die Herkunft spielte nach wie vor keine Rolle, aber wieder waren Frauen ausgeschlossen. Die in der Frühromantik erkämpfte Durchläs-

Abb. 80: Das Ehepaar Hitzig, Aquarell von E. T. A. Hoffmann.

Abb. 81: Friedrich de la Motte-Fouqué, Stich von L. Staub.

sigkeit von Männer- und Frauenwelt war mit wenigen Ausnahmen wieder aufgehoben oder zumindest nicht mehr gewünscht[57].

Nicht zuletzt vollzieht sich eine Politisierung der romantischen Kultur, indem sich alle ihre Vertreter mit Napoleon und den Befreiungskriegen auseinandersetzen. Eine einheitliche Position gibt es auch hier nicht. Während einige sich zur Restauration des Alten Reichs (Mittelalter/katholische Kirche) bekannten, standen andere auf Seiten der preußisch-patriotischen Reformer. Nicht wenige aber verhielten sich auch distanziert und skeptisch gegenüber den neuen politisch-nationalistischen Bewegungen. Nur den Traum der Französischen Revolution hatten alle aufgegeben, was jedoch nicht hieß, daß Freiheit, Gleichheit und Brüderlichkeit keine Rolle mehr spielten.

10. Heidelberger Romantik

Abb. 82: Carl Philipp Fohr, Blick von Osten auf das Heidelberger Schloß (1813).

Am 18. Februar 1808 schrieb Achim von Arnim an seinen Freund Clemens Brentano aus Heidelberg:

„Mein Mittagstisch bey Zimmer ist sehr lustig, lauter unbefangene Leute, die keinen Deut um alles Leiden der Welt geben, wenn sie es nicht ändern können, uns macht alles Spas, was nur erzählt wird, es ist uns zu muthe, als machten wir die erste Gesellschaft in der ganzen Welt aus. Die Kommis machen uns Maskeraden und laufen in der Stadt herum bis sie alle besoffen. Zimmers Frau ist gar ein artig Weibchen, will immer von ihrem Mann geküsst seyn, der scheint das recht gern zu thun; mir würde das doch auf die Länge sehr unangenehm seyn, eben weil es im Anfang so reitzend... Bey Görres bin ich Abends meist, wir leben recht wohl zusammen, er studiert viel, besonders zur Geschichte der Philosophie und trägt sie mit innerm Leben vor, da scheint auch seine eigenthümliche Poesie zu seyn; die übrige Welt schaut er gar zu gern blos von der ekelhaften Seite an nicht mit Durchdringung zu ihrem Innern, wo das doch wieder so nothwendig wird wie der Magen in dem schönsten Weibe. Die Wissenschaft hat das Eigene, sie packt so ausschliessend. Es ist schon sehr viel, daß er dessen ungeachtet nicht ungerecht ist gegen Dichter, wenn er gleich an vielem und am Zartesten gerade nur die Anschauungen zu haben scheint, nun es ist etwas, wenn ich gleich daran keine Freude habe; daher sein schneller Uebergang von den Volksbüchern, mit denen er sich erst bekannt machte, zu ihrer Literatur, zu Conjecturen über ihre Entstehung, es war ihm nicht mehr die Sache genug, sondern ihr Verhältniß zur ganzen Bildung des Volkes, das ist zur Wissenschaft. Seine Kinder haben dieser Wissenschaftlichkeit unbemerkt entgegengearbeitet, und wie die um seine Folianten herumspielen, so hat er alles Zarte und Innere zu diesen hingewendet, daher seine liebreiche Beurtheilung des Kinderbuchs, seine eignen Kindermythen. Dagegen wie durchaus ungerecht ist er z.B. gegen das Thal Josaphat. Das alles nimmt ihm in meinen Augen keinen Strich von meiner Achtung gegen seine Studien, noch weniger von der gegen ihn, es ist eigentlich ein Wunderwerk sich so durch das Revoluzionswesen durchgearbeitet zu haben und bey so vieler Genialität gar keine Sonderbarkeiten nach deutscher Manier an sich zu dulden. Seine Bekanntschaft giebt meinem Aufenthalt einen dauernden Werth. In seiner Physiologie die ich jezt lese begegne ich mich oft mit ihm gleichen Weges, ich habe ihn verlassen, er geht ihn weiter, vielleicht kommen wir doch zu einem Ziele."[1]

„Heidelberg ist selbst eine prächtige Romantik; da umschlingt der Frühling Haus und Hof und alles Gewöhnliche mit Reben und Blumen, und erzählen Burgen und Wälder ein wundersames Märchen der Vorzeit, als gäb es nichts Gemeines auf der Welt. Solch gewaltige Szene konnte zu allen Zeiten nicht verfehlen, die Stimmung der Jugend zu erhöhen", so verklärte Josef von Eichendorff kurz vor seinem Tod 1856 das Heidelberg seiner Studienjahre.[2] Es war wirklich die Landschaft am Neckar, die alle Romantiker faszinierte, daneben trat auch die Stadt selbst (10000 Einwohner), vor allem die alles überragende Ruine des Renaissanceschlosses, die mit neuen Blicken und Hoffnungen gesehen wurde, in den Blickpunkt des romantischen Interesses.[3]

Daß Heidelberg aber zumindest für ein paar Jahre überhaupt zu einem Treffpunkt der Romantiker wurde, lag besonders an der Neugründung der Universität 1803. Einflußreiche Kräfte, so auch Carl von Savigny, versuchten hier eine Hauptstätte der Romantik zu schaffen.[4] Einer der Neuberufenen, der Mythologieforscher Friedrich Creuzer, schrieb am 17.4.1804 an Clemens Brentano: „In der That wann ich jetzt bei meinen einsamen Wanderungen in den mächtigen Ruinen des hiesigen Schlosses unsere neuteutsche Kleinheit fühle, empfinde ich lebhaft, daß diese Stadt ein Ort für Männer sei, die das alte große Teutschland in ihren Herzen tragen – für wahre Poeten wie Sie und Tieck – die den alten Romantischen Gesang in seiner Tiefe aufzufassen und auf eine würdige Weise wieder zu beleben vermögen."[5] Brentano nahm das Angebot an und siedelte zusammen mit Sophie Mereau, die er kurz vorher geheiratet hatte, nach Heidelberg über, während Tieck, für den sich Brentano und besonders von Savigny eingesetzt hatten, als Professor für Ästhetik für Heidelberg nicht zu gewinnen war.[6] Darüber hinaus versuchte man mit aller Energie, die geistige „Beuthe Teutschlands" vor allem aus Jena nach Heidelberg zu locken, das seit 1802/3 mit dem Abgang der Schlegels, Schellings u.a. sein Profil verloren hatte. Vier Gelehrte kamen in der Tat aus Jena.[7] So wurde die Heidelberger Universität zumindest für eine kurze Zeit eine Bastion der Romantik, vor allem durch Friedrich Creuzer, durch Josef Görres, der jedoch nur als Privatdozent lehren durfte, und den Chemiker Karl Wilhelm Kestner.[8] Mit ihren „Heidelberger Jahrbüchern der Literatur" schuf die Universität zugleich eine neue intellektuelle Plattform. Doch fehlte in Heidelberg eine starke Figur wie Fichte oder Schelling. Dafür erwies sich als besonders verhängnisvoll für die Entwicklung der Romantik die Berufung des Schriftstellers und Altphilologen Johann Heinrich Voß 1805. Er wurde ihr streitbarster Gegner. Er fühlte sich nicht nur durch Brentano, sondern allgemein durch den „Mystizismus der Romantiker" provoziert.[9] Voß sah in ihnen einen „Schwarm junger Kräftlinge". 1824 schrieb er in seiner „Antisymbolik", einer Schrift, die sich besonders gegen Friedrich Creuzer wandte, sogar von einer Schar „pabstelnder Romantiker", die sich seit 1805 in Heidelberg versammelten, Romantikern sowohl römischen wie evangelischen Bekenntnisses, die „mit Tönen der Wildnis glaubselige Pilgrame nach Rom" einlüden.[10]

Vorerst war Brentano guter Dinge, als er Achim von Arnim drängte, nach seiner Kavaliersreise trotz aller kriegerischen Unruhen zu einer ersten, lange projektierten gemeinsamen Arbeit auch nach Heidelberg zu kommen.[11] Doch bald verliert sich das Interesse an einer näheren Verbindung mit der neuen Universität. Kurz bevor er und Görres Heidelberg endgültig wieder verlassen, heißt es in einem Schreiben von Brentano an seinen Schwager Savigny: „An keinem gelehrten Orte vielleicht in Deutschland herrscht ein elendigerer Brotneid, und eine so innerliche Erbitterung aller Lehrer untereinander als hier ... Auf der einen Seite sizt Voß mit ein paar elenden Zuträgern ... auf der anderen Seite sitzen die drei Juristen eben so einsam, dicktatorisch und dummstolz, auf der dritten sitzt Kreuzer mit ein paar jungen guten Freunden sehr schuldlos, gut und genial und gelehrt und freundlich, aber gehaßt und schikaniert ... auf der vierten sitzt Daub sich ganz verphilisternd mit allerlei höchstordinairen Schoppentrinckern freimaurend als Bruder Redner ... Geselligkeit ist keine.“[12]

Dennoch wird Heidelberg nicht nur zu einer wichtigen Station im Leben der dort in einem lockeren Zusammenhang lebenden Romantiker, sondern gibt der Romantik ein besonderes Gepräge, das sich wesentlich von dem Einfluß Jenas unterscheidet. Zum engeren Romantikerkreis zählten in der Zeit zwischen 1804 und 1808 neben Brentano, Arnim und Görres auch Creuzer, und unabhängig davon bildete sich um den Grafen von Loeben ein kleiner Kreis moralisierender Schriftsteller, zu denen auch die beiden jungen Studenten Josef und Wilhelm von Eichendorff gehörten; der erregte nicht weniger Aufmerksamkeit als die erste Gruppe.

Josef von Eichendorff erinnerte in seinem „Halle und Heidelberg“ an besonders prägende Eindrücke aus seiner Heidelberger Zeit. Seine Bewunderung galt vor allem Görres: Dieser war ohne jede akademische Grundausbildung 1806 Privatdozent geworden, lehrte Naturphilosophie, Literatur und Ästhetik, ohne damit zum engen Kreis der Professoren zu gehören. Aufsehen erregte bereits seine fünfseitige „Ankündigung philosophischer und physiologischer Vorlesungen im Winter-Halbjahr 1806/7“. Sie eröffnete Görres mit den Worten: „Meine Herren, es gibt nur zwei Klassen von Menschen: erstens die mit poetischem Geist gesalbt sind, zweitens die Philister.“[13] Breit waren seine Interessen. 1806 schrieb er seine „Exposita der Physiologie“, 1807 veröffentlichte er seine Brentano gewidmeten „Teutschen Volksbücher“ sowie eine Deutung der Kupferstiche von Philipp Otto Runge. Aufsehen erregte er mit seiner Mythengeschichte der asiatischen Welt (1810). Einer seiner eifrigsten Zuhörer wurde Eichendorff: „Aber es trat grade damals in Heidelberg noch eine ganz besondere Macht hinzu, um jene glückliche Stimmung zu vertiefen. Es hauste dort ein einsiedlerischer Zauberer, Himmel und Erde, Vergangenheit und Zukunft mit seinen magischen Kreisen umschreibend – das war Görres. Es ist unglaublich, welche Gewalt dieser Mann, damals selbst noch jung und unberühmt, über alle Jugend, die irgend geistig mit ihm in Berührung kam, nach allen Richtungen hin ausübte. Und diese geheimnisvolle Gewalt lag lediglich in der Großartigkeit seines Charakters, in der wahrhaft brennenden Liebe zur Wahrheit und einem unverwüstlichen Freiheitsgefühl, womit er die einmal erkannte Wahrheit gegen offene und verkappte Feinde und falsche

Freunde rücksichtslos auf Tod und Leben verteidigte; denn alles Halbe war ihm tödlich verhaßt, ja unmöglich, er wollte die ganze Wahrheit."[14] Eichendorff erlebte aber 1806 nicht nur Görres in Heidelberg, sondern auch Brentano und Arnim[15]; alle waren sehr jung: Görres war 30 Jahre, Brentano 28 und Arnim 25 Jahre alt. Eichendorff schildert sie „wie ein seltsames Ehepaar, wovon der ruhige mildernste Arnim den Mann, der ewig bewegliche Brentano den weiblichen Partner machte. Arnim gehörte zu den seltenen Dichernaturen, die ... ihre poetische Weltansicht jederzeit von der Wirklichkeit zu sondern wissen und daher besonnen über dem Leben stehen und dieses frei als ein Kunstwerk behandeln. Den lebhafteren Brentano dagegen riß eine übermächtige Phantasie beständig hin, die Poesie ins Leben zu mischen, was denn häufig eine Konfusion und Verwickelungen gab, aus welchen Arnim den unruhigen Freund durch Rat und Tat zu lösen hatte... Klein, gewandt und südlichen Ausdrucks, mit wunderbar schönen, fast geisterhaften Augen, war er (= Brentano) wahrhaft zauberisch, wenn er selbstkomponierte Lieder oft aus dem Stegreif zur Gitarre sang"[16].

Mit diesen Männern traten wie in Jena auch einige Frauen besonders hervor: Görres war mit Katharina von Lassaulx früh verheiratet, und obwohl sie in Koblenz blieb, hatte sie einen aktiven Anteil an seinen gelehrten Studien in Heidelberg, wie ihr Briefwechsel dokumentiert.[17] Achim von Arnim war zwar noch nicht verheiratet, stand aber seit 1806 in intensivem Briefwechsel mit Bettina Brentano, der Schwester von Clemens, worin er alles kommentierte, was in Heidelberg geschah.[18] Auch wenn sich Sophie Mereau-Brentano zurückhielt, spielte sie als Schriftstellerin eine große Rolle. Schwer erschüttert wurde der Kreis 1806 durch ihren Tod im Kindsbett, der Brentano verzweifeln ließ, obwohl die Ehe bereits an seinen großen Erwartungen zu scheitern gedroht hatte.[19] Im gleichen Jahr nahm sich Karoline von Günderode das Leben, als Friedrich Creuzer, in den sie sich unsterblich verliebt hatte, nicht bereit war, sich von seiner älteren Frau scheiden zu lassen.[20] Das poetische Zusammenleben der Freunde erlitt einen Schock, der sich allerdings wenig auf die literarische Zusammenarbeit auswirkte. Während Arnim noch länger in Heidelberg blieb, zog Brentano bereits 1806 zunächst zurück nach Frankfurt.

Im Mittelpunkt der Zusammenarbeit, des ‚Sympoetisierens' von Arnim und Brentano, stand die Sammlung alter deutscher Lieder, die in drei rasch aufeinander folgenden Bänden von 1806 an in Heidelberg erschien. Unter dem Titel „Des Knaben Wunderhorn" machte diese Sammlung nach Tiecks Roman „Sternbald" eine Karriere als ein zweites Kultbuch der Romantik, zudem machte sie Brentano

Abb. 83: Achim von Arnim und Clemens Brentano, Des Knaben Wunderhorn, Titelblatt zum Zweiten Band von Adam Weise (1808).

wie Arnim erstmals bekannt, vor allem durch die positive Besprechung Goethes. „Die Herausgeber haben solche mit so viel Neigung, Fleiß, Geschmack, Zartheit zusammengebracht und behandelt, daß ihre Landsleute dieser liebevollen Mühe nun wohl erst mit gutem Willen, Teilnahme und Mitgenuß zu danken hätten."[21] Da es sich jedoch nicht um eine wortgetreue Wiedergabe alter Texte handelte, geschweige denn um eine kritische Edition, erntete die Ausgabe nicht nur Anerkennung und Lob, sondern auch harsche Kritik. Der Heidelberger Romantik-gegner Voß sprach von einem „zusammengeschaufelten Wust, voll muthwilliger Verfälschungen, sogar mit untergeschobenem Machwerk."[22] In der Tat handelte es sich um eine Romantisierung bzw. Poetisierung alter volkstümlicher Texte, zwischen denen Brentano sogar eigene Dichtungen unterbrachte. Obwohl die Ausgabe tatsächlich eine Beschäftigung mit der eigenen literarischen Volkstradition auslöste, der dann 1812 und 1815 die Brüder Grimm ihre zwei Bände „Kinder- und Hausmärchen" folgen ließen, hatte sie kaum die gewünschte Breitenwirkung, was nicht hinderte, daß sie stark in das Liedgut des 19. Jahrhunderts einging.[23].

Das weitere entscheidende Werk der Heidelberger Romantik stellt die Zeitschrift „Zeitung für Einsiedler" dar, die jedoch allein von Arnim 1808 herausgegeben wurde[24]. Im Unterschied zum Jenaer „Athenäum", das theoretisch orientiert war und eine eigene Romantische Poesie vertrat, brachte die „Zeitung für Einsiedler" schlichte literarische Proben aus allen Bereichen der Poesie und Geschichte; die Autoren wurden aufgefordert, einfach das Leben einzufangen. Als wäre Eichendorff selbst dabei gewesen, berichtet er: Brentano sang. „Dies tat er am liebsten in Görres einsamer Klause, wo die Freunde allabendlich einzusprechen pflegten; und man könnte schwerlich einen ergötzlicheren Gegensatz der damals florierenden ästhetischen Tees ersinnen, als diese Abendunterhaltungen, häufig ohne Licht und brauchbare Stühle, bis tief in die Nacht hinein: wie da die Dreie alles Große und Bedeutende, das je die Welt bewegt hat, in ihre belebenden Kreise zogen, und mitten in dem Wetterleuchten tiefsinniger Gespräche Brentano mit seinem witzsprühenden Feuerwerk dazwischen fuhr, das dann gewöhnlich in ein schallendes Gelächter zerplatzte. Das nächste Resultat dieser Abende war die Einsiedlerzeitung, welche damals Arnim und Brentano in Heidelberg herausgaben. Das selten gewordene Blatt war eigentlich ein Programm der Romantik; einerseits die Kriegserklärung an das philisterhafte Publikum, dem es feierlich gewidmet und mit dessen wohlgetroffenen Porträt es verziert war; andrerseits eine Probe- und Musterkarte der neuen Bestrebungen: Beleuchtung des vergessenen Mittelalters und seiner poetischen Meisterwerke, sowie die ersten Lieder von Uhland, Justinus Kerner u.a. Die merkwürdige Zeitung hat nicht lange gelebt, aber ihren Zweck als Leuchtkugel und Feuersignal vollkommen erfüllt."[25] Als Autoren wurden Ludwig Tieck, Wilhelm Grimm, Josef Görres, Clemens und Bettina Brentano, Friedrich Schlegel, Ludwig Uhland und Philipp Otto Runge gewonnen. Vorrangig waren es Vertreter der jüngeren Generation der Romantiker. Weil die Autoren schließlich auch satirische Kommentare über Voß brachten, kam es zu scharfen Auseinandersetzungen mit ihm, die der Zeitschrift jedoch mehr schadeten als nützten. Sie mußte im selben Jahr 1808 wieder eingestellt werden. Goethe, der Brentano und Arnim an sich aufgeschlossen gegenüberstand, distanzierte sich erstmals von diesem Kreis. Er sprach von der Form- und Charakterlosigkeit der Zeitschrift: „Es ist keine Kunst, sein Talent nach individueller Bequemlichkeit humoristisch walten zu lassen; etwas muß immer daraus entstehen ...“[26]

Auch mit dem dritten Unternehmen der Heidelberger, einer von Görres und Brentano anonym herausgegebene Philistersatire, kam es zum Streit mit Voß, so daß er jeden Kontakt mit Brentano abbrach. Brentano und Görres hatten zusammen eine Satire verfaßt unter dem Titel: „Entweder wunderbare Geschichte von Bogs dem Uhrmacher, wie er zwar das menschliche Leben längst verlassen, nun aber doch, nach vielen musikalischen Leiden zu Wasser und zu Lande, in die bürgerliche Schützengesellschaft aufgenommen zu werden Hoffnung hat, oder die über die Ufer der Badischen Wochenschrift als Beilage ausgetretene Konzert-Anzeige.“[27] Hierin wurde die klassische Philisterkritik der Romantiker umgekehrt. Der äußerliche Philister, eben der Uhrmacher, der nur funktioniert, erscheint als der eigentlich romantisch fühlende Mensch, als er während eines Konzerts seinen Empfindungen freien Lauf läßt. Der Philister und der Künstler werden nicht als Gegensatz vorgestellt, sondern als zwei Seiten des gleichen Menschen. Diese neue Sicht blieb aber unbemerkt, und die Schrift wirkte im Gegenteil provozierend für die sich verhärtende Gegnerschaft der Romantiker.[28]

Neben diesem Kreis um Arnim und Brentano gab es in Heidelberg um den Grafen Otto Heinrich von Loeben kurzfristig noch einen Bund von jungen Novalis-Verehrern, die sich klangvolle Namen gaben.[29] Der Graf selbst nannte sich „Isidorus Orientalis“ und schrieb unter dem Eindruck des „Heinrich von Ofterdingen“ einen Roman mit dem Titel „Guido“. Zu seinen Anhängern zählten nicht nur die katholisch gewordenen Brüder Karl Gottlob und Georg Anton von Hardenberg, sondern auch die Brüder Eichendorff. Besonders Josef von Eichendorff war stark von ihm beeinflußt, ein Grund wohl, warum er sich später so entschieden von ihm absetzte. Er warf ihm einen „sehr bedenklichen Afterkultus“ vor, den er in Heidelberg betrieben habe. In seiner kurzen Lebenszeit – er starb im Alter von 39 Jahren – habe er „fast alle Zonen und Regionen der Romantik durchwandelt, bald erschien er als begeisterungswürdiger Seher, bald als arkadischer Schäfer, dann plötzlich wieder als asketischer Mönch, ohne sich jemals ein eigen-

Abb. 84: Joseph von Eichendorff, Radierung nach einer Zeichnung von Franz Kugler aus dem Jahre 1832.

tümliches Revier schaffen zu können."[30] Dem Einfluß des Grafen von Loeben wirft Eichendorff die spätere Verunglimpfung der Romantik vor. Durch seine mystische Überschwänglichkeit" und „sein unkatholisches Katholisieren" habe er nicht nur seine Schüler in Mißkredit gebracht, sondern alle, die durch Schlegel, Novalis oder Tieck zum Schreiben angeregt worden waren.

Die „Zeitung für Einsiedler" blieb nur eine Episode. Bedeutsamer wurde das „Wunderhorn", es wurde zwar kein Volksbuch, aber es regte viele junge Autoren dazu an, Quellen zu sammeln und überhaupt ein künstlerisches Selbstbewußtsein zu finden. Von Heidelberg ging das Bestreben aus, nicht nur Sagen und Märchen zu sammeln – die bedeutendste Sammlung wurden die Kinder- und Hausmärchen der Brüder Grimm –, sondern auch Rechtszeugnisse und andere populäre Quellen, die die entstehende Germanistik wie auch die romantische Geschichtswissenschaft förderten. So begrenzt die Wirkung der Heidelberger Romantik war, so hinterließ sie vor allem Spuren in der Diskussion um die Unterscheidung von

Abb. 85: Fohr und seine Freunde von der Deutschen Lesegesellschaft im Heidelberger Schloßgarten, Zeichnung von Carl Philipp Fohr (1816).

Klassik und Romantik, die mittlerweile in das Fahrwasser katholisierender Tendenzen geriet. All diejenigen, die zwischen 1804 und 1808 in Heidelberg weilten, finden wir später in Berlin wieder, vor allem Achim von Arnim und Brentano, aber auch von Eichendorff, von Savigny und die Brüder Grimm.

11. Romantik in Dresden

Abb. 86: Ansicht von Dresden (um 1813).

In seiner Autobiographie „Was ich erlebte" schrieb Henrik Steffens:

„Mit der Poesie war ich seit meiner frühesten Kindheit vertraut; was der Dichter darzustellen sucht, war mir innerlich gegeben, und die Mittel der Darstellung, selbt wenn diese die vorzüglichste war, selbst wenn sie mir unerreichbar schien, waren mir nicht fremd. Hier aber sollte sich eine neue Welt für mich aufschließen durch einen neuen Sinn, den ich mir kaum zutraute. Diese Vorstellungen bewegten sich dunkel und verworren vor meiner Seele, ohne daß ich sie festzuhalten oder zu ordnen vermochte. Furchtbar schläfrig und ermüdet, suchte ich mich gewaltsam zusammenzufassen, aber es gelang mir nicht. Die Gestalten der Bilder schwebten mir halb wie Visionen vor, schienen sich zu bewegen, aus dem Rahmen zu treten, sich mit den Fremden, die hin und her gingen, zu vermischen. Dazwischen ertönte mir die einförmige Belehrung des Begleiters, die ich mir merken sollte, seltsam in die Ohren. Ein ängstliches Bewußtsein, daß dieser wunderliche Zustand einem jeden, der mich sah, in die Augen fallen müßte, quälte mich, und in dieser Lage brachte ich eine Zeit zu, die mir unendlich dünkte. Da traten wir vor ein großes Bild. Es stand unten, war uns also näher gerückt, denn es wurde kopiert. Eine weibliche Gestalt schwebte aus den Wolken hervor und trug ein wunderbares Kind. Der Moment überraschte mich, die seltsame Spannung, in der ich war, hatte den höchsten Gipfel erreicht, ich vergaß, wo ich war. Ein tiefes Gefühl durchdrang mich, und ich brach in Tränen aus, die unaufhaltsam flossen. Der alte Riedel war überrascht; es war, als wenn dieses gewaltsam hervorbrechende Gefühl mich plötzlich aus diesem traumähnlichen Zustande herausriß und mir das volle Bewußtsein wiedergab. Ich blickte um mich, ich sah, wie ich Gegenstand der allgemeinen Aufmerksamkeit geworden war, ich suchte mich zu fassen und erfuhr nun, daß das Bild, welches mich so heftig in Bewegung gesetzt hatte, das berühmteste der Galerie, daß es Raffaels Madonna war... Es ist bekannt, daß mit der wiedererwachten tieferen Poesie auch die katholische Religion eine eigene und tiefere Bedeutung erhalten hat. Das Mittelalter mit seiner Kraft ward hervorgehoben und wohl auch höhergestellt als eine Zeit, die, berufen zu großen, mächtigen Taten, diesen gegenüber selbst ohnmächtig, sich in leeren Abstraktionen verlor, in wenigen oberflächlichen Begriffen, die, an die Stelle eines mächtigen reichen Naturgrundes getreten, Staaten wie Wissenschaften aus sich heraus entwickeln und gestalten sollten. Mir selbst war diese Bewegung der Zeit keineswegs fremd. Auch mir erschien diese Zeit der großen Kämpfe, der herrlichen Gesänge, der tiefen Andacht bewunderungswürdig, und neben der Armut der Gegenwart überschwenglich reich. Besonders wurde die Madonna als die göttliche Frau mit aller Illusion der Dichtkunst verehrt, und nachdem Tieck, August Wilhelm Schlegel und Novalis ihr die poetische Weihe erteilt hatten, sah man alle jungen Dichter vor dem Altar der Madonna knien. Diese Zeit entwickelte sich zwar in der ganzen Übertreibung erst später, aber sie keimte schon damals, und ich konnte mich wohl in dem Sinne der überschwenglichen Jugend als einen Geweihten betrachten, dem die Madonna erschienen war."[1]

Als vierter Ort muß Dresden erwähnt werden, die sächsische Residenzstadt, die zu den schönsten des Reiches zählte und damals eine vollkommene Harmonie von Stadt und Natur bot.[2] Als August Wilhelm und Caroline Schlegel sich in Dresden niederlassen wollten, schrieben sie: „Wir können keinen bequemeren und anmutigeren Sitz finden. Vor uns der ruhige Fluß, jenseits erhebt sich hinter den grünen Ufern die Ebene in leisen Wellen, dort unten spiegelt sich die Stadt mit der Kuppel der Frauenkirche im Wasser, oberhalb ziehen sich Rebhügel dicht an der Krümmung hin, mit Landhäusern besäet und oben mit Nadelholz bedeckt."[3] Noch euphorischer äußerte sich Heinrich von Kleist: „Ich blickte von den hohen Ufern herab über das herrliche Elbthal, es lag wie ein Gemälde von Claude Lorrain unter meinen Füßen – es schien mir wie eine Landschaft auf einem Teppich gestickt, grüne Fluren, Dörfer, ein breiter Strom, der sich schnell wandelt, Dreßden zu küssen, und hat er es geküßt, schnell wieder flieht – und der prächtige Kranz von Bergen, der den Teppich wie eine Arabeskenborde umschließt – und der reine blaue irdische Himmel, der über der ganzen Gegend schwebt."[4] Dies galt der Landschaft und dem Panorama der Stadt, nicht jedoch ihrer politischen Struktur und ihren Einwohnern. Schiller hatte nur ein böses Wort für sie übrig: „Aber die Dresdner sind vollends ein seichtes, zusammengeschrumpftes, unleidliches Volk, bei dem es einem nie wohl wird. Sie schleppen sich in eigennützigen Verhältnissen herum, und der freie edle Mensch geht hinter dem hungrigen Staatsbürger ganz verloren, wenn er anders je dagewesen ist."[5] Mit den normalen Bürgern der Stadt trafen die Romantiker aber kaum zusammen, sie repräsentierten überall ihre eigene Welt.

Zwar gab es keine eigentliche Dresdner Romantik, aber es lassen sich doch einige unverwechselbare Besonderheiten hervorheben. Die Stadt vereinte in einmaliger Weise Künstler, Schriftsteller, Maler, Musiker und Naturforscher. Hier wird die Breite der Aktivitäten der Romantiker deutlich. Wie Berlin wurde auch Dresden zum zeitweiligen Treffpunkt der meisten Romantiker, es gab sogar viele, die sehr lange blieben wie Caspar David Friedrich und Ludwig Tieck. Schließlich war das aristokratische Element in der Gesellschaft der Residenzstadt stark vertreten, es gab etliche adelige Förderer und Mäzene – wohingegen das Stadtbürgertum am kulturellen Leben wenig Anteil hatte.

Dresden spielte bereits in der Phantasie der frühen und jungen Romantiker eine große Rolle. Es war nicht nur die Stadt oder die Residenz selbst, die sie anzog, sondern vor allem die berühmte, öffentlich zugängliche Gemäldesammlung mit ihren großen Schätzen italienischer Kunst, allen voran die bekannte Sixtinische Madonna von Raffael, zu der man regelrechte Pilgerfahrten unternahm. Noch Jahrzehnte später war dem romantischen Maler Ferdinand Olivier bewußt: „Dresden, das man als Florenz anzusehen sich gefiel ... kann gewissermaßen als der Herd betrachtet werden, wo das Feuer der neuen Kunstbegeisterung zuerst angefacht wurde und reichlich Nahrung fand."[6] Der Raffaelkult geht zurück auf eine Wanderfahrt der Berliner Ludwig Tieck und W.H. Wackenroder 1792 nach Dresden, die ihre Erlebnisse ausführlich beschrieben.[7] In Dresden lebte auch Friedrich Schlegel von 1794 bis 1796 mit Unterstützung seines Dresdner Schwagers Ludwig E. Ernst und unternahm hier seine ersten literarischen und philo-

Abb. 87: B. Belotto, Der Altmarkt mit der Kreuzkirche in Dresden (1751).

sophischen Studien. Schließlich kam es in der Dresdner Galerie zum ersten Romantikertreffen der beiden Schlegels, der Caroline Schlegel, von Novalis, Schelling und Fichte, bevor sie allesamt nach Jena zogen; für sie wurde die christliche Malerei zum „Spiegel der erlösungsbedürftigen Seele.“[8]

In Dresden gab es zwar keine Salonkultur und nur ein schwach ausgebildetes bürgerliches Gesellschaftswesen, dafür aber Privathäuser und Adelspalais, die für Künstler offenstanden. Zu nennen sind hier die Häuser der sächsischen Beamten Ernst und Körner, des Freundes von Schiller, sowie die der Freunde von Novalis, von Hans Georg von Karlowitz, des späteren sächsischen Innenministers, und des Dietrich von Miltitz, von dessen Vater schon Fichte gefördert wurde. Sosehr der Schwager Schlegels Ernst dem Romantiker eine Heimstätte schuf und seine Frau Charlotte dem Bruder auch finanziell zur Seite stand, gab es doch Grenzen der Gastfreundschaft, die in Berlin undenkbar waren. Beide waren nicht willens, die übel beleumundete Caroline unterzubringen, geschweige denn Dorothea Veit, die Lebensgefährtin von Friedrich, aufzunehmen.[9] Dies schien mit dem Amt von Ernst nicht verträglich und ist wohl ein Grund, warum die Schlegels sich nicht länger in Dresden aufhielten. Eine besondere Rolle spielte Dietrich von Miltitz, Besitzer des Schlosses Siebeneichen. Er war zusammen mit Novalis aufgewachsen, galt als Sympathisant der Französischen Revolution und heiratete gegen die Familientradition eine junge Engländerin bürgerlicher

Abstammung, die in Siebeneichen einen schönen Landschaftspark anlegte.[10] In dem Gartensaal trafen sich Novalis, der geniale Physiker Johann W. Ritter und Heinrich von Kleist. Aber regelmäßige Zusammenkünfte wie in den Berliner Salons gab es in Dresden nicht.

Abb. 88: Adam Heinrich Müller (um 1810).

Eine literarische Kontinuität war nicht vorhanden, auch das Theater in dieser Zeit trug nur bedingt dazu bei, obwohl es einen großen Namen hatte. Dafür aber kamen nach dem Zusammenbruch Preußens einige Literaten für eine Zeitlang nach Dresden: u.a. Heinrich von Kleist und der konservative Staatstheoretiker Adam Müller, der mit seinen öffentlichen Vorlesungen im Dresdner Palais von Karlowitz als Redner glänzte. Diese erschienen 1809 unter dem Titel: „Die Elemente der Staatskunst" und empfahlen ihn für die Berufung nach Wien.[11] Heinrich von Kleist, ein wahrhaft Heimatloser, konnte mit Hilfe Müllers sein erstes Drama, den „Amphitryon", in Dresden veröffentlichen, die „Penthesilea" hier vollenden sowie das „Käthchen von Heilbronn" und den „Michael Kohlhaas" konzipieren.[12] Eine entsprechende Anerkennung wurde ihm allerdings nicht zuteil, auch wenn er 1807 im Hause des österreichischen Gesandtschaftssekretärs öffentlich geehrt wurde. Die Malerin Dora Stock schrieb: „Herrn v. Kleist sehen wir oft in unserm Hause, und wir schätzen ihn als Mensch, wie er verdient. Mit dem Schriftsteller haben wir manchen Streit. Sein Talent ist unverkennbar, aber er läßt sich von den Herren der neuern Schule auf einen falschen Weg leiten, und ich fürchte, daß Müller einen schädlichen Einfluß auf ihn hat. Seine Penthesilea ist ein Ungeheuer, welches ich nicht ohne Schaudern habe anhören können. Sein Zerbrochner Krug ist eine Schenkenszene, die zu lang dauert und die ewig an der Grenze der Dezenz hinschießt. Seine Geschichte von der Marquisin von O. kann kein Frauenzimmer ohne Erröten lesen. Wozu soll dieser Ton führen? Überhaupt fürchte ich, daß der „Phöbus" nicht länger wie ein Jahr leben wird.

Abb. 89: Titel zu Heinrich von Kleists Phöbus, Zeichnung von Ferdinand Hartmann (1808).

Jetzt schon wird er weder mit Vergnügen erwartet noch mit Interesse gelesen. Und doch wollen diese Herren an der Spitze der Literatur stehen und alles um sich und neben sich vernichten.“[13] Beim „Phöbus“ handelt es sich um eine Zeitschrift, die Kleist zusammen mit Müller herausgab. In der Tat hatte er sich verkalkuliert und mußte sie bald wieder aufgeben.[14] Der Phöbus-Kreis zerfiel, Adam Müller, Heinrich von Kleist und Gottfried Heinrich Schubert verließen Dresden.

Wenig später kam E.T.A. Hoffmann als weiterer preußischer Schriftsteller nach Dresden.[15] Er übernahm die Stelle des Musikdirektors und schrieb nebenher Erzählungen, so vor allem die „Fantasiestücke in Callot's Manier“. Während der politisch schwierigen Zeit 1813/4 führte er in Dresden und Leipzig Glucks „Iphigenie auf Tauris“ und Mozarts „Zauberflöte“ auf, aber auch er scheiterte mit seinen hochfliegenden Plänen. Carl Maria von Weber hatte als Musiker mehr Erfolg.

Abb. 90: Ludwig Tieck als Vorleser, Stich nach einer Zeichnung von Alexander von Ungern-Sternberg.

Als dritter preußischer Schriftsteller kam schließlich Ludwig Tieck 1819 nach dem Tode seines Mäzens von Finckenstein aus Ziebingen mit seiner Familie und der Gräfin Henriette von Finckenstein, seiner Förderin und Freundin, nach Dresden.[16] Wenngleich er bald allgemein als „König der Romantik" galt, hatte er mit seiner Schriftstellerei nur wenig Erfolg. Geradezu berühmt jedoch wurde er, der ein geborener Komödiant war, als Deklamator romantischer Literatur. Die abendlichen Veranstaltungen in seinem Hause am Altmarkt zogen viel Prominenz an. Zu seinen Gästen zählten nicht nur seine Dresdner Freunde, unter anderen der Hofkapellmeister Carl Maria von Weber und der Arzt und Maler Carus, sondern auch Auswärtige, die oft seinetwegen nach Dresden kamen: so die Schriftsteller Karl Leberecht Immermann, Christian Dietrich Grabbe, Wilhelm Hauff, Franz Grillparzer sowie die Amerikaner Washington Irving und James F. Cooper. Besonders letzterer war fasziniert von der allgemeinen Verehrung, die Tieck entgegengebracht wurde. „Hierin ist Deutschland das Land der empfänglichen Gemüter, mögen nun Musik, Poesie oder mehr materielle Kunstgegenstände die Anregung zur Bewunderung hergeben. Dagegen können schwerlich Klötze unempfindlicher sein und weniger wahre Hochachtung für Wissenschaften, Künste oder innere Ausbildung überhaupt haben als der große Haufe in Amerika."[17] Nur mit dem philosophischen Einzelgänger Arthur Schopenhauer, der 1818 in Dresden sein berühmtes Werk „Die Welt als Wille und Vorstellung" veröffentlicht hatte, kam Tieck nicht zurecht.[18] Zeitweise wirkte er auch als Dramaturg am Hoftheater. Er führte immerhin Kleists „Prinz von Homburg" und Goethes „Faust" auf, eine Aufführung, die auch der junge Pianist und Komponist

Abb. 91: Caspar David Friedrich, Selbstbildnis (1810).

Frédéric Chopin erlebte. Besonders aktiv wurde Tieck als Herausgeber verschiedener Werke, so vor allem von Novalis und Kleist, außerdem vollendete er die zusammen mit August W. Schlegel unternommene Shakespeare-Übersetzung. Obwohl er schwer krank war, lebte er noch bis 1853, ohne jedoch zu begreifen, daß seine romantische Welt schon lange zu Ende gegangen war. 1842 allerdings war er wieder in seine Heimatstadt Berlin gezogen.

Dresden lockte also viele Schriftsteller an, doch weit mehr noch wurde es zur neuen Heimat vieler Maler und Zeichner, die sich zum Umfeld der Romantiker rechneten bzw. so interpretiert wurden: so Anton Graff, Georg Friedrich Kersting, Johan Chr. Clausen Dahl, Gerhard von Kügelgen, Ferdinand Hartmann.[19] Sie wurden alle von bedeutenden adeligen und bürgerlichen Mäzenen gefördert, etwa von Carl Friedrich Freiherr von Rumohr und Joh. Gottlieb von Quandt.

Der bekannteste Maler war Caspar David Friedrich (gest. 1840), der sich bereits 1798 für Dresden entschieden hatte, der Stadt, der Landschaft und der Kunstsammlungen wegen.[20] Als Sohn eines Seifensieders in Greifswald geboren, hatte er eine schwere Kindheit hinter sich, seine Mutter starb früh; als er in jungen Jahren zu ertrinken drohte, kam sein Bruder bei der Rettung um, auch seine Schwester starb früh, so daß sein menschenscheuer und bescheidener, streng ästhetischer Lebensstil nicht wundernimmt. Er war einer der ersten Maler, der sich von den Romantikern Tieck und Novalis anregen ließ. Im Kultbuch der jungen Malergeneration, Tiecks Sternbald-Roman, fand er die Ziele der romantischen Landschaftsmalerei, denen er zeitlebens treu blieb. Mit Tieck bekannte er: „Ich will nicht Bäume und Berge abschreiben, sondern mein Gemüt, meine Stimmung, die mich in dieser Stunde regiert, diese will ich mir selber festhalten und den übrigen Verständigen mitteilen."[21] Die zweite Quelle seiner Inspiration war Schleiermachers Religionsbuch. „Wenn wir das Universum angeschaut haben und von dannen zurück schauen auf unser Ich, wie es in Vergleichung mit ihm ins unendlich Kleine verschwindet, was kann dem Sterblichen dann näher liegen als wahre, ungekünstelte Demut?"[22] Friedrich war zwar Akademieprofessor, entwickelte aber einen höchst eigenwilligen Landschaftsstil, der in Bildern wie „Das Kreuz im Gebirge", „Der Mönch am Meer", „Kreidefelsen auf Rügen" und „Eismeer" europäische Größe erreichte. Sie wurden durch öffentliche Ausstellungen bekannt. Besonderes Aufsehen erregte der „Tetschener Altar im Rahmen" (1807), weil dieses Bild eine Landschaft zum Gegenstand der Andacht erhebt.[23] Über den „Mönch am Meer" kam es zu einer Auseinandersetzung zwischen Kleist und Brentano/Arnim, weil Kleist die Besprechung der Freunde in seinen „Berliner Abendblättern" verändert hatte.

Eine enge Freundschaft verband Friedrich mit dem ebenfalls bedeutenden Maler Philipp Otto Runge (1777–1810), der schon jung starb.[24] Im Unterschied zu Friedrich stammte er aus einer reichen Kaufmannsfamilie ebenfalls aus Vorpommern. Er wirkte aber nur für kurze Zeit in Dresden. Bekannt wurde er durch seinen Zeitzyklus (Der Morgen, Der Tag, Der Abend, Die Nacht), von dem Tieck und Brentano bekannten, daß nichts dem romantischen Programm mehr entspreche als diese Bilder. Seine „Romanzen vom Rosenkranz" wollte Brentano von ihm illustrieren lassen.[25] Im Unterschied zu Friedrich, der seltener über seine Kunst reflektierte, äußerte sich Runge vielfältig und ausführlich. Nach seiner Ankunft in Dresden schrieb er: „Bei uns geht wieder etwas zugrunde, wir stehen am Rande alter Religionen, die aus dem Katholischen entsprangen, die Abstraktionen gehen zugrunde, alles ist luftiger und leichter als das Bisherige, es drängt sich alles zur Landschaft, sucht etwas Bestimmtes in dieser Unbestimmtheit ...

Abb. 92: Philip Otto Runge, Selbstbildnis für Goethe (1806).

Ist denn in dieser neuen Kunst – der Landschafterei, wenn man so will – nicht auch ein höchster Punkt zu erreichen, der vielleicht noch schöner wird wie die vorherigen?“[26] Die Bedeutung beider Maler hat erst das 20. Jahrhundert entdeckt.

Im Umkreis dieser berühmten Maler lebten noch viele andere, heute weniger bekannte Maler, so Anton Graff, Georg Friedrich Kersting, Ernst Ferdinand Oehme, Johan Chr. Clausen Dahl aus Norwegen, Gerhard von Kügelgen und Ferdinand Hartmann. Auch viele Nazarener kamen aus Dresden, wo sie ihre romantische wie katholische Wende erlebten, so die Brüder Franz und Johannes Riepenhausen, die drei Brüder Heinrich, Ferdinand und Friedrich Olivier, Julius Schnorr von Carolsfeld und Carl Christian Vogel.[27] Ihre großen Mäzene waren Carl Friedrich Freiherr von Rumohr, Joh. Gottlieb von Quandt und Joh. von

Lüttichen. Quandt gründete zum dreihundertsten Todestag Albrecht Dürers 1828 den sächsischen Kunstverein. Ludwig Tieck, dessen Schwester und die Brüder Riepenhausen waren bereits 1804 mit von Rumohr und auf dessen Kosten nach Rom gereist.[28]

Abb. 93: Carl Maria von Weber (1827).

Dresden kannte durch den Hof ein reges Musikleben und hatte einen hohen Bedarf an Musikern und Schauspielern. Nach seinem Scheitern in Bamberg war auch E.T.A. Hoffmann in Dresden. Noch galt er vorrangig als Musiker und Komponist, auch er selbst sah sein künstlerisches Interesse noch am stärksten in der Musik realisiert. In Dresden schrieb er nicht nur unter dem Einfluß von G.H. Schubert seinen „Magnetiseur", sondern auch seinen „Goldenen Topf", vor allem aber über den „romantischen" Komponisten Beethoven.

Weit bekannter jedoch wurde Carl Maria von Weber (1786 Eutin – 1826), der aus einer Musikerfamilie stammte und bis heute als Prototyp des musikalischen Romantikers gilt.[29] Auch ihn kennzeichnet an sich eine Mehrfachbegabung, er war nicht nur Musiker, sondern konnte malen und sehr gut schreiben und machte sich als Musikschriftsteller einen Namen. Bekannt wurde er erstmals als Sechsundzwanzigjähriger als Operndirektor am Ständetheater von Prag, wo er 1813 die „Undine" von E.T.A. Hoffmann und Beethovens „Fidelio" aufführte, bevor er seit 1817 in Dresden als königlich sächsischer Kapellmeister das Musikleben bestimmte. Obwohl er als Schöpfer der deutschen romantischen Oper galt, hat er selbst in Dresden seine Bewunderung für die italienische Oper nie verleugnet. Aber im Zentrum seines Interesses standen Aufführungen von Beethoven und Mozart. Berühmt wurde er mit dem „Freischütz", dessen romantisches Naturverständnis seine Generation prägte.[30] Dieser wurde jedoch nicht in Dresden uraufgeführt, sondern im neuen Schauspielhaus von Schinkel in Berlin. Anwesende Gäste waren unter anderen E.T.A. Hoffmann, Heinrich Heine, Mendelssohn-Bartholdy, die alle gleichermaßen fasziniert waren. In Wien folgte 1823 seine „Euryanthe". Seinen letzten Erfolg erlebte Weber kurz vor seinem Tod in London mit dem „Oberon" (1825): 2500 Zuschauer umjubelten ihn. Im Unterschied zum Werk der Literaten und Maler erreichte Webers romantische Oper „Der Freischütz" ein breites Publikum. 1844 wurde sein Leichnam nach Dresden überführt und der Sarg in einer von Gottfried Semper entworfenen Familiengruft beigesetzt. Die Gedenkrede hielt Richard Wagner.[31]

Das Libretto zum „Freischütz" stammte von Friedrich Kind, dem Mitglied einer geselligen Vereinigung poetisch gestimmter Amateure, der „Liederkreis" oder „Dichterthee" genannt, zu dessen Teilnehmern auch Friedrich Laun, Helmina von Chézy, Karl August Böttiger und Graf von Loeben zählten, der seine „romantische" Karriere in Heidelberg begonnen hatte.[32] In seiner Satire „Die Vogelscheuche" hat Tieck die Clique kräftig verhöhnt. Von der Romantik war für ihn hier nur eine Karikatur übriggeblieben. „Genies sind Raubvögeln oder Krähen und Raben, die unsere Felder verwüsten, zu vergleichen, denen wir wehren sollen. Gegen alle diese größeren und kleineren Genies, und wären es selber Steinadler und Lämmergeyer, stehen wir nun in den grünen Feldern, in unseren Gemüsegärten, in unsern Obstpflanzungen der Kirschen, Pflaumen und Äpfel als edle, ächte und wahre Vogelscheuchen da, und klappern und schwingen die Arme, und handthieren rechts und links, und drehen und wenden uns, schreiben und denken, lärmen und schnarchen, schmeicheln und loben, kritisieren und schimpfen, um diese geflügelte Brut unermüdet wegzuscheuchen. Wir hätten uns derhalb auch die „Bürger-Bündnis der Vogelscheuchen", die „Vogelscheuche der Gesellschaft der Humanität" auf ähnliche Weise nennen können, aber es ist besser, und zierlicher bei jener Betitelung der ‚Ledernen zu verharren."[33]

In engster Berührung mit der literarischen Kultur und auch der Malerei vollzog sich in Dresden schließlich die Diskussion um die Seele des Menschen und die psychologischen Schattenseiten des Menschen, die eine merkwürdige Faszination besaß. Von großer Wirkung waren in diesem Zusammenhang die Vorträge und Vorlesungen des bekannten Arztes und Schriftstellers Gottfried Heinrich Schubert (1780–1860), der sich für tierischen Magnetismus, Hypnose sowie alle Grenzphänomene von Telepathie, Parapsychologie und Okkultismus interessierte[34], ein für Hoffmann „genialer Mann"[35]. Die „Ansichten von der Nachtseite der Naturwissenschaften" (von 1808 in Dresden) wurden zur Inkunabel romantischer Natur- und Mythendeutung. Die romantische Medizin hatte sich von der naturwissenschaftlichen Begründung der modernen Medizin, die gerade zu dieser Zeit einen großen Aufschwung erlebte, getrennt, weil sie den ganzen

Abb. 94: Carl Gustav Carus, Zeichnung von Johann Gustav Schneller (1837).

Menschen erfassen wollte. Befreundet mit Tieck und Hoffmann war auch ein weiterer Dresdner Arzt, Carl Gustav Carus (1789–1869), der heute mehr als Maler bekannt ist denn als Schriftsteller und Arzt.[36] Obwohl er durchdrungen war von der Idee, daß Heilung auch durch Malerei möglich sei, überhaupt Kunst einen therapeutischen Zweck verfolge, war er ein nüchterner Arzt, der den ersten Lehrstuhl für Gynäkologie einrichtete und als Leibarzt des Königs großen Einfluß auf das Medizinwesen in Sachsen besaß. Ein Hauptinteresse galt der Erforschung der Seele, der er das wichtige Buch widmete: „Psyche zur Entwicklungsgeschichte der Seele" (1846). Dabei ging es ihm ebenfalls um die eigene Seele, was in seinen mehrbändigen „Lebenserinnerungen" Ausdruck fand. Beerdigt wurde Carus in unmittelbarer Nähe des Malers Caspar David Friedrich. Seine Hauptwirkungszeit fiel jedoch in die Jahre nach 1820.

In Dresden zeigt sich der ganze Kreis romantischer Problemstellungen, vom jugendhaften idealistischen Aufbruch bis zum biedermännischen Gestus verschiedener Einzelgänger, die stets und immer erneut die Ganzheit des Menschen beschworen. Während die Schriftsteller und Literaten außer Ludwig Tieck nur für kurze Zeit in Dresden weilten, kam es zu einer besonderen Konzentration von Malern und Musikern. Dies lag einerseits an der Landschaft und der Physiognomie der Stadt, die alle begeisterten, andererseits am Theaterleben in der Residenzstadt mit ihren vielen Palais. Eine nicht geringe Rolle spielte schließlich die Gemäldegalerie, die Geburtsstätte christlicher Kunstanschauung. Eine mit Berlin vergleichbare Salonkultur gab es nicht, dafür aber adlige Mäzene. Die größte Kreativität entfaltete sich zunächst in der Malerei, dann in der Musik. Zu Ende der Romantik begannen hier in Dresden Robert Schumann und Richard Wagner, beide begeisterte Hoffmann-Leser, ihre Karriere. Neben den verstärkt auftretenden biedermeierischen Tendenzen blieben revolutionäre Elemente jedoch durchaus erhalten.

12. Romantische Themen

Abb. 95: Caspar David Friedrich, Zwei Männer in Betrachtung des Mondes (1819).

In seinem „Athenäum" veröffentlichte Friedrich Schlegel 1798 sein bekanntes „Fragment" über die Poesie:

„Die romantische Poesie ist eine progressive Universalpoesie. Ihre Bestimmung ist nicht bloß, alle getrennte Gattungen der Poesie wieder zu vereinigen, und die Poesie mit der Philosophie und Rhetorik in Berührung zu setzen. Sie will, und soll auch Poesie und Prosa, Genialität und Kritik, Kunstpoesie und Naturpoesie bald mischen, bald verschmelzen, die Poesie lebendig und gesellig, und das Leben und die Gesellschaft poetisch machen, den Witz poetisieren, und die Formen der Kunst mit gediegnem Bildungsstoff jeder Art anfüllen und sättigen, und durch die Schwingungen des Humors beseelen. Sie umfaßt alles, was nur poetisch ist, vom größten wieder mehre Systeme in sich enthaltenden Systeme der Kunst, bis zu dem Seufzer, dem Kuß, den das dichtende Kind aushaucht in kunstlosen Gesang. Sie kann sich so in das Dargestellte verlieren, daß man glauben möchte, poetische Individuen jeder Art zu charakterisieren, sei ihr Eins und Alles; und doch gibt es noch keine Form, die so dazu gemacht wäre, den Geist des Autors vollständig auszudrücken: so daß manche Künstler, die nur auch einen Roman schreiben wollten, von ungefähr sich selbst dargestellt haben. Nur sie kann gleich dem Epos ein Spiegel der ganzen umgebenden Welt, ein Bild des Zeitalters werden. Und doch kann auch sie am meisten zwischen dem Dargestellten und dem Darstellenden, frei von allem realen und idealen Interesse auf den Flügeln der poetischen Reflexion in der Mitte schweben, diese Reflexion immer wieder potenzieren und wie in einer endlosen Reihe von Spiegeln vervielfachen. Sie ist der höchsten und der allseitigsten Bildung fähig; nicht bloß von innen heraus, sondern auch von außen hinein; indem sie jedem, was ein Ganzes in ihren Produkten sein soll, alle Teile ähnlich organisiert, wodurch ihr die Aussicht auf eine grenzenlos wachsende Klassizität eröffnet wird. Die romantische Poesie ist unter den Künsten was der Witz der Philosophie, und die Gesellschaft, Umgang, Freundschaft und Liebe im Leben ist. Andre Dichtarten sind fertig, und können nun vollständig zergliedert werden. Die romantische Dichtart ist noch im Werden; ja das ist ihr eigentliches Wesen, daß sie ewig nur werden, nie vollendet sein kann. Sie kann durch keine Theorie erschöpft werden, und nur eine divinatorische Kritik dürfte es wagen, ihr Ideal charakterisieren zu wollen. Sie allein ist unendlich, wie sie allein frei ist, und das als ihr erstes Gesetz anerkennt, daß die Willkür des Dichters kein Gesetz über sich leide. Die romantische Dichtart ist die einzige, die mehr als Art, und gleichsam die Dichtkunst selbst ist: denn in einem gewissen Sinn ist oder soll alle Poesie romantisch sein."[1]

Die Romantiker artikulierten bereits in jungem Alter (seit den 1795er Jahren) ihre Interessen auf eine ungewöhnlich auffällige wie provozierende Weise, so daß sie rasch von der Außenwelt wahrgenommen wurden. Goethe zählte zu den ersten, die diesen neuen Aufbruch spürten, aber auch Schiller und Herder in Weimar, selbst Nicolai und Kotzebue in Berlin merkten auf. Weitere Kreise des gebildeten Bürgertums und schließlich das ganze literarisch-künstlerische Publikum wurden jedoch erst erreicht, als mehrere Zeitschriften vorlagen, die ersten Romane und theoretischen Schriften erschienen.[2]

So rasch der Aufstieg der jungen romantischen Literaten erfolgte, blieben sie doch in ihrer Reichweite sozial begrenzt. Den Wirkungsgrad der Weimarer Klassiker und Berliner Aufklärer erreichten sie kaum. Ein breites Publikum wurde überhaupt erst angesprochen, als die Energie,

Dynamik und Ausstrahlung der romantischen Bewegung letztlich schon wieder erloschen war. Die jungen Romantiker, von unterschiedlichstem Temperament, aber von großer Originalität, verstanden sich als eine aufmüpfige, mit großem Anspruch auftretende Gruppe und Bewegung, die gegen alles rebellierte, was die aufklärerische Kultur ausmachte. Trotz vielfältiger Kontinuität und Verknüpfungen brachen sie mit dem Kanon klassisch-aufklärerischer Literatur, polemisierten gegen das aufklärerische Verständnis von Kunst, beklagten die zunehmende Entzauberung der Welt durch wissenschaftlich-kritische Erkenntnisse und wandten sich gegen die bürgerlichen Lebensideale der Selbstbegrenzung und der Nützlichkeit. Von Anfang an argumentierten sie grundlegend und bewußt unkonventionell, neben ernsthaften gründlichen Analysen standen satirische Angriffe, die faszinierten, aber auch provozierten. Es gab allerdings weder anfangs noch später ein einheitliches Grundsatzprogramm, das sich dann vielleicht in verschiedene Richtungen entfaltet hätte; Ziele und Programmvorstellungen entwickelten sich aus den unterschiedlichsten Vorstellungen heraus und unterlagen einem steten beträchtlichen Wandel. Die stärkste theoretische Kraft besaß zu Anfang Friedrich Schlegel, die größte poetische Begabung Ludwig Tieck. Daneben ist die eigenständige Bedeutung von Novalis oder später Clemens Brentano nicht zu übersehen.

Alle Romantiker verstanden sich mit je unterschiedlicher Akzentuierung als Literaten, Künstler, Dichter und Philosophen, sie waren auch in diesen verschiedenen Bereichen tätig, wenngleich im Laufe der Zeit und des Lebens die Einzelnen sich meist stärker auf ein Gebiet festlegten. Wichtiger für diese Gruppe war jedoch, daß ihre Angehörigen nicht nur schriftstellerisch tätig waren und sich über alles intellektuell verständigten, sondern daß ihr geistig-künstlerisches Engagement von Anfang an die gesamte Dimension des Lebens umfaßte, hinter all den inhaltlichen künstlerischen Interessen ein neuer Lebenswille stand, der nicht mehr wie die aufklärerische Bewegung primär Staat, Gesellschaft und Schule reformieren und den Menschen erziehen und aufklären wollte. Als Kinder der Aufklärer kümmerten sie sich in jungen Jahren nicht mehr um soziale und politische Probleme, der Kampf gegen den Absolutismus lag ihnen ebenso fern wie ein Engagement für bürgerliche Rechte oder politische Befreiung im Zusammenhang mit der Französischen Revolution oder während der Napoleonischen Unterwerfung Europas, nicht einmal in den Befreiungskriegen nahmen sie geschlossen Partei. Im Mittelpunkt all ihrer Interessen stand der Wunsch, sich selbst zusammen mit anderen zu bilden, ja auszuleben durch kreative Tätigkeiten auf den verschiedensten Feldern der Poesie, der Reflexion, des Romans und des Gesprächs, der

Kunst und Philosophie und sie öffentlich zu inszenieren. Ein missionarischer Drang ist nicht zu verkennen. „Vielleicht würde eine ganze neue Epoche der Wissenschaften und Künste beginnen, wenn die Symphilosophie so allgemein und so innig würde, daß es nichts Seltenes mehr wäre, wenn mehre sich gegenseitig ergänzende Naturen gemeinschaftliche Werke bildeten.“[3] Durch die Ausweitung des Verlags- und Zeitschriftenwesens, unabhängig von den adeligen Höfen suchten sie, die Elite des gebildeten Bürgertums zu erreichen, um ihre intellektuelle Autonomie voranzubringen. Die Stärkung von Verstandeskräften, Verbreitung nützlichen Denkens und praktischen Handelns im Sinne einer konkreten Lebensbewältigung lag ihnen weniger am Herzen als die Entfaltung und Stärkung der Phantasie, letztere die beste, verkannte Kraft des Menschen, sollte sich nicht der Vernunft unterordnen lassen, sondern das bürgerliche Leben bereichern. Der bildende Wert von Literatur und Kunst auf dem Weg über Lektüre, Gespräch, Vorlesungen, Theater etc., ohne didaktische Bevormundung, wurde hoch eingeschätzt. Mit der Entdeckung des Wunderbaren und Unerklärlichen wurden auch irrationale Vorstellungen, religiöse Phantasien und abergläubisches Denken toleriert, ja als Ausdruck individuell-menschlichen Lebens gewertet – doch dies wurde kaum bemerkt.[4] Schließlich ging es der Romantik keineswegs um eine rituelle Beschwörung alter Zeiten, des christlichen Mittelalters vor allem, wie es heißt, sondern stets um etwas Neues, um eine neue Zeit, eine neue Welt, eine neue Mythologie, das die zerfallende Einheit des menschlichen und sozialen Lebens wieder zusammenführen sollte – als Mittel dafür sehen die Romantiker die Kunst. Der Wunsch nach einer Poetisierung des eigenen Lebens in Freundschaftszirkeln und geselligem Leben war mehr als nur der Wunsch einzelner Romantiker, ihrem Leben in dem Umbruch der Zeiten einen neuen Sinn zu geben. Es ging um eine künstlerische Aneignung der Welt, eine Idee, die eine Vielzahl großer Intellektueller zu hochfliegenden Plänen animierte.

Die verschiedenen Botschaften der Romantiker waren – dies muß besonders betont werden – auf die Gegenwart und Zukunft gerichtet, sosehr immer wieder an die große Vergangenheit erinnert wurde. Doch meist blieb es nicht bei der bloßen Erinnerung, viel Energie wurde darauf gewandt, alte Texte neu herauszugeben und fremdsprachige Literatur zu übersetzen, Autoren der Vergangenheit lange Abhandlungen zu widmen, später vor allem Märchen, Sagen und Volkslieder zu sammeln und aufzuschreiben. Die wiederentdeckte voraufklärerische Tradition von Dante bis Shakespeare, von Dürer bis Raffael – erst spät trat die Entdeckung des eigentlichen Mittelalters in Deutschland in den Vordergrund – sollte der Begründung einer modernen Kunst und Kultur dienen, die von der ausschließlichen Orientierung an der Antike und französischen Klassik abrückte. Deren Vorherrschaft erlebten die Romantiker bis in ihre Gegenwart vor allem an den Höfen. Die zentrale Erfahrung der Französischen Revolution als eines Endpunktes alter politischer Werte und als des Beginns eines neuen Zeitalters wurde erweitert und ergänzt durch die Revolution auf intellektuell-kulturellem Gebiet um die sich junge deutsche Intellektuelle wie Schlegel, Novalis und Fichte bemühten. Damit entfernten sich die Romantiker in ihrer Lebenseinstellung von der bürgerlich-ständischen Welt, deren Philisterhaftigkeit sie zwar aufzudecken suchten, ohne allerdings dem Neuen klare Konturen geben zu können. Sie wollten sich nie festlegen.

Abb. 96: Peter Schlemihl's wundersame Geschichte, von Adalbert von Chamisso, Zeichnung von Peter Carl Geißler (1835).

Immer ging es um große Ziele, die man gemeinsam verwirklichen wollte. Sie bezogen sich in ungewöhnlicher Breite auf Dichtkunst, Philosophie und Wissenschaft, doch neue traditionsbildende und wegweisende oder auch publikumswirksame Werke, die über ihren Kreis wirkten, entstanden letztendlich nicht. Gerade weil die Romantiker so vieles wollten, aber die Perfektion im Kleinen fehlte, kamen sie häufig über Fragmente nicht hinaus. Von sich selbst schrieb Friedrich Schlegel 1792: „Ich kann von mir, von meinem ganzen Ich gar kein andres echontillon geben, als so ein System von Fragmenten, weil ich selbst der gleiche bin."[5] Dies zeigte sich schon früh; gerade den schöpferischen und produktiven Köpfen wie Friedrich Schlegel, Novalis und Brentano fehlte die ausdauernde Kraft zur großen Synthese. Allen wichtigen Romanen (Lucinde, Heinrich von Ofterdingen, Godwi) fehlt die Größe und Geschlossenheit. Die erfolgreichen Romane schrieben Jean Paul und E.T.A. Hoffmann. Aber auch kein wegweisendes Drama entstand. Breitenwirksame große Dramen, die aber auch erst spät ankamen, schuf allein der Außenseiter Heinrich von Kleist. Die eigentliche Stärke der Romantiker lag in der Erzählung und im Gedicht.

Bei aller grundlegenden Übereinstimmung, durch die es auch zu dem dichten Freundschaftsnetz kam, herrschten von Anfang an zwei sich berührende, aber unterschiedliche Richtungen vor. Die Idee einer geschlossenen romantischen Schule ist eine Konstruktion späterer Zeit, sosehr der Schlegelkreis selbst den Vorschub leistete. Die eine Richtung vereinte vorrangig diejenigen, die auf theoretischer Basis eine neue „Poesie" und Mythologie propagierten und auf analytischem Weg eine neue programmatische poetische Welt einschlossen, während sie ihre Kunst gleichzeitig in poetischen Texten und Gedichten umsetzte und dabei auf ihre Weise beträchtlichen Einfluß auf die junge Generation ausübte. Diese Richtung repräsentierten die beiden Schlegels, Novalis, Schleiermacher, aber auch Fichte und Schelling. Ihre Stärke war die Reflexion, nur bei Novalis verdichtete sie sich auch zu Poesie. In diesem Kreise entstand die Idee der Symphilosophie, und hier kam es zu einer Auseinandersetzung mit philosophischen und wissenschaftlichen Positionen der Zeit. Die zweite Richtung der Romantik präsentierte sich von Anfang an mit Gedichten und Romanen für ein breites Publikum; vertreten wird sie durch Ludwig Tieck und Wilhelm Heinrich Wackenroder, dann auch Achim von Arnim und Clemens Brentano und schließlich E.T.A. Hoffmann. Ihre Reflexionsfähigkeit ist zwar auch groß, doch ihre Stärke offenbart sich in Erzählungen und Geschichten. Diese Romantiker arbeiteten zwar auch zusammen, entwickelten aber keine expliziten gemeinsamen Programme mehr. In dem Maße, wie beide Richtungen neue Perspektiven und Welten erschlossen und ein neues Bewußtsein schufen, orientierten sich alle anderen Romantiker der einen oder anderen Richtung daran: einerseits die Naturforscher, unter denen Novalis, Heinrich Ritter und Gotthilf Heinrich Schubert eine bedeutsame Rolle spielten, andererseits Künstler, sowohl Maler wie Caspar David Friedrich und Philipp Otto Runge als auch Musiker, insbesondere Carl Maria von Weber. Die Künstler selbst waren alle von der romantischen Literatur maßgeblich geprägt und setzten sich mit der romantischen Idee auseinander. Einen unmittelbaren oder naiven Umgang mit Kunst übte keiner. Kunst war für keinen von ihnen Medium der Unterhaltung und Ablenkung, so geselligen Charakter sie haben konnte, sondern stellte einen eigenständigen Weg zur Erfassung der Wirklichkeit und Wahrheit der Welt dar. Sie alle wollten neue Lebensbereiche erschließen und in die Welt des Wunderbaren wie des Unergründlichen einführen.

Vorrangiges Thema des Diskurses vieler Romantiker, ihrer Reflexionen und ihres Philosophierens war zunächst – erstens – das eigene Ich in der Gesellschaft. Dabei sind verschiedene Dimensionen zu unterscheiden. In narzistischer Weise kreisten viele um sich selbst, offenbarten geradezu egomanisch ihre innere Welt der Empfindungen, Wahrnehmungen und Gefühle. Besonders ausgeprägt war diese Selbstbezogenheit bei Friedrich Schlegel, Clemens Brentano und Rahel Varnhagen, deren Briefwechsel als Selbstbekenntnisse zu Anfang des 19. Jahrhunderts gelesen werden können. Aber auch in den Erzählungen, Romanen und vor allem Gedichten der Romantiker ging es immer um das Subjektive. Sie wollten die eigene Welt erfahren, eigenbestimmt leben und sich selbst darstellen. Alle litten sie unter dem Widerspruch von künstlerischer Welt und bürgerlicher Existenz. Aufgrund ihrer ökonomischen Unabhängigkeit konnten Brentano und Rahel Varnhagen kompromißlos ihren Weg gehen, während Friedrich Schlegel und E.T.A. Hoffmann – Schlegel wurde Diplomat und Hoffmann Jurist – Zugeständnisse an die reale Welt machen mußten. Mit ihrem Selbstbestimmungsideal gerieten alle in Konflikt.

Ein zweites Thema stellte die Kunst dar. Die künstlerische Tätigkeit wurde zum Medium der Selbstdarstellung, sie befreite von der Tradition und jeder Zweckhaftigkeit und vermittelte einen neuen Sinn des Lebens. Die Auseinandersetzung mit der alten und neuen Kunst, vor allem der Musik und Malerei, mündete ein in die Schaffung neuer Kunstformen, die geradezu religiöse Dimensionen annahmen. Die Kunst erhielt einen absoluten Wert. Dies blieb nicht nur ein inneres Bekenntnis, es gab vielfältige Versuche, Kunst auch öffentlich zu verankern, was freilich an die ökonomischen Grenzen stieß. Denn die Künstler produzierten nicht länger unter dem Schutz von Mäzenen, sondern jeder mußte sich den Gesetzen des Marktes stellen, wenn er von seiner Kunst leben wollte. Der Künstlerroman der Romantiker offenbart diese Problematik.

Ein drittes durchgängiges Thema stellt die Natur dar, und zwar nicht nur in der Dichtung, sondern auch in der konkreten Lebensgestaltung sowie in der wissenschaftlich-kritischen Auseinandersetzung – etliche Romantiker verfügten über eine naturwissenschaftliche Ausbildung. Sie entdeckten die Natur in ihrer erhabenen wie bedrohlichen „Seite“ aus, sie durchwanderten und durchreisten die wechselnden Landschaften. Die Elbe in Dresden, der Harz und vor allem der Rhein vermittelten ihnen die tiefsten Erlebnisse. Daneben bekannten sich alle zu einem natürlichen Lebensstil weit ab von höfischer Etikette. Hierbei war Rousseaus Bekenntnis zum natürlichen Leben ein großes Vorbild – dies wirkte sich bis auf die

Abb. 97: Karl Friedrich Schinkel, Felsentor (1818).

Abb. 98: Philipp Otto Runge, Der kleine Morgen (1808).

Kindererziehung und den Umgang mit dem eigenen Körper aus. Der Hinwendung zur Natur korrespondierte eine ganzheitliche Naturschau, wie sie Novalis oder Ritter präsentierten.

Schließlich kreisten alle Romantiker im Umfeld der Entwicklung des deutschen Idealismus um eine neue Philosophie, manche sprechen von einer neuen Mythologie, andere sogar von einer neuen Religion. Sie gründet entschieden auf der Subjektivität des Menschen, wird durch gemeinsame Diskussion gefördert und bedient sich der verschiedensten literarischen Vermittlungsformen, wobei die akademische Abhandlung und das systematische Denken zugunsten assoziativen Denkens in fragmentarischer Form abgelehnt wird. In diesem Sinne verstanden sich Friedrich Schlegel, Novalis sowie Rahel Varnhagen auch als Philosophen. Den Weg dazu hatte der Philosoph Fichte gewiesen. Philosophie wurde die Ausdrucksform unabhängigen absoluten Denkens.

Entsprechend ihrem Selbstverständniss als Philosophen, Poeten, Kritiker, Naturforscher oder Schriftsteller variierten die literarisch-künstlerischen Äußerungsformen der Romantiker in hohem Maße, abgesehen davon, daß sich im Zeitraum von 30 Jahren (1795–1820) vieles wandelte. Es schlossen sich nicht nur stets junge intellektuelle Kräfte mit ihren neuen Erfahrungen an, sondern viele Projekte bedurften einer langen Zeit, um zu reifen, und waren sie schließlich vollendet, dann hatte sich ihr Sinn oft verändert. Es war eine Zeit extremen Bewußtseinswandels, der nicht nur durch den politischen Umbruch gefördert war, sondern auch durch die technisch-naturwissenschaftliche Aufbruchsstimmung.

Die intellektuellen Produkte der Romantiker waren einmal Abhandlungen, Kritiken, Dialoge, Traktate, Fragmente und Briefe höchst unterschiedlichen Umfangs, zumeist in verschiedenen Zeitschriften publiziert, dann Gedichte, Dramen, Erzählungen, Märchen und Romane, ebenfalls in verschiedenen Almanachen veröffentlicht oder als Einzelpublikationen in großen und bekannten Verlagen. Bei Dramen, Erzählungen und Märchen folgten oft bald überarbeitete Ausgaben in verschiedenen Sammelbänden. Der Vermarktungsdruck war beträchtlich, aber die größeren Sammlungen wie etwa der ‚Phantasus' von Ludwig Tieck oder die ‚Serapionsbrüder' von E.T.A. Hoffmann erreichten auch ein breiteres Publikum und verhalfen zur öffentlichen Etablierung ihrer Verfasser. Denselben Vermarktungsinteressen dienten auch die frühen Gesamtausgaben mit Veröffentlichungen bisher unbekannter Texte, die die Autoren selbst herausgaben.

Eine neue für die Romantik typische Form war die Verknüpfung von Erzählungen und Gedichten. Die bekannten Gedichte erschienen in den frühen Romanen von L. Tieck, Cl. Brentano, A. von Arnim etc. Etwas ganz Einmaliges stellte die ‚Lucinde' von Friedrich Schlegel dar, sie wurde am heftigsten kritisiert, erlangte aber als „Bekenntnisse eines Ungeschickten" eine ungewöhnliche Wirkung bis heute. Bei aller Originalität der Texte war der publizistische Erfolg jedoch insgesamt begrenzt. Die Dramen kamen kaum zur Aufführung, die vielen Romane erlebten nur geringe Auflagen. Ein Erfolgsautor wurde allein E.T.A. Hoffmann. Die eigentliche romantische Literatur aber galt aufgrund ihrer Mischung verschiedener literarischer Formen sowie ihres hohen Reflexionsgrades als sehr anspruchsvoll und überforderte bei aller Popularität den durchschnittlichen Leser. Das Werk der Romantiker diente ja bewußt nicht der Unterhaltung, sondern galt als Einladung zur Selbstreflexion und zum gemeinsamen philosophischen Gespräch. Es war an einen Freundeskreis gerichtet, das große Publikum wurde eher gemieden. In geselliger Runde geschrieben, sollte es im geselligen

Kreis gelesen werden. Einen nationalen und internationalen Ruf als deutsche Romantiker erlangten vor allem Musiker und Maler. Carl Maria von Webers ‚Freischütz' war rasch Gemeingut des gebildeten Bürgertums.

Die Romantiker waren allesamt sehr belesen, ja gelehrt, sie kannten sich nicht nur in der Literatur der Gegenwart, sondern auch in der der Vergangenheit aus, die sie zum Teil sogar wiederentdeckten und neu bekannt machten. Sie standen auch mitten in der intellektuell-wissenschaftlichen Diskussion der Zeit, der eine mehr als der andere, interessierten sich sogar für technische Erfindungen – so vor allem für Elektrizität und neue Maschinen –, spürten dementsprechend das Auseinanderbrechen der alten Lebenswelt und Weltanschauung und litten unter dem Verlust einer vermeintlich vormals vorhandenen Einheit. Ihre große Sehnsucht galt der Wiederherstellung einer Harmonie, sie fand in den verschiedensten Bildern ihren Ausdruck. Im goldenen oder zukünftigen Zeitalter sollten die empfundenen Gegensätze und Differenzen so aufgehoben werden, daß dabei das Individuum und seine subjektiven Erfahrungen nicht verloren gingen. Alle Romantiker wußten jedoch, daß die alte Welt unwiderruflich zu Ende gegangen war, eine Wiederherstellung alter Traditionen war kein durchgängiges bzw. dominantes Ansinnen. Erzeugt werden sollte durch Poesie und Philosophie eine neue Welt, eine neue Weltanschauung. Ihre literarische Produktion sahen sie als Baustein dieser Welt, nicht einer technisch-wissenschaftlichen noch rationalistisch-aufklärerischen, sondern einer poetisch-künstlerischen Wirklichkeit. Alle Beschäftigung mit der Vergangenheit, aber auch mit der Natur diente in ihren Augen nur der Bereicherung der Gegenwart und einer besseren Zukunft. Orientierung konnte das wiederhergestellte, erneuerte Christentum sein, die Wiederbelebung der Reichsidee oder die Weckung der volkstümlichen Kultur. Diese Vorstellung von Christentum hat nichts mit den realen Gegebenheiten zu tun, sondern verstand sich als eine poetische Kraft, eine lebensgestalterische Macht der Selbsterkenntnis und Selbstverwirklichung. Die Idee der Wiederherstellung ganzheitlicher Lebensvorstellungen sollte der Bildung des Menschen dienen. Die romantische Bildung unterscheidet sich vom Konzept der Aufklärung dadurch, daß sie nicht Disziplin und Vernünftigkeit verlangt, sondern die Weckung neuer schöpferischer Kräfte des Menschen, die das eigene Leben zu einem Kunstwerk gestalten sollen. Dies gelingt jedoch nur in der Gesellschaft Gleichgesinnter: Erst in Vereinigung mit anderen Menschen bildet der Mensch im Medium der Kunst bzw. der künstlerischen Tätigkeit sein autonomes Ich.

Im Gegensatz zu den Aufklärern erkannten die Romantiker in der Vernunft nur eine Kraft des Lebens. Die andere Kraft sahen sie in der Phantasie, die obschon nicht diszipliniert und geordnet, das Leben nicht weniger prägte. Die Phantasie wendet sich nicht nur seinen hellen, freundlichen Seiten zu, sondern auch den dunklen, sie umfaßt das Wahrnehmen und Erdulden der Schattenseiten, das Kranksein und den Wahnsinn. Aus dieser Doppelbödigkeit geht die Kunst hervor, die Welt der Geschichten, der Poesie, aber auch der Malerei und vor allem der Musik, des Inbegriffs der Phantasie. Sie eröffnet den Romantikern die Welt der Träume und des Unbewußten und erkennt Leidenschaften, Liebe und Sexualität als positive Kräfte des Lebens. Die rationale Analyse ist die eine Form der Erklärung der Welt und des Menschen, die emotionale Erfassung die andere, nicht minder machtvolle, vielleicht sogar bedeutsamere. Den Kult der Phantasie, der bis ins Phantastische ausschweift, finden wir nicht erst bei E.T.A. Hoffmann, dessen Kreisler zu einer Symbolfigur der Romantik wurde, sondern bereits bei Ludwig Tieck, Novalis und insbesondere bei Clemens Brentano. Die Hinwendung zum Phantastischen, Mystischen bedeutet jedoch noch kein durchgängiges Bekenntnis zum Irrationalismus.

Die Romantiker waren von der Besonderheit und Einmaligkeit jedes einzelnen ihrer Werke überzeugt, insofern es ein Stück Wirklichkeit widerspiegelte, doch zugleich sahen sie das Einzelne eingebunden in ein Gesamtwerk, in ein Gesamtkunstwerk, in dem alle Produkte intellektuellen und künstlerischen Werke zusammenflossen. Der schöpferische Akt geht ein in eine Reihe unterschiedlichster Werke, die erst insgesamt das Profil des Einzelnen ausmachen. Dafür wurden alle literarischen Traditionen aktiviert sowie fremde Kulturen aufgenommen, in denen man seine Werte realisiert sah. Die Fixierung auf eine rationale Kultur war nicht Sache der Romantiker. Zugleich wies die Idee des Gesamtkunstwerkes über das künstlerisch-gelehrte Werk hinaus. Es ging soweit, das eigene Leben selbst zum Kunstwerk zu machen, es zu poetisieren, wie es vielfach heißt und von den meisten angestrebt wird, von Tieck – Schlegel – Novalis – Brentano – Hoffmann – Rahel Varnhagen. Das heißt nichts anderes, als das eigene Leben nach den Prinzipien der Poesie in Harmonie, Phantasie, Freundschaft und Liebe zu gestalten. Der Künstler war die Gegenfigur zum Philister, dem Menschen, der die unvollkommene Gegebenheiten des bürgerlichen Lebens hinnimmt und alles einem praktischen Nutzen unterwirft. Am deutlichsten sprachen dies Novalis und Clemens Brentano aus. Für Novalis war der Philister, wie er in seinem „Blütenstaub“ (1798) schrieb, ein stumpfer, unpoetischer Mensch, der sein Leben genauestens ordnet und keine romantischen Ideen entwickeln kann. „Philister leben nur ein Alltagsleben ... Poesie mischen sie nur zur Nothdurft unter, weil sie nun einmal an eine gewisse Unterbrechung ihres alltäglichen Laufs gewöhnt sind. In der Regel erfolgt diese Unterbrechung alle sieben Tage, und könnte ein poetisches Septanfieber heißen. Sonntags ruht die Arbeit, sie leben ein bißchen besser als gewöhnlich und dieser Sonntagsrausch endigt sich mit einem tiefern Schlafe als sonst ... Den höchsten Grad seines poetischen Daseyns erreicht der Philister bey seiner Reise, Hochzeit, Kindtaufe, und in der Kirche. Hier werden seine kühnsten Wünsche befriedigt, und oft übertroffen."[6]

Alle Romantiker waren von der Hoffnung getragen, ihre poetische Existenz zur Lebenswirklichkeit werden zu lassen, dafür nahm man manche Kompromisse und Widerwärtigkeiten in Kauf. Nachdem sie alle ständischen, emotionellen und religiösen Grenzen überschritten hatten, machte jeder nach der Phase eines jugendlichen Selbstfindungsprozesses im Kreise von Freunden und Gleichgesinnten auch konkrete Versuche, sich als Schriftsteller, Maler oder Musiker, also als Schöpfer einer neuen Welt, einer neuen Mythologie oder neuen Religion, auf dem Markt der entstehenden bürgerlichen Gesellschaft zu behaupten, doch es gelang nur den wenigsten, ihre Utopien konsequent zu verfolgen. Nach dem Zusammenbruch der verschiedenen Freundschaftsbünde und jugendlichen Arbeitskreise stellten sich mit der Verheiratung und dem beruflichen Werdegang neue Probleme, die sehr unterschiedlich gelöst wurden. Ihrem Ziel eines Künstlerlebens konnten nur die Begüterten wie Brentano und Rahel Varnhagen treu bleiben. Als Professoren konnten manche ihre Orientierung auf Philosophie oder Literatur aufrechterhalten. Aber die meisten mußten Kompromisse eingehen, einen Beruf ergreifen, der ihren Lebensansprüchen nicht genügte, und konnten nur nebenher ihre Künstlerexistenz zu behaupten suchen. Für erfolgreiche Maler und Musiker gab es weniger Probleme, doch Hoffmann ist ein gutes Beispiel für die Schwierigkeit: Als Musiker konnte er sich nicht durchsetzen, als Schriftsteller wurde er zwar berühmt und mußte dennoch als Jurist sein Brot verdienen. Wie kein anderer litt er unter dem Zwiespalt zwischen bürgerlicher und künstlerischer Existenz. Für Friedrich Schlegel und Ludwig Tieck boten sich nur geringe Möglichkeiten eines ‚normalen' Berufslebens, das sie aber auch nicht wollten. Sie lebten ständig unterwegs und lebten in Schulden, was nur erträglich war, weil Freunde sie mittrugen. In der Zeit des untergehenden adeligen Mäzenatentums und einer in Ansätzen vorhandenen Marktgesellschaft, konnte ein Schriftsteller sich nur behaupten, wenn er zugleich als Journalist tätig wurde, eine Theaterintendanz übernahm oder Bücher für das unambitionierte Publikum schrieb. Von den hohen Ansprüchen wollte kaum einer abrücken, und so wurde die Lebenssituation oft durch einen abgehobenen elitären Lebensstil kompensiert, in dem die Wahrung der neuen Werte nur noch subjektive Bedeutung besaß, oder man bekannte sich für eine neue objektive Deutungsmacht, der man sich bedingungslos unterwarf. Nach dem Wiener Kongreß und der Verfestigung biedermeierischer Kultur sowie dem Aufbruch demokratischer Bewegungen erloschen die romantischen Kräfte der Selbstüberhöhung, des großen utopischen Entwurfs und des Gesamtkunstwerks.

13. Liebe - Ehe - Scheidung

Abb. 99: Otto und Bertha am Donaustrand, Illustration zu
Friedrich de la Motte-Fouqués Roman „Der Zauberring" von Carl Philipp Fohr (um 1815).

Clemens Brentano hatte Sophie Mereau lange umworben. Als sie schwanger wurde, entschloß sie sich, zu ihm nach Marburg zu ziehen. Am 1. September 1802, kurz vor seinem 25. Geburtstag, schrieb er an sie:

„Wenn du einige Zeit hier wirst gewesen sein und die Gegend gefällt dir, und du liebst mich noch, so hoffe ich sehnlichst von dir, daß du mich ganz in deinen Armen aufnimmst, ich fühle, ich gehe zu Grunde ohne die ewige Nähe eines treuen mich allein innig liebenden Wesens. Oft habe ich Momente, die andern Menschen die Haare sträuben würden, mir aber ist es sehr ruhig dabei zu Muthe, wenn gleich nicht wohl, wenn ich an dich, Betinen und Arnim denke, so sollten sie verschwinden, ja sie verschwinden dann, und kehren ewig wieder, sie rauschen wie ein drohender Kranz um meine Stirne, und sind traurige Gedanken, diesen Kranz liebe Sophi, sollst du verwandlen oder lösen. Ich fühle täglich deutlicher, daß ich nur im fantastischsten, romantischsten Leben Ruhe finden kann, du must mir dazu helfen, du mußt mir dies Leben erfinden helfen, sonst muß ich sterben. Ich habe heute Morgen mit dem Obristen von Henndorf den Miethkontrackt für dich auf ein halbes Jahr abgeschloßen, und bin versichert, daß du in jeder Hinsicht vollkommen wirst zufrieden sein, das Logis kostet zwar 72 rtl also 12 Thaler mehr als in Weimar... Wegen dem Transport deiner Sachen, und andrer Einrichtungen schreibe mir auch gleich, auch ob ich dir nicht einstweilen Holz kaufen soll, und waß du sonst willst, Tisch und Stühle will dir dein Hausherr leihen, biß du dir welche machen läßt. Soll ich dir nun noch Bettstellen machen laßen, und wie Viele, auch waß sonst dir nöthig scheint. Hierbei habe ich dir einen Plan deiner hiesigen Wohnung beigelegt, o Sophie komme bald, ich bin sehr unglücklich ohne dich, ich will kein Bestreben auf Erden mehr haben, als durch dich glüklich sein. Schreibe mir doch gleich, o wo magst du nun sein, wo magst du mich vergessen haben, Sophie wenn du mich vergißt, so giebst du Veranlassung zu einer schrecklichen Geschichte, die du nicht überleben wirst, Liebes seeliges Weib, o komme zu mir, verlaße mich nicht, sei nicht leichtsinnig, liebe mich, ich muß sonst mich dem Teufel ergeben, o du mein Gott, ich will dich ja auf Händen tragen, o Sophie schreibe doch, liebe mich doch."

Wenig später folgte ein zweiter Brief vom 4. September:

„Ich fühle es deutlich ich kann nicht ruhig in derselben Stadt unter einem andern Dache als du selbst wohnen, denn jezt schon treibt es mich täglich ein paar Stunden nach der Wohnung, die ich dir gemiethet habe, ich suche dich in allen Winkeln, und mögte nicht wieder weg, denn ich meine immer du müstest noch kommen. Liebes Herz, ich kann nicht so lieben, wie du meinst, kommen und gehen, ich muß immer bei dir sein, dich immer sehen, und in jeder Minute mich von meinem Glüke über-

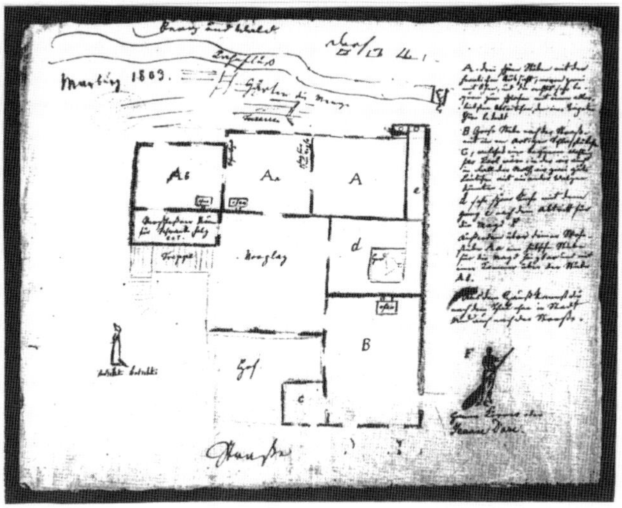

Abb. 100: Grundriss von Brentanos Wohnung in Marburg, Zeichnung von Clemens Brentano in einem Brief an Sophie Mereau, 31. August 1803.

zeugen können, meine Seele muß in deinem Dasein wohnen, wie in ihrem Leib, dann werde ich wieder lernen zu Glauben und muthig zu sein. Es wäre mir schrecklich, wenn du, die den Muth und die Liebe hat, mir zu folgen, mir nun versagen wollte, mich zu ihrem Hausgenoßen zu nehmen; ... ich sehne mich unendlich nach Liebe, nach heiliger, ruhiger, würdiger Liebe, o Sophie, führe mich ins Leben, führe mich in die Ordnung, gieb mir ein Hauß, ein Weib, ein Kind, einen Gott; und endlich noch mein lezter Grund, den mir die treue Liebe zu dir giebt, denn er betrifft dich allein, du hast ein Kind, du hast dir vorgenommen, aus diesem Kinde, eine züchtige tugendhafte Jungfrau zu erziehen, wie wirst du dies vollbringen können, wenn du es aufwachsen läst im Angesicht einer unordentlichen Liebe, wie wird dein nur zu aufmerksames, spizzfündiges Kind, unschuldig einfach, und tugendhaft werden können, wenn wir ihm seine Tugend nicht mit Unschuld und Recht umgeben. ... Wenn du jezt schon in die Idee deiner Verbindung mit mir eingehen kannst, so beziehe ich die große Stube und Kammer deiner Wohnung, die nach der Straße gehen, und du findest bei deiner Ankunft schon einen geliebten glükseeligen Wirth, ich werde von dieser Idee nicht mehr abgehen, ich kann nicht glüklich durch dich sein, biß du mein Weib bist. Ich bitte dich noch einmahl um deine Aufträge, ob ich dir Bettstellen soll verfertigen laßen, oder waß du sonst begehrst."[1]

Die „romantische“ Generation der im letzten Viertel des 18. Jahrhunderts geborenen Männer und Frauen versuchte insgesamt, selbstbestimmt zu leben, sich frei zu machen von kirchlichen Traditionen und ständischen Konventionen. In ihrer sprichwörtlichen Unbedingtheit produzierte sie Skandale, Grenzverletzungen, die sie zugleich bewußt inszenierte und literarisch verarbeitete. Ihre Freundschaften, Lieben und Scheidungen blieben nicht verborgen und lösten öffentliche Diskussionen weit über ihren Kreis hinaus aus.[2] Dabei stand der Einzelne bei aller betonten Individualität keineswegs allein, Freunde und Geschwister unterstützten sich gegenseitig, halfen sich nicht nur finanziell und materiell, indem sie für andere berufliche Positionen erkämpften, Verlage vermittelten und öffentliche Auftritte organisierten, sondern auch mental und geistig. Ihre persönlichen Probleme und Konflikte mit Eltern und Freunden trugen sie gemeinsam. Sie bildeten zwar keine geschlossene, harmonische Gruppe – es kam permanent zu Konflikten, die zu Neugruppierungen oder gar feindseligen Auseinandersetzungen führten –, aber alle fühlten sich einig im Aufbruch einer neuen Zeit, die sie selbst durch ihr Leben, Denken und Schreiben mitgestalten wollten. Eingeschränkt wurden die persönlichen Wagnisse und Versuche natürlich durch ökonomische Rücksichten – einen Familienkrach und Verlust des Erbes mußte man vermeiden –, aber auch durch die strengen Moralgesetze der Zeit, die neuartige soziale Beziehungen nur begrenzt tolerierten.[3]

Anhand der zahlreich erhaltenen Freundschafts- und Liebesbriefe haben wir für die Zeit zwischen 1790 und 1820 tiefe Einblicke in die konkreten Lebens- und Gefühlsverhältnisse, erstmals auch der Frauen. Sosehr die Literaten und Künstler sich in ihrer Wahrhaftigkeit in Szene setzen und der Öffentlichkeit stellen wollten, spiegeln ihre künstlerischen Werke zugleich auch die Realität wider. Vor allem Liebesbekundungen und Scheidungsprozesse geben Einblick in das Selbstverständnis der Generation, in die Erwartungen des neuen Liebesverständnisses, in die Konflikte zwischen privatem Leben und öffentlicher Künstlertätigkeit. Ebensowenig wie die Eheschließung ist die Scheidung eine Privatangelegenheit zweier sich liebender bzw. sich trennender Partner. Während Männer durch eine Scheidung keineswegs aus dem sozialen Netz von Beruf und öffentlicher Arbeit herausfallen mußten, konnten eine Liebesbeziehung und eine Scheidung für eine Frau stets ein bedrohliches Risiko bedeuten. Sophie Tieck konnte den Scheidungsprozeß durchstehen, weil sie Rückhalt bei August Wilhelm Schlegel und dem Baron von Knorring fand, der sie danach heiratete[4]; auch Caroline Böhmer/Schlegel überstand ihre Scheidung ohne persönlichen Schaden, weil ihr August W. Schlegel seine Freundschaft nicht aufkündigte und sie in Schelling ihren wahren Liebespartner fand.[5] Sophie Mereau konnte sich ebenfalls ohne Probleme scheiden lassen, weil der Herzog von Weimar ihre Scheidung trotz ihrer Kinder so konfliktfrei wie möglich vollzog und sie in Brentano einen Partner fand, der ihren Erwartungen entsprach.[6] Vielen anderen Frauen wurde dieser Schritt nicht so leicht gemacht.

Trotz der Vielzahl erhaltener privater, ja intimer Zeugnisse ist es schwierig, die ‚wahren' Gefühle und die wirklichen Verhältnisse zu erkennen. Überschwengliche Briefe hat es stets auch früher und später gegeben, in denen sich Männer wie Frauen ihren Gefühlen hingaben, ohne daß diese zu wirklichen Freundschaften oder Liebesverhältnissen führten. Das viele Herzen, Küssen, Grüßen sagt zunächst noch nicht viel; es kommt jeweils auf den Kontext an, unabhängig davon, daß die Briefe stets für eine gewisse, zumindest private Öffentlichkeit geschrieben wurden. Der normale Freundschaftsbrief auch zwischen Männern und Frauen, der öffentlich gezeigt werden konnte, unterscheidet sich vom wirklich intimen Brief, der gelegentlich nach der Lektüre vernichtet werden sollte, auf keinen Fall aber weitergereicht werden durfte. Der Briefwechsel zwischen Sophie Tieck/Bernhardi und August Wilhelm Schlegel sowie der von Ludwig Tieck mit Henriette von Finckenstein sind Beispiele dafür. Sie blieben lange verborgen. Der nicht minder intime Briefwechsel von Clemens Brentano und Rahel von Varnhagen wurde nicht vernichtet, sondern im Gegenteil sorgsam aufgehoben, so daß er nach ihrem Lebensende veröffentlicht werden konnte.[7] „Freund" nannte man sich schnell in dieser Generation, auch zwischen Männern und Frauen, ohne daß damit ein intimes Verhältnis angesprochen oder es nur zum Duzen gekommen wäre. Schwierig ist es, die häufige Anrede „Geliebte" oder „Geliebter" zwischen Männern und Frauen zu bewerten: Hier kann lediglich eine gesteigerte Form von Freund oder Freundin gemeint, aber auch bereits ein intimes Verhältnis angesprochen sein. Auf keinen Fall setzt diese Anrede ein sexuelles Verhältnis voraus.[8] Noch schwieriger ist das Duzen bzw. Siezen zu gewichten. In der Regel duzten sich Verwandte und Geschwister untereinander, wobei Eltern durchaus noch gesiezt wurden. Das „Du" galt in der Regel unter Freunden und Freundinnen, keinesfalls selbstverständlich galt dies für befreundete Männer und Frauen untereinander, und selbst wenn das „Du" einmal selbstverständlich war, konnte man später zum Sie zurückkehren. In den Salons von Berlin z.B. war das Duzen

Abb. 101: Selbstbildnis Schinkels mit Gattin, Aquarell von Karl Friedrich Schinkel.

Abb. 102: Moritz von Schwind, Käthchen von Heilbronn (1826).

nicht üblich, selbst unter solchen nicht, die sich lange kannten. Eine Ausnahme machte allein der Tugendbund der Henriette Herz.[9] Anders dagegen im Schlegelkreis in Jena: Friedrich Schlegel und Caroline Böhmer/Schlegel duzten sich jedenfalls in ihren Briefen nicht, ebensowenig Dorothea Veit und August W. Schlegel. Clemens Brentano litt darunter, daß es mit seinem Schwager Carl von Savigny niemals zu einer Duzfreundschaft kam, obwohl sie sich lebenslang kannten.[10] Abseits geschwisterlicher Verhältnisse und des engeren Freundeskreises galt das „Du" als etwas Besonderes. Friedrich Schlegel duzte sich nur mit Novalis und Friedrich

Schleiermacher, Clemens Brentano nur mit Achim von Arnim und Rahel Varnhagen nur mit ihrem späteren Mann Karl Varnhagen sowie ihrem früheren Verlobten, nicht einmal mit der sehr geschätzten Pauline Wiesel.

Wie nicht anders zu erwarten war, spielten Liebe und Eheschließung, Erotik und Leidenschaft eine beträchtliche Rolle in der Literatur wie auch im konkreten Leben der Romantiker.[11] Kaum eine Generation thematisierte dies so intensiv und expressis verbis. Gleichzeitig waren aus der Romantikergeneration viele in jungen Jahren eine Konventionsehe eingegangen, das gilt für die adlige wie bürgerliche Welt, es gab auch bewußte Vernunftehen aus den verschiedensten Gründen. Es war in der Zeit üblich, sich früh zu verheiraten, für den Mann, wenn er seine Ausbildung abgeschlossen und mit der beruflichen Tätigkeit begonnen hatte, für die Frau, wenn über Vermittlung von Eltern, Geschwistern, Freunden ein entsprechender Partner gefunden wurde. Früh verheiratet wurden Dorothea Mendelssohn/Veit und Caroline Michaelis/Böhmer. Die Eheschließung war jeweils ein großes Familienereignis und ein kirchlicher Akt, der die Auflage einer katholischen oder protestantischen Kindererziehung einschloß. Es fällt nicht schwer, sich vorzustellen, wie schwierig es war, unter diesen Verhältnissen eigene Wege zu finden und sogar daraus auszubrechen. Jeder Ehebruch galt als Skandal, und so häufig er stattgefunden haben mag, wurde er nie gebilligt; Verständnis gab es höchstens, wenn ein Paar überhaupt nicht zusammenpaßte. Unter diesen Bedingungen hatten Henriette Herz, Friedrich Schleiermacher und selbst Joh. Gottlieb Fichte die Trennung Dorothea Veits von ihrem Mann akzeptiert.[12] Eine Ehescheidung war nur der letzte Ausweg aus einem ehelichen Zerwürfnis, bei Paaren ohne Kinder wurde sie leichter vollzogen. Die Kinder behielt in der Regel derjenige, der schuldlos war, d.h. die Treue nicht gebrochen hatte. Dieses klassische Muster muß man bedenken, wenn die Romantiker mit ihren neuen Lebensansprüchen die Grenzen überschritten und erstmals entschieden, eine Eheschließung nur auf der Basis emotionaler Liebe zu favorisieren und auch innerhalb einer traditionellen Ehe ein Dreiecksverhältnis zu begünstigen.

Für alle möglichen Fälle besitzen wir Beispiele. Männer und Frauen, die eine traditionelle Ehe schlossen und sich später trennten (Dorothea Veit, Sophie Mereau) oder ein neues Verhältnis anstrebten, wenn der Partner gestorben war (Caroline Michaelis/Böhmer, Rebecca Friedländer); Männer und Frauen, die eine Liebesehe eingegangen waren und nach dem Tod des Partners eine konventionelle Versorgungsehe schlossen; schließlich Männer und Frauen, die in ihrer traditionellen Ehe verblieben und daneben eine Liebesbeziehung begannen, ohne sich scheiden zu lassen (Ludwig Tieck, Henriette Schleiermacher).[13] Schon damals galt: Wo Kinder keine Rolle spielten und die ökonomischen Verhältnisse keine klaren Regeln vorschrieben, gab es freiere Beziehungen. In dem Maße jedoch, wie echte Liebesbeziehungen in eine Eheschließung mündeten, spielten traditionelle Schranken und Konventionen subjektiv keine große Rolle mehr. Objektiv kam es aber nicht selten zu Konstellationen, die die Gesellschaft ablehnte, zumindest problematisierte: Konfessionelle Gegensätze spielten hierbei eine Rolle, wie die Eheschließungen von Bettina und Clemens Brentano, aber auch von Dorothea Veit und Friedrich Schlegel zeigen. Die Katholikin Bettina Brentano heiratete den Protestanten Achim von Arnim, Clemens Brentano die Protestantin Sophie Mereau. Bei der Eheschließung von Dorothea Veit mit Friedrich Schlegel mußte sie konvertieren. Damit provozierte sie ihre jüdische Familie.[14] Dasselbe gilt für die Standesgrenzen. Die adelige und die bürgerliche Welt waren um 1800 zwar schon enger aufeinander bezogen als früher, aber die soziale Abschottung blieb in der Regel bestehen, so daß Überschreitungen doch auffielen. Daß die Seilerstochter Sophie Tieck durch Heirat eine Baronin in Estland oder Rahel Levin Frau des Diplomaten Varnhagen von Ense wird, sind besondere Beispiele. So gab es durchaus den reibungslosen Aufstieg vor allem für Frauen, während gleichzeitig auch soziale Schranken bestehen blieben wie zwischen Rahel Levin und dem Grafen Finckenstein, dessen Familie eine Bürgerliche und zudem eine Jüdin nicht akzeptieren wollte.[15] Novalis wurde von seinem Vater genötigt, das Verhältnis zu einer Bürgerlichen aufzukündigen, obwohl er als Pietist und Beamter von der Ständegesellschaft nicht mehr überzeugt war; als Novalis dann eine junge Adelige kennenlernte, gab er seinen Widerstand auf. Auch Altersgrenzen spielten eine Rolle. Auffallend für die Generation ist, daß Männer wie Frauen erheblich Ältere oder Jüngere heirateten. Die klassische, allgemein akzeptierte Differenz betrug 3 Jahre; nur in der Adelswelt gab es andere Traditionen, aber niemals wollte ein älterer Mann ein Kind oder eine erwachsene Frau einen Jüngling heiraten. Friedrich und August W. Schlegel hatten zunächst wesentlich ältere Frauen, Clemens Brentano und Novalis verheirateten sich mit erheblich jüngeren (15–16jährigen) Mädchen.[16] Kirchliche und obrigkeitliche Verbote gab es zwar nicht, aber das schloß nicht aus, daß die Gesellschaft, vor allem die Verwandtschaft, daran Anstoß nahm. Auf jeden Fall hat fast jedes Verhältnis in den romantischen Kreisen in irgendeiner Weise die offiziellen Regeln verletzt.

Verlobung und Trauung, damit auch eine kirchliche Eheschließung, gab es unter all den Paaren, aber die große Familienfeier wurde generell abgelehnt, man vollzog die Trauung im Kreise weniger Verwandter oder Freunde. Die Eheschließung galt als privater Akt, in dem entgegen der Tradition nicht mehr der Zusammenschluß von Familien und Besitz gefeiert wurde, sosehr Besitz durchaus noch eine Rolle spielen konnte.[17] Die Ehe wurde dem kirchlichen, obrigkeitlichen und verwandtschaftlichen „Zugriff" entzogen. Mit der Idee der Liebesheirat, die mit allen sozialen und ökonomischen Zwängen brach, wurde die Ehe emotional und intim beträchtlich aufgewertet. Treue und Untreue wurden zum persönlichen Bekenntnis zweier sich liebender Personen, die frei darüber entschieden, wie sie leben wollten. Das neue Ehemodell, das die Romantiker zumindest zu leben versuchten und auch in ihrer Literatur propagierten, wurde zwar in der breiten Öffentlichkeit nur von wenigen offensiv verteidigt, spielte aber in der aufsteigenden bürgerlichen Kultur eine immer größere Rolle.

Die Liebe war in der romantischen Kultur kein normaler sozialer Akt mehr, sondern besaß eine unbedingte emotionale Größe, galt von Zeit und Raum abgehoben, wurde z.T. sogar religiös überhöht und brach dadurch mit der traditionellen Konvention der Ehe; sie provozierte darüber hinaus mit dem Gebot der Gleichstellung von Mann und Frau sowie mit dem Bekenntnis zur Sinnlichkeit. Der Wunsch eines gemeinsamen Lebens, Schlafens und Arbeitens setzte ein Paar von Individuen voraus, die gleichberechtigt füreinander da waren, sich ergänzten und sich gemeinsam bildeten. Liebe und Bildung waren aufeinander bezogen. Diese neue ‚romantische' Liebe implizierte das Streben nach einer Harmonisierung von Vernunft und Sinnlichkeit. Während früher die Sinnlichkeit als Bedrohung der vernünftigen Ordnung begriffen wurde, wurde sie nun ein Bestandteil der ehelichen Liebe. Während vorher die geistige von der körperlichen Gemeinschaft unabhängig war, die Sexualität zwar toleriert wurde, aber keinen eigenen Wert darstellte, begriffen die Romantiker Liebe und Sexualität nicht mehr als Gegensatz, sondern als aufeinander bezogen. Die Einheit des Paares verlangte eine Aufwertung auch sexueller Wünsche sowohl des Mannes wie der Frau.

Die Liebe bildete geradezu den zentralen Lebensraum von Männern und Frauen, in ihr bewahrten sie ihre Individualität und Gemeinsamkeit. Da der Mann nur in der Begegnung mit der Frau seine Vollendung erfährt und umgekehrt, kann das volle Menschsein nur durch das Paar verwirklicht werden.[18] Wie bedeutsam dieses Liebesmodell für die Generation der Romantiker war, zeigen die Beispiele von Brentano, Schlegel und Novalis. Die erotischen Phantasien verdichteten sich in einer Liebesmystik, die die Romantiker gleichzeitig für eine neue religiöse Lebensform empfänglich machte. Die Liebe wurde zum Selbstverwirklichungsfeld schlechthin, weit mehr als die praktische Berufsarbeit bzw. die Tätigkeit im christlichen Haushalt.[19]

Aus dem Konzept der romantischen Liebe ergab sich selbstverständlich die Idee der Gleichberechtigung der Frauen mit den Männern, sie blieb aber wesentlich beschränkt auf den privaten Lebensbereich und die Bildung. Die Diskussion um die soziale und politische Gleichberechtigung, die im Zusammenhang mit der Französischen Revolution auch in Deutschland geführt wurde, fand in der romantischen Bewegung kaum Anhänger. Insofern blieb sie in traditionellen Denkmustern verhaftet, das gilt für die Männer und Frauen gleicherweise.[20] Der öffentliche Raum blieb den Männern vorbehalten. Neu war jedoch, daß an die Stelle der alten Sozialordnung der Unterordnung der Frauen unter die Männer nun die Weltdeutung der modernen Anthropologie Überzeugungskraft gewann.[21] Nach ihr repräsentierten Männer und Frauen nun zusammen eine „harmonische" Weltordnung, d.h. jeder Mann bzw. jede Frau kann allein nur Teilbereiche des Lebens darstellen. Während der Mann als aktiv, nach außen orientiert und intellektuell bestimmt galt, ist die Frau passiv, auf das Private konzentriert und emotional bestimmt. Dieses Muster wurde auch für die Romantiker wichtig, sie überschritten es lediglich in einigen Punkten insofern, als sie Frauen von intellektuell-wissenschaftlichen Diskursen generell nicht mehr ausschlossen, die häusliche Macht der Männer begrenzten und gleiche Rechte am „Glück" der Welt allen zubilligten. Zwar wurde auch dieser Diskurs selbst dominant von Männern bestimmt, aber die wenigsten Frauen wichen von diesem Weltbild ab.

In der Praxis drängten Frauen zumindest noch um 1800 kaum an die Öffentlichkeit, sie wollten weder die Politik aktiv mitbestimmen noch den sozialen Lebensraum mitgestalten. Alle Interessen konzentrierten sich auf die Neuregelung der privaten Beziehungen, die nicht mehr dem klassischen Hausfrauen-Muster entsprechen sollten. Alle Frauen wünschten sich die Möglichkeit, ihren Partner selbst auszusuchen und Zugang zu ähnlicher Bildung wie die Männer zu erhalten und sich nicht mehr allein darauf einzustellen, würdige Mütter und Hausfrauen zu sein. Zugestanden wurde ihnen in aufgeschlossenen Kreisen selbstverständlich, über aktuelle Probleme mitzudiskutieren, auch zu publizieren und vor allem als Erzieherin außerhalb des Hauses aktiv zu werden. Männer hatten sich ihrerseits zwar zur Gleichwertigkeit, sogar Gleichberechtigung der Frauen bekannt und sich für sie eingesetzt, doch blieben sie in ihrem Weltbild dominant von herkömmlichen Leitbildern bestimmt, die als Ideale oder Stereotypen ja weit ins 19. Jahrhundert hineinwirkten.

Besonders angezogen wurden die Romantiker von drei Typen, die allesamt zwar nichts mehr mit traditionellen Bildern zu tun hatten, aber auch nicht dem Typ der emanzipierten Frau entsprachen, wie man allgemein annimmt.[22] Einmal schwärmten sie von der „Madonna“, von der Frau, die durch Hingabe stark wurde und Einfluß ausübte. Dieses Frauenbild bewahrte letztlich die extravagante Stellung der Männer, es korrespondierte mit der neuen Verehrung und Bewunderung für das Genie, das die Welt erfindet. Die Frau trug dazu bei, daß die Welt neue Botschaften erhielt. Manche Frauen fügten sich ganz in dieses Bild: Dorothea Veit war für Friedrich Schlegel Ein und Alles, in ihrer Hingabe sah sie die Erfüllung ihres Lebens. Die reine Bewunderung für Ludwig Tieck spielt auch im Leben der Henriette von Finckenstein eine Hauptrolle. Daneben gab es die Faszination des „luciferischen Weibes“, der selbstbewußten Frau, die ihr Leben selbst bestimmte und durch ihre Auftritte gleiche Rechte wie die Männer beanspruchte. Sie liebte und haßte man zugleich. Als derartig selbständige und freie Partner verstanden sich vor allem Caroline Böhmer/Schlegel, aber auch Bettina Brentano/von Arnim und Sophie Tieck/Bernardi. Schließlich waren Romantiker verliebt in kindhafte Frauen, in Frauen, deren Reinheit und Begeisterungsfähigkeit sie über alles setzten. Novalis' Fräulein von Kühn[23] oder E.T.A. Hoffmanns Klavierschülerin wurden grenzenlos geliebt[24], aber auch Clemens Brentano ließ sich ähnlich von der jungen Auguste Bußmann verführen[25]. Sicherlich handelt es sich bei allen drei Typen um eindeutige Männerbilder, die aber sehr beherrschend waren und deren sich die Frauen kaum erwehren konnten, selbst als sie spürten, daß ihr Geliebter oder ihr Mann ein Idealbild suchte, dem sie gar nicht entsprechen wollten. Ungewöhnlich klar sind in diesem Punkt die Analysen von Sophie Mereau und Caroline Böhmer/Schlegel.

Das Männerbild der Frauen der romantischen Generation war allerdings nicht weniger stereotypisiert und fand ebenfalls ein Spiegelbild in der Literatur. Sie suchten im wesentlichen zwei Typen: Dies war einmal der große Intellektuelle, „Held“, „Genius“, an dessen Schöpfung die Frau partizipierte und dadurch ihren Wert erfuhr, was aber nicht selten mit einer „Unterwerfung“ verbunden war. Dorothea Veit/Schlegel nahm alle Begrenztheiten ihres Lebens hin, weil sie in Friedrich Schlegel den genialen Philosophen erkannte, selbst die kritischere Caroline Böhmer/Schlegel entschied sich bewußt in der dritten Ehe für den viel jüngeren

F.W. Schelling, der als aufsteigender brillanter Philosoph Eindruck auf sie machte. Bei ihr spielt allerdings das eigene Selbstwertgefühl eine gleich starke Rolle. Sie liebte ihn, weil er sie so akzeptierte, wie sie sich als selbstbewußte Frau verstand. Dies ist der zweite Punkt. Der Intellektuelle wird geschätzt und geliebt, der die Eigenständigkeit der Frau, ihre Individualität anerkennt, auf jeden Fall ihre Freiheit akzeptiert. Hier ist auch Rahel Varnhagen zu nennen, die wie keine andere das Gespräch sucht und von ihren Vorlieben nichts aufgibt. Karl Varnhagen von Ense ist allerdings viel jünger und gilt als ihr größter Verehrer. Dasselbe gilt gewisserweise für Bettina von Arnim, die ihren Mann stets zum Schreiben drängt und gleichzeitig danach strebt, sich als eigenwillige Frau selbst in die Gesellschaft einzubringen. Mit ihrer Goethe-Verehrung etwa begründet sie den Goethekult des 19. Jahrhunderts.

Es gibt in der romantischen Bewegung eine Fülle unterschiedlichster Erfahrungen und Antworten, von einem einheitlichen Muster kann nicht die Rede sein. Aber in dem Maße, wie alle sich von ihrem elterlichen Haus und ihrer traditionellen Kultur trennten, sich durch Lektüre und Ausbildung von der ständischen Welt absetzten und eine (neue) bürgerliche Lebensvorstellung entwickelten, wurden natürlich Freundschaften, Liebesverhältnisse und Ehen wichtiger. Später kam die selbstgegründete Familie hinzu, denn allein hier realisierte sich für viele das, was sie mit den Ideen von Freiheit, Gleichheit und Brüderlichkeit verbanden.[26] Mitten in der durchaus noch aufrechterhaltenen feudal-ständischen Gesellschaft konnten diese Prinzipien im engen eigenen Lebensraum am leichtesten realisiert werden. Aber dennoch kam es zu ungewöhnlich vielen Konflikten, zumal die Vorstellungen von freier Liebe und Liebesheirat hart mit den alten Normen zusammenstießen, die offiziell noch gültig waren. Zwar wurden die Ehegesetze zu Ende des 18. Jahrhunderts so weit liberalisiert, daß Scheidungen möglich waren und die Sittenkontrolle der jeweiligen Obrigkeit nachließ.[27] Eine freie Neigung der Geschlechter galt aber noch ganz und gar als anrüchig, außereheliche sexuelle Beziehungen waren sittenwidrig und strafbar, und die Scheidung widersprach der christlichen Moral. So wurde nach wie vor jede Abweichung zum Skandal. Daß es aber in keinem Fall zur sozialen Anprangerung und Abstrafung kam, weder von Seiten der Familie noch der Obrigkeit, zeigt immerhin, daß die allgemeine Liberalität zugenommen hatte und die Gesellschaft die verschiedenen Lebensentwürfe tolerierte, wenn sie mit Extravaganz und künstlerischem Habitus verbunden waren.

Abb. 103: Philipp Otto Runge, Die Eltern des Künstlers (1806).

Aus der adeligen Welt zu Ende des 18. Jahrhunderts kennen wir ebenfalls einen laxen, aber geduldeten Umgang mit der Moral, bei der romantischen Liebeskultur jedoch handelt es sich um eine genuin bürgerliche Erscheinung: Männer wie Frauen beanspruchten freie Entfaltungsmöglichkeit und die Gleichstellung der Geschlechter zumindest in ihren emotionalen Ansprüchen.

Aus der Fülle gut belegter Lebensgeschichten möchte ich auf sechs Paare näher eingehen: auf zwei prototypische Liebespaare, die ihr gemeinsames Leben als erfolgreich und geglückt bezeichneten und im 19. Jahrhundert zu Idealpaaren stilisiert wurden: Gemeint sind Friedrich Schlegel und Dorothea Veit sowie Achim von Arnim und Bettina Brentano, deren Liebesgeschichten breitest dokumentiert sind. Dann gehe ich ein auf drei Personen bzw. Liebespaare, die trotz aller Bemühungen ihre Wünsche nicht realisieren konnten und an deren Lebensgeschichte alle Komplikationen ausgeprägter Individualität sichtbar werden in mehrfachen Eheschließungen und Scheidungen: auf Clemens Brentano und seine Ehen mit Sophie Mereau und Auguste Bußmann, auf August Wilhelm Schlegel und Caroline Schlegel, die dreimal verheiratet war, sowie auf Sophie Tieck, deren Scheidung von Bernhardi ein öffentliches Spektakel abgab.

Friedrich Schlegel und seine Frau Dorothea Veit geb. Mendelssohn haben einen großen Briefwechsel hinterlassen, weil er häufig auf Reisen war. Als Sechsundfünfzigjährige schrieb Dorothea am 3. Juli 1819 aus Rom: „Mein lieber, guter Friedrich. Du hast mich ja nie beleidigt, Du hast mich auch nie betrübt als durch die Sorge um Dich selbst; und bey solchen Gelegenheiten habe ich Dir auch alles gesagt, was sich sagen ließ ... Ich weiß ja doch, daß Du mich liebst, und mit mir in der Liebe vereint bist ...“[28] Darauf antwortete er im Januar 1820: „Ich sehne mich unsäglich nach Dir, meine gute, liebe Frau; ich träume fast jede Nacht von Dir und sehe Dein liebes, treues Gesicht immer in Gedanken vor mir stehen. Möcht ich doch erst den glücklichen Tag erleben, da ich Dich wiedersehen soll ...“[29] So selbstverständlich und intensiv die Liebe zwischen dem alternden Ehepaar stets auch für Außenstehende schien, so stellt der Anfang dieser Liebes- und Ehegeschichte selbst wohl den skandalösesten Fall jener Zeit dar, der auch lange im Gedächtnis vieler Zeitgenossen blieb.

Der damals fünfundzwanzigjährige aufstrebende, begabte Literat und Gelehrte Friedrich Schlegel hatte die fast acht Jahre ältere, dreiunddreißigjährige Dorothea Veit 1797 im Salon der Henriette Herz in Berlin kennengelernt; sie verliebte sich spontan in ihn, obwohl sie schon lange verheiratet war, zwei Kinder hatte und sozial abgesichert und anerkannt lebte. In dieser Begegnung ging ihr ihre häusliche Begrenztheit auf, und sie entwickelte rasch den Wunsch, sich vom ungeliebten Mann zu trennen, um mit Friedrich Schlegel zusammenzuleben. Auf Vermittlung von Henriette Herz gab ihr Mann sie „frei“. Sie zog in eine eigene Wohnung, in der sie den Kreis der jungen Romantiker empfing und eine Scheidung anstrengte. Fasziniert von Schlegel mit seinen vielen Ideen, war sie bereit, alles, ihren Namen und ihre Sicherheit, hinter sich zu lassen, um mit ihm, der weder Geld besaß noch einen Beruf in Aussicht hatte, ein neues Leben anzufangen. Dies bewunderte selbst Fichte, der nicht gerade ein Freund libertinärer Sitten und der Berliner Juden war: „Sie hat ungemein viel Geist und Kenntnisse“, schrieb er an seine Frau, „bei wenig oder eigentlich keinem äußern Glanze, völliger Prätensionslosigkeit, und viel Gutherzigkeit. Man gewinnt sie allmählich lieb; aber dann von Herzen. Ich hoffe, ihr werdet Freundinnen werden. – Verheiratet ist sie mit Fr. Schlegel nicht und wird es auch wohl nie werden. Es stehen da zu grosse Hindernisse im Wege. Aber sie nimmt sich seiner mit einer rührenden Zärtlichkeit an; und ich halte diese Wahl für das höchste Glück für Schlegeln, da er nun einmal dieser Schlegel ist."[30] Obwohl Dorothea viel älter und auch nicht besonders schön war, was vielen die Beziehung unerklärlich machte, wurde auch Schlegel immer klarer, daß er sein ganzes Leben mit ihr teilen wollte. Im Februar 1798 schrieb er an seine Schwägerin Caroline in Jena, die er stets verehrt hatte: „Sie (Dorothea) ist eine wackere Frau von gediegenem Werth. Sie ist aber sehr einfach und hat für nichts in und außer der Welt Sinn als für Liebe, Musik, Witz und Philosophie. In ihren Armen habe ich meine Jugend wieder gefunden und ich kann (sie) mir jetzt (gar nicht) aus meinem Leben wegdenken. Dieß ist nicht Täuschung, sondern Einsicht, da wir, beyde reicher an Sinn und Vernunft als an Fantasie, die Gränzen unserer (Verbindung) so bestimmt sehen und wissen; und sie besonders hat es immer auf eine große Art, wenn gleich sehr weiblich ertragen, wenn ich diese Gränzen mit aller Härte meiner Offenheit bestimmte."[31] In ihr sah er einen starken „Trieb nach dem Unendlichen", den er bisher nur an Männern entdeckt hatte, außerdem genoß er die Bewunderung, die ihm Dorothea von Anfang an entgegenbrachte, nicht zuletzt schätzte er ihr weibliches Selbstbewußtsein. „Sie ist seitdem von Stufe zu Stufe meine Frau geworden und wird es ewig bleiben", schrieb er an Novalis. „Ich werde mich nie von ihr trennen, und wünsche nichts mehr als ganz vereinigt mit ihr zu leben, gleichviel in welcher Form."[32]

Als bekannt wurde, daß beide als Geliebte zusammenlebten, was sie keineswegs verheimlichten, bahnte sich ein erster Skandal an. Aus seiner wie aus ihrer Familie kam härteste Kritik an diesem unsittlichen Verhältnis. Immerhin war er Sohn eines evangelischen Oberkonsistorialrats und sie die Ehefrau eines angesehenen Kaufmanns und Mutter zweier Kinder, die Tochter des bekannten jüdischen Gelehrten Moses Mendelssohn. Ihre Freunde und Bekannten drängten auf eine baldige Scheidung und Legalisierung der neuen Beziehung. Aber so einfach war das nicht zu regeln. Zwar konnte man sich im Judentum scheiden lassen, wenn der Mann der Trennung von seiner Frau zustimmte und sie auf ihre Kinder verzichtete. Dies wollte und konnte Dorothea jedoch nicht. Außerdem wollte sie sich nicht „bürgerlich" verbinden, wiewohl „ich es seit geraumer Zeit für nicht möglich halte, daß uns etwas anders als der Tod trennt". „Zwar widersteht es meinem Gefühl ganz," schrieb Friedrich Schlegel an seine Schwägerin, „die Gegenwart und die Zukunft auszugleichen und zu berechnen; und wenn die verhaßte Ceremonie (welches aber nicht füglich, nicht möglich ist) die einzige Bedingung jener Unzertrennlichkeit würde, so würde ich nach dem Gebot des Augenblicks handeln, und meine liebsten Ideen vernichten."[33] Deutlicher konnte man sich nicht zu einer freien Liebe bekennen, die sich jeder kirchlichen und staatlichen Kontrolle und Sanktionierung entziehen wollte. Eine Verehelichung kam zu dieser Zeit wirklich nicht in Frage, da Dorothea sich auch noch hätte taufen lassen müssen. Es kam nach Vermittlung von Henriette Herz zunächst zu einer Trennung von ihrem Mann, dann auch zur Scheidung, bei der Dorothea nach langen Verhandlungen immerhin das Anrecht auf einen Sohn (Veit) behielt und zudem einen kleinen Teil ihrer Mitgift ausbezahlt bekam, von dem sie knapp leben konnte. Die Tochter Mendelssohns hatte sich von den strengen Gesetzen ihrer Religion emanzipiert und der Liebe einen höheren Stellenwert eingeräumt als der Ehe. Friedrich Schlegel und Dorothea Veit waren sich ihres Schrittes bewußt. Beide bereuten ihn nie, im Gegenteil, sie standen zu ihrer ungewöhnlichen Tat. Dorothea fühlte sich wie „eine freygelaßene, die nun erst etwas ihr eigen nennen darf, nachdem sie sich selbst angehört, und nun mit eifersüchtiger Sorgfalt es bewacht."[34]

Diesem Skandal folgte rasch ein zweiter, der den Ruf beider auch in einer größeren Öffentlichkeit langfristig schädigte, so daß sie Berlin bald verlassen mußten. Sie lebten ein „wollüstiges" Leben, das sie nach außen auch noch preisgaben. Novalis schrieb: „Viele werden sagen: Schlegel treibt's arg – nun sollen wir ihm auch noch das Licht zu seinen Orgien halten."[35] Friedrich Schlegel hatte 1799 seinen ersten und einzigen Roman „Lucinde" (Bekenntnisse eines Ungeschickten) veröffentlicht. Er setzte auf etwas Großes und Originelles – ein Muster romantischer Romankunst – und hoffte, damit auch als Autor Erfolg zu haben. Was nach der großen Erwartung jedoch publiziert wurde, kam als literarisches Werk kaum an. Es vereinte auf kurzem Umfang Reflexionen, Impessionen, Arabesken, Allegorien, Teile, Stücke, Briefe, Stimmungsbilder, psychologische Betrachtungen und philosophische Erörterungen. Aber Aufsehen und Empörung erregte das Bekenntnis zu einer neuen Ethik im Verhältnis zwischen Mann und Frau. Schlegel bekannte sich entschieden zur Gleichberechtigung von Männern und Frauen auch im Sexuellen, womit er ein Tabu der Zeit brach. Seine Ausführungen zur Einheit von Liebe und Sexualität sowie zur Harmonie von Sinnlichkeit und Geist stellten die traditionelle Moral auf den Kopf. Das Provozierende an diesem Roman war aber nicht nur die Offenlegung seiner erotischen Religion, sondern die Tatsache, daß er sein Liebesleben offenbarte und jeder unschwer Dorothea Veit, die Geliebte Schlegels, in der Lucinde, der Hauptfigur, erkennen konnte. Geschildert wird die Zeit, „als sie sich ihm auf ewig ergab und ihm die Tiefe ihrer großen Seele öffnete, und alle Kraft, Natur und Heiligkeit, die in ihr war. Auch sie lebte lange in gewaltsamer Verschlossenheit, und nun brachen zwischen den Umarmungen in Stürmen der Rede das zurückgedrängte Zutrauen und die Mitteilung mit einem Mal hervor aus dem innersten Gemüt. In einer Nacht wechselte sie mehr als einmal heftig zu weinen und laut zu lachen. Sie waren ganz hingegeben und eins und doch war jeder ganz er selbst, mehr als sie es noch je gewesen waren, und jede Äußerung war voll von tiefsten Gefühlen und eigenstem Wesen. Bald ergriff sie eine unendliche Begeisterung, bald tändelten und scherzten sie mutwillig, und Amor war hier wirklich, was er so selten ist, ein fröhliches Kind."[36] Noch deutlicher wird Schlegel in der Schilderung der körperlichen Schönheit beider Protagonisten: „Julius fand in Lucindens Armen seine Jugend wieder. Die üppige Ausbildung ihres schönen Wuchses war für die Wut seiner Liebe und seiner Sinne reizender, wie der frische Reiz der Brüste und der Spiegel eines jungfräulichen Leibes. Die hinreißende Kraft und Wärme ihrer Umschließung war mehr als mädchenhaft; sie hatte einen Anhauch von Begeisterung und Tiefe, den nur eine Mutter haben kann. Wenn er sie im Zauberschein einer milden Dämmerung hingegossen sah, konnte er nicht aufhören, die schwellenden Umrisse schmeichelnd zu berühren, und durch die zarte Hülle der ebnen Haut die warmen Ströme des feinsten Lebens zu fühlen. Sein Auge indessen berauschte sich an der Farbe die sich durch die Wirkung der Schatten vielfach zu verändern schien und doch immer eine und dieselbe blieb. Eine reine Mischung, wo nirgends Weiß oder Braun oder Rot allein abstach oder sich roh zeigte. Das alles war verschleiert und verschmolzen zu einem einzigen harmonischen Glanz von sanftem Leben. – Auch Julius war männlich schön, aber die Männlichkeit seiner Gestalt offenbarte sich nicht in der hervorgedrängten Kraft der Muskeln. Vielmehr waren die Umrisse sanft, die Glieder voll und rund, doch war nirgends ein Überfluß. In hellem Licht bildete die Oberfläche überall breite Massen und der glatte Körper schien dicht und fest wie Marmor, und in den Kämpfen der Liebe entwickelte sich mit einemmale der ganze Reichtum seiner kräftigen Bildung."[37]

Die Öffentlichkeit war empört über so viel „Schamlosigkeit", aber auch im engeren Lebenskreis der beiden stieß der Roman auf geteilte Meinungen. Zwar verteidigte Schleiermacher das Bekenntnis zu Liebe und Kunst[38], aber die aufmerksame Leserin und Schwägerin Caroline Schlegel gab zu bedenken: „Wenn ich seine Geliebte wäre, so hätte es nicht gedruckt werden dürfen."[39] Hart traf es Dorothea selbst: „Oft wird mir es heiß, und wieder kalt ums Herz, daß das Innerste so herausgewendet werden soll – was mir so heilig war, so heimlich, jetzt nun allen Neugierigen, allen Hassern Preiß gegeben."[40]

Vorerst führten beide ihr gemeinsames Leben ohne Trauschein weiter. Nachdem Dorothea Veit sich in Berlin kaum mehr sehen lassen konnte und selbst ihre Freundin Henriette Herz sie nicht mehr nach Hause einladen durfte, wünschte auch Schlegel, eine neue Wirkungsstätte zu finden. Schleiermacher, bei dem er wohnte, wurde von seiner Kirche bedrängt, mit dem sittenlosen Paar zu brechen. Als selbst Friedrichs Schwester Charlotte in Dresden Dorothea als geschiedene Jüdin nicht aufnehmen wollte, ließen sie sich in Jena nieder. Im Hause August Wilhelm Schlegels und seiner Frau herrschte ein liberales Klima, und Dorothea fand freundliche Aufnahme. Ihr Verhältnis war bald kein Thema mehr, zumal es bald von einem neuen Skandal, der Affäre Caroline Schlegel und F.W.J. Schelling, abgelöst wurde.

Nach verschiedenen Zerwürfnissen im Hause Schlegel zogen Friedrich Schlegel und Dorothea Veit nach Paris. Hier heirateten sie beide überraschenderweise, nachdem sich Dorothea hatte taufen lassen. Die Konversion zum Protestantismus war in jüdischen Kreisen ungern gesehen, aber eine weit verbreitete Praxis. Und vom Judentum hatte sich Dorothea schon längst verabschiedet. Während Friedrich nun doch auf die Verehelichung drängte, zögerte sie lange, weil sie fürchtete, von ihrem ehemaligen Mann keine Unterstützung mehr zu erhalten und ihren Sohn zu verlieren.[41] Deswegen hielt man die Eheschließung auch lange geheim; doch Simon Veit zeigte sich toleranter als zu vermuten war. Das Kind blieb bei ihr. Noch einmal hörte die Öffentlichkeit von diesem eigenwilligen Paar, als bekannt wurde, daß sie in Köln 1808 zum Katholizismus übergetreten waren. Entgegen der üblichen Meinung, daß Friedrich diesen Schritt aus taktischen Gründen anregte, ging die ganze Initiative doch wohl von Dorothea aus, die nach langen Jahren des Hin- und Herziehens zumindest im Glauben eine neue „Heimat" fand. In dieser Konversion sah sie schließlich die Erfüllung ihres Lebens, die ihr die Kraft gab, die komplizierte Lebenssituation, ihr Älterwerden und die zunehmenden Extravaganzen ihres Mannes zu ertragen. Sie stand zu ihrem neuen Glauben wie zum Lebenswerk ihres Mannes, auch als die meisten Freunde, allen voran August Wilhelm Schlegel, diesen Schritt nicht akzeptierten und sich von Friedrich

Abb. 104: Caspar David Friedrich, Frühling (um 1826).

Abb. 105: Caspar David Friedrich, Sommer (um 1826).

distanzierten. Obwohl es in romantischen Kreisen nach 1800 bzw. 1806 vielfach zur Konversion zum Katholizismus kam, erschien den aufklärerisch gesonnenen protestantischen Schriftstellern dies als Rückfall in den Aberglauben, als Aufgabe freier Gesinnung.

Ein zweites Liebespaar ganz anderer Art, fast wie im romantischen Roman selbst, waren Bettina Brentano und Achim von Arnim.[42] Berühmt durch einen umfänglichen Briefwechsel, der im Unterschied zu anderen nicht nur literarische und gesellschaftliche Probleme und Interessen anspricht, sondern auch die ganz konkrete Realität eines Liebes- und Ehelebens wiedergibt, stellte das Paar für die Öffentlichkeit in seinem Interesse, Habitus und literarischen Werk ein ‚Traumpaar' dar, trotz der bekannten Extravaganzen und unterschiedlichen Charaktere. Die Briefe berichten über die Schwangerschaften, Sorgen mit den Dienstboten und Erziehern der Kinder, Krankheiten, Wohnungsprobleme in Berlin, über das ländliche Leben auf dem Landsitz von Arnim in Wiepersdorf südöstlich von Berlin. Nicht zuletzt ist dieser Korrespondenz auch die Geschichte ihrer Begegnung, ihrer zunehmenden Liebe mit all den Empfindlichkeiten und Wertschätzungen zu entnehmen. Das Paar hatte sieben Kinder, die alle überlebten.[43]

Es war keine in jedem Sinne harmonische Ehe, dafür waren die Temperamente zu unterschiedlich, aber das Paar liebte sich bei gegenseitiger Toleranz der verschiedenen Lebenswelten. Spannungen ergaben sich vor allem daraus, daß Arnim sich zusehends lieber auf dem Lande aufhielt und seinen landwirtschaftlichen Aufgaben nachkam, während sie das gesellschaftlichen Leben Berlins vorzog, wo sie seit 1817 mit ihren Kindern auch weitgehend wohnte. Während er immer ordentlicher und sparsamer wurde, verlor sie nie ihre alte Nachlässigkeit. Wenn seine späten Briefe emotional zurückhaltender wurden, dann lag dies weniger in der Abnahme des leidenschaftlichen Interesses für Bettina als an ihrer Schlampigkeit, die so weit ging, daß sie in ihrer Berliner Wohnung seine Briefe so herumliegen ließ, daß auch fremde Gäste sie lesen konnten.[44]

Das Besondere ihrer Liebesgeschichte war einmal, daß sie sich fast 10 Jahre kannten, bevor sie heirateten. Bettina war allerdings noch sehr jung, sie war bei der Heirat erst 26 Jahre alt. Ihre Verlobungszeit verlief ohne jeglichen Anflug romantischer Leidenschaft (im Unterschied zu der Schlegels). Das stärkste Bindeglied zwischen beiden war Bettinas Bruder Clemens, der Jugendfreund Arnims, mit dem er überall zusammen auftauchte. Erst bei der gemeinsamen literarischen Arbeit an „Des Knaben Wunderhorn" lernte Armin auch Bettina näher kennen. Es folgte eine lange Trennung mit einigen Liebesepisoden auf beiden Seiten, ohne daß es zu einer Unterbrechung des brieflichen Kontaktes kam; vielmehr führte sie das Paar gerade zusammen. Zum anderen spielten in dieser Partnerschaft, die erst 1812 zur Eheschließung führte, zwei Dichter eine große Rolle. Das war zunächst Clemens Brentano, der die Beziehung einerseits begrüßte und beförderte, andererseits fürchtete, durch die bevorstehende Eheschließung aus dem Lebensbund mit Bettina und besonders Arnim ausgeschlossen zu werden. Er wollte auch weiterhin mit ihnen wie früher zusammenleben.[45] Dann war es Goethe, den Bettina seit ihrer Jugend als Dichter und Mensch schätzte, verehrte, ja liebte. Die Familientradition, d.h. vor allem seine Freundschaft mit Bettinas Mutter, kam hier mit der Faszination seines literarischen Werkes zusammen. Später gab Bettina sogar ihren intimen Briefwechsel mit Goethe heraus, den sie stark überarbeitete und mit allen Mitteln versuchte, Goethe ein Denkmal zu setzen. Die Verlobungsfeier von Bettina Brentano mit Achim von Arnim fand bemerkenswerterweise erst nach dem Abschied von Goethe statt.[46]

Eine dritte Besonderheit ist die Form der Verlobung. Während Arnim schon länger auf eine Klärung ihrer Beziehung bestand und mit Bettina zu leben vorhatte, ging die junge, damals in Landshut und München lebende Frau einer Entscheidung aus dem Wege. Als ihm dann bekannt wurde, daß er nur dann den Familienbesitz in Wiepersdorf erben konnte – was seine permanenten Finanzprobleme zu lösen versprach, denn eine Stellung im preußischen Staatsdienst konnte er nicht erhalten –, wenn er sich verheiratete und Kinder hatte, begann er seit 1810 eindringlich um Bettina zu werben, „von der ich so gern ein Ebenbild besessen hätte" und mit der er „so gerne" sich „erfreut, gestritten, gewacht und geschlafen hätte".[47] Bescheiden, aber auch bestimmt schließt er mit den Worten: „Will uns aber ein höheres Geschick irgend etwas in die Hände legen, so wissen wir es sicher nicht voraus, denn auch des Mächtigsten Hände würden zittern. Wir würden es vollbringen und wenig davon zu sagen wissen, wie es geschehen ... Schreib bald, hüte Dich vor allen angewöhnten schönen Redensarten, sprich wie Du bist."[48] Das Antwortschreiben folgte spät, dann aber klar: „Liebes Kind meines Herzens, warum soll ich nicht Dein sein? ..." Ohne die übliche Liebesäußerungen schreibt sie fast feierlich: „Sei von mir geliebt, sei mein, sei getrost. Bettina."[49] Sie waren damit zwar versprochen, aber noch immer nicht verlobt. Sie mußte ihr Verhältnis zu ihrem Bruder und zu Goethe klären, wobei sie gegenüber Arnim darauf bestand, daß er auf diesen nie eifersüchtig sein dürfe. Er bestimme weiterhin „alle Verhältnisse" ihres Lebens. Ohne jemanden zu informieren, verlobten sich beide am 4. Dezember 1810 bei kaltem Wetter auf der Straße in Berlin, bevor sie eine Gesellschaft besuchten. „Es hätte dessen zwischen uns nicht bedurft, aber die Welt, die um uns lag, als wollte sie uns beide vergessen, mahnte uns, daß wir um so treuer aneinander denken möchten."[50]

Eine vierte Besonderheit stellte die Heirat dar, auch hier brachen sie mit der Tradition. Sie fand ohne äußere Feierlichkeit statt, ohne Verwandte, ohne großes Essen: Die Trauung war nur für sie allein. Weil Achim von Arnim Protestant und Bettina Brentano Katholikin war, erfolgte das Aufgebot in der jeweiligen protestantischen bzw. katholischen Kirche, während die Trauung selbst in der protestantischen Kirche in Anwesenheit nur einer Zeugin stattfand, der Frau des alten Predigers, die Achim von Arnim schon lange kannte. Nachdem er Bettina zu den Verwandten, bei denen sie wohnte, zurückgebracht hatte, aß er allein in einem Restaurant. Keiner, weder Clemens Brentano noch die Familie Savigny, wurde von der Eheschließung in Kenntnis gesetzt, erst nach fünf Tagen erzählten sie allen ihre Geschichte. Die Geheimhaltung schien ihnen geboten, „weil alle lauteren Hochzeiten, wie unsere unvermeidlich geworden wäre, zu dem widrigsten Spotte alles Sakraments, zu den heillosesten Zoten gehören, wobei sich die Leute gar noch verpflichtet fühlten, einige Tränen zu vergießen.“[51] Am selben Abend trafen sie sich wie gewöhnlich im Hause Savigny. Als er sich verabschiedete, verließ er jedoch nicht das Haus, sondern verbrachte seine erste Nacht in Bettinas Zimmer, „das mit großen Rosenstöcken und Jasminen, zwischen welchen die Nachtlampe stand, so wohl durch den grünen Schein der Blätter, wie durch die zierlichen Schatten an der Decke und Wand verziert war. Die Natur ist reich und mild, was aber von Gott kommt und zu Gott kehrt, ist das Vertrauen. Früh schlich ich mich unbemerkt fort.“[52] Als die Familienmitglieder und die Freunde (vor allem Clemens Brentano) von der vollzogenen Trauung erfuhren, waren sie zunächst äußerst verärgert, sie empfanden die Heimlichkeit als Affront, aber dennoch war die Zahl der Gratulanten später groß. Das bisher lockere, unstete Leben sollte nun enden.[53] Beide zogen in eine bescheidene Wohnung. Sie wollten sich lieben und Kinder haben.[54] Ihr Leitspruch war: „Beans Beor, Amans Amor (Da ich beglücke, werde ich beglückt, da ich liebe, werde ich geliebt) – B.B./A.A. – Bettina Brentano/Achim von Arnim“.[55]

Kompliziert waren die Lebensgeschichten und Liebesbeziehungen in allen romantischen Kreisen. So sehr auch viele Liebes- und Ehegeschichten voller Erwartungen begannen, kam es doch rasch zu Auseinandersetzungen aufgrund unterschiedlichster Lebensumstände. Wenn keine Kompromisse mehr möglich waren oder die Bereitschaft dazu fehlte – lebenspraktisch und kompromißbereit war ja die Generation der Romantiker kaum –, kamen viele um eine Scheidung nach, die häufiger und unkomplizierter als früher möglich wurde. Zwar geht die hohe Zahl der Scheidungen um 1800 nicht auf die neuen romantischen Lebensbedürfnisse zurück[56], aber das Ideal der Einheit von Ehe, Liebe und Sexualität wurde zunehmend zu einem erklärten Lebensziel im Bürgertum. Das mußte notwendig zu Konflikten führen in einer Gesellschaft, die insgesamt die traditionelle Konvention nach wie vor hochhielt. Die beiden skizzierten Modelle sind für die Zeit der Romantik durchaus repräsentativ, ihr Gelingen hing aber wesentlich von den Männern ab, die die neuen Lebensansprüche der Frauen akzeptierten. Zugleich gab es natürlich auch zahlreiche Fälle, die vielfältige Brüche implizierten und zur Scheidung führten. Sie drücken nicht in jedem Fall ein Scheitern angestrebter Lebensträume aus, aber sie zeigen, wie schwer trotz aller Konfliktfreudigkeit der Traum von der unbedingten Liebe zu realisieren war.

Am bekanntesten ist die Liebesgeschichte von Caroline Böhmer/Schlegel.[57] Sie kam, wie schon erwähnt, aus dem gebildeten Bürgertum und war lange mit einem Mann verheiratet, den die Eltern für sie ausgesucht hatten. Als dieser starb, zog Caroline zusammen mit ihren Kindern, von denen jedoch nur eines länger lebte, nicht ins Elternhaus zurück. Sie heiratete auch nicht rasch wieder, sondern zog zu ihrem Bruder nach Marburg, obwohl sie schon von August Wilhelm Schlegel umschwärmt wurde. Dann übersiedelte Caroline nach Mainz, wo sie in der Nähe von Georg und Therese Forster die Bildung der Mainzer Republik erlebte. Nach deren Ende wurde Caroline politisch geächtet und gebar heimlich ein uneheliches Kind, das aber früh starb. Sie war zwar selbstbewußt und wollte keinen Mann mehr ehelichen, den sie nicht liebte und der sie nicht verstand, heiratete aber doch August Wilhelm Schlegel, einen langjährigen Freund, den sie als „Beschützer" für sich und ihre Tochter akzeptierte. Während er sie bewunderte und ihr ergeben war, blieb sie recht kühl. Glühende Liebesbriefe hat es zwischen ihnen nicht gegeben. Sie verstand ihre Verbindung eigentlich als eine „Vernunftehe", in der jeder „ganz frei" bleiben wollte, wie sie später behauptete, die also nicht auf ewig gedacht war, es sei denn, daß sie Kinder miteinander hätten, was nicht der Fall war. Die gemeinsame Arbeit am „Athenäum" und ihr Einsatz im Jenaer Freundschaftskreis festigte zunächst diese Ehe gleichberechtigter Partner. Als jedoch 1798 der junge Philosoph Schelling in die Hausgemeinschaft aufgenommen wurde, verliebte sich Caroline spontan in ihn. Schelling erwiderte ihre Liebe schwärmerisch. Da dies den Freunden nicht verborgen blieb, kam es zu heftigen Auseinandersetzungen, vor allem zwischen Caroline und Friedrich Schlegel, der früher selbst in sie verliebt gewesen war und nun ihre Untreue als Angriff auf seinen geliebten Bruder nicht hinnehmen wollte. Caroline und Schelling fühlten sich einander zugehörig. „Wir sollten innig Eins seyn"[58] – später schrieb sie: „Ich habe Dich geliebt – es war kein frevelhafter Scherz, das spricht mich frey, dünkt mich". Zunächst aber wollte sie von einer Trennung von Schlegel nichts wissen, ja sie versuchte, ihre Liebe zu Schelling zu unterdrücken. Als jedoch August Wilhelm Schlegel Jena verließ und nach Berlin ging, um hier eine neue Existenz aufzubauen, aber auch neues Glück zu finden, kam es zu dem gemeinsamen Entschluß einer Scheidung. Sie erfolgte 1803 auf Veranlassung Goethes unmittelbar durch den Herzog von Weimar. Als Grund wurde angegeben, daß er durch „seine literarischen Bestimmungen“ und sie „durch den Zustand ihrer Gesundheit“ nicht mehr gemeinsam an einem Ort leben könnten. Caroline litt schwer unter der Trennung und der Scheidung, zumal niemand ihre Untreue gegenüber August Wilhelm Schlegel, ihrem Beschützer, verstehen konnte und sie deswegen alle Freundinnen und Freunde verlor – obwohl beide Schlegels selbst keine „Unschuldsengel“ waren. Kurz vor ihrer Scheidung hatte sie an Schelling geschrieben: „Spotte nur nicht, Du Lieber, ich war doch zur Treue gebohren, ich wäre treu gewesen, mein Lebenlang, wenn es die Götter gewollt hätten, und ungeachtet der Ahndung von Ungebundenheit, die immer in mir war, hat es mir die schmerzlichste Mühe gekostet, untreu zu werden, wenn man das so nennen will, denn innerlich bin ich es niemals gewesen.“[59] Aber selbst im Jenaer Kreis räumte man den Männern noch mehr Freiheit ein als den Frauen. Als ihre geliebte Tochter Auguste (1800) überraschend starb und man Schelling die Schuld an ihrem Tod gab, wäre ihr Lebenswille fast zerbrochen, wenn ihr der neue Freund nicht stets zur Seite gestanden hätte. Sie heiratete ihn 1803 in seinem Heimatort, zog zunächst nach Würzburg, dann nach München, wo sie 1809 starb.

So eindeutig sich Caroline für Schelling entschied, hielt sie ihre Freundschaft zu Schlegel zum Erstaunen der Umwelt noch lange aufrecht. Auch Schelling und Schlegel blieben Freunde, was vor allem Friedrich Schlegel unbegreiflich war. Aber so leicht hatte auch August Wilhelm Schlegel das Scheitern seiner Ehe, das ja mit dem Ende des Jenaer Freundeskreises verbunden war, nicht überwunden. Er versuchte, in Berlin mit seinen erfolgreichen öffentlichen Vorlesungen neue Wege zu finden, während er sich im Hause Bernhardis, des Lehrers und Freundes Ludwig Tiecks, in Sophie Tieck verliebte. Dies wurde allerdings lange nicht bekannt und mündete bald in eine lebenslange, von allen Seiten akzeptierte Freundschaft.

Von besonderen Extremen war das Leben von Clemens Brentano gezeichnet: Er war rastlos, poetisch und liebesbedürftig.[60] Früh hatte er seine Mutter verloren, deren Bild seine ganze Idealwelt prägte. Ökonomisch unabhängig, wollte er schon als junger Mann wie kein anderer eine freie poetische Existenz führen. Als der Zwanzigjährige 1798 in Jena Sophie Mereau kennenlernte, verliebte er sich unsterblich in sie.[61] Sie entsprach ganz seinem weiblichen Ideal. Sie lebte zu dieser

Abb. 106: Caspar David Friedrich, Herbst (um 1826).

Abb. 107: Caspar David Friedrich, Winter (um 1826).

Zeit in unglücklicher Ehe mit einem Juraprofessor und hatte zwei Kinder. Obwohl sie bereits durch mehrere Liebschaften öffentliche Skandale verursacht hatte – nur Brentano selbst erfuhr viel später davon –, fand sie durch ihre Dichtung große Anerkennung vor allem von Schiller. Sie dachte in unbedingten „Kategorien", hatte ein starkes Freiheitsbewußtsein und suchte selbst, ein romantisches Dasein zu führen. 1801 wurde sie ohne große Schwierigkeiten geschieden und zog nach Weimar. Obwohl sie Brentano schätzte und ein letztes Schreiben mit den Worten schloß: „Lebe der Liebe und Liebe das Leben", wollte sie sich nicht binden und gab ihm eine klare Absage. Clemens Brentano hatte sich aber so vollkommen in ihr Bild verliebt – „Ich liebe dies Weib noch immer wie vorher, sie verdient es, obschon ich nicht verdiene, in dieser Liebe mich zu verzehren"[62] –, daß er sich ihr zwei Jahre später wieder näherte; auch sie hatte ihn nicht vergessen. Im Sommer 1803 kam es zu einem Wiedersehen, aus dem sich rasch der Wunsch entwickelte, zusammen „zu leben und zu lieben und zu arbeiten"; an eine Eheschließung jedoch dachten sie nicht. „Sie liebt mich, wie ich sie ehedem liebte, und sie ist das einzige Weib, die jener unendlich ähnlich sieht, die ich mit Dichteraugen in ihr gesehen"[63], erzählte er seinen Freunden. Ein gemeinsamer Aufenthalt in Marburg führte zum Wunsch beider, zusammen zu bleiben und zu heiraten, dies aber erst, als Sophie schwanger geworden war. „Du wirst in Deinen lieben Armen mir einen Raum vergönnen, den auszufüllen mir endlich eine Gestalt gibt, ein Bett gibst Du dem flüssigen Element, die Untiefe machst Du tief, das Stürmende rasch, das träge, schmerzvolle Drängende zur freien, freudigen Bewegung – Du bringst das Leben mir."[64] „O Sophie, führe mich ins Leben, führe mich in die Ordnung, gib mir ein Haus, ein Weib, ein Kind, einen Gott."[65] Nachdem sie ihm antwortete, „Clemens, ich werde Dein Weib", wurden sie 1803 in Marburg evangelisch getraut und zogen nach Heidelberg, wo Brentano in Zusammenarbeit mit Achim von Arnim „Des Knaben Wunderhorn" herausgab. Rauschhaft hatten sie sich hingegeben, aber es war bei aller Erfülltheit keine harmonische Ehe. Sophie litt darunter, daß Clemens von schriftstellerisch tätigen Frauen wenig hielt und ihr nicht den entsprechenden Raum zugestand, sondern rastlos seinen eigenen ‚romantischen Lebenstraum' zu verwirklichen suchte, in den sie freilich einbezogen war, der sie aber extrem verunsicherte. „Ich bitte Dich, lieber Fremdling, komme doch endlich einmal nach Hause, Du bist stets nicht bei Dir – versuche es nur und komm zu Dir selbst."[66] Rasch kamen nacheinander drei Kinder, die aber alle nach der Geburt starben, was ihn jedesmal in Verzweiflung stürzte. Vor der Geburt des dritten Kindes schrieb er: „Wir leben in einer wunderschönen Einigen Ehe seit 9 Monaten."[67] Als Sophie Mereau bei dieser Geburt 1806 auch starb, schien Clemens nach dem Zeugnis anderer „wahnsinnig" zu werden. „Alles, Alles ist hin, ich bin versteint, ich hatte alles in Sophie wiedergefunden, waß ich in ihr liebte, in ihr verlohr, was ich war, ach ich war unaussprechlich glücklich ... Ich habe alles verlohren, alle Geschichte meines Lebens, alles waß mich liebte, trieb und erhielt, ich habe keinen Wunsch als zu sterben."[68]

Schon diese Geschichte liest sich wie ein romantischer Roman, aber mehr noch könnte die Ehegeschichte mit seiner zweiten Frau der Literatur entnommen sein. Auch sie endete dramatisch, jedoch ging es hier nicht um eine hohe Liebe, sondern um einen „ekelhaften Kampf mit dem Bösen", wie es Brentano selbst nennt. Nach dem Tod von Sophie Mereau zog er, völlig aus der Bahn geworfen, nach Frankfurt zurück und verliebte sich dort wieder sehr spontan 1807 in die sechzehnjährige Auguste Bußmann, deren Vormund der reiche Bankier Moritz von Bethmann war.[69] Fasziniert von Clemens Brentano, „entführte" sie ihn aus Frankfurt in die katholische Stadtkirche in Fritzlar vor den Traualtar – zum Entsetzen beider Familien. Nach allen Zeugnissen von Bekannten und Freunden paßten die beiden in keiner Weise zusammen. So rauschhaft die Liebe angefangen hatte und Clemens von ihrer Jugendlichkeit, Schönheit und Sinnlichkeit hingerissen war, so rasch stellten sich Streitigkeiten ein. Er fühlte sich nicht nur unverstanden, sondern in seinem poetischen Leben bedroht; sie hingegen kostete ihre neue Freiheit aus, um zu provozieren und alle zu schockieren, bis es selbst zu handgreiflichen Auseinandersetzungen zwischen beiden kam. Auguste konnte herablassend und hochfahrend sein. Sie spielte nachts Klavier, las unentwegt ‚obscöne' Bücher, trat verschwenderisch auf, ging allein auf Bälle und kokettierte mit allen Männern, trug zu unpassenden Gelegenheiten Männerkleidung, verzichtete auf ein Halstuch, wollte auf einem Esel reiten und badete mit Vorliebe bei Mondschein. Dies ging selbst für Romantiker zu weit. Immer wieder drohte sie mit Selbstmord, den sie auch zweimal inszenierte. Joseph von Görres schrieb Ende März 1808: „Es ist dort Feuer und Flamme, Blitz, Hagel, Donner, Ehescheidung, Mordgeschichte sammt allem Zubehör. Brentano hat sich die Braut von Corinth entführt, und nun hängt sie ihm auf dem Nacken und hat sich verbissen. Sie ist sehr eigensinnig."[70] Schon nach einem halben Jahr versuchte Clemens, sich wieder scheiden zu lassen, was aber nicht so einfach ging; einmal wollte ihre Familie sie nicht zurückhaben, zum anderen waren beide katholisch getraut, was eine Scheidung ausschloß.[71] 1809 kam es zunächst zur Trennung. Um ihr nicht wieder zu begegnen, flüchtete er nach Landshut. „Es ist hier nicht mehr die Rede von ehelicher Uneinigkeit, sondern von einem tollen Weibe, das gezähmt werden soll", schrieb Savigny, der Rechtsberater und Freund Brentanos.[72] Es kam zu einem komplizierten Scheidungsprozeß, der sich von 1810 bis 1814 hinzog und schließlich zugunsten Brentanos entschieden wurde. Für das Eingeständnis des „böswilligen Verlassens" erlangte er seine Freiheit wieder, konnte sich jedoch nicht wieder verheiraten, solange er katholisch blieb. Er heiratete auch nicht wieder. Wie er sein Verhältnis mit Sophie Mereau früher poetisiert hatte: „Der Frühling regt die Schwingen/ Die Erde sehnet sich/ Sie kann nichts wiederbringen/ Als Dich, du Gute, dich"[73], verteufelte er später die Beziehung zu Auguste Bußmann: „Wohlan! so bin ich deiner los/ Du freches liederliches Weib!/ Fluch über deinen sündenvollen Schoß/ Fluch über deinen feilen geilen Leib ... Fluch über jede tote Stunde/ Die ich an deinem lügenvollen Munde/ In ekelhafter Küsse Rausch vollbracht ....“[74] Damit endeten seine Liebesgeschichten freilich nicht; sein Werben um die Dichterin Luise Hensel und die Künstlerin Emilie Linder war vergeblich.[75] Es blieb bei ‚geistlicher‘ Freundschaft, die aber bedeutsame Spuren in Brentanos Leben hinterließ.

Ein besonderes Drama romantischer „Verwirrungen“ stellen auch die Liebes- und ehelichen Beziehungen der Geschwister Sophie und Ludwig Tieck dar, die die Diskussionen und Phantasien der Romantiker vielfach beschäftigten, vor allem, weil ihre libertinistischen Lebensvorstellungen bekannt waren. „Die drei Geschwister, jedes mit großem Talent ausgerüstet, ... könnten eine schöne Erscheinung seyn, wenn nicht diese Seelen und Leib verderbliche Immoralität und tiefe Irreligiosität in ihnen wäre“, schrieb Caroline Schelling 1809, als sie in München Ludwig Tieck wiedersah.[76] Vieles ist erst später nach Veröffentlichung ihrer Briefwechsel bekannt geworden, manches wurde freilich vernichtet.

Sophie Tieck war eine begabte Schriftstellerin, ohne die ihr Bruder kaum leben konnte; sie sorgte zeitlebens für ihn, auch wenn ihm diese Fürsorge oft zuviel wurde. Sie war nicht minder begabt als ihr Bruder.[77] Zwei Jahre hatten sie eine gemeinsame Wohnung und reisten ohne ihre Ehepartner zusammen nach Italien. Sophie war zwar nicht besonders schön, galt als engagiert und leidenschaftlich, zugleich aber als „heimtückisch“, weil sie oft kein Mittel scheute, ihre ‚hohen‘ Ziele zu erreichen. Mit 23 Jahren heiratete sie den Jugendfreund Ludwigs und Direktor des Friedrichswerder Gymnasiums, A.F. Bernhardi, den sie aber wenig liebte, obwohl sie bald zwei Söhne mit ihm hatte. Als 1801 August Wilhelm Schlegel nach dem Scheitern seiner Ehe in Berlin mit öffentlichen Vorlesungen begann und bei den Bernhardis wohnte, verliebte er sich in Sophie Bernhardi, die diese Liebe erwiderte. „Ich habe es selbst nicht geglaubt, daß ich so ganz Dir angehöre, alle meine Gedanken sind unwillkürlich an Dich gerichtet, mich verzehrt die heiße Sehnsucht, Dich wiederzusehen.“[78] Im Unterschied zu ihren leidenschaftlichen Briefen antwortete der nicht minder bewegte August W. Schlegel jedoch vorsichtig, nicht zuletzt, um einen Skandal zu vermeiden und Sophie nicht in Schwierigkeiten zu bringen, was sie mißverstand. Sie hatten einen Lebensbund geschlossen, der für Schlegel eine Eheschließung mit Sophie ausschloß. „Was ich für die Liebe handeln nenne, scheint Dir vielleicht nicht so leicht und gewöhnlich als Du denkst: nach meiner Denkungsart hat sie die ersten Ansprüche im Leben und die Macht, alle übrigen Verhältnisse zu lösen und zu binden. Ich baue beständig schöne Pläne für die Zukunft, die zu Chimären werden."[79] Das verstand sie nicht, denn sie lebte bedenkenlos aus dem Augenblick und suchte gegenwärtiges Glück. Während sie ihm gegenüber noch ihre Liebe beschwor, worauf Schlegel, der sich mittlerweile bei Madame de Staël als Hauslehrer empfohlen hatte, nicht sofort antwortete, hatte sich Sophie dem zweiten Hausgast, einem Baron von Knorring aus Livland zugewandt, der sich ihr dann auch anschloß, als sie sich von ihrem Mann trennte und mit den beiden Kindern fortzog. Obwohl ihr Verhältnis sichtlich abkühlte, blieb Schlegel ihr in merkwürdiger, lebenslanger Weise treu, er schickte ihr regelmäßig Geld für ihre Kinder und half ihr später bei der Scheidung. Wahrscheinlich hatte sie ihn damit erpreßt, daß sie angab, ihr zweiter Sohn Felix sei sein Sohn. In der Tat sah er Schlegel ähnlich, was auch andere später feststellten.[80]

Bernhardi, der offensichtlich erst spät begriff, was sich in seinem Hause abspielte, wollte seine Frau Sophie und seine Kinder nicht einfach aufgeben noch ihren heimlichen Auszug hinnehmen; er wollte zumindest seine Kinder zurückhaben. Es kam zu einem der großen Scheidungsprozesse der Zeit, der nicht nur durch die Presse ging, sondern das ganze romantische Lager spaltete. Während Bernhardi in Fichte, Schütz und de la Motte-Fouqué Verteidiger seiner Rechte fand, stritten Ludwig Tieck und die Schlegels für Sophie. Schließlich wurde die Scheidung ausgesprochen, aber die beiden Söhne wurden ihr offiziell aberkannt. Erst nach langen Verhandlungen überließ Bernhardi ihr jedoch den Sohn Felix Theodor. Es folgte eine baldige Eheschließung mit ihrem Geliebten, dem Baron von Knorring. 1812 zog Sophie mit ihm nach Estland. Hier endete eine lange, vor allem für Ludwig Tieck und August W. Schlegel quälende Geschichte. Beide hatten ihr immer zur Seite gestanden. Selbst Ludwig Tieck mußte 1818 eingestehen: „Mit allen großen Tugenden und herrlichen Eigenschaften ist die Schwester eine Egoistin und sophisiert in ihrer Leidenschaft alles, was sie tut, in Tugend hinein – den Hang hatte sie von frühester Jugend."[81]

Die Lebensgeschichten der Geschwister sind kaum zu trennen, sie lebten, wie schon erwähnt, vielfach zusammen, unterstützten sich auch auf Kosten anderer gegenseitig sowohl auf literarischer wie persönlich-finanzieller Ebene. Ludwig Tieck, der sich früh als freier Schriftsteller zu behaupten gedachte und schon anfangs so großen Erfolg hatte, daß ihm die adelig-bürgerliche Welt offenstand, hatte nach seinem Studium Amalie Alberti, die Tochter eines aufgekärten Theologen in Hamburg, eines Freundes Klopstocks und Lessings, geheiratet.[82] Sie war zugleich Schwägerin seines Förderers, des Musikers Joh. Friedrich Reichardt. Die Ehe war nicht besonders glücklich. Amalie galt als durchaus selbstbewußt, aber nicht sonderlich intellektuell. Man bedauerte ihren Ehemann, wenn sie bei seinen Deklamationen einschlief. Durch den häufigen Wohnungswechsel konnte sie kein eigenes Beziehungsnetz aufbauen. Am dauerhaftesten lebten sie auf dem Landgut von Tiecks Freund Burgsdorff in Ziebingen bei Frankfurt an der Oder, das in einem engen Verbund mit den Besitzungen des Reichsgrafen von Finckenstein stand, dessen Musenhof für viele Romantiker ein Anziehungspunkt war. Während Amalie Alberti hier ein inniges Verhältnis zu Tiecks Freund Friedrich Wilhelm von Burgsdorff fand – aller Wahrscheinlichkeit nach stammte ihre zweite Tochter Agnes aus dieser Verbindung, den Nachlaß Tiecks hat diese selbst später von Zeugnissen über ihre Herkunft gesäubert –, kam es zu einer nachhaltigen Liebesbeziehung zwischen Tieck und Henriette, der jüngsten Tochter des Grafen von Finckenstein, Ludwigs großzügigem Gastgeber und Freund Burgsdorffs. Vom intimen Briefwechsel Tiecks mit Henriette ist nurmehr ein Brief erhalten. 1806 schrieb er: „Was ist mir nicht alles, was Teil an Dir genommen hat, die Welt selbst. Ich kenne nur Dich und will nur Dich; Deine Liebe und mein Leben und Schicksal sind ein und dasselbe. Ja, Du bist meine Seele."[83] Ob Tieck daran dachte, sich scheiden zu lassen, ist nicht bekannt, immerhin sprach man allgemein davon. Er hatte sich seiner Frau und seiner Familie entfremdet, wobei ihre Liebschaft mit Burgsdorff weniger Thema gewesen sein dürfte als vielmehr ihr Übertritt zum Katholizismus. Vor allem wußte Tieck wohl genau, daß die Finckensteins einen Ehemann bürgerlicher Herkunft kaum akzeptieren würden, denn eine frühe Beziehung zwischen Karl von Finckenstein und Rahel Varnhagen war am Standesunterschied gescheitert. Caroline Schelling, die damals in München lebte, hatte nach ihrer Scheidung von Schlegel den Kontakt zu ihrem früheren Freundeskreis nicht aufgegeben und war auf alle Nachrichten neugierig. Von ihr stammt nicht nur die Äußerung, daß der zweite Sohn Sophie Tieck/Bernhardis nicht von deren Mann stamme, sondern sie richtete auch ihr besonderes Augenmerk auf die Familie Ludwig Tiecks, dem sie nach dem Wegzug aus Jena nur Böses unterstellte. „Nach der Bernhardi (Sophie) ihren Insinuationen hat die Tiek (Ludwigs Frau) während ihres Mannes früherer Abwesenheit mit Burgdorf gelebt, auf dessen Gute (Ziebingen) Tiek auch nachher sich ernähren ließ. Sie behauptet, daß dort überhaupt eine Art von Gemeinschaft der Weiber eingeführt war. Drei Gräfinnen Finkenstein wohnen in der Nähe,

Abb. 108: Carl Gustav Carus, Kahnfahrt auf der Elbe (1827).

aber unverheiratet. Friedrich Schlegel nannte daher T. den Hausfinken. Wie es damit steht, weiß ich nicht, habe auch nicht Ursache, von der Ungeschmeidigkeit der Tieks ähnliches zu vermuthen, bei alle dem sollten sie so gut wie getrennt sein."[84] Sosehr ihm die neue adlige Umgebung wohltat und seine heimliche Liebe ihn bestätigte, kam Tieck nicht mit seinem Leben zurecht, zumal ihm keines seiner neuen literarischen Werke gelingen wollte und die finanziellen Verhältnisse nicht besser wurden.

Er reiste zusammen mit seinen Geschwistern für zwei Jahre nach Süddeutschland und Italien, danach auch nach England, diesmal zusammen mit seinem Jugendfreund Burgsdorff, dem Liebhaber seiner Frau (wie auch übrigens der Frau Humboldts). Zwar kehrte er stets nach Ziebingen zurück, aber als der alte Graf

Finckenstein 1819 starb, ließ Tieck sich zusammen mit seiner Frau, seinen Töchtern und der Gräfin Henriette in Dresden nieder. Bevor sich Tieck durch die verschiedensten Aktivitäten ökonomisch sanieren konnte, hatte ihn seine ‚Freundin' und ‚Gefährtin', wie er sie offiziell bezeichnete, finanziell unterstützt. Mehr noch als dies blieb sie seine ‚Seelenfreundin', um einen Begriff der Zeit zu wählen. Sie zog auch mit nach Berlin, als Tieck vom König von Preußen dorthin berufen wurde. Nach ihrem Tode 1847 schrieb Tieck an die Frau seines Dresdner Förderers von Lüttichon: „Wie einsam ich mich fühle, kann ich Ihnen nicht ausdrücken... Alles hatte nur Bedeutung und Beziehung durch Henriette, das geliebteste, treueste, liebevollste und liebenswürdigste Wesen. Sie glauben nicht, welche Trauer, welchen Jammer das Alter mit sich führt. Von jener oft gepriesenen Weisheit, von jener sichern Ruhe und Leidenschaftslosigkeit habe ich noch nichts erfahren. Kann wohl sein, daß mein ganzes Leben Enthusiasmus, Begeisterung, Liebe war, selbst im Schmerz, und daß meine Natur sich nur in Leidenschaft verstehen kann... Ich habe wohl niemals gedacht, sondern immer nur empfunden, und alle meine Gedanken waren zugleich immer Gefühl, nur in diesen konnte ich denken; ich erlebte alles, ganz, innigst – und dazu fehlt mir jetzt die Kraft."[85]

14. Glaube - Religion - Christentum

Abb. 109: Karl Friedrich Schinkel, Mittelalterliche Stadt am Fluß (1815).

Dorothea Schlegel schrieb kurz vor ihrer Konversion zum Katholizismus am 23. Februar 1806 aus Köln an ihre Freundin Caroline Paulus:

„... Dass die Würzburger sich an den wieder hergestellten Heiligenbildern freuen, ist nicht allein verzeihlich, sondern auch natürlich! Warum hat man sie ihnen mit Gewalt genommen? Diese erzwungene Aufklärung kann keine bessern Folgen haben. Wir haben so lange von der Gewissensfreiheit, von der Duldung gesprochen. Nun es aber dazu kömmt, so zeigt es sich, dass wir sie nur für uns forderten, keineswegs aber geneigt sind, sie den Andersdenkenden angedeihen zu lassen. Die Protestanten forderten Freiheit für ihren Gottesdienst. Sie erhielten sie, und nun gönnen sie den Katholiken die ihrige nicht und hassen sie, weil sie auch ihre Freiheit behaupten. Lass' uns billig sein... Ob ich glaube, fragst Du, dass die ewige Jugend im katholischen Glauben stäcke? Freilich glaube ich das, und darum wäre es eben so erwünscht, dass Du katholisch wärest, damit Du bis in Dein neunzigstes Jahr so lustig und liebenswürdig bliebest, wie Du jetzt bist. Aber in allem Ernst, es ist merkwürdig genug, wie die katholischen Dichter so bis in das späteste Alter in voller Jugendkraft blühten. Calderon ist über 80 Jahre alt geworden, und seine letzten Sachen sind von seinen Jugendsachen an Kraft nicht zu unterscheiden. Cervantes war so alt, als jetzt Goethe ist, als er den ersten Theil des ‚Don Quixote' schrieb; seine andern Sachen sind noch viel später. Dagegen ist ein Shakespeare, dem ersten der protestantischen Dichter, sehr bemerkbar, wie seine Jugendsachen gegen seine im Alter geschriebenen abstechen... Man muss katholisch erzogen, mit diesen Ideen in der Kindheit zusammen gewachsen sein, wenn sie in der Poesie die rechte Kraft haben sollen. Aber warum sollte es deshalb einem Gemüthe nicht erlaubt sein, das sich von der Erscheinung angezogen fühlt, sich ihr hinzugeben? ... Behüte uns Gott, dass wir in die Melodie mit einstimmen, die Goethe und Voss damals über Stolberg's Uebertritt zur katholischen Confession anstimmten, wo Goethe in der Recension von Vossen's Gedichten sagt, dass „Voss einen Freund bedaure, den er auf ewig verloren habe". Weisst Du, was dies heisst? Ist das Aufklärung? Heisst das etwas anderes, als dass Stolberg auf ewig von seinem Freund losgerissen, d.h. verdammt sei? Sieh, Liebe! in ganz Köln, dem verrufenen Köln, ist nur ein einziger, unbedeutender Geistlicher, der im vergangenen Jahre ein einzigesmal in einer Rede sagte: „Die Protestanten könnten nicht selig werden," und dieser Mann ist seitdem bei allen lächerlich geworden ? ...

Ich hasse diese Aufkärung unserer Zeit recht von Herzen; es ist noch nichts gutes, nein nichts von ihr hergekommen. Schon, weil er so uralt ist, zieh' ich den Katholicismus vor. Alles Neue taugt nichts. Wir haben hier eigentlich die Religion oder besser die Confession noch nicht geändert. Man hat uns kein Glaubensbekenntnis abgefordert. Wir halten uns also nicht für befugt, eines abzulegen. Sollte es aber gefordert werden, so sind wir entschlossen... Ungeachtet aber dass wir für Protestanten gelten und auch uns nicht dagegen erklärt haben, haben diese so verrufenen Katholiken dem Friedrich doch die sehr wichtige Lehrstelle der Philosophie anvertraut... Ob ich glaube, fragst Du, dass die Künste in Deutschland eine Folge des Katholicismus seien? Allerdings glaube ich das. Wenigstens sind sie mit dem Katholicismus versunken, so wie sie mit diesem geblüht haben. Alles ist schlechter seitdem, ja Deutschland selber ist darunter zu Grunde gegangen und keine Kraft und kein Wille mehr darin, als etwa noch in dem unglücklichen, unterdrückten und betrogenen Rest, wo auch noch ein kleiner Schimmer jenes alten Glaubens noch sparsam glimmt. Willst Du mir das, wie billig, nicht auf's Wort glauben, so lies die alten Geschichten...

Hätte ich nur Dein und Deines Wilhelm's Bild, ich würde mit Freuden jeden Morgen meine Andacht davor verrichten, obgleich ich schon eine recht schöne Mutter Gottes habe. Man hat sie mir zu meinem Namenstage geschenkt... Eine neue Religion hätte Friedrich stiften wollen, meinst Du? Das kann er nicht gewollt haben. Man macht keine neue Religion. Hat er von Religion gesprochen und von Poesie, so war es immer

die alte und zwar die allerälteste, die uralte, die vor Alter ganz vergessene und deswegen für die ganze Welt wieder neue. Du kannst mir freilich den Einwurf machen: Warum existiren denn jetzt nicht noch grosse Dichter unter den Katholiken, wenn es blos diese Religion macht? Es ist wahr, das Zeitalter der Poesie und aller Künste scheint erloschen; aber es ist erst seit dem fürchterlichen Aufruhr der Reformation erloschen."
(Nachschrift von Friedrich Schlegel.)

Wenn Sie uns für etwas parteiisch halten für die Katholiken, so muss ich nur gestehen, dass dies zum Theil der Fall ist aus persönlicher Freundschaft. Diese allgemeine Achtung und diese herzliche Freundschaft fand ich nur bei diesen sehr verdammten Menschen. Meine ehemaligen sogenannten Freunde, als calvinische, lutherische, herrnhutische – theistische, atheistische und idealistische mit eingerechnet, haben sich, meinen einzigen leiblichen Bruder ausgenommen, der aber auch ein sehr schlechter Calviner ist, sämmtlich als wahres Zigeunergesindel gegen mich aufgeführt..."[1]

Der Religionsdiskurs war immer ein Element auch der aufklärerischen Diskussion nicht zuletzt durch die dauerhafte Herausforderung durch den Pietismus und die Erweckungsbewegungen gewesen.[2] Aber was inmitten der aufklärerischen Auseinandersetzungen und der Diskussion um die Wirkungen der Französischen Revolution in den entstehenden romantischen Kreisen um 1800 sich als Neuentdeckung der Religion abzeichnete, steht in einem eigenwilligen Zusammenhang. Das betrifft bereits die Vorstellung von Religion, die thematisiert wurde. Denn was hier unter Religion verstanden wurde, hatte wenig mit dem Alten der christlich-kirchlichen Frömmigkeit und konfessionellen Lehre zu tun, aber auch nicht mit dem Begriff der Aufklärung von Religion, die gerade alles Sakramentale, Wunderhafte und Geheimnisvolle, ja Sinnstiftende aus ihm bannte und die christliche Botschaft auf moralische Maximen verkürzte. Zwar gab es Anknüpfungspunkte mit der pietistischen Tradition, auch mit der Idee eines vernünftigen Christentums, wie sie Lessing vertrat, soweit das neue Religionsverständnis überhaupt klar greifbar ist, wurde Religion radikal anders begriffen, denn jede orthodoxe Struktur fehlte.[3]

Zwar besaß jeder Romantiker sein eigenes Verständnis, bedingt durch die unterschiedliche Sozialisation und Mentalität, auch wirkte sich die Neuentdeckung der Religion unterschiedlich stark auf das einzelne Denken aus, aber es gab einige grundlegende Übereinstimmungen. Einmal kamen alle über die Beschäftigung mit der Kunst zur Religion. Die Idee der Kunstreligion spielte dabei weniger eine Rolle als die Idee, daß Kunst als Produkt und Ausdruck von Religion zu verstehen sei. Es ging sowohl um die religiöse Dimension von Poesie und Malerei wie um die Wiedergeburt der Kunst aus dem Geist einer neuen Religion. Zum anderen sprechen die Romantiker von Religion zumeist im Zusammenhang von religiösem Bewußtsein. Sie sind nicht an einem religiösen System interessiert, begründen Religiöses gerade nicht durch die Vernunft, sondern verankern sie im Innern des Menschen, im Gefühl, in der Erfahrung, die sie selbst vor allem im Erleben von Freundschaft, Liebe und Natur gemacht hatten. Die subjektive Seite ist entscheidend. Schließlich wird das Wunderbare, Geheimnisvolle im Menschen, im menschlichen Leben wie in der Natur mit religiösen Begriffen beschrieben, in ihnen geradezu etwas Religiöses entdeckt. Pantheistische und mystische Ideen begründeten die „neue Religion".

So spielte nicht nur die Wiederentdeckung verschütteter christlicher Traditionen eine Rolle, sondern gleicherweise die subjektive Erfahrung der Romantiker selbst, vor allem Natur- und Liebeserfahrungen sowie Kunsterlebnisse. Das neue Religionsverständnis ist jedenfalls nicht ohne die schöpferische Individualität des Künstlers zu sehen, die sich in Freundschaft, Liebe und Kunst zu verwirklichen bemühte. Am deutlichsten formuliert wird dies bei Friedrich Schlegel, Novalis, Clemens Brentano und Friedrich Schleiermacher.

Sicherlich erfaßte diese religiöse Welt nicht alle Romantiker gleichermaßen. So blieben A.W. Schlegel, Caroline Schlegel, Achim von Arnim, Gottfried Fichte letztlich recht religionsfern, obwohl auch sie sich um 1800 zumindest kurzfristig mit dem Aufbruch einer neuen Religiosität beschäftigt hatten. 1798 schrieb Friedrich Schlegel an seine Schwägerin Caroline: „Mir kommt es vor, als finge die moderne Geschichte jezt noch einmal an, und als theilten sich alle Menschen von Neuem in Geistliche und in Weltliche. Ihr seyd Weltkinder, Wilhelm (Schlegel), Henriette (Mendelssohn) und auch Auguste (Böhmer/Schlegel). Wir sind Geistliche, Hardenberg (Novalis), Dorothea (Veit) und ich... Im Ernst, meine Religion fängt an aus dem Ey ihrer Theorie auszukriechen."[4] Es waren, was bezeichnend ist, nicht Theologen, sondern Künstler, Philosophen, Dichter und Schriftsteller, die sich in ihren Interessen für Poesie, Malerei, Musik und eben auch Religion

Abb. 110: Wilhelm von Schadow, Heilige Familie unter dem Portikus (1818).

unmittelbar verbunden hatten. Kirchliche Glaubensvorstellungen – katholische oder protestantische – spielten in diesem Verständnis und Erlebnis keine Rolle. Die Suche nach einer neuen Religiosität bewegte sich jenseits christlich-konfessioneller Bekenntnisse. Die latente Bewunderung für den Katholizismus etwa bei Novalis oder Ludwig Tieck steht zunächst noch nicht im Kontext der später einsetzenden Rückkehr zum kirchlichen Katholizismus. Die Romantiker blieben auch in ihren religiösen Ausdrucksformen, wie sie in Briefen und Dichtungen artikuliert werden, allesamt Individualisten.

Die Hauptzeugen der religiösen Wende zu Anfang des 18. Jahrhunderts waren Friedrich Schlegel, Novalis, Ludwig Tieck und Friedrich Schleiermacher, wenig später kamen Clemens Brentano dazu und vor allem Dorothea Schlegel und Rahel Varnhagen als Protagonisten einer neuen mystischen Religiosität, die sich konfessionell bzw. protestantisch-freigeistig antikulierte. Die bemerkenswerteste Entwicklung durchlief Friedrich Schlegel, das intellektuelle Haupt der Jenaer Romantiker, dessen Forderung nach einer neuen Religion im Kontext seiner Auseinandersetzung mit Novalis und Schleiermacher steht.[5] Ihre Gespräche spiegeln nicht nur die religiöse Überhöhung ihrer symphilosophischen Ansprüche wider. Religion wird hier zum Medium der Selbstfindung und zur Matrix neuer welterlösender Poesie. Friedrich Schlegels frühestes religiöses Bekenntnis entwickelte sich während seines Berlin-Aufenthaltes 1798, als er zusammen mit Friedrich Schleiermacher lebte und seine Lebensgefährtin Dorothea Veit fand.[6] Novalis kannte er schon länger. Persönliche Freundschaften und Liebeserlebnisse spielten eine ebenso bedeutsame Rolle wie die fast rauschhafte Produktivität, die Schlegel mit seinem „Athenäum", seinen „Fragmenten", seinen „Ideen" und seiner „Lucinde" erlebte. Er hoffte nicht nur auf seinen literarischen Durchbruch, sondern auf ein neues Zeitalter der Poesie, die eine „neue Mythologie" voraussetzte. „Ich gehe gleich zum Ziel: Es fehlt, behaupte ich, unserer Poesie an einem Mittelpunkt, wie es die Mythologie für die der Alten war, und alles Wesentliche, worin die moderne Dichtkunst der antiken nachsteht, läßt sich in dem Wort zusammenfassen: Wir haben keine Mythologie. Aber, setze ich hinzu, wir sind nahe daran eine zu erhalten, oder vielmehr es wird Zeit, daß wir ernsthaft dazu mitwirken sollen, eine hervorzubringen."[7] Was er hier Mythologie nennt, definiert er in einem anderen Zusammenhang als „Religion".

In diesem Hochgefühl der künstlerischen Schöpfung dachte Schlegel daran, eine neue Bibel zu schreiben, in Mohammeds und Luthers Fußstapfen zu wandeln. Was er darunter verstand, erläuterte er in einem grundsätzlichen Bekenntnisschreiben vom 2.12.1798 an Novalis: „Mein biblisches Projekt aber ist kein literarisches, sondern ein biblisches, ein durchaus religiöses. Ich denke eine neue Religion zu stiften oder vielmehr sie verkündigen helfen: denn kommen und siegen wird sie auch ohne mich. Meine Religion ist nicht von der Art, daß sie die Philosophie und Poesie verschlucken wollte. Vielmehr lasse ich die Selbständigkeit und Freundschaft, den Egoismus und die Harmonie, diese beiden Urkünste und Wissenschaften bestehen, obwohl ich glaube, es ist an der Zeit, daß sie manche ihrer Eigenschaften wechseln. Aber ganz ohne Eingebung betrachtet, finde ich, daß Gegenstände übrigbleiben, die weder Philosophie noch Poesie behandeln können. Ein solcher Gegenstand scheint mir Gott, von dem ich eine durchaus neue Ansicht habe.“[8] Er glaubt an die Allmacht des Wortes und sieht sich in der Nachfolge der großen Religionsstifter Moses, Jesus, Mohammed, Luther. „Doch vielleicht hast Du mehr Talent zu einem neuen Christus, der in mir seinen wakkern Paulus findet.“ Schlegel sieht dieses „neue Evangelium“ schon sich offenbaren im Kreise seiner Zeitgenossen, den Mitbürgern der „anbrechenden Periode“. Genannt werden Friedrich Schleiermacher, „der zwar wohl kein Apostel, aber ein geborener Recenzent aller biblischen Kunstreden ist, und wenn ihm nur das Wort Gottes gegeben würde, gewaltig dafür predigen würde“; Ludwig Tieck, den er mit seiner Lektüre Jakob Böhmes auf dem „rechten Wege“ sieht; weiterhin zählt er zu seinem Kreis – unter Vorbehalt freilich – Goethe und Fichte, nicht zuletzt auch Schelling und August Ludwig Hülsen, die er „als Fühlhörner“ betrachtet, „so die Schnecke der isolierten Philosophie gegen das Licht und die Wärme des neuen Tages ausstreckt.“[9] Dieser Kreis ist nicht identisch mit den Jenaer Romantikern, sondern nennt alle, die ein neues Zeitalter bezeugen und deswegen zusammenarbeiten sollten.

Diese von Schlegel anvisierte neue Religion hat natürlich nichts mit dem konkreten Erscheinungsbild der christlichen Kirchen zu tun, wenngleich ihm zufolge im Christentum die „vollsten Keime“ stecken. „Die neue Religion soll ganz Magie sein. Das Christentum ist zu politisch und seine Politik ist viel zu materiell. Eine symbolisch mystische Politik ist ja andererseits erlaubt und wesentlich.“[10] Es geht vor allem um eine neue spirituelle Größe. Damit wird nicht nur das Bewußtsein einer Wende in religiösen Kategorien beschrieben, sondern zugleich eine neue Religion beschworen, die wesentlich vom Geist der Poesie geprägt ist und als Signatur des neuen Jahrhunderts allein universelle Bildung und Harmonie verspricht. Was Schlegel hier 1798 erstmals recht emphatisch zu formulieren versucht, verdichtet sich bereits um 1800 zu einem allgemeinen Programm einer die Welt und Gesellschaft erneuernden Bildung. Nicht planerische Vernunft und politische Macht, wie sie sich im Aufstieg Napoleon zeigten, schafften eine neue Ordnung: „Die Religion ist die allbelebende Weltseele der Bildung, das vierte unsichtbare Element zur Philosophie, Moral und Poesie, welches gleich dem Feuer, wo es gebunden ist, in der Stille allgegenwärtig wohltut und nur durch Gewalt und Reiz von außen in furchtbare Zerstörung ausbricht. – Laßt die Religion frei, und es wird eine neue Menschheit beginnen“. „Die Religion“ – so faßt Schlegel seine Überlegungen in den „Ideen“ abschließend zusammen, „ist nicht bloß ein Teil der Bildung, ein Glied der Menschheit, sondern das Zentrum aller übrigen, überall das Erste und Höchste, das schlechthin Ursprüngliche.“[11] Das Programm der neuen Mythologie wird im Schrifttum Schlegels sukzessive verdrängt durch die Beschwörung einer neuen Religion.

Damit war bereits um 1800 ein zentrales Thema seines Lebens angesprochen; hier steht sein Konzept noch ganz in Übereinstimmung mit der neuen Religion Lessings, der durch sie die Verbesserung der Menschheit erhoffte; auch im Atheismus-Streit um Fichtes Philosophie hatte Schlegel noch ganz auf der aufkläerischen Seite gestanden. Das spätere Bekenntnis zum Katholizismus kündigt sich noch nicht an. Hierzu bedurfte es besonderer neuer Erfahrungen, was nicht ausschließt, daß Schlegel selbst seinen Katholizismus später als Konsequenz seines Denkens erklärt. Jedenfalls steht Friedrich Schlegel um 1800 im Mittelpunkt der Diskussion um Religion.

Schlegels Entdeckung des Religiösen, der Religion, entwickelt sich im Zusammenhang seiner Freundschaft mit Novalis, der eigentlich „religiösen Natur" im Kreise der Jenaer Romantik.[12] Beide hatten sich im Symphilosophieren gegenseitig ergänzt. Novalis kam aus einem streng religiösen Elternhaus, dem er auch nach seinen freisinnigen Studien und der Auseinandersetzung vor allem mit Fichte stets treu blieb, worüber sich Schlegel gelegentlich mokierte. Intensiviert wurde seine religiöse Grundgesinnung durch persönliche Erlebnisse. Vor allem der frühe Tod seiner Verlobten weckte in ihm eine Todessehnsucht, die er nie verlor. Auch die Erfahrungen der Freundschaft mit Friedrich Schlegel und Ludwig Tieck erschlossen ihm eine neue religiöse Lebensdimension.

Neben diesem entscheidenden Anstoß zur religiösen Reflexion spielte auch Schleiermachers Schrift über die Religion eine starke Rolle. Prophetisch spricht er von der „Entdeckung der Religion des sichtbaren Weltalls". Wie Schlegel ist Schleiermacher davon überzeugt, daß es bisher noch keine reine Religion gab. Ohne letztere aber könne die neue Bildung nicht bestehen. „Man muß eine Bildungsloge ächter Religion erst stiften. Glaubt ihr – daß es Religion gäbe – Religion muß gemacht und hervorgebracht werden – durch die Vereinigung mehrerer Menschen."[13] Zwar versteht er wie Novalis unter Religion vornehmlich die christliche Botschaft, jedoch sollte sie, ähnlich der Ansicht Lessings und vor allem Schlegels, gemäß der Aufklärung der Vervollkommnung des Menschen dienen. Mit dem konkreten Christentum der Zeit hat sie nichts gemein. In einem ausführlichen Brief vom 26. Dezember 1798 bekennt Novalis sich zu einem Religionsverständnis, das anderen „wunderseltsam" erschien, fern jeder „Theologie des historisch-kritischen Verstandes". „Wenn ich weniger auf die Wahrheit und Umständlichkeit der Geschichte fuße; wenn ich geneigter bin, in mir selbst höhern

Einflüssen nachzuspüren, um mir einen eigenen Weg in die Urwelt zu bahnen; wenn ich in der Geschichte und den Lehren der christlichen Religion die symbolische Vorzeichnung einer allgemeinen, jeder Gestalt fähigen, Weltreligion – das reinste Muster der Religion als historische Erscheinung überhaupt – und wahrhaftig also auch die vollkommenste Offenbarung zu sehen glaube; wenn mir aber eben aus diesem Standpunkt alle Theologien auf mehr oder minder glücklich begriffenen Offenbarungen zu ruhen, alle zusammen jedoch in dem sonderbarsten Parallelismus mit der Bildungsgeschichte der Menschheit zu stehn und in einer aufsteigenden Reihe sich friedlich zu ordnen dünken, so werden Sie das vorzüglichste Element meiner Existenz, die Phantasie, in der Bildung dieser Religionsansicht, nicht verkennen."[14]

Das stärkste Bekenntnis eines Romantikers zur Religion stellt Novalis' kurz vor seinem Tod verfaßte, aber erst spät (1823) veröffentlichte Schrift „Die Christenheit oder Europa" dar, in der er seine Zukunftshoffnungen zusammenfaßt und als „Rede" zur Diskussion stellt.[15] Voraus ging eine enge Zusammenarbeit mit Schlegel, in der er die Fragmentensammlung „Ideen" von Schlegel kommentierte und ihm dabei eine wichtige Botschaft übermittelte: „Wenn irgend jemand zum Apostel in unsrer Zeit sich schickt, und geboren ist, so bist du es. Du wirst der Paulus der neuen Religion seyn, die überall anbricht – einer der Erstlinge des neuen Zeitalters – des Religiösen. Mit dieser Religion fängt sich eine neue Weltgeschichte an. Du verstehst die Geheimnisse der Zeit. – Auf dich hat die Revolution gewirkt, was sie wircken sollte, oder du bist vielmehr ein unsichtbares Glied der heiligen Revolution, der ein Messias in Pluralis auf Erden erschienen ist."[16] Zu diesem Zeitpunkt, d.h. 1800, wird die Revolution bereits ins Religiöse transferiert als der eigentliche Sinn der Geschichte und Zukunft. Auf dem Romantikertreffen Anfang November 1799 erwartete man mit Spannung Novalis, dessen Rede „Die Christenheit oder Europa" zur Aufnahme in das „Athenäum" anstand. Es gab besondere Probleme. Dorothea Schlegel berichtet: „Er (Novalis) sieht wie ein Geisterseher aus, und hat sein ganz eignes Wesen für sich allein, das kann man nicht leugnen. Das Christentum ist hier à l'ordre du jour, die Herren sind etwas toll. Tieck treibt die Religion wie Schiller das Schicksal; Hardenberg glaubt, Tieck ist ganz seiner Meinung; ich will aber wetten, was einer will, sie verstehen sich selbst nicht und einander nicht."[17] In der Tat kam man zu keinem eindeutigen Entschluß, was die Aufnahme in ihre Zeitschrift betraf. Nicht nur dies. Es kam zu beträchtlichen Polarisierungen. Schelling spottete in seinem „Epikureischen Glaubensbekenntnis Heinz Widerporstens" sogar über das neue, katholische Bekenntnis und über die Hoffnung auf eine neues Papsttum und eine neue Religion als Friedensstifterin.

> „Drum, sollt's eine Religion noch geben,
> (Ob ich gleich kann ohne solche leben)
> Könnte mir von den andern allen
> Nur die katholische gefallen
> Wie sie war in den alten Zeiten,
> Da es gab nicht Zanken noch Streiten,
> Waren alle ein Mus und Kuchen
> Täten's nicht in der Ferne suchen,
> Täten nicht nach dem Himmel gaffen
> Hatten von Gott ‚n lebend'gen Affen,
> Hielten die Erde fürs Zentrum der Welt,
> Zum Zentrum der Erde Rom bestellt,
> Darin der Statthalter residiert
> Und der Weltteile Zepter führt,
> Und lebten die Laien und die Pfaffen
> Zusammen wie im Land der Schlaraffen!“[18]

Weil man sich des Prekären der Schrift von Novalis bewußt war – sein indirektes Bekenntnis zum Katholizismus überschritt alle bisherigen Grenzen –, wollte man seinen Text zusammen mit der Satire Schellings trotz und gerade wegen der entgegengesetzten Positionen veröffentlichen. Da man aber unschlüssig war, holte man sich von zentraler Stelle Rat, d.h. von Goethe selbst – nach wie vor die Autorität aller Frühromantiker. Dieser riet dazu, beide Bekenntnisse unveröffentlicht zu lassen, um nach dem Atheismus-Streit der Öffentlichkeit keinen Anlaß zu neuer Aufregung zu geben.[19]

Sicherlich hat Novalis einer Verherrlichung des christlich-katholischen Mittelalters das Wort geredet, in deutlicher Abkehr von der Aufklärung. „Es waren schöne glänzende Zeiten, wo Europa ein christliches Land war, wo *Eine* Christenheit diesen menschlich gestalteten Welttheil bewohnte.“[20] Die Entwicklung von der Reformation bis zur Revolution beschrieb er als einen Zersetzungsprozeß. Aber es ging ihm nicht um Wiederherstellung einer vergangenen Kultur, sondern um die Gestaltung der Zukunft um 1800, als mit dem Sturz der Direktorialregierung durch Napoleon ein Zeitalter der Kriege und Zerstörung begann. Bei

Novalis' Schrift „Die Christenheit oder Europa“ handelt es sich also nicht um eine Programmschrift der bald beginnenden Restauration oder der Heiligen Allianz, sondern um eine christliche Friedensutopie mit millenarischen Erwartungen. „Es wird so lange Blut über Europa strömen bis die Nationen ihren fürchterlichen Wahnsinn gewahr werden, der sie im Kreise herumtreibt und von heiliger Musik getroffen und besänftigt zu ehemaligen Altären in bunter Vermischung treten, Werke des Friedens vornehmen, und ein großes Liebesmahl, als Friedensfest, auf den rauchenden Wahlstätten mit heißen Thränen gefeiert wird. Nur die Religion kann Europa wieder aufwecken und die Völker sichern, und die Christenheit mit neuer Herrlichkeit sichtbar auf Erden in ihr altes friedenstiftendes Amt installiren.“[21] Überall sieht Novalis bereits Zeichen des Umbruchs, auch wenn es nur Andeutungen sind, „unzusammenhängend und roh, aber sie verraten dem historischen Auge eine universelle Individualität, eine neue Geschichte, ein neue Menschheit, die süßeste Umarmung einer jungen überraschten Kirche und eines liebenden Gottes, und der innigen Empfängnis eines neuen Messias in ihren tausend Gliedern zugleich.“ Zur Sicherung der „neuen goldenen heiligen Zeit des ewigen Friedens“ reiche keine neue Staatenordnung oder politische Machtordnung, wie sie zur Zeit angestrebt wurde. „Alle eure Stützen sind zu schwach, wenn euer Staat die Tendenz nach der Erde behält, aber knüpft ihn durch eine höhere Sehnsucht an die Höhen des Himmels, gebt ihm eine Beziehung auf das Weltall, dann habt ihr eine nie ermüdende Feder in ihm, und werdet eure Bemühungen reichlich gelohnt sehn. An die Geschichte verweise ich euch, forscht in ihrem belehrenden Zusammenhang, nach ähnlichen Zeitpunkten, und lernt den Zauberstab der Analogie gebrauchen.“[22] Novalis' Utopie des poetischen Christentums war ein Produkt der beginnenden Auseinandersetzung mit der Religion, zugleich eine prophetische Antwort, deren Wirkung jedoch im Kontext der christlichen Restauration nicht überschätzt werden darf. Hellhörig vernahm man seine katholisierende Wende. Aber sein früher Tod erlaubt keine Antwort darauf, ob Novalis denselben Weg gegangen wäre wie Schlegel oder sein Bruder, d.h. sein seelisches Gleichgewicht im Bekenntnis zum Katholizismus gefunden hätte.

Der dritte Romantiker, der die Religionsdiskussion vielleicht am stärksten geprägt hat, war Friedrich Schleiermacher, ein Theologe, dessen Glaubens- und Lebenseinstellung aber kaum mit seiner Kirche kompatibel war, weswegen er schon früh in Konflikte geriet.[23] Dies ist ein Hinweis darauf, wie der Religionsdiskurs um 1800 jenseits kirchlicher Positionierung verlief. Auch Schleiermacher stand unter dem persönlichen Eindruck des intellektuell höchst anregenden Friedrich

Schlegel, mit dem er zeitweise in Berlin zusammengelebt hat. Obwohl er nicht unmittelbar zum Jenaer Kreis zählte, jedenfalls dort nie ansässig war, veröffentlichte auch er im „Athenäum". Er war in der strenggläubigen Welt eines reformierten Pfarrhauses aufgewachsen, doch wie Novalis entscheidend vom Herrnhutschen Pietismus geprägt. Seine religiöse Sozialisation und Ausbildung entzog sich einfachen Mustern, er sog die neue Bildungswelt in sich auf und fühlte sich lange mehr zur romantischen Freisinnigkeit hingezogen als zu seiner Kirche.

Produkt seiner ausführlichen Unterredungen mit Friedrich Schlegel und Henriette Herz, der klugen und schönen Jüdin, die er täglich traf, ist das anonym herausgegebene Büchlein „Über die Religion: Reden an die Gebildeten unter ihren Verächtern" (1799), das rasch als der romantische Beitrag zur Religionsproblematik aufgenommen wurde.[24] Scharf rechnet er gleichermaßen mit dem aufklärerischen wie mit dem orthodoxen Religionsverständnis ab. Für ihn geht Religion nicht in Moral oder Dogmatik bzw. Philosophie auf, sondern stellt eine eigene Dimension des menschlichen Lebens dar und gründet auf Anschauung und Gefühl. Religion ist eine „Erfahrung, ein heiliges Institut, die zarteste Blume der Phantasie."[25] Schleiermacher vertritt einen entschiedenen religiösen Subjektivismus, nach dem nur das Gültigkeit und Relevanz besitzt, was das Innere und Gefühl des Menschen bekundet. Im Mittelpunkt seiner Vorstellung steht einerseits die fast mystische Einswerdung mit dem Universum, besser mit dem Unendlichen, andererseits die Bildung eines religiösen Bewußtseins jenseits aller Vorgegebenheiten. „Eben das ist aber mein Endzweck mit der Religion. Nicht einzelne Empfindungen will ich aufregen, die vielleicht in ihr Gebiet gehören, nicht einzelne Vorstellungen rechtfertigen oder bestreiten, in die innersten Tiefen möchte ich euch geleiten, aus denen sie zuerst das Gemüt anspricht; zeigen möchte ich euch, aus welchen Anlagen der Menschheit sie hervorgeht, und wie sie zu dem gehört, was euch das Höchste und Teuerste ist; auf die Zinnen des Tempels möchte ich euch führen, daß ihr das ganze Heiligtum übersehen und seine innersten Geheimnisse entdecken möget."[26] Lapidar heißt es zusammenfassend: „Religion ist Sinn und Geschmack fürs Unendliche."[27]

Schleiermacher sieht seine „Herzreligion" in der offiziellen Kirche vernachlässigt. Er knüpft an pietistische Erfahrungen an, vor allem aber spielt die Mystik in fast pantheistischer Konnotation eine Rolle. Es geht ihm dementsprechend auch nicht um Gott, Glaube, Vorsehung und vernünftiges Leben, sondern er will der Religion eine eigene Dimension jenseits aller philosophischen Theoriebildung zukommen lassen, frei von Kirchlichkeit und Theologie. „Religion haben heißt das

Universum anschauen, und auf der Art, wie ihr es anschaut, auf dem Prinzip, welches ihr in seinen Handlungen findet, beruht der Wert eurer Religion. Wenn ihr nun nicht leugnen könnt, daß sich die Idee von Gott zu jeder Anschauung des Universums bequemt, so müßt ihr auch zugeben, daß eine Religion ohne Gott besser sein kann, als eine andere mit Gott."[28] Zur Realisierung bedarf es keiner anderen „vorbereitenden" Institution, „als der frommen Häuslichkeit."[29] Zentraler Raum der Frömmigkeit sind damit keine öffentlichen Institutionen, auch nicht die Kirchen, sondern die Lebensgemeinschaften der Familien.

Das pantheistisch anmutende Bekenntnis Schleiermachers fand zwar öffentlich nur geteilte Aufmerksamkeit, ging aber in die romantische Religionsvorstellung ein. Während sein Plädoyer von den Schlegels und Novalis, aber auch von Henriette Herz und Rahel Levin/Varnhagen begrüßt wurde, hielten Fichte und Schelling es für „verworrenen Spinozismus". Seine unmittelbaren Vorgesetzten aber wiesen die Schrift entrüstet als Ketzerei und verdammungswürdig zurück, „wenn

Abb. 111: Caspar David Friedrich, Das Kreuz im Gebirge (Tetschener Altar) (1807/8).

an der Spitze des Universums kein sich selbst bewußtes, weises und gütiges Wesen“ anerkannt wird. Schleiermacher selbst rechtfertigt sich in einem bemerkenswerten Schreiben. „Mein Endzweck ist gewesen, in dem gegenwärtigen Sturm philosophischer Meinungen die Unabhängigkeit der Religion von jeder Metaphysik recht darzustellen und zu begründen.“[30]

Die religiöse Aufbruchsstimmung im Kreis der Frühromantiker um 1798/1800 entstand aus dem Bewußtsein vom Ende der alten Zeit, das durch die Französische Revolution und den Zusammenbruch des alten Systems eingeleitet wurde, und vom Beginn eines neuen Zeitalters, das einer neuen Religion bedurfte, um ewige Harmonie und ewigen Frieden sicherzustellen. Novalis sprach diese Idee am deutlichsten aus. Es waren nicht die Vergangenheit oder die christliche Tradition, die beschworen wurden gegen den Zerfall der Gesellschaft durch die „aufgeklärte Vernunft“, auch wenn manche das so gesehen haben mochten. Im Gegenteil, man befand sich in dieser ersten Phase noch in vollem Einklang mit bestimmten Zielen der Aufklärung und selbst der Revolution, die, wie beispielsweise Protagonisten Lessing oder Georg Forster, eine sittliche Vervollkommnung des Menschen und der Gesellschaft durch Kultur und Bildung anstrebten.

Der religiöse Impetus war auf die Zukunft gerichtet und orientierte sich jenseits aller Kirchlichkeit und konfessionellen Orthodoxie an dem schöpferischen Menschen, der in Kunst und Wissenschaft seinen Ausdruck fand und alle gesellschaftlichen Bereiche „romantisieren“ wollte. Diese Utopie war nicht nur ein Produkt hoher intellektueller Erwartungen einer jungen Generation, die ihre Zukunft gestalten wollte und Anspruch erhob, jenseits aller sozialen Institutionen ein Reich der Poesie und Kunst zu errichten, sondern zugleich ein Produkt subjektiver Erfahrung, für sich selbst in Freundschaft und Liebe hier und jetzt eine selbstbestimmte Ordnungswelt zu finden. Daher auch die frühe Hochschätzung von Häuslichkeit und Familie, die neue Werte darstellten. Wenn an die Stelle der Vernunft in Romantikerkreisen die Liebe als Signatur des geselligen Umgangs, des neuen Zeitalters und der Religion trat, dann schöpften sie Kraft aus der subjektiven Erfahrung. In ihrer persönlichen Liebe und Freundschaft erkannten die meisten eine Wirklichkeit, die das gegenwärtige Leben auf eine neue Grundlage – der radikalen Selbstbestimmung – stellte.[31]

Eine der zentralen Wurzeln des neuen Religionsverständnisses lag in dem subjektiven Gefühl der Unendlichkeit und in den subjektiven Liebeserfahrungen, die jenseits aller traditionellen Vorgegebenheiten als Zentren des Lebens betrachtet wurden und die – im Kontext von Natur und Kunst – dem Leben einen Sinn verliehen. Wie tragfähig jedoch so ein religiöses Lebenskonzept war, zeigte sich rasch: Es scheiterte an der Realität.

Die religionsphilosophischen Reflexionen der bekannten Schriftsteller Schlegel, Novalis und Schleiermacher, so bemerkenswert und neuartig sie waren, erfuhren letztlich keine große Öffentlichkeit. Daß sie dennoch rezipiert und diskutiert wurden, zunächst in intellektuellen Kreisen besonders der literarischen Avantgarde, gründet darin, daß die Religionsdiskussion eingebunden war in den Wiederentdeckungsprozeß der christlichen Kunst, der Malerei wie der Literatur einerseits und in das Interesse der protestantischen Schriftsteller an der noch bestehenden katholischen Religionskultur andererseits, wie sie vor allem in den Dichtungen des früh verstorbenen Wilhelm Wackenroder „Herzensergießung eines kunstliebenden Klosterbruders" (1797) und Ludwig Tiecks „Franz Sternbalds Wanderungen. Eine altdeutsche Geschichte" (1798) sichtbar, bekundet und verdichtet wurden. Beide Bekenntnisse, die eine große Leserschaft in der romantischen Welt erfuhren, reflektierten gemeinsame neuartige Kunstreisen. Durch sie erhielt erstmals die Kunst überhaupt einen religiösen Rang, nicht nur dadurch, daß der Künstler als Schöpfer in die Nähe Gottes gerückt wurde, sondern auch indem das Produkt Kunst, in dem sich Göttliches widerspiegelte, selbst eine religiöse Bedeutung erhielt. Diese Sakralisierung steht zwar in einem traditionellen Zusammenhang, erhält hier aber eine neue religiös-christliche Wende.[32] Die Auseinandersetzungen des Malers Runge fügen sich in dieses Bild ein.[33] Zum anderen avancierten Albrecht Dürer und Raffael zu den größten Künstlern der Vergangenheit – nicht des Mittelalters, sondern der Renaissance. Was oft von den Romantikern vermeintlich als mittelalterliche Kunst deklariert wurde, war nämlich zumeist die Kunst der Renaissance – womit der Heroisierung der Antike Grenzen gesetzt wurden und die christliche Kunst erstmals in den Vordergrund der Kunstbetrachtung rückte. Mit ihr treten auch katholische Frömmigkeitsformen der Andacht, der Wundergläubigkeit, der Heiligen- vor allem der Mutter-Gottes-Verehrung und selbst der Wallfahrt wieder positiv ins Bewußtsein der Zeit, die sich gerade anschickte, mit Unterstützung des Staates die katholische Glaubenswelt in ihren verschiedensten Ausprägungen zurückzudrängen, viele Glaubenspraktiken sogar zu unterdrücken und nicht zuletzt mit der Säkularisierung der Kirchen und Klöster die alte Bilderwelt zu zerstören. Für die Popularaufklärung der Nicolai-Schule mit ihrem Antiklerikalismus und Antikatholizismus offenbarte sich hier ein ausgesprochen antiaufklärerischer Affront.

Sicherlich beeinflußte das Bild des Romantikers von der katholischen Glaubenswelt die Empfänglichkeit der jungen Generation für den Katholizismus selbst und seine besondere Frömmigkeit – den Romantikern allerdings ging es vorrangig um die Ästhetisierung und Poetisierung des Lebens durch den Geist einer neuen Mythologie, der Geschichte, Poesie und Religion miteinander verband. Nirgends waren für sie Relikte eines religiösen Gesamtkunstwerks stärker erkennbar als in dem katholischen Hochamt, das alle Sinne ansprach. Ludwig Tieck und Heinrich Kleist erlagen fast seiner Faszination. 1801 schrieb Kleist an Wilhelmina von Zenge: „Nirgends fand ich mich aber tiefer in meinem Innersten gerührt, als in der katholischen Kirche, wo die größte, erhabenste Musik noch zu den anderen Künsten tritt, das Herz gewaltsam zu bewegen.“[34]

Das religiöse Hochgefühl um 1800, das zum Programm einer neuen (konfessionslosen) Religion führte, zerfloß überraschend schnell – nach 1800/2 für die ältere Romantikergeneration der Jenaer und Berliner Zeit – in eine Stimmung intellektueller Orientierungslosigkeit. Es gibt viele Gründe, die dies erklärbar machen. Zum einen ließ sich der Zusammenhalt der frühen Romantikergruppe im Sinne der Symphilosophie wegen aufkommender persönlicher Konflikte, vor allem in Jena, nicht mehr aufrechterhalten; dann konnte keiner sich in der intellektuellen Berufswelt etablieren, weder die beiden Schlegels noch Ludwig Tieck oder August Ludwig Hülsen. Ihr wichtigster Protagonist Novalis hatte als einziger berufliche Chancen, starb aber früh. Schließlich und vor allem ernüchterte der Beginn der napoleonischen Herrschaft über Europa alle utopischen Träume. Jeder reagierte natürlich unterschiedlich auf die verschiedenen „Krisen“. Diejenigen, die sich nicht den intellektuellen „Utopien“ hingaben, konnten ihre Lebensansprüche ohne große Brüche behaupten und sich pragmatisch auf die neue Zeit einstellen. A.W. Schlegel, G. Fichte, aber auch L. Tieck, A. von Arnim und Fr. Schleiermacher behielten ihre innere Unabhängigkeit. Es gab jedoch etliche, deren religiöse Wende sie im Zusammenhang ihrer beruflichen und intellektuellen Positionierung in eine neue festgeordneten Kirchenwelt führte. Sicherlich geschah dies nicht über Nacht, und zum „philisterhaften“ Leben wechselte niemand. Aber die Konversion zum konfessionellen Christentum, vor allem zum Katholizismus, bot die reale Möglichkeit einer neuen sicheren Orientierung, was nicht heißt, daß das intellektuelle Engagement dadurch erlosch. Zwar blieb die Zahl der Konversionen zunächst begrenzt, aber für die aufgeklärten Zeitgenossen war es auffällig und irritierend zugleich, daß das neue Bekenntnis zum Katholizismus, den man eigentlich für überwunden hielt, gerade von den intellektuellen Führern adoptiert wurde.[35] Nur für den hatte man Verständnis, der aus beruflichen Gründen konvertierte oder aus Liebe zur Kunst.

Ganz anders verhielt es sich mit der Konversion Stolbergs, des alten „Hainbündlers“ der Sturm- und Drangzeit und Präsidenten des lutherischen Konsistoriums in Eutin sowie leitenden Beamten des Fürstbischofs von Lübeck.[36] Er zählte zwar nicht zu den Romantikern, wirkte aber auf sie ein. Nach langen Überlegungen war er davon überzeugt, daß die katholische Kirche die einzig wahre sei; und trat deswegen demonstrativ am Pfingstsonntag 1800 zusammen mit seiner Frau in der Hauskapelle der Fürstin Gallitzin in Münster über. Die Kritik aus seinem ehemaligen Freundeskreis war heftig: Die Stolbergs seien verblendet, schrieb Jacobi, der römische Katholizismus habe ein „rein ungöttliches Wesen“, rotte das Gewissen aus und mache Gott zu einem „lächerlichen Götzen“. J.H. Voss brach nach langjähriger Freundschaft völlig mit Stolberg und erklärte die Katholiken für „Hottentotten“, die das Licht des Evangeliums auslöschten. Es gab aber auch verständnisvollere Reaktionen, so von Claudius und Herder. Die Konversion sei die Folge eines zerrissenen Gemüts, das Ruhe gesucht und sie im selbst ganz und gar zerrissenen, unbefriedigenden, individualisierenden Protestantismus nicht habe finden können. Herder ließ die andere – katholische – Konfession durchaus als eine Form des allgemeinen Christentums gelten, sie könne aber einem gesunden Gemüt keine religiöse Erfüllung bieten. Ein Muster katholischer Frömmigkeit, das im protestantischen Lager Respekt, ja sogar Anerkennung fand, repräsentierte allein der spätere Regensburger Bischof Michael Sailer, ein Freund vieler Protestanten, hoch geschätzt von Carl von Savigny, dessen Hausgast in Landshut er häufig war. Trotz seiner jesuitischen Erziehung war er irenisch gesonnen und kündigte keine Kontakte mit Protestanten auf, was nicht ausschloß Cl. Brentanos Weg seelsorgerisch zu begleiten. Aber insgesamt stand die bildungsbürgerliche aufklärerische Öffentlichkeit den neuen Formen im Katholizismus, die sich öffentlich wirkungsvoll inszenierten, verständnislos gegenüber.[37]

Ein besonderer Gegner der neuentdeckten Frömmigkeit war Goethe. Dies ist deshalb besonders hervorzuheben, da es kaum jemanden gab, der sich in seiner Gesinnung und intellektuellen Orientierung nicht auf ihn berief. Ihm waren die Konfessionen letztlich gleichgültig, eine orthodoxe kirchengebundene Frömmigkeit hielt er für abgeschmackt, das Christentum hielt er insgesamt für eine nicht sehr menschenfreundliche Religion. Er galt als prominenter ‚Heide‘ und mied jeden Kirchenbesuch sowie alle Beerdigungen. Doch in diesen Dingen hielt er sich mit expliziten Äußerungen sehr zurück. Erst als die neu in Mode kommende Frömmigkeit die Freiheit der Kunst zu gefährden drohte, reagierte er heftig. Und als nach Stolbergs Konversion zum Katholizismus zahlreiche Künstler konvertierten, wandte er sich entschieden gegen alle Versuche, die Autonomie der Kunst durch eine Rückbindung an religiöse Überzeugungen, an katholisch bestimmte Weltbilder zu beschränken. Abschreckend wirkte auf ihn auch der religiös geprägte Nationalismus in der Form der Deutschtümelei.[38] Dabei wollte diese neue Künstlergeneration nichts anderes, als an die literarisch-poetische utopische Frühromantik anknüpfen und Kunst, Religion und Leben wieder so miteinander verbinden, daß ein neues religiöses Leben Voraussetzung für neues Denken und eine neue religiöse Kunst werden konnte. Sie orientierte sich aber ausschließlich an der katholischen Weltanschauung. Subjektiv gesehen war das Bekenntnis zur Kunstreligion jedenfalls ein konsequenter Schritt. Friedrich Schlegels neues Kunstprogramm war für die Neuformierung christlicher Kunst nicht unwichtig.

Abb. 112: Johann Friedrich Overbeck,
Der Künstler mit Frau und Sohn Alfons (um 1820).

Abb. 113: Johann Friedrich Overbeck,
Franz Pforr (1810).

Abb. 114: Zacharias Werner, Radierung nach einer Zeichnung von E. T. A. Hoffmann.

Die größere Welle der Konversionen begann 1804 mit der Konversion der Malerbrüder Friedrich und Christian Riegenhausen, die 1805 zusammen mit den Brüdern Ludwig und Friedrich Tieck nach Rom reisten.[39] 1805 trat der Freund Kleists und Mitherausgeber des „Phöbus" und der „Berliner Abendblätter" Adam Müller, der politische Romantiker, zum Katholizismus über[40], dann 1807 Karl von Hardenberg, der Bruder Novalis', 1808 folgte Friedrich Schlegel zusammen mit seiner Frau Dorothea. 1809 gründeten Joh. Friedrich Overbeck und Franz Pforr den Lukasbund in Wien, eine katholischen Malerverbindung, aus der sich in der Folgezeit in Rom die Malergruppe der Nazarener entwickelte, zu der auch Schlegels Stiefsohn Philipp Veit gehörte. Voraussetzung für den Beitritt zu den Nazarenern war das Bekenntnis zum Katholizismus.[41] 1810 konvertierte auch der Dramatiker Zacharias Werner, ein Jugendfreund von E.T.A. Hoffmann, nach dem Leben eines Libertins – nach zwei gescheiterten Ehen. 1814 wurde er sogar zum Priester geweiht und trat dem Orden der Redemptoristen in Wien bei. Seine Kanzelpredigten in Wien machten ihn während des Wiener

Kongresses bekannt.[42] Ein weiterer prominenter Konvertit war der Geheimsekretär im Bayerischen Innenministerium Eduard von Schenk. Zum politischen Skandal wurde der Übertritt des Herzogs Ferdinand von Anhalt-Köthen und seiner Frau Julia, einer Schwester von Friedrich Wilhelm III. von Preußen, zum Katholizismus.

Für die romantische Bewegung war die Konversion Friedrich Schlegels am bedeutendsten. Er war der intellektuelle Kopf der Jenaer Frühromantik, bekannt durch seinen extravaganten Lebensstil, der alle sozial-kulturellen Grenzen sprengte. Dementsprechend wurde sein Schritt zum Katholizismus ungewöhnlich stark kommentiert, zumal auch äußerliche Gründe eine Rolle spielten – er hoffte, in Köln eine Professur zu erlangen wie auch in Wien politisch aktiv zu werden.[43] Dennoch war sein Bekenntnis zur katholischen Kirche ein sehr reflektierter und bewußter Akt, an dem seine Frau Dorothea aktiven Anteil hatte. Auch als gläubiger Katholik zeigte er in seinem theologischen Selbstverständnis und seiner christlichen Philosophie beträchtliche Abweichungen von der offiziellen Kirche, er gab also seine intellektuelle Eigenständigkeit nie auf. Weit integraler katholisch wurde Dorothea, die in der römischen Kirche ausdrücklich ihre neue Heimat fand und sehr missionarisch auftrat. Ihre Konversionsgeschichte deckt sich nicht mit der ihres Mannes, sondern bekundet eine große Eigenständigkeit. So konsequent sie ihr ganzes Leben gestaltete, tat sie nun auch diesen Schritt zur „bigotten" Katholikin – auf andere Weise lebte sie so konsequent wie ihre Freundin Rahel Levin/Varnhagen.[44]

Die Konversion zum Katholizismus ergab sich bei Schlegel nicht notwendig aus seiner Beschäftigung mit der Religionsproblematik der Athenäumszeit, war aber durchaus eine Konsequenz aus seiner intellektuellen Entwicklung nach dem Zusammenbruch des Jenaer Freundeskreises und aus der schwierigen Suche nach einem neuen Lebensmittelpunkt. Die ideologischen, sozialen und finanziellen Erwägungen dürfen nicht getrennt voneinander betrachtet werden. Entscheidend wurden für Schlegel seine nächsten Lebensstationen in Paris und Köln, wo er wie in Berlin und Jena zwar weiter an seiner romantischen Utopie arbeitete, zugleich aber seine Lebenswelt immer stärker auf katholische Freunde, vor allem die Brüder Boisserée ausrichtete, die es sich zur Lebensaufgabe machten, die christliche Kunst zu sammeln, die mit der Säkularisierung von Klöstern und Kirchen auf den Markt kam.[45] Zunächst setzte sich Schlegel intensiv mit der pantheistischen Naturreligion auseinander, die er nun als Religion ohne Gott erkannte. Diese Religion, so Schlegel, führe letztlich zum Nihilismus. Hier wird erstmals die Gefahr des „Nihilismus“ in der Zukunft attackiert. Dann widmete er sich der vergleichenden Mythenforschung und schrieb sein bekanntes Buch „Über die Sprache und Weisheit der Indier“ (1808) mit der These, daß es kaum eine Mythologie gäbe ohne eine Vorstellung von Gott. Dies gelte für alle Kulturen. Besonders wichtig sind in dieser Zeit seine Kunststudien sowohl über die gotische Baukunst und die christliche Malerei des Mittelalters und der Renaissance wie über die christlichen Dichter und Schriftsteller Spaniens. 1814 schrieb er dem Maler Friedrich Overbeck: „Seien Sie versichert, daß ich alle ihre Winke benutzen und überhaupt nichts versäumen und alles thun werde, was ich nur irgend vermag, um die Kirche Gottes auch in Deutschland wieder zu begründen und die göttliche Wahrheit und Kraft des Christenthums in die Herzen aller unserer deutschen Mitbrüder einzupflanzen.“[46] Schließlich spielten auch existenzielle Probleme eine beträchtliche Rolle, die mit dem Selbstverständnis seiner „Universalpoesie“ zu tun hatten und erste Zweifel an seiner Vernunftgläubigkeit weckten.

Bereits 1808 beginnt Schlegel, wie bereits erwähnt, mit einer wirkungsvollen Kritik an seinen früheren Lebenseinstellungen, er spricht der ‚Religion‘ des „Athenäums“ den „rechten Ernst“ ab. „Diese ästhetische Träumerei, dieser unmännliche pantheistische Schwindel, diese Formenspielerei müssen aufhören, sie sind der großen Zeit unwürdig und nicht mehr angemessen.“[47] In welchem Maße er allerdings bereits 1806 sein Denken als katholisch erkennt, geht aus einer Notiz hervor: „Katholisch werden heißt nicht die Religion verändern, sondern überhaupt nur sie anerkennen.“[48] Schlegel trug sich schon 1803 mit dem Gedanken an eine Konversion, wie Dorothea bezeugt, aber die Pietät gegenüber der Mutter, immerhin der Witwe des Hannoveranischen Konsistorialrats, hielt ihn von diesem offiziellen Schritt zurück. Er mußte mit einer öffentlichen Diskussion rechnen, da Konversionen immer eine Pressestimme wert waren. Auch wußte er, daß sein Bruder, mit dem er weiterhin in innigstem Kontakt stand, diesen Schritt nicht akzeptieren und er damit aus dem alten Freundeskreis heraustreten, d.h. ihn gänzlich verlieren würde, sosehr ihre Beziehung sich bereits gelockert hatte.[49] Mit Fr. Schleiermacher hatte er ohnehin wegen des gescheiterten gemeinsamen Plato-Projekts kaum mehr Kontakt, nur noch mit Ludwig Tieck war er nach wie vor in Verbindung. Doch dieser stand immer im Verdacht, zu konvertieren, nachdem schon seine Frau und seine Tochter katholisch geworden waren. Besonders gravierend wurde die Konversion für seine Frau Dorothea, die alles mit ihm teilte und ihn zu diesem Schritt ermutigte, aber durch diesen gemeinsamen Beschluß ihren nun zwölfjährigen Sohn Philipp an den Vater – Simon Veit – verlor, wie es einst beschlossen worden war.[50]

Mit der Konversion zum Katholizismus war Friedrich Schlegel zwar ein „gläubiger" Katholik geworden, was für die aufgeklärte Gesellschaft einem Skandal gleichkam, aber nicht wie andere ein integraler Katholik. Er kämpfte für die katholische Idee; aber für seine Intellektualität und die Breite seiner Interessen stellte dies noch keinen eindeutigen Bruch dar. Erst mit der Herausgabe seiner Gesamtwerke (seit 1822), bei der er radikal auf den Nachdruck feiner frühen Schriften verzichtete, isolierte er sich in der intellektuellen Welt und galt fortan als entschiedener Parteigänger der Restauration.[51] Der neue Konfessionalismus teilte die intellektuelle Welt nach 1810/15. Doch bereits in den 20er Jahren ebbte der allgemeine Konversionstrend prominenter Literaten im Bildungsbürgertum wieder ab.

Die Faszination des Katholizismus zu Beginn des 19. Jahrhunderts vor allem in protestantischen Künstler- und Schriftstellerkreisen der Romantik, bei Männern wie bei Frauen, hatte höchst komplexe Ursachen. Sie entwickelte sich weitgehend unabhängig von den nach der Französischen Revolution einsetzenden konservativ-restaurativen Kräften, zu deren Stärkung sie jedoch später beitrug. Zunächst stand sie in Verbindung mit der Abwehr der das Alltagsleben immer stärker bestimmenden Aufklärung und ihrer ausschließlichen Orientierung auf den gesellschaftlichen Nutzen aller menschlichen Tätigkeiten, der bürgerlichen „Philister"-Moral, dann auch mit der Abkehr von der durch die Französische Revolution ausgelösten Zerstörung traditioneller Sozialkultur und nicht zuletzt mit der Angst vor einem anarchistischen Verfall der politischen Ordnung.[52] Einen äußeren Anlaß bot zudem der politische, von vielen beklagte Niedergang der Papstkirche im Zeitalter Napoleons, durch den die alte religiös-politische Einheit Europas zerbrach. Andersgeartete Chancen zu einer neuen sozialen und politischen Ordnung wurden nicht gesehen. Die Schrecken der Französischen Revolution und die Eroberungskriege Napoleons hatten der Entwicklung einer humanistischen Freiheitsutopie, der auch die Romantiker anhingen, enge Grenzen gesetzt. In der nationalen Bewegung fand sie schließlich ein beschränktes, aber aus späterer Sicht problematisches Betätigungsfeld.

Inmitten dieser Umbruchphase wurden die alten Stärken der katholischen Kirche wiederentdeckt, die Vermengung des Profanen mit dem Sakralen, die sinnliche Vermittlung des Religiösen durch Andacht und Gottesdienst, während die protestantische Kirche konsequent weiter den Weg einer Entsakralisierung der Welt ging. Im Katholizismus sah man die einzige Kraft, die in Europa noch Einheit stiften konnte, wohingegen der Protestantismus in Verbindung mit der Revolutionsidee den inneren Frieden zerstörte. Erstmals wurde die Reformation als Geburtsstunde revolutionärer Kräfte bewertet und damit diffamiert. Im Katholizismus war die Vergangenheit erhalten, Geschichte gegenwärtig, und man traute ihm zu, die Erneuerung Europas voranzutreiben.[53] Nicht zuletzt begann man nun nach der Zeit des aufklärerischen Kampfes gegen den Aberglauben, ja gegen jeden Wunderglauben, die Visionen und den Heiligenkult neu zu entdecken und sie als unmittelbare Zeichen göttlichen Wirkens in der Welt zu würdigen. Daß hier neue Naturvorstellungen mit hineinspielten, wurde in der Forschung lange nicht gesehen. Die katholische Welt der Romantik hatte wenig zu tun mit der realen Erscheinung der katholischen Kirche, in der aufklärerische Kräfte und neue romantische Gesinnung noch zu keinem Ausgleich gekommen waren.

Sicherlich hatte Schlegel bei seiner Hinwendung zur katholischen Welt ein sehr eigenwilliges Bild vom Katholizismus. Ähnlich wie er lebten und handelten die wenigsten Konvertiten nach dem katholischen Katechismus oder folgten der katholischen Dogmatik und ihren theologischen Doktrinen; dennoch bewiesen sie beim Eintritt in diese Lebensgemeinschaft ein grundlegendes Einverständnis, das aus der Kraft der „inneren" Überzeugung herrührte, in der vor allem mystische Vorstellungen aufgingen. In diese neue romantische Katholizismusvorstellung floß auch das Bekenntnis derjenigen katholischen Schriftsteller, die sich im Zusammenhang der Aufklärung ihrer Kirche entfremdet hatten, nun aber ihren alten Glauben neu entdeckten und selbstbewußte Katholiken wurden. Hier sind nicht nur Clemens Brentano und Joseph von Eichendorff zu nennen, sondern gleichfalls Franz von Baader und Josef Görres, die späteren Protagonisten der Münchner Romantik.[54] Der Münchner wie auch der Wiener Kreis[55] lebten sehr stark von ihren aktiven Konvertiten sowie von den wiedererweckten Katholiken, die sich von der Religionsutopie der Frühromantiker verabschiedet hatten.

Ebenso wie die Konversion Friedrich Schlegels bewegte vor allem die Rückkehr von Clemens Brentano zum katholischen Glauben lange die Öffentlichkeit.[56] Er war vielleicht die stärkste poetische Kraft der Romantik, und seine „Konversion" erfolgte nicht aus intellektuell-ästhetischen Gründen wie bei den meisten anderen, sondern war Folge seines persönlichen Scheiterns, seiner zunehmenden Lebensunfähigkeit und seiner andauernden Suche nach einem Halt, den er vergebens vor allem in Liebe und Freundschaft zu finden vermeint hatte. So sah es seine Umwelt, aber auch er selbst. Erstmals virulent wurde sein Glaube, sein Rückkehrwunsch zur katholischen Kirche, als er sich von dem Lebensbund seiner

Abb. 115: Clemens Brentano (1837).

Schwester Bettina mit seinem Freund Achim von Arnim ausgeschlossen sah, der für ihn alles bedeutete. Gleichzeitig scheiterte er nach anfänglichen Erfolgen als Schriftsteller in Berlin und Wien und blieb nur in einem kleinen Literatenkreis bekannt, gehaßt wie bewundert, da er ein diszipliniertes Leben kaum führen konnte, was ihm auch selbst immer bewußter wurde. Er hatte jede Orientierung verloren, pendelte zwischen Liebenswürdigkeit und Sarkasmus, war überall in der literarischen Welt präsent, doch nirgendwo zuhause. Bereits nach seinem Scheitern in Wien 1815 schrieb er an Wilhelm Grimm: „Ich fühle das tiefe Bedürfniß an einem katholischen Orte zu sein, denn meiner Sünden kluge Vernunft ist niedergeworfen von dem Glauben und ich schmachte nach vollem geistlichem Trost. Meine dichterischen Bestrebungen habe ich geendet, sie haben zu sehr mit dem falschen Wege meiner Natur zusammengehangen, es ist mir alles mislungen,

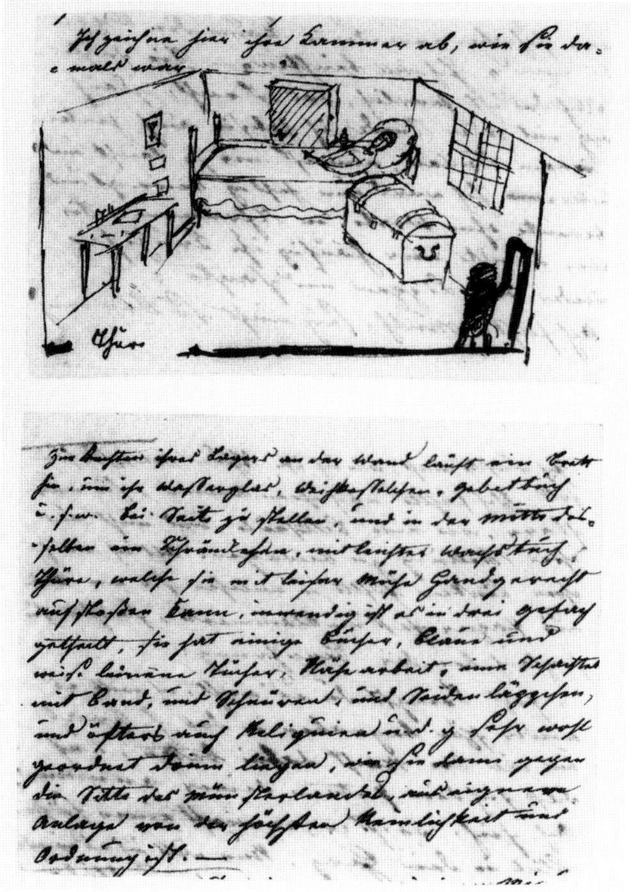

Abb. 116: Anna Katharina Emmerick in ihrem Zimmer, Zeichnung und eigenhändige Beschreibung von Clemens Brentano.

denn man soll das Endliche nicht schmücken mit dem Endlichen um ihm einen Schein des Ewigen zu geben ... Meine Bücher liegen alle auf dem Speicher, und manchmal sitze ich mit Thränen auf dem Schutte meiner Thorheit und weine das verlohrne Leben. Ich habe keinen Grund und Boden in nichts, und muß ihn im Leben und in Jesus zugleich suchen.«[57]

Der Entschluß, schließlich zur katholischen Kirche zurückzukehren und sein weltlich-künstlerisches Leben aufzugeben, wurde konkret ausgelöst durch die Bekanntschaft mit neupietistischen Kreisen in Berlin, die nach dem Befreiungskrieg aktiv wurden; entscheidend wurde die Bekanntschaft mit der jungen Dichterin Luise Hensel, einer Pfarrerstocher und Schwester des bekannten Malers und Ehemanns Fanny Mendelssohns, Wilhelm Hensel, in die er sich verliebt hatte und die er, weil er als geschiedener Mann nicht mehr heiraten konnte, als Seelenfreundin zu gewinnen trachtete.[58] In diesem Kreise erfuhr Brentano erstmals von der Geschichte der stigmatisierten Nonne Katharina Emmerick aus Dülmen, deren Lebensbeschreibung er sich später ausschließlich widmete. Nachdem Brentano sich von allen Seiten hatte beraten lassen, vor allem von Michael Sailer, dem auch von Protestanten sehr geschätzten irenischen katholischen Theologen und späteren Bischof, legte er Ende 1817 in der Berliner Hedwigskirche seine Generalbeichte ab, mit der er öffentlich von seinem bisherigen Leben Abschied nahm und sich ausschließlich einem geistlichen verpflichtete. Mit im religiösen „Bunde" war Luise Hensel, die erst später, unabhängig vom Wunsch Brentanos, ebenfalls katholisch wurde, dann aber mit ihm nach Dülmen zog und zusammen mit Anna Katharina Emmerich einen geistlichen Lebensbund einging. Ähnliche romantische Seelenbündnisse hatte später auch Friedrich Schlegel in Wien mit gleichgesinnten Frauen geschlossen. Wie Schlegel träumte Clemens Brentano von einer neuen spirituellen Gemeinschaft Gleichgesinnter. Sie steht in der unmittelbaren Kontinuität der frühen Freundschaftsbünde, was bisher zu wenig gesehen worden ist. Das Verbindende ist nun nicht mehr die Kunst, sondern die Religion, das religiöse Gespräch. Aber im Unterschied zu Schlegel, dessen Konversion keine totale Wende seiner intellektuellen Laufbahn mit sich brachte, brach Brentano letztlich mit allem, was ihm früher heilig war: mit der Idee der Freundschaft und Liebe „der durch die erste Sünde zerstreuten Menschen", vor allem mit der Kunst, die er bisher getrieben hatte. „Daß ich das Kunsttreiben habe seyn lassen, reut mich nicht einen Augenblick, die Kunst ... macht nur die Eigenheit, Selbstheit des Künstlers für Augenblicke ihm weniger drückend, indem sie sich mit den Farben einer allgemeinen Einheit anschminckt, aber sie füttert nichts als eine ewig hungernde Schlange in der Brust des Künstlers und der genießenden Welt, mit einem Leben, das der geopfert werden muß, welche die Schlange allein das Haupt zertritt, Maria, der Mutter, Braut, der Kirche, damit die Schlange getödtet werde ... Ich habe drum gern abgelassen von einem Treiben, mit welchem ich nie Gott gedient, denn ich hatte keinen heiligen Geist, ich hatte den bösen Geist der Welt."[59]

Eine erste Konsequenz war die Versteigerung seiner wertvollen großen Bibliothek, eine zweite sein Umzug nach Dülmen, wo er sich Katharina Emmerick fünf Jahre lang widmete. Aus dem vielleicht stärksten poetischen Talent der Romantik war ein religiöser Erbauungsschriftsteller geworden; diesmal durchaus erfolgreich. Der neue Wunderglaube hatte nicht nur Brentano erfaßt; er verweist ins Reich der Somnambulen, der Hysterie und des Magnetismus, des neuen Unheimlichen, das viele Spätromantiker in den Bann zog, zumeist jedoch ohne den ausdrücklich religiösen Kontext wie bei Brentano.[60]

Abb. 117: Clemens Brentano, der Konvertit (als Marionette Luise Hensels), Scherenschnitt von Luise Duttenhöfer (um 1820).

Die verstärkte Beschäftigung mit der Religion nach 1800, aber auch mit dem Christentum, wie vor allem das Interesse am Katholizismus stehen zweifellos mit der „Sinnkrise“ der Protagonisten der Romantik in Verbindung. Doch die volle soziokulturelle Breite des Phänomens und damit auch der romantische „Anteil“ werden erst dann richtig eingeschätzt, wenn man bedenkt, daß sowohl mit dem imperialen Aufstieg Napoleons wie auch mit dessen Sturz pietistische Kreise, die Erweckungsbewegungen, aber auch neue spiritualistische Zirkel in Stadt und Land beträchtlichen Aufwind erhielten.[61] Sie alle prophezeiten das Ende des alten Zeitalters und proklamierten den Beginn einer neuen Ära. Die religiöse Kultur war keineswegs auf Orthodoxie und Kirchlichkeit festgelegt, ihre Renaissance speiste sich aus heterodoxen Quellen und Traditionen. Sie fand breite Akzeptanz bis weit in akademische und höfische Kreise, mit denen etliche Romantiker, so vor allem Clemens Brentano und Friedrich Schlegel, in Verbindung standen. Genu-

Abb. 118: Sulpiz Boisserée über dem Kölner Dom schwebend, Scherenschnitt von Luise Duttenhöfer.

in religiöse Ideen und naturphilosophisch-spiritualistische Spekulationen waren kaum zu trennen. Es gab dabei nicht nur einen katholischen Erweckungswillen, sondern gleicherweise einen protestantischen nicht nur in Berlin. Beide hatten bei betonter neuer Konfessionalität doch beträchtliche gemeinsame irenische Interessen. Dafür steht nicht nur der Katholik Michael Sailer[62], zu dem vor allem Carl von Savigny in Berlin engsten Kontakt hielt. Die gemeinsame Landshuter Zeit, als Savigny dort kurz entschlossen einen Ruf angenommen hatte, hatte ihre langfristige Wirkung. Nicht zuletzt kam es zu dieser Zeit durch die vielen Kontakten nach Rußland unter dem Zaren Alexander zu einem ersten beträchtlichen Interessenaustausch mit der lange nicht wahrgenommenen, eigenständigen russisch-orthodoxen Kirche, die für die intellektuelle Welt erstmals Anregungen gab.[63]

Von besonderer Bedeutung für die religiöse Entwicklung seit 1815/18, zugleich für neue religiöse Phantasien, wurde die Gründung der Heiligen Allianz von 1815 zwischen Rußland, Preußen und Österreich zur restaurativen Verteidigung des Sieges über Napoleon und zur Sicherung der neuen, viel beschworenen Einheit von Thron und Altar. So gering ihre politische Bedeutung letztlich war und so wenig sie zur Restauration eines christlichen Europas auf freier Grundlage beitrug, erweckte sie viele Hoffnungen und Aktivitäten, die auch die Romantiker bewegten, in der Religion die Voraussetzung Ewigen Friedens – nun in restaurativer Absicht – zu sehen.[64]

Abb. 119: Franz von Baader, anonyme Lithographie o. D.

Wichtig und wegweisend wurden die schwärmerischen Aktivitäten der Juliana von Krüdener, die zeitweise spirituelle Beraterin des Zaren war. Ende 1815 ging sie auf Missionsreise durch deutsche Städte und fand dabei trotz Skepsis und Spott beträchtlichen Anhang. Besonders aktiv zeigte sich der Münchner Philosoph Franz von Baader, der schon seit frühen Jahren mit vielen Romantikern in Kontakt stand und später der katholischen Fraktion ein besonderes Profil verlieh, letztlich aber ein zurückgezogenes Leben in München führte.[65] Dank seiner ungewöhnlichen Ausbildung in Ingolstadt, Freiberg und

Schottland – in München wirkte er lange als Bergwerksdirektor – übte er eine merkwürdige Faszination aus. Novalis zählte ihn bereits 1798 zusammen mit Fichte, Schelling, Hülsen und Friedrich Schlegel zum „philosophischen Directorium in Deutschland".[66] An die Verkünder der Heiligen Allianz sandte Baader bereits 1814 eine bedeutende Denkschrift, die er dann ein Jahr später unter dem bezeichnenden Titel publizierte: „Über das durch die Französische Revolution herbeigeführte Bedürfnis einer neuen und innigeren Verbindung der Religion und Politik". Mit dem Verweis auf das „Gespenst" der Französischen Revolution traf er den Kern aller restaurativen Politik, wenngleich seine prophetischen Ideen weit über die Restauration hinauswiesen, dafür bürgten seine intellektuelle Redlichkeit und Unabhängigkeit. Dezidiert erklärte Baader die Revolution zum Ausgangspunkt „einer neuen Ära für die christliche Religion". Ihr Ziel sei „die innigere Aufnahme des Prinzips der Religion der Liebe und Freiheit in die Politik".[67] Religion wird nicht über eine Lehre oder eine kirchliche Verfassung definiert, sondern über die Prinzipien von Liebe und Freiheit. Damit beschwört Baader eine „wahrhafte Gegenrevolution für die Zukunft". Friedrich Schlegel hielt die Abhandlung für das beste, „was in den letzten Jahren über die öffentlichen Angelegenheiten und den Weltgang geschrieben worden" sei.[68] Mit seinen Bemühungen um eine christliche Union, wofür er später sogar nach Rußland fahren sollte und in der er alle Gegensätze zu versöhnen, vor allem einen Ausgleich von Glauben und Wissen zu schaffen hoffte, bleibt Baader „einer der merkwürdigsten Menschen unserer Zeit".[69] Zwar erhielt er später an der Münchner Universität eine Professur für Religionswissenschaft, verlor sie aber wieder, weil er als Laie eine Lehre vertrat, die sich nicht den päpstlichen Richtlinien fügte. Die Grundlegung einer Theologie der Liebe fällt in eine spätere Zeit, doch das Besondere ist, daß Baader zum einen in der späten Romantik die Erotikdiskussion wieder aufnimmt, zum anderen infolge des Glaubensverlustes ein Zeitalter des Nihilismus kommen sah.[70] Baader steht zusammen mit Friedrich Schlegel und Josef Görres für den Entwurf einer neuen christlichen Politik.

Das allgemeine Interesse an der Religion, der Versuch, im Religiösen einen neuen Sinn jenseits aller konkreten christlich-kirchlichen Angebote zu finden, hatte nicht nur zu einer verstärkten Auseinandersetzung mit der christlichen Botschaft geführt, sondern auch zur Aneignung alternativer religiöser Denkmuster, wie man sie etwa in der mystischen Tradition vor allem Jakob Böhmes entdeckte.[71] Gleichzeitig förderte es die Erforschung alter religiöser Mythen und Mytholo-

Abb. 120: Heinrich Olivier, Die heilige Allianz (1815).

gien, womit die vergleichende Religionswissenschaft grundgelegt wurde.[72] Der Aufklärungszeit war die Mythologie durchaus nicht fremd, doch sie interessierte sich vor allem für die griechische bzw. römische Gedankenwelt. Neu war nun die Abkehr von der Antike und die fast geschlossene Zuwendung zur christlichen, aber auch zur orientalischen Kultur. Es war wieder Friedrich Schlegel, der mit seiner „Rede über die Mythologie" von 1800 einem neuen utopischen Interesse entgegenkam. Nicht uninteressant ist, daß er sich zur Zeit seiner Konversion mit der Sprache und Weisheit der Inder beschäftigte, wodurch er zum Gründer der deutschen Indologie wurde. Schon früher waren die umfangreichen Beiträge von Friedrich Majer „Über die mythologischen Dichtungen der Indier" (1800) und von Theodor Hartmann über die „Früchte des Asiatischen Geistes" (1803) erschienen. Friedrich Schlegels besonderes Interesse am Orient galt dem Versuch, näher an die Ursprünge der Menschheit zu gelangen und damit auch näher zu Gott. „Diese ganze neue Kenntnis und Anschauung des orientalischen Altertums" könne, „je tiefer wir darin eindringen, um so mehr zu der Erkenntnis des Göttlichen und eigenen Kraft der Gesinnung wieder zurückführen, die aller

Kunst und allem Wissen erst Licht und Leben gibt."[73] Die Mythologien galten als erste Dokumente für die Menschwerdung des Menschen, die man jedoch alle als Vorläufer und Wegbereiter für die Entstehung des Christentums verstand. Schlegel argumentiert in seinen Forschungen nicht als positivistischer Wissenschaftler, sondern als ein theoretisch geschulter Kopf, er weiß seine Indologie in eine vergleichende Geschichte der Mythologien Asiens und Europas einzubinden. Sein Bekenntnis zur allein selig machenden katholischen Kirche stand dem Bestreben nicht im Wege, die Spuren Gottes in der Geschichte der verschiedenen Religionen zu verfolgen.

Ebenso einflußreich war das zweibändige Werk von J. Görres „Mythengeschichte der asiatischen Welt" (1810), in dem er die Mythen der Inder, Chinesen, Perser, der Juden, der Griechen sowie der nordischen Welt vergleichend untersuchte und ebenfalls im Zusammenhang mit dem Entstehen des Christentums sah. Auch für Görres führte die Mythenforschung hin zu Gott, durch den alle miteinander verwandt seien.[74] Der bekannteste Mythen- und Symbolikforscher der Romantik wurde Georg Friedrich Creuzer. 1806–8 erschienen seine vierbändige Darstellung der „Symbolik und Mythologie der alten Völker, besonders der Griechen". Dieses Werk wurde rasch zum Standardbuch. Im Mittelpunkt steht die Analyse der orphischen und bacchischen Mysterien sowie der asiatischen Religionen. Auch diese Mysterien zielten auf das „himmlische Sehen des Christianismus".[75] Creuzers Werk wurde bewundert, aber auch heftig kritisiert. Der Romantik-Gegner Voss nannte es aufgrund unsolider Quellenanalyse ein „romantisches Wagestück". Auch Goethe hatte Probleme: „Gehts nun aber gar noch weiter, und deutet man uns aus dem hellenischen Gott-Menschen-Kreise nach allen Religionen der Erde, um das Ähnliche dort aufzuweisen, in Worten und Bildern, hier die Frost-Riesen, dort die Feuer-Brahmen; so wird es uns gar zu wehe, und wir flüchten wieder nach Ionien, wo dämonische liebende Quellgötter sich begatten und den Homer erzeugen."[76] Es war vor allem die Relativierung der klassischen Mythologie, die die ältere Generation provozierte. In dieses Umfeld ist schließlich auch das Lebenswerk der Brüder Grimm einzuordnen, die sich vor allem der Erforschung deutscher Mythen und der germanischen Mythologie zuwandten.[77] Wenn damit auch der „Norden" entdeckt wurde, standen doch zunächst keine nationalen Interessen im Vordergrund. Es war vielmehr die Suche nach dem Ursprünglichen, Anfänglichen, das eine unmittelbare Nähe zu Gott spüren ließ.

Anhang

Der Kreis der Romantiker

(Nach der Reihenfolge ihrer Geburtsdaten)

Joh. Gottlieb Fichte (1762–1814), Professor, Philosoph

Jean Paul (Joh. Paul Friedrich Richter) (1763–1825), Schriftsteller, Literaturkritiker

Dorothea Schlegel (geb. Mendelssohn) (1763–1839), Schriftstellerin

Friedrich von Gentz (1764–1832), Publizist, Politiker, Professor

Henriette Herz (1764–1847)

Franz (von) Baader (1765–1841), Bergrat, Philosoph, Erzieher, Professor

August Wilhelm (von) Schlegel (1767–1845), Philologe, Literaturkritiker

Zacharias Werner (1768–1823), Dramatiker, kathol. Priester, Professor

Friedrich Schleiermacher (1768–1834), evangel. Theologe

August Ferdinand Bernhardi (1769–1820), Lehrer, Schriftsteller

Sophie Mereau/Brentano (geb. Schubert) (1770–1806), Schriftstellerin

Rahel Varnhagen von Ense (geb. Levin) (1771–1833), Schriftstellerin

Friedrich Creuzer (1771–1858), Professor, Philologe und Altertumsforscher

Novalis (Friedrich von Hardenberg) (1772–1801), Schriftsteller, Dichter

Friedrich (von) Schlegel (1772–1829), Schriftsteller, Philologe

Ludwig Tieck (1773–1853), Schriftsteller, Publizist

Wilhelm Heinrich Wackenroder (1773–1798), Schriftsteller

Henrik Steffens (1773–1845), Professor, Naturphilosoph

Caspar David Friedrich (1774–1840), Maler

Sophie Bernhardi/v. Knoerring (geb. Tieck) (1775–1833), Schriftstellerin

Friedrich Wilhelm Joseph (von) Schelling (1775–1854), Professor, Philosoph

Friedrich Gries (1775–1842), Übersetzer, Schriftsteller

Joseph (von) Görres (1776–1848), Publizist, Professor

Ernst Theodor Amadeus Hoffmann (1776–1822), Jurist, Musiker, Schriftsteller

Joh. Wilhelm Ritter (1776–1810), Physiker, Naturphilosoph

Friedrich Baron de la Motte-Fouqué (1777–1843), Schriftsteller, Herausgeber

Wilhelm Salice-Contessa (1777–1825), Schriftsteller

Philipp Otto Runge (1777–1810), Maler

Ernst August Klingemann (Bonaventura) (1777–1831), Schriftsteller, Dramaturg

Clemens Brentano (1778–1842), Lyriker, Schriftsteller

Adam Müller (1779–1829), Publizist, Diplomat

Lorenz Oken (1779–1851), Naturforscher, Publizist

Karoline von Günderode (1780–1806), Schriftstellerin

Gotthilf Heinrich (von) Schubert (1780–1860), Professor, Arzt, Naturphilosoph

Karl Wilhelm Ferdinand Solger (1780–1819), Philosoph

Karl Friedrich Schinkel (1781–1841), Architekt, Maler

Adalbert von Chamisso (1781–1841), Schriftsteller, Naturforscher

Achim von Arnim (1781–1831), Schriftsteller, Publizist

David Ferdinand Koreff (1783–1851), Arzt, Schriftsteller

Bettina von Arnim (geb. Brentano) (1785–1859), Schriftstellerin

Johann Nepomuk von Ringseis (1785–1880), Arzt, Publizist, Politiker

Jacob Grimm (1785–1863), Philologe, Publizist

Wilhelm Karl Grimm (1786–1859), Philologe, Sagenforscher

Otto Graf von Loeben (1786–1825), Schriftsteller, Kritiker

Justinus Kerner (1786–1862), Arzt, Schriftsteller

Carl Maria von Weber (1786–1826), Komponist, Musiker

Joseph Karl Benedikt von Eichendorff (1788–1857), Schriftsteller, Geh. Regierungsrat

Friedrich Wilhelm Schadow (1788–1862), Maler

Carl Gustav Carus (1789–1869), Arzt, Naturphilosoph, Maler

August Neander (1789–1850), Kirchenhistoriker

Zeittafel 1795–1820

1795 Einladung Schillers an A. W. Schlegel, nach Jena zu kommen.
Begegnung des Novalis mit Fichte und Hölderlin in Jena.
Goethes „Wilhelm Meister".

1796 Fr. Schleiermacher als Prediger an der Charité in Berlin.
Heirat A. W. Schlegels und Caroline Böhmers und Niederlassung in Jena.
Übersiedlung Fr. Schlegels nach Jena.
L. Tiecks „William Lovell".

1797 Fr. Schleiermachers Freundschaft mit H. Herz.
Tod der Verlobten Novalis' Sophie von Kühn.
Begegnung Fr. Schlegels mit Dorothea Veit in Berlin.
Hölderlin: „Hyperion", 1. Bd.
W. H. Wackenroder: „Herzensergießungen eines kunstliebenden Klosterbruders".
L. Tieck: „Der gestiefelte Kater".
Franz Schubert geboren.
Heinrich Heine geboren.

1798 Tod W. H. Wackenroders.
Cl. Brentano lernt während seines Medizinstudiums in Jena Sophie Mereau kennen.
F. W. J. Schelling wird in Jena Professor.
F. W. J. Schelling: „Von der Weltseele, eine Hypothese der höheren Physik zur Erklärung des allgemeinen Organismus".
Erscheinen des 1. Heftes des „Athenäums".
L. Tieck: „Franz Sternbalds Wanderungen".
Novalis: „Die Lehrlinge zu Saiis".
A. W. Schlegels Vorlesung „Über philosophische Kunstlehre" in Jena.

1799 Scheidung Dorotheas von Simon Veit.
Veröffentlichung von Fr. Schlegels „Lucinde".
Heirat L. Tiecks mit Amalie Alberti.
Rückkehr Fr. Schlegels zusammen mit Dorothea nach Jena.
Fichte verläßt Jena wegen des Atheismusstreites.
Fr. Schleiermacher: „Über die Religion. Reden an die Gebildeten unter ihren Verächtern".
F. W. J. Schelling: „Erster Entwurf eines „Systems der Naturphilosophie".
L. Tieck: „Romantische Dichtungen" (u. a. „Leben und Tod der heiligen Genoveva").

1800 Übersiedlung A.W. Schlegels nach Berlin, Bruch der Ehe mit Caroline.
Fr. Schlegels Promotion und Habilitation in Jena.

Erscheinen des letzten Heftes des „Athenäums".
Joh. G. Fichte: „Die Besserung des Menschen".
Tod von Auguste Böhmer, der Tochter Caroline Schlegels.

1801 Tod von Novalis.
Übersiedlung Fr. Schlegels nach Berlin.
Beginn der Freundschaft von Cl. Brentano und A. v. Arnim.
H. v. Kleists Aufenthalt in Paris.
Cl. Brentano: „Godwi oder Das steinerne Bild der Mutter. Ein verwilderter Roman von Maria".
Ph. O. Runge in Dresden, Begegnung mit L. Tieck; H. Steffens, G. H. Schubert.
A. W. Schlegels öffentliche „Vorlesung über schöne Literatur und Kunst" in Berlin.
L. v. Beethoven: „Die Geschöpfe des Prometheus".

1802 Fr. Schleiermacher als Hofprediger nach Stolpe.
H. v. Kleists Aufenthalt in der Schweiz.
Übersiedlung Fr. Schlegels und Dorothea Veits nach Paris. Gründung der Zeitschrift „Europa".
F. W. J. Schelling: „Bruno oder Über das göttliche und natürliche Prinzip der Dinge".
Novalis: „Heinrich von Ofterdingen" (geschr. 1799/1800).
A. W. Schlegels öffentliche „Vorlesung über schöne Literatur" in Berlin.

1803 Reichsdeputationshauptschluß. Aufhebung deutscher Kleinstaaten und der freien Reichsstädte.
Scheidung Carolines von A.W. Schlegel und Verheiratung mit F. W. J. Schelling.
Erscheinen von Fr. Schlegels Pariser Zeitschrift „Europa".
Verheiratung von Cl. Brentano und Sophie Mereau.
Ph. O. Runge: Zeichnungen zu den „Zeiten".
C. D. Friedrich zieht nach Dresden.
A. W. Schlegels öffentliche „Vorlesung über die romantische Literatur" in Berlin.
Gründung des „Nordsternbundes", einer Vereinigung junger Berliner Schriftsteller.

1804 Napoleon I., Kaiser der Franzosen.
Fr. Schleiermacher als Professor der Theologie in Halle.
Heirat von Friedrich und Dorothea Schlegel in Paris.
Übersiedlung A. W. Schlegels zu Frau von Staël in Cappel am Genfer See, Europa Reisen.
E. T. A. Hoffmann Regierungsrat in Warschau, Beginn der Freundschaft mit J. F. Hitzig.
Bonaventura: „Nachtwachen".
L. v. Beethoven: „Eroica".

Fr. Schiller: „Wilhelm Tell".
Goethe: „Die natürliche Tochter".

1805 Schillers Tod
F. W. J. Schelling und A. Fr. Marcus Herausgeber der „Jahrbücher der Medizin als Wissenschaft".
Aufführung von Cl. Brentanos Singspiel: „Die lustigen Musikanten" in der Vertonung von E. T. A. Hoffmann in Warschau.
Ph. O. Runge: „Wir Drei" (Gemälde).
L.v. Beethoven: „Fidelio".

1806 Niederlage Preußens in der Doppelschlacht bei Jena u. Auerstedt.
Auflösung des Heiligen Römischen Reichs Deutscher Nation.
Rahel Levins erster Salon löst sich auf.
F.W.J. Schelling bricht in München mit Fichte.
E.T.A. Hoffmann gestaltet die Inneneinrichtung des Muiszekschen Palais in Warschau.
K. von Günderodes Selbstmord.
Sophie Mereau/Brentano stirbt in Heidelberg bei einer Totgeburt.
H.v. Kleist: „Der zerbrochene Krug".
Ph. O. Runge: „Bildnis der Eltern".
C. M. v. Weber, 1. und 2. Sinfonie.

1807 Westfalen wird Königreich.
Beginn der Preuß. Reformpolitik.
Öffentliche Vorlesungen von G.H. Schubert in Dresden über „Ansichten von der Nachtseite der Naturwissenschaften" (ersch. 1808).
Heirat Cl. Brentanos mit Auguste Bußmann.
Z. Werner: „Martin Luther oder: Die Weihe der Kraft".
H. v. Kleist: „Amphitryon".
L. v. Beethoven: 4. Sinfonie; 4. Klavierkonzert.

1808 F. W. J. Schelling wird Generalsekretär der Akademie der bildenden Künste in München.
E. T. A. Hoffmann als Kapellmeister in Bamberg.
Fr. Schlegel zieht nach Wien.
H. v. Kleist u. A. Müller geben die Zeitschrift „Phöbus" heraus.
A. v. Arnim u. Cl. Bentano: „Des Knaben Wunderhorn".
A. v. Arnim gibt die „Zeitung für Einsiedler" heraus.
Uraufführung von H. v. Kleists „Zerbrochener Krug" in Weimar.
H. v. Kleist: „Käthchen von Heilbronn".
Fr. Schlegel: „Über die Sprache und Weisheit der Indier".

Joh. G. Fichte: „Reden an die deutsche Nation".
Goethe: „Faust. Der Tragödie erster Teil".
L. v. Beethoven: 5. und 6. Sinfonie
Ausstellung des Tetschener Altares in der Wohnung C. D. Friedrichs.

1809 Carl v. Savigny mit Cl. und Bettina Brentano in Landshut – Begegnung mit Joh. Michael Sailer.
A. Müller: „Die Elemente der Staatskunst".
C. D. Friedrich: „Der Mönch am Meer"; „Abtei im Eichwald".
Goethe: „Wahlverwandtschaften".
Felix Mendelssohn-Bartholdy in Hamburg geboren.

1810 Gründung der Berliner Universität.
Tod der Königin Luise von Preußen.
Cl. Brentano: „Kantate auf den Tod der Königin Louise von Preußen".
H. v. Kleist Herausgeber der „Berliner Abendblätter"; „Prinz von Homburg" (1. Fassung); „Michael Kohlhaas".
A. v. Arnim: „Armut, Reichtum, Schuld und Buße der Gräfin Dolores".
Ph. O. Runge: „Farben-Kugel".
J. Görres: „Mythengeschichte der asiatischen Welt".
J. Fr. Creuzer: „Symbolik und Mythologie der alten Völker".
Runge stirbt 33jährig.
Robert Schumann in Zwickau geboren.

1811 Eheschließung von Achim v. Arnim und Bettina Brentano in Berlin.
Gründung der „Christlich-deutschen Tischgesellschaft" durch A. v. Arnim.
Uraufführung des „Abu Hassan" von C.M.v. Weber in München.
Selbstmord von H. v. Kleist.

1812 Brüder Grimms: „Kinder- und Hausmärchen", 1. Bd.
Hegel: „Die Wissenschaft der Logik".

1813 Völkerschlacht bei Leipzig, Niederlage Napoleons.
E. T. A. Hoffmann als Musikdirektor in Leipzig/Dresden.
Cl. Brentano scheitert mit seinen Theaterplänen in Wien.
Franz Schubert: 1. Sinfonie D 82
L. v. Beethoven: 7. Sinfonie.

1814 Wiener Kongreß
Bettina und Achim v. Arnim in Wiepersdorf
Rahel Levin konvertiert zum Protestantismus, Vermählung mit Karl Varnhagen von Ense.
E. T. A. Hoffmann: „Phantasiestücke".
Cl. Brentano: „Die Gründung Prags. Ein historisch-romantisches Drama".

A. v. Chamisso: „Peter Schlemihls wundersame Geschichte".
Fr. de la Motte-Fouqué: „Zauberring".

1815 „Hl. Allianz" zwischen Rußland, Österreich und Preußen.
Kl. Fr. Schinkel Geheimer Oberbaurat in Berlin.
Carl von Savigny: „Geschichte des römischen Rechts im Mittelalter", 1. Bd.
J. v. Eichendorff: „Ahnung und Gegenwart".
Fr. Schubert: Messe in G-Dur D 167.

1816 E.T.A. Hoffmann Kammergerichtsrat in Berlin.
Brüder Grimm: „Deutsche Sagen" 1. Teil.
Uraufführung der Oper E.T.A. Hoffmanns „Undine".
C. M. v. Weber: „Große Sonate für Pianoforte d-moll".
L. Tieck: „Phantasus".
Fr. von Baader: „Über den Blitz als Vater des Lichtes".
Gründung der „Maikäferei", einer politisch-literarischen Abendgesellschaft in Berlin durch Cl. Brentano.

1817 Generalbeichte von Cl. Brentano.
Das Wartburgfest der Deutschen Burschenschaft.
A. v. Arnim: „Kronenwächter".
Hegel: „Enzyklopädie der philosophischen Wissenschaften".

1818 Hegel wird Fichtes Nachfolger in Berlin.
Brüder Grimm: „Deutsche Sagen" 2. Teil.
Kl. Fr. Schinkel: „Neue Wache in Berlin".
C. D. Friedrich: „Der Wanderer über dem Nebelmeer"; „Kreidefelsen auf Rügen".
Cl. Brentano bei A.K. Emmerich in Dülmen.

1819 Neue Judenverfolgung (Hep-Hep).
Ermordung Kotzebues, Karlsbader Beschlüsse.
Rahel Varnhagens zweiter Salon.
Kl. Fr. Schinkels Entwurf des Schauspielhauses auf dem Gendarmenmarkt in Berlin.
E. T. A. Hoffmann wird Mitglied der „Immediat-Untersuchungskommission", Kampf um Freilassung inhaftierter „Demagogen";
„Serapionsbrüder" 1. Bd.
J. v. Eichendorff wird kath. Kirchen- und Schulrat in Danzig.
A. Schopenhauer: „Die Welt als Wille und Vorstellung".
L. Tieck in Dresden.

1820 F. W. J. Schelling als Professor in Erlangen.
Eintritt Felix Mendelssohns in die Berliner Singakademie.
C. M. v. Weber: „Freischütz" (Uraufführung in Berlin 1821).
Fr. Schlegel: „Signatur des Zeitalters".

Anmerkungen

Dieses Buch hätte nicht ohne Hilfe und Anregungen meiner StudentInnen und MitarbeiterInnen geschrieben werden können. Besonderen Dank schulde ich Sina Rauschenbach und Andrea von Dülmen für die kritische Lektüre des Manuskriptes. Bei Renate Müller und Isabel Strauß bedanke ich mich für die Bildredaktion. Schließlich danke ich Brigitte Gutjahr, die die verschiedenen handschriftlichen Fassungen der Arbeit ins reine geschrieben und das Register hergestellt hat. Auch dieses wissenschaftliche Unternehmen wurde von Seiten der Universität des Saarlandes finanziell gefördert, wofür ich ebenso danke.

Was ist Romantik?

1 L. *Tieck*, Der getreue Eckart und Der Tannenhäuser in zwei Abschnitten, in: Ders., Phantasus (= L. Tiecks Schriften Bd. 6) (1985) 149–183.
2 H. *von Kleist*, Die Marquise von O ... (= H. v. Kleist, Sämtliche Werke und Briefe Bd. 3) (1990) 143–186.
3 E.T.A. *Hoffmann*, Der Sandmann (= E. T. A. Hoffmann, Sämtliche Werke Bd. 3) (1985) 11–49.

Spätaufklärung und bürgerliche Emanzipation in Deutschland

1 Vgl. allgemein: K.O. von *Aretin*, Heiliges Römisches Reich 1776 bis 1806. Reichsverfassung und Staatssouveränität, 2 Bde. (1967); R. *Vierhaus*, Deutschland im 18. Jahrhundert. Ausgewählte Aufsätze (1987); H.-U. *Wehler*, Deutsche Gesellschaftsgeschichte I 1700–1815 (1987); H. *Möller*, Fürstenstaat oder Bürgernation. Deutschland 1763–1815 (1989).
2 Vgl. allgemein: H. *Bruford*, Gesellschaftliche Grundlagen der Goethezeit (1936); R. *Vierhaus* (Hg.), Der Adel vor der Revolution (1971); M. *Riedel*, Bürger. Staatsbürger. Bürgertum, in: Gesch. Grundbegriffe I (1972) 672ff.; W. *Conze*, Adel, Aristokratie, in: Gesch. Grundbegriffe I (1972) 1–48; H. *Brunschwig*, Gesellschaft und Romantik in Preußen im 18. Jahrhundert (1976); H. *Reif*, Westfälischer Adel 1770–1860. Vom Herrschaftsstand zur regionalen Elite (1979); R. *Vierhaus* (Hg.), Bürger und Bürgerlichkeit im Zeitalter der Aufklärung (1989); E. *Fehrenbach* (Hg.), Adel und Bürgertum in Deutschland 1770–1848 (1994).
3 Allgemein: R. *van Dülmen*, Religion und Gesellschaft. Beiträge einer Religionsgeschichte der Neuzeit (1989); H. *Klueting* (Hg.), Katholische Aufklärung – Aufklärung im katholischen Deutschland (1993); R. *van Dülmen*, Religion, Magie, Aufklärung (= Kultur und Alltag in der Frühen Neuzeit, Bd. 3) (1994); M. *Brecht* – K. *Deppermann* (Hg.), Der Pietismus im 18. Jahrhundert (1995); K. *Schlögl*, Glaube und Religion in der Säkularisierung. Die katholische Stadt – Köln, Aachen, Münster 1700–1840 (1995).
4 F. *Kopitzsch* (Hg.), Aufklärung, Absolutismus und Bürgertum in Deutschland (1976); T. *Kondylis*, Die Aufklärung im Rahmen des neuzeitlichen Rationalismus (1981); H. *Möller*, Vernunft und Kritik. Deutsche Aufklärung im 17. und 18. Jahrhundert (1986); H.-F. *Bödeker* – U. *Herrmann* (Hg.), Über den Prozeß der Aufklärung in Deutschland im 18. Jahrhundert. Personen, Institutionen und Medien (1986); W. *Müller*, Die Aufklärung (2002).
5 U. *Herrmann* (Hg.), „Die Bildung des Bürgers“. Die Formierung der bürgerlichen Gesellschaft und die Gebildeten im 18. Jahrhundert (1982); J. *Kocka* (Hg.), Bürger und Bürgerlichkeit im

19. Jahrhundert (1987); U. *Frevert* (Hg.), Bürgerinnen und Bürger (1988); L. *Gall*, Vom alten zum neuen Bürgertum. Die mitteleuropäische Stadt im Umbruch (1991); B. *Roeck*, Lebenswelt und Kultur des Bürgertums in der Frühen Neuzeit (1991); R. *van Dülmen*, Die Gesellschaft der Aufklärer. Zur bürgerlichen Emanzipation und aufkärerischen Kultur in Deutschland (1996[2]); *M. Maurer*, Die Biographie des Bürgers. Lebensformen und Denkweisen in der formativen Phase des deutschen Bürgertums (1680–1815) (1996); R. *Habermas*, Frauen und Männer des Bürgertums. Eine Familiengeschichte 1750–1850 (2000).

1. Die Eltern – Herkunft und Erziehung

1 *Novalis*. Schriften. Bd. 4. Tagebücher, Briefwechsel, zeitgenössische Zeugnisse. Hg. von R. Samuel (1975) 104–112.

2 Allgemein zur Herkunft: G. *Schulz*, Die deutsche Literatur zwischen Französischer Revolution und Restauration. Erster Teil 1789–1806 (1983); *Ders.*, Die deutsche Literatur zwischen Französischer Revolution und Restauration. Zweiter Teil 1806–1830 (1989); H. *Schanze* (Hg.), Romantik-Handbuch (1994); K. *Günzel*, Die deutschen Romantiker. 125 Lebensläufe. Ein Personenlexikon (1995). – Nach wie vor grundlegend: H. *Brunschwig*, Gesellschaft und Romantik in Preußen im 18. Jahrhundert (1975); H.H. *Gerth*, Bürgerliche Intelligenz um 1800 (1976).

2 G. *de Bruyn*, Das Leben des Jean Paul Friedrich Richter (1991[2]); J.W.G. *Jacobs*, Joh. Gottlieb Fichte (1991).

4 Vgl. u.a. H. *Möller*, Die kleinbürgerliche Familie im 18. Jahrhundert. Verhalten und Gruppenkultur (1969); R. *van Dülmen*, Kultur und Alltag in der Frühen Neuzeit. Bd. 1. Das Haus und seine Menschen (1995[2]).

5 Vgl. u.a. B. *Beuys*, Familienleben in Deutschland. Neue Bilder aus der deutschen Vergangenheit (1980); zur Familie Brentanos: vgl. H. *Baumgardt*, Bettine Brentano und Achim von Arnim. Lehrjahre einer Liebe (1999).

6 M. *Greiffenhagen* (Hg.), Das evangelische Pfarrhaus. Eine Kultur- und Sozialgeschichte (1984).

7 G. *von Graevenitz* (Hg.), Die Stadt in der europäischen Romantik (2000).

8 E. *Behler*, Friedrich Schlegel (1996[6]); B. *von Brentano*, August Wilhelm Schlegel. Geschichte eines romantischen Geistes (1949).

9 *Behler*, Friedrich Schlegel 14ff.

10 Ebd.

11 Kritische Friedrich-*Schlegel*-Ausgabe Bd. 23 (Zur Begründung der romantischen Schule) (1987) 72.

12 S. *Damm* (Hg.), Caroline Schlegel-Schelling. Die Kunst zu leben (1997).

13 Vgl. u.a. B. *Kern* – H. *Kern*, Madame Doctorin Schlözer. Ein Frauenleben in den Widersprüchen der Aufklärung (1990[2]); M.-Cl. *Hoock-Demarle*, Die Frauen der Goethezeit (1990).

14 *Damm* (Hg.), Caroline Schlegel-Schelling 95.

15 Ebd. 97.

16 Vgl. C. *Stern*, „Ich möchte mir Flügel wünschen". Das Leben der Dorothea Schlegel (1990).

17 H. *Knobloch*, Herr Moses in Berlin. Auf den Spuren eines Menschenfreundes (1998[3]).

18 Zit. nach *Stern*, Schlegel 30.

19 K. *Günzel*, König der Romantik. Das Leben des Dichters Ludwig Tieck in Briefen, Selbstzeugnissen und Berichten (1986[2]); R. *Paulin*, Ludwig Tieck (1987).

20 Vgl. W. *Salmen*, Johann Friedrich Reichardt. Komponist, Schriftsteller, Kapellmeister und Verwaltungsbeamter der Goethezeit (1963).

21 G. *Schulz*, Novalis (1998[14]); *Novalis*. Schriften. Bd. 1, Einleitung (1960).

22 *Novalis*. Schriften. Bd. 4 (1975) 86.

23 Ebd. 160.
24 *Schulz*, Novalis 15.
25 *Novalis*. Schriften. Bd. 4 (1975) 568.
26 H. *Schultz*, Schwarzer Schmetterling. Zwanzig Kapitel aus dem Leben des romantischen Dichters Clemens Brentano (2000); H. *Hirsch*, Bettina von Arnim (1998^5).
27 Ebd.
28 *Baumgardt*, Bettina Brentano und Achim von Arnim 39.
29 *Schultz*, Schwarzer Schmetterling, poss.
30 Ebd. vgl. auch J. *Drewitz*, Bettina von Arnim (1992).
31 *Baumgardt*, Bettina Brentano und Achim von Arnim.
32 Ebd., I. *Drewitz*, Bettina von Arnim (1992).
33 *Bettina von Arnim,* Clemens Brentanos's Frühlingskranz. Die Günderode (1986).
34 Dies führte jedoch zu beachtlichen Konflikten. Vgl. *Schulz*, Novalis 12f.; *Nowak*, Schleiermacher 41.

2. Ausbildung: Schule und Universität

1 Joseph *von Eichendorff*, Erlebtes, in: Werke (Hanser-Ausgabe) (1966) 1514–1516.
2 Allgemein: N. *Hammerstein*, Die deutschen Universitäten im Zeitalter der Aufklärung, in: Zs.f.hist.Forschung 10 (1983) 73–89; *Ders.* (Hg.), Universitäten und Aufklärung (1996).
3 M. *Lenz*, Geschichte der königlichen Friedrich-Wilhelms-Universität zu Berlin, Bd. 1 (1910); R. *Köpke*, Die Gründung der königlichen Friedrich-Wilhelms Universität (1860). Dazu bes. Th. *Ziolkowski*, Das Amt des Poeten. Die deutsche Romantik und ihre Institutionen (1992) 277ff.
4 Vgl. K.E. *Jeismann*, Das preußische Gymnasium in Staat und Gesellschaft. Die Entstehung des Gymnasiums als Schule des Staates und der Gebildeten 1787–1817 (1974); M. *Kraul*, Das deutsche Gymnasium 1780–1980 (1984).
5 G. *Brinker-Gabler* (Hg.), Deutsche Literatur von Frauen, Bd. 1: Vom Mittelalter bis zum Ende des 18. Jahrhunderts (1988).
6 *Kraul*, Das deutsche Gymnasium 1780–1980; immer noch: Fr. *Paulsen*, Geschichte des gelehrten Unterrichts auf den deutschen Schulen und Universitäten I (1919).
7 Allgemein vgl. W. *Rüegg* (Hg.), Geschichte der Universität in Europa. Bd. II. Von der Reformation zur Französischen Revolution (1500–1800) (1996); K.E. *Jeismann* – T. *Lundgreen* (Hg.), Handbuch der deutschen Bildungsgeschichte. Bd. 3 (1987).
8 R. *Bölling*, Sozialgeschichte der Deutschen Lehrer (1983).
9 Vgl. u.a. H. *Möller*, Aufklärung in Preußen. Der Verleger, Publizist und Geschichtsschreiber Friedrich Nicolai (1974); Fr. *Kopitzsch*, Grundzüge einer Sozialgeschichte der Aufklärung in Hamburg und Altona, 2 Teile (1982).
10 Allgemein: *H. Blankertz*, Die Geschichte der Pädagogik. Von der Aufklärung bis zur Gegenwart (1982).
11 R. *Köpke*, Ludwig Tieck. Erinnerungen aus dem Leben des Dichters, 2 Teile (1855).
12 R. *Minder*, Glaube, Skepsis und Rationalismus. Dargestellt aufgrund der autobiographischen Schriften von Karl Philipp Moritz (1974).
13 K. *Günzel*, König der Romantik. Das Leben des Dichters Ludwig Tieck in Briefen, Selbstzeugnissen und Berichten (1986^2) 91.
14 *Möller*, Aufklärung in Preußen 229ff.; N. *Hincke* (Hg.), Was ist Aufklärung? Beiträge aus der Berliner Monatsschrift (1981^3) s. Einleitung.
15 Zit. nach *Günzel*, König der Romantik 112.

16 W.G. *Jacobs*, Johann Gottlieb Fichte (1991).
17 Joh. G. *Fichte*, Gesamtausgabe III (Briefe), Bd. 1, 185.
18 K. *Nowak*, Schleiermacher. Leben, Werk und Wirkung (2001).
19 Friedrich *Schleiermacher*, Kritische Gesamtausgabe. Briefwechsel Bd. 1 (1774–1796) (1985).
20 Ebd. 50.
21 Vgl. u.a. Fr. *Strack* (Hg.), Evolution des Geistes: Jena um 1800. Natur und Kunst, Philosophie und Wissenschaft im Spannungsfeld der Geschichte (1994); *Ders.* (Hg.), Heidelberg im säkularen Umbruch. Traditionsbewußtsein und Kulturpolitik um 1800 (1987).
22 Vgl. allgemein: L. *Hammermayer*, Akademiebewegung und Wissenschaftsorganisation. Formen, Tendenzen und Wandel in Europa während der zweiten Hälfte des 18. Jahrhunderts, in: Ammburger (Hg.), Wissenschaftspolitik in Mittel- und Osteuropa (1976) 1–84; R. *van Dülmen*, Die Gesellschaft der Aufklärer. Zur bürgerlichen Emanzipation und aufklärerischen Kultur in Deutschland (1996[2]).
23 M. *Luigi*, Praeceptores Germaniae. Die Universität Göttingen 1770–1820 (1995); Th. *Ziolkowski*, Das Wunderjahr in Jena. Geist und Gesellschaft 1794/5 (1998).
24 *D. Döring*, Joh. Christ. Gottsched in Leipzig (2000).
25 H. *Hinske*, Zentren der Aufklärung. Bd. 1. Halle, Aufklärung und Pietismus (1989).
26 F. *Beyreuther*, August Hermann Francke und die Anfänge der ökumenischen Bewegung (1957).
27 *Luigi*, Praeceptores Germaniae.
28 Ebd.
29 *Strack* (Hg.), Evolution des Geistes; *Ziolkowski*, Das Wunderjahr in Jena; *Ders.*, Das Amt des Poeten; O. *Breidbach* – P. *Ziche* (Hg.), Naturwissenschaften um 1800. Wissenschaftskultur in Jena-Weimar (2001).
30 Ebd.
31 R. *Safranski*, E.T.A. Hoffmann. Das Leben eines skeptischen Phantasten (1987[2]); G. *Schulz*, Novalis (1996[13]).
32 H. *Hüttmann*, August Neander (David Mendel in seiner Jugendentwicklung) (1936).
33 D. *Baumgardt*, Franz von Baader und die philosophische Romantik (1927).
34 D. *von Engelhardt*, Romantische Medizin, in: Ders. – Fr. Hartmann (Hg.), Klassiker der Medizin. Bd. 2 (1991) 95–118.
35 B. *von Brentano*, August Wilhelm Schlegel. Geschichte eines romantischen Geistes (1949).
36 Ebd. 20.
37 Ebd. 22.
38 *Schulz*, Novalis.
39 Ebd. 32.
40 Kritische Friedrich-*Schlegel*-Ausgabe Bd. 32 (Briefwechsel) (1987) 40.
41 *Schulz*, Novalis 38.
42 *J. Wrana/E. Wächtler* (Hg.), Bergakademie Freiberg (1965).
43 J. *Kirchhoff*, Friedrich Wilhelm Joseph von Schelling (1994[3]).
44 Ebd. 24.
45 Ebd.
46 *A. Rössler*, Gotthilf/Heinrich Schubert (1980).
47 N. *Bonwetsch*, Gotthilf Heinrich Schubert in seinen Briefen. Ein Lebensbild (1918) 34.
48 Ebd. 28f.
49 W. *Genschorek*, Carl Gustav Carus. Arzt. Künstler. Naturforscher (1989)

50 C.G. *Carus*, Lebenserinnerungen und Denkwürdigkeiten, (1966) I, 41f.
51 Ebd.

3. Weibliche Lebenswelt

1 S. *Damm* (Hg.), Caroline Schlegel-Schelling. Die Kunst zu leben (1997) 131/2.

2 Vgl. allgemein U. *Frevert*, Frauen-Geschichte zwischen bürgerlicher Verbesserung und neuer Weiblichkeit (1986); B. *Becker-Cantarino*, Die Frau von der Reformation zur Romantik (1985); *Dies.* Der lange Weg zur Mündigkeit. Frau und Literatur (1560–1800) (1987).

3 Vgl. u.a. M.-C. *Hoock-Demarle*, Die Frauen der Goethezeit (1990); H. *Wunder*, „Er ist die Sonne, sie ist der Mond"! Frauen in der Frühen Neuzeit (1992); R. *Habermas*, Frauen und Männer des Bürgertums. Eine Familiengeschichte (1750–1850) (2000).

4 R. *van Dülmen*, Kultur und Alltag in der Frühen Neuzeit. Bd. 1. Das Haus und seine Menschen (1995^2) 181–184.

5 Ebd. 229ff.

6 G. *Brinker-Gabler* (Hg.), Deutsche Literatur von Frauen, Bd. 1: Vom Mittelalter bis zum Ende des 18. Jahrhunderts (1988).

7 A. Frhr. *von Knigge*, Über den Umgang mit Menschen I (1967) 194–6.

8 J.H. *Campe*, Väterlicher Rath für meine Tochter (1807^7); Cl. *Honegger*, Die Ordnung der Geschlechter. Die Wissenschaften vom Menschen und das Weib (1750–1850) (1991).

9 J. *Schreiber* (Hg.), Ich war wohl klug, daß ich dich fand. Heinrich Christian Boies Briefwechsel mit Luise Mejer 1777–1785 (1963^2) 214.

10 W. *Milch*, Sophie la Roche. Die Großmutter der Brentanos (1935).

11 Joh. *Schopenhauer*, Im Wechsel der Zeiten, im Gedränge der Welt (o.J.).

12 U.E. *Naumann*, Charlotte von Kalb. Eine Lebensgeschichte (1761–1843) (1985).

13 E. *Kleßmann*, Caroline. Das Leben der Caroline Michaelis-Böhmer-Schlegel-Schelling 1763–1809 (1979^2).

14 I. *Drewitz*, Bettina von Arnim. Romantik. Revolution. Utopie. Eine Biographie (1992^2).

15 C. *Stern*, „Ich möchte mir Flügel wünschen". Das Leben der Dorothea Schlegel (1990).

16 H. *Herz*, Berliner Salon. Erinnerungen und Portraits (1984).

17 C. *Stern*, Der Text meines Herzens. Das Leben der Rahel Varnhagen (1994).

18 Ebd. 38.

19 H. *Thomann Tewarson*, Rahel Varnhagen – mit Selbstzeugnissen und Bilddokumenten (1997^4) 14.

20 Fr. *Kemp* (Hg.), Rahel Varnhagen im Umgang mit ihren Freunden (1793–1833) (1967) 19.

21 *Thomann Tewarson*, Rahel Varnhagen 19.

22 *Stern*, Der Text meines Herzens 57.

23 G. *de Bruyn*, Die Finckensteins. Eine Familie im Dienste Preußens (1999).

4. Französische Revolution 1789–99

1 K. *Günzel*, König der Romantik. Das Leben des Dichters Ludwig Tieck (1986^2) 112; W.H. *Wakkenroder*, Sämtliche Werke und Briefe II (1991) 114.

2 Ebd. 117f.

3 H. *Schanze* (Hg.), Die andere Romantik. Eine Dokumentation (1967); G. *Schulz*, Die deutsche Literatur zwischen Französischer Revolution und Restauration, 1. T. 1789–1806 (1983) 83ff.

4 H. *Steffens*, Was ich erlebte (1956) 42.

5 E. *Behler*, Unendliche Perfektibilität. Europäische Romantik und Französische Revolution (1989).
6 J. *Voss* (Hg.), Deutschland und die Französische Revolution (1983); E. *Peltzer*, Wiederkehr des girondistischen Helden (1998).
7 K. *Epstein*, Die Ursprünge des Konservativismus in Deutschland. Der Ausgangspunkt: Die Herausforderung durch die Französische Revolution 1770–1806 (1973).
8 Fr. *Dumont*, Die Mainzer Republik von 1792–1793 (1982); K. *Harpprecht*, Georg Forster oder Die Liebe zur Welt. Eine Biographie (1987); K.-H. *Göttert*, Knigge oder: Von den Illusionen des anständigen Lebens (1995).
9 *Behler*, Unendliche Perfektibilität.
10 Fr. *Strack* (Hg.), Evolution des Geistes: Jena um 1800 (1994).
11 Joh. Gottlieb *Fichte*, Ausgewählte politische Schriften. Hg. v. Z. Batscha – R. Saage (1977).
12 Ebd. 18.
13 W.G. *Jacobs*, Joh. Gottlieb Fichte (1991) 46.
14 Ebd. 54.
15 Ebd. 56.
16 Ebd.
17 W. *Flitner*, August Ludwig Hülsen und der Bund der Freien Männer (1913).
18 Kritische Friedrich-*Schlegel*-Ausgabe (Briefwechsel) Bd. 23 (1987) 100.
19 Ebd.
20 Ebd. 99.
21 *Behler*, Schlegel 53.
22 W. *Salmen*, Joh. Friedrich Reichardt. Komponist, Schriftsteller, Kapellmeister und Verwaltungsbeamter der Goethezeit (1963).
23 Friedrich *Schlegel*, Kritische Schriften und Fragmente (Studienausgabe) Bd. 2 (1988) 124.
24 Vgl. L. *Pikulik*, Frühromantik. Epochen – Werke – Wirkung (1992) 130f.
25 S. *Damm* (Hg.), Caroline Schlegel-Schelling. Die Kunst zu leben (1997) 367.
26 Ebd.
27 Ebd. 288. P.A. *Alt*, Schiller. Leben – Werk – Zeit, 2. Bd. (2000) 320f.
28 R. *Saitschick*, Joseph Görres und die abendländische Kultur (1953); Josef *von Görres*, Ausgewählte Werke und Briefe. Hg. v. W. Schellberg (1911).
29 Ebd. 50.
30 Ebd. II. 116.

5. Lebensplanungen – Schriftstellerleben – Berufsziele

1 Briefe von und an Heinrich von Kleist 1793–1811. Hg. v. Kl. Müller-Selget – St. Ormanns (= Heinrich *von Kleist*, Sämtliche Werke und Briefe, Bd. 4) (1997) 150f.
2 Vgl. u.a. H.H. *Gerth*, Bürgerliche Intelligenz um 1800 (1976).
3 H. *Schultz*, Schwarzer Schmetterling. Zwanzig Kapitel aus dem Leben des romantischen Dichters Clemens Brentano (2000); E. *Behler*, Friedrich Schlegel (1996^{6}); I. *Traeger*, Philipp Otto Runge und sein Werk (1975).
4 Allgemein: L. *Fertig*, Die Hofmeister. Ein Beitrag zur Geschichte des Lehrerstandes und der bürgerlichen Intelligenz (1979).
5 M.-U. *Hoock-Demarle*, Die Frauen der Goethezeit (1990).

6 E. *Kleßmann*, Caroline. Das Leben der Caroline Michaelis-Böhmer-Schlegel-Schelling 1763–1809 (1979); D. *von Gersdorff*, Dich zu lieben kann ich nicht verlernen. Das Leben der Sophie Brentano-Mereau (1984); C. *Stern*, Der Text meines Herzens. Das Leben der Rahel Varnhagen (1994).
7 Briefwechsel zwischen Rahel und David Veit, 1. T. (= Rahel Bibliothek VII) (1983) 12.
8 Vgl. u.a. D. *Blasius*, Ehescheidung in Deutschland 1794–1945 (1987).
9 R. *Paulin*, Ludwig Tieck (1987); *Schultz*, Schwarzer Schmetterling; *Behler*, Schlegel.
10 K. *Nowak*, Schleiermacher. Leben, Werk und Wirkung (2001).
11 B. *von Brentano*, August Wilhelm Schlegel. Geschichte eines romantischen Geistes (1949); W.G. *Jacobs*, Joh. Gottlieb Fichte (1991).
12 Beispielhaft: St. *Brakensiek*, Fürstendiener – Staatsbeamte – Bürger. Amtsführung und Lebenswelt der Oberbeamten in niederhess. Kleinstädten (1750–1830) (1999).
13 G. *Schulz*, Novalis (1998^{14}); R. *Safranski*, E.T.A. Hoffmann. Das Leben eines skeptischen Phantasten (1984).
14 W.H. *Wackenroder*, Sämtliche Werke und Briefe, 2 Bde. (1991).
15 G. *Schiwy*, Eichendorff. Der Dichter in seiner Zeit. Eine Biographie (2000).
16 J. *Kirchhoff*, Schelling (1994^{3}).
17 J. *Rückert*, Idealismus, Jurisprudenz und Politik bei Friedrich Carl von Savigny (1984).
18 H. *Gerstner*, Brüder Grimm (1997^{9}).
19 Th. *Ziolkowski*, Das Wunderjahr in Jena (1998).
20 R. *Saitschick*, Joseph Görres (1953).
21 Fr. v. *Oppeln-Bronikowski*, David Ferdinand Koreff. Serapionsbruder, Magnetiseur, Geheimrat und Dichter (1928).
22 W. *Genschorek*, Carl Gustav Carus. Arzt, Künstler, Naturforscher (1989).
23 vgl. A. *Rössler*, J. H. Schubert (1980).
24 G. *Seefried*, Joh. Nepomuk von Ringseis und sein „System der Medizin" (1990).
25 *Safranski*, E.T.A. Hoffmann.
26 *Paulin*, Ludwig Tieck.
27 A. *Klingemann*, Nachtwachen von Bonaventura (Nachwort von I. Schillmeit) (1974).
28 *Behler*, Schlegel; dazu die Einleitungen der Kritischen Friedrich-*Schlegel*-Ausgabe.
29 *von Brentano*, August Wilhelm Schlegel; J. *Körner* (Hg.), Krisenjahre der Frühromantik. Briefe aus dem Schlegelkreis, 2 Bde. (1969).
30 Kl. *Günzel*, König der Romantik. Das Leben des Dichters Ludwig Tieck (1986^{2}).
31 H.M. *Kastinger-Riley*, Achim von Arnim (1979); H. *Baumgardt*, Bettina Brentano und Achim von Arnim. Lehrjahre einer Liebe (1999).
32 Achim *von Arnim* und Clemens Brentano. Freundschaftsbriefe, 2 Bde. Hg. v. H. Schultz (1998).
33 H. *Schultz*, Schwarzer Schmetterling.
34 R. *Fischer*, Adalbert von Chamisso. Weltbürger, Naturforscher und Dichter (1990).
35 C. *Hohoff*, Heinrich von Kleist (1999^{32}).

6. Freundschaftsbünde

1 Friedrich *Schleiermacher*, Kritische Gesamtausgabe. Briefwechsel und biographische Dokumente, Bd. 2 (1888) 217f.

2 Zuletzt R. *van Dülmen*, Freundschaftskult und Kultivierung der Individualität um 1800, in: R. van Dülmen (Hg.), Entdeckung des Ich. Die Geschichte der Individualisierung vom Mittelalter bis zur Gegenwart (2001) 267–286.
3 Achim *von Arnim* und Clemens *Brentano*. Freundschaftsbriefe. Hg. v. H. Schultz, 2 Bde. (1998).
4 Friedrich *Schleiermacher*, Briefwechsel (1799–1800), Bd. 3 (1992) 121.
5 Fr. *Kemp* (Hg.), Rahel Varnhagen und ihre Zeit (Briefe 1800–1833) (1968) 268.
6 Clemens *Brentano*, Sämtliche Werke und Briefe, Bd. 31 (Briefe 3) (1991) 105.
7 Briefe an Ludwig *Tieck*. Hg. v. K. v. Holtei, Bd. 3 (1864) 264.
8 Vgl. die Familiengeschichte Cl. Brentanos insbesondere.
9 Arno *Schmidt*, Fouqué und einige seiner Zeitgenossen (1993).
10 D. *Hertz*, Die jüdischen Salons im alten Berlin (1991); U. *Janetzki* (Hg.), Henriette Herz. Berliner Salon. Erinnerungen und Portraits (1984).
11 *Schleiermacher*, Briefwechsel Bd. 3, 46.
12 W. *Mänser*/B. *Becker-Cantarino* (Hg.), Frauenfreundschaft – Männerfreundschaft. Literarische Diskurse im 18. Jh. (1991).
13 *Tieck* and *Solger*. The complete Correspondence. Hg. v. P. Matenko (1933) 93.
14 Wilhelm Heinrich *Wackenroder*, Sämtliche Werke und Briefe. Hg. v. S. Vietta – R. Littlejahns, 2 Bde. (1991).
15 K. *Günzel*, König der Romantik. Das Leben des Dichters Ludwig Tieck (1986^2) 98f.
16 Ebd. 363.
17 *Novalis*. Schriften. Bd. 4. Tagebücher, Briefwechsel, zeitgenössische Zeugnisse. Hg. v. R. Samuel (1975).
18 Friedrich *Schlegel*, Briefe, Bd. 23, 40.
19 Ebd. 90/117.
20 E. *Behler*, Frühromantik (1992).
21 *von Arnim – Brentano*, Freundschaftsbriefe.
22 Ebd. 27.
23 *Brentano*, Briefwechsel, Bd. 3, 158.
24 *von Arnim – Brentano*, Freundschaftsbriefe Bd. 2, 221.
25 Ebd. I, 13.
26 Ebd. II, 628.
27 C. *Stern*, Der Text meines Herzens. Das Leben der Rahel Varnhagen (1994).
28 *Schlegel*, Briefe Bd. 24, 165.

7. Briefwechsel – Selbstbekenntnisse

1 Fr. *Kemp* (Hg.), Rahel Varnhagen im Umgang mit ihren Freunden (Briefe 1793–1833) (1967) 183f.
2 Zur Geschichte der immer noch ungenügend erforschten Briefkultur des 18. Jahrhunderts: Gg. *Steinhausen*, Geschichte des deutschen Briefes. Eine Kulturgeschichte des deutschen Volkes (ND 1968); H.E. *Bödeker*, Über den Prozeß der Aufklärung in Deutschland im 18. Jahrhundert (1987); R. *van Dülmen*, Religion, Magie, Aufklärung (= Kultur und Alltag in der Frühen Neuzeit Bd. 3) (1994) 236ff.
3 vgl. allgemein: W. *Breyer* – H. Chr. *Täubrich*, Der Brief. Eine Geschichte der schriftlichen Kommunikation (1996).
4 R.M.G. *Nickisch*, Die Frau als Briefschreiberin im Zeitalter der deutschen Aufklärung, in: Wolfenbüttler Studie zur Aufklärung 3 (1976) 39ff.; G. *Brinker-Gabler* (Hg.), Deutsche Literatur

von Frauen. Bd. 1: Vom Mittelalter bis zum Ende des 18. Jahrhunderts (1988) 389ff.; *Dies.*, Deutsche Literatur von Frauen, Bd. 2: 19. und 20. Jahrhundert (1988) 13ff. (v.a. Beitrag von B. Hahn).

5 Achim *von Arnim* und Clemens *Brentano*, Freundschaftsbriefe, 2 Bde. (1998).

6 E.T.A. *Hoffmann*, Briefwechsel. Hg. v. Fr. Schnapp, 3 Bde. (1967/69).

7 Briefe an Ludwig *Tieck*. Hg. v. K. v. Holtei, 4 Bde. (1864); Ludwig *Tieck* und die Brüder *Schlegel*. Hg. v. H. Lüdeke (1930); *Tieck* and *Solger*. The complete Correspondence. Hg.v. P. Matenko (1933).

8 G. *Schiwy*, Eichendorff. Der Dichter in seiner Zeit. Eine Biographie (2000).

9 Friedrich Karl *von Savigny*. Ein Bild seines Lebens mit einer Sammlung seiner Briefe. Hg. v. A. Stoll, 3 Bde. (1927/9).

10 Kritische Friedrich-*Schlegel*-Ausgabe. 3. Abt. Briefe von und an Friedrich und Dorothea Schlegel (1980/7), unvollständig; S. *Damm* (Hg.), Caroline Schlegel-Schelling. Die Kunst zu leben (1997); Briefe von und an August Wilhelm Schlegel. Hg. v. I. *Körner*, 2 Bde. (1930); Krisenjahre der Frühromantik – Briefe aus dem Schlegelkreis. Hg. v. I. *Körner*, 3 Bde. (1969); Dorothea v. Schlegel und deren Söhne Johannes und Philipp Veit. Briefwechsel. Hg. v. I.M. *Raisch*, 2 Bde. (1889).

11 Clemens *Brentano*, Sämtliche Werke und Briefe, Bd. 29 (Brief 1) (1988ff.); Achim *von Arnim* und Clemens *Brentano*. Freundschaftsbriefe. Hg. v. H. Schultz, 2 Bde. (1998); Das unsterbliche Leben. Unbekannte Briefe von Clemens Brentano. Hg. v. W. *Schellberg* – Fr. *Fuchs* (1939); Bettine und Arnim. Briefe der Freundschaft und Liebe. Hg. v. O. Betz – V. Straub, 2 Bde. (1986); Achim und Bettina in ihren Briefen. Briefwechsel von Achim von Arnim und Bettina Brentano. Hg. v. W. *Vordtriede*, 2 Bde. (1988).

12 *Novalis*. Schriften. Bd. 4. Tagebücher, Briefwechsel, zeitgenössische Zeugnisse. Hg. v. R. Samuel (1975).

13 D. *von Gersdorff* (Hg.), Lebe der Liebe und liebe das Leben. Der Briefwechsel von Clemens Brentano und Sophie Mereau (1983^2).

14 B. *Weißenborn* (Hg.), Ich sende Dir ein zärtliches Pfand. Die Briefe der Karoline von Günderode (1992).

15 Briefe von und an Heinrich von Kleist 1793–1811. Hg. v. Kl. Müller-Selget – St. Ormanns (= Heinrich *von Kleist*, Sämtliche Werke und Briefe, Bd. 4) (1997).

16 Rahel-Bibliothek. Rahel *Varnhagen*. Gesammelte Werke. Hg. v. K. Feilchenfeldt, U. Schweikert und R.E. Steiner, 10 Bde. München (o.D.); Fr. *Kemp* (Hg.), Rahel Varnhagen mit Alexander von der Marwitz (1966); *Ders.*, Rahel Varnhagen. Briefwechsel mit August Varnhagen von Ense (1967); *Ders.*, Rahel Varnhagen im Umgang mit ihren Freunden (1967); *Ders.*, Rahel Varnhagen und ihre Zeit (Briefe 1800–1833) (1968).

17 Bettine von Arnim, Clemens Brentanos Frühlingskranz, Die Günderode. Hg. v. W. Schmitz (= Bettina *von Arnim*, Werke und Briefe, Bd. 1) (1986).

18 Rahel. Ein Buch des Andenkens für die Freunde, 3 Bde. (1834).

19 Vgl. Anm. 10.

20 Vgl. Ebd.

21 Vgl. Ebd.

22 *Körner* (Hg.), Krisenjahre der Frühromantik.

23 Vgl. Achim von *Arnim* und Clemens *Brentano*, Freundschaftsbriefe (1998).

24 Vgl. Anm. 11.

25 Vgl. Anm. 13.

26 H.M. *Enzensberger* (Hg.), Requiem für eine romantische Frau. Die Geschichte von Auguste Bussmann und Clemens Brentano (1988).

27 H. *Schiel*, Clemens Brentano und Luise Hensel (1956).

28 W. *Frühwald* (Hg.), Clemens Brentano. Briefe an Emilie Linder (1969).

29 Briefwechsel zwischen Clemens Brentano und Sophie Mereau. Hg. H. Amelung, 2 Bd. (1908) 178.
30 Briefe von und an Heinrich *von Kleist* 1793–1811, (1997).
31 Vgl. Ebd. 50q.
32 Vgl. Anm. 16
33 Rahel-Bibliothek Bd. 10, 38.

8. Der Schlegelkreis in Jena

1 S. *Damm* (Hg.), Caroline Schlegel-Schelling. Die Kunst zu leben (1997) 262f.
2 L. *Tieck*, Phantasus 106.
3 Th. *Ziolkowski*, Das Wunderjahr in Jena. Geist und Gesellschaft 1794/95 (1998) 36.
4 Ebd. 19.
5 Allgemein: Fr. *Strack* (Hg.), Evolution des Geistes. Jena um 1800. Natur und Kunst, Philosophie und Wissenschaft im Spannungsfeld der Geschichte (1994).
6 *Ziolkowski*, Das Wunderjahr in Jena 25.
7 N. *Boyle*, Goethe. Der Dichter in seiner Zeit II 1791–1803 (1999) 338f.
8 W.G. *Jacobs*, Joh. Gottlieb Fichte (1991).
9 K. *von Hammerstein*, Sophie Mereau-Brentano: Freiheit – Liebe – Weiblichkeit. Trikolore sozialer und individueller Selbstbestimmung um 1800 (1994).
10 Vgl. S. 98ff.
11 Kritische Friedrich-*Schlegel*-Ausgabe Bd. 23 (= Briefe von und an Friedrich und Dorothea Schlegel = Bis zur Begründung der romantischen Schule) (1987) Einleitung von E. Behler.
12 *Damm* (Hg.), Caroline Schlegel-Schelling 240.
13 Ebd.
14 Kritische Friedrich-*Schlegel*-Ausgabe Bd. 23 (Briefe) 211.
15 *Damm* (Hg.), Caroline Schlegel-Schelling 241.
16 J. *Kirchhoff*, Schelling (1994[4]); F.W.I. *Schelling*, Briefe und Dokumente, Bd. 1: 1775–1809. Hg. v. H. Fuhrmans (1962).
17 Joh. Wilhelm *Ritter*, Fragmente aus dem Nachlasse eines jungen Physikers. Ein Taschenbuch für Freunde der Natur. Hg. v. St. u. B. Dietzsch (1984); Fr. *Klemm* – A. *Hermann* (Hg.), Briefe eines romantischen Physikers (1966).
18 G. *Schulz*, Novalis (1996[13]).
19 R. *Paulin*, Ludwig Tieck (1987).
20 Vgl. *Damm* (Hg.) Caroline Schlegel-Schelling 241.
21 *Damm* (Hg.), Caroline Schlegel-Schelling 267f.
22 Kritische Friedrich-*Schlegel*-Ausgabe Bd. 23 (Briefe) 216.
23 *Damm* (Hg.), Caroline Schlegel-Schelling 280f.
24 Ebd. 284.
25 Vgl. E. *Kleßmann*, Caroline. Das Leben der Caroline Michaelis-Böhmer-Schlegel-Schelling (1975).
26 *Damm* (Hg.), Caroline Schlegel-Schelling 286; R. *Schmitz* (Hg.), Die ästhetische Prügeley. Streitschriften der antiromantischen Bewegung (1992).
27 Vgl. Briefwechsel zwischen W. u. Fr. Schlegel.
28 Kritische Friedrich-*Schlegel*-Ausgabe Bd. 23 (Briefe) 129.
29 E. *Behler*, Frühromantik (1992).
30 Kritische Friedrich-*Schlegel*-Ausgabe Bd. 23 (Briefe) 129.

31 Ebd. Bd. 24, 288.
32 *Novalis*, Schriften. Bd. 4. Tagebücher, Briefwechsel, zeitgenössische Zeugnisse. Hg.v. R. Samuel (1975) 140.
33 Kritische Friedrich-*Schlegel*-Ausgabe Bd. 24 (Briefe) 133.
34 Friedrich *Schlegel*, Kritische Schriften und Fragmente (= Studienausgabe Bd. 2) (1988) 185.
35 E. *Behler*, Friedrich Schlegel (1996[6]); Athenaeum. Eine Zeitschrift. Hg. v. August Wilhelm *Schlegel* und Friedrich *Schlegel*, 3 Bde. (ND 1992) Nachw. v. E. Behler.
36 Kritische Friedrich-*Schlegel*-Ausgabe Bd. 23 (Briefe) 81.
37 Ebd. Bd. 24, 31.
38 Athenaeum Bd. 1.
39 W. *Flitner*, August Ludwig Hülsen und der Bund der freien Männer (1913).
40 Ludwig *Tieck* und die Brüder *Schlegel*, Briefe. Hg. v. E. Lohner (1972).
41 *Damm* (Hg.), Caroline Schlegel-Schelling 290.
42 Vgl. *Behler*, Schlegel 93ff.
43 G. *Schulz*, Romantik. Geschichte und Begriff (1996).
44 *Novalis*. Schriften. Bd. 4 (Briefwechsel) 545.
45 *Schlegel*, Kritische Schriften und Fragmente 114f.
46 Vgl. *Schulz*, Romantik.
47 H. *Heine*, Die romantische Schule (1835).
48 Fr. *Böckelmann* (Hg.), Die Schriften zu J.G. Fichtes Atheismus-Streit (1969); A.I. *La Vopa*, Fichte. The Self and the Calling of Philosophy 1762–1799 (2001).
49 *Damm* (Hg.), Caroline Schlegel-Schelling 64.
50 H. *Steffens*, Was ich erlebte (1956).
51 *Schelling*, Briefe und Dokumente.
52 A. *Althaus*, Hegel und Die heroischen Jahre der Philosophie.

9. Die Berliner Gesellschaften

1 U. *Janetzki* (Hg.), Henriette Herz. Berliner Salon. Erinnerungen und Portraits (1984) 49f.
2 Eine neuere Geschichte der Berliner Romantik liegt nicht vor.
3 P. *Wilhelmy*, Der Berliner Salon im 19. Jahrhundert (1780–1914) (1989).
4 H. *Möller*, Aufklärung in Preussen. Der Verleger, Publizist und Geschichtsschreiber Friedrich Nicolai (1974).
5 Madame de Staël, Über Deutschland (1985) 107f.
6 *Wilhelmy*, Der Berliner Salon; P. *Seibert*, Der literarische Salon. Literatur und Geselligkeit zwischen Aufklärung und Vormärz (1993); H. *Schultz* (Hg.), Salons der Romantik (1997); D. *Gaus*, Geselligkeit und Gesellige. Bildung, Bürgertum und bildungsbürgerliche Kultur um 1800 (1998); R. *Strube* (Hg.), Sie aßen und tranken am Teetisch. Anfänge und Blütezeit der Berliner Salons 1789–1811 (1991).
7 Ebd.
8 Ebd.
9 D. *Hertz*, Die jüdischen Salons im alten Berlin (1991).
10 Friedrich *Schleiermacher*, Kritische Gesamtausgabe. Briefwechsel und biographische Dokumente. Bd. 2: Briefwechsel 1796–1798 (1988); Briefe von Schleiermacher an seine Schwester v. 2.7./16.8.1798, S. 370.
11 *Wilhelmy*, Der Berliner Salon 44ff.

12 *Herz*, Berliner Salon 50.
13 *Wilhelmy*, Der Berliner Salon 46.
14 Ebd. 49ff.
15 Ebd.
16 *Herz*, Berliner Salon 82.
17 W. *Jasper*, Keinem Vaterland geboren. Ludwig Börne. Eine Biographie (1989).
18 K. *Nowak*, Schleiermacher. Leben, Werk und Wirkung (2001).
19 Fr. *Schleiermacher*, Schriften. Hg. v. A. Arndt (1996) 93ff.
20 Ebd. 65.
21 *Nowak*, Schleiermacher 92ff.
22 C. *Stern*, Der Text meines Herzens. Das Leben der Rahel Varnhagen (1994); U. *Isselstein*, Die Titel der Dinge sind das Fürchterlichste. Rahel Levins „Erster Salon". B. *Hahn*, Der Mythos vom Salon. „Rahels Dachstube" als historische Fiktion, in: Schultz (Hg.), Salons der Romantik 171ff.; 213ff.
23 Ebd.
24 Fr. *Kemp* (Hg.), Rahel Varnhagen, Briefwechsel mit August Varnhagen von Ense (1967) 133.
25 Vgl. *Wilhelmy*, Der Berliner Salon 865ff.
26 Fr. *Kemp* (Hg.), Rahel Varnhagen im Umgang mit ihren Freunden (Briefe 1793–1833) (1967) 358.
27 *Stern*, Der Text meines Herzens 84.
28 Fr. *Kemp* (Hg.), Rahel Varnhagen und ihre Zeit (Briefe 1800–1833) (1968) 148.
29 *Stern*, Der Text meines Herzens.
30 *Stern*, Der Text meines Herzens 125ff.
31 *Kemp* (Hg.), Rahel Varnhagen im Umgang mit ihren Freunden 229.
32 I. *Katz*, Aus dem Ghetto in die bürgerliche Gesellschaft. Jüdische Emanzipation 1770–1870 (1986).
33 *Stern*, Der Text meines Herzens 245.
34 Ebd.
35 W. *Hädecke*, Heinrich Heine. Eine Biographie (1985); *Reissner*, Eduard Gans; *Jasper*, Keinem Vaterland geboren.
36 G. *Schulz*, Die deutsche Literatur zwischen Französischer Revolution und Restauration, 2 Bde. (1989) 84ff.
37 Vgl. Bd. II.
38 *Schulz*, Die deutsche Literatur 85f.
39 Ebd.
40 Ebd. 86.
41 J. *Knaack*, Achim von Arnim – Nicht nur Poet. Die politischen Anschauungen in ihrer Entwicklung (1976); H. *Härtl*, Romantischer Antisemitismus: Arnim und die Tischgesellschaft, in: Weimarer Beiträge 7 (1987) 1159–1173; H. *Schultz*, Schwarzer Schmetterling. Zwanzig Kapitel aus dem Leben des romantischen Dichters Clemens Brentano (2000) 255ff.
42 Clemens *Brentano*, Sämtliche Werke und Briefe Bd. 32 (Briefe IV) (1996) 193.
43 Ebd. 217.
44 Achim v. Arnim, Bericht, in: Ders., Schriften (= Achim *von Arnim*, Werke VI) (1992) 361.
45 Clemens *Brentano*, Der Philister vor, in und nach der Geschichte. Scherzhafte Abhandlung (o.D.).
46 *Schulz*, Die deutsche Literatur 89.
47 *Brentano*, Der Philister 13.
48 Eine gründliche Untersuchung über die Wirkung der Gesellschaft wäre vonnöten.
49 E.T.A. *Hoffmann*, Die Serapionsbrüder. Hg. v. W. Segebrecht (= E.T.A. Hoffmann, Sämtliche Werke IV) (2001) (Kommentare); vgl. u.a. auch A. *Schmidt*, Fouqué und einige seiner Zeitgenossen (1993) 358ff.

50 „Was die Zeichnung im Bilde zeigt.
Hier hat H. zunächst seine neue Wohnung, Ecke Tauben- und Charlottenstraße, im Haus des Geheimen OberBauraths von Alten, im Grundriß dargestellt. Der Eingang befindet sich TaubenStraße No 31; zwei Treppen hinaufsteigend gelangt man in einen Flur, von dem eine Nebentür in die Küche mit dahinter gelegener DomestikenStube, die Haupttür in die eigentliche Wohnung führt. Sie besteht aus einem Vorzimmer, dem PrunkZimmer, dem Zimmer der Frau (dessen Eckfenster H. während seiner letzten Krankheit als Ausguck benutzte), der ArbeitsStube, dem SchlafCabinet (worin H. und Frau in ihren Betten ruhen) und einem Cabinet. 5 Fenster gehen auf die Taubenstraße, 3 auf die Charlottenstraße. Aus dem mittleren dieser 3 Fenster, dem des Arbeitszimmers, guckt der RegierungsRath Hoffmann heraus: die dampfende Pfeife im Munde wendet er sich seinem Nachbarn, dem Schauspieler Devrient zu, der seinerseits, ebenfalls rauchend, aus seiner im selben Hause gelegenen Wohnung, Charlottenstraße 38, zu H. hinüberblickt.
Weiter links im Hause auf der Charlottenstraßenseite, befindet sich ein Großes Magazin abgezogener Walzer, versinnbildlicht durch einen Geiger und einen Tänzer; links um die Ecke, auf der Jägerstraße, befindet sich ein Magasin de Modes, in dessen Schaufenster geputzte Damenköpfe und -hüte ausgestellt sind. Über die Charlottenstraße marschiert ein Soldat mit geschultertem Gewehr in Richtung auf die ‚Linden' zu, vor ihm her springt ein Hund, während drei Damen in entgegengesetzter Richtung auf drei Gemüseweiber zuschreiten, die auf dem GensdarmesMarkt ihre Waren feilhalten.
Inmitten dieses Marktes erhebt sich Langhans' Schauspielhaus, flankiert durch die beiden Zwillingsdome, die französische Kirche und die deutsche Kirche. Auf den Kuppeln der Gotteshäuser sitzen zwei Gloekner, die mit einer großen Glocke in der Hand einander zuläuten; den Giebel des Kunsttempels hat dagegen ein Affe erklettert.
In diesem TheaterGebaüde, dessen Eingang auf der JägerStraße liegt, findet gerade eine TanzProbe statt, und im Orchesterraum, bei leerem Parterre, üben Choristen. Im DirektionsZimmer drängen sich 4 servil gebückte Dichter dem stocksteif und in der Uniform eines Kammerherrn zugeknöpft dastehenden GeneralIntendanten Graf Brühl entgegen. Dieses Allerheiligste geht auf die Taubenstraße; sehr passender Weise stehen draußen vor der Schmalseite des Theaters, wohl noch von der Siegesfeier her, 2 qualmende Pylonen – Raußfaß No 1 und Rauchfaß No 2. In die Restauration im Theater schleppt indessen – die TheaterUhr zeigt 12 – der dicke Capellm(eister) Weber, dessen kahler Kopf vor Anstrengung raucht, auf beiden Armen offenbar kulinarische Genüsse herbei, während vor ihm eine Unzahl Beefsteaks den Boden pflastern; zu ihren Seiten je ein Pokal Madeira und Chambertin. Rechts von dem imposanten Musikdirektor steht der zierliche Kreisler mit gekreuzten Armen und blickt ihn erwartungsvoll an.
Was die theatralischen Genüsse betrifft, so erblickt man vor der anderen Schmalseite des Schauspielhauses, zur Jägerstraße hin, Epimenides in antiker Tracht. Zur Jahresfeier des Sieges von 1814 wurde Goethes allegorisches Festspiel Des Epimenides Erwachen (mit Musik von B.A. Weber und Balletts von Telle) im Opernhause am 30. und 31. März 1815 aufgeführt, obwohl Napoleon unterdes von Elba zurückgekehrt war; es wurde bis zum 5. April 1816 noch dreimal wiederholt. (H.s späterer Liebling, die damals 17jährige Johanna Eunike, spielte darin eine der 5 Tugenden, und zwar die Liebe.) In einem „Vorwort an die Zuschauer" (die sich nach einem Berliner Witzwort fragten: I wie men'n Sie des?) versuchte Professor Levezow die Allegorien genießbar zu machen, und nachdem er solchergestalt in den Geist des Werkes eingedrungen war, machte er sich daran, eine Art von zweitem Teil zu dichten, Des Epimenides Urtheil, der (ebenfalls mit Musik von B.A. Weber) „zur Feier des Sieges bei la Belle Alliance (18. Juni) und Einzugs der Preußen und des vereinten brittischen Heeres in Paris" (9.–10.Juli) am 16. und 17. Juli 1815 im Opernhause gegeben und zu Königs Geburtstag (3. August) zum zweiten und letzten Male wiederholt wurde; zur Erleichterung des Berliner Publikums, das Levezows Epimenides mit „I wie gemen is des" bezeichnete.

Ob H. nun den Goetheschen oder Levezowschen Epimenides dargestellt hat, bleibt die Frage; gefallen haben ihm wohl beide nicht übermäßig.
Auf seiner Zeichnung stellt H. weiter Anna Milder-Hauptmann, die nach ihrem Engagement im selben Hause wie er und Ludwig Devrient wohnte, als Armida in Glucks Oper dar, also in der ersten Gastrolle der großen Künstlerin (9. Juni 1815); die Primadonna trägt in der Rechten einen Zauberstab, mit dem sie anscheinend einen Zauberkreis um sich gezogen hat, während sie in der Linken einen Pokal emporhält. Aus einer Menagerie entlaufen sind offenbar ein Loewe, der schweifwedelnd vor Armida haltmacht, sowie ein Straus, der auf der Markgrafenstraße einherstolziert. Schließlich weisen 4 gestikulierende Juden in der Ecke Charlotten- und Jägerstraße mit der Überschrift Unser Verkauf auf den Einakter des 1813 verstorbenen Breslauer Arztes und Lustspielverfassers Carl Sessa hin. Die Posse Unser Verkehr in jüdischem Dialekt wurde, nachdem sie bereits einstudiert war, zunächst nicht zur Darstellung freigegeben und kam erst am 2. September 1815 auf die Bühne – mit Wurm und Devrient als Hauptakteuren. „Devrient hatte“, wie Gustav Parthey in seinen Jugenderinnerungen erzählt, „in dem Stück die Hauptrolle eines eben flügge gewordenen Judenjungen, der auf die Wanderschaft geht, um Geld zu erwerben. Da die Rollen alle schon eingelernt waren, als das Stück inhibirt ward, so machte sich Devrient ein Vergnügen daraus, ganze Scenen in dem Weinhause bei Lutter und Wegner, das er alle Tage besuchte, darzustellen.“
Von anderen persönlichen Bekannten H.s sind auf der Zeichnung dargestellt der schon genannte Geh. OberBaurath von Alten, wie er einen Zollstock an eine Mausefalle legt, die er im gotischen Kirchenstil erbaut hat. Ferner der Baron Fouqué aus Nennhausen in Uniform und Federhut in offenem Wagen sitzend, wie er sich die Taubenstraße entlang im Galopp kutschieren läßt. Sodann – bescheidener zu Fuß – zwei bedeutendere Männer, Ludwig Tiek (mit Spazierstock, aus Ziebingen zu Besuch gekommen), gefolgt von Brentano, beide die MarkgrafenStraße entlang schlendernd. Brentano hat seinen „alten, vom Wetter schon sehr angegriffenen Hut ... tief ins Gesicht gedrückt“, wie er es seiner Seelenfreundin Luise Hensel beschreibt. Den beiden Dichtern entgegen kommt Tiecks Ex-Schwager Bernhardi, Direktor des Friedrichswerderschen Gymnasiums. Hr. Kunz aus Bamberg hat sich in die Restaurat(ion) u: Große Weinstube bey Schonert an der Ecke Markgrafen- und Taubenstraße begeben, wo er die riesigen WeinZettel und SpeiseZettel studiert, während andere Gäste bereits die Freuden des Gaumens genießen.
Die nähere Umgebung von H.s Wohnung bietet Herrn Kunz aber noch mehrere Möglichkeiten zur Restaurierung: die Italiänische Handl(ung) bey Thiermann und der JägerStraße, wo es Austern, Caviar pp gibt und wo außerdem Extrafeiner Rum zu haben ist (Hoffmann hatte sie bereits in den Abentheuern der Sylvester-Nacht öffentlich berühmt); die Italiänische Waarenhandlung Moretti auf der Französischen Straße, in deren Schaufenster allerlei Spezialitäten locken und woselbst ebenfalls Extrafeiner Rum lagert, sowie die Restaur(ation) u: Weinstube – nebst Weinhandel – Lutter & Wegner, H.s späteres Hauptquartier, auf der Charlottenstraße, Ecke Französische Straße, woselbst sich zwei Gäste niedergelassen haben.
Weit weniger anziehend als diese einladenden Stätten ist das entlegenere Kammergericht im äußersten Winkel oben rechts der Zeichnung, vor dem sich – in angemessener Entfernung – ein Anonymus zu einem unaufschiebbaren Geschäft niedergekauert hat.
Den Übergang zu phantastischen Gestalten bildet Schlemihl, der als Ebenbild seines Schöpfers Chamisso in altdeutscher Tracht, Pfeife rauchend, in die Markgrafenstraße einbiegt und in Richtung auf die Taubenstraße loswandert. Schlemihl-Chamisso läßt ungerührt seinen Leidensgefährten aus den Abentheuern der Sylvester-Nacht, den armen Erasmus Spikher, links liegen, der sich umsonst bemüht, in einem Handspiegel sein verlorenes Spiegelbild wiederzufinden; dieweil der höllische Doktor Dapertutto, die Kurtisane Giulietta am Arm, raschen Schrittes die Charlottenstraße entlang schreitend soeben die Jägerstraße überquert. Links oben im Bilde spaziert Der Student Anselmus aus dem 3. Band der Fantasiestücke; er hat sich in Sonntagsstaat geworfen und schmaucht selbstzufrieden seinen Knaster. Achtlos ist er an der goldgrünen Serpentina vor-

übergegangen, die sich, um einen Holunderzweig geschlungen, dem Ungetreuen liebevoll nachreckt; wogegen unterhalb Der Conr(ector) Paulmann, den Dreispitz unterm Arm, in entgegengesetzter Richtung lustwandelt.
Diese beiden Gestalten aus dem Dresdener Märchen, dem Goldenen Topf, auf Berliner Straßen zu sehen, mußte den Verlegen der Fantasiestücke natürlich besonders amüsieren." Vgl. E.T.A. Hoffmans Briefwechsel Bd. 2 (1968), 65ff.

51 Vgl. v.a. R. *Safranski*, E.T.A. Hoffmann. Das Leben eines skeptischen Phantasten (1984).
52 Vgl. *Schmidt*, Fouqué und einige seiner Zeitgenossen.
53 G. *Schiwy*, Eichendorff. Der Dichter in seiner Zeit. Eine Biographie (2000).
54 *Schmidt*, Fouqué und einige seiner Zeitgenossen.
55 Vgl. S. *Goslich*, Die deutsche romantische Oper (1975); W. *Konold*, Felix Mendelssohn-Bartholdy und seine Zeit (1996^2).
56 *Schiwy*, Eichendorff 460ff.
57 Eine Ausnahme: Bettine von Arnim, die sich nicht aus der Öffentlichkeit verdrängen ließ. Vgl. I. *Drewitz*, Bettine von Arnim (1992^2).

10. Die Heidelberger Romantik

1 Achim *von Arnim* und Clemens *Brentano*. Freundschaftsbriefe. Hg. v. H. Schultz, Bd. 2 (1998) 503ff.
2 Joseph *von Eichendorff*, Werke (1966) 1527.
3 Fr. *Strack* (Hg.), Heidelberg im säkularen Umbruch. Traditionsbewußtsein und Kulturpolitik um 1800 (1987).
4 Ebd.
5 Ebd. 252
6 R. *Paulin*, Ludwig Tieck (1987).
7 *Strack* (Hg.), Heidelberg
8 L. *Pikulik*, Die sogenannte Heidelberger Romantik. Tendenzen, Grenzen, Widersprüche. Mit einem Epilog über das Nachleben der Romantik heute, in: Strack (Hg.), Heidelberg im säkularen Umbruch 190ff. Dazu älteste Darstellung von H. *Levin*, Die Heidelberger Romantik (1922).
9 H. *Schultz*, Schwarzer Schmetterling. Zwanzig Kapitel aus dem Leben des romantischen Dichters Clemens Brentano (2000) 147ff.
10 G. *Schiwy*, Eichendorf. Eine Biographie (2000).
11 Clemens *Brentano*, Sämtliche Werke und Briefe Bd. 31 (Briefe III) (1991) 413ff.
12 Ebd. 73f.
13 J. *von Görres*, Ausgewählte Werke und Briefe. Hg. v. W. Schellberg, 2 Bde. (1911).
14 *Eichendorff*, Werke 1527.
15 G. *Schiwy*, Eichendorff. Der Dichter in seiner Zeit (2000).
16 *Eichendorff*, Werke 1529.
17 *von Görres*, Ausgewählte Werke und Briefe Bd. 2, 9ff.
18 Bettine und Arnim. Briefe der Freundschaft und Liebe 1806–1808. Hg. v. O. *Betz* – V. *Straub* Bd. 1(1986); B. *Baumgardt*, Bettine Brentano und Achim von Arnim. Lehrjahre einer Liebe (1999).
19 D. *von Gersdorff* (Hg.), Lebe der Liebe und liebe das Leben. Der Briefwechsel von Clemens Brentano und Sophie Mereau (1981).
20 B. *Weißenborn* (Hg.), „Ich sende Dir ein zärtliches Pfand". Die Briefe der Caroline von Günderode (1992).

21 *Schultz*, Schwarzer Schmetterling 152.
22 Ebd. 162.
23 H. *Gerstner*, Brüder Grimm (1997[9]).
24 *Eichendorff*, Werke 1529f.
25 *Schiwy*, Eichendorff 237.
26 *Schultz*, Schwarzer Schmetterling 163.
27 Ebd. 163ff.
28 Ebd.
29 *Schiwy*, Eichendorff 221ff.
30 *Eichendorff*, Werke 1531.

11. Dresdner Romantik

1 H. *Steffens*, Was ich erlebte (1956) 143.
2 K. *Günzel*, Romantik in Dresden. Gestalten und Begegnungen (1997).
3 Ebd. 36.
4 Briefe von und an Heinrich von Kleist 1793–1811. Hg. v. Kl. Müller-Selget – St. Ormanns (= Heinrich *von Kleist*, Sämtliche Werke und Briefe Bd. 4) (1997) 221.
5 *Günzel*, Romantik in Dresden 24.
6 Ebd. 27.
7 Ebd.
8 Ebd.
9 C. *Stern*, Ich möchte mir Flügel wünschen. Das Leben der Dorothea Schlegel (1990).
10 *Günzel*, Romantik in Dresden 50f.
11 Adam *Müller*, Kritische, ästhetische und philosophische Schriften. Hg. v. W. Schroeder – W. Siebert (1967).
12 C. *Hohoff*, Kleist (1999[32]).
13 *Günzel*, Romantik in Dresden 14.
14 *Hohoff*, Kleist 93ff.; M. *Emmrich*, Heinrich Kleist und Adam Müller: mythologisches Denken (1990).
15 R. *Safranski*, E.T.A. Hoffmann. Das Leben eines skeptischen Phantasten (1984) 353ff.
16 K. *Günzel*, König der Romantik. Das Leben des Dichters Ludwig Tieck (1986[2]).
17 *Günzel*, Romantik in Dresden 173.
18 R. *Safranski*, Schopenhauer und die wilden Jahre der Philosophie. Eine Biographie (1987).
19 *Günzel*, Romantik in Dresden.
20 W. *Hoffmann*, Caspar David Friedrich s. Naturwirklichkeit und Kunstwahrheit (2000).
21 *Künzel*, Romantik in Dresden 90.
22 Ebd.
23 Zur Diskussion: Norbert *Schnabel*, Gemalter Glaube. Caspar David Friedrich und die christliche Symbolik seiner Bilder (2001); *Hoffmann*, Friedrich 41ff.
24 J. *Traeger*, Philipp Otto Runge und sein Werk (1975).
25 Clemens Brentano – Philipp Otto Runge. Briefwechsel. Hg. v. K. *Feilchenfeldt* (1974).
26 *Künzel*, Romantik in Dresden 90.
27 Sabine *Falsert*, Die Entdeckung des Mittelalters. Geschichtsrezeption in der nazarenischen Malerei des frühen 19. Jahrhunderts (2000).
28 R. *Paulin*, Ludwig Tieck (1987).

29 S. *Goslich*, Die deutsche romantische Oper (1975); W.M. *Wagner*, Carl Maria von Weber und die deutsche Nationaloper (1994).
30 Ebd.
31 M. *Gregor-Dellin*, Richard Wagner. Sein Leben – Sein Werk – Sein Jahrhundert (1999^3).
32 H.A. *Krüger*, Pseudoromantik. Friedrich Kind und der Dresdner Liederkreis. Ein Beitrag zur Geschichte der Romantik (1904).
33 *Günzel*, Romantik in Dresden 114.
34 Fr. R. *Merkel*, Der Naturphilosoph G.H. Schubert und die deutsche Romantik (1913).
35 E.T.A. *Hoffmann*, Nachtstücke (1985).
36 W. *Genschorek*, Carl Gustav Carus. Arzt, Künstler, Naturforscher (1989).

12. Romantische Themen

1 Athenäum 116, in: Friedrich *Schlegel*, Kritische Schriften und Fragmente (= Studienausgabe Bd. 2) (1988) 114f.
2 L. *Pikulik*, Frühromantik. Epoche – Werke – Wirkung (1992); E. *Behler*, Frühromantik (1992).
3 Athenäums-Fragment (125), in: Friedrich *Schlegel*, Kritische Schriften und Fragmente (= Studienausgabe Bd. 2) (1988) 116.
4 Vgl. Bd. II.
5 *Schlegel*, Briefe Bd. 24, S. 67.
6 Athenäum Bd. 1 S. 94f.

13. Liebe – Ehe – Scheidung

1 Clemens *Brentano*, Sämtliche Werke und Briefe Bd. 31 (1991), Briefe III, 158ff.
2 Allgemein vgl.: P. *Kluckhohn*, Die Auffassung der Liebe in der Literatur des 18. Jahrhunderts und in der deutschen Romantik (1922); P. Borscheid, Geld und Liebe. Zu den Auswirkungen des Romantischen auf die Partnerwahl im 19. Jahrhundert, in: Ders.- H.-J. Teuteberg (Hg.), Ehe, Liebe, Tod. Studien zur Geschichte des Alltags (1985) 112-134; N. Luhmann, Liebe als Passion. Zur Codierung von Intimität (1984^4); A.-Ch. Trepp, Sanfte Männlichkeit und selbständige Weiblichkeit. Frauen und Männer im Hamburger Bürgertum zwischen 1770-1840 (1996).
3 H. *Möller*, Die kleinbürgerliche Familie im 18. Jahrhundert. Verhalten und Gruppenkultur (1969); R. van Dülmen, Kultur und Alltag in der Frühen Neuzeit. Bd. 1: Das Haus und seine Menschen (1995^2).
4 J. *Körner* (Hg.), Krisenjahre der Frühromantik. Briefe aus dem Schlegelkreis Bd. 1 (1969^2), XVIff. usw.; Bd. 3 (Kommentar).
5 E. *Schmidt* (Hg.), Caroline. Briefe aus der Frühromantik, 2 Bde. (1913); J. Körner (Hg.), Briefe von und an August Wilhelm Schlegel, 2 Bde. (1930).
6 K. von *Hammerstein*, Sophie *Mereau-Brentano*. Freiheit – Liebe – Weiblichkeit (1994).
7 Fr. *Kemp* (Hg.), Rahel *Varnhagen* im Umgang mit ihren Freunden (Briefe 1793-1833) (1967).
8 Vgl. u.a. S. *Damm* (Hg.), Caroline Schlegel-Schelling. Die Kunst zu leben (1997) 204. Als Caroline Schlegel unterstellt wurde, daß sie intime Beziehungen zu Georg Forster gepflegt hätte, antwortete sie: „Ich bin seine Freundinn, aber nicht im französischen Sinn des Worts“.

9 U. *Janetzki* (Hg.), Henriette *Herz*. Berliner Salon. Erinnerungen und Portraits (1984) 88. Henriette Herz und Dorothea Veit-Schlegel litten sehr darunter, daß Wilhelm von Humboldt das „Du“ später wieder aufgab.
10 *Achim* von Arnim und Clemens *Brentano*, Freundschaftsbriefe, Bd. 1. Hg. v. H. Schultz (1998).
11 Vgl. u.a. G. *Dux*, Geschlecht und Gesellschaft. Warum wir lieben. Die romantische Liebe und der Verlust der Welt (1994).
12 C. *Stern*, Ich möchte mir Flügel wünschen. Das Leben der Dorothea Schlegel (1990).
13 K. *Nowak*, Schleiermacher. Leben, Werk und Wirkung (2001).
14 E. *Behler*, Friedrich Schlegel (1996^{6}) 93ff.
15 C. *Stern*, Der Text meines Herzens. Das Leben der Rahel Varnhagen (1994) 63ff.
16 G. *Schulz*, Novalis (1996^{13}) 41ff.
17 Vgl. *Borscheid*, Geld und Liebe.
18 *Dux*, Geschlecht und Gesellschaft.
19 Vgl. U. *Frevert*, Frauen-Geschichte. Zwischen bürgerlicher Verbesserung und neuer Weiblichkeit (1986).
20 R. *Habermas*, Frauen und Männer des Bürgertums. Eine Familiengeschichte (1750-1850) (2000).
21 Cl. *Honegger*, Die Ordnung der Geschlechter. Die Wissenschaft vom Menschen und das Weib 1750-1850 (1991).
22 Am deutlichsten bei Cl. Brentano ausgesprochen. Vgl. Achim von Arnim und Clemens Brentano, Freundschaftsbriefe, Bd. 1. Hg. v. H. Schultz, 240f.
23 *Schulz*, Novalis 41ff.
24 R. *Safranski*, E.T.A. *Hoffmann*. Das Leben eines skeptischen Phantasten (1984) 238ff.
25 H.M. *Enzensberger* (Hg.), Requiem für eine romantische Frau. Die Geschichte von Auguste Bussmann und Clemens Brentano (1988).
26 Allerdings muß man bedenken, ein „richtiges“ Familienleben hatten nur wenige geführt. So u.a. Ludwig Tieck, Karl von Savigny und Achim von Arnim. Vgl. dazu Bd. II.
27 D. *Blasius*, Ehescheidung in Deutschland 1794-1945. Scheidung und Scheidungsrecht in historischer Perspektive (1987).
28 Briefe von und an Friedrich und Dorothea *Schlegel* Bd. 29 (1980) 289.
29 Ebd. 290.
30 Fichte, Briefe 4, 781.
31 Briefe von und an Friedrich und Dorothea *Schlegel* Bd. 24, 86.
32 Ebd. 196.
33 *Schlegel*, Briefe Bd. 24, 202.
34 Ebd. 224.
35 *Novalis*. Schriften, Bd. 4 Briefe 131 (?)
36 Friedrich *Schlegel*, Lucinde. Ein Roman. Hg. v. K.K. Polheim (1996) 72.
37 Bd. 73f.
38 *Nowak*, Schleiermacher 79ff.
39 C. *Stern*, Ich möchte mir Flügel wünschen. Das Leben der Dorothea Schlegel (1990) 123f.
40 *Schlegel*, Briefe Bd. 24, 266.
41 *Stern*, Ich möchte mir Flügel wünschen.
42 H. *Baumgardt*, Bettine Brentano und Achim von Arnim. Lehrjahre einer Liebe (1999).
43 I. *Drewitz*, Bettine von Arnim: Romantik. Revolution. Utopie. Eine Biographie (1992^{2}).
44 Vgl. Achim und Bettina in ihren Briefen. Briefwechsel von Achim von Arnim und Bettina Brentano, 2 Bde. (1988), hier Bd. 1.
45 Achim von *Arnim* und Clemens *Brentano*, Freundschaftsbriefe, Bd. 2, 617ff.
46 *Baumgardt*, Bettine Brentano und Achim von Arnim 373ff.; 410ff.
47 Ebd.

48 Ebd. 390.
49 Ebd. 393.
50 Ebd. 411.
51 Ebd. 426.
52 Ebd. 424.
53 Ebd.
54 Ebd.
55 Ebd.
56 *Blasius*, Ehescheidung.
57 S. *Damm* (Hg.), Caroline Schlegel-Schelling. Die Kunst zu leben (1997).
58 Ebd. 314.
59 *Damm* (Hg.), Caroline Schlegel-Schelling 330.
60 H. *Schultz*, Schwarzer Schmetterling. Zwanzig Kapitel aus dem Leben des romantischen Dichters Clemens Brentano (2000).
61 D. von *Gersdorff*, Dich zu lieben kann ich nicht verlernen. Das Leben der Sophie Brentano-Mereau (1984).
62 D. von *Gersdorff* (Hg.), Lebe der Liebe und liebe das Leben. Der Briefwechsel von Clemens Brentano und Sophie Mereau (1983^2) 35.
63 Ebd. 38.
64 Ebd. 48.
65 Ebd.
66 Ebd. 58.
67 Ebd. 66.
68 Clemens *Brentano*, Sämtliche Werke und Briefe Bd. 31 (1991) = Briefe III, 593.
69 *Enzensberger* (Hg.), Requiem für eine romantische Frau.
70 J. von *Görres*, Ausgewählte Werke und Briefe Bd. 2 (1911) 102f.
71 *Schultz*, Schwarzer Schmetterling 171ff.
72 Ebd.
73 Ebd. 34.
74 Ebd. 190.
75 Fr. *Binder*, Luise Hensel. Ein Lebensbild (1904^2); *W. Frühwald* (Hg.), Clemens Brentano, Briefe an Emilie Linder (1969); *Ders.*, Das Spätwerk Clemens Brentanos (1815-1842). Romantik im Zeitalter der Metternich'schen Restauration (1977).
76 *Damm* (Hg.), Caroline Schlegel-Schelling 418.
77 M. *Breuer*, Sophie Bernhardi geb. Tieck als romantische Dichterin. Ein Beitrag zur Geschichte der deutschen Romantik (1914).
78 *Körner* (Hg.), Krisenjahre der Frühromantik Bd. 1, 10.
79 Ebd. 27.
80 Ebd. Bd. 3, 452f.
81 K. *Günzel*, König der Romantik. Das Leben des Dichters Ludwig Tieck (1986^2) 333.
82 Vgl. H. *Jansen* (Hg.), Briefe aus dem Stolberg- und Novalis-Kreis (ND 1969).
83 *Günzel*, König der Romantik 239.
84 Ebd. 288.
85 Ebd. 452.

14. Glaube – Religion – Christentum

1 I.M. *Raich* (Hg.), Dorothea v. Schlegel und deren Söhne Johannes und Philipp Veit. Briefwechsel Bd. 1 (1881) 116-166.
2 H. *Lehmann*, Pietismus und weltliche Ordnung in Württemberg vom 17. bis zum 20.Jahrhundert (1969); E. *Beyreuther*, Gesammelte Aufsätze zum Pietismus und zur Erweckungsbewegung (1980); J. *Wallmann*, Der Pietismus (1990).
3 K. *Nowak*, Geschichte des Christentums in Deutschland. Religion, Politik und Gesellschaft vom Ende der Aufklärung bis zur Mitte des 20. Jahrhunderts (1995); A. *Rauscher* (Hg.), Religiös-kulturelle Bewegungen im deutschen Katholizismus seit 1800 (1986); E. *Coreth* u.a. (Hg.), Christliche Philosophie im katholischen Denken des 19. und 20. Jahrhunderts, Bd. 1 (1987).
4 Kritische Friedrich-*Schlegel*-Ausgabe Bd. 24 (1985) 185.
5 E. *Behler*, Friedrich *Schlegel* (1996^{6}); H. *Timm*, Die heilige Revolution. Das religiöse Totalitätskonzept der Frühromantik. Schleiermacher – Schlegel – Novalis (1978); R. *Brinkmann* (Hg.), Romantik in Deutschland (1978); *Coreth* u.a. (Hg.), Christliche Philosophie im katholischen Denken.
6 *Behler*, Schlegel; *Ders.*, Frühromantik (1992) 261ff.
7 Kritische Friedrich-*Schlegel*-Ausgabe Bd. 2, 312.
8 Ebd. Bd. 24, 205f.
9 Ebd. 207.
10 Ebd. 208.
11 Friedrich Schlegel, Ideen, in: Ders., Kritische Schriften und Fragmente (=Studienausgabe 2) (1988) 224.
12 G. *Schulz*, Novalis (1996^{13}) 95ff.
13 Friedrich *Schleiermacher*, Über die Religion. Reden an die Gebildeten unter ihren Verächtern, in: Ders., Schriften. Hg. v. A. Arndt (1996) 93ff. (43)
14 *Novalis*, Schriften. Bd. 4. Hg. v. R. Samuel (1975) 272.
15 *Novalis*, Die Christenheit oder Europa, in: Ders., Schriften. Bd. 3 (1968) 507ff.
16 Ebd. 493.
17 *Schulz*, Novalis 124.
18 Ebd. 126.
19 Ebd.
20 *Novalis*, Die Christenheit oder Europa 507.
21 Ebd. 523.
22 Ebd. 517f.
23 K. *Nowak*, Schleiermacher. Leben, Werk und Wirkung (2001).
24 Friedrich *Schleiermacher*, Schriften (1996) 93-148.
25 Fr. W. *Kantzenbach*, Friedrich Daniel Ernst Schleiermacher (1955^{7}) 50.
26 Ebd. 53.
27 *Schleiermacher*, Schriften 101.
28 *Kantzenbach*, Schleiermacher 61.
29 Ebd. 69.
30 Ebd. 68.
31 Vgl. Kap. 13.
32 Ebd.
33 J. *Traeger*, Philipp Otto Runge und sein Werk (1975) 31ff.

34 Heinrich von *Kleist*, Sämtliche Werke und Briefe, Bd. 4. Hg. v. Kl. Müller-Salget - St. Otmanns (1997) 225.
35 Vgl. G. *Schulz*, Die deutsche Literatur zwischen Französischer Revolution und Restauration, II. T. (1989) 218ff.
36 Vgl. D.W. *Schümann*, Aufnahme und Wirkung von Friedrich Leopold Graf zu Stolbergs Übertritt zur katholischen Kirche, in: Euphorion 50 (1956) 271-306; W. *Trunz* (Hg.), Fürstin Gallitzin und ihr Kreis, in: Westfalen 33 (1955) 1-108.
37 A. *Rauscher* (Hg.), Religiös-kulturelle Bewegungen im deutschen Katholizismus seit 1800 (1986); Coreth u.a. (Hg.), Christliche Philosophie im katholischen Denken; E. *Beyreuther*, Die Erweckungsbewegung (= Die Kirche in ihrer Geschichte) (1977).
38 Vgl. u.a. *Schulz*, Die deutsche Literatur zwischen Französischer Revolution und Restauration, II.T. 292ff.
39 K. *Günzel*, Romantik in Dresden. Gestalten und Begegnungen (1997).
40 C. *Schmitt*, Politische Romantik (1919).
41 Kl. *Gallwitz* (Hg.), Die Nazarener (1977).
42 L. *Guinet*, Zacharias Werner et l'ésotérisme maçonnique (1962).
43 E. *Behler*, Friedrich Schlegel (1996[6]) 93ff.
44 C. *Stern*, Ich möchte mir Flügel wünschen. Das Leben der Dorothea Schlegel (1990) 221ff.
45 S. *Boisserie*, Tagebücher I (1978).
46 Kritische Friedrich-Schlegel-Ausgabe, 29 Bde. (1980) 5.
47 E. *Behler*, Athenaeum. Die Geschichte einer Zeitschrift, in: Athenaeum (ND. 1992) III.
48 *Behler*, Schlegel 101.
49 J. *Körner* (Hg.), Krisenjahre der Frühromantik. Briefe aus dem Schlegelkreis, 3 Bde. (1958).
50 *Stern*, Ich möchte mir Flügel wünschen 97ff.
51 Vgl. u.a. Heinrich *Heine*, Schriften über Deutschland (1968).
52 Vgl. u.a. W. *Schieder* (Hg,), Religion und Gesellschaft im 19. Jahrhundert (1993).
53 Am entschiedensten vertraten *Novalis*, Friedrich *Schlegel* und Franz von *Baader* diesen Standpunkt. Vgl. G. *Schulz*, Novalis (1996[13]); *Behler*, Schlegel; D. *Baumgardt*, Franz von Baader und die philosophische Romantik (1927).
54 Ebd. Vgl. auch G. *Schiwy*, Eichendorff. Der Dichter in seiner Zeit. Eine Biographie (2000); H. Trapp (Hg,), Joseph Görres. Leben und Werk (1976[2]); B. *Wacker*, Revolution und Offenbarung. Das Spätwerk (1824-1848) von Joseph Görres. Eine politische Theologie)1990).
55 K. *Fleischmann*, Klemens Maria Hofbauer. Sein Leben und Seine Zeit (1988).
56 H. *Schultz*, Schwarzer Schmetterling. Zwanzig Kapitel aus dem Leben des romantischen Schriftstellers Clemens Brentano (2000); W. *Frühwald*, Das Spätwerk Clemens Brentanos (1815-1842). Romantik im Zeitalter der Metternich'schen Restauration (1977).
57 *Schultz*, Schwarzer Schmetterling 349.
58 F. *Spieker*, Luise Hensel als Dichterin. Eine psychologische Studie ihres Werdens auf Grund des handschriftlichen Nachlasses (1936).
59 *Schultz*, Schwarzer Schmetterling 384.
60 Vgl. *Frühwald*, Das Spätwerk Clemens Brentanos. Dazu Bd. II.
61 H.J. *Schoeps* (Hg.), Aus den Jahren preußischer Not und Erneuerung. Tagebücher und Briefe der Gebrüder Gerlach und ihres Kreises 1805-1820 (1963).
62 H. *Schiel* (Hg.), Johann Michael Sailer. Leben und Briefe, 2 Bde. (1948/52).
63 E. *Benz*, Die abendländische Sendung der östlich-orthodoxen Kirche. Die russische Kirche und das abendländische Christentum im Zeitalter der Heiligen Allianz (1950).
64 H. *Schraeder*, Aristokratie und Heilige Allianz (1963).
65 *Baumgardt*, Franz von Baader; F. *Härtl*, Franz von Baader (1970).
66 *Schulz*, Novalis.

67 Franz von *Baader*. Gesellschaftslehre. Hg. v. Hans Grassl (1957) 74ff.
68 Kritische Friedrich-*Schlegel*-Ausgabe Bd. 28 (Brief von Fr. Schlegel an A.W. Schlegel, 18.10.15) (1980/83)
69 Ebd.
70 B. *Hillebrand*, Ästhetik des Nihilismus. Von der Romantik zum Modernismus (1991).
71 *Schulz*, Novalis 152f.; *Behler*, Schlegel 79f. Besonders hervorzuheben ist der Beitrag Franz von Baaders.
72 Vgl. u.a. *Schulz*, Die deutsche Literatur zwischen Französischer Revolution und Restauration II 228ff.
73 Ebd. 229.
74 Ebd. 231.
75 Ebd. 233.
76 Ebd. 233.
77 Ebd. 234. Vgl. allgemein M. *Frank*, Der kommende Gott. Vorlesungen über die Neue Mythologie (1982).

Bildnachweis

Die Bildvorlagen stammen aus folgenden Museen, Archiven, Photoateliers und Publikationen:

A. Hübscher, Arthur Schopenhauer (1989): 93
Akademie der Künste, Berlin: 73, 167
B. Balzer/V. Mertens, Deutsche Literatur in Schlaglichtern (1990): 71, 237
Bundesarchiv Koblenz: 30
Chronik der Deutschen (1996): 58, 86, 193, 200, 229
C. Somerhage, Deutsche Romantik (1988): 17, 119, 240, 241, 259, 277, 283, 291, 296
Damals (31/1999): 35
E. Biedrzynski, Goethes Weimar (1994): 180
E. Haenel/E. Kalkschmidt, Das alte Dresden (1977): 224
E. Heilborn, Ernst, E. T. A. Hoffmann, (1926): 185, 207
E. Kleßmann, Die Mendelssohns (1997): 55
F. Böttger, Bettina von Arnim (1986): 137, 139, 302
F. Kantzenbach, Friedrich Daniel Ernst Schleiermacher (1995): 52, 74, 118
F. Löffler, Das alte Dresden (1989): 26, 222
F. Schnapp, E. T. A. Hoffmanns Briefwechsel (1968): 147
F. Strack, Heidelberg im säkularen Umbruch (1987): 218
G. Heckmann, Mein Herz war ganz erfüllt (2000): 145
G. Meinhardt, Die Universität Göttingen (1977): 69
Goethe- Museum, Düsseldorf: 98
G. Schulz, Novalis (1996): 171
H. Franz- Duhme, Schinkels Vorstadtkirchen (1991): 252
H. Richter, Berlin (1987): 120
H. Schulz, Schwarzer Schmetterling (2000): 60, 93, 140, 214, 249, 303, 305
H. Spiegelberg, Der Ritter Gluck von NN (1979): 205
H. Steinecke/J. Allroggen u. a., E. T. A. Hoffmann (1993): 202
H. Thomann Tewarson, Rahel Levin Varnahgen (1997): 96, 97
H. Westhoff-Krummacher, Als die Frauen noch sanft und engelsgleich waren (1995): 146
Wirth, Berliner Malerei im 19. Jahrhundert (1990): 189
J. Jensen, Carl Philipp Fohr (1968): 209
J. Kirchhoff, Friedrich Wilhelm Joseph von Schelling (1982): 53, 55
J. Schulz/W. Gräbner, Berlin (1987): 181
K. Beyrer/ H. Täubrich, Der Brief (1996): 112, 142
K. Günzel, Die deutschen Romantiker (1995): 47, 60, 82, 109, 124, 132, 140, 156, 194, 207, 217, 223, 231, 247, 252, 311, 312
Ders., Romantik in Dresden (1997): 225
M. Diers, Bettine von Arnim (2001): 60, 88
M. Hoock-Dermarle, Die Frauen aus der Goethezeit (1990): 40
M. Plessen, Marianne und Germania (1996): 7, 95, 153, 197, 305
Museum für Kunst und Kunstgeschichte, Lübeck: 296

N. Gidal, Die Juden in Deutschland (1997): 307
P. Berglar, Wilhelm von Humboldt (1970): 191
Photo Sachsse, Bonn: 279
R. Müller, Geschichte der Universität (1990): 66
R. Safranski, E. T. A. Hoffmann (1984): 116
R. Schumann, Sämmtliche Lieder (1808): 15, 16
T. Karlauf, Deutsche Brüder (1994): 168
T. Piana, E. T. A. Hoffmann als bildender Künstler (1954): 146, 184
U. Helmke, E. T. A. Hoffmann (1975): 219
U. Hohoff, E. T. A. Hoffmann (1988): 12
Ullstein Bilderdienst, Berlin: 19
Verlag Jena 1800: 164, 165
W. Beutin/K. Ehlert u.a., Deutsche Literaturgeschichte (1989): 105, 159
W. Ettelet, E. T. A. Hoffmann (1981): 297
W. Hoffmann, Das entzweite Jahrhundert (1995): 127, 226, 228
W. Geismeier, Caspar David Friedrich (1973): 45, 233, 265, 271
W. Jacobs, Johann Gottlieb Fichte (1984): 162, 175
W. Killy, Literaturlexikon (1990): 58

Trotz größter Sorgfalt konnten die Urheber des Bildmaterials nicht in allen Fällen ermittelt werden. Wir bitten gegebenenfalls um Mitteilung.

Personenregister

T

U

V

W

Z

Sach- und Ortsregister

ISBN 3-412-07102-1